Manfred Bomm

SCHUSSLINIE

Manfred Bomm

SCHUSSLINIE

Der fünfte Fall für August Häberle

KRIMI IM GMEINER-VERLAG

Bibliografische Information
der Deutschen Bibliothek
Die Deutsche Bibliothek verzeichnet diese
Publikation in der Deutschen Nationalbibliografie;
detaillierte bibliografische Daten sind im Internet
über http://dnb.ddb.de abrufbar.

Besuchen Sie uns im Internet:
www.gmeiner-verlag.de

Im Ehnried 5, 88605 Meßkirch
Telefon 07575/2095-0
info@gmeiner-verlag.de

1. Auflage 2006

Lektorat: Claudia Senghaas, Kirchardt
Umschlaggestaltung: U.O.R.G. Lutz Eberle, Stuttgart
Unter Verwendung eines Fotos von sxc.hu
Gesetzt aus der 9,4/12 Punkt GV Garamond
Druck: Fuldaer Verlagsanstalt, Fulda
Printed in Germany
ISBN 13: 978-3-89977-664-5
ISBN 10: 3-89977-664-X

Gewidmet allen, denen ein
Sieg der Herzen mehr bedeutet,
als Macht, Einfluss und Gewinn.

Denn wahre Größe zeigt sich darin,
mit ehrlicher Arbeit die Zukunft zu gestalten.

Mögen wir alle erkennen,
welch große Chancen vor uns liegen.
Wir müssen nur bereit sein, sie zu ergreifen.

Und jede Niederlage ist auch ein Gewinn:
Sie bringt uns die Erkenntnis,
etwas daraus gelernt zu haben.

Mein Dank gilt
Marika Barth von »Agapedia«
(Jürgen Klinsmann Stiftung)
und
MdB Klaus Riegert sowie
den vielen anderen,
die mich beraten und unterstützt haben.

Ein Großteil der Handlung und die meisten Namen sind frei erfunden. Nicht aber die Schauplätze. Wer den Spuren von Kommissar Häberle folgen will, kann dies tun.

1

»Und welche Befugnisse haben wir?« Der Mann behielt sein Gegenüber fest im Auge. Einige Sekunden lang schauten sie sich wortlos an. Nur der Verkehrslärm drang in das Büro im achten Stockwerk, hoch überm Potsdamer Platz, zu ihnen herauf. Durch die engmaschigen Vorhänge der Fensterfront zeichnete sich das Sony-Center ab. Gegen die Scheiben peitschte Regen. Der Angesprochene griff zu seinem Krawattenknoten und versuchte ein zaghaftes Lächeln. Obwohl es kühl war, schwitzte er. »Befugnisse«, wiederholte er langsam. »Ich denke, Ihnen ist die Tragweite dieses Auftrags bewusst.« Er lehnte sich in dem wuchtigen weißen Ledersessel zurück und verschränkte die Arme. Der Fragesteller, der jenseits des Glastischchens saß, hatte sich ebenfalls ein Lächeln abgerungen. Auch ihm war heiß geworden. Am liebsten hätte er sein Jackett ausgezogen und den Krawattenknoten gelöst. Doch das geziemte sich nicht, solange der Gastgeber an der Kleiderordnung festhielt. Seit zwei Stunden saßen sie in diesem Büro, dessen weiße Wände nur durch ein riesiges, buntes und abstraktes Gemälde aufgelockert wurden. Sie hatten angestrengte Gespräche geführt, sich konzentriert und gegenseitig respektiert.

Vor ihnen auf der Glasplatte lagen einige Schnellhefter. Ihren Inhalt waren sie ausführlich durchgegangen, Punkt für Punkt, hatten Notizen gemacht, Termine abgestimmt und Namen genannt. Die schweren Kristallgläser waren leer, das Mineralwasser getrunken. Wieder trat eine dieser peinlichen Pausen ein, wie so oft, wenn er, der an Jahren deutlich jüngere Besucher, eine Antwort erwartete. Dann war nur das monotone Rauschen der Klimaanlage zu hören, bis plötzlich vier Signaltöne eine SMS-Botschaft ankündigten. Der Gastgeber zögerte einen Augenblick, griff dann aber in die Innentasche seines Jacketts und holte ein silbern glitzerndes Handy heraus. Er drückte einige Tasten und las mit versteinertem Gesicht, was auf dem Display stand: »Ich brauch dich noch heute.« Der Mann verzog keine Miene, drückte die Nachricht weg und steckte das Handy wieder ein.

Sein Gegenüber hatte die Szene wortlos verfolgt, knüpfte dann aber an das vorausgegangene Gespräch an: »Sie dürfen mir glauben, Herr Gangolf, dass ich mir der Tragweite bewusst bin.« Er zögerte. »Gerade deshalb stellt sich mir die Frage nach den Befugnissen.«

Der Ältere schlug bedächtig die Beine übereinander. »Lassen Sie es mich so formulieren«, begann er im Stil weltmännischer Diplomatie, »wenn man im Sinne einer guten Sache handelt, braucht man bei allem, was man tut, kein schlechtes Gewissen zu haben.«

Der Gast versuchte, die Nervosität zu verbergen. »Und was gut ist …« Er sprach langsam und betont, »… was gut ist, entscheiden Sie?«

Pause. Wieder diese Stille, das Rauschen der klimatisierten Luft. Irgendwo hupte ein Auto.

»Gut ist, was uns allen dient«, erwiderte Ministerialdirektor Harald Gangolf schließlich und bekräftigte: »Was uns und der Allgemeinheit dient.« Er überlegte. »Viel zu lange ist dieses Land in Lethargie erstarrt. Nun liegt es tatsächlich an Ihnen, eine Chance zu ergreifen, die uns sozusagen der Himmel beschert. Und die es für uns beide kein zweites Mal geben wird.«

Der Jüngere fühlte sich nun doch geschmeichelt. »Ich werde mein Bestes geben. Aber ohne die vielen anderen bin ich machtlos.« Gangolf nickte und wurde noch ernster: »Sie sollten aber eines nicht vergessen, Herr Liebenstein – Sie haben zwar alle Rückendeckung dieser Welt. Alle.« Der Mann legte seine Arme auf die ausladenden Sessellehnen und verzog sein Gesicht zu einer drohenden Miene. »Sollte aber irgendetwas an die Öffentlichkeit dringen, wird Sie nach außen hin niemand unterstützen. Ich nicht, der Kanzler nicht, der Innenminister nicht und schon gar nicht der Justizminister – und auch keiner der Funktionäre. Ich hoffe, wir haben uns verstanden.« Nach kurzer Pause fügte er hinzu: »Egal, wer bis dahin hier an der Regierung ist.« Tatsächlich deutete alles darauf hin, dass es nach dem Wahldebakel der Rot-Grünen in Nordrhein-Westfalen vorletzten Sonntag eine unerwartet schnelle Änderung in der politischen Landschaft geben würde.

Der junge Mann schluckte. Ihm wurde plötzlich klar, was diese wenigen Worte bedeuteten: Man würde ihn intern zwar schützen, doch wenn es notwendig sein sollte, musste er als Bauernopfer herhalten. Alle anderen wollten sich die Hände in Unschuld waschen.

Durch den Stuttgarter Hauptbahnhof blies ein kalter Wind. Über Nacht hatte es abgekühlt und geregnet. Vermutlich war die Schafskälte, wie sie für Anfang Juni erwartet wird, bereits jetzt, am 30. Mai, ins Land gezogen. Von den angrenzenden Bahnsteigen kroch die Kälte bis in die große Halle hinein. Es war kurz nach ein Uhr und in dem Gebäude herrschte an diesem Montag die alltägliche Hektik. Lautsprecherdurchsagen, gestresste Menschen mit Aktenkoffern, Schüler und Reisende, die gelangweilt auf ihre Weiterfahrt warteten.

Leonhard Lanski hatte hier sein Ziel erreicht. Er war aus Dortmund gekommen, um sich um 13.30 Uhr mit seinen Gesprächspartnern zu treffen. Den Stuttgarter Hauptbahnhof hatten sie gewählt, weil er von allen Teilnehmern des Meetings am besten zu erreichen war. Die meisten hatten nicht mal umsteigen müssen. Und nach der Veranstaltung konnten sie entweder sofort wieder zurückfahren oder weiterreisen nach München, wo über zwei Tage hinweg die Einweihung des neuen Fußballstadions stattfinden würde, das den Namen Allianz-Arena erhalten sollte.

Lanski, der einen schwarzen Aktenkoffer in der rechten Hand hielt, fröstelte, als er inmitten des Menschengedränges von den Bahnsteigen in die quer verlaufende Halle eilte. Er blieb bei einer Buchhandlung stehen, um sich zu orientieren. Doch dann sah er rechts drüben, genau so, wie es ihm am Telefon beschrieben worden war, den Eingang zum Intercity-Hotel.

Lanski ging entschlossenen Schrittes quer durch die Halle, wich Menschengruppen aus und war in wenigen Minuten in der ersten Etage des Bahnhofshotels. Hinweistafeln wiesen ihm den Weg zur Veranstaltung ›Sport-Management‹. Sie fand im Konferenzraum mit dem Namen ›Ulm‹ statt.

Ein halbes Dutzend korrekt gekleideter junger Männer stand diskutierend vor der offenen Tür, vier weitere hatten drinnen bereits an den u-förmig angeordneten weißen Tischen Platz genommen. Lanski nickte den Personen freundlich zu, sagte ›Hallo‹ und betrat den kleinen Konferenzsaal. Dort sprang bei seinem Anblick einer der Männer auf und kam ihm entgegen.

»Willkommen in Stuttgart, Herr Lanski«, lächelte der Endfünfziger.

»Ist mir doch ein außerordentliches Vergnügen, Herr Beierlein«, erwiderte Lanski, der wohl nur wenig jünger war als sein Gegenüber.

»Wir haben Tischkärtchen aufgestellt«, deutete der Gastgeber auf einen der Plätze. Dann stellte er die vier anderen, deutlich jüngeren Männer vor. Sie kamen aus Italien, der Schweiz, Österreich und Frankreich.

Lanski glaubte, einige der Namen schon einmal gehört zu haben. Er setzte sich und schenkte sich Mineralwasser ein.

Zehn Minuten später waren auch die anderen, die vor der Tür diskutiert hatten, in den Raum gekommen – und mit ihnen noch zwei weitere Männer, die eher der Altersgruppe von Lanski und des Gastgebers angehörten. Sie setzten sich zu ihm an die Querseite der Tischformation.

»Meine Herren«, erhob sich Stefan Beierlein, »seien Sie noch einmal ganz herzlich hier in Stuttgart begrüßt und beglückwünscht, dass Sie zu den 47 Auserwählten gehören. Dass Sie unserer Einladung gefolgt sind, ist für uns ein Zeichen großer Wertschätzung.« Er lächelte und schaute in die Runde. »Und es zeigt uns, dass wir alle dasselbe Ziel verfolgen. Ich brauche nicht extra zu erwähnen, dass unser heutiges Treffen allergrößter Diskretion unterliegt.« Noch einmal blickte er die Männer, die vor ihm saßen, nacheinander an. Sie nickten ihm mit ernsten Gesichtern zu. »Um keine Zweifel aufkommen zu lassen«, fuhr der Vorsitzende fort, »meine drei Kollegen und ich werden im Ernstfall jederzeit behaupten, niemals mit Ihnen zusammen gewesen zu sein.« Die Älteren an seiner Seite verzogen keine Miene.

»Was hier gesprochen wird«, erklärte Beierlein weiter, »unterliegt absoluter Verschwiegenheit. Betrachten Sie es als ein Staatsgeheimnis, wenn Sie so wollen. Sie wissen: Es hat seinen Grund, dass wir von den 47 Auserwählten gerade Sie hierher gebeten haben. Sie sind Männer, die durch energisches Auftreten bisher bewiesen haben, dass Sie in der Lage sind, einer Herausforderung mit weit reichender Bedeutung gerecht zu werden. Einer Bedeutung, die nationale Interessen berührt. Was wir heute also besprechen, meine Herren, muss Gültigkeit haben und ist wie ein besiegelter Vertrag. Wir werden selbstverständlich keinerlei Schriftstücke anfertigen, das werden Sie verstehen. Aber was wir beschließen, gilt so fest und sicher, wie es Männer seit jeher mit einem Handschlag besiegeln können.«

Einige der Zuhörer lächelten.

»Ich möchte für alle, die sie noch nicht kennen, meine beiden Kollegen hier vorstellen«, fuhr er fort. »Links von mir, das ist Herr Michael Rambusch. Er ist für das Finanzielle zuständig und gehört unserem ...« Beierlein suchte nach der passenden Bezeichnung. »... unserem Organisationsteam schon seit über einem Jahr an. Seine Connections zu Sponsoren und Interessenvertretern sind geradezu legendär.« Rambusch stand kurz auf und lächelte.

»Ganz rechts außen, das ist Herr Leonhard Lanski. Sein Name dürfte den meisten von Ihnen bekannt sein. Er ist sozusagen der Mann aus der Praxis. Er weiß, wovon er spricht.«

»Zu meiner Rechten sitzt Harry Obermayer, der Manager, der das Unmögliche möglich macht.« Er hielt kurz inne, als der Genannte aufstand und sich verbeugte. »Herr Obermayer hat phänomenale Beziehungen in politische Kreise. Es gibt kaum einen Politiker, ob in der Regierung oder in der Opposition, den er nicht duzt. Diese Flexibilität ist seit dem vorletzten Sonntag mehr denn je angebracht. Heutzutage bedarf es persönlicher Kontakte, geschickter Strategien …« Er nickte, als wolle er sich damit selbst bestätigen. »Ja, geschickter Strategien, meine Herren. Früher haben wir über die südlichen Länder gelächelt, auch über Italien …« Er schaute zu dem von dort angereisten schnauzbärtigen Kollegen. »Aber inzwischen, liebe Kollegen, inzwischen ist Deutschland die größte Bananenrepublik weit und breit geworden. Korruption, Bestechung, machtbesessene und geldgierige Politiker, raffgierige Unternehmer. Gewerkschaften, die sich unterbuttern lassen. Glauben Sie mir …« wieder legte er eine Pause ein, »… wenn Sie Einblick in die Politik und in die Wirtschaft haben, wenn Sie sehen, mit welchen Mitteln gelogen, betrogen, getrickst und bestochen wird, dann werden Sie merken, dass wir bei allem, was wir zu arrangieren versuchen, geradezu Waisenknaben sind.«

2

Ministerialdirektor Harald Gangolf vom Wirtschaftsministerium der Bundesrepublik Deutschland war zufrieden. Er hatte das Büro des ›Instituts für kommunikative Zusammenarbeit‹ in einem der hoch aufragenden Gebäude am Potsdamer Platz wieder verlassen. Als er in der Tiefgarage in den silberfarbenen S-Klasse-Daimler gestiegen war, steckte er das Handy in die Halterung und fuhr in den regengrauen Nachmittag hinaus. Dabei drückte er einige Tasten, worauf sich gleich eine Frauenstimme mit ›Hallo‹ meldete.

»Ich bin's. Danke, Schatz, für deine Botschaft.« Er fuhr langsam auf der Alten Potsdamer Straße hinter einem Bus her, der die schmutzige Nässe aufwirbelte.

»Hat's so lange gedauert?«

»Endlos, war aber auch notwendig. Aber ich denke, Liebenstein ist der richtige Mann dafür. Einer, der weiß, worauf es ankommt. Und ganz wichtig: Er will's noch zu was bringen. Er wird darauf bedacht sein, keinen Patzer zu machen.«

»Schön für dich, Bärchen«, hauchte die Stimme im Lautsprecher, »und wann hast du heut Abend Zeit für mich?«

Gangolf runzelte die Stirn. Er konnte nicht überholen und fuhr nach links in die Ebertstraße hinein. Der Regen wurde immer stärker. »Ich bin jetzt auf dem Weg ins Ministerium. Zwei Termine stehen noch an, Schatz.« Sein Blick fiel auf die Uhr im Armaturenbrett. Kurz nach drei schon. »Außerdem …« Er stockte, weil er sich auch auf den Verkehr konzentrieren musste, »… außerdem hab ich dir doch gesagt, dass ich heut Abend …«

Gangolf konnte den Satz nicht zu Ende bringen, weil ihn die Stimme unterbrach: »Weiß schon – natürlich. Besuch einer Wirtschaftsdelegation. Du musst repräsentieren.« Es klang enttäuscht und der Mann erwiderte nichts, sondern atmete schwer. Rechts zogen die dunklen Steinblöcke des Holocaust-Denkmals vorbei, weiter vorne erhob sich im tristen Grau des Himmels das Brandenburger Tor und dahinter die Kuppel des Reichstags. »Schatz«, begann Gangolf langsam, »wir werden demnächst zusammen nach Stuttgart reisen, du und ich – und ein traumhaftes Wochenende auf der Schwäbischen Alb verbringen. Ich kenn da ein herrliches Wellness-Hotel im Stauferland. Weißt du überhaupt, wo das ist?« Er versuchte, sie abzulenken.

»Das glaub ich erst, wenn wir dort sind«, kam es schnippisch zurück.

»Okay«, sagte er und gab wieder Gas, weil sich die Kolonne in Bewegung setzte, »ich meld mich aber heut noch mal.«

»Und ich? Wann erfahr ich, was meine Aufgabe ist? Oder bin ich nur das Betthäschen, wenn der Herr Ministerialdirektor ein paar besondere Stunden erleben möchte?«

»Ich bitt dich, Schatz, das darfst du nicht sagen. Du weißt genau, wie aufregend ich dich finde – aber nicht nur das.«

»Ja, wenn ich im Ledermini die Sekretärin des Herrn Politikers spiele und ihn derart durcheinander bringe, dass er keinen klaren Gedanken mehr fassen kann.«

Er wusste, worauf sie anspielte. Vor einigen Wochen, als er sie bei einem Galaempfang als seine Sekretärin vorgestellt hatte, war sie derart betörend gekleidet gewesen, dass er beim üblichen Smalltalk völlig aus dem Konzept kam. Jetzt fuhr er am Lehrter Bahnhof vorbei, um wenig später, beim Invalidenpark, in die Scharnhorststraße einzubiegen, wo sich das Bundesministerium für Wirtschaft und Arbeit befand.

»Wir reden heut Abend drüber, bitte, Schatz«, bat er und beendete das Gespräch. Er durfte sie nicht verärgern, denn die Aufgabe, die sie übernehmen musste, war bereits klar umrissen. Außerdem wusste sie schon verdammt viel, dachte Gangolf.

Das Lokal bot einen traumhaften Blick über die Rebenhänge ins Neckartal hinunter, auch wenn dort heute dünne Nebelfetzen hingen. Auf einem Hügel, der ›Württemberg‹ genannt wurde, thronte die Grabkapelle jenes Adelsgeschlechts, das von dieser Landschaft stammte. Das Örtchen Rotenberg schien sich an den schmalen Ausläufer des Schurwaldes zu klammern, der hier das Neckar- vom nördlichen Remstal trennte. Im Rotenberger ›Weingärtle‹, einem beliebten und renommierten Ausflugslokal, hatten sich an diesem letzten Montag im Mai vier Herren getroffen, die nicht nur der herrlichen Aussicht wegen, die man aus dem Wintergarten genießen konnte, hierher gekommen waren. Sie hatten den etwas abgeschiedenen Ort bewusst gewählt, um sich in Ruhe ihren Plänen widmen zu können.

Der Tisch, an dem sie saßen, stand in einer Ecke, sodass sie keine Angst zu haben brauchten, ihre Gespräche könnten von den Touristen belauscht werden, die mit einem Omnibus gekommen waren.

Vor den vier Männern lagen Schnellhefter und Notizzettel, dazwischen standen Rotweingläser.

»Gut vorbereitet«, lobte der Wortführer. Er kratzte sich mit der Kugelschreiber-Rückseite an der Schläfe. »Später wird man vielleicht sagen, alles habe an diesem Mainachmittag des Jahres 2005 begonnen.« Er lächelte und sah in freudig-gespannte Gesichter.

»Wenn es derzeit den Versuch gibt, Deutschland aufzurütteln, es wieder zu dem zu machen, was es einmal war, dann sind wir es, die an allererster Stelle stehen«, stellte er fest. »Ich habe es bereits dargelegt«, fuhr er mit gedämpfter Stimme fort, »wir können es uns unter keinen Umständen leisten, weiter in die Negativschlagzeilen zu geraten. Dieses Land …« Wieder schaute er sich vorsichtig um, doch es gab niemand, der hätte mithören können, »… dieses Land ist mit Politikergeschwätz nicht mehr zu retten. Die Wahl in NRW hat's gezeigt. Genau so wenig nützen Appelle an die Wirtschaft, im Inland zu investieren. Das tut längst keiner mehr.

Wer nicht begriffen hat, dass der Zug Richtung Osten abgefahren ist, hat den Blick für die Realität verloren.«

Seine Zuhörer nickten. Es waren drei Männer mittleren Alters, die ihre Jacketts lässig über die Stuhllehnen gehängt und die Krawattenknoten gelöst hatten. Der Wortführer verschaffte sich nun auf dieselbe Weise Luft.

»Gestatten Sie eine Zwischenfrage, Herr Pfisterer«, meldete sich ein ziemlich glatzköpfiger Mann zaghaft zu Wort, »es ist aber, wenn ich Sie richtig verstehe, trotzdem daran gedacht, auch noch eine Politikerrunde einzuberufen?«

»Richtig«, entgegnete Pfisterer und rückte sein Jackett auf der Stuhllehne zurecht, »auf den Zeitplan komme ich nachher zu sprechen, Herr Doktor Rollinger. Allerdings müssen wir flexibel bleiben, wenn der Kanzler bei seiner Ankündigung bleibt, bereits im September Neuwahlen anzuberaumen.« Er öffnete einen Aktenkoffer, den er neben sich auf dem Boden stehen hatte, und brachte einige Kopien zum Vorschein, die er seinen Zuhörern vorlegte. »Punkt eins«, dozierte er dann, »dabei möchte ich über die allgemeine Struktur referieren, Punkt zwei behandelt die Finanzierung und Punkt drei die praktische Umsetzung.«

»Nehmen Sie bitte noch einen Punkt vier auf«, bat der Mann, der dem Wortführer gegenübersaß, »wir sollten auch gleich abklären, wie unsere Handlungsweise sein wird, falls etwas an die Öffentlichkeit dringen sollte – falls plötzlich die Medien Wind davon kriegen und ein Riesenspektakel losgeht.«

Der Angesprochene nickte wortlos und notierte diesen Vorschlag.

»Dann lassen Sie uns zur Sache kommen«, wurde er wieder offiziell, »es geht um die allgemeine Struktur. Unser Ziel wird es sein, innerhalb der nächsten drei Monate, also während der Sommerpause, so viel wie möglich Vertraute zu gewinnen. Das kann nur in Einzelgesprächen erfolgen, diskret und vertraulich. Es sollte möglich sein, nach Art des Schneeball-Systems vorzugehen. Jeder kontaktet weitere Personen seines Vertrauens.« Pfisterer räusperte sich und nahm einen Schluck. Dabei sah er auf die vernebelten Rebenhänge hinaus. »Wenn ich von ›Kontakten‹ rede, meine ich Gespräche unter vier Augen. Also keine schriftlichen Vorgänge, keine Mails und keine Telefonate.«

Die Zuhörer nickten.

»Denken Sie an Ihre persönlichen Beziehungen«, fuhr Pfisterer fort, »an Geschäftspartner, an Ihre Freunde im Golf- oder Segelclub.« Er blickte in die Runde. Zumindest von Rollinger, der links von ihm saß, wusste er, dass er irgendwo auf der Alb ein begeisterter Golfspieler war.

»Vielleicht gehören Sie den Rotariern oder den Lions an – oder Sie sind Mitglied im Klub Kochender Männer, ist ja, wie ich weiß, in unseren Kreisen inzwischen auch sehr beliebt. Überall können Sie bei einem Gläschen gutem Württemberger Rotwein dezent unser Anliegen zur Sprache bringen. Eine Empfehlung sei hier gegeben: Sollten Sie spüren, dass Ihr Gesprächspartner Ihnen mit Skepsis begegnet, dann tun Sie das Angesprochene als kleines Späßchen ab. Niemals, ich sage: Niemals sollten Sie penetrant sein. Das könnte Argwohn wecken.«

Zwei der Männer machten sich Notizen. Von den weiter entfernt stehenden Nebentischen drang Gelächter herüber.

»Natürlich ist Vorsicht geboten, allergrößte Vorsicht«, erklärte Pfisterer weiter, »gefragt ist Ihre Menschenkenntnis, Ihr Geschick im Umgang mit den Menschen. Vielleicht ist es dienlich, erste Kontakte bei der Vergabe eines Auftrags zu knüpfen. Aber denken Sie daran: Ein Irrtum kann fatale Folgen haben. Um nicht zu sagen verheerende Folgen. Sollte auch nur die kleinste Kleinigkeit nach außen dringen, wird es einen Skandal ungeahnten Ausmaßes geben. Dessen müssen wir uns bewusst sein.«

Eine weitere kurze Pause nutzte der Mann, der an dem kleinen quadratischen Tisch rechts von Pfisterer Platz genommen hatte, um das Gesagte mit ernstem Gesicht zu bekräftigen: »Alles, was nach außen dringt, kann tödlich sein, meine Herren.«

Der Vierte in der Runde meinte süffisant: »Geld und Macht – und dann noch Politik. Fürwahr ein explosives Gemisch.«

»Das wird einen Aufschrei geben«, stellte Ute Siller fest. Die attraktive Mittvierzigerin im dunkelblauen Hosenanzug hatte sich in dem schwarzen Ledersessel zurückgelehnt. Als Leiterin der Finanzabteilung des Unternehmens war sie von ihrem Chef bereits frühzeitig in das Vorhaben eingeweiht worden. Nun saß sie ihm und dem Leiter der Abteilung Produktion gegenüber. Sie hatten sich im kleinen Konferenzraum getroffen, dessen schneeweiße Wände von großformatigen Fotografien dominiert wurden, die Großaufnahmen von Metallpräzisionsteilen zeigten.

»Wir müssen jetzt an die Öffentlichkeit«, stellte Matthias Nullenbruch fest, angegrauter Geschäftsführer des Metallteile-Unternehmens, das seit Jahrzehnten eines der größten Zulieferer für die Automobilbranche war. Wie viele Betriebe im Großraum Stuttgart, so war auch ›Nubru‹ letztlich auf die Aufträge vom ›Daimler‹ angewiesen, wie man hier zu sagen pflegte. Allerdings hatte man sich im Laufe der Zeit auch ein zweites Standbein geschaffen und Kontakte zu anderen Fahrzeugherstellern geknüpft.

Wolfgang Meckenbach, Produktionsleiter und von überaus sportlicher Erscheinung, kniff die flinken Augen zusammen und löste seine Krawatte: »Ich seh es wie die Kollegin«, gab er zu bedenken, »es wird einen Aufschrei geben. Die Belegschaft wird mit Warnstreiks reagieren – und die Gewerkschaft veranstaltet einen Riesenwirbel.«

Nullenbruch, für seine einsamen Entschlüsse bekannt und gefürchtet, verzog keine Miene. »Wir werden uns von nichts und niemandem beirren lassen. Jetzt sind die Zeiten des Wandels gekommen – jetzt müssen wir Zeichen setzen. Schauen Sie doch nach Nordrhein-Westfalen! Auch für uns ist die Zeit reif, überreif. Wir berufen für morgen, nach der Mittagspause, eine Betriebsversammlung ein – und dabei werde ich bekannt geben, was zu sagen ist.« Seine Stimme klang energisch.

Meckenbach legte die Beine übereinander und blickte durch die große Fensterfront zu den wolkenverhangenen Bergen der Schwäbischen Alb hinüber. Der Firmenkomplex befand sich in einem dieser Gewerbeparks, wie sie in den vergangenen Jahren überall im Großraum Göppingen entstanden waren, sozusagen vor den Toren Stuttgarts, rund 40 Kilometer von der baden-württembergischen Landeshauptstadt entfernt.

»Wenn ich mir den Hinweis erlauben darf«, begann Ute Siller irritiert, ohne aber den festen Klang in ihrer Stimme zu verlieren, »noch bestünde keine Notwendigkeit, an die Öffentlichkeit zu gehen. Ich meine, die Sache wird erst in eineinhalb Jahren spruchreif.«

Nullenbruch schaute sie finster an, doch sie hielt seinen Blicken stand, wie immer. »Ich will nicht, dass es Gerüchte gibt«, sagte er, »Sie kennen die Stammtischparolen, das Hetzgeschwätz der Gewerkschaftsfunktionäre und dieser Betriebsräte. Sie kennen das«, wiederholte er scharf, »ich hab mich entschlossen – und jetzt werden Zeichen gesetzt.« Auf Nullenbruchs hoher Stirn begannen sich Schweißperlen zu bilden. Im Raum war es stickig.

Meckenbach spielte mit einem goldbesetzten Füllfederhalter. »Die Medien werden natürlich auch Fragen stellen«, warf er ruhig und sachlich ein. Sofort traf ihn ein missbilligender Blick des Geschäftsführers. »Natürlich werden sie das«, erwiderte er leicht gereizt, »aber Sie werden doch nicht glauben, verehrter Herr Meckenbach, dass Unternehmensentscheidungen von den Medien beeinflusst werden? Ich bitte Sie, wie lange sind Sie jetzt im Geschäft?« Die Frage war eher rhetorischer Natur. »Nein«, meinte er und lehnte sich in seinem Sessel zurück, »wer ein Unternehmen führt, darf sich nicht von populistischen Kommentaren beeinflussen lassen. Weder von den Medien, noch von der Politik, falls es so etwas wie verlässliche Politik in dieser Republik überhaupt noch gibt.« Seine Stimme hatte einen verächtlichen Unterton angenommen.

»Die Auswirkungen auf unsere Auftraggeber sollten wir auch bedenken ...«, machte Meckenbach vorsichtig weiter und musste sofort erkennen, dass der Geschäftsführer darüber wenig erbaut war.

»Denen haben wir doch zu einem Großteil unsere heutige Misere zu verdanken«, sagte er schnell, »Kostensenkungen jahrein, jahraus, das wissen Sie doch. Um jeden Cent wird gerungen. Hier billiger, da billiger – und wenn wir nicht mithalten, mein Gott, das wissen Sie doch«, er schaute seine beiden Gesprächspartner vorwurfsvoll an, »dann drohen sie mit den Billigbuden im Südosten. Und dann?« Er holte tief Luft. »Dann wird von uns allen hier nichts mehr übrig bleiben. Nichts mehr.«

Die Finanzverwalterin wusste, dass Nullenbruch in seiner Entscheidung nicht mehr umzustimmen war. Dennoch wagte auch sie einen Einwand: »Ich gebe Ihnen natürlich Recht, aber wir, die wir uns in der Betriebswirtschaft auszukennen glauben, müssen doch mit gewisser Sorge die Entwicklung verfolgen. Wer soll denn hierzulande eines Tages die billig im Ausland produzierten Waren noch kaufen – wenn die Menschen hier zuhauf arbeitslos sind?«

Nullenbruch winkte verärgert ab. »Bitte Frau Siller«, schüttelte er geradezu angewidert den Kopf, »wir sind hier bei keiner Gewerkschafterkonferenz! Alles, was Sie hier einwenden, haben nicht wir, die Unternehmer, zu verantworten, sondern diese Regierung in Berlin. Aber nicht erst seit diese Rot-Grünen ihr Unwesen treiben, nein, die Wurzel für dieses Übel liegt tief, sehr tief. Und das Schlimmste ist, meine Herrschaften, dass es keinerlei Aussicht auf Änderung gibt. Egal, wer in Berlin das Sagen hat, es geht nur um Macht und Geld, um Einfluss und Schönreden.« Nullenbruch sah, dass Meckenbach Anstalten machte, etwas einzuwenden. Um dies zu verhindern, sprach er schnell weiter: »Manche in diesem Lande predigen in ihren Sonntagsreden davon, wie wichtig es sei, dies und jenes zu veranlassen, weil sonst der Karren an die Wand fahre. Doch diese Traumtänzer haben noch gar nicht bemerkt, dass der Karren bereits in Trümmern vor der Wand liegt. Weil er ungebremst, ja sogar noch bewusst mit Vollgas, dagegen gekracht ist. Und zwar bereits gestern.«

Meckenbach wollte nun nichts mehr sagen. Er war insgeheim froh, dass in diesem Moment das Telefon auf dem Glastischchen summte. Nullenbruch nahm ab und meldete sich nur mit einem kurzen »Ja?«

Er lauschte und gab seinen beiden Besuchern mit einer Kopfbewegung zu verstehen, dass die Konferenz damit beendet sei. Sie standen nickend auf und verließen den Raum. »Okay, Leo«, sagte Nullenbruch einigermaßen verärgert und schaute auf seine Armbanduhr, »hab ich verstanden. Sagen wir 22.45 Uhr?« Nullenbruch nickte. »Ich weiß, wo das ist.«

3

Die Wälder an den Berghängen der Schwäbischen Alb waren von Nebelschwaden verhüllt, als sei es November. Eine Kaltfront war der Grund und die hatte das frische Grün der Hänge in ein tristes Grau gehüllt. Wer jetzt nicht raus musste, blieb an so einem Tag in der beheizten Wohnung.

In den Sportanlagen im Eybacher Tal herrschte trotzdem reger Betrieb, denn die Fußballer trainierten für die letzten Spiele der Saison. Hier, am Rande der Kleinstadt Geislingen/Steige, gerade mal 30 Kilometer von Ulm entfernt, befanden sich die Stadien einiger Vereine. Dazu zählte auch die Anlage des Sportclubs Geislingen, dessen Fußballer sich einstens rühmen konnten, die Besten der Amateure zu sein. Das war damals, 1982, als sie den Hamburger Sportverein aus dem Pokal geschossen hatten – mit einem legendären 2:1, was in allen Fernsehsendern für Aufsehen gesorgt hatte. Auch jetzt noch, so lange Zeit danach, galt der SC Geislingen deshalb als HSV-Killer.

Die jungen Kicker von heute freilich kannten diese glorreiche Zeit nur noch vom Hörensagen. Sie mühten sich in der Landesliga ab und waren froh, einen Mittelplatz zu halten. Ein paar hundert Meter weiter, im Stadion der Turngemeinde, zogen an diesem Abend trotz des Nieselregens noch einige Leichtathleten ihre Runden. Und auch die Reitsportler, deren Anlagen sich talaufwärts anschlossen, trotzten der Witterung.

Nur der Waldweg, der an den Sportanlagen entlang führte, lag verlassen. An lauen Abenden war er bei Spaziergängern und Joggern beliebt – nicht aber heute bei dieser unwirtlichen Witterung.

Auch die Terrasse der Sportclub-Gaststätte wirkte einsam und trist. Auf regennassen Tischen und Stühlen spiegelte sich der graue Himmel. Während es im beheizten Innern des Lokals kaum noch einen freien Platz gab, hatten sich drei Männer in den dunklen Vereinsraum zurückgezogen, der sich im angrenzenden Tribünen-Komplex befand. Der Gastgeber war voraus durchs dunkle Treppenhaus geeilt und ein bisschen außer Atem geraten. Auf seinem nahezu kahlen Kopf hatten sich trotz der Kühle Schweißperlen gebildet. Nachdem er den Besuchern Plätze angeboten hatte, öffnete er ein Fenster, um die vor Tagen angestaute warme Luft aus dem holzgetäfelten Raum entweichen zu lassen. Die Wände waren ringsum mit Regalen versehen, auf denen sich silbern glitzernde Pokale jeder Größe stolz präsentierten.

»Etwas zu trinken?«, fragte der Gastgeber, der sich als ehemaliger Vereinsfunktionär in den Räumlichkeiten auskannte. Er holte das gewünschte Mineralwasser aus einem Kühlschrank und schenkte ein. »Nun, dann also nochmal herzlich willkommen im Eybacher Tal«, kam er schließlich zur Sache und lächelte den Besucher an. »Wir – ich meine, unser Vorstandsmitglied Dieter Funke und ich, wir freuen uns immer, wenn sich erfolgreiche Männer wieder an den Ort ihrer Anfänge besinnen. Mein Gott, was waren das für Zeiten!« Er blickte zu den Pokalen hinauf. »Noch heute redet eine ganze Generation vom HSV-Spiel. Das Eybacher Tal hat gebebt. Tausende waren da – sogar auf den Felsen da oben sind sie gestanden.«

Der Besucher lächelte und nickte. »Danke für die herzliche Begrüßung, Heini.«

Dieter Funke, wesentlich jünger und damals noch im frühesten Jugendalter, erinnerte sich ebenfalls an dieses legendäre Spiel gegen den Hamburger Sportverein. »Das wird noch in hundert Jahren in der Vereinschronik nachzulesen sein«, meinte er. Von draußen drang ein kühler Luftzug herein. Es hatte zu dämmern begonnen und Funke knipste das Licht an.

»Unser Club«, meinte Heini, der mit Nachnamen Heimerle hieß, »hat viele große Namen hervorgebracht. Den Allgöwers-Karl, der später bei den Stuttgarter Kickers und beim VfB gespielt hat – dich ...« Er lächelte. »Und natürlich den Klinsi, den Jürgen Klinsmann, der hat noch, das weißt du, nach deiner Zeit bei uns gespielt, von 74 bis 78. Wer hätte damals gedacht, dass der mal Bundestrainer wird – und dies sogar zur Weltmeisterschaft?« Heimerle nahm einen Schluck Mineralwasser, sodass sich eine geradezu andächtige Stille einstellte. »Aber Klinsi hat was drauf. Der ist keiner von denen, die nur schwätzen und eine große Klappe haben. Nein, Klinsi ist ein echter Schwabe. Ärmel aufkrempeln, zupacken.« Und er fügte hinzu: »Einer, genau wie du, Leonhard. Wir freuen uns, dass auch du es zu was gebracht hast.«

Leonhard Lanski nahm ebenfalls einen Schluck Mineralwasser. »Danke für das Kompliment, liebe Freunde. Ich fühl mich hier nach wie vor zu Hause.« Dann wandte er sich an Heimerle: »Ich hab dir am Telefon gesagt, dass ich in Stuttgart zu tun hatte und mal wieder einen Abstecher hierher machen wollte ...«

»Du wolltest aber nur mich sprechen ...« stellte der Ex-Funktionär vorsichtig fest, »... mich und Dieter.«

Lanski lehnte sich auf dem gepolsterten Stuhl zurück. »Den Dieter auch deshalb, weil er sich in der Branche auskennt«, erklärte er zögernd und schaute seinen beiden Gegenüber fest in die Augen.

»Du meinst den Fußball?«

Lanski lächelte und nickte. »Ja, was sonst auch – und dich, Heini, hab ich als ehrlichen Kumpel geschätzt. Das heißt, ich tu's noch immer.« Und an Funke gewandt, meinte er: »Dich kenn ich noch, als du in der A-Jugend gespielt hast. Inzwischen hab ich viel von dir gehört.« Der Angesprochene fühlte sich geschmeichelt.

Lanski schaute zur geschlossenen Tür hinüber, um sich zu vergewissern, dass niemand mithören konnte. »Freunde, ich hab mir lange überlegt, was ich tun soll. Sehr lange. Soll ich zu einem Rechtsanwalt gehen? Oder stillhalten? Dann hab ich mich entschieden, meine Freunde zurate zu ziehen. Auch wenn ich euch damit womöglich in Gefahr bringe.«

Heini Heimerle schluckte. Instinktiv griff er nach einem Bierdeckel, um ihn nervös zwischen den Fingern zu drehen. Funke schenkte sich noch ein Glas Mineralwasser ein.

»Ich bin gekommen, weil ich jemanden brauche, mit dem ich darüber reden kann. Ihr müsst mir allerdings schwören, versteht ihr: schwören, dass nichts davon an die Öffentlichkeit dringt.«

Die beiden Männer hörten schweigend zu und spürten, welche Bedeutung das kurzfristig anberaumte Treffen haben würde. Lanski hatte erst gestern bei Heimerle angerufen und ihn um ein Gespräch gebeten, das unter sechs Augen stattfinden sollte, ohne zu sagen, worum es ging.

»Wir sind hier abhörsicher?«, fragte Lanski und blickte sich um.

Heimerle, in dessen Glatze sich das Licht der schweren, sechsflammigen Lampe über dem Tisch spiegelte, war irritiert. Mit so einer Frage war er noch nie konfrontiert worden. Funke nahm sie zum Anlass, das Fenster zu schließen und die Vorhänge zuzuziehen. Ehe er zum Tisch zurückkam, öffnete er die Tür und vergewisserte sich, ob draußen im Treppenhaus jemand lauschte. Doch da war niemand.

»Wir sind ganz unter uns«, stellte Heimerle dann fest. »Ach ja, wollt ihr jetzt lieber ein Bier?«

Die beiden Männer nickten und verlangten ein Weizen.

Funke holte es aus dem großen Kühlschrank und mühte sich ab, das stark schäumende Getränk in die Weizenbiergläser zu gießen.

»Wir können in aller Ruhe sprechen«, meinte Heimerle.

Lanski war froh, auf verständnisvolle Zuhörer getroffen zu sein. Er hatte auch nichts anderes erwartet.

»Ich weiß nicht, was wir tun können, aber wenn keiner was tut, findet die größte Sauerei statt, die es in diesem Land jemals gegeben hat.«

Heimerle und Funke saßen wie elektrisiert auf ihren Stühlen.

»Naja«, räumte Lanski mit einem gezwungenen Lächeln ein, »zumindest, was bisher bekannt geworden ist. Was sonst so hinter den Kulissen läuft und nie an die Öffentlichkeit kommt, wissen wir ja nicht.«

»Wir können dir schwören, dass alles, was hier drin heut Abend gesprochen wird, unter uns bleibt«, versprach Heimerle.

»Ich danke euch. Dann will ich erzählen, was mich belastet. Aber, wenn die, um die es hier geht, auch nur den geringsten Verdacht hegen, was ich euch erzähle, dann könnten wir alle sehr in Gefahr kommen. Wisst ihr, was mir Sorge bereitet?« Die Zuhörer schwiegen, sodass sich Lanski selbst die Antwort gab: »Ich hab wirklich Angst, dass auch Klinsi da reingerät.«

Das Hotel ›Slovan‹ war das größte in der Stadt, auch, was die Zahl der Stockwerke anbelangte. Es markierte den Beginn der Hauptgeschäftsstraße in Košice, die Hlavnaulicá, und stammte noch aus jenen Zeiten, als der Ostblock als ›Reich des Bösen‹ abgetan worden war. Nach der Wende hatte sich in dieser slowakischen Stadt, unweit der Hohen Tatra und der Grenze zur Ukraine, gleich reges Geschäftsleben gerührt. Und wie überall hatten auch hier sofort die großen Handelsketten Fuß gefasst und der einst tristen Innenstadt ein buntes Erscheinungsbild verliehen, ohne alte Strukturen zu zerstören. Ganz im Gegenteil. Den Kommunalpolitikern war es gelungen, die liebenswerten alten Fassaden zu restaurieren und sogar historisch wertvolle Funde zu erhalten. Das ›Slovan‹ reckte sich als Überbleibsel sozialistischer Prunkhotels in den Himmel, war jedoch inzwischen dem modernen Standard angepasst worden. Viel schlimmer wirkten hingegen die mehrstöckigen Plattenbauten, die an den Stadträndern wie ein böser Albtraum die Anhöhen verunstalteten – als seien's Stein gewordene Zeugen jener Jahre, in denen Wohnkasernen Fortschritt symbolisierten.

Das ›Slovan‹ war beliebter Treffpunkt der Geschäftsleute und Geschäftemacher aus dem Ausland. Hier, in dem weitläufigen, nur mit Kunstlicht erhellten Foyer, an das die Polstergruppen der angegliederten Bar grenzten, wurden seit der politischen Wende unzählige Kontakte geknüpft – und wie man den Eindruck gewinnen konnte, nicht nur geschäftlicher Art.

In jener Ecke, die am weitesten von dem großen Tresen der Bar entfernt war, saßen an diesem Abend drei hochgewachsene, junge Frauen, die immer wieder die Blicke der überwiegend männlichen Gäste auf sich zogen. Die hellblonden Damen waren äußerst sommerlich angezogen und ihre Kleidchen so kurz, dass wirklich nur das Allernötigste bedeckt wurde. Sie hatten bereits ihre bestellte Cola serviert bekommen und schienen in Gespräche vertieft zu sein und sich zu amüsieren. Als eine von ihnen zur Toilette stöckelte, wozu sie sich einen Weg durch die Reihen der Sitzgruppen suchen musste, um dann abseits der Rezeption zu verschwinden, hingen die Augen der Männer geradezu gierig an ihr. Sie war sich dieser Wirkung bewusst, weshalb sie umso provokativer mit den Hüften schwang.

Auch die beiden Männer, die gerade durch die automatisch aufschwenkende Glastür gekommen waren, hatten ihr für einen Moment hinterher geschaut. Dann aber ließen sie ihre Blicke über die Sitzgruppen der Bar streifen und erkannten, wo ihr Ziel sein würde. Die beiden Blondinen waren schließlich nicht zu übersehen gewesen.

Sie lächelten den Frauen schon von weitem zu. Sie sprachen slowakisch, begrüßten sich mit einem Küsschen auf die Wangen und nahmen an dem ovalen Couchtisch Platz. Einer der Männer streichelte den Oberarm einer der Frauen. Sie schien es zu genießen. Der andere Mann machte eine charmante Bemerkung, die schallendes Gelächter hervorrief. Unterdessen näherte sich bereits die Bedienung. Ihr Gesichtsausdruck verriet Missmut. Die Männer bestellten Bier, als die dritte Dame von der Toilette zurückstöckelte und sich nun ebenfalls mit Küsschen begrüßen ließ.

Sie unterhielten sich eine Viertelstunde, während der die Damen immer wieder kicherten. Schließlich deutete eine von ihnen auf zwei Männer, die langsam und offenbar suchend an den äußeren Sitzgruppen dieser Bar entlang gingen. Der eine war weißhaarig und korpulent, der andere schlank und jünger.

Die Slowaken drehten sich um und hoben kurz die Arme, um sich gegenüber den Neuankömmlingen bemerkbar zu machen. Augenblicke später hatten die beiden Gäste den Tisch erreicht und die drei lächelnden Blondinen und deren männliche Begleiter mit Handschlag begrüßt.

»Welcome in Košice«, begrüßte sie einer der Slowaken und verzog dabei sein Gesicht zu einem strahlenden Lachen. Auf seinem kahlen Kopf, den nur ein schmaler Haarkranz umgab, hatten sich feine Schweißperlen gebildet. Der andere Mann, ein sportlich ergrauter Sechziger, wirkte souverän und vornehm, trug Jeans, Strickpulli und Turnschuhe. »Ich heiße Sie auch herzlich willkommen«, sagte er, ohne seine amerikanische Herkunft verleugnen zu können. »Wie war die Reise?«

Der weißhaarige Deutsche gab sich energisch. »Was nimmt man nicht alles in Kauf, wenn man solche Nachrichten erhält?« Mit einem eher gekünstelten Lächeln versuchte er, die Schärfe seiner sonoren Stimme zu mildern.

»Wir hätten uns einen angenehmeren Aufenthalt hier vorstellen können«, ergänzte sein Begleiter, dessen blondes Haar offenbar seit der Abfahrt in Deutschland nicht mehr gekämmt worden war.

Die Männer zogen sich zwei freie Polsterstühle von Nebentischen heran und bestellten Bier, als die Beine der Bedienung in ihr Blickfeld kamen.

»Die Damen hier«, begann der Amerikaner langsam und deutete lächelnd auf die Begleiterinnen, »sind unsere Sekretärinnen. Sie sind über alles informiert. Sie wickeln den Schriftverkehr ab.«

»There ist no problem, no problem«, ergänzte der rundliche Slowake, den sie Jano nannten. Er schien ebenfalls um eine lockere Atmosphäre bemüht zu sein. Als das Bier serviert wurde, prosteten sie den Gästen aus Deutschland und den Damen zu.

Der Weißhaarige genoss das erfrischende Getränk, blickte aber den Gastgebern kritisch in die Augen. »Um es klar zu sagen«, begann er eine Spur zu laut, weshalb er seine Stimme sofort dämpfte, »wir sind nicht zum Amüsieren hergekommen, sondern, weil wir uns große Sorgen machen.« Sein Kollege nickte.

»Yes«, entgegnete der Amerikaner, dem nachgesagt wurde, ein erfolgreicher Geschäftsmann in den Staaten zu sein. Jano war sein Schwager und eigentlich auch erfolgreich – nur schien bei ihm jetzt etwas kräftig daneben gegangen zu sein. »Es hat Probleme gegeben«, fuhr der Amerikaner sachlich fort, »große Probleme.«

Jano, der gerade erst das Gegenteil behauptet hatte, schwieg. Ob er Deutsch verstand, war den beiden Gästen auch bei vorausgegangenen Besuchen nie ganz klar geworden. Möglicherweise, so hatten sie einmal gemutmaßt, war er der deutschen Sprache durchaus mächtig, hielt dies aber verborgen, um seine Geschäftspartner in Sicherheit zu wiegen. Jano war nicht nur ein gerissener Businessman, sondern auch ein Schlitzohr. Er hatte bei seinem Schwager in den USA bereits vor der politischen Wende gelernt, womit eine Menge Geld zu machen ist.

Der Weißhaarige, der einen hünenhaften Oberkörper hatte, lehnte sich mit verschränkten Armen zurück. Sein jüngerer Begleiter schlug die Beine übereinander, während die drei Damen gespannt von einem Mann zum anderen schauten.

»Es ist alles ganz gut gelaufen«, machte der Amerikaner mit dem typischen US-Akzent weiter, »sehr gut. Doch vor einem Jahr kam der Augenblick, dass Jano die Zinszahlungen an Sie hat einstellen müssen.«

»Das haben wir gemerkt«, kommentierte der Weißhaarige säuerlich-grinsend. Sein Gesicht war hochrot geworden.

»Deshalb bin ich jetzt rübergeflogen«, erklärte der Geschäftsmann und begann, mit einem Kugelschreiber zu spielen, »Jano hat meine Hilfe gebraucht.« Der Amerikaner schaute sich vorsichtig um, nahm die Personen an den anderen Tischen ins Visier und beugte sich nach vorne, um leiser weiterreden zu können: »Jano ist in Schwierigkeiten geraten.« Sein Schwager tat tatsächlich so, als verstünde er kein Wort. »Wir haben sehr viel Geld bezahlen müssen, weit mehr als hunderttausend Euro«, erklärte der Amerikaner und kam den anderen noch ein Stück näher: »Sie haben gedroht, Jano umzubringen.«

Die beiden Deutschen runzelten die Stirn, wollten ihren Gesprächspartner aber nicht unterbrechen. Der wusste auch so, was sie interessierte. »Die Mafia«, flüsterte er.

Lanski fühlte sich erleichtert. Das ehemalige Vorstandsmitglied des Vereins, in dem er einmal Fußball gespielt hatte, war ein weitsichtiger Mensch – ebenso der junge Dieter Funke, ein Sportfunktionär, der etwas von der Branche verstand. Sie hatten ihm zugehört, aufmerksam, ungläubig, voll Entsetzen – und sie versprachen schließlich, ihm zu helfen, obwohl keiner von ihnen wusste, was dies letztlich bedeutete. Sie wollten auf jeden Fall in Kontakt bleiben. Und mit niemandem darüber reden.

Die drei Männer hatten fast drei Stunden diskutiert, sich gegenseitig Fragen gestellt und Zweifel geäußert. Funke war mehrfach vor die Tür gegangen, um sich zu vergewissern, dass es keine heimlichen Lauscher gab. Doch die Stimmen und Tritte im Treppenhaus gehörten zu Sportlern, die aus der Halle unter der Tribüne kamen.

Lanski atmete tief durch, als er allein das Gebäude verließ. Er schwitzte und genoss die Abkühlung, die ihm unter der Tür entgegenschlug. Es nieselte. Auf der Terrasse brannten einsam die Laternen und spiegelten ihr Licht in den Pfützen. Durch ein schräg gestelltes Fenster der Gaststätte drangen Gelächter und Musik heraus. Lanski eilte an der Eingangstür vorbei und war insgeheim froh, dass er niemanden traf.

Er wäre nicht in der Stimmung gewesen, sich jetzt noch mit einem alten Bekannten zu unterhalten.

Denn er hatte noch einen zweiten, wichtigen Termin an diesem Abend. Es war kurz vor halb elf und das Tal längst dunkel, als er mit seinem schwarzen Aktenkoffer das beleuchtete Gelände des Sportclubs verließ und die nur mäßig erhellte Zufahrtsstraße betrat, die sich hier in verschiedene Richtungen gabelte. Er nahm den Weg durch die Unterführung unter der Landstraße, um auf der anderen Seite die zweihundert Meter bis zum vereinbarten Treffpunkt zu gehen, vorbei an einigen Häusern, die sich an die alte Landstraße reihten. Er spürte, wie sich der Nieselregen auf seine Kleidung legte. Schon nach wenigen Minuten hatte er den Parkplatz hinter den Gebäuden einer Bauunternehmung erreicht, die sich direkt an den steilen Damm der Eisenbahn-Hauptlinie Stuttgart-Ulm schmiegte, hinter dem das eigentliche Stadtgebiet lag. Dessen Lichterflut erhellte den nebligen Himmel.

Lanskis Augen hatten sich an die Dunkelheit gewöhnt, sodass er die Silhouetten der Betriebsgebäude und des Bahndamms deutlich erkannte. Er sah auch das geschlossene Metalltor und die asphaltierten Freiflächen davor. Enttäuscht stellte er fest, dass dort kein Auto stand. Vermutlich war er noch einige Minuten zu früh. Er verlangsamte seinen Gang und schlenderte an dem Metallzaun entlang, während sich das Rattern eines Güterzugs näherte.

Lanski hatte endlich Zeit, über alles nachzudenken. Dieser Treffpunkt hier, daran bestand gar kein Zweifel, war ungewöhnlich. Denn ihm wäre es lieber gewesen, den Termin im Hotel ›Krone‹ stattfinden zu lassen, wo er ohnehin telefonisch ein Zimmer gebucht hatte. Doch sein Gesprächspartner war bereits bei einem Telefongespräch vor drei Tagen darauf bedacht gewesen, einen neutralen Ort zu wählen. »Kein Lokal, man würde mich kennen – am besten irgendwo in freier Natur«, hatte er energisch gebeten.

Nachdem Lanski erklärt hatte, dass er in Geislingen zu tun haben würde, war es ihm überlassen geblieben, einen geeigneten Treffpunkt vorzuschlagen. Angesichts der Tatsache, dass er seine Sportsfreunde im Eybacher Tal besuchen wollte und er auf ein Taxi angewiesen war, hatte er den Firmenparkplatz unweit des Fußballstadions vorgeschlagen. Hier kam, von Hundebesitzern vielleicht abgesehen, die ihren Vierbeiner Gassi führten, mit Sicherheit niemand vorbei. Niemand konnte ihnen zuhören, niemand Mikrofone und Sender installieren. Lanski hatte ja nicht ahnen können, dass das Wetter derart mies sein würde, jetzt Ende Mai.

Lanski ertappte sich immer häufiger bei dem Gedanken, er würde bespitzelt. Nie zuvor hatte er seine Umwelt so kritisch und aufmerksam verfolgt, wie seit einigen Monaten. In Gesprächen achtete er auf jede Formulierung, auf jede Bemerkung – und er selbst legte inzwischen jedes Wort, ehe er es aussprach, auf die Goldwaage. Er hatte längst erkannt, dass die Sache mehr war als ein Spiel. Viel mehr. Unweigerlich musste er an Anders Frisk denken, den international tätigen Fußball-Schiedsrichter aus Schweden, der im März von einem Tag auf den anderen zurückgetreten war, weil Unbekannte ihn und seine Familie mit Morddrohungen schockiert hatten.

Die Lok des talaufwärts fahrenden, scheppernden Güterzugs hatte jetzt den Bahndamm über ihm erreicht und ließ die Waggons vorüberziehen, die sich tiefschwarz vom helleren Hintergrund abhoben. Noch einmal ging er in Gedanken das Gespräch mit Heimerle und Funke durch. Sie waren bisher die Einzigen gewesen, denen er sich anvertraute. Zwar hatten sie natürlich keine Lösung gefunden, ja nicht einmal eine Strategie – doch hier in der Provinz, weit entfernt von den Macht- und Schaltzentren, konnte man wenigstens sicher sein, im Kreise guter Freunde eine solide Basis zu erhalten.

Das Gespräch, das ihm jetzt bevorstand, war aber nicht minder schwierig. Doch es musste sein. Aus mehreren Gründen. Das Rattern des endlos langen Güterzugs hämmerte sich in sein Gehirn. Nie zuvor war ihm bewusst geworden, wie damit ein ganzes Tal beschallt wurde – vor allem nachts, wenn es keine anderen Geräusche gab. Oder hatte er da soeben doch noch etwas gehört? Lanski drehte sich um und umklammerte instinktiv den Griff seines Aktenkoffers noch fester.

Plötzlich beschlich ihn das ungute Gefühl, irgendetwas könnte nicht in Ordnung sein.

Da war doch jemand.

4

Der junge Mann, der in einer roten Hotel-Uniform steckte, war mit den beiden Deutschen in den Aufzug gestiegen und hatte den Knopf fürs neunte Stockwerk gedrückt. Der Weißhaarige und sein jüngerer Freund hingegen wählten die sechste Etage. Als sich die Tür automatisch schloss, betrachteten sich die Gäste in den getönten Spiegeln der Kabine und stellten fest, dass sie übernächtigt aussahen. Während nacheinander die Kontrollleuchten für die einzelnen Etagen aufblinkten, drehte sich der junge Hotelangestellte zu den Männern um, überlegte kurz und fragte dezent: »Do you want a special service for the night?« Der Weißhaarige mit dem hochroten Kopf verstand nicht so recht. Sein Begleiter hingegen wusste sofort, was mit der Frage nach einem »speziellen Service für die Nacht« gemeint war. Er lehnte lächelnd ab. Ihm war nicht danach. Außerdem würde er kein Geld dafür ausgeben wollen. Inzwischen hatte der Aufzug die sechste Etage erreicht und die beiden Deutschen stiegen aus. Der Hotelboy fuhr sichtlich enttäuscht weiter. Die Vermittlung eines nächtlichen Services hätte sein Taschengeld aufgebessert.

Mittlerweile hatte auch der Weißhaarige begriffen, was gemeint war. Die beiden Männer lächelten und strebten durch den mit Teppichboden gedämpften Flur ihren Zimmern entgegen. »Sollen wir uns noch was aus der Minibar genehmigen?«, fragte der Ältere mit der sonoren Stimme. Der andere nickte und ließ sich gerne noch zu einem Drink im Zimmer seines Freundes einladen.

Es war inzwischen weit nach Mitternacht. Der Weißhaarige holte aus dem kleinen Kühlschrank zwei kleine Flaschen

Pils, öffnete sie und goss den Inhalt in die beiden bereit stehenden Gläser. »Wo sind wir da reingeraten, Rainer?!«, sinnierte er und erfüllte mit seiner kräftigen Stimme den Raum. Sie hatten die Stühle mit den abgewetzten Polstern an das Tischchen gerückt, auf dem ein Fernsehgerät stand. Das Zimmer war eng.

Rainer, der Jüngere, kratzte sich im zersausten blonden Haar und kommentierte: »Räuber und Ganoven.« Er griff nach dem Getränk und hob das Glas.

»Das kannst wohl annehmen«, bekräftigte der Ältere, der seinen leicht bayrischen Dialekt nicht verbergen konnte – und es auch nicht wollte. Dann prosteten sie sich zu und nahmen einen kräftigen Schluck.

»Mensch, Martin, die haben ganz schön Schiss«, meinte Rainer und wischte sich Bierschaum vom Mund.

»Der Arsch geht denen auf Grundeis, mein Lieber. Da läuft mehr, als sie uns sagen wollen.«

»Natürlich, daran besteht überhaupt kein Zweifel. Warum soll sich denn die Mafia an den Geschäftsführer einer vergleichsweise kleinen und harmlosen Firma heranmachen, die nur mit Baustoffen handelt? Das gibt doch keinen Sinn.«

Martin nickte und lehnte sich zurück, sodass die Lehne bedenklich knarrte. »Und noch im vergangenen Jahr war alles in Ordnung, verstehst? Der Jano hat große Töne gespuckt – und die Bilanz hat gestimmt.« Er legte eine kurze Pause ein. »Naja, zumindest, was ich rausgelesen hab. Aber Bilanzen kann man nach Belieben frisieren – das kennt man ja, verstehst?«

»Wie ist deine Einschätzung? Haben wir noch eine Chance, unser Kapital wieder zu kriegen?«

»Ich kann die Zweihunderttausend nicht einfach wegstecken.« Er holte tief Luft. »Zunächst mal vertrau ich auf den Amerikaner, der schon seiner Schwester zuliebe seinen Schwager nicht als Betrüger abstempeln lassen will.«

Rainer nickte wieder. Er hatte zwar nur einen Bruchteil von der Summe seines Freundes investiert, war aber nicht minder stark darauf angewiesen, das als Darlehen gewährte Geld wieder zu erhalten.

Vor vielen Jahren hatte alles so verlockend angefangen. Jano, der smarte, slowakische Geschäftsmann, dem Beziehungen bis in die höchsten politischen Ebenen seines Heimatlandes nachgesagt wurden, unter anderem sogar zum späteren Staatspräsidenten, war auf der Suche nach Geschäftspartnern durch Deutschland gereist. Ganz im Stile eines amerikanischen Businessman hatte er geredet und das Vertrauen von potenziellen Investoren gewonnen. Er hatte Ideen und den nötigen Elan – nur eben kein Geld. Dabei konnte er, gemessen an deutschen Verhältnissen, bereits mit vergleichsweise geringem Kapitaleinsatz daheim etwas bewegen. Ein paar zehntausend Mark waren damals für ihn eine riesige Summe gewesen. Und weil in der Slowakei die Banken noch geradezu inflationäre Darlehenszinsen verlangten, oft über 20 Prozent, konnte er seinen Geldgebern gut und gern die Hälfte davon versprechen und es trotzdem verkraften.

Jano war es damals, Mitte der 90er Jahre, tatsächlich gelungen, Kapitalanleger zu finden, mit deren geldkräftiger Unterstützung er eine Firma aufbauen konnte, die in geradezu atemberaubender Weise expandierte und von der aufstrebenden Wirtschaft des kleinen Landes profitierte. Er bezahlte artig seine Zinsen und legte Bilanzen vor, die bei den jährlichen Gesellschafterversammlungen Freude aufkommen ließ. Als sich herumsprach, welch traumhafte Kapitalanlage eine Investition in ein slowakisches Unternehmen sein konnte, meldeten sich immer neue Interessenten bei Jano. Dass er ein Schwindler sein würde, hatte niemand gedacht. Und auch jetzt war sich Martin noch nicht sicher, ob Jano das viele Geld, das jetzt offenbar irgendwie verschwunden war, absichtlich veruntreut hatte oder ob er einfach zu hoch gepokert hatte – womit auch immer.

»Weißt«, meinte Martin, nachdem er einen kurzen Moment überlegt hatte, »letztlich ist's mir wurscht, was da gedreht wurde. Ich will mein Geld wieder – und dann sehn die mich hier nie mehr. Nie mehr, verstehst?«

Rainer nickte. »Ich denk auch, wir sollten uns nicht allzu sehr in diese Sache einmischen. Der Amerikaner ist ehrlich bemüht, Gras über die Sache wachsen zu lassen.«

Martin holte tief Luft. »Du hast Recht. Weißt, mir ist heut Abend etwas eingefallen, was vor einigen Jahren einem Geschäftsmann aus dem Kreis Göppingen widerfahren ist.« Er holte ein weiteres Pils aus der Minibar und öffnete den Kronenkork. »Ich weiß zwar nicht, was er für Geschäfte gemacht hat. Aber weißt, was sie mit dem gemacht haben?«

Rainer zuckte mit den Schultern.

»Gekillt hab'n sie ihn. Erschossen. Regelrecht hingerichtet.« Martin schaute seinem Freund fest in die Augen. Seine Adern an den Schläfen waren hervorgetreten. »Erschossen – in Ungarn drübn.«

»Deshalb mein ich, es ist in diesen Gegenden vielleicht besser, man stellt nicht so viele Fragen.«

Rainer wurde bleich. »Vielleicht sollten wir Matthias anrufen.«

Martin nickte.

5

Bruhn, der energische und für seine cholerischen Anfälle bekannte Göppinger Kripochef, strich sich über die glänzende Glatze, die nur noch ein schmaler Haarkranz umgab. »Was?«, wiederholte er und drückte den Telefonhörer fest ans linke Ohr, »auf offener Straße?« Bruhn rückte mit dem Oberkörper an die Schreibtischkante heran und stützte sich mit den Ellbogen ab. Das hatte ihm an diesem eiskalten Dienstagmorgen gerade noch gefehlt. Der Schreibtisch voll mit Fragebögen und Personalakten, mit statistischen Anfragen des Innenministeriums und einer Dienstaufsichtsbeschwerde gegen den Hauptkommissar August Häberle – und jetzt eine Leiche. Er lauschte angestrengt und stieß plötzlich eine Frage aus, als habe er seinen Gesprächspartner jäh unterbrochen: »Womit erschossen?« Er hörte dem Anrufer noch kurz zu, brummte ein »mhm« und entschied abrupt: »Ich komm hoch – und bring den Häberle mit.« Dann legte er ohne ein Wort des Dankes oder des Abschieds auf – wie immer.

Wenig später ließ sich der Kripochef von diesem Häberle, der zwar einer seiner fähigsten Mitarbeiter war, aber leider Gottes kein Blatt vor den Mund nahm, im weißen Dienst-Mercedes auf der B 10 talaufwärts in Richtung Ulm chauffieren.

»Was weiß der Teufel, was da wieder dahinter steckt – und das bei diesem Sauwetter«, knurrte Bruhn und lehnte sich zurück, als sie Göppingen verließen, »bis jetzt weiß man noch nicht, wer der Tote ist.«

»Weibergeschichten«, mutmaßte Häberle einsilbig. In seinem langen Berufsleben hatte er einige Morde bearbeitet, hinter denen verschmähte Liebe oder Widersacher steckten. Was vordergründig nach politischen oder geschäftlichen Motiven aussah, entpuppte sich oftmals als eine Beziehungstat. Häberle, jahrelang beim Landeskriminalamt Stuttgart für die schwierigsten Fälle zuständig gewesen und nun wieder, knapp acht Jahre vor der Pensionierung, im heimischen Göppingen tätig, ließ sich so schnell nicht aus der Ruhe bringen – auch wenn Bruhn bereits wieder großen Presserummel befürchtete und im Geiste sämtliche einflussreichen Kreise in Aufruhr vermutete.

»Halten Sie sich bloß mit Vermutungen über Weibergeschichten zurück«, erwiderte der Kripochef. Es klang wie ein Befehl. »Das hetzt uns gleich die Boulevard-Presse auf den Hals. Mir reichen schon die hiesigen Radau-Journalisten.«

Häberle, der sich im täglichen Stop-and-go-Verkehr durch Eislingen quälte, wollte nichts dazu sagen. Er wusste, dass Bruhn ein gestörtes Verhältnis zu den Medien hatte – es sei denn, sie richteten eine Fernsehkamera auf ihn.

»Kein Auto bei der Leiche?«

»Nichts«, brummelte Bruhn, »keine Tasche, nichts. Liegt einfach so rum – schon einige Stunden, haben die Kollegen gesagt.«

Häberle schaute seinen Chef von der Seite an: »Das hört sich nicht gut an. Dann wird's auch kaum jemand geben, der an dieser gottverlassnen Ecke etwas beobachtet hat.«

»Das rauszukriegen, ist Ihr Job«, konterte Bruhn, ohne die Augen von dem Dreißigtonner vor ihnen zu lassen. Ein »Mautflüchtiger« dachte er. Seit die Lkw-Maut auf der Autobahn funktionierte, wichen viele Brummi-Fahrer auf die parallel führende B 10 aus.

»Wissen wir, wer ihn gefunden hat?«

»Ein Rentner, der heut früh in dieser Affenkälte seinen Hund ausgeführt hat.«

Eislingen schien wirklich wieder verstopft zu sein. Die Ampeln richteten das übliche hausgemachte Chaos an – und dies, so erinnerte sich Häberle, obwohl der Bürgermeister stets mit seiner angeblich »grünen Welle« prahlte. Doch die hatte seit Jahrzehnten außer dieser selbst niemand erkennen können.

»Haben die Kollegen gesagt, wie oft geschossen wurde?« Der Kommissar versuchte, sich auf die Situation einzustellen.

»Zweimal getroffen, Kopf und Brust. Aus allernächster Nähe«, antwortete Bruhn zackig, »sieht aus wie eine Hinrichtung. Zack-bum.«

Häberle schwieg. Die Kolonne setzte sich wieder in Bewegung.

Ute Siller hatte sich besonders fein gemacht. Ihr dezent graues Kleid, knielang, unterstrich die Seriosität, mit der sie sich als Finanzchefin des Unternehmens gerne umgab. Damit wollte sie sich von den jungen Dingern abheben, wie sie immer zu sagen pflegte – von diesen Mädels, die Nullenbruch so gerne als Sekretärinnen einstellte. In ihrem gemeinsamen Vorzimmer saß deshalb seit einiger Zeit auch so eine Zwanzigjährige, deren Getue ihr ziemlich auf die Nerven ging. Dazu war sie noch Ausländerin, sprach dafür aber erstaunlich gut Deutsch. Schon oft waren sie sich in die Haare geraten. »Schluss jetzt«, sagte die Chefin dann barsch und warf die Tür ihres Büros lautstark zu, um ihrer Autorität Nachdruck zu verleihen. Auch heute Vormittag war ›Kindchen‹, wie sie die hellblonde Angestellte von Anfang an tituliert hatte, wieder aufmüpfig und hatte über die vielen Briefe gestöhnt, die zum Schreiben anstanden.

Ute Siller war ohnehin sauer. Gestern hatte Nullenbruch hartnäckig eine Betriebsversammlung angekündigt – und nun war er über Nacht verschwunden. Als sie ihren Computer anschaltete, entdeckte sie eine Mail von ihm, die sie um 3.48 Uhr erhalten hatte: ›Tut mir leid, aber ich habe einen dringenden Termin wahrnehmen müssen. Betriebsversammlung wird verschoben.‹ Keine Begründung, kein Gruß.

Die Frau starrte noch ein paar Sekunden auf den Bildschirm und drückte dann am Telefon Meckenbachs Nummer. Der hatte auf dem Display bereits gesehen, wer anrief und kam gleich zur Sache: »Nicht aufregen, Ute. Er hat mal wieder umdisponiert.«

»Langsam hab ich den Eindruck, er weiß manchmal selbst nicht so genau, was er will.« Sie lehnte sich in ihrem schweren, ledernen Bürosessel zurück und schaute zur Tür, die sie vorhin mit Wucht zugeworfen hatte.

»Die Sache überfordert ihn«, meinte Meckenbach.

»Hast du denn eine Ahnung, wohin er ist?«

»Nicht die geringste. Vielleicht hat's mit dem Anruf zu tun. Erinnerst du dich? Er hatte doch gestern noch eine Verabredung.«

»Stimmt, ja«, erwiderte Ute Siller nachdenklich, »hat der nicht Leo geheißen oder so ähnlich?«

»Hab ich nicht gehört und ist mir auch ziemlich egal. Sag mal, Ute, hast du heut Mittag schon was vor? Ich mein, wir könnten essen gehen.«

»Keine schlechte Idee. Was schlägst du vor?«

»Pizza in Göppingen, wie immer.«

»Okay. Fahr'n wir gleich um halb eins?«

Er stimmte freudig zu. Ute Siller legte auf und verlor ihr Lächeln. Sie erhob sich energisch und erreichte mit wenigen Schritten die Tür zum Vorzimmer, die sie mit einem Ruck aufriss. Fast im gleichen Moment nahm die junge Sekretärin ihr knallrotes Handy vom Ohr und drehte sich erschrocken um.

»Hab ich mir's doch gedacht«, herrschte die Chefin die Angestellte an, deren blasses Gesicht rot anlief. »Du telefonierst während der Geschäftszeit privat rum?«

Das Mädchen schluckte und ließ die Hand mit dem Handy langsam sinken. Sie hätte jetzt lügen können, doch die Autorität, die diese Frau vor ihr ausstrahlte, wirkte geradezu lähmend auf sie.

»Ich will eine Antwort. Oder bist du taub?« Ute Siller kam bedrohlich nahe an den Schreibtisch heran.

»Tut mir leid, Frau Siller«, stammelte die Sekretärin mit ihrem unüberhörbaren slawischen Dialekt, »mein Freund hat mich nur kurz was fragen wollen.«

»Hab ich nicht gesagt, dass Privatgespräche absolut verboten sind? Dazu zählen auch Gespräche von deinem Handy. Hier drin wird gearbeitet – und sonst nichts. Aber auch gar nichts.« Die Frau starrte ihre Angestellte mit versteinertem Gesicht an. »Und dass eines klar ist, ein für alle Mal …« Ihre Stimme hatte ein gefährliches Zischen angenommen. »Busen, Beine und Po haben nichts mit Intelligenz zu tun.« Das hatte sie diesem ›Kindchen‹ schon lange mal sagen wollen. Jetzt war es raus. Wenn dieses Mädchen glaubte, mit aufreizender Kleidung vielleicht Nullenbruch imponieren zu können, dann war es höchste Zeit, einen Riegel vorzuschieben.

Die Sekretärin spürte, wie ihr Herz zu rasen begann und ihre Wangen glühten. Sie wollte etwas sagen, doch ihre Chefin schnitt ihr das Wort ab: »Ruhe. Ich will nichts hören. Gar nichts. Merk dir eins: Was hier drin gesprochen wird, was hier geschrieben und ausgehandelt wird, das sind strengste Geschäftsgeheimnisse. Wenn da auch nur ein Sterbenswörtchen nach draußen dringt, fliegst du hochkantig raus – und das mit einem entsprechenden Zeugnis. Ich persönlich, verstehst du, ich persönlich werde dafür sorgen, dass du dann nie mehr wieder einen Job kriegst. Nie mehr. Denk an deine Vergangenheit. Und denk dran, wo du bist.« Die Frau war jetzt ganz dicht an die Sekretärin herangetreten, die auf ihrem Schreibtischstuhl kauerte. »Im Übrigen stehst du gefälligst auf, wenn ich mit dir rede«, fauchte Ute Siller und deutete mit einer Kopfbewegung an, was sie von der Angesprochenen erwartete. Das Mädchen, jetzt völlig eingeschüchtert, blieb reglos sitzen.

»Hast du nicht kapiert? Du sollst deinen Arsch heben.« Die gefährlich scharfe Stimme der Chefin war leiser geworden, denn mit diesem Jargon wollte sie von niemandem gehört werden.

Die junge Frau erhob sich zögernd, ohne etwas zu sagen, und fühlte sich dabei mit weichen Knien wie ein Schulmädchen, das etwas Verbotenes getan hatte. Sie war nahezu so groß wie Ute Siller und schaute ihr angstvoll in die Augen, als befürchte sie, auch noch eine Ohrfeige verpasst zu bekommen.

»Jetzt werd ich dir mal was sagen«, machte die Chefin weiter, »egal, was du hier drin erfährst. Du wirst es für dich behalten. Denn ...« Sie überlegte ein paar Sekunden und ließ ihr Gegenüber nicht aus den Augen, »manchmal kann es gefährlich sein, sehr gefährlich – zu viel zu wissen.« Und sie fügte hinzu: »Oder das Falsche zu wissen.«

Ute Siller drehte sich weg und eilte zur Tür. »Jetzt aber an die Arbeit, los«, zischte sie und schmetterte die Tür hinter sich zu. Die junge Frau blieb völlig verstört zurück. Sie zitterte.

6

Tobias Liebenstein war mit der Frühmaschine von Berlin nach Stuttgart geflogen. Er gehörte zu den Männern, die um diese Zeit durch die Republik jetteten. Das schwarze Haar korrekt gescheitelt, mit ein bisschen Gel am Glänzen gehalten, schlank und sportlich. Wer ihn in Stuttgart aus dem Flugzeug steigen sah, hätte glauben können, einen dieser jungen Bänker vor sich zu haben, deren einziges Lebensziel es war, das Geld anderer Leute Gewinn bringend für sich selbst anzulegen. Doch Liebenstein, der seinen schwarzen Aktenkoffer fest umklammerte, war in anderer Mission unterwegs. Er winkte am Ausgang des neuen Stuttgarter Abfertigungsgebäudes einem Taxi und ließ sich zu einer dieser Villen chauffieren, die sich an die sonnenverwöhnten Hänge oberhalb der Stadt schmiegten.

Der Fahrer fand die angegebene Adresse in der Weinsteige auf Anhieb, kassierte und entließ seinen wortkargen Gast.

Liebenstein drückte auf den goldenen Klingelknopf, den er ohne Namensschild neben einem großen, schmiedeeisernen Torbogen entdeckte. In diesen vornehmen Wohnlagen blieb man offenbar lieber anonym. Der Berliner blickte sich um und lächelte in das kleine Objektiv einer Videokamera, die unauffällig zwischen rankenden Pflanzen angebracht war. Die Sträucher waren nass, auf einem Baum zwitscherten Amseln. Hinter dem Tor duckte sich das Gebäude in den Hang und erweckte mit seinem Flachdach einen eher bescheidenen Eindruck. Doch von seinen früheren Besuchen her wusste Liebenstein, dass es sich über drei Ebenen den Hang hinab erstreckte, umgeben von einem geradezu mediterranen Garten.

»Ja?« Eine Männerstimme meldete sich aus einem winzigen Lautsprecher, der in den Betonrahmen des Tores eingelassen war, von dem Wasser tropfte.

»Hallo Stefan, ich bin's, Liebenstein«, sagte der Besucher leise. Der elektrische Türöffner summte. Der junge Mann durchschritt den mit blühenden Stauden eingefassten Gartenweg und erreichte das schwere Eichenportal, das die ziemlich öde erscheinende graue Sichtbetonwand des Gebäudes unterbrach. Dort wartete Stefan Beierlein, ein Endfünfziger mit burschikosem Auftreten.

»Pünktlich auf die Minute«, lächelte er und schüttelte seinem Besucher die Hand. »Komm rein.« Er führte Liebenstein durch ein großzügig gestaltetes Foyer, das mit Erinnerungsstücken aus verschiedenen Ländern ausgestattet war, unter anderem mit einem riesigen, glitzernden Säbel, der an der Wand hing.

Sie gingen über eine breite, geschwungene Treppe ein Stockwerk tiefer. Dort gab es einen Raum, der mit modernen, pastellfarbenen Polstermöbeln eingerichtet war. Die gesamte Außenwand bestand aus einer einzigen Glasfront, an der Regen abwärts rann. Durch das nasse Fenster hindurch bot sich ein traumhafter Blick über die gesamte Stuttgarter City. Draußen auf der Terrasse standen Terracottagefäße, in denen hohe südliche Pflanzen wuchsen. Von dem steil dahinter abfallenden Hang ragten die Wipfel alter Nadelbäume herauf. Der Hausherr wies seinem Gast einen Platz in einem der Polstersessel zu, die sich um einen ovalen Glastisch gruppierten.

»Meine Frau lässt sich entschuldigen, sie ist unten im Hallenbad«, erklärte der Gastgeber, »willst du was trinken?«

Liebenstein lehnte dankend ab, stellte den Aktenkoffer neben sich und zog das feucht gewordene Jackett aus.

»Schön, dass alles so wunderbar ins Laufen kommt«, meinte der Villenbesitzer. »Unsere Jungs gestern haben auch gestaunt, wie weit wir schon sind.«

»Waren denn alle da?«, zeigte sich Liebenstein interessiert.

Sein Gegenüber nickte zufrieden. »Alle, ja. Und was für mich das Wichtigste war: Sie halten zur Stange. Niemand hat daran Zweifel aufkommen lassen.«

»Und Lanski?«

»Bestens, mein Freund. Ich bin überzeugt, dass er die nötigen Kontakte hinkriegt. Wenn nicht er, wer denn dann sonst?«

»Du meinst Kontakte zu Klinsmann?« Beierlein nickte bedächtig.

Als der Kripo-Mercedes durch die Bahnunterführung rollte, tauchten vor Häberle und Bruhn die zuckenden Blaulichter unzähliger Einsatzfahrzeuge auf. Sie reihten sich hintereinander entlang der Zufahrt zu den Parkplätzen der Baufirma. Die uniformierten Kollegen hatten das Auto bereits gesehen, worauf sie einen der Kombis beiseite rangierten, sodass Häberle bis zu den rot-weißen Absperrbändern vorfahren konnte.

Kaum hatte der Kommissar den Mercedes abgestellt, sprang Bruhn energisch vom Beifahrersitz und stürmte durch den Nieselregen wortlos auf einen Zivilisten zu, der die Spurensicherung leitete. »Und? Erkenntnisse?« raunzte er ihn ohne ein Wort der Begrüßung an, während Häberle zunächst den Uniformierten freundschaftlich die Hände schüttelte und sich vom Leiter der Kriminalaußenstelle Geislingen, Rudolf Schmittke, zum Fundort der Leiche führen ließ. Dort schienen mehrere Beamte in weißen Schutzanzügen behutsam jeden Kieselstein einzeln zu untersuchen. Außerdem hatte sich bereits ein junger Kriminalist Notizen gemacht. Es war Mike Linkohr, mit dem Häberle in den vergangenen Jahren schon einige knifflige Fälle gelöst hatte. Er begrüßte auch ihn mit Handschlag. »Vielleicht wieder was für uns«, meinte er aufmunternd, was Linkohrs Gesicht sofort erstrahlen ließ. Mit diesem Ermittler zusammen zu arbeiten, das bereitete ihm große Freude. Wortlos standen sie vor dem Toten, der auf dem Rücken lag, das Gesicht ein einziger roter Klumpen, dazwischen schwarze Haare.

Blut hatte sich mit Regen vermischt und am Bauch der Leiche eine kleine Pfütze gebildet. Ziemlich unappetitlicher Anblick, dachte Häberle, der in seinem Berufsleben schon viele übel zugerichtete Leichen gesehen hatte. Diese hier aber bot einen besonders schrecklichen Anblick. Für ihn war klar: Da hatte jemand mit Schrot aus allernächster Nähe auf den Kopf geschossen. Auch unterhalb des Halses war das Hemd des Toten mit Blut durchtränkt. Offenbar auch noch ein Schuss in die Brust. Die Beine, die in einer hellen Hose steckten, waren abgewinkelt, die Arme nach beiden Seiten weit weg gestreckt, das blaue Jackett aufgeknöpft.

Häberle ließ das Bild für einen kurzen Moment auf sich wirken. Er versuchte, sich jeden Tatort genau einzuprägen. Lage der Leiche, die Umgebung, den Boden, das Gelände. Bruhn hingegen erwartete von den Kollegen der Spurensicherung bereits konkrete Einzelheiten. »Eine Schrotflinte?«

»So, wie's aussieht, ja.«

»Projektile?«

»Wir suchen. Hat aber bei Schrot wenig Sinn.«

Bruhn nahm diese Bemerkung nicht zur Kenntnis, sondern blickte sich um. »Es dürfte nicht allzu schwer sein, hier etwas zu finden.« Um sie herum war der Boden nahezu vollständig asphaltiert, aber nass. Nur die bewachsene Bahnböschung würde schwieriger zu durchsuchen sein. Oben rauschte gerade ein ICE vorbei.

»Was sagt der Herr Doktor?« erkundigte sich Häberle, an Schmittke und Linkohr gewandt.

»Sieben, acht Stunden dürfte es her sein«, antwortete der Geislinger Außenstellen-Chef, während sich Bruhn zu ihnen stellte und dazwischen fuhr: »Identität?«

»Keine Papiere, nichts«, antwortete Schmittke schnell, um gleich gar nicht den Eindruck aufkommen zu lassen, etwas versäumt zu haben.

»Reifenspuren?« Bruhns Stimme hatte stets etwas Militärisches an sich.

»Keine Chance.«

»Und hier drin wohnt niemand?« Bruhn deutete auf den verlassen erscheinenden Komplex des Bauunternehmens. Auch jetzt am Vormittag rührte sich hinter dem geschlossenen Tor nichts.

»Stillgelegt«, erklärte Linkohr vorsichtig, wohl wissend, dass er als Angehöriger niederer Dienstränge in Anwesenheit Bruhns eigentlich kein Rederecht hatte. Der oberste Kripochef tat deshalb auch so, als habe er die Bemerkung gar nicht zur Kenntnis genommen.

Unterdessen bog der schwarz-beige Leichenwagen des örtlichen Bestattungsunternehmens von der Landstraße ab. Es waren Vater und Sohn Leichtle, die sich meist höchstpersönlich der Verbrechensopfer annahmen. Die beiden Männer ähnelten sich, was Körperfülle, Schlagfertigkeit und positive Lebenseinstellung anbelangten, wie ein Ei dem anderen. Vermutlich brauchte man für diesen Job auch eine gewisse Portion schwarzen Humor.

Leichtle, der Ältere, kam so schnell, wie es ihm seine Zweizentnerstatur gestattete, auf die Kriminalisten zu und trug ein breites Grinsen zur Schau: »Sind wir denn in Chicago oder was?« Er schüttelte den Männern die Hände, sein Sohn tat es ihm nach.

Häberle sah ihn spitzbübisch an und frotzelte: »Wenn einer bei einem Verbrechen legal verdient, dann der Leichenbestatter.«

Leichtle machte eine drohende Armbewegung, was Bruhn zu einem verständnislosen Kopfschütteln veranlasste. Des Leichenbestatters Sohn inspizierte inzwischen den Toten. »Wer ist das?« wandte er sich an die Kriminalisten.

Bruhn fühlte sich zur Antwort verpflichtet: »Wissen wir nicht. Bis jetzt nicht.«

Leichtle senior war neben seinen Sohn getreten und besah sich nun ebenfalls die Leiche. »Vom Gesicht nicht mehr viel übrig«, stellte er fest, »da hat wohl einer mit einer Kanone geballert, was?«

Bruhn winkte ab und lief demonstrativ weg. »Eine ›Käpseles-Pistol‹ war's nicht.« Keiner der Umstehenden wusste, ob Bruhn mit dem Hinweis auf eine Spielzeugpistole einen Spaß versucht hatte, oder ob es eher eine ernst zu nehmende Feststellung war, um Leichtles Bemerkung unwirsch abzutun. Die meisten vermuteten das Letztere.

Häberle wurde nach einigen Sekunden betretenen Schweigens sachlich: »Das sieht wirklich verdammt nach einer Hinrichtung aus.«

Und Leichtle junior glaubte zu wissen: »Wenn ich mich richtig erinnere, hab ich mal gelesen, dass man in Mafiakreisen abgesägte Schrotflinten bevorzugt. Man sagt wohl ›Luparo‹ dazu.«

Häberle wollte nicht widersprechen. Nur Bruhn bäffte: »Sie müssen's ja wissen.«

7

»Müller-Vorwieger will Taten sehen«, erklärte Stefan Beierlein, dessen junge, überaus schlanke Frau ins Wohnzimmer herauf gekommen war und den Besucher begrüßt hatte. Sie setzte sich in einen abseits stehenden Sessel und ließ ihre braun gebrannten Beine baumeln, die ihr buntes Sommerkleidchen preisgab.

Liebensteins Blicke hingen für einen kurzen Moment an dieser Frau, ehe er sich wieder auf das Gespräch konzentrierte. »MV, ja«, griff er die Initialen des genannten Namens auf, wie dies alle respektvoll taten, die es mit diesem energischen Mann zu tun hatten, »›MV‹, ich weiß – aber er ist in unsere Sache gar nicht involviert. Er gehört zur obersten Ebene, die bewusst herausgehalten wird.« Liebenstein überlegte und fügte hinzu: »Was die WM anbelangt, klar, da erwartet er natürlich einen absoluten Erfolg – wie alle. Aber das ist schließlich legitim. Nur: Wunder vollbringen kann niemand.«

»Sag's ihm«, entgegnete Beierlein provozierend. Liebenstein schwieg. Er wusste genauso gut wie jeder andere, der auf ›MV‹ angewiesen war, dass dieser Mann keinen Widerspruch duldete. Und seine Beziehungen waren derart weit vernetzt, dass es der Karriere nicht zuträglich wäre, sich ihm in irgendeiner Weise in den Weg zu stellen. Die Frau lächelte, als amüsiere sie sich über die Ängste der beiden Männer. Draußen kam Wind auf und zerrte an Bäumen und Stauden.

»Und Geld? Wie weit ist der Etat gediehen?« wechselte Liebenstein das Thema und öffnete den obersten Hemdknopf. Hier drin war es verdammt schwül.

Beierlein lächelte zufrieden. »Die Herren haben sich gestern auch getroffen. Rambusch, der die Kasse verwaltet, hat etwas von annähernd 27 Millionen gesprochen. 27 Millionen, ja, die Wirtschaft zieht mit.« Und er fügte süffisant hinzu: »Trotz aller Rezession. Geld ist genug da. Müssen die Proleten von den Gewerkschaften ja nicht wissen.«

Liebenstein lehnte sich nachdenklich zurück. »Wir brauchen aber noch ein Vielfaches. Ministerialdirektor Gangolf geht davon aus, dass bei manchen Zielpersonen die Hemmschwelle sehr hoch liegt. Wir werden teilweise hoch pokern müssen.«

Beierlein nickte bedächtig. »Das war uns von vornherein klar, Tobias. Mit Peanuts ist kein Pfifferling zu gewinnen. Außerdem vergiss nicht, werden wir mit Schwindlern rechnen müssen. Sie werden versuchen, uns aufs Kreuz zu legen. Deshalb muss jedes Geschäft so angelegt sein, dass unser Partner erpressbar wird. Verstehst du? Das ist das A und O an der Sache. Wer uns reinlegt und nicht spurt, der muss wissen, was ihm blüht ...«

»Du meinst ...« Er deutete die Geste des Halsabschneidens an. Die Frau lächelte wieder.

Klaus Riegert zählte zu jenen Politikern in der Bundeshauptstadt, die nie die Haftung mit der Basis daheim verloren hatten. Als Kripobeamter, der er einst war, hatte er als Nachrücker die Chance gehabt, in den Bundestag einzuziehen. Aber das war schon lange her. Längst kannte er die Gepflogenheiten im ›Hohen Hause‹, die Seilschaften und die Netzwerke, die Freundschaften und Feindschaften. Sein Büro im Paul-Löbe-Haus bot einen Blick schräg hinüber zur Spree und dort auf den Kindergarten, den sich der Bundestag leistete.

Riegert war keiner von denen, die nur schöne Sonntagsreden hielten, um sich vor Kameras und Mikrofonen zu profilieren. Er war der typische Schwabe, der lieber im Hintergrund arbeitete, sich umfangreiches Wissen aneignete und es da, wo es galt, auch einbrachte. Dass diese Art manchmal missverstanden wurde und ihm deshalb mangelndes Engagement vorgeworfen wurde, wie mal in einer Leserbrief-Kampagne geschehen, ärgerte ihn. Doch sein früherer Kollege August Häberle hatte ihn damals beruhigt: »Weißt du, Klaus«, hatte dieser gesagt, »alle wichtigsten Posten in dieser Republik sind von Schwätzern besetzt.« Ja, wie Recht der August doch hat, dachte Riegert und vertiefte sich in die Protokolle einiger zurückliegender Sitzungen des Sportausschusses. Mitte März war es heiß hergegangen, als ein Vertreter des Deutschen Fußball-Bundes (DFB) ein Frühwarnsystem gegen Manipulationen bei Fußballwetten vorgestellt hatte. Als erste Reaktion auf den vorausgegangenen Wettskandal seien die Schiedsrichter-Beobachtungen »massiv verschärft« worden, las Riegert und erinnerte sich an die Sitzung und an die dargestellten Unregelmäßigkeiten über auffälliges Wettverhalten, hohe Einsätze und fragwürdige Schiedsrichter-Entscheidungen. Gefordert wurde jetzt ein gemeinsames Informationssystem aller 16 Lotteriegesellschaften der deutschen Bundesländer. Die Ausschussmitglieder, so hieß es am Ende des Protokolls, ›zeigten sich aber besorgt über einen möglichen Vertrauensverlust des deutschen Fußballs.‹ Und dies ausgerechnet jetzt, ein Jahr vor der Fußballweltmeisterschaft. Riegert seufzte still in sich hinein. Er hoffte inständig, dass die beschwichtigende Äußerung des DFB-Vertreters zutreffen würde: ›Der Confederations-Cup und die Fußball-WM 2006 sind in ihrem Ansehen nicht so stark gefährdet, wie behauptet wird.‹ Riegert, sportpolitischer Sprecher der konservativen Fraktion, hatte beim Lesen der Akten gar nicht bemerkt, dass diese überaus selbstbewusste Frau in sein Büro gekommen war. Sie stand plötzlich neben seinem Schreibtisch und erst nach und nach nahm er im Augenwinkel diesen dunkelblauen Hosenanzug wahr, der die weiblichen Formen betonte. Riegert, der sich sein jugendliches Aussehen bewahrt hatte, drehte langsam den Kopf und schaute in ein strahlendes Gesicht. »Immer in die Arbeit vertieft«, stellte die Frau mit gespielt unterkühlter Stimme fest. »Du solltest Acht geben, dass du nicht eines Tages das wirklich Wichtige verpasst.«

Riegert lächelte verlegen, klappte den Aktenordner zu und drehte sich in seinem Bürosessel vollends zu ihr um. »Glaub mir, Eva, ein Politiker weiß sehr schnell zwischen Wichtigem und Unwichtigem zu unterscheiden.«

Die blonde Frau lehnte sich keck an den Schreibtisch. »Deshalb hast du jetzt auch prompt deine Akten zugeklappt, stimmt's? Was würde da wohl der Herr Bundeskanzler sagen?«

Der Bundestagsabgeordnete erhob sich und schob den Stuhl an den Platz zurück. »Der Herr Bundeskanzler ist mir wurscht«, sagte er und fügte spitz hinzu: »Außerdem wird er bald ohnehin nichts mehr sagen.«

Riegert versuchte, ein Mindestmaß an Ordnung zu halten, wenngleich sich auf seinem Schreibtisch Papiere stapelten und in den Regalen rundum Schnellhefter zwischen Aktendeckeln steckten. Irgendwie waren die Abgeordnetenbüros auch viel zu klein, hatte er sich schon oft beklagt.

»Auch die künftige Frau Bundeskanzlerin wär vielleicht nicht gerade erbaut, wenn sich der Herr Abgeordnete so schnell ablenken lässt«, stichelte Eva weiter.

Er ließ sich nicht provozieren. »Hast du Lust auf einen Bummel zum Pariser Platz?«, fragte er und schaute auf die Armbanduhr. Es war kurz vor zwölf und seine Sekretärin bereits gegangen. Er hatte sich ohnehin vorgenommen, diesen Mittag trotz der ungewöhnlichen Kälte draußen zu verbringen. Sie willigte ein. In letzter Zeit war Eva auffallend oft um diese Zeit gekommen. Er kannte die Mittdreißigerin schon seit mehreren Jahren, doch waren die Kontakte nie über das rein Geschäftliche hinausgegangen. Da achtete er auch streng darauf. Denn er war daheim im Schwäbischen glücklich verheiratet und zählte nicht zu jenen, die sich die Sitzungstage in Berlin mit Affären versüßten.

Eva Campe arbeitete einige hundert Meter vom eigentlichen Regierungsviertel entfernt, drüben in der Scharnhorststraße, wo sich das Wirtschaftsministerium befand. Seit geraumer Zeit interessierte sie sich stark für Sport, diskutierte gerne über die Fußballspiele der Nationalmannschaft und konnte sich sogar ärgern, wenn die millionenschweren Kicker wieder mal absolute Lustlosigkeit bewiesen hatten, wie vor einigen Wochen gegen Slowenien. Riegert nahm in solchen Fällen den Bundestrainer in Schutz, der schließlich habe »bei null« anfangen müssen, was nicht einfach gewesen sei. Und Riegert verstand etwas von Fußball, war er doch seit Jahr und Tag aktiver Spieler in der Bundestagsmannschaft – sogar Torschützenkönig und jener mit der längsten Zugehörigkeit.

Sie waren durchs Brandenburger Tor gegangen, auf dessen östlicher Seite mehrere hundert Touristen aus Omnibussen quollen. Es hatte aufgehört zu regnen, als sie den großen Platz erreichten, an den sich das Nobelhotel ›Adlon‹ anschloss. Hier, auf der Straße ›Unter den Linden‹, hatte Riegert ein Café vorgeschlagen, vor dem man bei schönem Wetter im Schatten der Bäume und Häuserfronten ein Eis essen konnte. Heute jedoch mussten sie im Innern Platz nehmen. »Sag mal, Klaus«, begann die Frau, als sie an einem der Tischchen saßen, »wie ist das eigentlich – kriegst du überhaupt mit, was bei dir daheim so läuft? Ich mein: Du bist die ganze Woche über in Berlin und dein Schwabenland ist weit.«

Der Politiker sah ihr in die großen, blauen Augen. Für einen Moment stutzte er, denn ihm war der Hintergrund der Frage nicht klar.

»Meine Frau hält mich auf dem Laufenden«, erwiderte er, als die junge Bedienung die Eisbombe mit reichlich Sahne brachte, »außerdem gibt's mein Büro, das für mich den ganzen Schriftverkehr im Wahlkreis abwickelt.« Er begann die Sahne zu genießen, während ihn seine Gesprächspartnerin aufmerksam musterte. Riegert überlegte, worauf die Frau hinaus wollte. »Dazu kommt«, fuhr er fort, »dass ich im Internet täglich die beiden regionalen Tageszeitungen lese – wenigstens den Lokalteil, um zu wissen, ob mich jemand attackiert«, lächelte er. Eine Gruppe Amerikaner betrat lautstark das Café.

»Man wirft euch Politikern doch oft vor, den Kontakt zur Basis verloren zu haben«, provozierte Eva Campe und zog eine Schnute. »Ist das nicht frustrierend?«

Riegert nickte. »Schon, natürlich, ja – vor allem, wenn diese Behauptungen verallgemeinert werden. Natürlich gibt es Kollegen, die bar jeglicher Ahnung sind, wie es dem Normalbürger heutzutage geht. Die so genannten Berufspolitiker. Abitur, Studium, Politiker – nie aber ernsthaft gearbeitet, verstehst du? Vielleicht mal als Ferienjobber irgendwo reingeschnuppert, aber das war's.« Wenn er auf dieses Thema angesprochen wurde, konnte er richtig emotional werden. Er genoss das herrlich sahnige Eis und sah in das interessierte Gesicht seiner Zuhörerin.

»Du hast mal richtig gearbeitet? So hab ich das in Erinnerung …«

»Ich bin Kriminaloberkommissar, ja. Deshalb sind mir die Nöte des werktätigen Volkes durchaus bekannt. Ich weiß, was es bedeutet, mit einem relativ geringen Gehalt eine Familie ernähren zu müssen – mit richtiger Arbeit, unter Stress und Druck durch Vorgesetzte. Während die meisten hier …« Er deutete eine Kopfbewegung in Richtung Reichstagsgebäude an, »… während die meisten hier doch derart dummes Zeug daher schwätzen, dass man meinen könnte, eine Kassiererin beim Aldi zähle schon zu den Besserverdienenden, die man ruhig weiter mit Steuern und sonstigen Einschränkungen belasten kann. Das Schlimmste ist, dass gerade die Sozis so daher reden. Aber was soll ich sagen, Eva? Wahrscheinlich verdirbt dieser Job hier den Charakter. Wer daheim die Bodenhaftung verloren hat, schwebt hier in höheren Sphären – und weiß überhaupt nicht, wie's draußen in der Republik brodelt.« Nach kurzer Pause fügte er hinzu: »Aber seit der NRW-Wahl haben sie's wohl kapiert.«

»Und warum hast du bisher da drüben nicht auch mal ordentlich auf den Tisch geklopft?« Sie sah ihn mit einem angedeuteten Grinsen an.

»Wenn ich eines in all den Jahren gelernt habe, dann sind es die Gesetzmäßigkeiten, mit denen da drüben alles abläuft.

Jeder Einzelne weiß, wie schwerfällig dieser Regierungsapparat geworden ist – jeder sieht es ein. Aber keiner, nicht einer, ist in der Lage, daran was zu ändern. Als Einzelner geht das sowieso nicht.« In Riegerts Stimme schwang ein bisschen Resignation mit.

»Das klingt nach Frust«, meinte Eva und sah auf die Straße hinaus.

»Was heißt Frust!?« Der Politiker wollte nicht den Verdacht der Hilflosigkeit aufkommen lassen. »Du weißt doch selbst, wie hier Besitzstände verteidigt werden, wie Lobbyisten und Interessenvertreter ihr Süppchen kochen – ganz zu schweigen von den Seilschaften und Verflechtungen zwischen Ministerien, Parteipolitik und Wirtschaft.« Der Politiker sah in Gedanken versunken zu einem Pärchen am Nebentisch hinüber. »Ich sag dir, Eva, der Einfluss des Kapitals in die Regierungspolitik war nie zuvor so groß. Manchmal hab ich den Eindruck, die Rot-Grünen hätten sich den Unternehmern geradezu angebiedert und dabei nicht gemerkt, wie sie über den Tisch gezogen wurden. Hätten wir Konservative das alles angezettelt, was jetzt passiert ist – ich glaub, die Bevölkerung hätt uns auf Jahrzehnte hinaus nicht mehr gewählt.«

»Glaubst du das wirklich?«, zeigte sich Eva kritisch, »die Bevölkerung kriegt doch in dieser medienüberfluteten Welt gar nicht mehr mit, was in der Politik geschieht. Was heute gilt, ist morgen schon wieder anders.«

Riegert nickte eifrig. »Du sagst es überdeutlich. Kürzlich hat mir ein Bürger aus dem Wahlkreis gesagt, ihm komme Berlin wie ein großer Ameisenhaufen vor. Jeden Tag stochere ein anderer darin rum – dann herrsche große Aufregung und Geschäftigkeit und über Nacht kehre wieder Ruhe ein. Bis der Nächste reinsteche – und der Zirkus aufs Neue losgehe.« Der Politiker genoss die letzten Löffel Eis. »Man kann's auch drastischer ausdrücken: Hier wird jeden Tag eine andere Sau durchs Dorf getrieben.«

Eva lachte laut. Das hatte sie noch nie gehört. Sie zögerte kurz, sah dann aber doch die Gelegenheit für ein Thema gekommen, das sie schon lange hatte ansprechen wollen: »Hast du dir als Sportpolitiker schon mal Gedanken darüber gemacht, welch große Hoffnung die Regierung in die Fußballweltmeisterschaft setzt?«

Riegert unterdrückte ein Lachen. »Gedanken?«, wiederholte er, »Eva, das Ding läuft schon lange. Diese Regierung hat sich von einem Titel-Gewinn positive Signalwirkungen auf die Bundestagswahl erhofft. Pech nur, dass die NRW-Wahl alles durcheinander gebracht hat. Aber egal, wer nächstes Jahr an der Macht ist, wir könnten den Titelgewinn gut gebrauchen, keine Frage. Psychologen glauben sogar, es würde in der Bevölkerung zu einem neuen ›Wir‹-Gefühl führen – und diese Lethargie beseitigen, die sich wie ein Leichentuch über diese Republik gelegt hat.« Der Politiker schob seinen leeren Eisbecher zur Seite. »Neue Regierung, neues Glück«, grinste er viel sagend.

»Und du? Was meinst du?«, wollte die Frau wissen, deren stets positiver Gesichtsausdruck Riegert von Anfang an begeistert hatte.

»Die WM wird ein Riesenspektakel, ein Fest fürs ganze Land«, erwiderte er in seiner ihm eigenen Sachlichkeit, »und dass wir ein Erfolgserlebnis vertragen können, wie gesagt, das steht außer Zweifel. Aber beeinflussen kannst du das nicht. Das kann genauso gut in die Hose gehen.« Er fügte mit gedämpfter Stimme hinzu, als ob er Sorge habe, man könnte es an den Nebentischen hören: »Wenn ich die Leistungen unserer Nationalmannschaft so sehe, Eva, ganz unter uns und um ehrlich zu sein, dann mag ich im Moment nicht so recht an einen Erfolg glauben. Aber es ist ja noch ein Jahr hin!«

Eva fasste ihn am Arm. »Seh's nicht so schwarz, Klaus. Vielleicht sollten wir nur alle zusammenhalten – und fest dran glauben.« Sie lächelte ihn an und spürte, dass er die Bedeutung ihrer Worte nicht verstand. Deshalb versuchte sie, ihn aufzumuntern: »Glaube versetzt Berge – nie gehört?«

Er nickte. »Nur haben leider manche der Jungs nur noch Geld im Kopf.«

»Insoweit unterscheiden die sich nicht von den Politikern.« Eva grinste.

Riegert hörte solche Anspielungen nicht gerne, zumal er sein Amt bisher nie zum Eigennutz missbraucht hatte.

»Tut mir leid, Klaus, aber vielleicht sollte man, was die Fußballer anbelangt, noch mehr Anreize schaffen.«

»Noch mehr?«

»Ja, die Bedingungen verbessern – ich meine, man sollte vielleicht auch politisch den Fußballstandort Deutschland aufwerten.«

Der Politiker schwieg. Er konnte noch immer nicht nachvollziehen, worauf Eva hinaus wollte. Wieder war es ihr plötzliches Interesse am Fußball, das ihn stutzen ließ. Ihm war in den vergangenen Jahren nie aufgefallen, dass sie sich sonderlich damit beschäftigt hätte.

»Die politische Einflussnahme ist gering«, sagte er schließlich. »Heutzutage ist es doch eher umgekehrt: Jeder will Einfluss auf die Politik nehmen – und hat damit in vielen Fällen sogar Erfolg. Leider.«

Eva legte ihren rechten Arm freundschaftlich um seine Schulter. Das hatte sie bisher selten getan. »Mensch, Klaus, denk doch mal drüber nach!« Sie schaute ihm tief in die Augen. »Die große Politik könnte zumindest ein bisschen dazu beitragen, dass sich zwischen gewissen Interessengruppen und dem Sport ein günstiges Klima entwickelt.«

»Welche Interessengruppen denn?«

»Naja – die Wirtschaft eben. Überleg doch, Klaus: An diesem Spektakel, das so eine WM auslöst, hängen Milliarden. Vermutlich wird's in den nächsten zehn, zwanzig Jahren nichts Vergleichbares mehr geben. Es ist eine riesige Chance für Deutschland. Die ganze Welt schaut zu uns – vier Wochen lang.«

Der Politiker befreite sich dezent von der Umarmung. Weshalb, so dachte er, weshalb machte sich die Frau für diese Weltmeisterschaft so stark? »Und du bist davon überzeugt, dass es neben den sportlichen Leistungen auch noch andere Möglichkeiten gibt, den WM-Titel zu erobern?«

Eva lächelte. »Sag mal, Klaus, wie lange bist du jetzt schon in der Politik? Zwölf Jahre, sechzehn Jahre? Mir scheint, da weiß sogar ich als einfache Angestellte des Wirtschaftsministeriums mehr über die Vorgänge hinter den Kulissen als du.«

Diese Feststellung ärgerte ihn. Natürlich hatte er damals schon nach den ersten Monaten bemerkt, wo der Hase hinlief. Was im Bundestag stattfand oder was vor den Kameras gezerft wurde, das waren meist nur die Scheingefechte fürs gemeine Volk. Die Weichen wurden im Hintergrund gestellt, in Ausschusssitzungen, oft auch bei heimlichen, parteiübergreifenden Gesprächen. Aber da unterschied sich die Bundespolitik nicht von den provinziellen Gemeinderäten.

»Du bist also davon überzeugt, dass es Einflussnahme auf den Sport gibt?« Möglicherweise wusste Eva mehr. Der Kommissar in ihm wurde wach.

»Das kann man sich an den Fingern einer Hand abzählen, Klaus. Und ich bin davon überzeugt, dass die Kräfte, die dahinter stecken, ziemlich mächtig sind.« Ihre Stimme hatte etwas drohend Geheimnisvolles angenommen.

»Und was bedeutet das deiner Ansicht nach?«

»Dass es sich empfiehlt, sie zu unterstützen«, antwortete sie knapp. Um jedoch gleich gar keine parteipolitische Variante aufkommen zu lassen, setzte sie hinzu: »Und das hat nichts mit der Regierungskoalition zu tun, Klaus – überhaupt nicht. Das ist eine Sache, hinter der die Wirtschaft steht. Das Kapital, verstehst du?«

»Und wieso erzählst du das gerade mir?«

Eva lächelte ihn charmant an. »Erstens bist du der sportpolitische Sprecher deiner Fraktion und zweitens kennen wir uns schon lange. Okay, ich bin sozusagen bei der Regierungskoalition angestellt, noch – aber deshalb darf man doch privat mit einem so netten Menschen wie dir von der Opposition über alles plaudern. Zumal du doch ohnehin davon überzeugt bist, bald der Regierung anzugehören. Findest du nicht?«

Er tat so, als fühle er sich geschmeichelt. »Wenn ich dich so reden höre«, entgegnete er, »dann könnte ich fast meinen, du wüsstest ziemlich viel.« Der Politiker spielte mit dem Löffel, den er vorhin in den leeren Eisbecher gesteckt hatte. »Du sagst, es empfehle sich, diese … diese Kräfte zu unterstützen. Wie … wie darf ich das verstehen?« Als gelernter Kriminalist hatte er ein Gespür für die Bedeutung beiläufiger Bemerkungen. Er war ein guter Zuhörer – und das unterschied ihn von den meisten seiner Kollegen im Bundestag, die oftmals nur sich selbst gerne reden hörten.

Eva dachte einen Moment nach, um jetzt nichts Falsches zu sagen. »Ich mein nur, dass die Kräfte vermutlich sehr mächtig sind, Klaus. Und dass sie …« Noch zögerte sie, es auszusprechen, doch dann entschied sie sich, es zu tun: »… dass sie im Ernstfall, wenn's drauf ankommt, vor nichts zurückschrecken.« Sie machte eine Pause. »Vor nichts, verstehst du?«

Unweigerlich musste Riegert an den bedauernswerten, ehemaligen Ministerpräsident Barschel von Schleswig-Holstein denken, den man im Oktober 1987 in einer Badewanne eines Züricher Hotels tot aufgefunden hatte. Bis heute rankten sich allerlei mysteriöse Gerüchte um diesen Fall.

8

Liebenstein war mit dem Gespräch zufrieden und ließ sich von einem Taxi in den Stuttgarter Talkessel hinabbringen, der seine Schönheit und den Glanz sonniger Tage verloren zu haben schien. Der Fahrer quälte sich mit dem cremefarbenen Mercedes durch den mittäglichen Verkehr, kam am Landtag und an der Abzweigung zum Hauptbahnhof vorbei und fuhr ein Stück weit die Neckarstraße abwärts, um dann die B 14 anzusteuern, die ins Nebel verhangene Remstal hinausführte.

Liebenstein hatte sich in den Fond gesetzt, um während der Fahrt einige Aufzeichnungen machen zu können. Dazu legte er den Aktenkoffer auf die Knie, ließ den Deckel hochschnappen und griff nach einem Notizblock. Der Fahrer blickte seinen Gast kurz durch den Rückspiegel an. Liebenstein hatte sich zur Gewohnheit gemacht, sofort die wichtigsten Eindrücke und Ergebnisse eines Gesprächs schriftlich festzuhalten. Damit konnte er seinem Chef in Berlin später detailliert Bericht erstatten.

Er musste während seiner Dienstreise nach Süddeutschland so viel wie möglich klären. Gangolf verlangte jetzt eine deutlich umrissene Vorgehensweise.

Die vorausfahrenden Autos wirbelten den Straßenschmutz auf. Liebenstein fühlte sich matt. Eigentlich hatte er Hunger, doch sein eng bemessener Zeitplan ließ keine Mittagspause zu.

Der Taxifahrer fand die angegebene Adresse in Grunbach sofort. Das villenähnliche Haus von Pfisterer stand hoch überm Ort in herrlichster Südhanglage, direkt neben den Reben eines Weinbergs. Liebenstein wurde gleich eingelassen, erreichte über einen Gartenweg die schwere eichene Eingangstür und begrüßte den Mann, der ihn bereits erwartete, mit einem kräftigen Händedruck. Der Hausbesitzer, dessen dünn gewordenes Haar ziemlich ungekämmt in eine faltenreiche Stirn hing, führte seinen Besucher in ein Wohnzimmer mit schweren Holzmöbeln. Aus einem der wuchtigen Sessel erhob sich eine Frau, die ihre Fettpölsterchen gut in einem hellen, weit geschnittenen Kleid zu verbergen verstand. Sie schüttelte Liebenstein die Hand und lächelte. Er setzte sich an dem dunklen Holztisch ihr gegenüber und stellte seinen Aktenkoffer neben den Sessel.

»Die Sache kommt ins Rollen«, begann Edgar Pfisterer, nachdem er seinem Gast einen Orangensaft eingeschenkt hatte.

»Ich hoffe es«, entgegnete Liebenstein und nahm einen Schluck. »Herr Gangolf ist um einen zügigen Ablauf bemüht.«

Pfisterer sah seine Frau an, die sich in ein Buch vertiefte und an dem Gespräch der Männer nicht allzu interessiert zu sein schien. Liebenstein genoss für einen kurzen Moment die Aussicht durch eine große Glasscheibe über Grunbach hinweg – hinüber zu den Höhen des Schurwaldes. »Ich kann Ihnen von meiner Seite versichern, dass alles plangemäß angelaufen ist«, erklärte Pfisterer. »Meine Kollegen sind hoch motiviert. Sie sehen darin endlich einmal wieder eine Chance für unser Land.«

Liebenstein nickte und lehnte sich zurück. »Die es natürlich zu ergreifen gilt«, knüpfte er an Pfisterers Worte an, um damit die Bedeutung zu unterstreichen. »Ohne Sie und die Bereitschaft Ihrer Kollegen geht es natürlich nicht«, fuhr er fort. »Wir brauchen Kapital – sehr viel Kapital. Ich befürchte sogar, mehr als wir bisher errechnet haben.«

Pfisterers Gesicht versteinerte sich. »Sie kennen unser Anliegen«, sagte er mit leicht drohendem Unterton. »Die Gemeinnützigkeit«, gab er sich selbst das Stichwort.

»Herr Gangolf hat sich bereits mit dem Finanzministerium in Verbindung gesetzt und Kontakte geknüpft. Keine

Sorge. Die Vereinsgründung ist erfolgt – und wer wollte es schon wagen, eine so gute Sache zu torpedieren? Doch auch die anderen nicht.«

»Manche Kollegen«, Pfisterer zögerte und rang nach Worten, »nun ja, manche wären auch bereit, sich sogar stärker zu engagieren, als es ihre Bilanzen zuließen – nur müsste sichergestellt sein, dass die Finanzämter keine unangenehmen Fragen stellen.«

Liebenstein verstand. »Sie meinen das Geldwäschegesetz«, brachte er das Problem auf den Punkt.

»Ja, so nennt man das wohl«, sagte er, »seit die Regierung hinter jedem Cent her ist, ist man in diesem Land doch vor nichts mehr sicher. Erst vor drei Monaten haben sie das Bankgeheimnis über Bord geworfen.« Pfisterer versuchte, ruhig zu bleiben. Immerhin hatte er einen Vertreter der Regierung vor sich, die den Niedergang aller bisherigen Werte zu verantworten hatte. »Aber es steht eine Wende bevor«, fügte er energisch hinzu.

»Ich kann Sie beruhigen«, entgegnete Liebenstein, »Ihre Kollegen können ihr Schwarzgeld unbesehen einbringen.«

Pfisterer holte tief Luft. »Wie sagt man doch gleich? Geld stinkt nicht.«

Liebenstein ging nicht darauf ein. »Sehen Sie es als Anschubfinanzierung für den konjunkturellen Aufschwung, Herr Pfisterer. Sollte das Vorhaben von Erfolg gekrönt sein, wird die Regierung, egal welche, das dürfen Sie mir glauben, gewiss alle Finanzgeber in den folgenden Jahren bei ihren Auftragsvergaben berücksichtigen. Und bedenken Sie: Es gibt viel zu tun – im Inland und bei den unzähligen Entwicklungshilfeprogrammen im Ausland. Die deutsche Wirtschaft wird davon profitieren. Oder besser gesagt, all jene Unternehmen, die jetzt mitziehen.« Liebenstein warf sein Jackett über die Stuhllehne. »Wenn man's genau nimmt«, lächelte er, »dann hat diese Regierung doch Ihnen und Ihresgleichen die Kohlen aus dem Feuer geholt.« Frau Pfisterer blickte von ihrem Buch auf, als ob sie plötzlich an dem Gespräch der

Männer interessiert wäre. Ihr Mann kniff die Lippen zusammen und starrte Liebenstein gespannt an.

»Hätten die Konservativen diesen sozialen Kahlschlag vom Zaun gebrochen, hätte man ihnen Kumpanei mit der Wirtschaft vorgeworfen. Die Gewerkschaften wären Amok gelaufen, Chaoten wären auf die Straße gegangen und hätten gegen das Großkapital losgeschlagen. Man kennt das ja. Jetzt haben aber ausgerechnet die Rot-Grünen Tabula rasa gemacht und aus panischer Angst, während ihrer Regierungszeit gehe vollends alles vor die Hunde, den Unternehmern Zugeständnisse gemacht, die in dieser Republik beispiellos sind.«

Liebenstein lächelte. Er war sichtlich stolz, auch Teil dieser Regierung zu sein, die dies so genial eingefädelt hatte. »So ist eine Situation entstanden ... « knüpfte er an Pfisterers Worte an, »... mit der niemand gerechnet hätte. Niemand. Auf diese Weise sind aber den Unternehmen alle Freiheiten geschaffen worden. Freiheiten, die Sie und Ihre Kollegen zu einem Befreiungsschlag nutzen.«

Pfisterer schwieg erstaunt. Derlei ehrliche Worte aus dem Mund eines Vertreters des rot-grünen Wirtschaftsministeriums hatte er nicht erwartet.

»Gewerkschaften und Betriebsräte strecken die Waffen angesichts der finstren Lage«, machte Liebenstein weiter. »Die Stimmung im Land hat sich so gedreht, dass alle froh sind, überhaupt noch einen Arbeitsplatz zu haben. Eine geradezu geniale Stimmung ...« Er behielt sein Gegenüber scharf im Auge und spürte, wie Pfisterer ihm an den Lippen hing. Auch die Frau hatte das Interesse an ihrem Buch vollends verloren.

»Alle tun alles, um ihren Job zu behalten«, dozierte der Besucher weiter, »man verzichtet auf Urlaubs- und Weihnachtsgeld, ist bereit ohne Lohnausgleich mehr zu arbeiten – ja, und schon verhandelt die Gewerkschaft nicht um Tariferhöhungen, sondern ist froh, wenn der Lohn nur um ein oder zwei Prozent gekürzt wird. Herr Pfisterer, ich bitt Sie, was hätt den Unternehmern Besseres passieren können?«

Der Weißhaarige deutete ein Nicken an, ohne etwas zu sagen.

»Und nicht die bösen Konservativen, denen man solche Sauereien jederzeit zugetraut hätte, haben's angerichtet, sondern die Sozialisten und die Grünen. Hatten die Unternehmer jemals mehr Schützenhilfe? Irgendwann wird man sagen, die Rot-Grünen hätten die Drecksarbeit für die Konservativen gemacht.« Liebenstein reckte den Kopf, um über die blühenden Sträucher und Stauden der Terrassenbegrenzung hinweg auf die Dächer von Grunbach hinab zu sehen. »Sie können nach Herzenslust in Südosteuropa oder in China oder sonst wo investieren, bekommen das steuervergünstigt und mancherorts sogar noch staatlich subventioniert – und sie können dort spottbillig produzieren. Ich sag Ihnen doch nichts Neues, Herr Pfisterer: Die Gewinne der Konzerne steigen teilweise ins Unermessliche – und was tun sie? Weiterhin Arbeitsplätze abbauen.«

»Naja«, rang sich Pfisterer jetzt zu einem Einwand durch, »das mit den Gewinnen dürfen Sie nicht verallgemeinern. Es gibt auch andere Beispiele. Daimler ...« Liebenstein winkte ab und fiel ihm ins Wort: »Missmanagement. Gegen selbstverschuldete Miseren ist kein Kraut gewachsen. Entschuldigen Sie, aber man kann durchaus den Eindruck gewinnen, die Herrschaften in manchen Großunternehmen hätten angesichts der Gunst der Stunde die Bodenhaftung verloren. Um es mal vorsichtig auszudrücken.«

Pfisterer zeigte sich ein bisschen zerknirscht. Dieser Liebenstein hatte gar nicht so Unrecht.

»Was ich mit all dem sagen will?« Der Besucher spannte wieder den Bogen zum Ausgangsthema. »Diese Stimmung im Lande ist eigentlich nichts Schlechtes für die Unternehmen – hätte sich daraus nicht diese Kaufzurückhaltung entwickelt. Etwas, das auch in Unternehmerkreisen anfangs unterschätzt wurde. Eigentlich aber klar: Je häufiger von Arbeitsplatzabbau gesprochen wird, desto mehr drückt dies aufs Gemüt der Verbraucher. Geld, das wissen wir, liegt noch mehr als genug auf den privaten Sparkonten. Nur will's keiner mehr ausgeben. Und gerade darin besteht jetzt unsere Aufgabe. Und Chance.« Liebenstein trank sein Glas leer. Frau Pfisterer schien zu gefallen, was der Gast sagte.

»Die Stimmung muss besser werden. Dieses Land braucht jetzt eine neue Identität, ein neues ›Wir‹-Gefühl.« Liebenstein kniff die Augen zusammen. »So eine Aufbruchstimmung, verstehen Sie. Etwas, das dem Volke das Selbstwertgefühl zurückbringt. Etwas, wo man sagen kann: Schaut her, wir haben's geschafft. Wir.«

Den Unternehmer plagten trotz der Euphorie, die sein Gast versprühte, weiterhin gewisse Zweifel. »Und wenn etwas schief läuft, wenn die Sache auffliegt? Sie haben es mit ziemlich vielen Personen zu tun, vergessen Sie das nicht.«

»Dann wird keiner etwas wissen wollen – das ist uns allen bewusst«, meinte er knapp. »Die ganz hohen Herren werden aus der Sache absolut herausgehalten.«

»MV?«, hakte der Hausherr vorsichtig nach. Sein Gesprächspartner nickte.

»MV, ja«, erwiderte Liebenstein, wohl wissend, welch geradezu ehrfurchtsvollen Klang diese beiden Buchstaben in manchen Kreisen hatten, »der weiß von nichts, aber auch Beckenbauer und Klinsmann nicht. Sie sollen, wenn's hart auf hart kommt, in nichts hineingezogen werden können. Saubere Weste, wenn Sie verstehen ...« Der Mann räusperte sich. »Anweisung von Ministerialdirektor Gangolf.«

Pfisterer strich sich über den Bierbauch, um den herum sich ein viel zu enges Freizeithemd spannte. »Und es ist sichergestellt, dass die Wirtschaft als Gesamtes nicht ins Zwielicht gerät? Ich denk nur an die Boulevard-Presse, die wie die Hyänen über uns herfallen wird.«

Liebenstein schüttelte den Kopf. »Sie können mir glauben, Herr Pfisterer, es wird keine Spuren geben. Keine.«

»Und wenn es doch eine undichte Stelle gibt?«

Über Liebensteins Gesicht huschte ein gekünsteltes Lächeln. »Dann – das dürfen Sie mir glauben – dann wird gehandelt.«

Frau Pfisterers Miene verfinsterte sich.

9

»Das Hirn förmlich rausgeschossen«, konstatierte Mike Linkohr, der junge Kriminalist. In aller Eile waren im Lehrsaal des Geislinger Polizeireviers die logistischen Voraussetzungen für eine Sonderkommission geschaffen worden: Weiße Tische wurden zusammengerückt, Computerkabel in vorgesehene Steckverbindungen gestöpselt.

Ein knappes Dutzend Kriminalisten, einige davon aus der Kreisstadt Göppingen herbeordert, studierte die ersten Erkenntnisse der Spurensicherung. Nachdem Kripochef Helmut Bruhn die Einrichtung einer Sonderkommission beschlossen hatte, war sofort klar gewesen, wer sie leiten würde: Natürlich Häberle.

»Sie machen das«, hatte Bruhn noch am Tatort geknurrt. Daraufhin entschied Häberle, dass ihm Linkohr zur Seite stehen sollte. Dieser hatte das Zeug, ein erfahrener Kriminalist zu werden. Ob es Linkohr mit seiner Freude an der Arbeit aber schaffen würde, die Karriere-Leiter nach oben zu steigen, das stand auf einem ganz anderen Blatt, dachte Häberle. In diesem Land waren längst nicht mehr die Praktiker gefragt, sondern die allgegenwärtigen Schwätzer und Bürokraten, die es trefflich verstanden, sich nach oben zu drängen.

Irgendwie musste er auch jetzt wieder daran denken, als ihm Bruhn gegenüber saß, der den jungen Kollegen überhaupt nicht zu akzeptieren schien. Linkohr hatte auf dem viereckigen Tisch des kleinen Besprechungszimmers bereits seine Notizen ausgebreitet.

»Was sagt die Gerichtsmedizin?«, wollte der oberste Kripochef wissen und verschränkte die Arme vor der Brust.

»Die Todesursache ist klar – einen Schuss aus allernächster Nähe in die rechte Gesichtshälfte, einen weiteren rechts seitlich in die Brust«, antwortete Häberle.

»Zeitpunkt?«

»Vermutlich um Mitternacht.«

»Und die Patronenhülsen und Projektile sind überhaupt nicht zu finden?«, fragte Bruhn mit einem Unterton, der darauf schließen ließ, dass er den Kollegen der Spurensicherung absolute Unfähigkeit unterstellte.

Der Kommissar schüttelte den Kopf. »Es war Schrot«, stellte er sachlich fest und vermied den Hinweis, dass dies doch bereits am Tatort ersichtlich gewesen sei. Dann fügte er hinzu: »Es waren zwei Schüsse – wir müssen's also mit einer zweiläufigen Waffe zu tun haben.«

Bruhn tat so, als interessiere ihn dies nicht. Die drei Männer schwiegen sich an.

»Zeit hat er vermutlich gehabt«, wagte Linkohr einzuwerfen, »die Gegend hinter der ehemaligen Firma Hebel dort ist nachts ein Gott verlassnes Eck. Schon gar bei diesem Wetter.«

»Absuchen lassen«, befahl Bruhn kurz und wandte sich wieder Häberle zu: »Und zur Identität gibt es keine Anhaltspunkte?«

Der Kommissar holte tief Luft. Wie oft musste er es noch wiederholen? Er tat es geduldig: »Nein, überhaupt nichts. Keine Papiere, kein Handy, kein Schlüssel, kein Geldbeutel. Nichts. Nur einen Ehering mit eingraviertem Datum – Achter-achter achtundachtzig. Ohne Initialen.«

»Interessantes Datum. Aber alles andere könnte durchaus auf Raubmord schließen lassen«, konstatierte Bruhn und fügte hinzu, woran er dachte: »Drogenhandel, ein geplatztes Dealergeschäft. Das würde auch für den abgelegenen Tatort sprechen. Wie war das denn neulich …?« Er überlegte. »Anfang des Jahres war doch diese Sache mit einer Dortmunder ›Drogen-Connection‹ – hab ich das richtig in Erinnerung?« Jetzt blickte er wider Erwarten Hilfe suchend zu Linkohr, der die Geislinger Szene kennen musste.

»Ja, stimmt«, antwortete der junge Kriminalist eifrig, »da sind welche angereist und haben Schulden eingetrieben – auf ziemlich brutale Weise. Einige Jugendliche aus dem hiesigen Raum wurden entführt und verprügelt. Aber einen der Täter haben wir geschnappt. Er sitzt im Ruhrgebiet in U-Haft. «

Bruhn winkte ab. »Ich bin mir fast sicher, dass wieder so etwas dahinter steckt.«

Häberle zeigte sich zurückhaltender. »Was mich stutzig macht, ist, dass der Tote offenbar ohne Auto unterwegs war. Ringsrum haben die Kollegen kein ›herrenloses‹ Auto aufspüren können. Die Erfahrung zeigt, dass Drogenhändler nicht gerade zu Fuß unterwegs sind. Und der Bahnhof ist von da draußen ein ganz schönes Stück weit weg.«

»Das ist für mich kein Argument«, erklärte Bruhn energisch, »überhaupt keins. Die Täter waren zu zweit – und einer von denen ist mit dem Wagen des Opfers davon.«

Häberle musste insgeheim zugeben, dass der Chef Recht haben konnte. Erst voriges Jahr hatten sie ein ähnliches Problem gehabt, als in dieser Höhle, die bezeichnenderweise ›Mordloch‹ hieß, eine Leiche gefunden worden war.

»Gibt's Erkenntnisse zum Alter?«, wollte Bruhn wissen, worauf sich Linkohr angesprochen fühlte. »Zwischen 40 und 50, sagen die Ulmer.« Er meinte damit die zuständige Gerichtsmedizin im nahen Ulm.

Bruhn blickte nervös auf seine Armbanduhr, als habe er Angst, die wertvolle Zeit laufe ihm davon. »Wie gehn wir vor?«, wollte er wissen.

»Wir müssen so schnell wie möglich rauskriegen, wer der Tote ist«, antwortete Häberle, als ob sich der Chef dies nicht selbst hätte denken können. »Allerdings haben wir da ein echtes Problem. Wir wissen alle, wie fürchterlich der Kopf aussieht. Daraus wird sich beim besten Willen keine Rekonstruktion des Gesichts mehr machen lassen.«

»Aber eine Beschreibung muss raus«, forderte Bruhn. Er vermied es, das Wort ›Medien‹ in den Mund zu nehmen. In seinen Augen wurde alles aufgebauscht, übertrieben und die Journalisten mischten sich in die Ermittlungen ein. Von dieser Meinung rückte er nur dann ab, wenn in seltenen Fällen Fernsehkameras auf ihn selbst gerichtet wurden und er ein kurzes, knappes und wohl formuliertes Statement zu einem überörtlich bedeutsamen Verbrechen abgeben durfte. Dann ließ er sogar den Pressesprecher nicht zu Wort kommen, auf den er normalerweise alles abzuwälzen pflegte.

»Wir werden zunächst an die Rundfunkstationen gehen«, erklärte Häberle ruhig, »und dann dafür sorgen, dass die Zeitungen morgen drüber berichten. Irgendwo wird dieser Mensch ja vermisst werden.«

»Halten Sie mir aber den Sander vom Leib«, knurrte Bruhn. Dieser Lokaljournalist, der seit Langem im ganzen Kreis Göppingen sein Unwesen trieb, war ihm zuwider, vor allem aber suspekt, weil dieser Zeitungsmensch Gott und die Welt kannte und man sich nie sicher sein konnte, was dessen Beziehungen auszulösen vermochten.

Häberle grinste. Er hatte solche Probleme nie gehabt. Weder mit Sander, noch mit irgendeinem anderen Journalisten. »Der Oberstaatsanwalt wird zu einer Pressekonferenz kommen«, erklärte er, »um vier.«

Bruhn sagte nichts dazu. Er würde es Häberle überlassen. Erst ein aufgeklärter Fall erschien ihm wichtig genug, selbst als Kripochef vor die Kameras zu treten, falls denn welche da sein sollten. Er erhob sich, um das Gespräch für beendet zu erklären. »Eines noch«, sagte er, während er sich bereits der Tür zuwandte. »ich befürchte, wir haben's hier mit Profis zu tun. Das sieht nicht nach einer Herz-schmerz-Beziehungstat aus, sondern nach der Arbeit eines Killers.«

Häberle und Linkohr waren auch aufgestanden, als ihr Chef den Raum wortlos verließ und die Tür, wie üblich zum Zeichen größter Autorität, kräftig ins Schloss warf. Der Kommissar musste unweigerlich an einen der wenigen ungeklärten Morde im Landkreis Göppingen denken. Denn der Fall wies tatsächlich seltsame Parallelen zu einem Verbrechen auf, das an einem Oktoberabend des Jahres 1989 beim Göppinger Tennisclub verübt worden war. Bis heute konnte nicht geklärt werden, wer damals auf dem dunklen Parkplatz einen 50-jährigen Geschäftsmann erschossen hat. Aus allernächster Nähe. Genau wie jetzt.

»Ich befürchte, dass die Sache verdammt schwierig wird.« Irgendwie kam ihm plötzlich die Dienstaufsichtsbeschwerde in den Sinn, die gegen ihn lief – wegen eines anderen großen Falls, den er vor eineinhalb Jahren auf ziemlich unkonventionelle Weise in Lugano gelöst hatte und wo letztlich doch gewisse Zweifel bestehen geblieben waren. Aber das war eine andere Geschichte …

Martin Striebel und Rainer Kromer hatten im Hotel ›Slovan‹ vergangene Nacht unruhig geschlafen. Nach dem Frühstück waren sie durch die breite Hauptstraße geschlendert und nun um die Mittagszeit saßen sie vor einem Straßencafé, tranken Pils und stellten zufrieden fest, dass sich die Damen in der Slowakei ziemlich freizügig gaben. Aber das war den beiden Männern auch schon bei ihren vorausgegangenen Besuchen im Sommerhalbjahr aufgefallen – und auch gestern Abend hatten die Sekretärinnen, sofern es denn welche waren, nicht mit ihren weiblichen Reizen gegeizt.

Die Bistrotischchen dieses Straßencafés waren gut besetzt, auf der Straße bummelten jede Menge Menschen, Tauben segelten im Tiefflug über die Fußgängerzone. Von dem strahlend blauen Himmel brannte die Mittagssonne.

Mehrfach hatten die beiden Männer bereits die Gespräche mit Jano und dessen amerikanischem Schwager diskutiert – lange noch in der Nacht und dann beim Frühstück wieder. Matthias, den sie noch angerufen hatten, war ziemlich aufgebracht gewesen und nun wild entschlossen, klare Verhältnisse zu schaffen.

Unschlüssig waren Striebel und Kromer allerdings gewesen, ob sie auch die anderen verständigen und damit beunruhigen sollten.

»Wir sollten die Gäule nicht allzu scheu machen«, hatte Martin Striebel mit hochrotem Kopf gemahnt, doch je mehr er darüber nachdachte, desto sinnvoller erschien es ihm, möglichst allen reinen Wein einzuschenken. Schließlich war es auch er selbst gewesen, der sie ermuntert hatte, diesem Jano zu vertrauen. Sein jüngerer Freund Rainer Kromer nahm einen kräftigen Schluck aus dem Pilsglas. Striebel überlegte und entschied sich dann doch zu einem Telefonat. Er griff zu seinem winzigen Handy, das er im Hemdentäschchen stecken hatte. »Ich ruf ihn an«, erklärte er und meinte jenen Mann, zu dem sie seit Langem keinen Kontakt mehr gehabt hatten. Gerade ihn, der nicht in ihrer Nähe wohnte, wollten sie fairerweise informieren. Vielleicht hatte jetzt auch der Frühschoppen in der heißen Sommersonne zu diesem Gesinnungswandel beigetragen.

Kromer betrachtete die frisch sanierten Fassaden der Altstadthäuser, die sich beidseits der breiten Fußgängerzone aneinander reihten. Striebel wählte unterdessen mit geübten Griffen aus dem Adressbuch des Handys die gewünschte Nummer. Der Ruf ging ab. Vier-, fünfmal. Er überlegte, wie er es formulieren sollte, um nicht gleich Panik und Hektik auszulösen. Endlich knackte es in der Leitung. »Ja?«, hörte er eine Frauenstimme und war einigermaßen überrascht. Er zögerte für einen Augenblick. »Wer ist dort?«, fragte er vorsichtshalber nach. Viel zu laut.

Doch statt einer Antwort wurde das Gespräch unterbrochen.

Striebel stutzte. »Aufgelegt«, stellte er fest, was auch seinen Freund irritierte. »Versuch's nochmal. Vielleicht bist du unterbrochen worden, weil die Leitungen überlastet sind.«

Striebel drückte erneut einige Tasten – doch jetzt kam die automatische Ansage, wonach der Teilnehmer derzeit nicht erreichbar sei. »Verstehst du das?«, fragte Striebel und steckte sein Handy wieder ein. Sein Freund schwieg, weshalb er sich selbst resignierend die Antwort gab: »Langsam versteh ich hier überhaupt nichts mehr. Das darfst mir glaub'n.«

Plötzlich war da ein Schatten. Eine Person hatte sich aus der Menschenmenge, die an dem Straßencafé geschäftig vorbeiflutete, ihrem Bistrotischchen genähert. Im gleichen Moment schreckte ein lautes »Hi« die beiden Deutschen auf. Sie blinzelten – und waren für einen kurzen Moment erstaunt und verwirrt gleichermaßen. Damit hatten sie nicht gerechnet. Und Martin Striebel fiel sofort ein, was er gerade erst gesagt hatte – dass er so langsam überhaupt nichts mehr verstand.

9

Es war kurz vor halb eins, als Ute Siller einen Schnellhefter in den ansonsten blitzblanken Schreibtisch schloss, sich erhob und ihr dezent graues Kleid zurecht strich. Seit sie die 45 überschritten und diesen gut dotierten Job bei Nullenbruch erhalten hatte, achtete sie streng auf ihr Äußeres. Sie war auch stets darauf bedacht, Autorität auszustrahlen und energisch aufzutreten. Denn die Scheidung von ihrem Mann hatte ihr Selbstwertgefühl erheblich angekratzt, sodass sie bei jeder Gelegenheit zeigen wollte, dass sie durchaus in der Lage war, ihre Aufgaben zu bewältigen. Und zwar allein. Möglicherweise hatte es Nullenbruch schon oft bereut, sie vor eineinhalb Jahren eingestellt zu haben. Viel zu oft schon war sie, was die Firmenpolitik anbelangte, anderer Meinung gewesen, doch letztlich, davon war sie als studierte Betriebswirtin felsenfest überzeugt, hatte ihr Rat und ihr Einfluss immer zum Erfolg geführt.

Sie riss die Tür ins Vorzimmer auf, das auf der gegenüberliegenden Seite auch einen Zugang zu Nullenbruchs Büro ermöglichte. Seit dieses ›junge Ding‹ mit den kurzen und tief ausgeschnittenen bunten Kleidchen hier saß, pflegte Ute Siller regelmäßig in den Raum zu stürmen. Sie mochte dieses Mädchen nicht, war von vorneherein dagegen gewesen, es einzustellen. Doch Nullenbruch stand auf diese Typen, die sich schulmädchenhaft, trotzig und manchmal widerlich frech benehmen konnten. Er hatte sie vor einigen Monaten von seinen Geschäftsreisen mitgebracht. ›Aufbauhilfe Ost‹, nannte er dies süffisant. Gleich von Anfang an hatte er mit ihr geflirtet, wie es sich für einen Chef, der Durchsetzungsvermögen zeigen musste, nicht gehörte. Die Finanzchefin wollte deshalb umso mehr zeigen, wer wirklich der Herr, beziehungsweise die Frau im Hause war.

Die junge, hellhäutige Frau hatte sich erschrocken herumgedreht, denn sie war gerade im Begriff gewesen, ihren Schreibtisch zu verlassen. Ihre Chefin verharrte, blickte demonstrativ auf die Uhr und fuhr sie an: »Drei vor halb eins. Die ›Dame‹ geht schon?«

Das Mädchen blieb völlig verunsichert stehen und wurde rot. »Es ist aber alles erledigt, Frau Siller«, stotterte es.

»Was heißt erledigt? Zu tun gibt's immer was – oder sieht so ein Schreibtisch aus, auf dem alles erledigt ist?« Sie machte eine energische Handbewegung. »Wenn du Langeweile hast, kannst du auch mal den Boden wischen. Jedenfalls hasse ich es, wenn die Arbeitszeiten nicht eingehalten werden.« Ute Siller warf die Bürotür, durch die sie gekommen war, kräftig zu. »Willst du jetzt diesen Job hier behalten oder nicht? Willst du wieder zurück in die Gosse? Oder lieber dort hin, wo man gründlich auf dich aufpasst?«

Das Mädchen schluckte und stellte die Handtasche wieder auf den Schreibtisch zurück.

»Du bist schon x-mal morgens zu spät gekommen«, keifte die Chefin, »x-mal. Wenn Herr Nullenbruch dies durchgehen lässt, mag das seine Sache sein. Ich jedenfalls erwarte Pünktlichkeit.« Sie drehte sich zur Ausgangstür und wurde lauter: »Damit eines klar ist: Dir wird für die Fehlzeiten schon mal ein Urlaubstag abgezogen.« Dann verließ Ute Siller das Vorzimmer und warf auch diese Tür mit voller Wucht ins Schloss.

Als sie durch den Flur eilte, der mit farbigen Fotos aus der eigenen Produktion behangen war, fühlte sie sich schon besser. Wieder hatte ihr Selbstbewusstsein ein bisschen gewonnen. Vielleicht war es doch nicht so schlecht gewesen, dieses ›junge Ding‹ einzustellen, an dem sie ihre Launen ausleben konnte.

Ute Siller stöckelte das Treppenhaus hinab, ohne die anderen Angestellten zu grüßen, die jetzt auch in die Mittagspause strebten. Sie hatte innerhalb des Hauses keine Bekanntschaften gepflegt, sondern war immer auf Distanz bedacht. Ihr eilte deshalb der Ruf von Kühlheit und Arroganz voraus, was gegenüber den Angestellten, wie sie meinte, nie schaden konnte. Wolfgang Meckenbach, der Leiter der Produktion, saß bereits wartend in seinem Mercedes-Cabrio. Er strahlte übers ganze Gesicht, als er sie kommen sah. Ute Siller warf ihre kleine Handtasche auf den Rücksitz und ließ sich elegant in den Ledersitz neben Meckenbach nieder. »Pünktlich, wie immer«, bemerkte er charmant.

»Du weißt, ich achte auf Pünktlichkeit.« Sie lächelte und sah ihn herausfordernd an. Für einen kurzen Moment überlegte er, ob er ihr ein Begrüßungsküsschen auf die Wange drücken sollte. Doch er verwarf den Gedanken wieder. Mehr als eine gemeinsame Mittagspause hatte es bisher nie gegeben. Und jedes Mal war er verunsichert gewesen. Bisher hatte er es nicht gewagt, ihr auch nur andeutungsweise näher zu kommen. Er rätselte aber schon lange, wie sie seit der Scheidung ihre Abende und vor allem ihre Nächte verbrachte. Nur so viel hatte er in Erfahrung bringen können: Ihr Mann war ausgezogen, nachdem er eine 20 Jahre jüngere Frau kennen gelernt hatte. »Irgend so ein junges Ding«, pflegte Ute meist zu sagen, wenn sie darauf angesprochen wurde. Daran musste Meckenbach denken, als er den Gewerbepark verließ und auf Göppingen zusteuerte. Am trüben Horizont hob sich der charakteristische Kegel des Hohenstaufens schemenhaft ab.

»Hat sich Nulli schon gemeldet?«, fragte sie plötzlich sachlich. Wenn sie unter sich waren und keiner mithören konnte, nannten sie den Chef nur beim Spitznamen.

»Nichts. Er ist wie vom Erdboden verschluckt«, entgegnete Meckenbach, dessen braun gebrannten Arme das lederne Lenkrad fest im Griff hatten, als er mit weit überhöhter Geschwindigkeit auf Holzheim zufuhr und schließlich hinter einem kriechenden Lastzug abbremsen musste.

»Manchmal hab ich den Eindruck, er ist ein Feigling«, stellte sie fest, »eines dieser Weicheier. Hast du gestern gemerkt? Er hat Schiss. Deshalb will er jetzt hinausposaunen, was noch keinen etwas angeht. Lieber Ärger mit der Gewerkschaft, als mit Gerüchten leben.«

»Ich hab eher seinen Mut bewundert, mit dem er das jetzt angeht«, wandte Meckenbach ein, während der Mercedes durch die Ortschaft schlich.

»Mut?«, wiederholte sie ungläubig, »Das ist kein Mut. Das ist eine gewisse Hilflosigkeit, mit der er in solchen Situationen reagiert. Dann lässt er sich auch keinen Rat geben. Er spielt den autoritären Besserwisser, um andere Defizite zu verdecken.«

Meckenbach lächelte und schaute die Frau von der Seite an. Sie war zweifellos hübsch. Aber unnahbar und ein Eisklotz, wie er nicht besser zu dieser Witterung gepasst hätte.

Vorbei an den Gebäudekomplexen der Bereitschaftspolizei erreichten sie den Göppinger Stadtrand, wo es im mittäglichen Verkehr unter der Umgehungsstraße und der Überbauung eines Möbelhauses hindurchging.

»Was hältst du eigentlich von der Anna?«, fragte die Frau.

»Von wem?« Er war darauf nicht vorbereitet.

»Na, das junge Ding in unserem Vorzimmer«, erklärte sie leicht gereizt.

»Ach so, ja«, entgegnete er, »die Kleine.« Er lächelte. »Ein bisschen naiv, wie ich finde, aber wenigstens schön anzuschauen ...«

Utes Gesichtszüge versteinerten sich. »Typisch Mann«, stellte sie fest. Er spürte, dass er etwas Falsches gesagt hatte und versuchte es mit einem treuherzigen Blick. »Jetzt verallgemeinere das bloß nicht. Du weißt, dass ich selbstbewusste Frauen schätze. Erfahrene Frauen ...« Jetzt war die Zeit günstig, es endlich deutlich zu sagen. »... solche, wie dich.«

Er wartete vergebens auf eine Reaktion und konnte ihr Gesicht nicht sehen, weil er sich jetzt der Innenstadt näherte und auf den Verkehr achten musste.

Sie schwieg. Meckenbach hätte viel dafür gegeben, jetzt

ihre Gedanken erraten zu können. Doch dass diese sich offenbar um etwas ganz anderes drehten, als er es sich erhofft hatte, ließ ihre kühle Bemerkung erkennen: »Die war schon sechs Monate im Knast.«

Er war irritiert: »Wer – die Anna?«

Ute nickte. »Daheim in Bratislava. Hat mehrmals bandenmäßig Ladendiebstähle verübt – und sogar mal eine Waffe dabei gehabt, stell dir vor. Aber die Justiz in der Slowakei langt Gott sei Dank in solchen Fällen gnadenloser zu als unsere liberalen Richter. Ein Jahr hat sie gekriegt und hat die Hälfte davon absitzen müssen.«

»Woher weißt du denn das?« staunte Meckenbach.

Ute lächelte überheblich. »Man muss sich ja schließlich informieren, wer einem da ins Vorzimmer gesetzt wird.«

»Und warum stellt Nulli ausgerechnet eine ›Zuchthäuslerin‹ ein? Traust du ihm eine solch soziale Ader zu?«

»Quatsch«, sie winkte ab, »er steht halt auf solch ›junge Dinger‹.« Sie legte eine Pause ein, während der Mercedes über die hufeisenförmige Bahnbrücke kroch. »Sie hat deutschstämmige Eltern. Was weiß ich, wo er sie in der Slowakei aufgegabelt hat. Ist doch ganz praktisch. So eine Kleine ist ihm hörig – und vor allem nicht aufmüpfig. Daheim kriegt sie keinen Job – und hier bei uns im Westen doch auch nur, wenn sich ein Wohltäter wie Nulli findet.«

Meckenbach umfuhr das Zentrum nördlich, steuerte auf der Burgstraße an der Parkanlage der Oberhofenkirche vorbei und stellte das Cabrio schließlich in einer der Nebenstraßen ins eingeschränkte Halteverbot. Er lächelte seine unnahbare Beifahrerin an und stieg aus. Sie griff nach ihrer Handtasche und verließ den Wagen ebenfalls. Kühler Wind blies ihnen entgegen. Nach knapp zwei Minuten hatten sie das italienische Restaurant erreicht, das für seine herrliche Gartenwirtschaft bekannt war. Doch heute war sie verwaist. Im Innern des stilvoll im mediterranen Ambiente eingerichteten Lokals stellte Meckenbach erleichtert fest, dass es noch einige freie Tische gab. Er deutete in eine Ecke, ging voraus und rückte einen der Stühle zurecht, auf dem Ute Siller Platz nahm.

»Ein Wetter wie im November«, stellte er fest, während sie in der Speisekarte blätterte.

»Also ab in den Süden«, entgegnete sie sachlich.

»Mach's doch«, schlug er ihr vor, »du hast's doch einfach – und in Südfrankreich scheint immer die Sonne.« Sie ging auf die Anspielung, die sich auf ihre Ferienwohnung in der Camargue bezog, nicht ein. Er hasste diese Einsilbigkeit. Wann würde es ihm endlich gelingen, diesen Eisblock zum Schmelzen zu bringen? Sie bestellten Pizza mit Schinken und dazu Mineralwasser.

»Weißt du«, begann er dann, um über den Umweg des Geschäftlichen vielleicht mehr von ihr zu erfahren, »diese Verlagerung der Produktion ist ein heißes Ding.« Er wusste, wovon er sprach, hatte er das Vorhaben doch maßgeblich eingefädelt und bisher mit keinem Menschen außerhalb der Firma darüber gesprochen. Es war absolutes Betriebsgeheimnis. Und nun wollte es Nullenbruch einfach so, von heute auf morgen, der Belegschaft präsentieren.

Ute nickte. »Du hast ja selbst gehört, was er gesagt hat«, kommentierte sie.

»Dabei hätten wir noch Zeit. Ich an seiner Stelle hätte es auf den letztmöglichen Zeitpunkt ankommen lassen.« Er sprach mit gedämpfter Stimme, weil sich inzwischen ein junges Paar an den Nebentisch gesetzt hatte.

»Ich auch«, meinte sie, »vollendete Tatsachen schaffen – und fertig. Und rausschmeißen, wen man nicht mehr braucht.« Ihre Stimme war kalt. Eiskalt. Wie das Wetter.

»Das wird sowieso kommen.« Meckenbach hatte stets ein schlechtes Gewissen gehabt, als er die Firma in diesem Nest bei der Hohen Tatra aufgebaut hatte. Aber er tat nichts weiter als seine Pflicht – und wurde dafür fürstlich bezahlt. Irgendwie war es schon pervers: Er bezog ein Managergehalt, um den minimal entlohnten Arbeitern die wirtschaftliche Grundlage vollends zu entziehen. Doch jedes Mal, wenn dieser Gedanke aufkam, versuchte er, ihn zu verdrängen. Um in diesem knallharten Job bestehen zu können, musste man vermutlich so sein wie Ute.

»Nulli hätt's ja nicht wirklich nötig«, sinnierte er und lehnte sich zurück.

»Nötig oder nicht«, meinte die Frau, »was heißt schon nötig? Es geht um Gewinnoptimierung. Das haben wir doch gelernt. Stillstand ist Rückschritt. Also muss jeder Unternehmer schauen, wie er sein Kapital bestmöglichst verzinst. Und in Sicherheit bringt. Die Entwicklung in diesem Land lässt Schlimmstes befürchten. Bisher jedenfalls. Ich muss dazu nichts zu sagen.«

Nein, das war nicht nötig, dachte er.

»Nulli hat halt auch einige Hobbys, wie man so hört«, wandte er ein, um das Gespräch nicht wieder versiegen zu lassen.

Sie runzelte vorsichtig die glatte Stirn. »Das kann ich nicht überblicken, aber dass er einen aufwendigen Lebensstil pflegt, ist unbestritten. Die Jacht am Bodensee hat sicher ein paar Euro fuffzig gekostet, klar – und seine grenzenlose Begeisterung für den Fußball lässt er sich auch ganz schön was kosten.«

»Ja, alle wissen das. Als Bayernfan fährt er zu jedem Heimspiel nach München und manchmal auch zu den Auswärtsspielen.«

Sie nickte. Als Finanzleiterin wusste sie um die Spesen, die dabei entstanden und die so gut es sich vertreten ließ, auch als solche verbucht wurden. Bisher war das Finanzamt noch nicht dahinter gekommen.

Die Bedienung brachte das Getränk.

»Gerüchteweise hört man, dass er auch als Sponsor auftritt«, erklärte Ute Siller.

Sie prosteten sich mit dem Mineralwasser zu und tranken.

»Sponsoring ist modern geworden«, erwiderte Meckenbach, »und in gewisser Weise auch steuerlich interessant.«

»Natürlich. Er ist da wohl einer Art Förderverein beigetreten, die sich mit der Fußballweltmeisterschaft befasst.«

»Ach …«, gab sich Meckenbach erstaunt, »auf so hoher Ebene spielt er mit? Dann stimmt es vielleicht doch, dass er den Klinsmann persönlich kennt.«

Sie zuckte mit den Schultern. »Keine Ahnung, interessiert mich auch nicht. Fußball ist für mich so wichtig, wie wenn in China ein Fahrrad umfällt.«

»Demnächst wirst du dich dieser Begeisterung gar nicht mehr entziehen können«, hielt ihr Meckenbach entgegen.

»Oh doch, glaub mir. Ich werd kein einziges Spiel anschauen. Nicht eines. Für mich ist es ein Rätsel, dass ein solch brutaler Sport die Massen bewegt. Aber vielleicht gerade deshalb.« Sie überlegte. »Weil die ganze Gesellschaft brutal geworden ist. Hast du dir mal diese Nahaufnahmen bei einem Spiel genau angesehen? Diese versteckten Fouls. Ich staun jedes Mal, was die Schiedsrichter durchgehen lassen. Aber wie man inzwischen weiß, sind die alle bestochen.«

»Also, bitte«, versuchte Meckenbach den Redefluss charmant zu stoppen, »wenn du das so genau weißt«, lächelte er, »schaust du doch heimlich Fußball.«

»Quatsch«, sie wurde wieder energisch, »man kann sich dem Schwachsinn doch nicht entziehen. Schau dir samstags die Tagesschau an – und du kriegst die ganze Bundesliga im Schnellgang vor den Latz geknallt.«

»Und wer steckt hinter diesem … Förderverein?«, hakte Meckenbach interessiert nach, während jetzt die Pizzen serviert wurden.

»Eine Adresse in Stuttgart – keine Ahnung. Sagt mir nichts. Guten Appetit.« Sie begann, ihre Pizza in vier Teile zu schneiden.

»Gleichfalls«, sagte er und zeigte sich an Utes Hinweisen interessiert, »… in Stuttgart. Doch nicht etwa ›MV?« Zu gerne hätte er gewusst, worüber sie informiert war.

»Ich hab wirklich keine Ahnung. Ich weiß nur, dass einige Unternehmer dabei sind. Ein elitärer Kreis, wie mir scheint.«

»Hundt auch?« bohrte Meckenbach weiter. Dieter Hundt, der Vorsitzende des Arbeitgeberverbandes, hatte seinen Betrieb im nahen Uhingen, ein paar Kilometer talabwärts, sozusagen vor den Toren Stuttgarts. Auch ein großer Zulieferer für die Automobilindustrie.

»Ich kann dir keine Namen nennen, ich weiß es nicht«, erwiderte die Frau. Doch Meckenbach spürte plötzlich Zweifel, ob er ihr glauben konnte.

»Weißt du«, fuhr sie unerwarteterweise fort, »das Ganze macht auf mich einen ziemlich geheimnisvollen Eindruck.« Sie machte eine Pause. »Ich glaub, es ist besser, man redet nicht drüber.«

Er schaute von seiner Pizza auf. »Wie soll ich das verstehen?«

»Je weniger man darüber weiß, desto weniger gerät man in etwas hinein«, antwortete sie emotionslos. »Man weiß nie, welche Folgen so was hat.« Sie schaute ihn eindringlich an. »Auch du solltest dich lieber um deinen Job kümmern.«

10

Damit hatten Martin Striebel und Rainer Kromer nicht gerechnet. Vor ihnen stand ein froh gelaunter Jano. Seine Glatze glänzte wie poliert. »Hi«, wiederholte er und setzte sich unaufgefordert zu den beiden Deutschen an das Bistrotischchen. »Nice to see you«, lächelte er und verbreitete einen Optimismus, der keinerlei Zweifel an seiner Seriosität aufkommen ließ. Martin Striebel wurde knallrot. Sein Blutdruck schoss deutlich erkennbar in die Höhe. Rainer Kromer verzog sein Gesicht zu einem gekünstelten Lächeln.

»Wie kommst jetzt du daher?« entfuhr es Striebel. Seine sonore Stimme und sein Dialekt waren noch drei Tische weiter zu hören.

Jano ging auf diese unfreundliche Begrüßung nicht ein. »No problem«, versicherte er und legte einen Arm auf Kromers Schulter. Dieser zuckte zusammen, ließ ihn aber gewähren.

»Es ist alles in bester Ordnung«, sprach Jano jetzt Deutsch, wenngleich mit dem harten Akzent, der seine slowakische Herkunft verriet.

»Soll ich dir was sagen«, brauste Striebel auf, »dir glaub ich kein Wort mehr. Nicht eines. Und was ich von deinem schönen Schwager zu halten hab, weiß ich noch nicht.«

Janos mondförmiges Gesicht strahlte weiter. »Alle werden ihr Geld bekommen«, versicherte er, »alle. Es ist nur eine little correction – eine Änderung eingetreten. Aber no problem, wirklich – no problem.«

Er nahm den Arm wieder von Kromers Schulter, winkte der Bedienung und bestellte ebenfalls ein Pils.

»Ganz so ist's ja wohl nicht«, wandte Kromer ein und wischte sich sein schweißnasses Haar aus der Stirn, »die Geschichte mit der Mafia hat gestern ein bisschen anders geklungen.«

Nur für einen kurzen Augenblick verfinsterte sich Janos Gesicht, dann hatte er sich wieder unter Kontrolle. »Pit hat doch erklärt«, versuchte er zu beschwichtigen, »es ist alles unter Kontrolle.«

»Gerade das glaub ich dir nicht, Jano«, entgegnete Striebel zornig. »Soll ich dir sagen, was ich für einen Eindruck hab? Soll ich?« Er zögerte, doch Janos positiver Gesichtsausdruck ermunterte ihn dazu. »Dass du ein ziemlich gerissener Hund bist, um nicht zu sagen ein Schwindler.«

Jano schluckte. Offenbar wusste er nicht so recht, wie er reagieren sollte. Doch er blieb der weltgewandte Geschäftsmann, für den er sich stets ausgab. »Martin«, sagte er deshalb langsam und lächelnd, »sorry, Martin, es tut mir leid, wenn du so denkst, aber es ist anders, als es scheint.«

Kromer winkte ab. »Das habt ihr uns doch gestern Abend bereits weismachen wollen. Allein – uns fehlt der Glaube, verstehst du?« Er wurde energisch. »Wenn nicht bald das Geld cash auf den Tisch kommt, glauben wir dir und deinem Schwager kein Wort – und dann …« Kromer kniff die Augen gefährlich zusammen, »… dann werden wir dich fertig machen – mit allen juristischen Mitteln. Seit ihr in der EU seid, sind die Spielregeln einfacher geworden. Und es wird ziemliches Aufsehen geben, wenn der mächtige Jano, der hier in Košice den großen Maxe spielt, plötzlich wegen Betrugs oder Unterschlagung, womöglich auch wegen Steuerdelikten vor dem Bezirksgericht steht, oder wie das bei euch hier heißt.«

Jano blieb unbeeindruckt. Etwas anderes hatten die beiden Deutschen auch nicht erwartet. Er bekam sein Pils serviert und besaß die Frechheit, seinen Gesprächspartnern zuzuprosten. Sie stießen widerwillig mit ihm an.

»Unser Business läuft sehr gut«, erklärte er dann und wischte sich mit einem Papiertaschentuch den Schweiß von der ovalen Stirn. »But you know … « Er rang sichtlich nach deutschen Worten. »Ihr wisst, wie sich das Opening to the east … das Öffnen der Grenzen nach Osten auswirkt. Gleich da hinten …« Er deutete mit der rechten Hand nach vorne. »Vielleicht keine hundred kilometers weiter beginnt die Ukraine.«

Er tat so, als sei es noch immer das ›Reich des Bösen‹, wie der frühere US-Präsident Reagan einmal die UdSSR bezeichnet hatte.

»In diesen Ländern gelten andere Gesetze«, fuhr er fort und sein Blick wurde ernst. »Money und Macht, Kapital und Gewalt«, zählte er auf, »Korruption, Menschenhandel – there is nothing, was es nicht gibt.«

Die beiden Deutschen hörten aufmerksam zu. Striebels listige Augen hingen an Jano. Ihm traute er längst alles zu. Es hätte ihn nicht gewundert, wenn dieser gerissene Geschäftsmann selbst ein Mafiosi gewesen wäre. Was hieß da ›wäre‹, dachte er. Wer gab ihnen denn die Gewissheit, dass es nicht so war?

»Was willst du uns damit sagen?« drängte Striebel ungeduldig. Wollte sich Jano jetzt wieder als Opfer darstellen?

»Friends«, begann er, als hätten die beiden Deutschen keinerlei Sorge, durch ihn viel Geld zu verlieren, »Business ist ein hartes Geschäft geworden. Und because ich bin daran interessiert, euer money gut anlegen zu wollen.«

»Das hab ich gemerkt«, keifte Striebel, zwinkerte seinem Kollegen zu und nahm einen Schluck.

»No, no«, entgegnete Jano und hielt Striebels Unterarm freundschaftlich fest, »please, please … wenn man Augen und Ohr offen hat, Martin, Rainer friends-, dann findest du die Trends.«

Rainer Kromer meinte kritisch: »Du hast das Kapital anderweitig angelegt – und aus der Firma abgezogen?«

Auch Striebel hatte dies so interpretiert und richtete seinen hünenhaften Oberkörper drohend auf, sodass der rundliche Jano noch kleiner wirkte, als er es ohnehin war. »Du hast das Geld verzockt!«, wurde Striebel laut. Sein Blutdruck musste jetzt das höchst zulässige Maß überschritten haben.

Vom Nebentisch schaute man herüber, aber vermutlich verstanden die Mithörer kein keutsch.

»Please«, beruhigte Jano wieder und machte mit den Händen eine dämpfende Bewegung, »please. Wie gestern gesagt, es ist vorübergehend ein Engpass entstanden.«

»Der seit fast einem Jahr anhält«, konterte Striebel unverändert lautstark.

»Please«, Jano schien den Ernst der Lage inzwischen begriffen zu haben, »please, friends, understand, es gibt hier bei uns Gruppen, die mit allem Geschäfte machen wollen.«

»Gruppen«, wiederholte Rainer Kromer, »ich würde sie eher als Banden bezeichnen.«

»Rainer«, versuchte Jano erneut zu beruhigen und legte jetzt eine Hand auf dessen Unterarm, »just a moment, please. Du möchtest es nicht glauben, aber du darfst es mir glauben. Bei uns werden Geschäfte in Millionen-Euro-Höhe gemacht – mit Management von Germany.«

Striebel hatte plötzlich den Eindruck, dass da mehr war, als man ihnen gestern Abend hatte darlegen wollen. »Und daran bist du beteiligt – an diesen Millionengeschäften?«

Für den Bruchteil einer Sekunde sah Janos Gesicht so aus, als fühle er sich geschmeichelt. Dann aber wurde er sofort wieder sachlich. »Yes, ja«, sagte er nicht ganz ohne Stolz, um dann eher enttäuscht festzustellen: »Man hat versucht, mich … mich auszuschalten.« Die drei Männer schwiegen, bis Jano fortfuhr: »Yes. But there is no problem. Kein Problem. Mithilfe von Pit haben wir alles geregelt.«

»Bezahlt«, stellte Striebel klar. »Ihr habt euch erpressen lassen und bezahlt. Und jetzt will ich wissen, verdammt nochmal, worum es da gegangen ist. Und ob die Sache wirklich ausgestanden ist. Und welchen Einfluss das alles auf unser Geschäft hat. Ich will das endlich klipp und klar wissen. Das Drumrum-Geschwätz, Jano, geht mir auf den Sack. Und zwar heftig.« Die sonore Stimme hatte über das ganze Straßencafé hinweggehallt, was Jano sichtlich peinlich war. Er versuchte erneut mit einer Handbewegung, Striebel zu besänftigen: »Please, du musst mir glauben. Es ist auch in eurem Interesse.«

Striebel fuhr erneut hoch wie eine Rakete: »Was heißt das? In wessen Interesse? In meinem nicht. Und in Rainers Interesse sicher auch nicht.«

»Moment. Meine business sind global.« Jano lächelte vorsichtig. »A Global-Player.«

Striebel holte tief Luft. »Das glaub ich dir gleich, du Schlitzohr. ›Global-Player‹ Mit unserem Geld – oder was?«

Jano nahm einen kräftigen Schluck Pils und wischte sich mit dem Handrücken den Schaum vom Mund.

»Some things – manche Dinge lassen sich von hier aus besser ... steuern oder organisieren, you understand?«

»Nein«, entgegnete Kromer offen und hart.

Jano überlegte. Er schien nicht so recht zu wissen, wie er seine deutschen ›Freunde‹ beruhigen sollte. Gestern Abend unter den Augen seines Schwagers hatte er sich in dubiose Andeutungen geflüchtet. Doch jetzt wollte er zumindest klargestellt haben, dass er nicht leichtfertig in die Misere geschlittert war. »Ich wurde gebeten, etwas aufzubauen, eine Organisation, mit der viel Geld zu verdienen ist.«

»Mit der du viel Geld verdienst«, wetterte Striebel und unterbrach Janos Redefluss. Kromer gab seinem älteren Kollegen mit dem Kopf ein Zeichen, ihn nicht weiter zu unterbrechen.

»Geld für uns alle«, stellte Jano klar. »Für dich und für Rainer und für all die anderen. And – no problem, friends. Der Plan ist leider in Kreise ... durchgesickert, sagt man das so? Ja?« Er sah, wie Kromer diese Frage mit einem Kopfnicken bestätigte. »Und wir mussten bezahlen.«

»Erpressung«, stellte Striebel fest und trank sein Glas zügig leer. Schweißperlen rollten von seiner knallroten Stirn.

Jano nickte stumm. »Yes, Erpressung.«

»Und welcher Art ist diese Organisation, dieses globale Geschäft?«, wollte Kromer wissen.

Jano lehnte sich zurück. »Sorry, Rainer, sorry. Dazu darf ich nichts sagen.«

Striebel war wieder nahe dran, zu explodieren. »Das ist mir ein schönes Geschäft. Mit wem seim Geld wird hier eigentlich rumgepokert? Nicht mit deinem, wie wir uns denken können. Sondern mit dem Geld anderer. Du zockst rum – und wir sollen dir und deinem Schwager einfach so abnehmen, dass alles in bester Ordnung ist.« Die sonore Stimme hallte über die Köpfe der anderen Gäste hinweg, die jetzt zunehmend aufmerksamer wurden. »Für wie dumm hältst du uns eigentlich?«

Jano blieb erstaunlich gelassen. »Sorry, Martin«, sagte er und wollte einen Arm auf seine breiten Schultern legen, doch Striebel wehrte demonstrativ ab. »Sorry, aber ich habe nicht eigenmächtig gehandelt.« Er schaute nacheinander Martin und Rainer an. »Einer unserer Freunde …« Jano zögerte noch, doch dann entschied er sich, es auszusprechen. »… einer unserer Freunde hat mich gebeten, für ihn tätig zu sein.«

Striebels Ohren schienen größer geworden zu sein. Die Gesichtszüge versteinerten sich. »Ich hab wohl nicht richtig gehört.« So laut war er noch nie. »Was sagst du da? Einer von uns …? Was heißt das?«

Rainer Kromer verfolgte den Ausbruch seines Freundes schweigend, aber mit gewisser Sorge über dessen Gesundheit.

Jano blieb auch ernst. »Please, dont ask me, Martin. Bitte nicht fragen.« Er hob abwehrend die Arme. »Please, no questions, keine Fragen. Ihr sollt nur wissen, dass ich nicht ohne Auftrag gehandelt habe.«

»Aber jetzt raus mit der Sprache!«, forderte Striebel und wetterte los. Seine Stirnadern schwollen gefährlich an. Er beugte sich auf den Bistrotisch, der unter der Last seines Oberkörpers in erhebliche Schieflage geriet.

Jano rückte erschrocken nach hinten. »Martin, please, ich kann und darf nicht mehr sagen. Sorry, aber glaube mir, es kommt alles in Ordnung.«

Die Männer wurden inzwischen von den Nebentischen misstrauisch beäugt. Einige Gäste befürchteten offenbar, dass eine handgreifliche Auseinandersetzung unmittelbar bevorstand.

»Wir haben ein Anrecht darauf, dass du uns sagst, was hier abgeht«, forderte Striebel, als ob er seinen Gesprächspartner demnächst am Kragen packen wollte. Kromer stellte insgeheim fest, dass der Slowake erstaunlich gelassen blieb. Ein eiskalter Bursche, dachte er.

»In einem Jahr sieht alles anders aus«, erklärte Jano.

»In einem Jahr!« Striebels Stimme überschlug sich. »Wir sollen noch ein ganzes Jahr warten? Das kann nicht dein Ernst sein. Nein – kommt überhaupt nicht in Frage.«

»Ich brauche dieses Jahr – alle brauchen es. Alles ist auf Juni 2006 ausgerichtet.« Jano behielt die beiden Deutschen fest im Auge.

Striebel überlegte, dann wetterte er weiter: »Ich will sofort wissen, was da läuft. Sofort. Ich werde diese Stadt nicht verlassen, bis ich weiß, welch falsches Spiel du spielst.« Er schickte mit einer energischen Kopfbewegung die völlig verstörte Bedienung weg, die nach weiteren Wünschen hatte fragen wollen.

»Sorry«, sagte Jano wieder, »I cannot say something. Ich kann nichts sagen.« Dann schwieg er wie ein trotziges Kind.

»Okay«, erwiderte Striebel, der sich mit einem Handrücken den Schweiß von der Stirn streifte, »vielleicht schafft es Matthias, mehr Druck zu machen.« Die sonore Stimme wurde wieder leiser, hatte aber nichts von dem drohenden Unterton verloren.

Janos Miene verfinsterte sich. »Mattääs?«, wiederholte er mit seinem slowakischen Akzent. »Was ist mit Mattääs?«

Striebel schaute demonstrativ auf die Armbanduhr. »Er dürfte in diesen Minuten gelandet sein.«

»Er kommt hierher?«, fragte Jano verständnislos nach.

Striebel und Kromer nickten wortlos.

»Ja, meinst, du könnst uns übern Tisch ziehn?«, verfiel der Ältere wieder in seinen bayrischen Dialekt.

Der Slowake war kreidebleich geworden. »Ich hab eine

Bitte«, es klang kleinlaut, »ihr solltet euch nicht in Dinge mischen, die … dangerous … gefährlich werden können.«

»Soll das eine Drohung sein?« brauste Striebel wieder auf.

»Sorry, no, keine Drohung«, versicherte Jano und schaute sich nach allen Seiten um, »nur eine Empfehlung.«

»Weißt du, was ich langsam glaube?« Striebels Geduld war am Ende. »Ich glaub, dass dieses ganze Freundschaftsgetue von dir und deinesgleichen vorgetäuscht war – kaltblütig berechnet. Nie im Leben werde ich mehr einem Slowaken trauen. Nie mehr.« In Striebels Stimme schwang Hass, Zorn und Enttäuschung mit.

Jano wollte nichts dazu sagen. Er hatte jetzt andere Probleme. »Mattääs kommt?«, hakte er noch einmal nach.

»Darauf kannst Gift nehmen«, entgegnete Striebel triumphierend. »Und wenn du ihm keine glasklare Erklärung hast, schaust ganz dumm aus der Wäsche, verstehst?«

»Please«, begann Jano erneut und wandte sich an Rainer, den er für den Gemäßigteren hielt, »give me time … lasst mir Zeit. Keinen Ärger. Nicht hier.« Seine Miene verfinsterte sich, wie nie zuvor in der vergangenen halben Stunde. »Das ist kein Spiel. Das ist Ernst.« Er rang nach den passenden Worten, gab der Bedienung ein Zeichen zum Bezahlen und legte den Deutschen eindringlich nahe: »Todernst, sagt man, glaub ich, bei euch. Vergesst das nicht. Todernst.«

11

Das Medieninteresse war groß. Sogar die beiden Stuttgarter Blätter waren vertreten, als der Leitende Oberstaatsanwalt aus Ulm, Dr. Wolfgang Ziegler, im Lehrsaal der Geislinger Feuerwehr die Journalisten begrüßte. Links von ihm saß August Häberle, rechts der uniformierte Leiter der Polizeidirektion Göppingen, der herbeigeeilt war, um die Bedeutung dieser Pressekonferenz zu unterstreichen. Ihm zur Seite hatte Pressesprecher Uli Stock Platz genommen, dem die undankbare Aufgabe oblag, ein Statement vorzubereiten, in dem mit dürren Worten Angaben zu dem Toten gemacht und mögliche Zeugen gesucht wurden.

Neben einem Reporter von SWR 4, der sich zunächst Notizen machte, waren auch mehrere sehr jugendliche Journalisten von privaten Radiostationen gekommen, die ihre Mikrofone ziemlich unkontrolliert in die Luft hielten. Drei Fotografen lichteten einige Male die ›Offiziellen‹ ab, denen an der Querseite des Raumes zwei Tische aneinander geschoben worden waren.

In der ersten Reihe hatte der örtliche Polizeireporter Georg Sander Platz genommen. Ihm war natürlich bereits in den Vormittagsstunden das Verbrechen zu Ohren gekommen, doch hatte er bisher keine einzige Quelle anzapfen können, die ihm mehr hätte sagen können, als was in der ersten Sechszeilenmeldung von Polizeidirektion und Staatsanwaltschaft gestanden war.

»Sehen Sie uns bitte nach, dass wir Ihnen nur wenig Habhaftes berichten können«, versuchte Staatsanwalt Ziegler gleich von vornherein bohrende Fragen abzuwenden. »Wir wissen weder, wer der Tote ist, noch wo er war – und schon gar nicht, was er gestern am späten Abend in diesem abgeschiedenen Winkel am Bahndamm getan hat. Wir gehen derzeit davon aus, dass er jemand getroffen hat – aber auch dafür gibt es leider keine Beweise.«

Ziegler gab eine kurze Beschreibung des Toten, sofern dies trotz der starken Verstümmelung des Kopfes noch möglich gewesen war. Er erwähnte auch den Ring mit dem eingravierten Datum des 8. August 1988.

Dann erteilte er Häberle das Wort, der zunächst die Journalisten begrüßte und seine Notizzettel übersichtlich nebeneinander legte. Er schilderte detailliert, wie wichtig jeder noch so kleine Hinweis aus der Bevölkerung sein konnte. »Wir sollten wissen, ob jemand gestern Abend so ab 20 oder 21 Uhr in Tatortnähe etwas Verdächtiges bemerkt hat – Fahrzeuge, Personen und so weiter.« Der Kommissar schob das erste Blatt beiseite. »Vielleicht wird eine Person vermisst, auf die unsere Beschreibung zutreffen könnte. Oder es hat jemand den Mann an der Landstraße laufen sehen. Eigentlich muss er aufgefallen sein – denn wer spaziert schon bei diesem Wetter abends an dieser Stelle rum?«

Die Journalisten schrieben eifrig mit, obwohl sie Stocks aktuelle Presseerklärung bereits erhalten hatten.

Als Häberle fertig war und sich eingestehen musste, dass erschreckend wenig Fakten vorlagen, meldete sich der Direktionsleiter zu Wort: »Sie können ruhig schreiben, dass die Polizeidirektion auch für Hinweise auf scheinbar belanglose Beobachtungen dankbar ist. Vielleicht ...« Er überlegte. »... vielleicht macht sich ja jetzt mal unser Präventionsprogramm bemerkbar, mit dem wir die Bevölkerung zu größerer Zeugenbereitschaft aufgerufen haben.«

Nach knapp einer Viertelstunde war alles gesagt. Dann hob Georg Sander den linken Arm und meldete sich, ohne aufgerufen worden zu sein, sogleich zu Wort. »Diese Schüsse«, sagte er, »weiß man, mit welchem Kaliber?«

Die vier Männer an der Stirnseite schauten sich an und einigten sich darauf, dass Häberle antworten sollte. »Es war

Schrot«, sagte er, »zwei Schüsse. Um diese zwei Schüsse hintereinander abfeuern zu können, bedarf es einer zweiläufigen Waffe. Einer ›Luparo‹, wie man in einschlägigen Kreisen dazu sagt.« Der Ermittler wartete, bis Sander mitgeschrieben hatte, und ergänzte: »Bei Schrot gibt es keine Hülsen – und außerdem lässt es sich nicht einer bestimmten Waffe zuordnen, wie unsere Techniker dies bei einem normalen Projektil tun können.«

»Aber die Schüsse waren sicher ziemlich laut«, gab Sander zu bedenken, »die hätte doch leicht jemand in der Nähe hören können.«

»Denken Sie an das Wetter gestern. Spaziergänger jedenfalls waren keine unterwegs«, gab Häberle zu bedenken, »und denken Sie an die Eisenbahn. Wenn der Täter wartet, bis ein Zug vorbeifährt, vielleicht einer dieser scheppernden, alten Güterzüge, dann gehen die Schüsse unter.«

»Und welches Motiv vermuten Sie?« rief die jugendliche Stimme eines Radiopraktikanten, der ein handliches digitales Aufzeichnungsgerät um den Hals baumeln hatte.

»Um ehrlich zu sein«, antwortete Ziegler, »da ist das ganze Spektrum möglicher Straftaten denkbar. Vom Drogendeal bis hin zu einem Raubmord – schließlich haben wir bei dem Toten keine persönlichen Gegenstände gefunden. Das kann auf Raub schließen lassen – oder auf die gründliche Beseitigung sämtlicher Identitätspapiere.« Ziegler sprach wie immer langsam, sachlich und überzeugend. Er zuckte mit den Schultern. »Wir wissen's halt nicht.«

»Es kann also überregional bedeutsam werden?«, fragte der SWR 4-Vertreter.

»Selbstverständlich«, antwortete der Staatsanwalt, dessen volles Haar seit seinem letzten Besuch in Geislingen wieder um eine Schattierung weißer geworden war, wie Sander registriert hatte. »Wir ermitteln in alle Richtungen«, schloss Ziegler. Dieser Standardsatz musste ja kommen, dachte der Geislinger Lokaljournalist und klappte seinen Notizblock zu.

»Vielleicht sollte man noch eines sagen«, meldete sich Häberle erneut zu Wort. Sander, der gerade seinen Kugelschreiber in die Innentasche seines legeren Sommerjacketts stecken wollte, hielt in der Bewegung inne.

»Bei dem Toten handelt es sich allem Anschein nach um eine ziemlich gepflegte Person.« Der Kommissar schob ein weißes Notizblatt zu sich her. »Seine Finger machten jedenfalls einen gepflegten Eindruck – nicht die eines ... eines Stadtschlampers, wenn man das so sagen darf. Eher ein Schreibtisch-Mensch, einer, der im Büro arbeitet.«

Oberstaatsanwalt Ziegler fuhr sich durchs lockige Haar. »Wenn wir uns davon leiten lassen, dann haben wir's vermutlich mit einem Fall zu tun, der möglicherweise in sozial höheren Schichten anzusiedeln ist.«

»Zum Beispiel?«, hallte eine Frauenstimme durch den Saal. Es war die regionale Mitarbeiterin der ›Stuttgarter Zeitung‹.

»Ersparen Sie mir eine Aufzählung«, erwiderte Ziegler, worauf Häberle spontan meinte: »Es könnte sich um Kreise handeln, in denen man sich normalerweise die Hände nicht selbst schmutzig macht.«

Ein Journalist, der offenbar das große, bundesweite Boulevardblatt vertrat, sprach sofort aus, was andere dachten: »Sondern sich anderer bedient ... hab ich Recht?«

Die Offiziellen schwiegen. Dann erklärte Ziegler die Pressekonferenz für beendet.

Ministerialdirektor Harald Gangolf war einigermaßen beunruhigt. Er trommelte mit den Fingern auf der blanken Schreibtischplatte aus Nussbaum und starrte das abstrakte Gemälde auf der gegenüberliegenden Wand an. Wie immer, wenn er nervös war, versuchte er, in den Farbklecksen irgendwelche Gebilde zu erkennen – was ihm aber nie gelang. Dieser Bundestagsabgeordnete Riegert schien ein Problem zu werden, dachte er. Zumindest sah es nach allem, was Eva Campe vorhin berichtet hatte, nach keinen einfachen Verhandlungen aus.

Gangolf kämpfte mit sich, ob er in Riegerts Wahlkreis aktiv werden musste. Vielleicht würde es den Vertretern der dortigen Wirtschaft gelingen, Einfluss auf den Abgeordneten zu nehmen. Immerhin war dort Arbeitgeberpräsident Dr. Hundt mit seinem Unternehmen angesiedelt. Andererseits bestand die Abmachung, die Spitzenfunktionäre grundsätzlich nicht in die Schusslinie zu bringen, um ihre Position nicht zu schwächen.

Der Ministerialdirektor empfand die Stille in seinem großen Büro als beängstigend. Es war ihm, als sei er mutterseelenallein mit einem Vorhaben, das jetzt nicht mehr zu stoppen sein würde. Einmal in Gang gesetzt, gab es kein Zurück mehr.

Während er grübelte und in dem Gemälde noch immer keine Logik entdeckte, kam ihm Nullenbruch in den Sinn. Klar, Nullenbruch. Dieser Mittelständler in Göppingen. Er hatte ihn vor zwei Jahren bei einer Konferenz von Wirtschaftsfunktionären in Stuttgart kennen gelernt. Ein bodenständiger Unternehmer, ein Schwabe. Aber auch ein Dickschädel. Vor allem aber einer, der davon zu überzeugen gewesen war, dass die Stimmung im Lande dringend eine Kehrtwendung brauchte. So ein Mann konnte den örtlichen Abgeordneten der Opposition bei weitem besser in die Zange nehmen, als er, der Angehöriger der Regierungskoalition war. Außerdem würden ohnehin in vier Monaten die Rollen getauscht sein.

Er öffnete die schwere Seitenschublade und brachte ein gebundenes Notizbuch hervor, in dem er Nullenbruchs Nummer sofort entdeckte. Telefongespräche dieser Art pflegte er direkt zu führen – ohne sich von seiner Vorzimmerdame verbinden zu lassen.

Nach dem dritten Rufton meldete sich die Stimme einer jungen Frau, deren Namen er nicht verstand, die aber artig den deutschen Telefon-Standard-Text gebrauchte und fragte: »Was kann ich für Sie tun?«

Dümmliches Geschwätz, dachte Gangolf. Wo immer er anrief, wurde er mit dieser Floskel konfrontiert. Irgendein hoch dotierter Unternehmensberater hatte diese Art, sich am Telefon zu melden, wohl mal als besonders freundliche

Formulierung in die Welt gesetzt – und seither wurde dies landauf, landab nachgeplappert.

»Sie können nichts für mich tun«, sagte der Ministerialdirektor deshalb unfreundlich, »ich hätt gern Herrn Nullenbruch gesprochen.«

»Tut mir leid«, säuselte eine junge Frauenstimme, »Herr Nullenbruch ist auf Geschäftsreise. Aber ich kann Sie mit Frau Siller verbinden.«

Er überlegte einen kurzen Moment. Fast zu lange, denn die Stimme fragte nach: »Entschuldigen Sie, sind Sie noch dran?«

»Ja – ja«, antwortete der Mann und spielte nervös am Kabel. »Aber sie brauchen mich nicht zu verbinden. Danke. Recht schönen Dank.« Dann legte er auf, blätterte erneut in seinem Notizbuch und war froh, Nullenbruchs Handynummer notiert zu haben. Er drückte sie in die Tastatur – doch statt eines Ruftons blieb die Leitung zunächst still. Schließlich teilte die Allerweltsstimme mit, dass der Angerufene derzeit nicht erreichbar sei.

Gangolf warf den Hörer verärgert in die Halterung, nahm ihn aber gleich wieder heraus, um über die gespeicherte Schnellwahl-Nummern eine neue Verbindung anzuwählen. Es war Liebensteins Nummer. Nachdem dieser sich gemeldet hatte, kam Gangolf ohne Begrüßung gleich zur Sache: »Wo sind Sie?«

»Auf dem Weg zu Michael Rambusch in Aalen.«

Der Ministerialdirektor stellte sich in Gedanken die Landkarte Süddeutschlands vor. Wo genau diese Stadt war, hätte er nicht auf Anhieb sagen können. Aber Rambusch kannte er natürlich – einer der wichtigsten Männer in diesem Vorhaben. »Alles okay?«, fragte er deshalb.

»Alles okay«, entgegnete Liebenstein.

»Hören Sie zu. Sie müssen – so lange Sie da unten sind – im Kreis Göppingen noch was erledigen. Im Wahlkreis von diesem Riegert – Sie wissen, es ist dieser sportpolitische Sprecher. Am besten, Sie rufen mich an, wenn Sie bei

Rambusch fertig sind. Aber richten Sie sich auf eine zusätzliche Aufgabe ein.«

Gangolf wollte das Gespräch bereits beenden, als Liebenstein zaghaft nachfragte: »Ist etwas passiert?«

»Wie kommen Sie denn da drauf?«

12

Harry Obermayer galt seit Langem als gewitzter Strippenzieher im Hintergrund. Dass Stefan Beierlein bei der gestrigen Konferenz seine Beziehungen bis in die höchsten Ebenen der Politik hervorgehoben hatte, das tat ihm noch heute gut. Tatsächlich war der Mittfünfziger mit der Stirnglatze dank seiner vielfältigen Ämter, die er auf Landes- und Bundesebene bekleidete, immer dann gefragt, wenn Kontakte, egal welcher Art, hergestellt werden mussten. Obwohl selbst der rot-grünen Bundesregierung nahe stehend, kannte er die Kanäle im schwarzen Baden-Württemberg genauso, wie die Strukturen in anderen Gesellschaftsbereichen. Eine Zeit lang war er in einer schwäbischen Kleinstadt Oberbürgermeister gewesen, doch hatte er rasch gespürt, dass die provinziellen Themen nicht seinem globalen Denken entsprachen. Manche mochten darin eine gewisse Arroganz erkannt haben, was nach der ersten Amtsperiode zu einem Debakel bei der Wiederwahl geführt hatte. Anfangs hatte er diese schmerzliche Niederlage, die allseits als die Summe vieler »Denkzettel« verärgerter Bürger gewertet wurde, nur schwer verdaut. Jetzt aber war er weithin erfolgreicher Kommunalberater – ein Job, mit dem viele abgewählte Bürgermeister offenbar recht gut leben konnten.

Man konnte Obermayer, was seinen menschlichen Umgang anbelangte, gewiss manches vorwerfen – keinesfalls aber, dass er nicht überaus korrekt war. Er kannte sich in Paragrafen und Zahlen aus, wusste blitzschnell zu kombinieren, Zusammenhänge zu erkennen, Folgerungen daraus zu ziehen. Er war wie ein Schachspieler, der bereits den übernächsten Zug im Kopf hatte, während sein Gegner noch darüber rätselte, was es mit dem letzten auf sich gehabt haben konnte.

Er war zweifelsohne der richtige Mann für die jetzige Aufgabe. Auch wenn er insgeheim noch immer mit sich rang, ob er diesen Weg mitgehen sollte. Als überzeugter Christ, der er war, spürte er seit Wochen sein mahnendes Gewissen, das ihm sagte, dass diese Angelegenheit nicht gerade auf ehrlichen Beinen stand. Andererseits handelten sie aber alle im Interesse der Allgemeinheit. Obermayer hatte seine Unterstützung zwar zugesichert, sich aber vorgenommen, nur bis zu einem gewissen Grad mitzumachen. Er konnte jederzeit aussteigen, ohne dass dadurch das ganze Vorhaben gefährdet sein würde. Das hatte er längst abgecheckt. Außerdem galt die Abmachung, dass im Ernstfall absolutes Stillschweigen herrschen musste. Viel gab es auch nicht zu verraten, hatte Obermayer festgestellt. Denn jeder kannte nur seine eigene Aufgabe, nicht aber die gesamten Strukturen. Somit würde, wenn's hart auf hart kam, niemand irgendwelchen Verlockungen erliegen, alle Details auszuplaudern. Obermayer gefiel dieses System. Es war schlau eingefädelt. Und er selbst hatte ja nichts anderes getan, als Kontakte hergestellt.

Obermayer war mit einer Vormittagsmaschine nach Berlin geflogen. Nachdem er sich mit dem Taxi zum Kurfürstendamm hatte bringen lassen, nahm er sich trotz des miesen Wetters die Zeit, das Flair der Bundeshauptstadt zu genießen. Immer wieder aufs Neue war er von der nahezu einmaligen Kombination begeistert, wie sie hier geboten wurde: Kultur und Geschäftsleben lagen dicht beieinander – und gleich neben den stark frequentierten Verkehrsadern gab es viel Grün: Baum-Alleen, Parks und Wälder.

Weil sein Gesprächstermin erst um 16 Uhr stattfand, setzte er sich in eines der vielen Bistros, bestellte einen Salatteller und trank ein Glas Mineralwasser. Auf den Gehwegen flutete ein endloser Menschenstrom vorüber. Obermayer versuchte, die einzelnen Personen zu taxieren: Geschäftsleute, Rentner, Touristen, Hausfrauen. Dann ließ er die Ereignisse der vergangenen Tage Revue passieren, wie er dies schon mehrfach getan hatte – auch beim Herflug. Alles schien nach Plan zu laufen: Keine Bedenkenträger, keinerlei Widerstände. Aber die schwierigsten Aufgaben, das war ihm klar, standen erst noch bevor. Dann musste die Organisation funktionieren, vor allem aber schlagkräftig sein. Doch wenn erst das nötige Geld zur Verfügung stand, würden sich ungeahnte Möglichkeiten auftun.

Obermayer bezahlte, nahm seinen schwarzen Aktenkoffer, und schlenderte den Kurfürstendamm aufwärts, vorbei an der Gedächtniskirche. Wenigstens regnete es nicht mehr, dachte er, spürte aber die Kälte, die durch sein dünnes Jackett kroch. Er wollte zu Fuß zu seinem Gesprächstermin am Potsdamer Platz gehen. Den Weg dorthin kannte er von früheren Besuchen. Er nahm sogar einen kleinen Umweg in Kauf, um an der Siegessäule vorbeizukommen und ab dort, parallel zur ›Straße des 17. Juni‹, durch den prächtigen Wald des ›Tiergartens‹ zu gehen. Die Luft roch frisch und feucht, das zarte Grün der Bäume schien nach Sonne zu lechzen. Als das Brandenburger Tor auftauchte, hielt er sich rechts – hinüber zum geschäftigen Potsdamer Platz, den er noch aus jener Zeit kannte, als dort nichts war, als eine riesige Brachfläche, durch die mitten hindurch die Mauer verlief. Innerhalb von gerade mal 15 Jahren hatten hier die Stadt und internationale Großkonzerne einen völlig neuen Stadtteil aus dem Boden gestampft. Ein bisschen steril sah's aus, empfand Obermayer, irgendwie viel zu einheitlich, eine Spur zu protzig.

Er streifte sich die Feuchte von den Schultern, als er sich in der Toilette eines Cafés im Sony-Center frisch machte. Dann verließ er das Lokal und überquerte die Straße – hinüber zu jenem Gebäudekomplex, an dessen vorderer Kante die Deutsche Bahn AG residierte. Zielstrebig näherte er sich einer der großen Glastüren, orientierte sich kurz an einer Wegweisertafel und erkannte, dass das Institut für kommunikative Zusammenarbeit im achten Stock untergebracht war.

Harald Gangolf begrüßte seinen Gast überschwänglich, wies ihm einen Platz in einem der wuchtigen, weißen Ledersessel zu.

»Und – wieder ein bisschen Zeit gehabt, unser schönes Berlin zu genießen?«, fragte der Gastgeber und ergänzte: »Kaffee? Mineralwasser – oder etwas anderes?«

Obermayer lehnte dankend ab. »Ich komm gerade aus einem Café. Ja, Berlin ist allemal eine Reise wert. Wenn ich sehe, was hier gebaut wird, was hier überall entsteht, dann braucht man sich nicht zu wundern, dass kein Geld mehr für die ›Südstaaten‹ drunten in der Provinz bleibt.«

»Na, na, mein lieber Herr Obermayer«, entgegnete Gangolf, »Baden-Württemberg braucht sich nicht zu beklagen. Immerhin regieren doch bei euch seit Jahr und Tag die Schwarzen, die hier in Berlin glauben, die Weisheit mit Löffeln gefressen zu haben.«

Obermayer winkte resignierend ab. »Aber bald werden sie zeigen dürfen, was sie können.« Er hasste diese gegenseitigen Schuldzuweisungen, dieses endlose Schwarze-Peter-Spiel, das zu absolut nichts führte und allenfalls dazu geeignet war, die Politikverdrossenheit der Bevölkerung zu schüren.

»Zum Glück hat unser Projekt nur indirekt etwas mit Politik zu tun«, versuchte Obermayer das Gespräch in die richtige Richtung zu bringen. Er legte den Aktenkoffer auf seine Knie, ließ die Verriegelung hochschnellen und entnahm ihm einen Schnellhefter.

»Sie haben Recht«, lenkte der Gastgeber ein und verschränkte die Arme vor der Brust, »wir haben uns ein gemeinsames Ziel gesetzt. Sie …« Er blickte auf die Papiere, die sein Gegenüber auf dem Glastisch ausbreitete, »… Sie haben, nehm ich an, Ihren kompletten Zwischenbericht mitgebracht …?«

Obermayer stellte den Koffer auf den Boden zurück und nickte. »So ist es. Wir haben sozusagen die erste Ebene installiert«, dozierte er und blätterte in dem Schnellhefter. »Ich kann sagen, dass die Strukturen funktionieren. Und ich bin mehr denn je davon überzeugt, dass die Entscheidung Ihrerseits richtig war, die Zentrale – wenn ich das so sagen darf – nicht hier im Machtzentrum einzurichten, sondern in der Provinz.«

»Sagen Sie doch nicht immer Provinz«, lächelte Gangolf, »das klingt so, als hätten Sie Minderwertigkeitskomplexe. Mir brauchen Sie doch nicht zu sagen, wie wertvoll ein eher ländliches Umfeld ist. Da müssen Sie nicht an jeder Ecke mit irgendeinem ungebetenen Lauscher rechnen.«

Obermayer fühlte sich bestätigt. »Außerdem dürfen Sie nicht vergessen, dass der Wahlkreis Göppingen schon immer von sehr kompetenten Persönlichkeiten vertreten wurde. Denken Sie an Manfred Wörner, den einstigen Verteidigungsminister und späteren NATO-Generalsekretär, der nach seinem frühen Tod auf dem Friedhof Hohenstaufen beerdigt wurde.«

Gangolf nickte. Davon hatte er gehört.

»Oder den Georg Gallus, zu dem sie alle ›Schorsch‹ sagen. Als Parlamentarischer Staatssekretär hat er jahrelang wortgewaltig, wie er das auch heute im politischen Ruhestand noch tun kann, auf kernige, aber kompetente Weise seine Meinung vertreten.« Obermayer hatte jetzt die richtige Seite in seinem Schnellhefter gefunden, wollte aber die Aufzählung der bedeutenden Politiker in seiner Heimat trotzdem fortsetzen. »Und denken Sie an Roman Herzog, den früheren Bundespräsidenten. Der war zuvor nicht nur Innenminister von Baden-Württemberg, sondern auch Landtagsabgeordneter für den Kreis Göppingen.«

Das hatte Gangolf bislang nicht gewusst.

»Fast scheint es so, als ob jeder, der was auf sich hält, einmal bei uns tätig gewesen ist«, grinste Obermayer, »auch Ihr Walter Riester, das müssten Sie doch wissen, hat seine politische Karriere bei uns begonnen, genau genommen in Geislingen – als Gewerkschaftssekretär der IG Metall. Als er dann Arbeitsminister wurde, hat er für den Kreis Göppingen in den Bundestag kandidiert – und ist über einen sicheren Landeslistenplatz reingerutscht. Und jetzt, im September, kandidiert er sogar wieder. Aber …« Obermayer überlegte, »… aber das war wohl eher eine Verlegenheitslösung, weil die Genossen so schnell keinen anderen gefunden hätten.«

»Aber der gute Listenplatz wird's schon richten«, kommentierte der Ministerialdirektor und fügte süffisant hinzu: »Anders haben ja die Roten bei euch da unten sowieso keine Chance.«

»Sagen Sie das nicht«, entgegnete Obermayer, »ich hoffe, Ihnen sagt der Name Frieder Birzele etwas. Der war während der Großen Koalition in Baden-Württemberg der Innenminister – und ist heute noch einer der Vize-Landtagspräsidenten. Auch einer von uns aus Göppingen.«

»Ich bin geplättet«, zeigte sich Gangolf über so viel Lokalpatriotismus überrascht, ohne jedoch eine gewisse Ironie verbergen zu können. »Dann kann man ja gespannt sein, wann Sie mal einen Bundeskanzler stellen ...«

Obermayer reagierte auf diese Bemerkung nicht. »Also, zur Sache«, mahnte er, »jedenfalls entpuppt sich Ihr Kontakt in unseren Bereich als Glücksfall, das kann man so sagen.«

»Was ist mit Hundt?«, hakte der Vertreter des Wirtschaftsministeriums nach. Ihm war nicht entgangen, dass sein Besucher bei der Aufzählung der Prominenten diesen Namen ausgespart hatte. Schließlich war Arbeitgeberpräsident Dr. Dieter Hundt mit seinem Betrieb ebenfalls in diesem Kreis Göppingen ansässig.

»Nichts – wieso?«, gab Obermayer knapp zurück, »Hundt ist von uns in die nächsthöhere Ebene eingestuft, die außen vor bleiben muss.«

»Da ist mir schon klar«, erwiderte Gangolf leicht gereizt, »ich dachte ja nur, dass er auch in die Galerie Ihrer bedeutenden Persönlichkeiten gehört.«

»Also«, wechselte der Gast das Thema, »wir haben bereits in jedem Land, das in Frage kommt ›Kontaktpersonen‹ angeworben – teilweise sogar hochrangige Persönlichkeiten.« Obermayer lächelte. »Die Leute vom Auswärtigen Amt kennen sich aus ...«

Gangolf musste zwangsläufig an Außenminister Joschka Fischers jüngste Visa-Affäre denken, mit der – wie die Opposition es kritisiert hatte – ein illegaler Einreise-Schub aus dem Südosten ausgelöst worden war. »Und die Organisation da unten …« Er überlegte und deutete mit dem Kopf in irgendeine Richtung, die wohl nach Osten zielen sollte, »… die ist zuverlässig? Ich meine, sie entzieht sich unseres Zugriffs, wie Sie wissen.«

Obermayer runzelte die Stirn. »Sie dürfen nicht übersehen«, entgegnete er, »der Aufbau der Strukturen ist nicht meine Aufgabe – und damit will ich auch nichts zu tun haben. Aufgabenteilung – Sie verstehen. Aber dass die Fäden letztlich nicht in unserem Staatsgebiet gesponnen werden, halte ich nach wie vor für ein ideales, um nicht zu sagen geniales Konstrukt.«

Gangolf schien nachzudenken. Er kniff für einen Moment die Lippen zusammen, um sich dann ein weiteres Bild von der aktuellen Lage zu verschaffen. »Lanski«, sagte er plötzlich, »dieser Lanski, was ist von dem zu halten? Verspricht er das, was wir uns von ihm erhofft haben?«

Der Angesprochene lehnte sich in dem Polstersessel zurück. »Er hat gestern in Stuttgart einen guten Eindruck hinterlassen, keine Frage. Und er kennt Gott und die Welt.«

»Vor allem den Klinsmann«, brachte der Ministerialdirektor sein Anliegen auf den Punkt. »Wie schätzen Sie das ein?«

»Klinsmann gehört zur nächsthöheren Ebene«, stellte Obermayer auch in diesem Fall fest, »ein grundehrlicher Kerl. Strahlemann und Optimist. Wir müssen den Kontakt zu ihm halten, ihn aber unter keinen Umständen in irgendeiner Weise Verdacht schöpfen lassen. Klinsi ist sensibel und verwendet seine ganze Kraft für seine Aufgabe. Wenn es jemand schafft, die Jungs zu motivieren, dann er.« Obermayer überlegte. »Und mehr verlangt von ihm auch niemand. Er tut seine Pflicht – und die mit Sicherheit zweihundertprozentig.«

Gangolf lag jetzt ein heikles Thema auf der Zunge. »Was ist mit Netzer?«

Obermayer verzog die Mundwinkel. »Netzer muss ebenfalls herausgehalten werden. Unbedingt. Er ist ein Saubermann, irgendwie die Seriosität in Person ...« Obermayer grinste. »Auch wenn sein Haarschnitt verheerend ist – aber Netzer ist wirklich absolut integer.«

»Okay«, zeigte sich Gangolf zufrieden. »Und nun zu den Einzelheiten, die Sie notiert haben, wie ich vermute ...«

Obermayer rückte wieder näher an den Glastisch heran und schlug seinen Schnellhefter auf. In diesem Moment piepsten in Gangolfs Jacketts die Signaltöne, die eine ankommende SMS-Botschaft vermuten ließen. »Entschuldigen Sie«, sagte Gangolf und fingerte aus der Innentasche das Handy heraus. Mit wenigen Griffen ließ er die Nachricht auf dem Display erscheinen. »Hallo Bärchen, Nulli ist verschwunden.«

Gangolf starrte wie gebannt auf die Buchstaben, las den Text noch einmal – drückte ihn dann wie in Trance weg und steckte das Handy in das Brusttäschchen seines Hemds. Auf seiner Stirn hatten sich Schweißperlen gebildet, sein Gesicht war fahl geworden.

Obermayer bemerkte die Veränderung seines Gegenübers, verkniff sich aber eine Frage. Gangolf räusperte sich und versuchte, gefasst zu wirken. »Ich hoffe nur ...«, bemühte er sich um einen amtlichen Ton, »... ich hoffe nur, dass Sie mit Ihren Einschätzungen Recht haben, Herr Obermayer. Sonst gnade uns allen Gott.«

13

»Sensationeller Anruf, Chef«, stürmte Mike Linkohr in das kleine Büro, in dem sich Kommissar August Häberle gerade am Computerbildschirm abmühte. Der Chef-Ermittler drehte sich um und wartete gespannt auf die Neuigkeit, die seinen jungen Kollegen offenbar außer Atem gebracht hatte.

»Nachdem die Lokalsender über die Pressekonferenz berichtet haben, hat sich ein Taxifahrer gemeldet«, erklärte Linkohr. »Der hat gestern Abend einen Mann vom Bahnhof ins Eybacher Tal rausgefahren.«

»Das klingt spannend.«

»Ja, ist es auch«, bekräftigte Linkohr und faltete einen Notizzettel auseinander. »Ziemlich genau um 19.30 Uhr, daran entsinnt er sich, weil da der Regionalexpress aus Stuttgart eintrifft.« Der junge Kriminalist überflog, im Türrahmen stehend, seine Aufzeichnungen. »Die Beschreibung könnte passen. Schwarze Haare und mittleren Alters, sagt der Taxifahrer. Außerdem habe der Mann einen Aktenkoffer dabei gehabt – einen schwarzen.«

»Und, wo im Eybacher Tal ist er ausgestiegen?«, fragte der Kommissar.

»Das ist dem Taxifahrer auch merkwürdig vorgekommen, ja, er wollte auf dem Parkplatz vor der Zufahrt zu den Sportplatzanlagen aussteigen. Und das bei diesem Sauwetter.«

»Einfach so – in freier Landschaft?«

»Naja«, relativierte Linkohr, »so freie Landschaft ist das auch nicht. Denken Sie an die Häuserzeile entlang der alten Landstraße – und wenn er durch den Tunnel unter der neuen Landstraße geht, ist er gleich beim Sportclub.«

»Ist mir schon klar«, erwiderte Häberle, »aber normalerweise lässt man sich mit dem Taxi doch bis vor die Tür fahren – ich meine bis zum Ziel, schon gar, wenn's regnet. Es sei denn, ich will den Taxifahrer nicht wissen lassen, wohin ich will.«

»Oder man hat eine Verabredung in freier Landschaft«, ergänzte der junge Kollege.

»Sie sagten aber 19.30 Uhr?« vergewisserte sich Häberle.

»Ja, 19.30 Uhr. Er dürfte also knapp fünf Minuten später dort draußen gewesen sein.«

»Aber wenn unser Herr Doktor nicht irrt, dann kam unser Opfer wesentlich später ums Leben. Ich schätze mal drei, vier Stunden später«, überlegte der Chef-Ermittler.

»Exakt«, bestätigte Linkohr, »da stellt sich natürlich die Frage, was hat er so lange da draußen getrieben?«

Häberle nickte nachdenklich. »Erzählt hat er dem Taxifahrer nichts?«

»Nein, der Mann sei ziemlich wortkarg gewesen. Habe aber einen erkennbar schwäbischen Akzent gehabt. Nur eines ist dem Fahrer aufgefallen ...« Linkohr drehte das Notizblatt um. »... dass er gefragt hat, ob's eigentlich das ›Clochard‹ noch gebe.«

»Was noch gäbe?«, hakte Häberle nach.

»Ist eine Kneipe hier in Geislingen«, klärte Linkohr auf, »eine Szene-Kneipe, würd man in der Großstadt sagen. Am Rande der Altstadt.«

»Das lässt darauf schließen, dass wir's mit einem ehemaligen Geislinger zu tun haben – einem Mann, der schon lange nicht mehr hier war, sich aber noch auskennt«, kombinierte Häberle.

»So seh ich's auch«, meinte der junge Kollege.

»Und was schließen wir da draus?« überlegte Häberle und erhob sich.

»Vielleicht ...«, Linkohr überlegte und zögerte für einen Augenblick, »... vielleicht, dass er gekommen ist, um mit jemandem abzurechnen – und dabei selbst den Kürzeren gezogen hat.«

Michael Rambusch residierte in einem Büro, das jedem Vorstandsvorsitzenden einer großen Aktiengesellschaft zur Ehre gereicht hätte. Dabei war er nur Inhaber eines mittelständischen Betriebs in Aalen. Doch das Geschäft mit den Elektronikteilen, auf die er sich spezialisiert hatte, florierte.

Der Mann, um die 50 und im Freizeit-Look gekleidet, gab sich gerne burschikos – wie die meisten seiner jungen Mitarbeiter. Er hatte seinem Gast aus Berlin einen Platz auf der knallroten Ledercouch angeboten, deren geradezu utopisches Design mehr fürs Auge als fürs gemütliche Sitzen gedacht war. Rambusch ließ von seiner Sekretärin zwei Espressi servieren und saß dann dem jüngeren Liebenstein gegenüber. Er hatte zwar viel von ihm gehört, ihn aber noch nie persönlich getroffen. Sein Besuch war ihm von Ministerialdirektor Gangolf schon vor einigen Tagen avisiert worden.

»Die Sache entwickelt sich erfreulich«, kam der Unternehmer schließlich auf das Thema des Zusammentreffens zu sprechen. »Die Kollegen sind zumeist von der Idee angetan.« Er griff in ein silbern glitzerndes Metallregal, das er mit ausgestrecktem Arm erreichte, und legte einen weißen Aktenordner auf den ovalen Glastisch.

Liebenstein verfolgte gespannt, wie Rambusch darin blätterte und schließlich auf einen Computerausdruck stieß, der nach einer Aufstellung mit Namen und Zahlen aussah. »Wir haben eine Art Schneeballsystem entwickelt«, erläuterte er, »jeder unternimmt in seinem Bekanntenkreis entsprechende Vorstöße – und so weiter. Inzwischen liegen mir positive Antworten von 837 Kollegen vor.« Er lächelte zufrieden. »Eine erstaunliche Bilanz in der Kürze der Zeit.«

»Und ein Beweis dafür, wie ernst unsere Aktion genommen wird«, stellte Liebenstein sachlich fest.

»Die Kollegen sehen es als eine Art …« Rambusch blickte überlegend zu seinem weit entfernt stehenden, weißen Schreibtisch, dessen blitzblanke Arbeitsplatte nur durch einen Flachbildschirm und ein Telefon gestört wurde. »… ja, sie sehen es als eine Art Investition in die Zukunft.«

»Das ist es auch«, erklärte Liebenstein mit fester Stimme, »bedenken Sie, welch gewaltiger Wirtschaftsfaktor Fußball geworden ist! Wie viel Stadien jetzt umgebaut – oder, wie in München, jetzt neu gebaut wurden. Das sind keine simplen Fußballstadien mehr – sondern Event-Stätten nie da gewesenen Ausmaßes. Waren Sie schon mal auf Schalke?«

Rambusch hatte mit dieser Frage nicht gerechnet. »Nein«, schüttelte er mit dem Kopf, »leider noch nicht.«

»Was da schon vor Jahren entstanden ist, stellt alles bisher da Gewesene in den Schatten. Dass das Rasenspielfeld mobil ist, also einfach ins Freie gefahren werden kann, um die Arena auch für andere Veranstaltungen zu nutzen, ist nur eines der technischen Highlights. Sie sollten die VIP-Bereiche in München sehen …« Liebenstein geriet geradezu ins Schwärmen.

»Ich hab das im Fernsehen gesehen …«, entgegnete Rambusch, der sich nicht anmerken lassen wollte, eigentlich überhaupt kein Fußballfan zu sein. Sein Herz schlug fürs Segeln.

»Da werden in den Stadien VIP-Logen gebaut, die wie luxuriöse Konferenzräume gestaltet sind und von denen aus die Mieter und ihre erlauchten Gäste, für schlappe zwanzig-, dreißig- oder noch mehr tausend Euros pro Saison, in aller Ruhe aufs Spielfeld hinabsehen können – um sich herum zusätzlich einen Großbildschirm, auf dem sie Zeitlupen und Nahaufnahmen verfolgen können. Mein Gott, Herr Rambusch, Sie ahnen nicht, mit welchem Wirtschaftsfaktor wir es zu tun haben.« Liebenstein griff erneut zur Tasse. »Die treuen Fans, die ihren letzten Euro zusammenkratzen, um allsamstäglich ihren Verein zu unterstützen, sind zwar wichtig, aber was da im Hintergrund läuft, sind massive und handfeste geschäftliche Interessen. Denken Sie an Borussia Dortmund – eine Aktiengesellschaft!«

»Mit mäßigem Erfolg«, wandte Rambusch ein.

Liebenstein nickte. »Okay. Aber das Beispiel zeigt uns, wie diese Vereine heutzutage geführt werden. Was heißt da schon ›Vereine‹?« Der Besucher zuckte mit den Schultern. »Man stellt sich fälschlicherweise einen Fußballclub vor, wie man ihn von der eigenen Jugend her kennt: Jungs aus der eigenen Gemeinde oder aus der Stadt, die voll Lokalpatriotismus für ihre Ideale kämpfen – für ihre Mannschaft, ihren Verein.« Liebenstein lehnte sich zurück und bekam die wenig körpergerechte Couch zu spüren. »Vergessen Sie's …« Er winkte ab. »Bundesliga-Vereine sind gigantische, von Managern geführte Unternehmen. Das Personal, sprich die Spieler, wird auf dem freien Markt angeworben, eingekauft – und wieder entlassen. Schauen Sie sich doch bloß mal um, welcher Spieler vom VfB Stuttgart tatsächlich aus Stuttgart kommt. Oder in München oder in Hamburg, egal wo. Gerade jetzt ist doch das Vertragskarussell wieder am Laufen. Kuranji und so. Geht er jetzt zu Schalke oder nicht – oder was? Nein, Herr Rambusch, dieses Idyll von der lokalpatriotischen Mannschaft mag's zwar in den Kreisligen – oder wie das heißt – noch geben, aber weiter oben hört das auf.«

Der Unternehmer nickte. »Aber die Fans im Stadion haben diesen Lokalpatriotismus noch.«

»Gott sei Dank«, meinte Liebenstein, »für viele von ihnen ist es sogar die einzige Abwechslung in einer tristen Arbeitswoche. Und der Tabellenplatz ihres Vereins ist ihnen wichtiger als alle Politik, die in Berlin gemacht wird.«

Über Rambuschs gut rasiertes Gesicht huschte ein Lächeln. »Das muss aus Sicht der Politiker ja nicht mal schlecht sein.«

Liebenstein tat so, als ob er diese Bemerkung nicht verstanden habe, sondern brachte einen anderen Punkt ins Gespräch. »Unvorstellbar auch die Unsummen, die mit den Übertragungsrechten fließen – was schließlich eng mit der Werbung zusammenhängt. Was glauben Sie, was ›Bitburger‹ oder ›Obi‹ für die paar Sekunden hinblättern, während denen vor dem Spiel, in der Halbzeit und hinterher ihre Firmenlogos auf dem Bildschirm erscheinen? Unsummen, das sag ich Ihnen, Herr Rambusch. Und die Einschaltquoten im Juni werden alles bisher da Gewesene in den Schatten stellen. Wollen wir wetten?«

Rambusch schüttelte den Kopf. »Lieber nicht. Was Werbung anbelangt, sind mir die Dimensionen klar. Und um ehrlich zu sein – da geht mir manches gegen den Strich. Wissen Sie, was ich manchmal glaube?« Er erwartete keine Antwort, sondern gab sie sich selbst: »Dass sich mancher Spieler zielgerichtet vor der großen ›Obi‹-Bandenwerbung fallen lässt und einige Sekunden den Schwerverletzten mimt. Glauben Sie mir, das tut der nur, um auf diese Weise die drei Buchstaben ins Fernsehbild zu bringen. Sekunden später rennt der angeblich verletzte Spieler wieder wie ein Hase und kriegt für seine Werbedienste hinterher womöglich Provision.«

Liebenstein lachte laut auf. »Bandenwerbung ist ein Riesengeschäft, natürlich. Man hat schließlich nicht umsonst vor einigen Jahren die Wechselbänder eingeführt. Alle paar Minuten drehen sich andere Firmenlogos ins Bild – das ist Ihnen sicher schon aufgefallen. Abgerechnet wird übrigens tatsächlich nach der Zeit, während der die einzelnen Werbungen im Fernsehen zu sehen sind.«

»Ich frag mich manchmal, was das alles noch mit Sport zu tun hat«, sinnierte Rambusch, »vor allem auch, wenn in der Halbzeit oder nach dem Spiel der Herr Netzer oder der Herr Beckenbauer oder wie die selbst ernannten Experten alle so heißen, jeden Spielzug analysieren, bewerten und kommentieren und sogar zu wissen glauben, was der einzelne Spieler sich in diesem oder jenem Moment gedacht hat. Oder wenn ich an diese dümmlichen Interviews gleich nach dem Abpfiff denke, wenn den verschwitzten und erschöpften Akteuren sofort ein Mikrofon unter die Nase gehalten wird. Dabei sind die Antworten mit Sicherheit einstudiert – und drehen sich im Kreis. Ich wart schon drauf, bis sie den Spielern während dem Kick Ohrhörer und Pilotenmikrofon umhängen, um sie gleich live bei jedem Spielzug interviewen zu können.« Rambusch grinste und äffte den Reporter nach: »Hallo, Herr Ballack, Sie dribbeln gerade aufs Tor zu. Was denkt man in dieser Situation? Oder: Hallo, Herr Kahn, beschreiben Sie uns kurz die Angst des Tormanns vor dem Elfmeter?«

Liebenstein amüsierte sich. »Nichts ist unmöglich, heißt es. Jedenfalls sind wir uns in der Einschätzung einig, dass nichts anderes in diesem Land die Massen derart mobilisiert wie Fußball. Und wie sehr gerade dieser Sport ein ›Wir‹-Gefühl zu erzeugen vermag, hat man bereits 1954 in Bern entdeckt. Damals, neun Jahre nach Kriegsende, war der Titelgewinn für Deutschland auch so etwas wie der Anstoß fürs Wirtschaftswunder. Man war wieder jemand – man hat gemeinsam die Ärmel aufgekrempelt und die Städte wieder aufgebaut.«

Rambusch nickte wieder. »Ein solches Gefühl brauchen wir dringender denn je«, gab er seinem Besucher Recht, »gerade unsere Jugend muss lernen, dass nicht berufliches ›Monopoly‹-Spielen als ›Global Player‹ die Zukunft sichert, sondern allein das produktive Engagement von uns allen.« Er machte eine kurze Pause und grinste: »Haben Sie die bereits legendäre Schlagzeile der ›Bild‹ -Zeitung noch in Erinnerung, als Ratzinger Papst wurde? Darin spiegelt sich wider, was die Nation braucht. ›Wir sind Papst‹ stand da seitenfüllend. Und vielleicht können wir bald ergänzen: ›Wir sind Papst und Weltmeister.‹

Liebenstein spürte, dass sie beide auf der gleichen Wellenlinie lagen. »Und deshalb müssen wir mit Nachdruck am Ball bleiben – im wahrsten Sinne des Wortes.« Er wollte jetzt zur Sache kommen und sich von Rambusch die aktuelle Finanzlage erläutern lassen. In diesem Augenblick meldete sich sein Handy. Er holte es aus der Innentasche seines Jacketts und drückte die grüne Taste. Es war Gangolf mit schlechten Nachrichten. Liebenstein bestätigte mit einem sachlichen »Okay«, verwies auf sein Gespräch, das er noch immer mit Herrn Rambusch führe und versprach, zurückzurufen.

»Also, kommen wir zur Sache«, bat er anschließend und Rambusch griff zu seiner Akte.

Ute Siller hatte die Nase endgültig voll. Was ihr das ›junge Ding‹ in der kartonierten Unterschriftenmappe vorgelegt hatte, war eine einzige Katastrophe. In den ausgedruckten Briefen gab es jede Menge Rechtschreibfehler – unter anderem hatte die Sekretärin konstant ein ›dass‹, wo es notwendig gewesen wäre, nur mit einem ›s‹ geschrieben. Kein Wunder, das Flittchen war schließlich Ausländerin. Die Finanz-Chefin der Firma Nullenbruch umkreiste jeden Fehler mit dem Kugelschreiber, geriet dabei schließlich derart in Rage, dass sie die zwei Dutzend Blätter mit dem Firmenkopf allesamt aus der Mappe schüttelte, die Papiere zu einem einzigen Ballen zerknüllte, aufsprang und wie von einer Rakete getrieben – die Unterschriftenmappe in der Linken und die unbrauchbar gewordenen Briefe in der Rechten – zur Vorzimmertür stürmte, sie aufriss und gleichzeitig zu toben begann: »Bist du wirklich so dämlich oder stellst du dich nur so an?«

Das Mädchen hatte sich schlagartig umgedreht und wurde kreidebleich. Es wollte etwas sagen, doch blieben ihm die Worte in der trocken gewordenen Kehle stecken.

»Aufstehn, wenn ich mit dir rede«, brüllte Frau Siller. Anna erhob sich mit weichen Knien, unfähig, etwas zu sagen, während die Chefin Unterschriftenmappe und Papierknäuel im hohen Bogen vor den Schreibtisch warf. Dabei kam sie bedrohlich nahe an die Sekretärin heran und blickte ihr energisch in die Augen: »Es gibt wohl nur eines, wozu du nicht zu dumm bist«, zischte sie deutlich leiser, aber umso gefährlicher. »Doch das will ich gar nicht in den Mund nehmen«, fügte sie abwertend hinzu. »Du schreibst diese Briefe alle nochmal – und wenn du keinen Schimmer von der Rechtschreibung hast, dann informier dich im Duden.« Anna kämpfte jetzt mit den Tränen.

»Heul nicht rum«, brüllte Ute Siller jetzt wieder und deutete auf den mit Akten kreuz und quer beladenen Schreibtisch: »Sieht so ein ordentlicher Arbeitsplatz aus?«

Das Mädchen atmete schnell, Tränen rannen über das Gesicht.

Mit einer kräftigen Armbewegung wischte die tobsüchtig gewordene Frau die Schreibtischplatte leer. Aktenordner stürzten zu Boden, eine leer getrunkene Kaffeetasse zerbrach, die Computermaus blieb am Kabel baumelnd an der Tischkante hängen. Zwei Handys, ein knallrotes und ein schwarzes, schmetterten gegen die Bodenleiste der gegenüberliegenden Wand. Beide Geräte erweckten Sillers Aufmerksamkeit. »Aha, gleich zwei Handys kann sich die Dame leisten«, stellte sie fest, »sehr üppig – muss ich schon sagen. Da bleibt natürlich keine Zeit mehr für ordentliches Arbeiten.«

Anna wich einen Schritt zurück und hielt sich an der Lehne ihres Schreibtischstuhles fest.

Ute Siller hätte am liebsten ausgeholt und der jungen Frau links und rechts eine schallende Ohrfeige verpasst. Doch so sehr sie jetzt auch die Beherrschung verloren hatte – so weit wollte sie nicht gehen. Das wäre gefährlich und fatal. Sie wusste ohnehin, dass allein ihre Autorität und die Art, wie sie mit diesem Mädchen umsprang, ihm genügend Respekt einflößte. »Hier werden also die ›Dates‹ für die Nacht arrangiert – um auf angenehme Weise Geld zu verdienen. Pennen und ausruhen – und das gegen Bezahlung – kannst du ja hier bei mir«, tobte die Frau. »Aber heut nicht«, fügte sie zischend hinzu, »du wirst hier drin bleiben, bis die Briefe geschrieben und alles – ich sage: alles – fein säuberlich aufgearbeitet ist. Den Schreibtisch will ich leer sehen. Und morgen wird hier kein privates Handy mehr in die Hand genommen. Keines. Hast du das kapiert?«

Anna nickte schnell und zitterte.

»Na dann – steh nicht so dumm rum. Oder willst du, dass ich nachher die Putzfrau heimschicke und dich auch noch die Klos putzen lasse?« Ute Siller machte kehrt, verschwand in ihrem Büro und schmetterte die Tür zu.

14

Kommissar Häberle seufzte in sich hinein. Er würde seiner Frau wieder einmal schonend beibringen, dass die geplante Grillparty am bevorstehenden Sommer-Wochenende ohne ihn stattfinden musste. Der Mordfall würde noch einige Zeit in Anspruch nehmen. Auch sein junger Kollege Linkohr hatte seine Freundin Juliane, eine Krankenschwester, bereits auf die Überstunden vorbereitet. Er empfand es als wahren Glücksfall, dass seine bessere Hälfte Verständnis für seinen Job aufbrachte, schließlich war sie selbst in ihrem Beruf in den Schichtdienst eingebunden und wusste, was es bedeutete, unvorhergesehene Fälle bearbeiten zu müssen.

Die Kollegen der Sonderkommission waren inzwischen ausgeschwärmt, um in den Vereinsheimen des Eybacher Tals nach einer Spur des unbekannten Toten zu fahnden. Jetzt, am frühen Abend, begannen sich die Clubhäuser und Sportanlagen langsam mit Leben zu füllen – beim Tennisverein, beim Sportclub, bei der Turngemeinde und beim Reitverein. Überall sollten Wirte, Trainer, Übungsleiter, aber auch ganz normale Gäste, befragt werden, ob sie gestern ab 19.30 Uhr einen Mann beobachtet oder getroffen haben, der möglicherweise das spätere Mordopfer geworden war.

»Einer mit Aktenkoffer muss doch in diesem Umfeld aufgefallen sein«, hatte Häberle überlegt. Gleichzeitig allerdings war er beim Blick auf den großflächigen Stadtplan auf einige Häuser gestoßen, die in unmittelbarer Nähe standen: Jene Siedlung entlang der alten Landstraße – und das Gebäude einer Pumpstation der Schwäbischen-Alb-Wasserversorgungsgruppe. Außerdem gab es dort noch ein großes Umspannwerk des örtlichen Stromunternehmens ›Albwerk‹.

»Wir müssen alles unter die Lupe nehmen – auch diesen leer stehenden Komplex des Bauunternehmens«, schlug der Kommissar vor, »irgendein Ziel muss der Mann gehabt haben.« Derzeit durchkämmte eine Hundertschaft der Bereitschaftspolizei die Umgebung des Tatorts – den Bahndamm, die bewachsenen Böschungen und einen Trampelpfad, der entlang der Bahnlinie ins angrenzende Längental führte. Bruhn hatte auf diese Aktion bestanden, um vielleicht doch noch etwas Verwertbares zu finden, möglicherweise sogar die Tatwaffe. Denn es kam erfahrungsgemäß nicht selten vor, dass sie der Täter während der Flucht sofort wegwarf. Es sei denn, er war ein Profi.

Die Vernehmung des Taxifahrers und die Beschreibung, die er von der Kleidung seines Fahrgastes geben konnte, hatte inzwischen die Vermutung untermauert, dass es sich um das spätere Mordopfer gehandelt haben musste. Der Mann war auch, daran konnte sich der Chauffeur ebenfalls entsinnen, allein aus der Bahnhofsunterführung gekommen und zielstrebig zum Taxistand geeilt. Häberle las diesen Vernehmungsbericht am Bildschirm, als ihn die elektronischen Töne des Telefons störten. Es war die Zentrale, die ein Gespräch für den Leiter der Sonderkommission durchstellte.

Häberle meldete sich und blickte auf ein altes Fahndungsplakat, das an der gegenüberliegenden Wand hing. Der Anrufer stellte sich als der Inhaber des Hotels Krone vor. Er habe soeben in den 18-Uhr-Nachrichten von »radio 7« den Zeugenaufruf der Polizei gehört und sei stutzig geworden, berichtete er. »Bei uns hat gestern telefonisch ein Mann ein Zimmer reserviert – und ist dann nicht gekommen. Wir haben lange auf ihn gewartet, denn er hat gesagt, es werde später. Doch bis jetzt hat er sich nicht gemeldet.« Der Anrufer legte eine kurze Pause ein, als sei es ihm peinlich, diese Details zu verraten. »Nun denk ich, es könnt der Tote sein.«

Häberle hatte sich Notizen gemacht. »Und unter welchem Namen hat er reserviert?«

»Beierlein, Stefan Beierlein«, antwortete der Hotelier prompt, »Beierlein mit ›ei‹ und Stefan mit ›f‹ «, fügte er korrekt hinzu. »Hat er gesagt, woher?«, hakte Häberle nach.

»Stuttgart. Er hat Stuttgart gesagt, hab ich mir so notiert.«

»Und sonst? Hat er sonst noch etwas gesagt?«

»Nein, nur dass er eine Nacht bleiben wolle.«

Häberle bedankte sich und beendete das Gespräch. Er stand auf und ging in den Lehrsaal hinüber, in dem ein halbes Dutzend Kripo-Beamte die ersten spärlichen Erkenntnisse auswerteten und die Feststellungen der Spurensicherung diskutierten.

»Es gibt was Neues«, machte sich Häberle bemerkbar, worauf die Gespräche verstummten und sich die Kollegen ihm zuwandten. Er informierte sie kurz über den Anruf und bat dann Linkohr zu sich ins Büro. Die beiden Männer setzten sich an den kleinen, viereckigen Besprechungstisch.

»Das könnten Sie übernehmen«, begann Häberle, »in Stuttgart rauskriegen, was es mit diesem Stefan Beierlein auf sich hat. Ob es ihn gibt – und wenn ja, was er macht, ob er einen Bezug hierher hat und ob es vielleicht im Zentralregister Einträge über ihn gibt.«

Linkohr notierte sich den Namen und verließ mit einem: »wird gemacht, Chef« den Raum. Häberle bewies wieder einmal, dass er sich trotz seiner Körperfülle rasch zu erheben vermochte und dem jungen, hoch motiviert davonrennenden Kollegen in den Lehrsaal hinüber folgen konnte. Der Kommissar war oftmals unterschätzt worden, wenn es um seine Fitness ging. Mancher Täter hatte verwundert zur Kenntnis nehmen müssen, welches Energiebündel sich in dem eher behäbig und gemütlich wirkenden Beamten verbarg. Wehe, wenn es freigesetzt wurde. Dann kam Häberle seine jahrelange sportliche Betätigung zugute – und auch jetzt noch betätigte er sich als Judoka-Lehrer beim weithin durch seine Handballer bekannten Göppinger Verein ›Frisch-Auf‹.

Von einer Gruppe Ermittler ließ sich Häberle darüber informieren, dass die bislang spärliche Beschreibung des

Toten bereits bundesweit mit allen Vermisstenmeldungen der vergangenen Tage verglichen wurde.

»Nur eine einzige«, gab der schnauzbärtige Kollege Schmidt zu verstehen und räusperte sich, »nur eine einzige hätte mich stutzig gemacht – aber das dürfte sich nun wohl erledigt haben. Ein Mann aus Dortmund wird seit heute Mittag von seiner Frau vermisst.«

Häberle dachte für einen kurzen Moment nach. »Weiß man etwas über die Umstände? Hat er nur sein Weib verlassen wollen – oder was vermuten die Kollegen?«

»Steht nichts drin. Weder ein Hinweis auf Suizidgefahr, noch auf Kriminelles«, antwortete Schmidt, während er in einem Wust von Papieren blätterte.

»Wie heißt er denn?«, fragte der Chef-Ermittler eher beiläufig.

Schmidt musste erneut in seinen Notizen fahnden. »Lanski, Leonhard Lanski – 48 Jahre alt, von Beruf Freier Handelsvertreter für Sportartikel. Er soll gestern früh mit dem Zug nach Stuttgart gefahren sein und hat sich seither bei seiner Frau nicht mehr gemeldet. Das sei absolut ungewöhnlich. Und sein Handy sei abgeschaltet. Er wollte heute Mittag wieder zurück sein – und deshalb ist die Frau um 14.30 Uhr zur Polizei gegangen.«

»Stuttgart, sagen Sie«, wiederholte Häberle, »bleiben Sie trotzdem mal dran. Versuchen Sie die Frau ans Telefon zu kriegen. Und fragen Sie sie, wann sie geheiratet hat.«

Schmidt stutzte, worauf der Chef die Erklärung gab: »Denken Sie an die Gravur im Ehering.«

Matthias Nullenbruch hatte darauf bestanden, sofort mit Jano und Pit, dem Amerikaner, sprechen zu können. Zunächst hatte ihm die schlecht deutsch sprechende Sekretärin der großen Baustoffhandlung in Košice zu verstehen gegeben, dass die beiden Herren einen vollen Terminkalender hätten und leider keinen Besucher empfangen konnten. Dann aber hatte sich Nullenbruch lautstark als größter Gesellschafter des Unternehmens zu erkennen gegeben, war am

Empfangstresen im Erdgeschoss vorbeigestürmt und die geschwungene Treppe hoch geeilt. Ohne den Umweg über ein Vorzimmer zu nehmen und ohne lange anzuklopfen, riss er in dem dunklen Flur die Tür zu Janos Büro auf. Der zuckte erschrocken hinter seinem Mahagonischreibtisch zusammen und rang sichtlich nach Worten, als er den ebenso unerwarteten wie ungebetenen Besucher erblickte. Nullenbruch sah ihn für einen Augenblick wie versteinert an, schloss die Tür hinter sich und verzichtete auf Begrüßungsphrasen. »Damit hast du nicht gerechnet, hab ich Recht?«, polterte er los, zog sich von dem großen Besprechungstisch einen Polsterstuhl her und setzte sich vor Janos Schreibtisch. »Dass eines klar ist«, machte er weiter, »ich lass mich hier nicht rausbugsieren oder behandeln wie den letzten Deppen.«

Jano versuchte jetzt sein optimistisches Lächeln, was ihm aber diesmal nicht gelang. »Hi, Mattääs«, entgegnete er ihm gelassen und lehnte sich provokativ in den schwarzen Ledersessel zurück, »dont worry.«

Auf Nullenbruchs hoher Stirn hatten sich Schweißperlen und Falten gebildet. »Ich will augenblicklich wissen, was da schief läuft.«

Jano holte tief Luft und begann, mit einem Kugelschreiber zu spielen. »Nothing«, versicherte er, »da läuft nichts schief – nicht so, wie du denkst. Wir hätten das alles am Telefon besprechen können.«

»Du hast das Geld für andere Geschäfte benutzt – jedenfalls nicht für unsere gemeinsame Gesellschaft hier«, wetterte Nullenbruch weiter und kam mit dem Oberkörper nah an den Schreibtisch heran. »Du kannst keine Zinsen mehr zahlen – das ist Fakt. Und weißt du, was das bedeutet? Geht das in deinen Schädel rein? All die Freunde und Bekannte«, er wurde noch lauter, »all jene, denen ich es schmackhaft gemacht habe, diesem angeblich so ehrlichen und seriösen Geschäftsmann in der Slowakei einen Kredit zu geben, all die werden in mir den Komplizen eines Betrügers und Schwindlers sehen. Ganz zu schweigen davon, wenn du ihnen das eingesetzte Kapital nicht mehr zurückzahlen kannst. Und ich als Mitgesellschafter dieses ...« Er rang nach Worten. »... dieses Schwindelunternehmens hier werde ins Zwielicht gestellt.«

Die beiden Männer schwiegen sich für einen Moment an. »Aber das ist ja nur die Spitze des Eisbergs«, zischte Nullenbruch, »das allein wär bereits eine Katastrophe, aber wenn erst die andere Sache schief läuft, dann kann ich mir gleich die Kugel geben.« Der Deutsche schien förmlich in sich zusammenzusinken. »Aber eins geb ich dir schriftlich, hier und jetzt: Bevor ich mir die Kugel geb, kriegst du sie.«

Jano wurde blass. Sein rundliches Gesicht nahm kantige Formen an, sein Lächeln war verschwunden. »Mattääs«, versuchte er zu beschwichtigen, doch es klang plötzlich ängstlich. Er drehte den Kugelschreiber nervös in den Händen. »Ich habe Martin und Rainer alles erklärt. Es hat gewisse ... ja, gewisse complications gegeben. But it is okay. Wir, Pit und ich, haben ... haben bezahlt.«

»Ihr habt – bezahlt?« Nullenbruch glaubte, nicht richtig zu hören. »Was heißt das – bezahlt? An wen und weshalb? Und wie viel?«

Jano fiel die Antwort sichtlich schwer. »Es ist eine ... eine Gruppe aufgetaucht – drüben, von der Ukraine. Sie hat zweihunderttausend Euro gefordert.«

»Schutzgelder?«, entfuhr es Nullenbruch, den ein ungutes Gefühl übermannte.

Jano schloss kurz die Augen und schüttelte den Kopf. »Not directly, no. Schweigegeld«, formulierte er vorsichtig, »sagt man so – Schweigegeld?«

»Die haben ...« Nullenbruch konnte es nicht aussprechen. »... Die haben von der Sache erfahren?«

»Es sieht so aus«, räumte Jano kleinlaut ein.

Nullenbruch starrte sein Gegenüber wie hypnotisiert an. Sag das nochmal, dachte er. Sag es nochmal und ich schlag dich tot. Auf der Stelle. Nullenbruch versuchte, sich in den Griff zu kriegen, atmete tief durch und wartete drei, vier Sekunden. Dann traf er die entsetzliche Feststellung: »Du hast dich erpressbar gemacht.«

Jano schwieg.

»Du hast dich erpressbar gemacht«, schrie Nullenbruch los, »weißt du, was das heißt? Weißt du, was das für Folgen hat?«

»Please ...«, Jano hob beschwichtigend die Hände und warf den Kugelschreiber auf die Tischplatte.

»Ach, hör doch auf«, winkte Nullenbruch unwirsch ab und sprang auf. »Eine undichte Stelle hast du geschaffen – hier, hier, irgendwo im Osten.« Er baute sich vor dem Schreibtisch auf. »Das kann uns Kopf und Kragen kosten. Uns und vielen anderen auch. Verdammt vielen anderen. Wie steh ich denn jetzt da?«

Auch Jano hatte sich jetzt erhoben. »Please ...« Es hörte sich an wie ein verzweifelter Versuch, seinen Geschäftsfreund, der sich zum schlimmsten Feind entwickelt hatte, zu besänftigen. »You get your money – du bekommst dein Geld.«

»Um das allein geht's doch gar nicht«, konterte Nullenbruch und ballte die Fäuste. »Ich werde diese verdammte Stadt nicht eher verlassen, bis ich weiß, was hier gespielt wird. Keine Sekunde vorher.« Er machte einen energischen Schritt zur Tür. »Ich hoffe, dir ist klar, dass du Gelder veruntreut hast. Und das ist auch in der Slowakei kein Kavaliersdelikt.« Die Stimme nahm einen drohenden Unterton an. »Mein lieber Freund, wenn du mir nicht bis heut Abend um 22 Uhr klaren Wein einschenkst, zeig ich dich morgen früh hier bei der Polizei an.«

Jano verschränkte stehend die Arme vor seiner Brust. »Ich bin mir sicher, dass du das nicht tun wirst«, entgegnete er jetzt wieder gelassen. »Wie willst du denn gegenüber den deutschen Behörden die Herkunft des Geldes erklären? Und die große Sache? Will you stop it? You cannot do it.«

Nullenbruch blieb wie vom Blitz getroffen stehen. Jano hatte Recht. Da gab es nichts mehr zu stoppen, ohne dass ein Skandal gigantischen Ausmaßes ausgelöst würde – mit einer Eigendynamik, deren Folgen unvorhersehbar wären.

Er blieb trotzdem hart. »Heut Abend um zehn«, sagte er mit fester Stimme, »und meinetwegen bring den Pit mit. Ich erwarte euch bei mir draußen.« Jano kannte Nullenbruchs nahezu fertig gestelltes Firmengebäude am Stadtrand. Gerade war zwar der Innenausbau erst in vollem Gange, doch hatte Nullenbruch bereits bei seinem letzten Besuch vor vier Monaten das Chefbüro provisorisch einrichten können. Damals hatten sie – er und Jano – die Sektkorken knallen lassen und ihre gemeinsame geschäftliche Zukunft besiegelt. Dass sie sich einmal unter ganz anderen Vorzeichen treffen würden, hätte er nie für möglich gehalten.

»Und lass mich ja nicht warten«, drohte Nullenbruch und verschwand aus dem Büro. Jano schaute auf seine Armbanduhr. Es war 18.30 Uhr.

15

Liebenstein war geschockt. Sofort nach dem endlosen Gespräch mit Rambusch hatte er sich in Aalen auf eine noch feuchte Parkbank gesetzt und Harald Gangolf in Berlin angerufen. Dessen ursprüngliche Bitte, sich noch in Göppingen im Umfeld des Abgeordneten Klaus Riegert umzuhören, war inzwischen von den Ereignissen überrollt worden.

»Was heißt verschwunden?«, fragte Liebenstein zurück, nachdem er die Nachricht verdaut hatte. Er beobachtete zwei Tauben, die sich vor ihm um ein weggeworfenes Brötchen zankten.

»Er meldet sich nicht. Seine Frau ist in großer Sorge«, erklärte Gangolf.

»Was ist mit seinem Handy?«, fragte Liebenstein so leise, wie möglich, um die Passanten um ihn herum nicht auf sein Gespräch aufmerksam werden zu lassen.

»Nichts – abgeschaltet«, kam es zurück. »Er ist wie vom Erdboden verschluckt.«

»Und seine Frau? Haben Sie schon mit ihr gesprochen?«

»Natürlich. Sie ist in allergrößter Sorge, sag ich doch«, kam es zurück, »ihr Mann hat sich bisher von jeder Dienstreise täglich mehrmals gemeldet.«

Liebenstein kniff die Augen zusammen.

»Und jetzt?«

»Sie hat ihn als vermisst gemeldet.«

»Bei der Polizei?«, fragte Liebenstein mit einer Mischung aus Erstaunen und Sorge über die Konsequenzen, die dies nachziehen würde.

»Natürlich«, erwiderte Gangolf verärgert, »wo denn sonst? Das Schlimmste ist, dass er wohl Akten bei sich hatte. Ich weiß zwar nicht, welcher Art, aber seine Frau sagt, er sei mit dem Aktenkoffer unterwegs. Er war gestern in Stuttgart – bei diesem Treffen, verstehen Sie? Wir müssen unbedingt rauskriegen, was er danach getan hat.«

»Weder Beierlein noch Rambusch haben mir von etwas Außergewöhnlichem berichtet. Lanski scheint sich absolut normal verhalten zu haben«, erklärte Liebenstein.

»Das mag sein«, knurrte die energische Männerstimme, »Fakt ist aber, dass etwas geschehen sein muss. Und ich sage Ihnen: Wenn dabei Akten verschwunden sind mit Namen und Daten, dann droht uns ein Skandal ungeahnten Ausmaßes. Dann werden Köpfe rollen, verstehen Sie?« Er überlegte. »Deshalb werden Sie sich da unten jetzt umhören.« Gangolf wurde lauter. »Ich erwarte, dass Sie alle Hebel in Bewegung setzen. Alle. Haben wir uns verstanden?«

Die abendliche Dämmerung machte sich in der Slowakei schneller bemerkbar, als im annähernd zwölfhundert Kilometer westlicher gelegenen Deutschland. Martin Striebel und Rainer Kromer hatten am frühen Nachmittag nur kurz mit Matthias Nullenbruch sprechen können, nachdem dieser in Košice angekommen war. Danach war er mit dem Taxi in die Baustoffhandlung gefahren, die Jano einst mit kapitalkräftiger Hilfe einiger deutscher Freunde hatte aufbauen können.

Martin Striebel und Rainer Kromer mussten sich eingestehen, zum gegenwärtigen Zeitpunkt nichts mehr erreichen zu können. Sie beschlossen, morgen früh mit dem erstmöglichen Zug wieder nach Deutschland zurückzufahren. Jetzt schlenderten sie in der kühler gewordeneren Luft durch die breite Fußgängerzone, ohne jedoch die Schönheiten der renovierten Fassaden zur Kenntnis zu nehmen. Nur die vielen hochgewachsenen und auffallend hellhäutigen Blondinen, die sich mit ihren Sommerkleidchen überaus freizügig präsentierten, vermochten sie für einen kurzen

Moment aus ihren grübelnden Gedanken zu reißen. Viel zu sehr beschäftigte sie Janos Versuch, sie zu beschwichtigen, weil eine große Sache laufe.

»Verstehst«, begann Martin wieder im unverwechselbar bayrischen Akzent, »entweder hat er wirklich eine Riesensache an Land gezogen – oder es läuft eine gigantische Sauerei ab.«

»Ich tippe eher auf Zweiteres«, konstatierte Rainer.

»Ha«, entfuhr es dem Älteren mit der sonoren Stimme, »so seh ich's auch.« Sie näherten sich schweigend der Kirche, die sich inmitten der Fußgängerzone erhob, als wolle sie den Passantenstrom nach zwei Seiten verteilen. Nur zögernd schien das geschäftige Treiben abzuebben. Die beiden Deutschen hatten deshalb nicht bemerkt, dass ihnen schon seit einigen hundert Metern mit gebührendem Abstand zwei Männer folgten, die vom Aussehen her eine slawische Abstammung vermuten ließen. Sie waren groß und kräftig und wirkten sehr entschlossen.

»Um ehrlich zu sein«, meinte Rainer Kromer, »ich bin froh, wenn wir wieder im Zug sitzen.« Er blickte seinen Freund von der Seite an. »Ich hab den Eindruck, dass wir keine so gern gesehenen Gäste sind.«

Martin blieb stehen. »Das dürfte klar sein: Die sind froh, wenn sie uns los sind.« Rainer hatte seine Schritte verlangsamt und war dann ebenfalls stehen geblieben. »Eigentlich ganz schön mutig von Nullenbruch, hier so groß einzusteigen.«

Sie gingen weiter. »Das hab ich mir auch schon gedacht«, erwiderte Martin, dessen Blutdruck sich wieder bemerkbar machte und den Kopf rot färbte, »ich kenn das Land ja noch aus den Zeiten von nach der Wende. So schnell, wie hier die Geschäftemacher über alles hergefallen sind, hätt das niemand für möglich gehalten. Wie die Geier sind sie gekommen, verstehst?« Und er wiederholte eine Spur lauter: »Wie die Geier. Und dann noch die aus dem Osten drüben. Mafiosi, Zuhälter, Glücksspieler.«

Rainer stimmte ihm zu: »Ein Sumpf ohne Ende.«

»Ich will nur noch eins: Mein Geld – und dann können die hier machen, was sie wollen«, sagte Martin mit einer abwertenden Handbewegung. »Aber bis das so weit ist, Rainer, bis dahin gibt's noch erheblichen Ärger.«

Dass er mit dieser Einschätzung nah an der Realität lag, ahnte er nicht.

Stefan Beierlein hatte es sich mit seiner attraktiven Frau im Wohnzimmer gemütlich gemacht, als die Kriminalpolizei aus Geislingen anrief. Die Dämmerung war frühzeitig hereingebrochen und drunten in der Stadt brannten die ersten Lichter. Beierlein presste das Mobilteil des Telefons ans linke Ohr und lehnte sich in seinem Sessel zurück.

»Ja, persönlich, das bin ich«, bestätigte er auf Wunsch des Anrufers seine Identität und war irritiert, »darf ich fragen, warum Sie das überrascht?«

»Wir …« Mike Linkohr rang nach Worten. »Wir ermitteln gerade in einem Fall – in dem offenbar jemand in Geislingen an der Steige ein Hotelzimmer auf Ihren Namen reserviert hat.«

Beierlein fühlte sich wie vom Blitz getroffen. Seine Frau, die das Gespräch ohnehin gespannt verfolgt hatte, schien es zu bemerken. Ihr Gesicht wurde sorgenvoll.

»Auf meinen Namen?«, wiederholte er ungläubig.

»Ja, im Hotel ›Krone‹ – für die Nacht von gestern auf heute«, hörte er die Stimme, die eine Frage anschloss: »Sie waren gestern nicht in Geislingen?«

»Nein, keinesfalls. Wie kommen Sie denn da drauf?«

»Vielleicht ist es auch nur eine Namensgleichheit«, beruhigte ihn Linkohr, »entschuldigen Sie die Störung.« Er wollte das Gespräch bereits beenden, was Beierlein erleichtert zur Kenntnis nahm, da kam ihm noch eine Idee: »Eine letzte Frage, Herr Beierlein – kennen Sie vielleicht einen gewissen Lanski, Leonhard Lanski aus Dortmund?«

Der Stuttgarter spürte, wie das Blut aus all seinen Gliedern wich. Für eine Sekunde war er wie gelähmt und zu keiner Antwort in der Lage. Er schluckte, holte tief Luft und suchte nach Worten. »Lanski?«, wiederholte er, worauf seine Frau noch hellhöriger wurde und das Gesicht verzog, als versuche sie mitzulauschen, was der Gesprächspartner im Telefon zu berichten hatte.

»Lanski, ja«, bestätigte Linkohr und fügte hinzu: »Sie kennen ihn also?«

Durch Beierleins Hirn jagten tausend Gedankenblitze. Seine Antwort kam für Linkohrs Begriffe deshalb einen Augenblick zu spät. »Liegt etwas gegen ihn vor?«, fragte der Stuttgarter und gab sich Mühe, seine Stimme so fest wie möglich klingen zu lassen.

»Es könnte sein, dass dieser Lanski das Hotelzimmer auf Ihren Namen reserviert hat«, erklärte der Kriminalist.

»Auf meinen Namen?«, staunte Beierlein.

»So ist es«, bestätigte Linkohr. »Sie kennen also Herrn Lanski?«

Beierlein zögerte noch immer. »Vielleicht sollten Sie ihn einfach selbst fragen, warum er so was tut«, versuchte er eine Antwort zu umgehen.

»Das können wir leider nicht«, erwiderte Linkohr, »wir haben Grund zu der Annahme, dass Herr Lanski tot ist.«

Stille. Beierlein starrte mit leerem Blick durch die Fensterfront in den dämmrigen Talkessel hinunter, jetzt unfähig geworden, etwas zu sagen. Seine Kehle war trocken.

»Tot?«, wiederholte er schließlich ungläubig. »Lanski ist tot?«

Linkohr wartete einen Moment. »Entschuldigen Sie, das tut mir leid. Noch ist das alles nur ein Verdacht, eine Vermutung. Aber wenn Sie Herrn Lanski kennen, dann sollten Sie uns helfen.«

»Ich ... ich ...« Beierleins Gesicht war aschfahl geworden. »Ich meine – wie kommen Sie auf Lanski?«

»Seine Frau hat ihn als vermisst gemeldet – und nun scheint es so, als habe er gestern jemand in Geislingen getroffen«, erklärte Linkohr vorsichtig.

»Und wie ... wie ist er gestorben?«, fragte Beierlein zögernd.

»Er wurde umgebracht. Auf offener Straße erschossen.« Der Kriminalist wollte keine weiteren Details nennen.

»Das ist ja entsetzlich«, rang Beierlein nach Luft und erhob sich. »Und wer … wer hat das getan?«

»Wir stehn erst ganz am Anfang der Ermittlungen«, wich Linkohr aus. »Wir müssen Sie leider bitten, sich zu unserer Verfügung zu halten.« Der Kriminalist hielt offenbar die Hand vor den Hörer, um mit anderen Personen etwas zu besprechen. »Kommissar Häberle fährt gleich los«, erklärte er dann, ohne auf eine Reaktion des Stuttgarters zu warten.

»Sie glauben doch nicht etwa, dass ich …« Beierleins Empörung wirkte gespielt. Seine Stimme verriet Angst und Unsicherheit.

»Nein«, unterbrach ihn Linkohr, »wir glauben gar nichts. Es ist reine Routine. Kommissar Häberle wird spätestens in einer Stunde bei Ihnen sein.«

16

Nullenbruch war mit dem Taxi in eines der Gewerbegebiete gefahren, die in Košice seit der politischen Wende an den Stadträndern nach amerikanischem Vorbild entstanden waren. Gab es zu kommunistischen Zeiten nur das Stahlwerk, das überörtliche Bedeutung hatte, so waren inzwischen Konzerne aus allen Ländern hier vertreten – Handelsketten, Computerfirmen, Autohäuser. Nullenbruch hatte sich frühzeitig ein Grundstück gesichert und einen Quadratmeterpreis bezahlt, der weit unter dem heutigen lag. Keine Frage, das war Janos Verdienst gewesen, dessen Beziehungen schon damals in alle gesellschaftlichen Ebenen reichten.

Lange Zeit war das Areal brachgelegen, bis der deutsche Unternehmer vor einem Jahr damit begonnen hatte, eine Produktionsstätte aufzubauen, um auf diese Weise die niedrigen Arbeitslöhne auszuschöpfen und den hohen Lohnkosten daheim zu entgehen. Er würde sich deshalb, das wusste er, in Geislingen eine Menge Feinde schaffen. Doch im Kreise seiner Kollegen, von denen sich die meisten längst in Richtung Südosteuropa orientiert hatten, war er immer wieder zu diesem Schritt ermuntert worden. Wenn sie in gemütlicher Runde zusammensaßen, er und die Manager und Inhaber anderer Betriebe, dann wurde er meist zu vorgerückter Stunde und in weinseliger Stimmung gehänselt, weil er noch immer volles Urlaubs- und Weihnachtsgeld bezahlte, obwohl doch die Arbeitnehmer längst bereit wären, auf die Hälfte, wenn nicht gar auf das Gesamte zu verzichten. »Mensch, Nulli«, hatte erst kürzlich ein junger Manager aus der Runde im schönsten westfälischen Dialekt herablassend kritisiert, »deine Schwaben-Mentalität wird dir noch Kopf und Kragen kosten. Nutz die Gunst der Stunde – ein bisschen Wehklagen und laut über Kündigungen nachdenken. Was meinst du, Nulli, wie die Betriebsräte und Gewerkschaften dir zu Füßen liegen. Ruckzuck kannst du Kürzungen vornehmen und jährlich Hunderttausende sparen.« Der junge Mann hatte zur Erheiterung der ganzen Runde noch angefügt: »Und schon hast du wieder eine neue Jacht.«

Daran musste Nullenbruch denken, als er in der Dämmerung vor dem mannshohen Eisengittertor aus dem Taxi stieg. Er reichte dem Fahrer die geforderten Kronen und war vom Anblick seines Betriebsgebäudes erfreut, dessen zweistöckige Fassade mit viel Glas und Aluminium den Stil der Jahrtausendwende repräsentierte. Auf dem gepflasterten Hof standen Paletten mit Baumaterial, das in Folie geschweißt war. Der Innenausbau hatte offenbar seit Nullenbruchs letztem Besuch vor einem Vierteljahr deutliche Fortschritte gemacht. Jetzt aber, zu dieser Abendstunde, herrschte Ruhe. Nur von einem der umliegenden Betriebsgebäude drangen Maschinengeräusche herüber.

Der Unternehmer fingerte einen Schlüsselbund aus dem Jackett und aktivierte mit einem kleinen Schlüssel die Automatik, die das breite, stählerne Tor zur Seite rollen ließ. Er stoppte es sofort wieder, nachdem es ihm den Durchgang ermöglichte. Ohne es zu schließen, schritt Nullenbruch über die weite Fläche des Vorplatzes, schaute an der Fassade zu den dunklen, blau umrandeten Fenstern hinauf und genoss das Gefühl, Chef dieser neuen Produktionsstätte zu sein. Er erreichte den seitlich angeordneten Haupteingang, dessen großzügige Alu-Glaskonstruktion jedem Besucher künftig schon rein optisch einen Hauch von Weltunternehmen suggerieren würde. Nullenbruch schloss die Eingangstür auf und betrat das geräumige Foyer, dessen Marmorfliesen das letzte Licht des Tages diffus spiegelten.

Er ließ die schwere Alutür hinter sich sanft ins Schloss rasten und überlegte für einen Moment, wo sich die Lichtschalter befanden. Dass er bisher nur tagsüber da gewesen war und dann auch meist in Begleitung des Architekten oder seines Produktionsmanagers, wurde ihm nun schmerzhaft bewusst. Viel zu wenig hatte er sich mit der Technik auseinander gesetzt. In der Dämmerung entdeckte er schließlich abseits der Tür einige Schalter, die er nacheinander betätigte, worauf überall an den marmornen Wänden und Säulen Halogenlampen erstrahlten. Alles roch neu und frisch, nach Farbe und Kleber.

Nullenbruch blieb für einen Augenblick stehen und sah sich um. Das Foyer wirkte repräsentativ, dachte er und ließ seinen Blick über die geschwungene Empfangstheke gleiten, auf der Pakete und Werkzeuge lagen. Noch fehlte das Mobiliar. Die blauen Türen, die in den Produktionsbereich hinausführten, hoben sich kontrastreich von den weißen Rauputz-Wänden ab. Nullenbruch wandte sich einer breiten Wendeltreppe zu, die das Erdgeschoss mit den darüber liegenden Büros verband. Als er hinaufstieg und über sich die große, dunkle Rundung erkannte, in die die Treppe mündete, wurde ihm erneut bewusst, wie wenig er sich allein zurechtfand. Er versuchte krampfhaft, sich an die Anordnung der Lichtschalter im Obergeschoss zu entsinnen, während seine Schritte auf den Steinstufen durch die Stille des Gebäudes hallten. Als er die halbe Höhe erklommen und eine ganze Umdrehung auf der Wendeltreppe absolviert hatte, genoss er noch einmal das Gefühl, Eigentümer dieses nagelneuen Gebäudes zu sein. Er blieb für einen Augenblick stehen, umklammerte das kühle Edelstahlgeländer und ließ den Anblick des Empfangsbereichs auf sich wirken – die geschwungenen Formen, die eleganten Lampen an den Wänden, den sündhaft teuren Marmorfußboden. Doch da war etwas, das ihm beim Betreten des Foyers nicht aufgefallen war. Hatte er es vorhin übersehen? Die dritte Tür in dem nach hinten oval verlaufenden Raum stand einen Spalt weit offen. Nicht viel, aber weit genug, um es zu erkennen. Dahinter war es dunkel, denn der schmale Spalt, der sich zwischen Tür und Rahmen auftat, wirkte schwarz. Nullenbruch zögerte. Er war sich ziemlich sicher, alle Türen im Blickfeld gehabt zu haben. Wieso, verdammt nochmal, hatte er nicht bemerkt, dass eine davon ein Stück weit offen stand? Er verharrte, umklammerte das Geländer noch fester und spürte ein flaues Gefühl im Magen. Seine Augen hingen wie gebannt an dieser Tür. Seine Knie wurden weich, er fühlte sich außerstande, auch nur eine einzige Stufe weiter zu gehen. Gänsehaut kroch über seinen Rücken, ihm war, als richteten sich die Nackenhaare auf. Denn von oben, aus der nachtschwarzen Öffnung zur zweiten Etage, hatte er ein Geräusch gehört, nur ganz leise, aber so, als ob Kleiderstoffe aneinander rieben. Das konnte nur eines bedeuten, schlug sein Gehirn Alarm: Jemand schleicht durch den Flur und lauert auf mich. Obwohl er die geöffnete Tür im Auge behalten wollte, drehte er den Kopf langsam nach rechts oben, wo ihn die dünnen, im Halogenlicht glänzenden Stäbe des Geländers blendeten und den Blick auf die schwarze Öffnung zum Flur erschwerten. Nullenbruchs Atem wurde flach, obwohl gleichzeitig sein Puls zu rasen begann. Ohne den Kopf zu bewegen, ließ er seine Augen blitzartig mal nach links unten zu dieser Tür, dann wieder nach rechts oben zucken. Was sollte er tun? Schreien? In die Offensive gehen? Flüchten – wohin? Tausend Fragen in einer einzigen Sekunde. Hatte er sich selbst in einen Hinterhalt gelockt? Ihn beschlich das ungute Gefühl, von zwei Seiten beobachtet zu werden.

17

Beierlein hatte einige Minuten gebraucht, bis er das Telefonat mit diesem Kriminalisten verdauen und den Inhalt seiner Frau erzählen konnte. Er schenkte sich noch einen Trollinger ein und spürte, wie seine Hand zitterte. »Wieso tut der das?«, fragte er zum wiederholten Male und meinte damit Lanskis Zimmerbuchung auf seinen Namen. Die Frau zuckte ebenso ratlos mit den Schultern.

Er schaute auf die Armbanduhr. Wenn dieser Kommissar schnell fuhr, würde er in einer Stunde hier sein. »Ich muss Harald Bescheid sagen«, entschied er, griff zum Mobilteil des Telefons und drückte die Kurzwahltaste. Es war Gangolfs Handy. Dieser meldete sich bereits nach dem dritten Rufton und zeigte sich überrascht, als er Beierleins Stimme hörte.

»Entschuldige«, begann der Stuttgarter, »aber Lanski ist wahrscheinlich tot.«

Die Leitung blieb für ein paar Sekunden stumm. Der Angerufene schien den Satz erst mal verdauen zu müssen. »Sag das noch mal«, kam es zurück.

Doch Beierlein wollte sich nicht mit Wiederholungen aufhalten. »Es kommt noch schlimmer«, fuhr er fort, »er hat sich in einem Hotel unter meinem Namen eingemietet – unter meinem Namen. Weißt du, was das bedeutet? Die Polizei ist bereits im Anmarsch.«

Wieder gab es eine Pause, während Gangolf nachzudenken schien. »Wo ist das passiert?«

»In Geislingen – 60 Kilometer von hier, Richtung Ulm. Wirst du nicht kennen. So eine Kleinstadt an der Schwäbischen Alb«, gab Beierlein zurück.

»Geislingen?«, wiederholte die Stimme im Telefon, »was hat er denn damit zu tun? Ich dachte, er war bei euch in Stuttgart.«

Beierlein nickte. »War er auch. Aber dass er noch immer einen Bezug nach Geislingen hat, wissen wir. Er kommt von dort, hat beim Sportclub mal gekickt und wohl noch genügend Freunde dort.«

»Sportclub? SC Geislingen?« staunte Gangolf, »ist das dieser Verein, bei dem auch Klinsmann als Bub mal gespielt hat?«

»Richtig«, bestätigte Beierlein, »vier Jahre – von vierundsiebzig bis achtundsiebzig, im zarten Alter von zehn bis vierzehn.« Als schwäbischer Fußballfunktionär hatte er sich die Daten des prominentesten Kickers gemerkt – und darauf war er stolz.

»Die kennen sich – Klinsmann und Lanski?«, hakte der Berliner nach.

»Natürlich. Ich frag mich nur, was den Lanski geritten hat, meinen Namen ins Spiel zu bringen.« Beierlein spürte, wie sich die innere Unruhe verstärkte. Seine Frau trank einen Schluck Rotwein.

»Und den Nullenbruch? Kennt Lanski ihn auch?«, erkundigte sich der Ministerialdirektor vorsichtig.

»Keine Ahnung – wieso fragst du?«

Gangolf wählte die Worte mit Bedacht: »Wir haben nämlich noch ein Problem …« Er rang nach einer Formulierung, entschied sich dann aber für eine klare Aussage, mochte sie noch so schockierend sein: »Nullenbruch ist weg.«

Beierlein wurde kreidebleich.

Der Wirt der Geislinger Altstadt-Kneipe ›Clochard‹ war so, wie seine Umgebung: Rustikal, hemdsärmlig, alternativ, die Haare streng nach hinten zu einem Zopf gebunden. Seit Jahren stand er hinterm Tresen, in der allabendlichen Enge und im Schummerlicht rauchgeschwängerter Luft, in einem Lärmpegel, der zu fortgeschrittener Stunde immer lauter wurde. Das ›Clochard‹ galt seit Langem als Treffpunkt junger Leute und solcher, die ihrem Alter wenigstens für ein paar Stunden entrinnen wollten. Linkohr war mit seiner Freundin Juliane auch schon einige Male dort gewesen, doch hatten sie dann festgestellt, dass die Musik viel zu laut war, um sich unterhalten zu können. Wie damals, so erfüllten auch heute Titel der amerikanischen Band ›Red Hot Chili Peppers‹ den Raum.

Der junge Kriminalist kannte den Wirt. Linkohr zwängte sich an den mehrreihig vor der Theke stehenden Besuchern vorbei, lächelte, entschuldigte sich fürs Anrempeln und hatte schließlich Blickkontakt zu dem Mann hinterm Tresen aufgenommen. Er wollte bereits nach einem Pilsglas greifen, als ihm Linkohr mit einer Handbewegung andeutete, dass er mit ihm reden musste. Der Wirt folgte ihm hinaus auf den Flur, wo verbeulte Blechbriefkästen an die Wand montiert waren. »Ich bin dienstlich da«, sagte der Kriminalist und berichtete, worum es ging – dass man einen Toten gefunden habe, der zuvor einen Taxifahrer nach dem ›Clochard‹ gefragt hatte.

Linkohr konnte jetzt ziemlich sicher sein, dass es sich bei dem Ermordeten um Lanski handelte, denn dessen Frau hatte telefonisch bestätigt, dass der Ehering mit der Gravur ›8. 8. 1988‹ ihrem Mann gehörte.

»Kennst du einen Lanski, Leonhard Lanski?«, fragte Linkohr deshalb, während an ihnen ein Pärchen vorbeiging.

Der Wirt dachte für einen Moment scharf nach. »Lanski?«, wiederholte er, »meinst du diesen ehemaligen Fußballer – vom SC?«

Linkohr wurde hellhörig. »Keine Ahnung, sagt mir nichts.«

»Doch, doch«, überlegte der Wirt und kratzte sich an der linken Schläfe, »Leonhard, doch«, überlegte er, »klar, ein alter Kumpel vom Klinsi. Ist der … tot?«

Linkohr hielt den Zeigefinger vor den Mund. »Bitte kein Wort – zu niemandem. Wir haben's letztlich noch nicht hundertprozentig bestätigt.«

»Wurde er ermordet?«

Linkohr nickte stumm.

»Haben die sich mal bei dir getroffen – der Lanski und Klinsi?«, wollte Linkohr eher beiläufig wissen.

»Ja, klar doch«, bestätigte der Lokalbesitzer, »es gab Zeiten, da hat Klinsmann oft, sozusagen inkognito, seine alten Kumpel hier getroffen.«

»Und wann war das zuletzt?«

»Darf ich eigentlich nicht sagen«, zeigte sich der Wirt diskret, »er will das nicht.«

»Okay, sollte das eine Rolle spielen, was ich im Moment nicht glaube, wärst du allerdings verpflichtet, uns weiterzuhelfen.«

»Geht in Ordnung«, versprach der Kneipenwirt, überlegte kurz und fügte hinzu: »Vielleicht ein Tipp, der dir weiterhelfen könnte. Lanski hat mit allem Geschäfte gemacht, womit schnell viel Geld zu verdienen ist.«

Linkohr, der sich bereits in Richtung Hinterausgang gewandt hatte, verharrte in der Bewegung und blickte seinen Gesprächspartner überrascht an. »Wie meinst du das?«

»Naja«, der Wirt tat so, als falle es ihm schwer, Vertrauliches auszuplaudern, »du kennst doch diese Wettbüros …?«

Linkohr hörte gespannt zu und nickte. »Klar – waren da nicht Anfang des Jahres irgendwelche Skandale?«

»Eben«, bestätigte der Gastronom, »in dieser Branche hat er mitgemischt, der Leonhard.«

»Ach …«, staunte der Jungkriminalist.

Es war bereits ziemlich dunkel, als Martin Striebel und Rainer Kromer durch eine der vielen Seitengassen der Fußgängerzone von Košice schlenderten. Noch immer drehte sich ihr Gespräch um die vermeintlich dunklen Machenschaften von Jano. Nur ein interessantes Schaufenster lenkte sie hin und wieder von ihren Gedanken ab. Während sie vor einem Handy-Shop standen, trat Rainer näher an seinen Freund heran: »Dreh dich jetzt nicht um«, sagte er mit gedämpfter Stimme und schaute dabei interessiert auf die Auslage im Schaufenster, »…die beiden Typen da hinten gehen uns schon seit geraumer Zeit nach.« Martin, dem dieser Hinweis sofort wieder das Blut in den Kopf schießen ließ, konzentrierte sich ebenfalls auf die neuesten Handys. »Sag bloß nicht, die sind hinter uns her«, murmelte er und ging in Richtung Fußgängerzone weiter, ohne sich um die Männer zu kümmern. Die beiden Deutschen bogen nach etwa 50 Metern rechts in die belebtere Einkaufsstraße ein. Während sie ums Eck gingen, ließ Martin seinen Blick wie zufällig nach hinten schweifen. Tatsächlich, jetzt sah er sie auch. Zwei bärenstarke Typen besahen sich jetzt die Auslage des Handy-Shops.

»Hast du's gesehen?«, fragte Rainer und Martin nickte, während er seine Schritte beschleunigte. Er wollte so schnell wie möglich ins Hotel. Auf der gut ausgeleuchteten Fußgängerzone fühlten sie sich zwar sicher, doch erkannten sie in den Augenwinkeln, dass die Unbekannten näher kamen – wie drohende Schatten.

Martin machte immer größere Schritte, immer hastigere. Rainer folgte. Fast schien es, als wollten sie joggen. Noch zwei Querstraßen bis zum ›Slovan‹, dessen beleuchtete Stockwerke sich vom Nachthimmel abhoben.

Rainer drehte sich um. Die Männer waren bereits dicht hinter ihnen und machten keine Anstalten mehr, unerkannt bleiben zu wollen. Ihre kantigen Gesichter waren zu einem breiten Grinsen verzogen.

»Warum haben Sie's denn plötzlich so eilig?«, fragte einer der beiden. Der slawische Akzent war nicht zu überhören.

Martin und Rainer blieben wie angewurzelt stehen und schauten ihren Verfolgern in gefährlich blitzende Augen.

»Was wollen Sie von uns?«, hörte sich Rainer, wie automatisch, aber ängstlich fragen. Ihm klopfte das Herz bis zum Hals. Martin hatte die Situation sofort erfasst, verzog sein Gesicht, als wolle er Gift und Galle spucken. »Lassen Sie uns augenblicklich in Ruhe«, dröhnte seine sonore Stimme, sodass sich einige Passanten erschrocken umdrehten. Sie verstanden vermutlich kein deutsch. Martin ging entschlossen weiter, Rainer ebenfalls. Doch die beiden Verfolger rannten um sie herum und stellten sich ihnen breitbeinig provokativ in den Weg – ungeachtet einiger Pärchen, die sich aber eher für die Schaufenster als für diese Männer interessierten.

Die Deutschen blieben notgedrungen stehen. »Verschwinden Sie«, entfuhr es Martin so laut, dass es über die ganze Straße schallte. Doch niemand kümmerte sich darum. Die beiden Slowaken grinsten, ihre Gesichter wurden noch kantiger. »Wir sollten in Ruhe miteinander reden«, presste einer der beiden hervor und ließ am Tonfall erkennen, dass es keine Bitte, sondern eine unmissverständliche Aufforderung war. Sein Begleiter und er traten bedrohlich nahe an die Deutschen heran. Martin rang nach Luft, seine Stimme versagte.

»Folgen Sie uns«, zischte der zweite Slowake, »und zwar sofort – sonst müssen wir Sie zwingen.« Martin und Rainer sahen sich erschrocken an, als warte einer auf die Reaktion des andern. Dem Älteren war der Kopf tiefrot angelaufen. »Sie werden gar nichts tun«, entgegnete er so energisch, wie es ihm in dieser Situation noch möglich war. Doch der kleine Funken Widerstand wurde schnell gebrochen. Ein metallisches Klicken in der Hand eines der Männer reichte aus. Es war ein Klappmesser, das aufgesprungen war. Der Slowake hielt es unauffällig auf den Bauch Rainers gerichtet. In der Klinge spiegelte sich das Licht der Straßenlampen. »Kein Wort mehr – nicht eines«, drohte der Mann mit dem Messer. Den Deutschen wurde klar, dass sie keine Chance hatten.

Der Abend war kühl – auch im Stuttgarter Talkessel, wo jetzt, Anfang Juni, in den parkähnlichen Gärten an den Südhängen eigentlich ein geradezu mediterranes Klima vorherrschen müsste. August Häberle kannte sich hier aus. Als er noch Sonderermittler beim Landeskriminalamt war, hatte er in diesen Villenvierteln einige gut betuchte Tatverdächtige gehabt, die ihn regelmäßig mit ihren vielfältigen Beziehungen zu politischen Größen einzuschüchtern versuchten. Dies fiel ihm ein, als ihn Stefan Beierlein in das Wohnzimmer hinabführte, wo ihm die kühle Reserviertheit einer Frau entgegenschlug, die beim Händeschütteln sitzen blieb.

Beierlein bot dem Gast einen Platz in einem der Sessel an.

»Wenn ein Kommissar um diese Zeit 60 Kilometer weit fährt, dann ist die Sache ernst«, stellte er fest.

»Man kann das so sehen«, erwiderte der Kommissar. »Manches lässt sich nur im persönlichen Gespräch klären.« Er verschränkte seine Arme und blickte nacheinander in versteinerte Gesichter. »Inzwischen hat sich bestätigt, dass unser Toter Herr Lanski ist«, fuhr er fort. Linkohr hatte ihn unterwegs davon unterrichtet, dass die Daten des Eherings mit dem Hochzeitstag der Lanskis übereinstimmten.

Beierlein schluckte. »Und er hat meinen Namen benutzt – in diesem Hotel?«

Häberle nickte. »Das ist der Grund, weshalb ich von Ihnen wissen sollte, welcher Art Ihre Kontakte miteinander waren. Woher kennen Sie ihn?«

Beierlein hatte mit dieser Frage gerechnet. Für einen Moment sah er Hilfe suchend zu seiner Frau, die einen entspannten Eindruck machte.

»Wir sind Geschäftsfreunde und uns verbindet der Sport«, begann der Stuttgarter langsam. Er gab sich Mühe, die richtigen Worte zu wählen. »Sie müssen wissen, ich bin Sportartikel-Großhändler und Herr Lanski ist Handelsvertreter in dieser Branche.«

Häberle hörte aufmerksam zu. Als er erwartungsvoll nickte, machte Beierlein weiter: »Mein Herz schlägt für den Fußball, doch leider kann unsereiner davon nicht leben.« Er lächelte. »Zu mehr als zu einer Art ehrenamtlicher Berater des Württembergischen Fußballverbands hab ich's nicht gebracht. Lanski vertreibt meine Artikel und ist als ehemaliger Spieler eng mit dem Fußball verbunden. Das ist gerade jetzt von Vorteil, wie Sie sich denken können – die WM steht an, ein Riesengeschäft für alles, was mit Fußball zusammenhängt. Jeder Schulbub will jetzt schicke Kickstiefel und einen Ball.« Beierlein grinste, wurde sich aber sofort wieder dem Ernst der Lage bewusst, nachdem Häberle keine Miene verzog.

»Und gestern haben Sie sich getroffen?«, hakte der Kriminalist nach. »Oder sollte das Treffen in Geislingen stattfinden?«

Beierlein erschrak. Er musste unter allen Umständen den Eindruck vermeiden, er sei womöglich in Geislingen gewesen. Viel zu schnell würden ihm diese Provinzermittler ein Verbrechen anhängen, schoss es ihm durch den Kopf.

»Wir hatten ein Meeting«, antwortete er schnell, »hier in Stuttgart, im ›Intercity-Hotel‹ im Bahnhof. Ein Routinetreffen mit anderen Sportlern – um Trends langfristig erkennen zu können und Marketingstrategien zu entwickeln.«

Häberle nickte erneut. »Den Tagungsort haben Sie gewählt, weil die Teilnehmer aus unterschiedlichen Richtungen kamen«, stellte er sachkundig fest.

Beierlein bestätigte. »Ja, um allen die Anreise so einfach wie möglich zu gestalten. Und weil einige weiter nach München wollten, zur Einweihung der Allianz-Arena. Das Fest hat gestern begonnen …« Er lächelte gezwungen. »… und ist jetzt noch im Gange. Die Nationalmannschaft spielt gerade gegen Bayern.«

Häberle brachte das Gespräch wieder auf den Punkt: »Von wann bis wann hat das … Meeting gedauert?«

»Von 13.30 Uhr bis 17 Uhr«, antwortete Beierlein, »danach sind alle wieder mit den Fernschnellzügen weggefahren.«

»Auch Lanski?«

»Ich bin davon ausgegangen. Ich hab natürlich keine Ahnung, ob er nicht auch weiter nach München wollte. Aber Sie sagen ja, er sei in Geislingen umgebracht worden«, stellte der Sportartikelhändler fest.

»So ist es«, entgegnete Häberle, »und nun sollten wir wissen, was er in Geislingen getan hat und wen er dort treffen wollte.«

»Fragen Sie doch seine Frau«, schlug Beierlein spontan vor, »ihr hat er doch sicher gesagt, was er am Abend noch vorhatte.«

»Eben nicht. Er wollte sich telefonisch melden, wie er das immer getan hat«, erklärte Häberle. Beierlein überlegte, ob er eine Frage stellen sollte. Er entschied sich, es zu tun: »Hat man denn etwas bei ihm gefunden?«

»Sollte man denn?«

Der Stuttgarter zögerte. »Naja, er hatte doch sicher Unterlagen dabei – den Musterkatalog der Sportartikel und so …«

Der Kommissar spürte das Interesse seines Gesprächspartners. »Und so …? Was verstehen Sie darunter?«

Beierlein fluchte in sich hinein. Hätte er bloß die Frage nicht gestellt. Dieser Provinzpolizist war cleverer, als er es für möglich gehalten hatte. »Ich mein nur … oder hat er sein Gepäck bereits in diesem Hotel abgestellt gehabt?«

Häberle bemerkte, wie ihn Beierlein und dessen Frau wie gebannt anstarrten. »Sie werden verstehen, dass ich keine Einzelheiten bekannt geben darf«, erwiderte er. »Besteht denn Grund zu der Annahme, dass Lanskis Gepäck … oder sagen wir, seine Akten, in einem Zusammenhang mit dem Verbrechen stehen könnten?«

Beierlein schüttelte schnell den Kopf. »Wieso fragen Sie das mich? Bei uns ging's nur um neue Sportartikel zur Weltmeisterschaft.«

»Und sonst um nichts?«, hakte Häberle zweifelnd nach und erweckte damit bewusst den Eindruck, schon mehr zu wissen. Tatsächlich verfehlte dies nicht die erhoffte Wirkung. Beierlein wurde nervös, kratzte sich an der Schläfe und suchte irgendwie verzweifelt Blickkontakt zu seiner Frau. Der Ermittler ersparte ihm eine peinliche Pause und fuhr ruhig, aber bestimmend fort: »Ich hätte von Ihnen gerne die Namen aller Personen, die an dem Meeting teilgenommen haben.«

Beierlein runzelte die Stirn und rang nach Luft. »Da sind Vertreter von internationalen Unternehmen dabei, die wir in die Sache nicht reinziehen sollten.« Seine Frau sah ihn von der Seite an.

»Darauf können wir leider keine Rücksicht nehmen«, lächelte Häberle verständnisvoll, »ich brauche Namen und Adressen all dieser Herrschaften – und zwar jetzt.«

Beierlein schwieg betreten, seine Frau ebenfalls.

Der Ermittler schien sich nicht aus der Ruhe bringen zu lassen: »Ich bin davon überzeugt, dass uns der Herr Lanski mit der Hotelbuchung auf Ihren Namen irgendein Zeichen geben wollte.«

»Ein Zeichen? Wie darf ich das verstehen?« Beierlein war plötzlich wieder hellwach. »Fangen Sie ja nicht an, irgendeine Sache zu konstruieren.«

Häberle blieb gelassen. »Ich konstruiere gar nichts. Ich habe nur laut nachgedacht.« Nach kurzer Pause fügte er hinzu: »Sie wollten mir die Namen geben ...«

Der Stuttgarter schluckte, während er wieder den Blickkontakt zu seiner Frau suchte. »Das sind teilweise Herrschaften, die im Auftrag ihrer nationalen Sportverbände hier waren ...« Er zögerte und verzog sein Gesicht zu einem Lächeln, das auf Verständnis hoffte, »... es wäre nicht gut, wenn im Vorfeld dieser WM ein Missklang hineinkäme. Wir haben es hier mit einem globalen Ereignis zu tun, das auch die vitalen Interessen unseres Landes berührt.«

Häberle verstand. Versteckte Drohungen dieser Art kannte er zur Genüge. Gerade von Wohngegenden wie diesen hier, wo die Einflussreichen residierten. Er erwiderte deshalb eine Spur energischer: »Das Interesse der Polizei dieses Landes ist es, ein Verbrechen aufzuklären. Und das ist auch mein Bestreben, selbst wenn der Herr Beckenbauer persönlich mit der Sache zu tun haben sollte.« Häberle richtete seinen respektablen Oberkörper auf. »Ich hoffe, wir haben uns verstanden.«

Beierlein ließ sich nicht einschüchtern. »Ich bestehe darauf, meinen Anwalt konsultieren zu dürfen.«

»Das steht Ihnen frei«, konterte der Kriminalist und stand auf. »Dann sind Sie hiermit für morgen Vormittag bei mir in Geislingen vorgeladen. Zehn Uhr.«

Der Angesprochene erhob sich ebenfalls und war sichtlich verunsichert. »Ist das jetzt offiziell ... offiziell eine Vorladung?«

»Ganz genau«, erwiderte Häberle gelassen, »und vergessen Sie keinen Namen. Das könnte fatale Folgen haben.« Er reichte der konsternierten Frau zum Abschied die Hand, lächelte ihr aufmunternd zu und ließ sich von Beierlein wortlos zur Tür hinauf bringen. Dort schüttelte er auch ihm die Hand und blickte ihm fest in die unsicheren Augen: »Sie sollten wissen, dass ich Sie für die Schlüsselfigur halte.«

Beierlein verschlug es die Sprache.

Kein Mensch hatte sich für die Attacke interessiert. Martin Striebel und Rainer Kromer waren hilflos, obwohl sie inmitten der Haupteinkaufsstraße von Košice bedroht wurden. Das Klappmesser blitzte in der Dunkelheit, doch keiner der Passanten schien etwas zu bemerken. Einer der bärenstarken Angreifer hatte seinen muskulösen linken Arm geradezu freundschaftlich um Rainer Kromers Schulter gelegt und ihn damit an sich gepresst, sodass er die Rechte mit dem Messer unauffällig an die linke Bauchseite seines Opfers halten konnte. Der andere ging unterdessen neben Martin Striebel, dessen Blutdruck nie geahnte Werte erreicht haben mochte. »Ganz ruhig bleiben«, zischte der slowakische Hüne, »sonst geht's deinem Freund schlecht.«

Striebel trottete zornig neben dem Fremden her, der ihn kurz vor dem ›Slovan‹ in eine Seitengasse bugsierte. Er überlegte, ob er es riskieren sollte, Entgegenkommende auf den Überfall aufmerksam zu machen, zu schreien oder davon zu rennen. Beides aber würde seinen Freund vermutlich in höchste Gefahr bringen. Den Männern war ohne weiteres zuzutrauen, dass sie ihn auf offener Straße niederstechen würden und dann unerkannt entkommen konnten.

»Was habt ihr vor?«, fragte Striebel und versuchte, seinen Zorn zu zügeln.

»Reden«, kam es zurück, »reden.« Der Fremde lächelte zynisch und legte an Tempo zu. Dabei zog er Striebel dezent am Oberarm mit. Dann deutete er an, links in einen schmalen und schlecht erleuchteten Gang zu wollen, der nichts weiter war als der Zwischenraum zweier Häuser. Als Striebel zögerte, packte ihn der Angreifer unsanft am Arm und zerrte ihn hinter sich her. Über ihren Köpfen hing eine schwache Glühbirne, deren Fassung nur von den quer gespannten Drähten gehalten wurde. Es roch nach Abfall und Urin. Striebel erkannte, dass jeder Widerstand zwecklos sein würde. Hinter ihm war auch Rainer Kromer in den Gang gedrängt worden.

»Los«, fauchte Striebels Entführer und zerrte an dessen Arm. Nach wenigen Schritten in diesem kaum einen Meter breiten Durchgang erreichten sie eine offen stehende Tür, die links von ihnen in einen spärlich beleuchteten Raum führte. Der Mann hielt den Arm seines Opfers im Klammergriff und zog Striebel unsanft in das Gebäudeinnere, dicht gefolgt von Rainer Kromer, dessen Entführer hinter ihm herging und das geöffnete Klappmesser noch immer in der Hand hielt.

Als sie alle vier in dem Raum standen, bei dem es sich offenbar um eine alte, verstaubte Werkstatt handelte, entpuppte sich Striebels Bewacher als der Anführer. »Hinsetzen«, herrschte er die stumm gewordenen Deutschen an und zog unter der Werkbank zwei wacklige Holzschemel hervor. »Los«, wiederholte er. Striebel und Kromer setzten sich. Ihre Knie waren weich geworden, die Gedanken ein Sammelsurium aus Angst, Panik und Entsetzen. Sie waren in die Klauen der Mafia geraten, dachte Striebel. Und sein jüngerer Freund spürte, wie alle Versuche, einen klaren Verstand zu behalten, jämmerlich scheiterten. Er zitterte. Wenn man sie jetzt umbrachte, würden ihre Leichen vermutlich für immer verschwinden, dachte er, während die beiden Fremden genüsslich gegen die Werkbank lehnten.

»Damit eines klar ist«, begann der Anführer, dessen kantiges Gesicht im schummrigen Licht einer mit Spinnweben behangenen Wandlampe gefährliche Züge angenommen hatte, »wir können hier keine Schnüffler brauchen. Ich empfehle euch, die Finger von Jano zu lassen – und von allem, was euch nichts angeht.« Er fuhr triumphierend fort: »Und euch geht hier nichts etwas an. Gar nichts.« Sein Komplize spielte mit dem Klappmesser, das er bedrohlich nahe an Kromers Hals brachte. Die beiden Deutschen pressten die Lippen zusammen, während sie ihre Entführer nicht aus den Augen ließen.

Der Anführer lächelte. »He, Joschi, zeig mal unseren Freunden, wie gut wir über ihre Verhältnisse informiert sind.«

Der angesprochene Joschi förderte zwei zerknitterte Farbfotos zutage. Er legte sie stolz zwischen den beiden Entführten auf die Werkbank. Striebel, der die Arme verschränkt hatte, drehte den Kopf zur Seite, um die Bilder erkennen zu können. Was er da sah, ließ ihn den Atem stocken. Es war sein Haus – aufgenommen erst vor kurzem, denn der violettfarbene Flieder blühte. »Was soll das?« entfuhr es ihm, »woher haben Sie das?« Seine Stimme war so fest und kräftig wie immer. Kromer wollte auch etwas sagen, doch der Schock darüber, dass er auf dem zweiten Foto sein Haus sah, verschlug ihm die Sprache. Auch dieses Bild musste noch ganz neu sein, was er an dem prächtig blühenden Rhododendron im Vorgarten erkannte.

Die Entführer genossen die Situation. »Wir wollten Ihnen nur demonstrieren«, begann der Anführer und vergrub seine Hände tief in den Hosentaschen, »dass wir über Sie gut im Bilde sind – im wahrsten Sinne des Wortes.« Er lachte schallend. »Ja, gut im Bilde.« Dann fügte er nach kurzer Pause mit gefährlichem Unterton hinzu: »Über Ihre Gewohnheiten und ... über Ihre Frauen. Und wir sind davon überzeugt, dass Ihnen an deren Wohlbefinden genauso viel liegt wie uns.«

Striebel verlor die Beherrschung und sprang auf: »Das lass ich mir nicht länger gefallen.« Joschi packte ihn mit beiden Händen an der Schulter und drückte ihn auf den Stuhl zurück. Kromer schwieg. Er beobachtete die Szenerie mit einer Haltung, die Angst verriet.

»Ihr verschwindet aus Košice und haltet über alles, was hier geschehen ist, eure verdammten Schnauzen«, wetterte der Anführer. »Solltet ihr euch nicht daran halten, wird es sehr gefährlich. Sehr.« Er trat dicht an Striebel heran und sah verächtlich auf ihn hinab: »Wir haben unsere Leute überall. Auch bei euch daheim.«

Sein Komplize, der bei Kromer stand und mit dem Klappmesser spielte, ergänzte grinsend: »Das solltet ihr niemals vergessen. Niemals – bei allem, was ihr tut.«

Striebel ergriff die Initiative. Er holte tief Luft und hatte eine Stimme, als wolle er Gift und Galle spucken: »Und jetzt? Können wir wieder gehn? Wir haben's kapiert.«

Die beiden Entführer verzogen ihre Gesichter zu einem bösartigen Grinsen.

18

Heini Heimerle wurde beim Frühstück blass. Er hatte sich die ›Geislinger Zeitung‹ neben der Kaffeetasse so zusammengefaltet, dass die erste Lokalseite obenauf lag. »Nächtlicher Mord am Bahndamm«, hatte Journalist Georg Sander seinen Artikel betitelt. Ein großes Foto zeigte die Szenerie am Tatort mit vielen Einsatzfahrzeugen und Polizisten.

»Hast du das gelesen?«, fragte Heimerle und deutete auf die Zeitungsseite. Er wusste, dass sich seine Frau regelmäßig ärgerte, wenn er wortkarg am Frühstückstisch saß und las. »Da haben sie einen auf offener Straße niedergeschossen.«

Seine Frau nickte, während sie Marmelade auf das Brot strich. »Furchtbar. Ich könnt wetten, da stecken wieder Ausländer dahinter.«

Heimerle sagte nichts. Aber irgendwie war ihm der Appetit vergangen. »Die Kripo rätselt noch rum, wer der Tote überhaupt ist«, erwiderte er eher beiläufig und überflog den Artikel noch einmal, um sicherzugehen, dass es tatsächlich keine Anhaltspunkte auf die Identität des Ermordeten gab. Zumindest bis Redaktionsschluss gestern Abend nicht.

»Sag mal«, hörte er die Stimme seiner Frau, »das war am Montagabend.« Sie hielt inne. »Da ward ihr doch auch da draußen, der Funke und du.«

Heimerle sah sie an und nickte. »Das ist es ja, was mir ein bisschen zu denken gibt.«

»Ihr habt euch doch mit diesem Leo getroffen«, erwiderte seine Frau und verstrich die Marmelade. »Kann's denn sein, dass der das ist?«

Heimerle zuckte mit den Schultern. »Mit der Zeit könnt's hinkommen.«

Die Frau schaute ihn verwundert an. »Dann solltest du das aber der Polizei melden.«

Polizei, durchfuhr es Heimerle. Mit einem Schlag war alles da, was sie gesprochen hatten. Absolute Geheimhaltung. Höchste Gefahr für alle Beteiligten. Doch würde das auch noch gelten, wenn Lanski tot sein sollte?

Heimerles Frau bemerkte, wie sich der Gesichtsausdruck ihres Mannes veränderte. Noch ehe sie etwas sagen konnte, stand er auf. »Ich ruf den Dieter an.« Wie von einer plötzlichen Eingebung getrieben, nahm er das Mobilteil des Telefons aus der Halterung und verließ das Esszimmer. »Ich muss in Ruhe telefonieren«, erklärte er sein Verhalten und verschwand auf dem Flur zwei Türen weiter in seinem winzigen Büro. Das hatte er nach seiner Pensionierung eingerichtet, um das Archiv des Vereins auf Vordermann bringen zu können. Auf dem Schreibtisch aus Kiefernholz stapelten sich deshalb handgeschriebene Protokollbücher, vergilbte Fotos und Datenträger. Der Computerbildschirm malte unablässig Kringel und Kreise.

Heimerle ließ sich in seinen abgegriffenen Bürosessel fallen und drückte die Kurzwahltaste von Funkes Arbeitsstelle. Wenig später hatte er ihn an der Strippe.

»Hast du's gelesen?« kam er ohne Umschweife zur Sache und kratzte sich am rechten Ohr.

»Denkst du das Gleiche wie ich?« kam Funkes Frage zurück.

»Ich befürchte, dass er's ist«, sprach Heimerle das Vermutete aus. Eine Pause betretenen Schweigens trat ein.

»Und jetzt?«, zeigte sich Funke ratlos.

»Lanski hat gesagt, es darf nichts durchsickern. Niemals. Du hast doch auch bemerkt, wie er Angst hatte.«

»Schon, aber wenn er jetzt ermordet wurde, hat sich die Situation geändert.«

»Nicht, was seine Frau anbelangt. Er hatte Angst um sie, panische Angst.«

»Aber wir können doch unmöglich schweigen«, meinte Funke.

»Natürlich nicht«, räumte Heimerle ein. Er begann auf einem Stück Schmierpapier die Kringel nachzuzeichnen, die immer wieder aufs Neue auf dem Bildschirm entstanden. »Wenn wir was tun, muss es diskret geschehen – und ich hab auch bereits eine Idee.«

»Die wäre ...?«

»Die politische Schiene.« Er schluckte trocken. »Ich ruf unseren Abgeordneten in Berlin an, den Riegert. Der ist für Sport zuständig. Wenn einer etwas von dieser Sache weiß, dann er.«

Funke schien zu überlegen, dann stimmte er zu: »Okay, tu's. Aber sprech ihn nicht telefonisch auf das Thema an. Frag ihn nur, ob er am Wochenende heimkommt – und wenn ja, dann mach sofort einen Termin mit ihm aus.«

»Du willst bist zum Wochenende warten?« staunte Heimerle.

»Unbedingt«, kam es sofort zurück, »was glaubst du, was geschehen würde, wenn wir das bei der Polizei zu Protokoll geben würden? Entweder sie halten uns für total durchgeknallt oder es gibt einen Riesenskandal. Nein, mein Lieber, da will ich mir nicht die Finger verbrennen. Und wer weiß, welcher Gefahr wir uns aussetzen würden ...«

Heimerles Blick hing nachdenklich an einer Amsel, die draußen vor dem Fenster auf dem Ast einer jungen Fichte saß. Der Himmel war Wolken verhangen. »Wahrscheinlich hast du Recht.«

»Noch was«, kam Funkes Stimme zurück, »ich empfehl dir, ruf den Riegert nicht von deinem Kabelanschluss an, auch nicht vom Handy. Geh lieber an eine Telefonzelle.«

Heimerle stutzte. »Was soll denn das heißen?«

»Keine Spuren hinterlassen, Heini. Keine Spuren. Was Lanski gesagt hat, ist verdammt ernst zu nehmen.«

»Diese Hurgler«, stellte Kommissar August Häberle fest, als das Gespräch an diesem Vormittag beiläufig auf das gestrige Spiel der Nationalmannschaft kam. Die junge Truppe um Trainer Jürgen Klinsmann hatte sich eine 4:2-Blamage eingeholt – und alle Welt zeigte Verständnis, schließlich hatten die wichtigsten Nationalspieler im Trikot des Gegners gespielt, der ›Bayern München‹ hieß.

»Hurgler«, ein typisch schwäbisches Wort, war für Häberle der Inbegriff eines jeden, der nicht die erhoffte Leistung erbrachte. Nach diesem kurzen Geplänkel über den gestrigen Fußballabend, der für die meisten anders verlaufen war, als sie es sich noch vor ein paar Tagen erhofft hatten, kamen die Männer der Sonderkommission wieder auf den Mordfall zu sprechen. Frau Lanski werde um die Mittagszeit eintreffen, erklärte Linkohr. Sie habe am Telefon gesagt, dass sie keine Ahnung habe, weshalb ihr Mann den Abstecher nach Geislingen gemacht hat. Geplant sei lediglich eine einzige Übernachtung in Stuttgart gewesen, las Linkohr von seinem Notizzettel, während die Kollegen an der Wand lehnten oder auf Tischen saßen.

»Sie bestätigt, dass er nur mit einem etwas dickeren, schwarzen Aktenkoffer gereist ist«, fuhr der junge Kriminalist fort. »Er hasse es, viel Gepäck dabei zu haben und beschränke sich deshalb aufs Allernötigste.«

Häberle grinste. Er konnte dies nachempfinden. Deshalb überließ er das Kofferpacken meist seiner Susanne.

Linkohr schob ein weiteres Argument nach: »Er wollte auch nur eine Nacht bleiben, wie wir wissen, und wäre gestern ziemlich früh wieder mit der Bahn zurückgefahren.« Er griff nach einem weiteren Zettel, der mit vielen anderen auf dem Tisch lag. »Die Spurensicherung hat draußen am Bahndamm nichts mehr ergeben«, fuhr er fort, »auch keine weiteren Zeugenhinweise sind eingegangen.« Dann berichtete er kurz von seinem Besuch im ›Clochard‹ und dass gerüchteweise behauptet werde, Lanski sei in die Wettbranche eingestiegen. Ein Kriminalist pfiff staunend, sodass sich seine Kollegen zu ihm umdrehten. »Ihr wisst schon, was da vor ein paar Wochen gelaufen ist«, kam eine Stimme von hinten.

»Natürlich«, gab Linkohr zurück, »vielleicht kann uns ja die Frau Lanski zu den geschäftlichen Aktivitäten ihres Mannes etwas berichten.« Er legte wieder einen Zettel weg und nahm sich einen anderen. »Wir haben aber noch weitere Anknüpfungspunkte«, gab er geradezu theatralisch bekannt. Von seinem großen Vorbild, dem Kommissar Häberle, hatte er gelernt, das Beste immer bis zum Schluss aufzusparen, um die Spannung der Zuhörer nicht versiegen zu lassen. »Vodafone hat uns die Gesprächsverbindungen seines Handys aufgelistet, zumindest die von vorgestern und gestern. Ich hab sie vorhin erst gekriegt.«

Durch die Zuhörerschar ging ein Raunen. Häberle, der sich an den Türrahmen gelehnt hatte, verschränkte die Arme und war auf die Ausführungen seines jungen Kollegen gespannt. »Zunächst kann man aus der Aufstellung herauslesen, dass er am Montag um 12.46 Uhr seine Frau angerufen hat – und zwar von zwei Funkzellen am nördlichen Stuttgarter Stadtrand. Das lässt darauf schließen, dass er das Telefonat vom fahrenden Zug aus geführt hat. Vermutlich hat er mit seiner Frau noch kurz vor der Ankunft am Hauptbahnhof sprechen wollen. Danach aber, Kollegen, danach gibt es kein einziges abgehendes Gespräch mehr.«

Linkohr sah in die Runde. Seine Kollegen schienen zu spüren, dass noch nicht alles gesagt war. »Und ankommende Gespräche?« rief jemand ungeduldig.

Der junge Kriminalist drehte seinen Zettel um. »Auch darüber sind wir natürlich informiert. Es gibt ein einziges angekommenes und auch angenommenes Gespräch. Es hat allerdings nur sechs Sekunden gedauert. Gestern Vormittag um 12.14 Uhr.«

»Um Viertel nach zwölf?« echote eine Stimme, »zu diesem Zeitpunkt war Lanski längst tot.«

Linkohr lächelte. »Richtig – und wenn man dann noch weiß, dass sein Handy zu diesem Zeitpunkt in eine Funkzelle in Göppingen eingeloggt war, genauer gesagt: am östlichen Stadtrand irgendwo, dann könnte sich daraus eine interessante Spur ergeben.«

Kurzes Schweigen, bis eine Stimme aus dem Hintergrund drang: »Und woher kam das Gespräch?« Häberle freute sich insgeheim über den Eifer seiner Mitarbeiter.

Linkohr schien sich auf seinen Zetteln nochmal vergewissern zu wollen, ob seine Angaben auch stimmten. »Aus der Slowakei. Es war ein Gespräch aus der Slowakei – geführt von einem in Deutschland registrierten Handy der Telekom.«

Häberle holte tief Luft. Der Junge hatte in den Morgenstunden wohl schon ganze Arbeit geleistet, dachte er. Und es sah ganz danach aus, als habe er noch mehr Neuigkeiten auf Lager.

»Die Telekom hat auch schnell reagiert«, er nahm ein neues Blatt zur Hand, »sodass wir den Gesprächspartner bereits kennen – oder besser gesagt: Den Anschlussteilnehmer. Mir sagt der Name allerdings nichts: Striebel, Martin Striebel, wohnt drüben in Aichelberg. Ich hab die gesamte Adresse hier. Kennt ihn jemand?« Linkohr blickte in die Runde, entdeckte aber nur Kopfschütteln. Auch Häberle schien dieser Name nichts zu sagen. Schade, dachte Linkohr. Er hatte gehofft, dass der Chef-Ermittler irgendetwas damit würde anfangen können. Aber Häberle blieb gelassen am Türrahmen lehnen.

»Und weiß man auch, wo sich dieser Striebel in der Slowakei aufgehalten hat?«, wollte jemand wissen.

»Natürlich, auch das ist kein Problem«, erwiderte Linkohr, »es ist so ein Kaff mit einem etwas unaussprechlichen Namen und so einem komischen Buchstaben – so einem ›s‹ mit Haken drüber.« Er suchte schnell seine handschriftlichen Notizen danach ab. »Hier hab ich's. Košice heißt die Stadt. Ist ganz hinten in der Slowakei.«

19

Der Zug hatte Košice kurz nach halb sechs verlassen. Martin Striebel und Rainer Kromer waren von dem riesigen Andrang überrascht gewesen. Sie hatten nicht gedacht, dass so viele Menschen um diese frühe Zeit westwärts reisen wollten. Als der Zug den Bahnhof verließ, waren nahezu alle Plätze besetzt.

Die beiden Deutschen hatten die schrecklichste Nacht ihres Lebens hinter sich. Nachdem sie wieder freigelassen worden waren, hatten sie sich an der Hotelbar des ›Slovan‹ noch einige Biere gegönnt und, meist im Flüsterton und die Menschen um sie herum beobachtend, die weitere Vorgehensweise besprochen. Nach einem unruhigen Schlaf waren sie mit einem Taxi zum Bahnhof gefahren. Obwohl sie die Entfernung ohne weiteres hätten zu Fuß zurücklegen können, wollten sie kein Risiko mehr eingehen. Jetzt, im Zug, der an der Bergkette der Hohen Tatra entlang rauschte, war ihr Misstrauen gegenüber Fremden noch immer nicht gewichen. Sie fühlten sich belauscht und beobachtet und sehnten die Grenze nach Österreich herbei. Doch das war nur eine psychologische Beruhigung, denn alles deutete darauf hin, dass sie es mit einer Bande zu tun hatten, die offenbar international agierte. Die Fotos, die man ihnen gezeigt hatte, ließen dies befürchten. Irgendjemand hatte erst vor kurzem ihre Häuser fotografiert und die Bilder per E-Mail übermittelt. Striebel und Kromer hatten überlegt, ob sie ihre Frauen am Telefon von all diesen Geschehnissen informieren sollten – doch dann entschieden sie, dies nicht zu tun, um keine unnötige Panik aufkommen zu lassen. Außerdem war es wohl zweckmäßig, keine Telefonate zu führen. Man konnte schließlich nicht wissen, welches Netzwerk von Überwachungsmethoden diesen Gangstern zur Verfügung stand. Eines war den Deutschen in den vergangenen Stunden klar geworden: Da ging's nicht mehr nur um die paar hunderttausend Euros, denen sie nachspüren wollten – nein, da steckte mehr dahinter. Organisierte Kriminalität im großen Stil.

Die beiden saßen sich gegenüber und starrten Gedanken versunken auf die vorbeifliegende Landschaft hinaus. Weite Wälder wechselten sich mit ausgedehnten Wiesenflächen, nur selten tauchten Besiedelungen auf. Hier entlang der Gebirgskette, die eine natürliche Grenze zum nördlich gelegenen Polen bildet, war die Slowakei besonders dünn besiedelt. Die Morgensonne schien flach von hinten in die seitlichen Zugfenster herein.

»Soll ich nochmal versuchen, den Matthias anzurufen?«, fragte Striebel und brachte damit zum Ausdruck, was ihn schon seit Minuten beschäftigte.

Kromer zuckte unschlüssig mit den Schultern, meinte dann aber: »Ja, tu's.«

Der Ältere mit dem Bluthochdruck griff in die Innentasche seiner weißen Freizeitjacke und drückte erneut die Wahlwiederholung, wie er dies an diesem Morgen schon öfters getan hatte. Doch auch diesmal folgte nur der Hinweis, dass der Teilnehmer vorübergehend nicht zu erreichen sei.

Striebel steckte das Gerät wieder weg. »Ich versteh das nicht. Der geht doch mit dem Ding normalerweise sogar schlafen.«

Kromer schwieg. Sein Blick war auf das Gesicht eines Mannes gefallen, der eine Reihe vor ihm links saß. Ein kantiges Gesicht. Blonde Stoppelhaare und stechende Augen, die kalt und gefährlich wirkten. Schon vor einer halben Stunde hatte er sie bemerkt, als sich ihre Blicke zufällig trafen. Jetzt aber beunruhigte ihn dieser starre Blick. Kromer löste seine Augen von ihm und drehte den Kopf zum Fenster, um sich auf die Landschaft zu konzentrieren. Der Zug fuhr schnell und gleichmäßig.

»Dreh dich jetzt nicht um«, sagte Kromer leise, »aber

von dir aus gesehen rechts hinten sitzt eine Type, die kommt mir komisch vor.«

Striebel kniff die Augen zusammen. »Schon wieder einer von der Sorte, was?« erwiderte er abwertend. Es klang, als wäre er am liebsten gleich zu ihm rübergegangen, um ihn am Kragen zu packen. Sein Bedarf an seltsamen Typen war gedeckt. Bis ans Lebensende.

Sein jüngerer Freund hob ratlos die Schultern. »Vielleicht trügt mich auch mein Gefühl. Aber es sieht so aus, als würde er uns beobachten.«

Ein Bahnhof flog vorbei, daneben nur ein paar wenige Gebäude. Diese einsamen Stationen, so dachte Kromer, waren wohl für die Besiedlungen in weitem Umkreis von Bedeutung. Während der Zug jetzt dem Lauf eines Flusses folgte, kreisten die Gedanken der beiden Deutschen immer und immer wieder um die vergangene Nacht. Ob sie daheim die Polizei informieren würden, war ihnen noch nicht klar geworden. Möglicherweise setzten sie sich damit einer zusätzlichen Gefahr aus. Außerdem müssten sie sich dann offenbaren und Farbe bekennen, welcher Art ihr Interesse an irgendwelchen Geschäften in Košice war. Sie würden wohl eher abwarten, mit welchen Erkenntnissen Matthias zurückkam.

Aus ihren Gedanken wurden sie erst gerissen, als ein zusammengeknülltes Stück Papier zwischen ihren Köpfen gegen die Scheibe prallte und auf den Boden fiel. Die beiden Männer zuckten zusammen, drehten sich blitzartig um, doch nirgendwo in ihrer Nähe deutete etwas auf die Herkunft dieses Papierknäuels hin. Während Kromer sich empört erhob und prüfend in beiden Richtungen des Mittelgangs sah, bückte sich Striebel nach dem hergeworfenen Papier und faltete es auseinander. Er strich es auf seinen Schenkeln glatt. »Schau dir das an …«, staunte er und holte tief Luft. Sein Blutdruck musste einen neuen Höchststand erreicht haben.

Klaus Riegert, der Bundestagsabgeordnete der Konservativen, blickte durch sein Bürofenster schräg hinüber zu den Kränen, um die herum das Shoppingcenter des Lehrter Bahnhofs in die noch immer trist graue Höhe wuchs. Den Anrufer kannte er noch von seinen Jugendzeiten. Heini Heimerle war damals ein angesehener Sportfunktionär gewesen, den zwischen Ulm und Stuttgart jeder Fußballer kannte. Jetzt hatte er sich zwar aus dem aktiven Vereinsgeschäft zurückgezogen, doch sagte man ihm nach, dass er im Hintergrund noch immer die Fäden zog und auch Kontakte zu den ›hohen Herrn‹ des Württembergischen Fußballverbandes pflegte – wenn nicht sogar noch höher. Telefoniert hatten sie aber noch nie miteinander, zumal Heimerle auch eher dem roten Lager zuzurechnen war.

»Entschuldigen Sie, wenn ich Sie einfach so anrufe«, begann der Sportfunktionär, nachdem er sich vorgestellt hatte. »Ich weiß nicht, wie ich es Ihnen sagen soll. Es geht um eine Sache, die Sie als Sportpolitiker wissen sollten …« Heimerle suchte offenbar die passenden Worte.

»Dafür bin ich da«, entgegnete Riegert, um überhaupt etwas zu sagen.

»Wir können darüber nicht am Telefon reden … die Sache ist wirklich heiß und geheim«, fuhr der Anrufer fort und war bemüht, keinerlei Emotionen erkennen zu lassen.

Riegert sagte nichts, sondern wartete gespannt auf das, was nun kommen würde.

»Um es kurz zu machen«, Heimerle hatte beschlossen, nicht mehr lange um das Thema herumzureden, »es geht um Mord.«

Riegerts Blick blieb wie gebannt an den Kränen hängen. Er war für einen Moment nicht in der Lage, etwas zu entgegnen. Er schluckte.

»Um Mord«, wiederholte der Anrufer, »und um Sport. Ich, das heißt, mein Freund Funke und ich, haben etwas erfahren, das bereits ein Menschenleben gekostet hat.«

Der Abgeordnete versuchte jetzt, auf jede Nuance der Betonung zu achten. Funke, ja, den Namen kannte er im Zusammenhang mit dem Sport auch. Ein jüngerer Mann, der sich wohl beim Sportclub Geislingen engagierte. Plötzlich war Riegert nicht mehr nur Politiker, sondern auch der Kommissar. Er schrieb sich den Namen auf. »Mord, sagen Sie? Und was genau ist passiert?«

Heimerle atmete schwer. »Das kann ich Ihnen am Telefon nicht sagen. Ist besser für uns beide. Ich weiß ja nicht mal, inwieweit Sie nicht selbst Bescheid wissen.«

»Ich – Bescheid wissen?« Riegerts Stimme klang empört. »Soll das heißen, Sie vermuten, dass ich …?«

»Entschuldigen Sie, nein«, unterbrach ihn der Anrufer, »nein, es ist nur … wenn die Verstrickungen so sind, wie ich vermute, kann man niemandem trauen – in dieser Sache.«

»Und warum rufen Sie dann mich an?«, fragte der Abgeordnete schnell zurück.

»Weil ich mich vorläufig nicht an die Kripo wenden möchte – aber das möchte ich Ihnen alles detailliert erzählen«, kam die Antwort.

»Und wer wurde ermordet?«, zeigte sich der Politiker jetzt interessiert.

»Wenn ich Ihnen den Namen sage, wissen Sie vielleicht schon, worum es geht. Lanski heißt er – Leonhard Lanski.«

Riegert notierte sich auch diesen Namen. Er konnte sich nicht entsinnen, ihn je gehört zu haben. »Wer ist das?«

»Ein ehemaliger SC-Spieler, wohnt jetzt in Dortmund und handelt wohl mit Sportartikeln«, berichtete Heimerle.

Riegert schüttelte für sich den Kopf. Nein, das sagte ihm nichts.

»Ich hab eine Bitte«, hörte er die Stimme im Hörer. Sie klang eindringlich, fast flehentlich, »kommen Sie so schnell wie möglich zu uns. Die Zeit drängt …«

Das klang wie ein Notfall. »Zum Wochenende bin ich daheim«, erklärte der Politiker, doch sein Gesprächspartner war damit nicht zufrieden: »Das sind noch drei Tage – heute ist erst Mittwoch.« Heimerle machte eine Pause. »Können Sie nicht früher kommen, ausnahmsweise? Sie sind Politiker, Polizist und Sportler«, Heimerle schien jetzt nicht mehr zu stoppen zu sein. »Wir brauchen Sie – verstehen Sie? Es geht um Leben und Tod – und vielleicht um noch mehr.«

Riegert begann, den Namen ›Funke‹ und ›Heimerle‹ mit immer neuen Kästchen zu ummalen. Er schwieg für einen Moment, betrachtete seinen großen Wandkalender und stellte fest, dass er für morgen und übermorgen nur einige unbedeutende Termine notiert hatte. Er würde früher ins Wochenende fliegen können.

»Und die Sache ist wirklich so wichtig?«, wollte er sich nochmal vergewissern, als ob Heimerle dies nicht schon genügend dargelegt hätte.

»Ja, sehr wichtig sogar. Mein Freund Dieter Funke und ich sehen keinen anderen Ausweg – als Sie.«

»Okay«, entschied Riegert schließlich, »morgen Mittag. Reicht das?«

Heimerle zögerte, atmete tief ein und sagte: »Danke, Herr Riegert, danke.« Dann fügte er hinzu: »Ich hoffe, Sie kommen dann nicht schon zu spät.«

20

Irene Lanski war eine zierliche Frau, knapp 40, mit großen blauen Augen. Sie hatte geweint, das sah man ihr an. Häberle führte sie in ein kleines Büro, bot ihr Platz und Kaffee an und schloss die Tür, um nicht von den Gesprächen und Telefonaten der Sonderkommission gestört zu werden. Frau Lanski war noch in der Nacht mit dem Auto losgefahren und hatte sich, wie von Häberle veranlasst, bei den Ulmer Kollegen gemeldet, um bei den dortigen Gerichtsmedizinern ihren Mann zu identifizieren. Nun bestand keinerlei Zweifel mehr, dass er der Tote vom Eybacher Tal war.

»Wir können Ihnen einige Fragen nicht ersparen«, begann Häberle das Gespräch.

»Tun Sie nur Ihre Pflicht«, sagte sie und wischte sich mit einem Papiertaschentuch die Tränen aus den Augen.

Der Kommissar lächelte. »Danke für Ihr Verständnis. Ich möchte Ihnen nur ein paar Fragen stellen – danach wird ein Kollege von mir ein Protokoll anfertigen. Das wird leider einige Zeit in Anspruch nehmen.«

Sie nickte. »Tun Sie alles, was notwendig ist.« Man sah Frau Lanski die durchwachte Nacht an. »Ihr Mann hatte einen geschäftlichen Termin in Stuttgart«, stellte Häberle ruhig fest und verschränkte die Arme, »mit einem Herrn Beierlein.«

»Ja, es ging wohl um Sportartikel für die WM – und um Souvenirs. Beierlein verspricht sich von der WM ein Riesengeschäft.«

»Kennen Sie die Namen der anderen Teilnehmer dieses Meetings?«

Sie schüttelte den Kopf. »Nein, das hat mich auch nicht interessiert. Es müssen wohl Vertreter aus dem In- und Ausland gewesen sein, überwiegend wohl aus dem südeuropäischen Raum.«

»Wäre es denkbar, dass wir in den Unterlagen Ihres Mannes ein bisschen mehr über diese Teilnehmer finden?«

Frau Lanski stutzte. »Die müsste doch Beierlein kennen.«

Häberle hob beschwichtigend die Arme. »Uns ist es immer lieber, wenn wir uns auf mehrere Informanten berufen können.« Er lächelte vorsichtig und wirkte dabei charmant.

»Nun ja«, entgegnete die Frau, »ich kenn mich in seinen geschäftlichen Dingen nicht aus, aber man könnte nachsehen.«

»Sie würden uns das gestatten?«, fragte Häberle zaghaft. »Computer, Datenträger, Akten?«

Sie schaute den Kommissar verwundert an. »Warum denn nicht? Wir haben sicher keine Geheimnisse.«

Häberle zuckte mit den Schultern. »Ihr Mann hat sich unter dem Namen Beierlein hier in Geislingen ein Hotelzimmer reservieren lassen. Das gibt doch einige Rätsel auf.«

»Hat er das?« vergewisserte sie sich.

»Ja, das ist sicher«, nickte der Chef-Ermittler, »wir wissen nur noch nicht, warum. Haben Sie dafür eine Erklärung?«

Irene Lanski fingerte nervös an den Riemen der Handtasche.

»Keine, nein«, erwiderte sie, »keine Erklärung. Ist mir ein Rätsel.«

»Und was er ausgerechnet hier in der Provinz wollte, gibt für Sie auch keinen Sinn?«

»Überhaupt nicht. Ich versteh das alles nicht. Fast ist es so, als sei das gar nicht mein Mann gewesen …« Sie begann zu schluchzen. »Und doch ist er es.«

»Hatte er denn noch Kontakte? Er stammt schließlich von hier.«

»Wir waren schon sieben, acht Jahre nicht mehr hier.

Nein, da gab es keine Kontakte mehr«, antwortete sie und schnäuzte in ihr Papiertaschentuch. »Entschuldigen Sie bitte.« Häberle nickte verständnisvoll.

»Seine Kumpel von damals«, fuhr sie fort, »als er aktiv gespielt hat, sind inzwischen in alle Winde zerstreut.« Und nach kurzer Pause: »Fußballer eben. Viele von ihnen haben Karriere gemacht. Das Eybacher Tal galt doch damals als Fußballer-Schmiede.« Ein Lächeln huschte über ihr Gesicht. »Denken Sie an Klinsmann.«

»Und Kontakte in die weitere Umgebung? In den Großraum Stuttgart oder München oder Bodensee?« Häberle blieb hartnäckig, konnte dies aber mit seiner sonoren, beruhigenden Stimme überspielen.

Die Frau schien nachzudenken. »Mein Gott«, sagte sie, »dass es den einen oder anderen noch gab, das mag schon sein. Wenn ich mich nicht irre, ja, dann war da wohl irgend so ein Unternehmer, mit dem er mal Geschäfte gemacht hat – oder machen wollte. Aber nicht in Geislingen.«

»Sondern?«, wurde Häberle hellhörig, ohne sich dies jedoch anmerken zu lassen.

»Wenn ich das wüsste …«

»Könnte es in Göppingen gewesen sein?« Der Kommissar hatte eine Idee.

Irene Lanski zuckte mit den Schultern. »Könnte sein – jedenfalls irgendwo hier im Süden.«

»Und … welcher Art waren die Geschäfte, die er dort gemacht hat?«

»Ich weiß nur, dass es vor eineinhalb oder zwei Jahren begonnen hat. Es sollten irgendwelche Beteiligungen sein. Aber fragen Sie mich bitte nicht, wobei. Ich hab mich um die Geschäfte meines Mannes nicht gekümmert.«

»Hat er denn gut verdient?«

»Das hing von vielerlei Faktoren ab«, erklärte die Frau, während sie sich eine Locke aus der Stirn streifte, »manchmal sehr gut, dann gab's Monate, da kam so gut wie nichts rein. Das war besonders hart. Als Selbstständiger müssen Sie alle Sozialabgaben selbst bezahlen.«

Häberle nickte verständnisvoll.

»Und …« Er suchte nach passenden Worten, » … so etwas wie einen Todfeind gab es nicht?«

»Keine Ahnung.« Ihre blauen Augen wurden wieder feucht. »Er war ein herzensguter Mensch, müssen Sie wissen. Wer tut denn so was?« Sie schluchzte.

»Ich lass Sie jetzt gleich in Ruhe, Frau Lanski«, beruhigte Häberle die Frau, während sie wieder in ihr Taschentuch schnäuzte. »Sie können gerne ein paar Minuten an die frische Luft gehen, bevor sich mein Kollege um Sie kümmert. Ich hätte nur gerne noch eines gewusst: Sagt Ihnen die Stadt Košice etwas?«

Frau Lanski sah den Kommissar irritiert an. Er hatte den Eindruck, als sei sie erschrocken. »Wie sagten Sie?«, fragte sie nach.

»Košice. Liegt in der Slowakei«, erklärte der Chef-Ermittler. Sie schüttelte den Kopf. »Nein, nie gehört. Wirklich nicht.«

Liebenstein hatte die ganze Nacht kein Auge zugetan. Die Horrormeldungen waren gestern Abend nur so über ihn hereingebrochen. Zuerst die Nachricht, dass Lanski verschwunden sei, dann Beierleins Hinweis, dass er wohl tot sei – und nun war offenbar auch der Kontakt zu diesem Nullenbruch abgebrochen. So sehr Liebenstein auch darüber nachdachte, kombinierte und überlegte, er kam zu keinem Ergebnis. So weit ihm bekannt war, hatten Lanski und dieser Unternehmer überhaupt keine Kontakte – schon gar nicht in dieser Sache.

Gangolf hatte natürlich Recht: Wenn sich in Lanskis verschwundenem Koffer brisante Unterlagen befanden – und danach sah es aus –, dann konnte die ganze Organisation in größter Gefahr sein. Nicht auszudenken, wenn entsprechende Dokumente den Medien zugespielt würden. Liebenstein mochte sich das Szenario gar nicht vorstellen. Am Schluss würden zwar die Großen fein dastehen, dafür war gesorgt und das hatte er selbst so eingefädelt, doch ausbaden mussten's die Kleinen – egal, wer im September an die Macht kam.

Liebenstein, der noch am Abend von Aalen nach Göppingen gefahren war, wo er sich im Hotel ›Hohenstaufen‹ ein Zimmer genommen hatte, wollte sich vor Ort selbst ein Bild von der Situation verschaffen. Beim Frühstück blätterte er in der örtlichen Tageszeitung, der NWZ, die den Artikel des Geislinger Journalisten Georg Sander über den nächtlichen Mord am Bahndamm übernommen hatte. Verdammt, dachte sich Liebenstein, was trieb den Kerl in das Eybacher Tal. Ganz sicher hatte er dort alte Fußballfreunde getroffen. Aber warum heimlich? Und weshalb unter Beierleins Namen? Liebenstein war derart in die Lektüre des Zeitungsartikels vertieft, dass er die anderen Gäste überhaupt nicht wahrnahm.

Dann fasste er einen Entschluss. Er wollte sich bei ›Nubru‹ umsehen. Es musste einen Zusammenhang geben zwischen Lanski und diesem verschwundenen Firmenchef. Oder, noch schlimmer, Nullenbruch war nur deshalb abgetaucht, weil er der Mörder war. Liebenstein stockte der Atem. Allein der Gedanke daran ließ ihn erschaudern.

Er gab am Foyer Bescheid, dass er noch mindestens eine weitere Nacht bleiben werde, ließ sich ein Taxi rufen und verließ das Hotel. Obwohl ziemlich zentral gelegen, vermittelte es Landhaus-Atmosphäre.

Die Fahrt quer durch die Stadt, hinaus nach Ursenwang und von dort in den Gewerbepark ›Voralb‹, dauerte 15 Minuten. Das Wetter war für einen ersten Juni alles andere als vorsommerlich. Die Schafskälte, so schrieben es die Zeitungen, sei viel zu früh hereingebrochen – und eine Rückkehr der hochsommerlichen Temperaturen, wie sie bis vergangenen Sonntag geherrscht hatten, war in den Wetterprognosen nicht vorgesehen.

Wenigstens regnete es nicht.

›Nubru‹ war einer dieser Firmenneubauten, wie sie in den 90er Jahren überall entstanden sind: Viel Alu, viel Glas – und eine grau-blaue Metallfassade, die an das Wellblech früherer Zeiten erinnerte. Das Treppenhaus des dreistöckigen Bürotrakts, von dem aus sich nach beiden Seiten zwei lang gestreckte Produktionshallen erstreckten, war von unten bis oben gläsern. Ein riesiger, roter Schriftzug mit dem Firmennamen ›Nubru‹ prangte auf dem Flachdach. Liebenstein steckte dem Taxifahrer ein üppiges Trinkgeld zu, nahm seinen Aktenkoffer und ging entschlossenen Schrittes zu der breiten Glastür, die automatisch beiseite schwenkte. Er betrat ein helles, überaus großes Foyer, dessen marmorner Fußboden blitzblank spiegelte. Hinter einem nierenförmigen Empfangstresen saßen zwei Damen an ihren Flachbildschirmen.

»Guten Tag«, grüßte Liebenstein, worauf sich eine der Frauen erhob und sich ihm zuwandte.

»Grüß Gott«, lächelte sie, »was kann ich für Sie tun?«

»Mein Name ist Ericson«, log er und strahlte die Seriosität eines erfolgreichen Handlungsreisenden aus, »ich komme von der japanischen Firma Takato – und hätte gern den Chef des Hauses gesprochen.« Er legte seinen Aktenkoffer auf den Tresen, ließ den Verschluss aufschnappen und brachte wie zum Beweis seiner Angaben eine Visitenkarte hervor, die mit den genannten Namen übereinstimmte. Für alle Fälle hatte er sich ein halbes Dutzend unterschiedlicher Visitenkarten drucken lassen.

»Sind Sie angemeldet?«, fragte die Dame, die das Kärtchen in die Hand nahm und musterte, als sei es ein Ausweispapier. Sie überlegte kurz und sagte dann mit fester Stimme: »Tut mir leid, Herr Ericson, aber Herr Nullenbruch befindet sich auf Geschäftsreise.«

»Und wann ist mit seiner Rückkehr zu rechnen?« Liebenstein nahm die Visitenkarte zurück und steckte sie wieder in den Koffer.

»Das ist im Moment schwer zu sagen«, erwiderte die Frau freundlich lächelnd.

»Gibt es jemanden, der ihn während seiner Abwesenheit vertritt?« Auch Liebenstein blieb betont höflich und zurückhaltend.

»In dringenden Fällen unsere Frau Siller. Aber nur in dringenden Fällen.«

»Nun«, überlegte Liebenstein, »ob es dringend ist, wage ich natürlich nicht zu entscheiden. Es geht um einen ... naja, sagen wir's ruhig, um einen möglichen Auftrag. Ich hätte natürlich vorher anrufen sollen, aber weil ich auf der Fahrt nach München bin, von einem Kongress in Frankfurt ...« Er lächelte. »... naja, da dachte ich, ich schau mal schnell vorbei.«

»Es geht um einen Auftrag?«, hakte die Empfangsdame noch ein bisschen freundlicher nach. Ihre Kollegin drehte sich zu ihnen um.

Liebenstein nickte. »Ich möchte auch nicht allzu lange stören.«

»Einen Moment bitte«, zeigte sich die Frau kooperativ, ging einige Schritte weiter, nahm ein Telefon zur Hand und drückte zwei Tasten. Dann wandte sie sich zur Seite, um mit gedämpfter Stimme zu sprechen. So sehr sich Liebenstein auch anstrengte, er konnte kein Wort verstehen. Das Gesprochene wurde von dem sanften Tastenklicken übertönt, das ihre Kollegin am Computer verursachte.

Liebenstein drehte sich um und staunte insgeheim über die pompöse Architektur, deren gläserne Schlichtheit von dem Grün einiger hochgewachsener Zimmerpflanzen kontrastiert wurde. Eine breite, geschwungene Treppe führte in die obere Etage.

»Frau Siller lässt bitten. Sie werden abgeholt«, hörte er eine Stimme hinter sich. Na also, dachte er und bedankte sich.

Eine halbe Minute später stöckelte eine junge, blonde Frau die Treppe herab.

»Herr Ericson?«

Liebenstein nickte freundlich und schüttelte dem Mädchen die Hand.

»Bitte kommen Sie«, wurde er freundlich aufgefordert. Der slawische Akzent war nicht zu überhören.

Er wurde in ein Büro geführt, in dem sich auf einem

Schreibtisch Akten stapelten. »Bitte«, sagte das Mädchen, klopfte an eine der beiden Türen, die in gegenüber liegende Räume führten, und wartete. Augenblicke später wurde die Tür schwungvoll aufgerissen. Das Mädchen wich beiseite und entfernte sich an den Schreibtisch.

»Guten Tag«, sagte Ute Siller kühl.

Liebenstein war für einen Moment verlegen. Diese Frau, das spürte er, umgab eine ungewöhnliche Autorität. »Guten Tag. Mein Name ist Ericson, Elmar Ericson. Entschuldigen Sie die Störung.«

»Sie ist unerwartet«, gab sie zurück, »unerwartet, aber hoffentlich sinnvoll. Kommen Sie rein.«

Sie bot ihm einen Platz auf einem der gepolsterten Besucherstühle an und ließ sich hinter ihrem Schreibtisch auf ihrem ledernen Bürostuhl nieder. Alles, was sie tut, wie sie sich bewegt und gestikuliert, hat etwas Energisches an sich, dachte Liebenstein. Er musste vorsichtig sein.

»Lassen Sie hören, ich hab wenig Zeit«, forderte sie ihn auf. Ihre Augen waren genauso kalt wie ihr Auftreten.

Liebenstein versuchte, ebenso kurz und prägnant sein Anliegen vorzutragen, das eigentlich ein ganz anderes war, als er vorgaukeln musste. Er erklärte, dass er der Deutschland-Generalvertreter eines aufstrebenden japanischen Konzerns sei, der im großen Stil in den Import von Metallteilen aller Art für die Automobilindustrie einsteigen wolle.

Ute Siller hörte sich die Schilderungen aufmerksam an, ließ gelegentlich mit einer erhobenen Augenbraue Zweifel erkennen und verunsicherte damit den Besucher.

Liebenstein stellte einen millionenschweren Auftrag in Aussicht, der umso lukrativer wäre, je günstiger die Lohnkosten seien.

Die Frau stutzte. »Wie darf ich das verstehen?«

»So wie ich es sage, gnädige Frau«, entgegnete Liebenstein und glaubte zu spüren, dass er auf Interesse gestoßen war. »Soweit ich informiert bin, planen Sie bereits eine neue Produktionsstätte in einem Billiglohnland. Sie wären sicher in der Lage, gleich von dort aus zu liefern.«

Ute Siller griff sich nachdenklich ans Kinn. Diese Pause nutzte Liebenstein zu einem Frontalangriff: »Ist Herr Nullenbruch vielleicht sogar gerade dort? Ich meine, dann könnte ich vielleicht sogar selbst bei ihm vorbeischauen.«

Erneut zögerte sie mit einer Antwort. »Wie kommen Sie denn da drauf?« Es klang distanziert.

Liebenstein lächelte charmant. »Nun, es war nur so ein Gedanke. Wenn er längere Zeit weg ist, wie es heißt, dann lag diese Vermutung nahe.«

Die Frau kniff die Augen zusammen und wurde giftig: »Sind Sie gekommen, um das herauszufinden?«

Wieder lächelte er, doch wirkte es diesmal verkrampft. »Verzeihen Sie, aber halten Sie mich für einen Industriespion? Nichts läge mir ferner, als mich in persönliche Dinge Ihres verehrten Herrn Chefs einzumischen.« Sie sahen sich für einen Moment wie angriffslustige Raubtiere an. »Okay«, entschied Liebenstein, »war ja nur ein Versuch, Sie als aufstrebendes Unternehmen mit ins Boot zu nehmen.« Er erhob sich.

Ute Siller zeigte sich unbeeindruckt. Sie blieb energisch und bestimmend: »Nun seien sie nicht gleich eingeschnappt. Haben Sie erwartet, dass ich Ihnen gleich um den Hals falle, bloß, weil Sie mit Millionen winken? Ich kenne Sie doch überhaupt nicht. Wer garantiert mir, dass Sie kein Hochstapler sind?«

Liebenstein blieb stehen und sah sie mit treuherzigen Augen an. »Sehe ich so aus?«

»Wie jemand aussieht, tut überhaupt nichts zur Sache«, entgegnete sie kühl, als ob sie nicht selbst großen Wert aufs Äußere legen würde und alle Frauen hasste, die attraktiver waren als sie.

»Vielleicht …« Er unternahm einen neuen Versuch, sein eigentliches Ziel weiter zu verfolgen, »… vielleicht sollten wir doch Herrn Nullenbruch hinzuziehen.«

Sie stand auf, kam von ihrem Schreibtisch hervor und strich sich ihren knapp knielangen Rock glatt. »Ich sagte Ihnen bereits, Herr Nullenbruch ist derzeit nicht da.«

»Und erreichbar?« Liebenstein schaute ihr fest in die Augen. Diese Frau, davon war er überzeugt, brauchte ein energisches Gegenüber. Nur einen solchen Gesprächspartner würde sie akzeptieren.

Sie überlegte kurz. »Derzeit nicht.«

»Wie?« Er zeigte sich zunehmend interessierter, »kein Handy, kein Telefon?«

Ute Siller wich wieder hinter ihren Schreibtisch zurück, blieb aber stehen und verschränkte die Arme. Sie atmete tief, presste die Lippen zusammen, doch dann brach es aus ihr heraus: »Haben Sie jetzt genug geschnüffelt?« schrie sie plötzlich, »glauben Sie im Ernst, ich nehm Ihnen die Geschichte mit dem japanischen Unternehmen ab?«

Liebensteins Blick wurde finster. Mit dieser Reaktion hatte er nicht gerechnet. Das kam völlig unerwartet, unberechenbar. Noch ehe er etwas sagen konnte, schoss Ute Sillers rechter Zeigefinger nach vorne: »Sie sind ein Schnüffler – und ich fordere Sie hiermit auf, dieses Gebäude sofort zu verlassen. Augenblicklich. Wenn Sie nicht in einer halben Minute draußen sind, ruf ich die Polizei.«

Liebenstein erkannte, dass jeglicher Widerspruch sinnlos sein würde. Er hatte es auch nicht nötig, sich beschimpfen zu lassen, griff deshalb zu seinem Aktenkoffer und war mit zwei Schritten an der Tür zum Vorzimmer. Während er sie öffnete, ging eine wortgewaltige Schimpfkanonade auf ihn nieder, wie er sie noch vor einigen Minuten von dieser Frau nicht für möglich gehalten hätte. Ein Stimmungswandel hatte sich vollzogen. Manchmal reichten dazu bereits ein paar unbedachte Worte des Gesprächspartners.

Als Liebenstein schon die Tür von außen zuziehen wollte, nahm das wutentbrannte Geschrei der Frau geradezu hysterische Ausmaße an: »Und sagen Sie Ihrem Idioten Harald, er braucht keinen Deppen mehr zu schicken.«

Liebenstein verharrte für den Bruchteil einer Sekunde. Was hatte sie da gesagt? Doch er entschied sich für die Flucht, zog die Tür vollends zu, nickte dem völlig entsetzten Vorzimmermädchen mitleidig zu und verschwand raus auf den Flur.

Sekunden später wurde die Tür zu Sillers Büro wieder aufgerissen. »Wieso lässt du jeden Idioten zu mir rein?« herrschte die Frau mit gefährlich blitzenden Augen das Mädchen an, das sich hinter dem Aktenstapel sofort pflichtgemäß erhob und den Blick verlegen senkte. Ihre Knie wurden wieder weich, wie immer, wenn sie zur Zielscheibe des Zorns der Chefin wurde. Und das geschah mindestens einmal täglich.

»Ich hab dich was gefragt«, wetterte Ute Siller.

»Entschuldigen Sie, aber Sie haben doch selbst gesagt …«

»Was hab ich gesagt?« Die Chefin kam drei, vier Schritte näher. Das war immer jener Moment, bei dem das Mädchen befürchtete, geohrfeigt zu werden. »Ich hab nur deshalb ›ja‹ gesagt, weil du zu dämlich bist, ordentlich nachzufragen, welcher Idiot sich hier einschleimen will.« Sie machte noch zwei Schritte nach vorne, holte mit einer Armbewegung aus und schleuderte sämtliche Aktenordner und Schnellhefter vom Schreibtisch der jungen Mitarbeiterin. Die Papiere und Dokumente landeten kreuz und quer auf dem Fußboden, die Tastatur des Computers war mitsamt der Maus scheppernd zwischen die Aktendeckel gefallen.

»Ich hab tausendmal gesagt, dass ich diese Unordnung nicht mehr will. Heute ist erst Feierabend, wenn das hier alles aufgearbeitet ist.« Die Chefin atmete schnell und hatte einen roten Kopf bekommen. Das Mädchen stand wie erstarrt und wagte sich nicht zu bewegen. Doch allein dies empfand Ute Siller als reine Provokation. »Steh nicht so dumm rum.« Erst jetzt wurde ihr bewusst, dass ihr Schreien in der ganzen Etage zu hören sein musste. Sie hasste es, derart die Beherrschung zu verlieren. Andererseits konnte es aber nichts schaden, wenn die Belegschaft eine gewisse Furcht vor ihr hatte.

Sie drehte sich um und hastete davon. Dann sank sie, erschöpft von dem cholerischen Anfall, auf ihren Bürosessel und spürte einen leichten Anflug von Migräne. Sie atmete tief durch, schaute durchs Fenster zu dem grauen Himmel hinauf, der ganz und gar nicht dazu geeignet war, ihre Depressionen verschwinden zu lassen.

Sie brauchte dringend Urlaub. Nachdem sie sich wieder einigermaßen beruhigt hatte, drückte sie am Telefon mehr als ein Dutzend Tasten. Es war eine Nummer mit französischer Auslandsvorwahl.

21

Der Anwalt war korpulent und hatte einen astreinen Glatzkopf. Ein Jurist, der ein Leben lang nur über Gesetzesbüchern gebrütet und sich die Haare gerauft hat, dachte Häberle, als er ihn und seinen Mandanten Stefan Beierlein begrüßte und in eines der kleinen Besprechungszimmer führte. Nachdem die beiden Besucher über die chaotischen Verkehrsverhältnisse auf der Bundesstraße 10 geklagt hatten, deretwegen sie eine halbe Stunde zu spät gekommen seien, erklärte der Kommissar kurz und bündig, dass er eigentlich nur die Liste all jener Personen wolle, die am Montagnachmittag an dem Stuttgarter Meeting teilgenommen hätten. Dazu hätte es der weiten Anfahrt in die Provinz nicht bedurft, doch habe Herr Beierlein gestern Abend darauf bestanden, einen Anwalt hinzuziehen zu dürfen.

»Das ist sein gutes Recht«, ereiferte sich der Jurist, der sicher einer großen Stuttgarter Kanzlei angehörte, überlegte Häberle. »Es geht um Persönlichkeitsrechte, müssen Sie verstehen, um Geschäftspartner, die alles andere als erfreut wären, in ein Kapitalverbrechen hineingezogen zu werden. Außerdem ...« Er räusperte sich diskret und verzog die strengen Mundwinkel zu einem Lächeln, »... außerdem könnte es manchen der Herrschaften vielleicht gar nicht so angenehm sein, wenn die Dauer ihres Aufenthalts in Stuttgart oder sagen wir besser, ihres geschäftlichen Aufenthalts allzu sehr publik würde.«

Aha, grinste Häberle in sich hinein, daher weht der Wind. Ein Männerclub mit ganz anderen Absichten.

»Ich darf Ihnen versichern, dass wir die Privatsphäre all Ihrer Kunden wahren werden«, versprach der Kommissar.

Er wäre der Letzte, der dafür kein Verständnis hätte. »Also, kommen wir einfach zur Sache. Wer sind diese Herrschaften?«

Beierlein saß verkrampft auf dem Besucherstuhl, während sein Anwalt einen Schnellhefter aus dem Aktenkoffer zog und die Papiere auf den Tisch legte. »Wir haben alles wunschgemäß aufgelistet«, sagte er trocken. »Alphabetisch. Es sind zehn Personen da gewesen, ohne Ausnahme integre Leute. Aus halb Europa.«

»Wohl alles Sportartikelgroßhändler ...«, vermutete der Kommissar.

Beierleins Gesicht versteinerte sich. Doch sein Rechtsbeistand tat so, als ob ihn diese Bemerkung nicht aus dem Konzept bringen konnte. »In diesem Fall ist das nicht so«, erwiderte er, »es sind hochrangige Personen, die mehr oder weniger ehrenamtlich im Dienste des Internationalen Fußballbundes stehen. Die Herrschaften gehen aber alle ihren Berufen nach.« Der Anwalt sprach mit wohl formulierten Sätzen. »Sie gehören der gehobenen sozialen Schicht an, um es mal so zu sagen.«

»Was heißt das, sie sind mehr oder weniger ehrenamtlich im Dienste des Internationalen Fußballbundes?«

Beierlein sank in sich zusammen und mied den Blickkontakt zum Kommissar. Sein Anwalt hingegen versprühte Zuversicht und Optimismus, verzog sein rundliches Gesicht zu einem breiten Grinsen und erklärte: »Es sind die wichtigsten Männer auf dem Platz. Zuverlässig, couragiert, entscheidungsfreudig – mit einem Durchsetzungsvermögen, welches wir uns in der Politik wünschen würden.«

Häberle wartete gespannt auf die Erklärung. »Profi-Fußball ist ein hartes Geschäft. Wo's um Millionen geht, ist Durchsetzungsvermögen notwendig«, zeigte er Verständnis.

»Wir verstehen uns«, stellte der Anwalt zufrieden fest, während sein Mandant noch immer schwieg.

»Und welcher Art sind nun die ehrenamtlichen Dienste ...?«

Häberle ließ sich seine Ungeduld nicht anmerken.

»Die Herren sind Schiedsrichter – und sie pfeifen in den höchsten Klassen«, erklärte der Jurist und schob den Schnellhefter mit den Aufstellungen über den Tisch zu Häberle hinüber. »Die am schlechtesten verdienenden Akteure auf dem Spielfeld. Eigentlich noch echte Amateure.« Er schaute Beierlein von der Seite an. »Amateure, die letztlich über das Wohlergehen von Millionären entscheiden. Eine rote Karte beispielsweise kann für einen Profi weit reichende, ja, auch wirtschaftliche Folgen haben.«

Der rührt mich zu Tränen, dachte Häberle und versuchte sich vorzustellen, wie lange er arbeiten musste, um auch nur annähernd auf jenen Betrag zu kommen, den ein erfolgreicher Kicker für ein einziges entscheidendes Spiel kassierte. Doch er ließ sich nichts anmerken, sondern blätterte eher beiläufig in dem Schnellhefter. »Und dieser Lanski. War der auch … Schiedsrichter?«

Wieder antwortete nur der Jurist: »Nein, er ist Sportartikel-Großhändler. Jetzt auch Fan-Artikel müssen Sie wissen. Was glauben Sie, was demnächst in dieser Richtung abgeht! Maskottchen und so. Diese WM wird alles jemals in Deutschland da Gewesene in den Schatten stellen. Dagegen war jene von 1974 nichts weiter als ein größeres C-Klasse-Turnier. Denken Sie nur an die vielen Medien, die es damals noch gar nicht gab.«

Häberle wollte sich nicht ablenken lassen. »Wenn ich nun davon ausgehe, dass die meisten der Herren, die sich am Montag in Stuttgart getroffen haben, also in keinem direkten geschäftlichen Kontakt zu Ihrem Mandanten stehen – welchen Zweck hatte dann das Meeting am Bahnhof?«

Der Jurist lächelte überheblich. Mit dieser Frage hatte er natürlich gerechnet. »Herr Beierlein nutzt seine Kontakte, die er als Funktionär innerhalb des Württembergischen Fußballbundes bis ganz nach oben hat, um über verschiedene Kanäle ins Geschäft zu kommen. Das ist ganz legitim. Gerade Schiedsrichter, die unabhängig sind und denen man nicht vorwerfen kann, für jemanden Partei zu ergreifen, können in ihren jeweiligen Heimatländern eine gewisse Botschaftsfunktion übernehmen.« Der Anwalt sprach betont langsam. Es klang überzeugend. »Eine Botschaftsfunktion für Artikel ›made in Germany‹, für Sportartikel natürlich.«

Häberle konnte sich nicht zurückhalten: »Vermutlich weniger ›made in Germany‹, als gehandelt in Germany. Das Zeug kommt doch alles aus Korea oder China.«

Beierlein wollte etwas sagen, doch sein Anwalt fasste ihn am Unterarm und bedeutete ihm ruhig zu bleiben. »Sie mögen zu einem gewissen Grad Recht haben, Herr Häberle, aber auch der reine Handel spült Geld in deutsche Kassen«, argumentierte der Jurist. Der Ermittler wollte sich auf keine Diskussion einlassen, sondern lenkte das Gespräch wieder auf den Punkt: »Und diese Herren, diese Botschafter, wie Sie es formulieren, die öffnen dem Herrn Beierlein sozusagen Tür und Tor.«

»Ja«, der Anwalt schien über Häberles Erkenntnis erleichtert zu sein, »so könnte man es ausdrücken.«

»Und wer hat sonst noch an dem Treffen teilgenommen?«, hakte der Kommissar nach und nahm Beierlein ins Visier. Der fühlte sich von den Blicken sichtlich unwohl.

»Niemand«, antwortete der Jurist und schaute seinen Mandanten prüfend von der Seite an. »Niemand, wer denn sonst?«

Häberle zuckte mit den Schultern. »War nur so eine Frage – es könnte doch sein, oder?«

22

Als sich der Zug, der in weitem Bogen am Südrand der Hohen Tatra entlang rauschte, auf Bratislava zu bewegte, war es mit der Sonne vorbei. Je näher sie Mitteleuropa kamen, desto schlechter würde das Wetter werden.

Das Papierknäuel, das Martin Striebel glatt gestrichen hatte, war ein kariertes DIN-A-4-Blatt, das ziemlich unsanft von einem Block gerissen worden war. Rainer Kromer verfolgte wortlos, wie sein älterer Freund die Handschrift überflog, die sich auf dem Papier befand. »Schau dir das an«, entfuhr es Striebel, der sich vorsichtig und unauffällig umblickte und das Blatt seinem gegenüber sitzenden Kollegen weiter reichte, »die besitzen die Frechheit und bespitzeln uns sogar hier im Zug.«

Kromer las, was da grammatikalisch falsch und mit Rechtschreibfehlern stand: »Warnung: Kein Verrat, kein Polizei. Sonst Tod mit Frau.«

Der Jüngere spürte, wie ihm das Blut aus allen Gliedern wich. Er starrte viel länger, als es notwendig gewesen wäre, auf das zerknitterte Blatt. »Die drohen uns«, war alles, was er zu sagen vermochte.

»Drohen«, wiederholte sein Gegenüber, dem die Adern an den Schläfen bedrohlich schwollen. »Das ist viel mehr. Das ist eine Morddrohung, verstehst? Gegen uns und unsere Frauen.« Er hatte Mühe, sein lautes Organ zu bändigen. Aber das gleichmäßige Rauschen der Räder übertönte seine kräftige Stimme.

Kromer faltete den Zettel auf der Ablage sorgfältig zusammen. »Die wollen uns zum Schweigen bringen.«

»Genau so ist es«, bekräftigte Striebel, »und ich bin mittlerweile davon überzeugt, dass wir dies verdammt ernst nehmen müssen. Das sind keine kleinen Banditen, Rainer, das sind Profis. Und zunehmend bestätigt dies meine Einschätzung, dass wir's mit der Mafia zu tun haben.«

Kromer nickte sorgenvoll. »Wir sind unbewusst in eine Sache reingeraten, von der wir keine Ahnung haben.«

»Da kannst froh sein, dass sie uns net gleich eliminiert hab'n«, erwiderte Striebel mit bayrischem Akzent.

»Die Frage wird nur sein, was sie tun, wenn wir wieder daheim sind«, gab Kromer zu bedenken und reichte den zusammengefalteten Zettel seinem Kollegen, der ihn in die Innentasche seiner Freizeitjacke steckte.

»Ganz einfach: Wir sollen den Mund halten und wenn wir das nicht tun, kriegen wir Ärger.«

»Du hast mit Sicherheit Recht«, pflichtete ihm Kromer bei, »nur … würde das bedeuten, dass dann auch unser Geld weg wäre. Unseres und das der anderen.«

Striebel holte tief Luft. »So schaut's aus: Entweder Geld oder Leben.« Er fügte resignierend hinzu: »Oder keines von beidem.«

Eva Campe war beim Friseur gewesen: keine Dauerwelle mehr, sondern kurze, glatte Haare. Dem Abgeordneten Klaus Riegert war es sofort aufgefallen, als sie gegen ein Uhr in seinem Büro auftauchte. Schon wieder. Irgendwie war es ihm beinahe peinlich, zumal sich möglicherweise seine Sekretärin bereits um sein intaktes Familienleben sorgte. Erst gestern waren sie Eis essen gewesen – und nun hatte Eva heute bereits wieder angerufen und ein mittägliches Treffen vorgeschlagen. Riegert hatte eingewilligt – auch im Hinblick darauf, dass er ein verlängertes Wochenende einlegen wollte, um diese Sportler zu treffen, die ihm Wichtiges berichten wollten.

Sie gingen wieder in dasselbe Lokal. Es war nur spärlich besetzt. Kein Wetter zum Bummeln, auch nicht für ein Eis. Sie bestellten Cappuccino.

»Du fliegst morgen schon?« Eva knüpfte an die Bemerkung an, die der Abgeordnete am Telefon gemacht hatte.

»Ja, der Wahlkreis ruft«, lächelte er und rührte in seiner Tasse. »irgendeine Sache mit dem Sport.«

Sie schaute ihn interessiert an. »Da bist du ja der Experte. Außerdem hat der Wahlkampf begonnen, stimmt's? Ihr seid alle plötzlich in Hektik.«

Riegert nickte müde. »Euer Schröder bringt die Terminpläne durcheinander.«

»Und du hast daheim ein brennend heißes Thema?« Evas Stimme klang sexy.

Riegert bemerkte dies, blieb aber sachlich. »Wahrscheinlich muss ich wieder irgendetwas klarstellen«, erwiderte er lustlos, »die Leute kriegen oftmals was in den falschen Hals – und dann ist helle Aufregung. Aber bevor etwas anbrennt, macht es Sinn, gleich vor Ort mit ein paar klärenden Worten die Wogen zu glätten.« Riegert sprach inzwischen ein nahezu akzentfreies Hochdeutsch. Auch wie er formulierte und betonte, ließ erkennen, dass er in die Rolle des Politikers längst hineingewachsen war. Er konnte auch geschickt die Beschlüsse verteidigen, an denen die Konservativen beteiligt waren – wie etwa den Kompromiss zu ›Hartz IV‹, dieser neuen Arbeitslosengeld-Regelung. Mit gewisser Sorge verfolgte er allerdings, wie es gerade deswegen an der Basis rumorte.

Eva nahm einen Schluck Cappuccino und sah ihm tief in die Augen. Er war für einen Moment irritiert und versuchte, seine innere Barrikade noch ein Stück höher zu schrauben. Nein, er wollte kein Techtelmechtel mit dieser Frau – auch wenn sie wirklich attraktiv war, wie er sich eingestehen musste. Er würde die mittäglichen Treffen wieder reduzieren, entschied er bei sich.

»Wer macht dir denn die Hölle heiß?«, zeigte sie sich interessiert, während sich die Tische um sie herum langsam füllten.

Auch Riegert führte die Tasse zum Mund. »Zwei Sportfunktionäre, Heimerle und Funke – zwei ganz bekannte

Namen in unserer Gegend, musst du wissen. Multiplikatoren, wie wir Politiker sagen. Wenn du's mit denen verscherzt, zieht das weite Kreise. Bis runter in die kleinsten Vereine.«

»Dein Wählerpotenzial«, lächelte Eva und fuhr ihm sanft über die rechte Hand.

»Und der Herr Abgeordnete verlässt Hals über Kopf Berlin, wo ihn seine künftige Chefin, Angie, in diesen Tagen so dringen bräuchte ...« stichelte sie und sprach Angela Merkels Namen auf Englisch aus – also ›Ändschi‹.

Über Riegerts Gesicht zuckte ein Lächeln. Er wollte nichts dazu sagen. Hätte er die Wahl zwischen ›Ändschi‹ oder Eva, würde er sich für Eva entscheiden. Er erschrak über diesen Gedanken – und verdrängte ihn sofort wieder.

»Du hast dich aufgeregt ...« stellte Wolfgang Meckenbach fest, als seine Kollegin Ute Siller zielstrebig auf ihren Porsche zusteuerte, der neben seinem Mercedes-Cabrio parkte. Er hatte mal wieder Glück gehabt und war zum richtigen Zeitpunkt aus dem Büro gegangen, um rein zufällig, wie er in solchen Fällen stets versicherte, Ute vor der Heimfahrt zu treffen.

»Wer sagt das?« erwiderte sie kühl.

»Man hat's durch alle Büros gehört«, versuchte er zu lächeln.

»Man muss diesem Flittchen zeigen, wo's lang geht.« Beim Einsteigen drehte sie sich zu ihrem Kollegen um. »Kann kein richtiges deutsch und hat nur eines im Sinn ...«

Er kam zögernd auf sie zu, denn sie würde gleich die Tür zuwerfen und davon brausen. Wie immer. »Du meinst, sie geht auf den Strich?«

»Kannst es ja mal testen«, kam es schnippisch zurück, während sie sich in den Ledersitz fallen ließ und züchtig ihren Rock lang zog.

Meckenbach lächelte und stützte sich an Wagentür und Dachholm ab, um seiner Kollegin in die Augen sehen zu können. Sie war wirklich unnahbar. Die Trennung von ihrem

Mann muss sie tief getroffen haben. Wahrscheinlich hasste sie alle Männer, vor allem aber alle jungen Frauen, die ihrer Ansicht nach nur danach trachteten, Partnerschaften auseinander zu bringen.

»Was hat sie denn angestellt?«, fragte er vorsichtig.

»Ach …« Sie winkte ab. »Sie hat einen Schnüffler reingelassen. Was weiß ich! Irgendein dahergelaufener Typ schlappt in mein Büro rein und erkundigt sich nach Nulli. Will wissen, wo er ist und ob er erreichbar sei.« Utes Stimme hatte etwas Bösartiges und Gefährliches an sich. Sie umklammerte das Lenkrad, als wolle sie an ihm ihren ganzen Frust auslassen.

»Du kennst ihn aber nicht?« Meckenbach wurde hellhörig.

»Hat sich als Ericson vorgestellt und sei Vertreter einer japanischen Firma – oder was. Hat etwas von einem Großauftrag gefaselt«, erklärte sie kurz und bündig. »Aber ich hab ihn gleich durchschaut.«

»Und Nulli? Du hast nichts von ihm gehört?«

Sie zuckte mit den Schultern. »Nein. Auch sein Handy ist tot. Ich hab's versucht. Seine Frau auch.«

»Seine Frau? Seit wann hast du Kontakt zu seiner Frau?« staunte Meckenbach.

»Quatsch«, gab sie zurück und sah ihn von unten herauf an. »Sie hat mich angerufen. Aber nicht, weil sie sich Sorgen um ihn macht.« Ute Siller überlegte. »Der kann ihr schon lang gestohlen bleiben. Zu Recht übrigens.« Wieder stockte sie. »Sie macht sich Sorgen um die Firma – und hat mich beauftragt, vorläufig nach dem Rechten zu sehen.«

»Dich?« Meckenbach schluckte.

»Ja, mich«, gab sie zurück und betonte jedes der beiden Wörter. »Wen denn sonst? Die Firma braucht endlich mal eine starke Führung.« Sie holte tief Luft, als wolle sie dem Folgenden damit noch mehr Nachdruck verleihen: »Und glaub mir, Wolfgang …, da werden einige ganz dumm dreinschauen. Ganz dumm.«

Das konnte sich Meckenbach lebhaft vorstellen. Der

Gedanke, dass diese Frau jetzt seine Chefin war, irritierte auch ihn gewaltig. Instinktiv richtete er sich auf, um nicht mehr den Eindruck zu erwecken, er wolle sie am Wegfahren hindern.

Er wurde eine Spur sachlicher. »Und Nulli ist verschollen?«

»Was weiß ich! Vielleicht hat er wieder irgendwo ein junges Ding aufgerissen und sich abgesetzt. Seit sich seine Frau geweigert hat, ihm die Mehrheitsbeteiligung an der Firma zu übertragen, scheint er total auszuflippen.«

»Sie hat sich geweigert? Woher weißt du denn das?« Meckenbach ließ Zweifel erkennen.

Ute Siller sah ihn mit giftig schmalen Augen an. »Wolfgang«, sagte sie langsam, »es gibt Dinge, die gehen auch dich nichts an.«

Er stand wie ein begossener Pudel vor dem Porsche, als sie die Tür ins Schloss zog und den Motor startete.

Mike Linkohr fasste die bisherigen Erkenntnisse zusammen. Sein Chef, der Kommissar Häberle, war mit ihm in eines der kleinen Büros gegangen und hatte die weitere Vorgehensweise dargelegt. »Wir haben drei konkrete Anknüpfungspunkte«, sagte Häberle und lehnte sich zurück. »Diese Herren Schiedsrichter, mit denen sich Lanski getroffen hat, sein Handy, das noch Stunden nach seinem Tod irgendwo bei Göppingen eingeloggt war, und diesen Anrufer aus der Slowakei … diesen …« Der Kommissar überlegte, »… diesen Striebel oder so ähnlich.«

Linkohr hatte die Aufgabe gehabt, sich über diese Person zu informieren. Er blätterte in einem kleinformatigen Notizblock. »Ich hab mit seiner Frau telefoniert. Der ist mit einem Freund namens Kromer auf der Rückfahrt. Sie kommen heut Abend um 21.49 Uhr am Bahnhof Göppingen an und werden dort von Frau Striebel abgeholt. Die Striebels wohnen draußen in Aichelberg, der Kromer in Dürnau, gleich ums Eck.«

»Und dieser Kromer, wer ist das?«

»Ein gewisser Rainer Kromer. Beide sind Unternehmer. Striebel macht auf Heizöl – das heißt, sein Sohn macht das inzwischen. Er ist eigentlich Rentner. Und dieser Kromer ist Verleger – stellt Werbematerial und Broschüren her«, las Linkohr von seinem Block.

»Hat die Frau Striebel gesagt, was die beiden in diesem Nest in der Slowakei getan haben?«

Linkohr zuckte mit den Schultern. »So genau nicht. Auch die Frau Kromer hat sich nicht detailliert geäußert.« Der junge Kriminalist sah seinen Chef ratlos an. »Irgendwelche Investitionen seien's – naja, wer spricht schon gern drüber, wenn er seinen Gewinn hierzulande irgendwo in Sicherheit bringen will. Da wird wahrscheinlich auch eine neue Regierung im September nichts mehr ändern können.«

Häberle nickte. Das Einzige, was diese Republik noch zustande brachte, waren immer neue Formulare und Behörden, dachte er. Beides hatte man jüngst wieder mal erfunden, um angeblich neue Arbeitsplätze zu schaffen. ›Job Center‹ nannte man großkotzig eine neue Behörde, die nichts weiter tat, als sich selbst mit Bürokratismus zu lähmen. Häberle nahm sich zurück und kam wieder auf den Punkt: »Die beiden müssen wir nach der Ankunft sofort unter die Lupe nehmen. Ich will wissen, was der Striebel mit Lanski zu tun hatte.«

»Ich hab mir notiert, wann der Zug in Göppingen eintrifft.«

Häberle lächelte. »Eintreffen sollte, Herr Kollege. Fahrpläne der Bahn sind neuerdings nur noch dazu da, Verspätungen besser ausrechnen zu können.«

»Dann hab ich mir von den Telefongesellschaften noch eine Skizze mailen lassen, die den Einzugsbereich jener Funkzelle zeigt, in der sich das Handy Lanskis zuletzt eingeloggt hat«, berichtete Linkohr stolz und faltete einen Ausdruck auseinander, den er auf dem Tisch glatt strich. Es war eine grobe Landkarte, die den Großraum Göppingen skizzierte. Eine schraffierte ovale Fläche zog sich vom südöstlichen Stadtrand bis nahezu ganz an die Hänge der Schwäbischen Alb hinüber. »Der Sender steht auf dem Wasserturm bei der Klinik am Eichert oben. In diesem flachen Gebiet reichen die Funkwellen relativ weit«, kommentierte der Jungkriminalist. »Wir haben hier Holzheim, Ursenwang, Schlat – da drüben Sankt Gotthard, Eschenbach, das Müllheizkraftwerk, die Klinik und diese Industrieansiedlung.« Er deutete mit dem Kugelschreiber auf die genannten Örtlichkeiten. »Es könnten auch noch Bad Boll, Dürnau und Aichelberg, zumindest die höher gelegeneren Gebiete, in Frage kommen.«

Häberle interpretierte: »Irgendwo in diesem Oval«, er zeigte auf die schraffierte Fläche, »hat unser Mörder also seine letzte Spur hinterlassen.«

Linkohr sah es genauso, gab aber zu bedenken: »Er kann sie aber auch bei der Durchfahrt durch dieses Gebiet hinterlassen haben – hinüber zur Autobahn-Anschlussstelle Aichelberg. Vermutlich ist dann aber der Akku leer geworden. Oder es wurde bewusst abgeschaltet.«

Der Kommissar dachte nach. Diese Methode der Ortung per Handy hatte ihm schon oft geholfen. »Wissen wir auch detailliert, wie das Handy in diese Funkzellen gekommen ist?«

»Klar«, entgegnete sein Kollege und blätterte wieder in seinem Notizblock, »es war bis 22.49 Uhr in einer Geislinger Funkzelle eingeloggt und hat sich dann in kurzen Abständen durch mehrere Zellen in Richtung Göppingen bewegt. Ab 23.22 Uhr war's dann die restliche Nacht und den Vormittag über in unserem Oval hier …« Wieder deutete Linkohr auf die Skizze. »Darin hat Striebel dann um 12.14 Uhr eine Spur hinterlassen – und wenig später ist das Handy vom Netz.«

»Wie Spuren im Schnee«, meinte Häberle zufrieden. »Und wie sieht's vor der Tat aus?«

»Alles geklärt«, erwiderte Linkohr stolz und blättert zur nächsten Seite seines Blocks. »Er hat sich ab etwa 18.30 Uhr von Stuttgart her bewegt – ganz offensichtlich der Bahnstrecke entlang. Er muss etwa eine Stunde später Geislingen erreicht haben. Dann war sein Handy ununterbrochen bis 22.49 Uhr in dieser einen Geislinger Funkzelle eingeloggt.«

»Und das wiederum bedeutet, dass er mit seinem Mörder eine Zeit lang zusammen war«, kombinierte Häberle, »welchen Bereich deckt diese Funkzelle denn ab?«

Wieder brachte Linkohr einen Ausdruck hervor. Diesmal handelte es sich um eine Skizze, auf der die Umgebung der Stadt Geislingen zu sehen war. »Hier ist die Topografie für den Mobilfunk schwieriger«, erklärte er, »enge Tallage. Das bedeutet kleine Funkzellen. Diese hier deckt aber trotzdem einen Großteil des Talkessels ab, östlich jedenfalls – und sie strahlt ein Stück weit in das Eybacher Tal hinein. Etwa bis zu den Sportplätzen da draußen.«

Häberle fühlte sich bestätigt: »Dachte ich mir's doch. Dieser Lanski hat da draußen jemanden getroffen – jemanden, den er aus seiner aktiven Zeit als Fußballer kennt. Er hat die Gelegenheit wahrgenommen, seinen geschäftlichen Termin in Stuttgart mit einem Abstecher hierher zu verbinden.«

Linkohr zögerte, wagte dann aber doch die Frage: »Sie meinen … ihn hat die Vergangenheit eingeholt?«

23

Harry Obermayer war am frühen Abend in Stuttgart-Echterdingen gelandet. Was er noch vor dem Abflug in Berlin telefonisch erfahren hatte, ließ auf große Unruhe schließen. Nervosität machte sich breit. Auch Harald Gangolf war von der Entwicklung alles andere als erbaut gewesen. Hinzu kam, dass sich im politischen Berlin die Ereignisse überschlugen. Und auch die Welt der Sportler schien in Aufruhr zu geraten. Der so genannte Confederations-Cup stand bevor, diese Mini-WM, bei der sich die besten Nationalmannschaften ihrer jeweiligen Kontinente miteinander maßen. Dass der Wettbewerb in Deutschland und mit Beteiligung der Nationalelf stattfand, hatte man der Gastgeberrolle für die Weltmeisterschaft im nächsten Jahr zu verdanken. Vor dem Confederations-Cup, der in zwei Wochen begann, wollten die deutschen Fußballer noch zwei Spiele absolvieren – und möglichst gewinnen: Am bevorstehenden Wochenende gegen Nordirland und drei Tage später gegen Russland.

Jetzt, das dachte Obermayer, als ihn das Taxi durch diesen trüben Junitag hinüber ins Remstal brachte, durfte nichts mehr geschehen, was den deutschen Fußball in ein negatives Licht rückte. So eine Panne, wie jene bei der Eröffnung der Allianz-Arena, als diese Sarah Connor zum Gespött der halben Welt den Text der Nationalhymne vergaß und irgendetwas von einer Brühwurst oder so trällerte, konnte man sich nicht mehr leisten.

Ein großes Fußball-Volksfest sollte diese WM werden, die in ziemlich genau einem Jahr eröffnet werden würde. Und Bundestrainer Jürgen Klinsmann war der ideale Mann an der Spitze der Nationalelf. Ein strahlender Optimist. Ein

Mann, der Aufbruchstimmung verkörperte, der stets nach vorne sah, zielstrebig. Einer, der den Teamgeist beschwor, der wie kein anderer in der Lage war, den Karren aus dem Jammertal zu ziehen. Obermayer gefiel von Mal zu Mal mehr, wie es Klinsmann in den Interviews nach dem Spiel verstand, seine Botschaft millionenfach ins Land hinaus zu vermitteln: Leute, macht mit, krempelt die Ärmel auf, wir packen's. Solche Personen würde sich Obermayer für die Politik wünschen. Doch da war weit und breit niemand, dem eine solche Rolle zuzuschreiben gewesen wäre. Nicht dem arroganten Redner Schröder, schon gar nicht dem kläffenden Bluthund Müntefering, aber eben auch nicht der weinerlich wirkenden Angela Merkel. Insgeheim bedauerte Obermayer, dass es mit seinem Einstieg in die große Politik nie so richtig geklappt hat.

»Ich bin in großer Sorge«, kam Edgar Pfisterer gleich zur Sache. Er hatte seinem abendlichen Besucher einen Platz in einem der wuchtigen Sessel angeboten, »ich und meine Kollegen«, ergänzte er.

Obermayer sah durch ein großes Terrassenfenster auf die Dächer von Grunbach hinab. Das Gesicht seines Gegenübers war finster und ernst, die Stirn zerfurcht und das dünne weiße Haar nicht gekämmt.

»Herr Gangolf lässt Sie grüßen«, begann Obermayer und versuchte, entspannt zu wirken. »Er sieht keinen Grund zur Sorge.«

Pfisterer stieß einen tiefen Seufzer aus. »Keine Sorge! Da wird einer aus ... aus unseren Reihen umgebracht und wir sollen uns nicht sorgen?« Seine Stimme wurde laut und zitterte. »Herr Obermayer, fangen Sie jetzt nicht auch noch an, die Sache schön zu reden! Lanski tot – und wenn ich unseren Freund Nullenbruch anrufe, ist entweder die Mailbox dran oder man sagt mir, er sei auf Dienstreise, wo man ihn nicht erreichen könne.«

»Dabei dürfte es sich um ein zufälliges Zusammentreffen zweier Ereignisse handeln, die nichts miteinander zu tun haben«, formulierte Obermayer vorsichtig.

»Das behaupten Sie!«, wurde Pfisterer ärgerlich und strich sich mit der Hand durchs dünne Kopfhaar. »Nur dürfte eines klar sein – wenn Nullenbruch etwas zugestoßen ist oder wenn er gar selbst mit dem Mord an Lanski etwas zu tun hat, dann sind wir alle am Arsch.«

So vulgär hatte Obermayer den Mann noch nie reden hören. »Selbst wenn dem so wäre«, entgegnete er deshalb gelassen, »dann würde kein Ermittler dieser Welt bis zum Kern der Organisation vordringen.«

»Ermittler?« Allein schon dieses Wort schien Pfisterer wie ein Blitz getroffen zu haben. »Was heißt da Ermittler? Sie rechnen also doch damit, dass uns die Polizei unangenehme Fragen stellen könnte.«

Obermayer ließ seinen Blick über die ziemlich monumental wirkende Schrankwand schweifen, in der dicke Wälzer zur wirtschaftlichen Lage aufgereiht waren. »Ich verstehe Ihre Aufregung nicht ganz«, entgegnete er langsam, »wir tun nichts Ungesetzliches. Sie nicht – und ich nicht. Ich will nur das Beste für die Politik in diesem Lande – und Sie für Ihre Kollegen der Wirtschaft.«

»Aber dieser Lanski hatte doch Akten dabei«, warf Pfisterer ein. »Was ist damit? Sind die Unterlagen bei der Polizei?«

Das war in der Tat ein Risiko, musste Obermayer insgeheim einräumen, ohne es auszusprechen. »Ich hab bisher nichts davon gehört. Aber es gibt so gut wie keine schriftlichen Dokumente. Sollte dennoch etwas in fremde Hände gelangt sein, dürfte niemand etwas damit anzufangen wissen.«

»Aber Beierlein hat bereits eine Aussage machen müssen …« Pfisterer war von ihm informiert worden.

Auch Obermayer wusste davon. »Sein Anwalt hat keine andere Möglichkeit gesehen, als die Namen einiger unserer Leute zu nennen – als Geschäftspartner natürlich. Rambusch und ich sind aber außen vor geblieben.«

Pfisterer holte tief Luft und schwieg.

»Und Ihr Bereich sowieso«, beruhigte ihn Obermayer,

um dann zur eigentlichen Sache zu kommen: »Dennoch halte ich es für ratsam, die weitere Vorgehensweise abzustimmen.«

»Ja«, zeigte sich der Hausherr erleichtert, »meine Kollegen wollen Klarheit.«

»Also«, begann der Gast und griff zu seinem Aktenkoffer, »oberste Prämisse ist: Wir machen weiter. Wir brauchen nämlich wesentlich mehr Geld, als wir ursprünglich vermutet hatten.«

Häberle hatte noch kurz mit dem örtlichen Journalisten Georg Sander telefoniert, der sich mal wieder nicht mit den dürren Worten von Polizei-Pressesprecher Uli Stock zufrieden geben wollte. Doch auch der Kommissar konnte keine weiteren Details preisgeben. Er versicherte, dass es keinerlei konkreten Spuren gebe und man weiterhin auf mögliche Zeugen angewiesen sei, die in der Nacht zu gestern im Bereich des besagten Bahndamms verdächtige Beobachtungen gemacht hätten. Sander war hörbar unzufrieden, ließ sich dann aber auf morgen vertrösten.

Häberle musste sich selbst eingestehen, dass die Spurenlage nicht gerade viel versprechend war. Inzwischen hatten die Kollegen der Sonderkommission über Interpol und ausländische Dienststellen die Vernehmungen jener Schiedsrichter veranlasst, die bei diesem Meeting im Stuttgarter Bahnhof gewesen waren. Von einem lag bereits eine Aussage vor – aber mehr, als dass es sich um eine Art Marketing-Treffen gehandelt habe, war von ihm nicht zu erfahren gewesen.

Dafür aber hatte Linkohr bei einer Internetrecherche Interessantes entdeckt. »Die Namen unserer Jungs«, begann er, als er Häberles kleines Büro betrat, »die tauchen alle auf der Liste der Schiedsrichter auf, die die FIFA für die Weltmeisterschaft nächstes Jahr nominiert hat.«

Häberle war platt. Er nickte anerkennend. »Das ist in der Tat interessant.« Er dachte einen Augenblick lang nach und schien die Euphorie wieder zu verlieren. »Naja, eigentlich ist das aber auch kein Wunder. Wenn Beierlein Repräsentanten für seine Sportartikel sucht, muss er sich an hochkarätige Funktionäre ranmachen. Nur solche haben Beziehungen in Wirtschaftskreise.«

Linkohr stand die Enttäuschung über diese Bemerkung ins Gesicht geschrieben.

»Welche Rückschlüsse haben Sie denn daraus gezogen?«, fragte Häberle deshalb nach.

»Naja«, meinte Linkohr kleinlauter. »Denken Sie doch an diesen Skandal-Schiedsrichter da in Berlin von Anfang des Jahres. Und an diese dubiosen Wetten-Veranstalter, die in irgendwelche Schiebereien verwickelt waren.« Er wartete auf eine Reaktion Häberles, doch der hörte sich in Ruhe an, was der junge Kollege noch kombiniert hatte: »Vergessen wir nicht, dass Lanski angeblich auch mit Wettbüros zu tun hatte. Sagt der Wirt vom ›Clochard‹.«

Häberle verschränkte die Arme. Er musste unweigerlich an einen Fall denken, der sich über viele Jahre hingezogen hatte und bei dem dieser Linkohr letztlich ziemlich abwegigen Theorien nachgehangen war, von denen bis heute kein Mensch so genau wusste, was nun wirklich dahinter stand. Möglicherweise waren sie damals beide einem Trugschluss erlegen. Häberle versuchte den Gedanken daran zu verdrängen, denn dies war mit einer Dienstaufsichtsbeschwerde gegen ihn verbunden gewesen, über die der cholerische Göppinger Chef noch immer brütete.

Dies alles schoss dem Kommissar im Bruchteil einer Sekunde durch den Kopf, ehe er sein Gesicht zu einem breiten Grinsen verzog: »Vielleicht sollten wir erst mal ans Nächstliegende denken und nicht gleich globale Strippenzieher vermuten.«

Linkohr war irritiert. »Das Nächstliegende?«, wiederholte er ratlos.

»Weibergeschichten«, entgegnete Häberle.

24

Isolde Striebel war eine energische Frau. Klein, zierlich, aber scharfzüngig. Dass ihr Martin womöglich in eine dubiose Sache verwickelt sein könnte, hatte sie längst vermutet. »Das stinkt hinten und vorne, Herr Kommissar«, ereiferte sich die Sechzigjährige, während sie mit Häberle und Linkohr am Göppinger Bahnhof auf den Zug aus Ulm wartete. Sie standen am Bahnsteig und fröstelten. Der Abend war kalt, viel zu kalt für Anfang Juni.

Der Kommissar nutzte die Zeit, um der Frau einige beiläufige Fragen zu stellen, die sie eigentlich auch schon am Telefon beantwortet hatte. »Und es ist tatsächlich so, dass Ihr Mann und dieser Herr Kromer ganz kurzfristig die Reise in die Slowakei unternommen haben?«

»Ja«, erwiderte Frau Striebel mit einem Unterton, als könne sie es bis heute nicht glauben, »von jetzt auf nachher. Er hat nur gesagt, sie müssten dringend ein paar Dinge besprechen und Verträge ändern.«

»Über diese Beteiligungen«, gab sich Häberle wissend. Die Frau hatte dies ebenfalls am Telefon erwähnt. »Aber Sie können sich nicht erklären, worum es da geht?« versuchte er nachzuhaken.

»Nein, keine Ahnung, das seien alles noch Dinge aus der Zeit, bevor er die Firma unserem Sohn überschrieben hat«, antwortete sie, als die Lok in Sicht kam.

Die drei Personen warteten schweigend das Anhalten des Zuges ab. Frau Striebel hatte die beiden Männer bereits an einer der Türen stehen sehen. Sie eilte dem Waggon nach und hatte ihn wieder erreicht, als ein Mann mit hochrotem Kopf und einem kleinen Koffer auf den Bahnsteig stieg, gefolgt von einem zweiten, der jünger zu sein schien, wie Häberle feststellte.

Während mehrere Passagiere den Zug verließen, begann Frau Striebel ohne sich mit einer Begrüßung aufzuhalten, die beiden Kriminalisten vorzustellen. Sie hatte ihren Mann auf dem Handy angerufen und ihn darauf vorbereitet, dass sie nicht allein am Bahnhof sein würde. Martin Striebels Augen blitzten gefährlich, sein Blutdruck ließ die Adern an den Schläfen anschwellen. Kromer hingegen schien so zu tun, als ginge ihn das alles nichts an. Er versuchte, sich im Hintergrund zu halten. Er stand noch tief unter dem Eindruck des Geschehens von gestern Abend. Wenn jetzt bereits die Kripo auf sie wartete, hatten sie es tatsächlich nicht nur mit einem simplen Betrug zu tun.

Häberle entschuldigte sich bei den beiden Ankömmlingen, sie leider mit einigen wichtigen Fragen konfrontieren zu müssen, die im Zusammenhang mit einem Mord stünden. Striebel und Kromer blieben wie versteinert stehen. Mord! Nullenbruch, durchzuckte es Striebel. Kromer dachte an Jano. Waren sie in eine schreckliche Geschichte hineingezogen worden? Unbewusst?

»Was sagen Sie da?« stammelte Striebel, dessen sonore Stimme schwächelte. Seine Frau war kreideweiß geworden. Der Kommissar hatte sie am Telefon nur gefragt, wo ihr Mann sei und wann er zurück erwartet werde und dass er ihm ein paar Routinefragen stellen müsse. Von Mord war keine Rede gewesen.

»Ich muss Sie leider bitten, mit uns ins Büro zu kommen«, sagte Häberle ruhig. Die beiden Männer zögerten, sahen sich an und erkannten, dass es gar keine andere Möglichkeit gab, als den Kriminalisten zu folgen. Sie luden ihre Koffer in den weißen Van von Frau Striebel, und stiegen dann in Häberles Dienst-Mercedes, der auf dem Bahnhofsvorplatz auf einem Taxiplatz stand. Mit ihm fuhren sie die paar hundert Meter bis zum Gebäudekomplex der Polizeidirektion, wohin ihnen Frau Striebel mit dem Van folgte. Die beiden Kriminalisten gingen mit ihren drei Besuchern zu einem

Nebengebäude. Dort tippte Häberle einen Geheimcode ein, worauf der Türöffner summte und sie in das modernisierte Treppenhaus eines alten Stadthauses treten konnten. Vor dem Besprechungszimmer im ersten Stock blieb Häberle stehen und wandte sich an die Frau: »Wir müssen Sie leider bitten, hier zu warten. Denn wir möchten uns mit Ihrem Mann und Herrn Kromer allein unterhalten. Dürfen wir Ihnen etwas anbieten. Kaffee? Saft?«

Frau Striebel lehnte dankend ab. Sie werde im Flur warten, erwiderte sie. Dann öffnete er die Tür zu einem kleinen Büro, in dem Striebel, Kromer und Linkohr an einem viereckigen Tisch Platz nehmen konnten. Häberle zog den Bürostuhl hinterm Schreibtisch hervor.

»Ich weiß«, begann er, »nach so einer langen Reise ist man nicht gerade erfreut, von der Polizei abgeholt zu werden.«

»Das kann man wohl so sagen«, bekräftigte Striebel so laut, dass es seine Frau draußen hören konnte. Kromer schwieg.

»Machen wir's kurz«, entschied Häberle, »ich weiß nicht, was Ihnen Ihre Frau bereits berichtet hat. Aber wir haben sie gefragt, ob sie einen Herrn Lanski kenne.«

Striebel verschränkte die Arme und saß so aufrecht, wie er nur konnte. Er hatte sein Selbstbewusstsein wieder gefunden. »Kennt sie nicht«, stellte er fest.

»Und Sie?«, fragte der Kriminalist sofort zurück, während Linkohr sich mit Papier und Kugelschreiber darauf einstellte, Notizen zu machen.

»Natürlich kenn ich Lanski«, bekannte Striebel. Nach dem Anruf seiner Frau war er auf diese Frage gefasst gewesen. »Ein alter Freund aus früheren Zeiten. Fußballer.«

»Und sonst?«, wollte Häberle wissen.

Striebel wurde misstrauisch. »Sie haben etwas von Mord gesagt. Dürfen wir erfahren, was Ihre Frage damit zu tun hat?«

Kromer saß bleich auf seinem Stuhl und war froh, vorläufig herausgehalten zu werden.

»Lanski ist tot«, bemerkte Häberle knapp und musterte

die beiden Männer scharf. Kromer schluckte, Striebel verschlug es offenbar die Sprache. »Ermordet«, fuhr der Kriminalist fort, »erschossen. In der Nacht zu gestern am Bahndamm im Eybacher Tal.«

Schweigen. Wieso hatte ihm seine Frau davon nichts am Telefon gesagt, überlegte Striebel und spürte, wie Zorn, Wut und Ohnmacht in ihm aufstiegen. Sie hätte dies doch in der Zeitung lesen müssen. Verdammt noch mal. Sein Blutdruck erreichte neue Rekordwerte. Kromer war jetzt kreideweiß.

Striebel rang nach Luft. Vor seinem geistigen Auge tauchten die Slowaken von gestern Abend auf, das funkelnde Messer. Pit, der behauptet hatte, Jano werde von der Mafia bedroht.

»Sie sind geschockt?«, fragte Häberle, doch es klang wie eine Feststellung.

»Das ist unglaublich, was Sie da sagen«, kommentierte Striebel und wischte sich mit einem Papiertaschentuch Schweißperlen von der sorgenvollen Stirn.

»Sie haben ihn am Dienstagvormittag anrufen wollen«, machte der Ermittler vorsichtig weiter. »Deshalb sind wir auf Sie gekommen.«

Die beiden Männer wurden aus ihren Überlegungen gerissen. »Sie haben unser Telefon abgehört?« entfuhr es Kromer.

»Nicht abgehört«, beruhigte Häberle, »reine Routine. Wie immer in solchen Fällen lassen wir prüfen, mit wem das Opfer Kontakt hatte. Und da war ein ankommendes Gespräch aus Košice – von Ihnen. Und zwar gestern Mittag, als Lanski bereits tot war.«

Damit hatte Striebel nicht gerechnet. Jetzt musste er vorsichtig sein. Kromer überlegte, ob er sich nicht anwaltlichen Beistand erbitten sollte. Man konnte schließlich schnell in etwas hineingezogen werden, mit dem man zwischen alle Stühle geraten würde.

»Nur sechs Sekunden hat das Gespräch gedauert«, brach der Kommissar das neuerliche Schweigen. »Dürfen wir erfahren, wer sich gemeldet hat? Es wäre für uns äußerst wichtig.«

Striebel schluckte. »Eine Frauenstimme«, antwortete er, »es war eine Frauenstimme, die nur ›hallo‹ gesagt hat. Und als ich nachgefragt hab, hat sie aufgelegt.« Er sah keine Veranlassung, dies zu verschweigen. »Ich hab gleich nochmal gewählt, doch da kam dann die Ansage, dass der Anschluss vorübergehend nicht erreichbar sei.«

Linkohr schrieb mit.

»Und was, wenn ich fragen darf, haben Sie mit Herrn Lanski besprechen wollen?« bohrte Häberle weiter.

Striebel perlte der Schweiß von der Stirn, obwohl es in dem Raum keinesfalls heiß war. »Eine rein private Sache«, stammelte Striebel und war sichtlich bemüht, die Fassung zu bewahren, während sein Freund keine Gefühlsregung erkennen ließ. »Wir haben mal gemeinsam Geld investiert da unten.« Er suchte nach Worten. »Nicht in offizielle Anlageformen … sondern in eine Firma.«

»Sie sind also Teilhaber dort?«, wollte der Kommissar genauer wissen.

»Nein«, antwortete Striebel, »es war quasi ein Kreditgeschäft. Sie müssen wissen, vor noch gar nicht allzu langer Zeit lagen die Kreditzinsen bei den Banken bei 20 und 22 Prozent. Das ist nahezu unerschwinglich für einen expandierenden Betrieb. Also haben viele Unternehmer zehn Prozent für private Kredite bezahlt. Das war für die Slowaken nur die Hälfte des Banküblichen – und für die Kreditgeber aus Deutschland ein traumhaftes Geschäft.« Striebel war froh, es gesagt zu haben. Das durfte auch jeder wissen, solange keiner fragte, woher er, Kromer und andere so viel übriges Geld hatten.

Häberle verstand. »Und da wollten Sie Lanski auf dem Laufenden halten?«

»Ja«, bestätigte der Angesprochene, »über die Entwicklung dort und über die Modalitäten für die Rückzahlung, denn die Verträge laufen zum Jahresende ab.«

»Und die Entwicklung war gut?«, hakte Häberle ruhig nach.

Für den Bruchteil einer Sekunde schienen sich die beiden Männer Hilfe suchend zuzublicken. Striebel entschied sich für eine Antwort: »Sehr gut, ja«, log er. »Keinerlei Grund, sich zu sorgen.«

Heini Heimerle und sein Freund Dieter Funke hatten lang und ausgiebig miteinander gesprochen, jeden Aspekt von allen Seiten beleuchtet und waren weiterhin der Meinung, ihr Wissen vorläufig für sich zu behalten. Im Interesse von Frau Lanski, aber auch zu ihrer eigenen Sicherheit. Noch immer vertraten sie die Auffassung, dass alles, was ihnen Lanski vorgestern Abend anvertraut hatte, einerseits zwar ziemlich glaubwürdig klang, andererseits aber wohl kaum jemand ernst nehmen würde. Sie hofften deshalb auf den Abgeordneten Klaus Riegert. Er war eine Vertrauensperson und hatte zudem auch den politischen Überblick.

Als Heini Heimerle das schmucke Einfamilienhaus seines jüngeren Freundes Funke in Aichelberg verließ, war bereits die Nacht hereingebrochen. In dem Wohngebiet erhellte das Licht formschöner Straßenlampen die Vorgärten, in denen trotz der widrigen Witterung bereits die ersten Sommerstauden zu blühen begannen. Heimerle musste ein paar Schritte auf der Straße bis zu seinem geparkten Audi gehen. Der Blick streifte in dieser Hanglage weit über die tiefer stehenden Häuser hinweg und reichte bis zum Horizont, wo ganz in der Ferne das Lichtermeer von Stuttgart seinen sanften Widerschein im Dunst der Atmosphäre fand. Unablässig lag das Rauschen und Brummen von Autos in der Luft, das auf die nahe Autobahn schließen ließ, die hier bei Aichelberg, aus dem Neckartal kommend, die erste Höhenstufe zur Albhochfläche erklomm.

Die Häuschen in diesem Neubaugebiet entsprachen dem Zeitgeist der Jahrtausendwende: Erker, Giebel, dazu Säulen am Eingang. Und viel Holz. Funke, mit dessen Grundstück das Baugebiet am äußersten oberen Zipfel arrondiert wurde, hatte sich sein Haus sogar vollständig aus Holz erstellen lassen.

Heimerle war davon angetan gewesen und hatte jetzt, als er in seinen Audi stieg, noch immer diesen frischen Holzgeruch in der Nase.

Er startete den Wagen und ließ ihn die menschenleere Wohnstraße abwärts rollen, um schließlich über einen Kreisverkehr die Autobahn-Anschlussstelle zu erreichen. Dort fuhr er in Richtung Ulm ein und beschleunigte kräftig. Trotz der Steilstrecke, die hier bereits begann, war die Tachonadel schnell auf 90. Er scherte sofort auf die mittlere Spur aus, um an der endlosen, nächtlichen Lkw-Kolonne vorbei zu ziehen.

Heimerle schaltete im Radio SWR 4 ein und summte einen alten Schlager mit, den einmal ein Mädchen namens Michaela Mancini gesungen hatte: »Warum soll ein Mädchen nicht romantisch sein?« Das war ewig her, seufzte er in sich hinein. Er hatte die Sängerin sogar mal persönlich gekannt, hatte mit bürgerlichem Namen Jutta Staudenmayer geheißen und ist, wie ihm eher beiläufig zugetragen worden war, mit einem von den »Klostertalern« verheiratet, für die sie jetzt erfolgreich Texte schrieb.

Das Lied lenkte ihn ab. Es versetzte ihn in längst vergangene Zeiten. Als das hell erleuchtete Feng-Shui-Rasthaus Gruibingen vorbei zog, kamen die 23-Uhr-Nachrichten. Das Gerangel in Berlin holte ihn wieder in die Realität zurück. Angela Merkel meldete sich in diesen Tagen immer häufiger zu Wort. Und für Bundeskanzler Schröders Zukunft verwettete niemand mehr auch nur einen Pfifferling. Deutschland am Ende, dachte Heimerle. ›Mühlhausen‹ – der Name der nächsten Ausfahrt, an der er den Blinker setzte, stand auch für den Niedergang der Republik. Kodak hatte hier einst einen großen Produktionsbetrieb gehabt – doch das war längst Geschichte. Auf Anhieb hätte er ein halbes Dutzend Unternehmen aufzählen können, die entlang der 20 Kilometer langen Strecke bis Geislingen in den vergangenen Jahren von der Bildfläche verschwunden waren.

Als er den Stadtrand erreichte, war's 23.20 Uhr. Die Straßen, so schien es, wurden insbesondere von mautflüchtigen

Lastzügen belebt. Die Kleinstadt lag im abendlichen Schlummer. Heimerle überquerte am Sternplatz die B 10, der als Hauptmagistrale zwischen Stuttgart und Ulm eine überörtliche Bedeutung beikam. Er erreichte bald das Neubaugebiet am Tegelberg, das sich jenseits der Bahnlinie den Südhang hinauf erstreckte. Es war etwa zur selben Zeit entstanden, wie jenes in Aichelberg, wo sich Funke niedergelassen hatte. Nur hatten es die Geislinger Stadtplaner nicht geschafft, diesen letzten Südhang kleingliedrig und behutsam zu bebauen. Ziemlich ziel- und planlos, so machte es den Eindruck auf jeden Besucher, hatte man mehrstöckige Blöcke vor schmucke Einfamilienhäuschen geklotzt. So konnte es geschehen, dass Grundstückskäufer ein irres Geld für einen Bauplatz mit herrlichem Blick ausgegeben haben – doch Monate später bereits endete die Aussicht an der Mauer eines hochgezogenen Mehrfamilienkomplexes.

Heimerle hatte nochmal Glück gehabt. »Es hätt schlimmer kommen können«, pflegte er immer zu sagen, wenn Freunde feststellten, dass der Giebel des nächsten Hauses weit nach oben ragte.

Auch in dieser Wohnstraße war an diesem kalten Mittwochabend niemand mehr unterwegs. Die Straßenbeleuchtung wirkte gedämpft, weil sie bereits auf den nächtlichen Stromspar-Modus geschaltet hatte. Heimerle stellte seinen Audi unter den mit Pflanzen umrankten Carport. Als die Lichter des Fahrzeugs erloschen waren, mussten sich seine Augen zuerst an die Dunkelheit unter der hölzernen Konstruktion gewöhnen. Schon lange hatte er eine Lampe mit Bewegungsmelder installieren wollen. Doch trotz seines Ruhestands fand er keine Zeit. Der Verein hielt ihn auf Trab, obwohl er sich schon seit vielen Jahren aus der Vorstandschaft zurückgezogen hatte.

Er stieg aus und blieb für einen kurzen Moment in der Dunkelheit stehen, um nach den Hausschlüsseln zu fingern, die er in der Außentasche seines Jacketts schließlich entdeckte. Heimerle umfasste den Schlüsselbund mit der rechten Hand und wollte zum Gehweg gehen, wohin der tief schwarze Schatten einer Lampe fiel.

Doch dann trafen Heimerles Augen noch einen weiteren Schatten. Etwas, das sich bewegte – hinter der verwachsenen Balkenkonstruktion des Carports. Es war ein Schatten, der sich nahezu lautlos veränderte. Heimerle erschrak und fühlte sich plötzlich wie gelähmt.

25

Nach der Vernehmung bei der Polizei hatten die Striebels den jüngeren Kromer mit nach Aichelberg genommen und ihn noch zu einem Getränk in ihre Wohnung eingeladen. Jetzt, nach durchwachter Nacht, einer langen Bahnfahrt und den Fragen des Kommissars ziemlich erschöpft, sanken sie im Wohnzimmer in die kühlen Ledersessel. Frau Striebel schenkte Mineralwasser ein und wartete auf eine Erklärung. Doch ihr Ehemann hatte beschlossen, ihr keine Details zu nennen. Noch unter dem Eindruck der gestrigen Drohungen stehend, hielt er es nach wie vor für angebracht, weder dem Kommissar noch sonst jemanden etwas von den Ereignissen zu berichten.

Kromer trank das Glas in einem Zug leer. Er hatte wahnsinnigen Durst gehabt und fühlte sich verschwitzt.

»Wisst ihr, was ich glaube«, blieb Frau Striebel hartnäckig und setzte sich ebenfalls in einen Ledersessel, der zu der eichenen Massivmöbeleinrichtung im großen Wohnzimmer passte, »ich glaub, dass ihr mir etwas verheimlicht.«

Die Männer schwiegen. Dann aber verfiel Striebel in seinen bayrischen Dialekt: »Red doch net so saudomm daher.« Kaum hatte er es gesagt, tat es ihm bereits wieder leid.

»Wieso interessiert sich dann die Polizei für euer Telefongespräch mit diesem Lanski«, bohrte die Frau weiter nach.

»Weil die sich an jeden Strohhalm klammern, verstehst?« dröhnte Striebels Stimme durch die Wohnung.

»Und was habt ihr gesagt? Habt ihr gesagt, dass Lanski auch mit ein paar Hunderttausend drin hängt?« keifte die Frau.

»Die Summe nicht – aber sonst alles«, antwortete ihr Mann, »ist ja nicht verboten, oder?«

Jetzt fühlte sich auch Kromer angesprochen. »Ich hab nicht den Eindruck, dass dies die Bullen interessiert. Denen ging's nur drum, zu erfahren, wer sich am Telefon gemeldet hat. Schließlich war Lanski zu diesem Zeitpunkt bereits tot.«

Striebel war erleichtert, dass sein Freund dieses Argument brachte. »Der Täter hat wohl das Handy mitgenommen – oder besser gesagt: Die Täterin. Es war ja eine Frau, die sich gemeldet hat, verstehst?«

»Ein Weib?« staunte Frau Striebel, als sei es völlig ausgeschlossen, dass es auch Mörderinnen gab. Sofort wechselte sie das Thema: »Und euer Geld? Ihr kriegt's doch, oder?«

»Natürlich«, log Striebel erneut, »wenn wir's wollen. Aber bei der momentanen Verzinsung macht es gar keinen Sinn, es zu holen.«

Genial, dachte Kromer. Damit war das Thema vorläufig vom Tisch. So würde er es nachher daheim auch seiner Frau glaubhaft machen. Dass ausgerechnet in diesem Augenblick näher kommende Martinshörner über den Ort schallten, beunruhigte ihn. Er ließ es sich aber nicht anmerken.

»Bringen Sie mich noch rüber – oder soll ich meine Frau anrufen?«, fragte er vorsichtig, doch Frau Striebel winkte ab. »Natürlich fahr ich Sie rüber. Die paar Kilometer werd ich ja wohl noch schaffen«.

Kromer schenkte sich das Glas noch einmal halb voll und trank es sofort wieder leer. Die Sirenen von Einsatzfahrzeugen schwollen immer lauter an.

»Da scheint was los zu sein«, meinte Striebel schließlich, stand auf und trat dicht an das große Wohnzimmerfenster heran. »Schaut's euch das an«, forderte er die anderen auf. In seiner Stimme klang Entsetzen. Er deutete schräg über die Dächer des Orts zum Waldrand hinauf. »Lichterloh«, stellte er fest, als könne er nicht glauben, was alle sahen: Wie eine riesige Fackel brannte am Ortsrand ein Gebäude. Die Flammen mussten viele Meter hoch in den schwarzen Himmel lodern, Funken stoben und schossen senkrecht nach oben.

»Da …«, Striebel kniff die Augen zusammen, als versuche er, sie scharf zu stellen, um mehr Details erkennen zu können. »Da oben …«, stellte er fest, »da oben … brennt das Holzhaus.«

Blaulichter zuckten und reflektierten an Fenstern und Fahrzeugen. Der Kastenwagen des Roten Kreuzes parkte dicht an einem stark bewachsenen Carport, den zwei auf Stativen stehende Scheinwerfer in ein grelles Licht tauchten.

»Nichts mehr zu machen«, erklärte der Notarzt sachlich, während ihm ein uniformierter Polizeihauptkommissar aufmerksam zuhörte. »Den Kopf regelrecht weggeschossen. Aus allernächster Nähe.«

Sanitäter hatten den Toten bereits mit einer Decke vor den neugierigen Blicken der umliegenden Hausbewohner geschützt. Obwohl es ein Uhr in der Nacht und ziemlich kühl war, verfolgten viele Schaulustige den Einsatz der Rettungskräfte. Drei Polizeibeamte hatten rot-weiße Absperrbänder gezogen, um die Neugierigen, die aus den anderen Straßen dieses Wohngebiets herbeigeeilt waren, auf Distanz zu halten.

Die Rot-Kreuzler packten ihre Utensilien zusammen. »Das sieht genauso aus wie Montagfrüh«, meinte einer der Männer, als er den schweren Notarztkoffer in den Kastenwagen verfrachtete. Keiner der Uniformierten sagte etwas. Aber wahrscheinlich hatte er Recht, dachte der Polizeihauptkommissar, der mit seinen Kollegen jetzt das Eintreffen der Kriminalisten herbeisehnte. Denn mehr, als darauf zu achten, dass am Tatort alles unverändert blieb, konnten sie in dieser Situation nicht tun. Bereitschaft hatte in dieser Nacht der örtliche Geislinger Außenstellenleiter Schmittke. Zwei Minuten später traf er ein und ließ sich zu dem Carport bringen, wo ein heller Audi vorwärts eingeparkt stand. Schmittke ahnte, was ihn erwartete. Neben dem hinteren linken Kotflügel lag offenbar ein Toter in einer Blutlache. Die Beine des Mannes waren abgewinkelt, die Arme unter dem Körper begraben. Das Gesicht bestand nur noch aus einem einzigen dunkelroten Klumpen. »Entsetzlich zugerichtet«, entfuhr es Schmittke, der insgeheim froh war, die weitere Spurensicherung den Kollegen überlassen zu können. Als Experte für die kompliziertesten Betrügereien hatte er es zumindest in jüngster Vergangenheit nur selten mit derlei scheußlichen Bluttaten zu tun gehabt. Aber seit ihm die Leitung dieser Außenstelle in Geislingen übertragen worden war, blieb er von solchen Fällen nicht verschont. Glücklicherweise hatte er schon einige Male auf Häberle zurückgreifen können. Doch nun sah es ganz danach aus, als würde er diesmal nicht umhinkommen, diese schreckliche Bluttat selbst bearbeiten zu müssen. Häberle befasste sich schließlich momentan mit diesem Bahndammmord.

»Mehrere Schüsse, meint der Notarzt.« Die Stimme des Polizeihauptkommissars riss ihn aus seinen Gedanken. Die Rot-Kreuz-Fahrzeuge waren bereits weggefahren. Schmittke nickte schnell und wandte sich ab: »Wer ist das?«

»Heimerle, eine stadtbekannte Persönlichkeit«, erklärte der Uniformierte, »seine Frau hat einen Schock erlitten. Sie ist in die Klinik gebracht worden.«

»Heimerle?«, wiederholte Schmittke. »Doch nicht der vom Sportclub?«

Der Kollege nickte betroffen. »Doch, genau der.« Er hatte ihn sogar persönlich gekannt.

»Hat die Frau etwas gesagt?«, hakte der örtliche Kripochef nach. Seine Gedanken kreisten um die Aussage des Notarztes. Mehrere Schüsse. Und diese offenbar aus allernächster Nähe. Das ließ eindeutig Parallelen zu dem Fall vom Montag vermuten. Schmittke ahnte bereits, dass die Sache weite Kreise ziehen konnte. Und er dachte auf einmal wieder an Häberle.

Dann holte ihn die Stimme des Kollegen zurück, der auf Frau Heimerle anspielte: »Sie hat vor einer halben Stunde über Notruf angerufen und kaum ein Wort rausgekriegt. Der Kollege hat nur die Adresse verstanden und dass etwas Schlimmes geschehen sei.« Der Uniformierte überlegte. »Als wir hier eingetroffen sind, lag sie neben ihrem Mann. Schock. Ganz schlimmer Schock.«

»Eine Waffe?«

Der Angesprochene schüttelte den Kopf. »Wir haben nichts entdeckt, aber auch noch nicht gesucht.« Er hatte sich darauf verlassen, dass die Kripo rasch mit der Spurensicherungsmannschaft eintreffen würde. »Ihre Jungs kommen doch, oder?«

Der große, blonde Schmittke machte ein nachdenkliches Gesicht, das im grellen Scheinwerferlicht blass wirkte. »Die sind heut Nacht voll beschäftigt«, entgegnete er so sachlich und distanziert, wie er immer war, »in Aichelberg brennt's lichterloh.«

»Hab ich vorhin am Funk mitgekriegt«, zeigte sich der altgediente Beamte informiert, »wissen Sie schon Näheres?«

»Zwei Tote soll's gegeben haben. Von den Flammen im Schlaf überrascht«, erklärte Schmittke und entfernte sich ein paar Schritte, um zu überlegen, wohin der Täter nach diesem Mord hier geflüchtet sein konnte. Ihm war eigentlich nur diese schlecht beleuchtete Straße geblieben, wenn er nicht, was kaum anzunehmen war, eine Abkürzung durch mehrere Vorgärten genommen hatte.

Der Uniformierte deutete seinen jüngerem Kollegen an, die Leiche wieder zuzudecken, und sinnierte unterdessen über die Anhäufung von Großeinsätzen in einer einzigen Nacht. »Seltsam«, murmelte er dem Kriminalisten hinterher, »manchmal ist es ganz ruhig – und dann bricht plötzlich die Hölle los.«

Harald Gangolf mochte diese Nachtbars eigentlich nicht. Es war ihm in seiner Position als Ministerialdirektor nicht gerade angenehm, gelegentlich erkannt zu werden. Andererseits staunte er dann selbst, wer sich alles in diesen Etablissements herumtrieb. Meist war es aber den anderen zumindest genauso peinlich wie ihm. Insofern, so dachte er sich, würde wohl kaum jemand etwas ausplaudern. Und wenn schon? Seit er geschieden war, konnte ihm Klatsch und Tratsch, was seine Person betraf, völlig egal sein. Auch wenn seine Liebschaften in manchen Kreisen vielleicht mit gewissem Naserümpfen zur Kenntnis genommen wurden. Aber in dieser Stadt, in der Menschen aus allen Teilen Deutschlands arbeiteten und in der sich viele Nationalitäten und unterschiedliche Mentalitäten trafen, da wurde man von diesem Sog faszinierender Angebote mitgerissen – egal, ob sie nun kultureller oder sportlicher Art waren oder den Verlockungen der Lüste entsprangen. Mancher, der aus den entferntesten Winkeln dieser Republik in die Hauptstadt entsandt wurde, hatte rasch gelernt, dass es im Leben mehr gab als den beengten Horizont provinzieller Kleinstädte. Diese Menschen gingen zwar alle wieder gerne in ihre Wahlkreise und in ihr ländliches Idyll zurück. Doch wochentags, fernab von Familie und gut situierten Gesellschaften, tauchten viele von ihnen in nie gekannte Dimensionen ab – schon gar, wenn das pralle Leben lockte. Und dieses lockte in Berlin rund um die Uhr.

Auch Gangolf war einst diesen Verlockungen erlegen, weshalb sich seine Frau nach 15-jähriger Ehe von ihm trennte. Er weinte ihr keine Träne nach, denn eigentlich hatten sie nie zusammengepasst. Sie war dominant, herrschsüchtig und hatte Karriere in der freien Wirtschaft gemacht. Er hingegen hatte seine Position in der Politik mühsam erklommen, war Mitglied in der richtigen Partei geworden und hatte seine Meinung meist nur diplomatisch geäußert – und dies auch nur so vorsichtig, dass es seinem Vorwärtskommen nicht schaden konnte. So richtig auf den Tisch klopfen, wie das seine Frau ohne Rücksicht auf andere tat, das lag ihm fern.

Eva Campe hingegen hatte ihn von Anfang an verzaubert und fasziniert. Seit sie bei ihm im Wirtschaftsministerium arbeitete, waren sie sich immer näher gekommen. Sie verstand ihn und seine Ziele und wurde zu seiner engsten Vertrauten. Sie waren inzwischen ein verschworenes Team. Wo immer sie auftraten, da erkannten die Gesprächspartner, dass sie gemeinsam ihre Aufgaben ernst nahmen. Eigentlich ideal dachte er. Beruflich und privat passten sie zusammen – trotz des Altersunterschieds.

›I just call, to say, I love you‹, klang es aus den Lautsprechern. Ein alter Hit. Er erinnerte ihn an eine Australienreise, irgendwann in den frühen 80er Jahren, als dieses Lied immer und immer wieder gespielt wurde.

Eva sah heute hinreißend aus. Sie trug ein weich fallendes Kleid, dessen geschlitzter Rock das Knie umspielte. Sie ließ dies lässig und provozierend erkennen, wie sie so auf dem Barhocker neben ihm saß und den Cocktail mit einem Strohhalm aus dem Glas sog. Er prostete ihr mit einem Glas Sekt zu.

»Danke, dass du mir in diesen turbulenten Zeiten beiseite stehst«, lächelte er charmant und sah in ihre großen Augen. Sie rückte näher zu ihm, weil ein weiteres Pärchen an die Bar drängte. Es wurde zunehmend enger und lauter.

»Du weißt doch – für dich tue ich alles«, hauchte sie zurück und streichelte ihm übers angewinkelte Knie.

»Alles?«, fragte er zweifelnd, wohl wissend, dass dies gar nicht nötig gewesen wäre.

»Viel mehr, als du erwarten dürftest«, gab sie zurück. Sie hatte Recht, musste er sich eingestehen. Sein Lieblingslied klang aus. Es folgte ein Titel von den Bee Gees. Die Oldies in dieser Bar gefielen ihm, auch wenn ihm das Licht zu schummrig war. Aber die drangvolle Enge, die allabendlich hier herrschte, bewies eindeutig, dass es genügend Menschen seines Alters gab, die gerne in die Dunkelheit und damit ein Stück weit in die Anonymität abtauchten.

»Derzeit kommt's auch knüppeldick«, stellte er mit gedämpfter Stimme fest, aber immer noch laut genug, dass Eva es verstehen konnte.

»Pannen, ja …« Sie sagte dies, als sei alles Routine. »Aber wir haben alles im Griff, oder?«

Er zuckte mit den Augenbrauen. »Ich hoffe, du hast Recht. Noch kann ich mir keinen rechten Reim drauf machen, was drüben geschehen ist. Und vor allem, wem man trauen kann.«

Eva rückte ihren Barhocker noch näher zu ihm her. Jetzt hatten sie Kniekontakt. Er wünschte sich, das Gespräch möglichst schnell bei ihm daheim fortsetzen zu können. Obwohl sie dann erfahrungsgemäß ganz andere Interessen hatten.

»Ich bin dran, glaub mir«, beruhigte sie, »auch wenn deine Ute sich hartnäckig weigert, mit mir zu reden.«

Er war zusammengezuckt. »Sag bitte nicht: ›meine‹ Ute.«

Das Holzhaus am oberen Ende des Wohngebiets von Aichelberg war nicht mehr zu retten gewesen. Die Feuerwehren von den umliegenden Gemeinden, vor allem aber aus der Kreisstadt Göppingen, hatten die örtlichen Kräfte unterstützt und viele hundert Meter lange Schlauchleitungen zu den nächsten Hydranten gelegt. Doch obwohl aus unzähligen C-Strahlrohren und von allen Seiten gespritzt worden war, hatten sich die hoch auflodernden und weithin sichtbaren Flammen nur mühsam eindämmen lassen. Ziemlich bald war der Dachstuhl krachend in sich zusammengebrochen. Feuerwehrleute in speziellen Anzügen und ausgerüstet mit Atemschutzgeräten hatten immer wieder versucht, in die Höllenglut vorzudringen, während die Flammen von der ausgefahrenen Drehleiter mit einem Wasserwerfer bekämpft wurden. Doch erst als das Feuer einigermaßen eingedämmt war, hatten die Männer das Chaos glühender Trümmer vorsichtig nach den vermissten Bewohnern durchsuchen können und ziemlich rasch die schlimmsten Befürchtungen der Nachbarn bestätigt gefunden. Zwischen den brennenden Balken des heruntergestürzten Dachgeschosses lagen die Leichen zweier Menschen, die bis zur Unkenntlichkeit verbrannt und verkohlt waren.

»Das müssen sie sein«, stellte Helmut Bruhn fest, nachdem ihn der Kreisbrandmeister über die Toten unterrichtet hatte. Der Göppinger Kripochef war davon nicht sehr angetan, schließlich wäre dies alles Sache des Bereitschaftlers gewesen. Der aber hatte es mit einem Mordfall zu tun. Die Uniformierten wussten deshalb, dass Bruhn mit äußerster Vorsicht behandelt werden musste. Ein falsches Wort, eine falsche Bewegung und er würde explodieren wie ein Fass Dynamit. »Ein Sachverständiger muss her«, entschied er knapp und schaute sich um. Ein älterer Schutzpolizist mit vier silbernen Sternen fühlte sich angesprochen. »Der PvD hat die Liste mit den Adressen«, erklärte dieser schnell und schlug damit indirekt vor, dass der Polizeiführer vom Dienst alles Weitere in die Wege leiten könnte.

Bruhn war irgendwie erleichtert: »Der soll einen Sachverständigen rausschicken«, sagte er und fügte völlig unnötigerweise barsch hinzu: »Aber zügig. Sagen Sie ihm das.«

Während der Uniformierte zu seinem Sprechfunkgerät griff und beiseite trat, wandte sich Bruhn an den Kreisbrandmeister: »Wer sind die Toten?«

»Funke – ein Ehepaar mittleren Alters, sagen die Nachbarn.«

»Wo sind die Nachbarn?« bäffte Bruhn ungeduldig und drehte sich um. Auf der Wohnstraße reihten sich die Feuerwehrfahrzeuge auf, dazwischen waren starke Halogenstrahler auf das abgebrannte Holzhaus gerichtet. Notstromaggregate brummten, Dieselabgase hingen in der Luft. An den Fenstern der benachbarten Gebäude, das sah Bruhn erst jetzt, schauten Menschen heraus. Andere Neugierige wurden hundert Meter entfernt von der Feuerwehr auf Distanz gehalten. »Das sind die Nachbarn«, erklärte der Uniformierte und deutete auf das gegenüberliegende Haus, in dessen Vorgarten ein älteres Ehepaar stand. Die beiden Personen hatten sich Jogginghosen und Joggingjacke über die Schlafkleidung gezogen.

»Kripo«, knurrte Bruhn, als er sich dem Ehepaar näherte. »Wann haben Sie die Funkes heute zuletzt gesehen?«

Der angesprochene Mann dachte lange nach und erwiderte dann: »Die Funkes, müssen Sie wissen, die sind viel jünger als wir.«

Bruhn wurde ungeduldig. »Heut Abend oder nachmittags?« drängte er.

Die Frau sah ihre Gelegenheit zum Eingreifen gekommen. »Nach den ›Tagesthemen‹ ist jemand weggefahren«, antwortete sie, »dann muss es kurz nach elf gewesen sein. Ich war zufällig in der Küche und hab rausgesehen – nicht, dass Sie meinen, ich guck immer auf die Straße raus.« Sie verzog ihr blasses Gesicht zu einem Lächeln.

Bruhn sah auf seine Armbanduhr. Es war kurz vor zwei.

»Was für ein Auto war's?«

Sie zuckte mit den Schultern. »Ich hab nur noch die Schlusslichter gesehen.«

Das hatte keinen Sinn. Bruhn wechselte das Thema »Die wohnen allein da drüben? Kinder?«

»Einen Sohn. Der studiert in Tübingen und wohnt dort auch irgendwo«, schaltete sich der Mann wieder ein.

»Sonst haben Sie später nichts gesehen?«, wollte Bruhn wissen, während er sich zu dem ruinierten Haus hinüberdrehte, in das noch immer Wasser gespritzt wurde.

Die beiden schüttelten die Köpfe. »Nichts«, versicherte die Frau, »wir schlafen aber auch zur anderen Seite raus. Erst an den Feuersirenen bin ich wach geworden.«

Bruhn lief wortlos weg und suchte den Kreisbrandmeister, der bei einer Gruppe Feuerwehrmänner stand. Der Kripochef unterbrach die Gespräche abrupt: »Wie sehen Sie die Ursache?«

Der Angesprochene löste sich von der Gruppe und nahm den Kriminalisten zur Seite. »Das muss an mehreren Stellen gleichzeitig angefangen haben«, meinte der Kreisbrandmeister, »rund ums Haus – und vermutlich noch oben auf dem Balkon.«

»Brandstiftung«, entfuhr es Bruhn.

»Daran dürfte kein Zweifel bestehen«, resümierte der Mann in der blau-schwarzen Uniform.

26

Anna räkelte sich auf dem rosafarbenen Bett. Sie war nackt und genoss die Blicke des Mannes, der aus einer Flasche sündhaft teuren Sekt in zwei hochstielige Gläser perlen ließ. In ihnen spiegelte sich die abgedimmte Wandlampe. Dezenter Sound einer Musikgruppe erfüllte den Raum, auf einem Metallregal brannte eine Kerze. Es roch nach Räucherstäbchen.

»Du bist super«, sagte er leise, »komm, lass uns noch auf uns trinken.« Der Mann, um die 50, hatte geduscht und sich wieder angekleidet.

»Du machst es wunderbar«, hauchte Anna mit leicht osteuropäischem Akzent und hob ihren Oberköper, um ihm ihre kleinen, festen Brüste provokativ zu zeigen. Dann drehte sie sich wieder auf den Bauch und streckte die langen Beine kerzengerade aus.

»Michael – ich mag dich«, lächelte sie. Er fühlte sich geschmeichelt, obwohl er wusste, dass diesem Mädchen solche Worte leicht von den Lippen gingen. Der Fünfzigjährige, der sich gerne ein burschikoses und damit jüngeres Aussehen gab, brachte den Sekt ans Bett, setzte sich neben die junge Frau und reichte ihr eines der Gläser. »Auf uns«, ermunterte er sie und sah ihr tief in die Augen.

Anna richtete sich auf und setzte sich neben ihn. Ihr Haar war hellblond und noch nass von dem Schweiß, den ihnen ihrer beider Leidenschaft aus den Körpern getrieben hatte. Die Gläser klangen sanft, dann spürten sie, wie der Sekt ihre Erschöpftheit wieder schwinden ließ.

Michael Rambusch brauchte solche Stunden, um den täglichen Stress vergessen zu können. Anfangs hatte er befürchtet, der Druck, unter den er sich in seinem Unternehmen in Aalen selbst setzte, hätte längst verschüttet, was er sich sehnlichst wünschte. Doch dann war er an Anna geraten, dieses Mädchen, das einerseits die kühle Reserviertheit einer südosteuropäischen Schönheit repräsentierte, andererseits aber so leidenschaftlich und feurig sein konnte, wie man es nur den Südländerinnen nachsagte. Rambusch wunderte sich nicht, dass die grenznahen Bereiche der südosteuropäischen Länder bei den Männern aus dem Westen so beliebt waren. Auch Nullenbruch hatte einen guten Geschmack bewiesen, als er dieses Mädchen aus der Gosse geholt und ihr einen Job angeboten hatte. Sie musste ihm dafür unendlich dankbar sein. Rambusch überlegte, ob Nullenbruch wusste, dass sie nebenher auf den Strich ging. Seit er sie in dieser kleinen Wohnung in einem dieser Wohnblöcke am Göppinger Stadtrand besuchte, quälte ihn auch regelmäßig der Gedanke, ob Anna sozusagen selbstständig war, oder ob es da einen Zuhälter gab.

Bisher jedenfalls hatte nichts darauf hingedeutet, dass sie die Liebessklavin eines gewalttätigen Osteuropäers war.

Er streichelte ihr über das schweißnasse Haar und gab ihr einen Kuss auf den rechten Busen. »Was macht eigentlich dein Chef?«, fragte er eher beiläufig, obwohl ihn brennend interessierte, wo Nullenbruch war. Im Laufe des gestrigen Tages hatte sich sein plötzliches Verschwinden wie ein Lauffeuer herumgesprochen. Rambusch war aber nicht zu Anna gekommen, um sie auszuhorchen. Den Termin hatte er bereits vorletzte Woche ausgemacht. Es war üblich, dass er sich gleich wieder im Terminkalender dieser begehrten Nutte vormerken ließ. Jede zweite Donnerstagnacht gehörte sie ihm, aber stets erst ab halb eins. Und dafür bezahlte er sie auch üppig.

Anna schaute ihn mit halb geschlossenen Augen lächelnd an und antwortete mit Verzögerung. »Vielleicht bin ich ihm nicht mehr gut genug.«

»Du meinst …«, staunte Rambusch, ließ die Gläser wieder klingen und beruhigte sie: »Keine kann dir das Wasser reichen. Weißt du, was ich mir wünsche …?« Jetzt war der Augenblick gekommen.

Sie nahmen einen Schluck und er legte seinen linken Arm um ihre nackte Schulter. »Ich möchte, dass du mir gehörst. Nur mir«, sagte er entschlossen.

»Ha …« entfuhr es ihr. Eigentlich hatte sie damit schon lange gerechnet, weshalb sie prompt und keck zurückgab: »Du willst mich aus dem Verkehr ziehen?« Sie lachte schallend.

Er wirkte verlegen, konterte aber sofort: »Nur aus dem öffentlichen …« Sie kicherte wie ein Schulmädchen.

»Oder gibt es da jemand, der etwas dagegen haben könnte. Doch nicht Nullenbruch?«

Sie fuhr sich mit den Handflächen über die nackten Oberschenkel und sah Rambusch von der Seite an. »Weißt du, Michael, ich find dich auch sehr nett, sehr sogar. Aber vorläufig fühl ich mich zu jung für Haus und Herd.« Sie streichelte ihm zärtlich über die hohe Stirn. »Guck jetzt nicht so traurig, Michael, ich bin auch so für dich da.« Und sie fügte hinzu: »Du brauchst auch nicht jedes Mal zu bezahlen.«

»Das ist es nicht, Anna«, entgegnete er, »verstehst du nicht, dass mich der Gedanke stört, dich mit anderen teilen zu müssen?« Er hatte gespürt, wie sie seiner Frage nach Nullenbruch ausgewichen war. »Weiß denn Nullenbruch von deiner … deiner Nebentätigkeit?«

Sie trank einen Schluck Sekt, als wolle sie Zeit gewinnen, um nachdenken zu können. »Er weiß zumindest, dass ich's daheim schon getan hab, daheim in der Slowakei.« Sie stockte. »Weißt du, in den Jahren nach der politischen Wende war das für ein junges Mädchen ein lukratives Geschäft.« Sie versuchte ein verlegenes Lächeln. »Wir haben das alle getan. Ich war gerade 15, als ich dafür zwanzig Mark gekriegt hab. D-Mark, verstehst du – das war ein kleines Vermögen für uns Mädchen.« Sie kuschelte mit dem Kopf an seine behaarte Brust, die das Freizeithemd entblößte.

Er grunzte leise, was ihr längst vertraut war und ihr Geborgenheit suggerierte. »Ja, du hast es schon mal erwähnt, dass du tief reingeraten bist.« Sein Blick traf das große Poster auf der gegenüberliegenden Wand. Es zeigte eine ernst dreinschauende Frau, die nackt vor einem Sonnenuntergang am Meer stand. Im rötlich schimmernden Himmel war in hell-gelber Farbe zu lesen: ›The sun comes again.‹ Die Sonne kommt wieder. Vielleicht war auch gemeint: ›Immer wieder geht die Sonne auf‹, wie es Udo Jürgens mal gesungen hatte.

»Dann war ich im Gefängnis, ein halbes Jahr, Michael«, hörte er ihre traurige Stimme wieder. »Das war die Hölle. Zu fünft in einer winzigen Zelle.«

Er streichelte ihre Wangen. »Und deshalb bist du froh, dass dir Nullenbruch einen Job angeboten hat«, stellte er fest und spürte, wie sie sanft nickte. »Hat er dich nur aus Mitleid eingestellt – oder bedeutest du mehr für ihn?«

Anna holte tief Luft. »Er ist ein Kunde und er ist mein Chef – und ich tue, was er von mir verlangt.«

»Und seine Frau? Weiß sie was davon?«

»Soweit ich weiß, ist das Verhältnis schlecht. Aber die Siller hat uns gesehen. Ausgerechnet die …« Anna spielte mit einer von Rambuschs Brustwarzen. »Die hat sich Hoffnungen auf ihn gemacht. Hat er mir erzählt. Er sollte seine Frau dazu bringen, ihm die Anteile der Firma zu überlassen.«

Das Mädchen überlegte und fingerte an Rambuschs Bauchnabel. »Sie will es aber nicht tun.« Anna lächelte. »Und außerdem würde Nullenbruch die Siller nicht als Geliebte wollen.«

»Woher weißt du das denn?« Rambusch wehrte sich nicht, als das Mädchen jetzt damit begann, seinen Hosengürtel zu lösen.

»Er steht auf junges Fleisch«, grinste sie und schaute ihn von unten herauf an, »aber seit die Siller das weiß, macht sie mir das Leben zur Hölle.« Bei dem Gedanken daran drohte ihre erotische Stimmung zu schwinden. »Sie behandelt mich wie den letzten Dreck, schikaniert mich und verbietet mir neuerdings sogar, Miniröcke zu tragen …«

»Und warum beschwerst du dich nicht bei Nullenbruch? Du gibst ihm doch, was er will.«

»Hab mit ihm gesprochen. Aber er hält sich raus. Er hat Schiss, sie könnte seiner Frau was über uns erzählen.« Anna öffnete den Knopf, widmete sich dann aber Rambuschs behaarter Brust. »Er hat mir sogar befohlen, ihr nicht zu widersprechen. Aus Angst.« Das Mädchen sah ihm besorgt in die Augen. »Sie weiß nämlich sehr viel.«

»Wie meinst du das?«

»Naja, sie hat in ihrer Position bei Nullenbruch Einblick in alles, was er tut. Diese Firma, die er in Košice gebaut hat – oder in seine …« Sie zögerte und überlegte, ob sie es aussprechen sollte, »na ja … in seine Begeisterung für den Fußball.«

Der Mann nahm den Kopf Annas zärtlich in beide Hände und drückte ihr einen Kuss auf den Mund. Über Fußball hatten sie in solchen Augenblicken nie zuvor geredet. Er musste jetzt vorsichtig sein, dachte er. »Fußballbegeisterung?« gab er sich unwissend, worauf sie leicht irritiert schien.

»Er fährt doch ständig den ›Bayern‹ hinterher und ist Vorsitzender von irgend so einem Sponsoringverein oder so ähnlich. Eigentlich interessiert mich das gar nicht.«

»Sponsoring?«

»Ich hab keine Ahnung, worum es da geht«, erwiderte sie schnell und schob ihre rechte Hand in seinen gelockerten Hosenbund.

»Und die Siller kennt sich da besser aus?«

»Mit Sicherheit – auch wenn sie zu ihrem Ex-Mann keine Kontakte mehr hat. Zumindest tut sie so, als ob sie ihn hasst.«

»Ihr Ex-Mann?« Rambusch wollte jetzt mehr wissen. Nie war die Gelegenheit so günstig gewesen.

»Ja – ist irgend so ein Bonze in Berlin. Hab aber schon wieder vergessen, wie er heißt«, hauchte sie und legte ihren Kopf auf seinen Bauch, an dem die Bierchen und das üppige Essen nur wenige Spuren hinterlassen hatten.

»Bei der Regierung?«

Sie nickte, während sich ihre rechte Hand tiefer in die Hose grub.

Aber ihm war irgendwie nicht mehr nach Sex zumute.

27

Das schlechte Wetter schien kein Ende zu nehmen. Auch dieser Donnerstag war kalt und unwirtlich, nass und ruppig. Häberle war gleich nach seiner Ankunft in den Räumen der Sonderkommission mit den Ereignissen der Nacht konfrontiert worden. Schmittke berichtete ihm und Linkohr von der Leiche im Wohngebiet Tegelberg und dass es sich dabei um einen gewissen Heimerle handelte, der in dieser Kleinstadt durchaus zu den Prominenten zu zählen war. Er sei Jahrzehnte lang Funktionär beim SC Geislingen gewesen – auch damals, ja, das wüssten nur noch die Älteren, als man den Hamburger Sportverein in die Knie gezwungen habe.

Häberle saß mit verschränkten Armen am Besprechungstisch, seine kräftigen Oberarme drohten das Hemd zu sprengen. Der weitaus schmächtigere, jedoch sportliche Linkohr hatte seinen rechten Arm auf die Ecke seiner Stuhllehne gelegt und lauschte gespannt dem Bericht des Geislinger Kripo-Außenstellenleiters, der übernächtigt wirkte. »Kollegen«, sagte er, »diese Sache weist erstaunliche Parallelen zu Lanski auf. Dieser Heimerle wurde genau so, wie Lanski, aus allernächster Nähe erschossen – und was hinzukommt: Auch mit einer Schrotflinte, mit zwei Schüssen.«

Häberle war die Anspannung nicht anzumerken, als er fragte: »Und warum habt ihr mich nicht gerufen?«

Schmittke wirkte für einen kurzen Moment irritiert. »Wir wollten Sie nach diesen stressigen Tagen nicht um den Schlaf bringen. Die Kollegen der Spurensicherung fertigen einen ausführlichen Bericht an.«

Häberle sagte nichts. Ihm wäre es allerdings lieber gewesen, sich noch in der Nacht selbst ein Bild verschaffen zu können. Schmittke schien seine Unzufriedenheit zu spüren und ergänzte: »Hätten wir natürlich gleich gewusst, welche Parallelen der Fall aufweist, hätten wir Sie selbstverständlich sofort geholt.« Der große, blonde Kriminalist, der so kühl sein konnte wie das Juniwetter zur jetzigen Schafskälte, rutschte nervös auf seinem Stuhl hin und her. »Es war für die Kollegen ohnehin eine turbulente Nacht.« Häberle und Linkohr wussten, was kommen würde. Sie hatten bereits in den Frühnachrichten von SWR 4 Radio Stuttgart von dem Wohnhausbrand in Aichelberg gehört und dass dort zwei Menschen ums Leben gekommen waren. Doch was Schmittke dazu zu sagen hatte verschlug den beiden Kollegen die Sprache: »Uns hat das heut Nacht, um ehrlich zu sein, nicht sonderlich interessiert. Ich hab zwar Bereitschaft gehabt, aber konnte nicht hin. Dafür haben sie Bruhn geholt …«

»Oh«, kommentierte Häberle mit gewisser Schadenfreude, verkniff sich aber weitere Bemerkungen, weil er befürchtete, Schmittke würde nichts Gutes zu vermelden haben. »Inzwischen wissen wir«, fuhr der Kollege fort, »dass dieses Ehepaar Funke, das bei dem Brand ums Leben gekommen ist, enge Beziehungen zu Heimerle hatte. Oder besser gesagt: der Herr Funke.«

Häberle wollte die Sache gleich auf den Punkt gebracht haben. »Welcher Art waren die Beziehungen?«

»Sport«, antwortete Schmittke, »Fußball, um es genau zu sagen. Funke hat einst im Eybacher Tal beim SC Geislingen selbst gekickt. Und ratet mal, wer kurz vor seiner Zeit dort gespielt hat.«

Linkohr kam schlagartig ein Name in den Sinn, der im Zusammenhang mit Lanski bereits aufgetaucht war. Er wollte ihn nicht aussprechen, sondern wartete darauf, dass es Schmittke tat. »Ihr werdet es nicht glauben«, sagte der Blonde, »aber Funke und Klinsmann müssen sich dort getroffen haben – als Jugendliche.«

Häberle nickte. Dies alles konnten keine Zufälle sein. Trotzdem enthielt er sich jeglichen Kommentars und hakte nur nach: »Brandursache? Haben die Kollegen schon was rausgefunden?«

»Eindeutig Brandstiftung«, antwortete Schmittke, »war für den Täter nicht schwer, denn es war ein Holzhaus. Rustikale Konstruktion, alles Holz, brennt wie Zunder. Noch in der Nacht hat Bruhn einen Sachverständigen aus der Gegend von Sigmaringen geholt. Man geht davon aus, dass es an mehreren Stellen gleichzeitig zu brennen begonnen hat.« Schmittke zuckt mit den Schultern. »Noch weiß man nicht, womit – aber es sieht nach einem Brandbeschleuniger aus. Benzin vielleicht, das an der Holzfassade entlang ausgegossen wurde. Dann reicht ein Zündfunke, und das Ding fackelt ab. Der Kreisbrandmeister meint sogar, es sei auch noch ein Brandsatz auf den Balkon geworfen worden. Eine Flasche mit Benzin beispielsweise.«

Häberle und sein junger Kollege hörten staunend zu. Wenn tatsächlich diese Fälle alle miteinander zusammenhingen, dann überstieg dies alles, womit sie jemals in der Provinz konfrontiert worden waren. Nur Häberle war während seiner früheren Tätigkeit als Sonderermittler beim Landeskriminalamt in Stuttgart gelegentlich mit solcher Schwerstkriminalität befasst gewesen.

»Das Beste aber kommt noch«, fuhr Schmittke fort. Er unterdrückte ein Gähnen. »Bruhn hat vorhin angerufen – er wollte übrigens Sie, Herr Häberle, und er war ziemlich ungehalten, dass Sie noch nicht da waren«, grinste der große Blonde, wohl wissend, was der Kollege jetzt denken würde, »ja, Bruhn hat mir dann gesagt, dass man an einer der verkohlten Hauswände heut früh die Überreste einer Waffe gefunden habe.« Er machte eine Pause, um Häberle und Linkohr Gelegenheit zum Nachdenken zu geben.

»Was für eine Waffe denn?«, wollte der Chef-Ermittler ungeduldig erfahren.

»Die Kollegen meinen, es sei eine Schrotflinte gewesen …«

»Lass mich in Ruhe, verdammt nochmal. Wag es nicht mehr, mich anzurufen.« Ute Sillers Stimme überschlug sich. Sie war drauf und dran, den Hörer auf den Apparat zu knallen. Doch der Mann am anderen Ende der Leitung gab sich hartnäckig. Noch einmal lauschte sie, während ihr Gesicht blass wurde. Sie drehte nervös am Kabel des Telefons und sprang von ihrem Bürosessel auf und strich sich mit einer Hand den Rock glatt, als gebe es jemanden, der sie sehen konnte.

»Ich glaub, du bist schwer von Begriff. Hast du nicht kapiert? Ich will deine Stimme nicht mehr hören. Nie mehr. Wenn du mich weiterhin belästigst, zeig ich dich an«, zischte sie und fügte eine Spur leiser hinzu: »Oder ich tu was ganz anderes. Darauf kannst du dich verlassen.« Dann warf sie den Hörer krachend in die Schale, atmete tief durch und eilte mit ihren hochhakigen Schuhen zur Tür ins Vorzimmer hinüber, die sie abrupt aufriss. »Hast du mir das Gespräch durchgestellt«, fuhr sie das Mädchen an, das sich hinter dem mit Akten beladenen Schreibtisch sofort erhob.

»Nein, Frau Siller«, stotterte Anna.

»Wer gibt dann meine Durchwahlnummer raus?«

Anna zuckte mit den Schultern. »Dann erkundig dich – drunten in der Zentrale. Und sag den Weibern dort, dass ich es auf keinen Fall dulde, wenn man meine Durchwahlnummer rausgibt – oder hier Gespräche rauf verbindet, ohne mir zu sagen, welcher Idiot was von mir will.« Die Frau kam energisch auf das Mädchen zu.

»Jawoll, mach ich«, erwiderte Anna und errötete, als ihr die Chefin ins Gesicht blickte.

»Wie siehst du denn aus?« fauchte Ute Siller, »bist du zum Pennen ins Büro gekommen? Weil man in der Nacht keine Zeit hatte? Ich sag dir …« Sie warf einen giftigen Blick auf den Schreibtisch, auf dem Schnellhefter, Notizzettel und Klarsichthüllen ungeordnet durcheinander lagen. »… wenn so das Büro einer Sekretärin aussieht, dann können wir den Laden gleich dicht machen.« Sie griff mit einer Hand wutentbrannt in den Wust aus Akten und Papieren, worauf auch frisch geschriebene Briefe zerknüllt wurden, und schleuderte das Knäuel in eine Ecke. Zettel flatterten, ein Schnellhefter blieb aufgeschlagen liegen.

Anna verfolgte den Anfall ihrer Chefin mit steinerner Miene.

»Bis heut Mittag herrscht hier Ordnung – oder es werden Nachtschichten eingelegt«, brüllte die Frau so laut, dass man es mit Sicherheit durch mehrere Büros hören würde, »Nachtschichten hier drin – und nicht in deinem Puff. Merk dir das ein für alle Mal.«

Frau Heimerle war mit den Nerven am Ende. Die Ärzte in der Geislinger Helfenstein-Klinik hatten ihr Beruhigungsmittel gegeben. Jetzt, am Donnerstagvormittag, fühlte sie sich matt und erschöpft und versuchte das nächtliche Geschehen zu verdrängen. Zwischen Wachsein und Traum vermischten sich Realität und Wirklichkeit. Immer, wenn sie glaubte, ihr Ehemann käme zur Tür herein und alles sei nur ein schrecklicher Horrortrip gewesen, da holte sie auch prompt das Bewusstsein wieder zurück. Dann zitterte sie und konnte ihre Gedanken nicht zügeln, die in ihrem Kopf Amok zu laufen schienen.

Die beiden Männer, die in das Zimmer kamen, dessen zweites Bett leer war, hatte sie noch nie gesehen. Der Ältere stellte sich als Kommissar Häberle vor, der andere war sein Kollege, dessen Name sie nicht verstand.

»Wir möchten Sie nicht lange belästigen«, sagte Häberle mit sonorer Stimme und blickte in das fahle Gesicht dieser Frau, deren Alter er auf knapp 70 schätzte. »Es muss eine schreckliche Nacht für Sie gewesen sein«, fuhr der Kommissar fort, während Linkohr abseits an der Fensterbrüstung lehnte.

»Wir wissen …«, zeigte sich Häberle einfühlsam und räusperte sich, »… wir wissen, dass Sie die Polizei gerufen haben. Vermutlich haben Sie Ihren Mann gesucht.«

Die Frau zitterte. Ihre rot unterlaufenen Augen wurden feucht. »Es ist so furchtbar«, kämpfte sie gegen die Tränen, »ich hab doch gar nichts gehört. Ich hab Fernsehen geguckt.«

»Und irgendwann sind Sie raus – vor das Haus?«, hakte Häberle vorsichtig nach.

Sie nickte. Eine Träne rann über die linke Wange. »Ich hab geglaubt, ein Motorengeräusch gehört zu haben.« Frau Heimerle schloss zwei, drei Sekunden die Augen. »Ich hab mir große Sorgen gemacht, denn er wollte längst daheim sein. Und normalerweise hat er immer angerufen, wenn er sich verspätet.«

»Dürfen wir erfahren, wo Ihr Mann gestern Abend war?« Häberle kam einen Schritt näher an die linke Seite des Bettes heran.

»Er war bei einem seiner besten Freunde – bei Funkes, drüben in Aichelberg.«

Häberle ließ sich die Überraschung nicht anmerken. Und auch Linkohr hielt sich zurück.

Der Chef-Ermittler nickte, als habe er dies bereits gewusst. »Gab es einen besonderen Anlass für diesen Besuch?«

Frau Heimerle atmete tief ein und starrte zur Decke. »Ich glaub schon, ja. Sie wollten was Wichtiges besprechen. Es hatte mit Sport zu tun und dürfe nicht an die Öffentlichkeit, hat er gesagt.« Sie schloss die Augen und schluchzte. Die beiden Kriminalisten schwiegen.

»Es muss mit dem Montag zusammenhängen«, stieß sie, von Weinkrämpfen geschüttelt, hervor, »da waren sie draußen beim Sportclub und haben einen Freund von früher getroffen.«

»Lanski?«, fragte Häberle leise, »hat dieser Freund Lanski geheißen?«

»Ich weiß es nicht.« Ihre Stimme zitterte. Häberle warf seinem Kollegen einen Blick zu und deutete mit einer Kopfbewegung zur Tür.

Liebenstein hatte das Radio im Zimmer des Göppinger Hotels ›Hohenstaufen‹ lauter gestellt, als in den Neunuhr-Nachrichten eines regionalen Senders von den Ereignissen der

Nacht berichtet wurde. Anschließend, noch bevor er zum Frühstück gegangen war, hatte er Harald Gangolf angerufen und ihn von dem Gehörten informiert. Sein Chef in Berlin nahm dies kommentar- und emotionslos zur Kenntnis. »Bleiben Sie dran«, war alles, was er sagte, »und vergessen Sie nicht, was ich Ihnen kürzlich mit auf den Weg gegeben habe: Sie brauchen kein schlechtes Gewissen zu haben. Gut ist, was der Sache dient.« Er machte eine kurze Pause. »Gehn Sie mal zu der Kleinen.« Dann legte er auf.

Liebenstein wusste, was zu tun war. Er musste rauskriegen, wo Nullenbruch war und warum dieser verdammte Aktenkoffer von Lanski nicht auftauchte. Außerdem würde an diesem Donnerstagnachmittag der Abgeordnete Klaus Riegert in seinem heimischen Wahlkreis eintreffen. Der Politiker konnte ja noch nicht ahnen, dass seine beiden Gesprächspartner, deretwegen er früher ins Weekend geflogen war, keinen Termin mehr wahrnehmen konnten. Die Frage würde jetzt sein, was sie ihm bereits verraten hatten – und wie Riegert als gelernter Kriminalist auf das gewaltsame Ableben seiner Informanten reagierte. Liebenstein beschloss, ihn möglichst bald aufzusuchen. Er setzte sich an den kleinen Tisch des Hotelzimmers und blätterte im örtlichen Telefonbuch. Die Konservativen mussten doch eine Geschäftsstelle haben. Hatten sie auch. Liebenstein meldete sich mit falschem Namen und gab vor, an den Abgeordneten eine ganz persönliche Frage zu haben. Eine freundliche Frauenstimme verwies ihn an Riegerts Wahlkreisbüro, das sich in Geislingen befand. Er notierte sich die Nummer und rief sofort an. Auch dort war wider Erwarten sofort eine menschliche Stimme zu hören. Eine Frau Schiller beschied Liebenstein, dass der Abgeordnete am späteren Nachmittag erwartet werde, zumal er einen dringenden Termin habe. Liebenstein wollte sie auf diesem Glauben lassen, bat aber darum, dass Riegert wenigstens kurz zurückrufen möge, sobald er eintreffe.

Liebenstein ging zum Frühstück in das stilvoll eingerichtete Lokal hinab. Er war für ein Stadthotel, in dem werktags meist nur Geschäftsleute wohnten, ziemlich spät dran. Aber der Stress der letzten Tage machte sich bemerkbar. Er fühlte sich erschöpft und abgespannt und ständig unter Druck gesetzt. Alle drängten darauf, dass er herausfinden sollte, was geschehen war. Gangolfs Misstrauen wuchs stündlich – sogar gegen seine bisherigen Vertrauten, wie Liebenstein es empfand. Dabei sah doch alles danach aus, als ob dieser Lanski hatte abspringen wollen. Ziemlich beunruhigend war nur, dass es offenbar jemanden gab, der ihnen allen in die Quere kommen konnte. Liebenstein köpfte sein Frühstücksei und ließ seinen Blick durch den Raum schweifen. Nur noch zwei Gäste saßen weit verstreut. Ein älterer Herr hatte die Zeitung neben der Kaffeetasse klein gefaltet; ein jüngerer sortierte Akten und hob einzelne Passagen mit dem grell-gelben Leuchtstift hervor.

Während Liebenstein das weiche Ei auslöffelte, fasste er einen Entschluss. Der Chef in Berlin hatte Recht. Wenn es zum gegenwärtigen Zeitpunkt noch eine wirklich zuverlässige Kontaktperson gab, dann diese Kleine.

28

Bruhn war eingetroffen. Kein ›Hallo‹, keine Begrüßung. Er stürmte durch den Flur, als sei er auf der Flucht. Die Kriminalisten, die in seiner Person das Unheil aufziehen sahen, hatten sich schnurstracks ins nächstbeste Büro gerettet. Der oberste Kripochef war auf hundertachtzig. Die Medien aus der halben Republik bombardierten ihn, Pressesprecher Uli Stock hing pausenlos am Telefon. Und nun hatte er erfahren, dass von Sat1 ein Kamerateam zur Brandstelle nach Aichelberg unterwegs war, während RTL Heimerles Carport in Geislingen filmen wollte. Ganz zu schweigen von den vielen freien Aufnahmeteams, die allesamt dämliche Fragen gestellt hatten, wie Bruhn es empfand. Schnelles Handeln war vonnöten, schoss es ihm durch den Kopf. Er stellte sich vor Häberle hin, der am Computerbildschirm den Bericht der Spurensicherung studierte.

»Und? Was gibt's?« fuhr ihn der cholerische Chef an, dessen Kahlkopf gefährlich glänzte. Häberle las den Satz vollends zu Ende, drehte seinen Kopf zu Bruhn und sagte gelassen: »Nach allem, was die Spurensicherung und die Vernehmungen ergeben haben, können wir davon ausgehen, dass wir's mit ein und demselben Täter zu tun haben.«

»War mir klar«, blökte Bruhn, schnappte sich einen Besucherstuhl und setzte sich vor Häberles Schreibtisch. »Das hat sich bereits bis zum IM rumgesprochen.« Er meinte das Innenministerium in Stuttgart. »Und die Pressefritzen blähen die Geschichte in einer Weise auf, dass mir's schummrig wird.« Da fiel ihm ein, dass sich sein Intimfeind, dieser lokale Polizeireporter Georg Sander, noch gar nicht bei ihm gemeldet hatte. »War der Sander schon hier?«, fragte er zweifelnd.

Häberle blieb sachlich. »Hab das schon erledigt. Wir brauchen ihn wegen der Zeugensuche.«

»Ohne den ›Ö‹?« Bruhn polterte los, »Herr Häberle, ich muss Sie dringend ersuchen, den Dienstweg einzuhalten.«

Klar, dachte der Gerügte, der ›Ö‹, wie der Beamte für Öffentlichkeitsarbeit hieß, brauchte auch seine Daseinsberechtigung. Der und sein Stellvertreter – und neuerdings sogar noch ein Adjutant, fuhr es Häberle durch den Kopf. Schreibtischhengste en masse.

Doch er zog es vor, seinen Kommentar zu verkneifen. Bruhn jedoch glaubte zu wissen, was sein Gegenüber nicht sagte, weshalb er rein vorsorglich eine Drohung ausstieß: »Sie sollten sich penibel an die Dienstvorschriften halten. Diese alte Sache ist noch nicht vom Tisch.«

Häberle ging nicht darauf ein. Wenn das jetzt seine ganzen Sorgen waren – Dienstvorschriften, Dienstaufsichtsbeschwerden, dann hatte Bruhn bei Gott keine wirklichen Probleme.

»Wieso kommen Sie über den Lanski nicht weiter?« wechselte der oberste Chef das Thema, »Sie müssen überall ansetzen. Irgendwo hab ich was von der Slowakei gelesen – was steckt da dahinter?« Bruhn hätte am liebsten alle Fragen gleichzeitig gestellt, aber sie möglichst bereits im Voraus beantwortet bekommen.

»Das scheint mir ein eher zufälliges Zusammentreffen zu sein. Zwei Geschäftsleute haben in der Slowakei nach ihrem Geld geschaut ...« Häberle grinste, »... und ihrem Freund Lanski über Rendite oder Nicht-Rendite Meldung erstatten wollen. Leider war der Gute zu diesem Zeitpunkt bereits tot – und das Handy in anderen Händen. Nur wissen wir bis jetzt nicht, in welchen.«

Bruhn knurrte etwas. Das hatte er gelesen. »Ich will etwas ganz anderes wissen«, wurde er noch energischer, als er es schon war, »wenn diese ganze Kacke in die Sportszene reinspielt, wie auch immer, dann macht mich das hellhörig. Vor allem, wenn in den Akten immer wieder der Name Klinsmann rumspukt.«

Endlich war es raus, dachte Häberle. Damit hatte er längst gerechnet. Schiss ohne Ende. Sobald ein Fall auch nur andeutungsweise prominente Kreise tangierte, flatterte Bruhn das Hemd. Und ganzen Hundertschaften ebenso – bis hinauf ins Innenministerium.

»Ich verspreche Ihnen, sobald wir Erkenntnisse haben, dass ein Prominenter in Gefahr ist, werden wir die üblichen Maßnahmen ergreifen.« Häberle lehnte sich zurück.

»Ihnen muss bewusst sein …«, entgegnete Bruhn, ohne bisher auch nur den winzigsten Anflug eines Lächelns gezeigt zu haben, »nächste Woche beginnt der Confederations-Cup, diese Mini-WM. Da können wir nichts gebrauchen, was den Fußball-Standort Deutschland gefährdet. Nichts. Verstehen Sie?«

Es klang wie eine Drohung.

Der Abgeordnete Klaus Riegert hatte es bereits am Stuttgarter Flughafen erfahren. Während er im kühlen Nieselregen zu einem der Parkhäuser ging, ließ er sich per Handy von seiner Büroleiterin über Termine und Ereignisse im Wahlkreis informieren. Frau Schiller hatte inzwischen vom Tod der beiden Sportfunktionäre gehört. Sie war zwar nicht darüber unterrichtet gewesen, wen Riegert an diesem Donnerstagabend treffen wollte, doch als er jetzt die Namen nannte, war sie schockiert. Auch der Politiker fühlte sich wie vom Blitz getroffen. Er blieb auf dem Gehweg gegenüber dem Parkhaus stehen, in dem er seinen Wagen abgestellt hatte.

»Das ist entsetzlich«, wiederholte er und war nicht mehr in der Lage, das Geschehen um sich herum wahrzunehmen. Frau Schiller zögerte einige Sekunden, ehe sie wieder geschäftlich wurde und pflichtgemäß den Anrufer erwähnte, der um ein Gespräch gebeten hatte. Der Politiker atmete tief durch. »Was er will, hat er nicht hinterlassen?«

»Nein, hat nur gesagt, dass es sehr wichtig sei«, sagte die Frauenstimme, die beinahe im Motorengeräusch eines vorbeifahrenden Omnibusses untergegangen wäre.

»Dann rufen Sie ihn bitte an. Er kann um 20 Uhr ins Büro kommen«, entschied Riegert und seufzte in sich hinein. Diese vorgezogenen Neuwahlen, wenn sie denn kamen, ermunterten jetzt alle möglichen Querulanten und Dummschwätzer, sich an den örtlichen Abgeordneten zu wenden. Dies erforderte höchstes Fingerspitzengefühl, um niemanden zu verärgern. Die Wochen vor einer Bundestagswahl galten als die Wichtigsten. Und diesmal ganz besonders. Schließlich, das war Riegert längst klar geworden, begann sich eine Stimmung breit zu machen, die sowohl den Rot-Grünen, als auch den Konservativen gefährlich werde konnte. Diese Arbeitsmarktreform und dieses ›Hartz IV‹, das auch rechtschaffenen Bürgern, die nach 30-jährigem Schuften schuldlos ihren Job verloren, schon nach kurzer Zeit nur noch minimalste Unterstützung zugestand und sie nötigte, mühsam Erspartes abzuschmelzen oder gar das Eigenheim aufzugeben, das hatten sie in Berlin nämlich alle gemeinsam ausgebrütet. Koalition und Opposition. Riegert spürte längst voll Unbehagen, wie gerade dieser Punkt die Basis langsam zum Kochen brachte – doch der konservative Politiker zeigte sich zur Enttäuschung vieler seiner bisherigen Wähler als treuer Parteisoldat, der diese Reform mit Zähnen und Klauen verteidigte. Er hoffte inständig, dass es sich bei dem Anrufer um keinen militanten Gewerkschafter handelte, der bloß wegen dieser ›Hartz IV‹-Geschichte gleich zu dieser neuen Linkspartei übergelaufen war.

Riegert beendete das Gespräch, überquerte die Straße und schob am Automaten seine Parkkarte in den Schlitz. Er erschrak jedes Mal aufs Neue über die Höhe der Gebühren, als die Zahl auf der digitalen Anzeige erschien. Dabei war er diesmal nur vier Tage weg gewesen. Er fütterte den Automaten mit Scheinen, strich das Wechselgeld ein und strebte dann seinem Fahrzeug zu.

Seine Gedanken kreisten nur um die beiden Männer, die ihm etwas Geheimnisvolles hatten anvertrauen wollen. Wenn ihr Tod tatsächlich in einem Zusammenhang damit stand, dann war äußerste Vorsicht geboten. Während Riegert seinen Audi A 6 beim Näher kommen ferngesteuert entriegelte, dachte er über das weitere Vorgehen nach. Als er auf der Autobahn war, vorbei an der Baustelle für die gigantische Messe, bemerkte er, dass er sich gar nicht mehr entsinnen konnte, wie er das Parkhaus verlassen hatte. Er war so tief in Gedanken versunken, weil er sich krampfhaft an das Telefongespräch mit einem dieser beiden Männer zu erinnern versuchte. Als gelernter Kriminalist machte er sich Vorwürfe, keine bohrenden Fragen gestellt zu haben. Kurz vor der Ausfahrt Wendlingen, als sich vor ihm die Bergkette der Schwäbischen Alb im Dunst abzeichnete, beschloss er, sich zunächst über die Ereignisse zu informieren. Denn wenn die beiden Männer tatsächlich hinter einer heißen Sache her gewesen waren, und danach sah es aus, dann reichte sie womöglich bis in die höchsten Ebenen der Politik hinein. Und nichts war gefährlicher, als in diesen politisch unsicheren Zeiten etwas an die Öffentlichkeit zu bringen, was geheim bleiben musste. Riegert entschied, auf eigene Faust zu ermitteln.

29

»Und jetzt?« Der Amerikaner, der sich betont leger gab, um gleich gar nicht den Eindruck zu erwecken, Millionär zu sein, unterhielt sich mit seinem Schwager Jano auf Slowakisch. Sie saßen sich im Büro der Baustoffhandlung in schweren, ledernen Sesseln gegenüber.

»No problem«, entgegnete Jano, doch es hörte sich nicht überzeugend an. Auf Slowakisch fuhr er fort: »Für uns besteht keine Gefahr. Und für unsere Auftraggeber auch nicht.«

»Das sagst du so einfach«, konterte sein Schwager, der das rechte Bein abgewinkelt hatte, um den Fuß aufs linke Knie legen zu können. »Mit den Jungs da drüben ist nicht zu spaßen.« Er deutete mit dem Kopf in Richtung Osten. »Du hast ihnen schon verdammt viel in den Rachen geworfen.«

Jano zuckte zusammen. Wenn Pit unpässlich wurde, was nur im engsten Kreise geschehen konnte, dann empfahl es sich, auf Distanz zu gehen.

»Was glaubst du eigentlich, was geschieht, wenn die ganze Clique um diesen Nullenbruch hier aufkreuzt? Was, zum Teufel, muss eigentlich noch passieren, dass du dir endlich Gedanken machst? Es ist doch nur noch eine Frage der Zeit, bis auch bei uns hier die Bullen auftauchen. Dieser Nullenbruch wird uns Kopf und Kragen kosten.« Der Amerikaner stockte, um dann leise, aber drohend fortzufahren: »Ich sag dir eins. Bevor mir hier jemand die Hölle heiß macht, flieg ich in die Staaten zurück. Und dann kannst du selber sehen, wie du aus der Scheiße rauskommst. Du hast das vermasselt. Du allein, weil du den

Hals nie voll kriegen kannst, weil du größenwahnsinnig bist. Mit all deinen Weibern und immer noch spekulativeren Geschäften.«

Die beiden Männer schwiegen sich eine halbe Minute lang an, während der Jano in Gedanken alle Möglichkeiten durchging, die sich seiner Meinung nach boten.

»Wir müssen die Schweinehunde entweder ausschalten oder mit ihnen einen Deal machen«, erklärte er vorsichtig, um seinen Schwager nicht noch mehr zu erzürnen. Pit war zum Fenster gegangen und blickte auf die belebte Straße hinaus. »Was heißt ›ausschalten‹ «, er drehte sich blitzartig um, »... willst du sie abknallen? Du weißt ja nicht mal, wo du sie findest. Und wenn du einen Deal mit ihnen machen willst, bitte schön, tu's, aber dann wird's verdammt teuer, das sag ich dir jetzt schon. Ganz zu schweigen davon, dass sie dich nicht zu einer Krisenkonferenz einladen werden.« Über Janos Gesicht huschte ein mitleidiges Lächeln.

Jano schwieg. Auf seiner Glatze bildeten sich Schweißperlen. Sein Handy spielte eine Melodie, doch er ignorierte es.

»Und wie soll das alles weitergehen?« bohrte Pit weiter und blieb stehen. »Die Organisation steht, das Geld fließt – aber unsere Partner werden nervös. Und du hast inzwischen keinen Kontaktmann mehr.«

Jano schüttelte heftig den Kopf. »Irrtum.« Er grinste triumphierend. »Du solltest wissen, lieber Pit – ich hab meine Kontakte überall hin. Es geht auch ohne den Nullenbruch, sei dir dessen gewiss.« Jetzt war er wieder ganz der smarte und charmante Geschäftsmann. »Ich sag doch, es gibt kein Problem.«

Pit kniff die Augen zusammen und sah seinen Schwager angrifflustig an. »Nur halt, dass es diese Jungs gibt. Ich warne dich, Jano. Die schrecken vor nichts zurück. Auch wenn du uns, verdammt nochmal, in diese Scheiße reingeritten hast, so möchte ich doch noch eine Zeit lang einen Schwager haben. Schon meiner Schwester wegen.«

Anna saß gerade in ihrem grasgrünen Polo, um das Firmengelände zu verlassen, als ihr Handy sich meldete. Sie hatte es lautlos gestellt, denn Frau Siller wäre sonst ausgeflippt. Und seit unklar war, wo sich Nullenbruch aufhielt, wollte Anna das äußerst gespannte Verhältnis zu ihrer direkten Vorgesetzten unter keinen Umständen noch mehr strapazieren. Sie ließ die Anfälle über sich ergehen, wohl wissend, dass sie auch gar keine andere Wahl hatte. Denn in ihrer Situation würde sie nirgendwo im Westen einen Job finden. Und sich nur auf das Geschäft mit der Prostitution zu beschränken, das wollte sie nicht. Sie suchte sich ihre Kundschaft aus und würde nie mehr, wie viele Mädchen dies im grenznahen Bereich zwischen Tschechei und Deutschland noch immer taten, am Straßenrand die Freier locken.

Von einem Mann namens Liebenstein hatte sie nie zuvor etwas gehört. Die Männerstimme im Handy gab sich Mühe, Charme zu verbreiten. »Herr Gangolf und Frau Campe haben mich gebeten, mit Ihnen Kontakt aufzunehmen.«

Das Mädchen schwieg. Sie überlegte für einen Moment, ob sie das Gespräch unterbrechen sollte.

»Ich verstehe den Grund Ihres Anrufs nicht«, sagte sie mit ihrem harten slowakischen Akzent. Dadurch wirkte ihre kühle Stimme noch um ein Vielfaches unsympathischer.

Der Anrufer spürte, dass er keine Chance haben würde, weshalb er beschloss, sein Anliegen direkt vorzubringen: »Wir sind in Sorge um Herrn Nullenbruch. Sie doch sicher auch?«

»Herr Nullenbruch ist mein Chef«, gab sie monoton und teilnahmslos zurück.

»Wir sollten miteinander reden«, wurde Liebenstein deutlicher.

»Ich wüsste nicht, worüber.« Anna blieb hart, während sie den Parkplatz um sich herum im Auge behielt. Die meisten Autos waren bereits weg.

Der Anrufer gab sich geschlagen. »Dann sagen Sie mir doch wenigstens, wo ich ihn erreiche.«

Annas Blick ging ins Leere. »Das geht niemanden etwas an.«

Liebenstein war nahe daran, die Beherrschung zu verlieren. Seine Stimme verriet, dass er innerlich kochte. Er schien noch auf eine Antwort zu warten, doch dann brach es förmlich aus ihm heraus: »Nur eines noch, Schätzchen. Du solltest deinen frechen, osteuropäischen Stolz mal ein bisschen zügeln. Sonst könnte es sein, dass du eins auf die Fresse kriegst.« Aus. Er hatte das Gespräch unterbrochen.

Anna hatte panische Angst. Ihr wurde bewusst, wie allein sie war.

»Rache oder Abrechnung – irgendeine alte Sache von früher«, resümierte Mike Linkohr, als er Häberle einen Aktenordner in das kleine Büro brachte. Die Kollegen der Sonderkommission hatten sich im Vereinsheim des SC Geislingen umgehört, ohne allerdings jemanden zu finden, der etwas Näheres zu Funkes und Heimerles dortigem Aufenthalt am Montagabend hätte sagen können. Nur ein Stammgast glaubte sich zu entsinnen, die beiden auf dem Weg zum Clubraum im Tribünengebäude gesehen zu haben. Ob sie dabei in Begleitung weiterer Personen waren, wusste er allerdings nicht. Er schlug aber vor, die Sportler zu befragen, die sich regelmäßig am Montagabend trafen. Die Kriminalisten hatten inzwischen diese Namen herausgefunden.

»Sie meinen, da wurden alte Rechnungen beglichen«, griff Häberle die Überlegungen seines jungen Kollegen auf und lehnte sich in dem unbequemen Bürosessel zurück.

»Irgendjemand hat's auf die ehemaligen Sportsfreunde abgesehen, das liegt doch auf der Hand«, erwiderte Linkohr. »Die drei kennen sich von früher, Funke, Heimerle und Lanski – das wissen wir. Jetzt brauchen wir nur nach einem gemeinsamen Bekannten zu suchen, dem sie im Weg waren.« Linkohr grinste und fuhr fort, als sei alles ganz einfach: »Zumindest einen seiner Bekannten kennen wir bereits.«

»So?«

»Klinsmann«, antwortete der junge Kollege ziemlich forsch.

»Dann stellen Sie mal fest, wo er sich am Montagabend und vergangene Nacht aufgehalten hat.« Der ironische Unterton war nicht zu überhören. »Der Herr Bundestrainer hat ja in diesen Wochen vor den wichtigen Spielen zum Confederations-Cup auch sicher nichts anderes im Kopf, als alte Rechnungen zu begleichen. Mit der Schrotflinte.« Er grinste noch breiter. »Gut kombiniert, Herr Kollege.«

Linkohr fühlte sich veräppelt, weshalb er das Thema wechselte und eine ausgedruckte E-Mail auf den Tisch legte. »Es hat tatsächlich geklappt. Wir haben die Gesprächsverbindungen von Striebels Handy gekriegt«, vermeldete er stolz.

»Unser Herr Richter ist halt ein Praktiker«, kommentierte Häberle zufrieden, »ich sag's doch immer – der weiß, worauf es ankommt.« Amtsrichter Schwenger hatte also den Nachforschungen zugestimmt.

»Es gibt allerdings nichts sonderlich Auffälliges«, musste Linkohr einräumen, als er die Aufstellung der an- und abgegangenen Gespräche mit den jeweiligen Nummern vorlegte. »Zumindest nichts, was uns hellhörig machen müsste.« Der Kommissar besah sich die Aufstellung. Neben den Verbindungsnummern waren handschriftlich die Namen der Anschlussbesitzer notiert worden.

»Dieser hier«, Häberle deutete mit dem Kugelschreiber auf eine Nummer mit der Göppinger Vorwahl 07161, die in der vergangenen Woche fünfmal angewählt worden war. Dahinter stand »Fa. Nubru«. Linkohr zuckte mit den Schultern.

»Schaun Sie mal«, fuhr Häberle fort und zeigte auf eine Handynummer, die dreimal auftauchte, zuletzt am Dienstag und zwar gewählt in der Slowakei. Könnte es sein, dass Nullenbruch etwas mit ›Nubru‹ zu tun hat?«

Linkohr fiel es wie Schuppen von den Augen. Er hätte dies auch erkennen können. Aber vielleicht war er durch die Arbeit der letzten Tage ausgepowert. Außerdem plagte ihn immer häufiger der Gedanke, er würde Juliane vernachlässigen. Zwar zeigte sie Verständnis für seine Arbeit, aber jetzt stand das Wochenende bevor – und sie hatte diesmal frei.

Häberle überflog noch einmal die Namen. Insgeheim hoffte er, weitere Bekannte zu finden. Aber es gab keine Hinweise auf Nummern, die Heimerle oder Funke zuzuordnen gewesen wären.

»Dieser Nullenbruch würd mich interessieren«, entschied er, »knüpfen wir uns doch diesen Striebel mal vor. Er kann uns doch am ehesten erzählen, weshalb er so oft dort angerufen hat.«

Linkohr nickte, faltete das Blatt wieder zusammen und brachte aus seinem Aktendeckel ein weiteres hervor.

»Noch was«, fuhr er fort, »die Telefonverbindungen der beiden Toten.« Auch auf dieser Liste waren die Nummern bereits mit Namen versehen.

Häberle zeigte sich sehr zufrieden. Doch beim Blick auf die Aufstellung gab es nichts, was seine Aufmerksamkeit erregte. Er kniff die Lippen zusammen und meinte: »Die Kollegen sollen die Namen nochmal genau durchchecken. Gibt's was Neues von der Spurensicherung?«

Linkohr schüttelte langsam den Kopf, griff aber dennoch zu seinem kleinen Notizblock. »Die Chemiker in Stuttgart haben herausgefunden, womit Funkes Haus angezündet wurde. Bei dem Brandbeschleuniger hat es sich um Aral Super gehandelt.«

Häberle zeigte keine Reaktion. »Ganz schöne Verschwendung«, meinte er schließlich ironisch, »ausgerechnet den teuersten Sprit.«

»Aber da ist noch etwas«, Linkohr hatte ein ausgesprochenes Talent dafür, wichtige Informationen bis zum Schluss für sich zu behalten. »Und?«, fragte sein Chef ungeduldig.

»Dieser Lanski ist wirklich ins Wettgeschäft eingestiegen. Er hat nicht nur mit Sportartikel gehandelt, sondern eine ganze Kette von Wettbüro-Filialen eröffnet. So eine Art Franchising, wenn Sie verstehen …« Der Kommissar nickte, denn er wusste, dass es sich um Filialen handelte, die allesamt selbstständig geführt wurden. »Sie werden meist von Ausländern betrieben«, fuhr Linkohr fort. »Von Türken, aber auch von Russen.«

Der Chef-Ermittler holte tief Luft. »Die russische Wett-Mafia«, stellte er fest.

30

Der Abgeordnete Riegert hatte sich daheim nur kurz frisch gemacht und von seiner Frau schildern lassen, was über den Tod von Heimerle und Funke in den regionalen Radionachrichten berichtet worden war. Dann fuhr er in sein Wahlkreisbüro nach Geislingen. Dies hatte er vor geraumer Zeit dort eingerichtet, weil sich die Räumlichkeiten im Haus eines befreundeten Bauunternehmers anboten. Frau Schiller, seine Büroleiterin, war an diesem Donnerstagabend nicht mehr da, als er hinter dem Schreibtisch Platz nahm. Neben ungeöffneten Briefen, die persönlich an ihn adressiert waren, entdeckte er mehrere Zettel mit Telefonnummern, die er anrufen sollte. Alles deutete darauf hin, dass auch an der Basis die Nervosität stieg, dabei hatte Schröder die Vertrauensfrage doch erst auf den 1. Juli angekündigt. Aber inzwischen gab es keine ernsthaften Zweifel mehr, dass es Mitte September zu Neuwahlen kommen würde.

Riegerts Wahlkreisbüro war klein und eigentlich nichts weiter als eine bescheidene Möglichkeit, Gespräche zu führen und Akten aufzubewahren. Die Wände waren schmucklos, soweit die Regale und Schränke überhaupt noch Freiräume zuließen.

Der Mann, der pünktlich um 20 Uhr an der Tür klopfte, hatte sein korrekt gescheiteltes, schwarzes Haar offenbar mit einer neuen Portion Gel zum Glänzen gebracht.

»Mein Name ist Liebenstein, Tobias Liebenstein«, stellte er sich vor und nahm neben Riegert an dem kleinen Besuchertisch Platz, von dem der Abgeordnete einen Stapel Zeitungen entfernte. Riegert musterte den Besucher und war sich ziemlich sicher, dass er es mit keinem Einheimischen zu tun hatte. In der Regel suchten ihn nur Bürger auf, die er persönlich kannte. Viel zu groß war die Hemmschwelle, den Herrn Abgeordneten persönlich anzusprechen. Schon oft hatte Riegert über diese Beobachtung nachgedacht. Wahrscheinlich waren Basis und die Bundespolitiker schon viel zu weit auseinander.

Er lächelte freundlich und ermunterte den Gast mit einer Handbewegung, sein Anliegen vorzutragen. »Sie haben ausrichten lassen, Sie hätten ein dringendes Anliegen.«

»Es geht nicht um mich, sondern um den Sport«, erklärte Liebenstein und ließ seinen Blick über die allgemeine Unordnung in dem Raum schweifen. Hier sah es nach Hektik und Stress aus. »Vielleicht sollte ich mich erst noch genauer vorstellen. Auch ich komme aus Berlin, vom Wirtschaftsministerium. Dass ich Sie nicht in Ihrem Berliner Büro aufgesucht habe, hat einen ganz einfachen Grund: Ich bin beauftragt, die Wahlkreise kennenzulernen.«

Riegert stutzte. Wirtschaftsministerium? Eva schoss ihm durch den Kopf. Eva Campe. Die Frau, die so viel Interesse an Fußball gezeigt hatte. Der Abgeordnete fragte zurück: »In wessen Auftrag?«

»Wie ich sagte. Wirtschaftsministerium. Interne Studie. Über die Chancen der Fußballweltmeisterschaft und die daraus resultierenden Möglichkeiten für strukturschwache Räume.« Er überlegte. »Ihrer zählt dazu, wenn ich mich nicht irre. Zumindest dieser Bereich Geislingen. Und gerade der ist für uns – wie übrigens eine ganze Reihe anderer auch – besonders von Interesse. Sie haben schließlich das Stuttgarter Daimler-Stadion direkt vor der Haustür. Tja … und daraus gilt es Kapital zu schlagen, wenn sich dort die Welt trifft.«

Das klang plausibel, überlegte Riegert. Er wusste aus vielen Gesprächen, welchen Impuls man sich bundesweit von der WM versprach.

»Und welche Rolle spielen Sie dabei?«, fragte Riegert.

»Ich sondiere. Ich will eruieren, wie hoch die Akzeptanz

der jeweiligen Räume für diese WM ist. Und des jeweiligen Abgeordneten.«

Riegert lächelte spöttisch. »Dass Sie ausgerechnet mich von der Opposition aufsuchen, ehrt mich. Dann geht man wohl an allerhöchster Stelle bereits von unserem Wahlsieg aus …?« Der Abgeordnete gab sich misstrauisch. »Wieso fragen Sie nicht einfach Ihren Herrn Riester, der diesen Wahlkreis hier für Ihre Partei vertritt?«

Liebenstein blieb gelassen und lehnte sich zurück. Der Stuhl knarrte bedrohlich. »Sie übersehen, Herr Riegert, dass dies keine parteipolitische Aufgabe ist, sondern eine Bundesangelegenheit, wenn ich das mal so sagen darf. Das wird sich unter einer Frau Merkel als Kanzlerin nicht ändern.«

Riegert gab sich geschlagen. Er kannte die Kräfte, die im Hintergrund am Werk waren, die sich um Sponsoring und Werbung Grabenkämpfe lieferten und streng darauf achteten, dass nur Firmenlogos ins rechte Bild gerückt wurden, die vertraglich festgelegt waren. Unweigerlich musste Riegert an die Forderung der FIFA denken, ihr die Stadien werbefrei zu übergeben. Beinahe hätte das Stuttgarter ›Gottlieb-Daimler-Stadion‹ während der WM nicht so heißen dürfen, weil der Name mit Daimler-Chrysler in Verbindung gebracht wurde. Doch dann konnten die Verantwortlichen davon überzeugt werden, dass das Stadion nach einem gewissen Gottlieb Daimler benannt wurde, einem begnadeten, aber längst verblichenen Bastler, der quasi nebenbei das Automobil miterfunden hat.

»Wissen Sie«, machte Liebenstein weiter, nachdem der in Gedanken versunkene Riegert nichts mehr gesagt hatte, »leider gibt es inzwischen auch von verschiedenen Seiten Versuche, unser Bemühen zu torpedieren. Ob es nun Globalisierungsgegner sind oder Öko-Freaks, Hooligans, linke Chaoten oder was auch immer – wir befürchten, dass diese Gruppen die optimistische Feststimmung ins Gegenteil verkehren wollen.«

»Terroristen?«

»Nein, davon ist, was diese Sache anbelangt, nicht auszugehen. Uns geht es darum, dass diese Stimmung der Freundschaft, der Freude und … ja, sagen wir es ruhig … der Liebe nicht zerstört wird. Deutschland soll als Gastgeber der Welt ein sympathisches Bild abgeben. Und dass wir mit Jürgen Klinsmann einen Bundestrainer haben, der dies alles verkörpert – diesen Optimismus, diese Aufbruchstimmung, diese Sympathie, das ist ein wahrer Glücksfall. Der richtige Mann zur richtigen Zeit. Dazu noch ein Schwabe, der aus dieser Stadt stammt.«

»Nicht ganz aus dieser Stadt. Hier hat er als Jugendlicher mal Fußball gespielt, geboren ist er aber in Göppingen. Aber Sie haben Recht: Seine Wurzeln sind hier im Filstal.«

»Sehen Sie«, versuchte sich Liebenstein auf Riegerts Wellenlänge einzustellen. »Deshalb bin ich hier. Um diese Stimmung aufzunehmen. Von Ihnen wollte ich einfach mal hören, ob Ihnen in irgendeiner Weise etwas zugetragen wurde, das diese Begeisterung an der WM schmälern könnte.«

Riegert sah seinem Besucher in die Augen. Sie funkelten. Die Formulierung dieser Frage hatte ihn an eine Vernehmung erinnert. Vielleicht täuschte er sich aber auch. Er entschied sich für eine Gegenfrage, wohl wissend, dass dies jeden Polizisten zur Weißglut bringen konnte. Aber dieser Liebenstein war ja keiner. »Haben Sie denn Erkenntnisse, dass es zu, na, nennen wir's mal, zu Störungen kommen könnte?«

Liebenstein hob beschwichtigend die Hände. »Oh nein, verstehen Sie mich nicht falsch. Es geht mir nur darum, zu erfahren, ob Ihnen etwas zu Ohren gekommen ist, auch auf der politischen Schiene. Ob es in Ihrem Wahlkreis Gruppen gibt, denen daran gelegen ist, das WM-Fest als Plattform für ihre Interessen oder für Demos zu missbrauchen.«

Riegert überlegte kurz. »Nee«, erwiderte er dann, »was das anbelangt, sind wir ein relativ friedlicher Landkreis.«

»Auch keine Hinweise aus jüngster Zeit? Vielleicht … vielleicht vertraulicher Art?«

»Vertraulicher Art? Nein, überhaupt nicht.«

»Okay«, Liebenstein holte tief Luft, als habe er mit einer solchen Antwort nicht gerechnet. »Aber denken Sie bitte daran: Deutschland kann sich kein Desaster bei der WM leisten. Nichts, was dieses wunderschöne Fest stört, das man im eigenen Land in der Regel nur einmal im Leben mitfeiern darf.« Er räumte nach kurzer Pause ein: »Naja, manche auch zweimal – viele werden 1974 noch in Erinnerung haben.« Weil Riegert schwieg, bekräftigte er seine Bedenken: »Und, was 1972 in München passiert ist, bei der Olympiade, als es beschwingte Spiele sein sollten und dann dieser schreckliche Terroranschlag geschehen ist, Herr Riegert ... achten wir beide darauf, dass die WM durch niemanden und nichts zerstört wird.«

Der Abgeordnete nickte. Aber er suchte vergeblich nach den Gründen, die diesen Mann zu solchen Aussagen bewogen haben mochten. Gab es geheimdienstliche Erkenntnisse zu einem geplanten Terroranschlag? Aber warum nahm sich dann ein Beauftragter des Wirtschaftsministeriums der Sache an? Riegert beschloss, der Sache auf den Grund zu gehen. Er ließ sich von Liebenstein eine Visitenkarte geben.

Das Wetter wollte nicht besser werden. Meckenbach nahm es verärgert zur Kenntnis, denn er hätte gerne mal wieder das elektrische Verdeck seines Mercedes-Cabrios aufgleiten lassen. Dazu aber war es viel zu kalt. Auch das Schicksal schien gegen ihn zu sein. Die Hoffnung, er würde Ute Siller auf dem Firmenparkplatz treffen, hatte sich nicht erfüllt. Ihr Porsche stand bereits da und wahrscheinlich würde sie im Büro schon den angestauten Frust einer Nacht an der armen Anna auslassen. Er verriegelte seinen Wagen, strich sich das leichte Sommerjackett zurecht und prüfte den Sitz seiner Krawatte. Dann eilte er an der Empfangstheke vorbei, lächelte dem Mädchen dort kurz zu, und sprang mit einigen sportlichen Sätzen die Treppe ins Obergeschoss hinauf. Von seiner Sekretärin, einer ergrauten Dame, die seit Menschengedenken für Nullenbruch arbeitete, erfuhr er, dass sich der Chef noch immer nicht gemeldet hatte. Die Frau Siller sei aber in einer äußerst schlechten Laune, versuchte sie ihn vorzuwarnen. Das war ihm jetzt egal. Es mussten dringend einige geschäftliche Themen besprochen und noch vor dem Wochenende entschieden werden. Außerdem wollte er wissen, welche Befugnisse seine Kollegin erhalten hatte.

Meckenbach betrat Annas Büro. Das Mädchen saß blass und eingeschüchtert hinter dem Schreibtisch. Er überlegte, ob die Augenringe die bittere Folge eines ersten morgendlichen Anschisses waren, oder eher Zeichen für nächtliche Aktivitäten. Meckenbach lächelte ihr zu, doch sie verzog keine Miene. »Frau Siller will nicht gestört werden«, sagte sie.

»Keine Sorge, Kleines«, beruhigte er, »ich nehm das auf meine Kappe.« Er klopfte an der Tür und drückte vorsichtig die Klinke nieder. Augenblicke später – er hatte die Tür noch kaum einen Spalt geöffnet – schallte ihm die zornige Stimme seiner Kollegin entgegen: »Verdammt noch mal, was geht hier vor? Ich will keinen Menschen sehen! Ist diese Nutte nicht in der Lage ...«

Sie stockte, als Meckenbach rasch hereinkam und die Tür hinter sich schloss.

»Entschuldige, aber dieses Flittchen lässt jeden Deppen zu mir durch.« Meckenbach sah sie ernst an. »Vielleicht solltest du dich nicht gleich so aufregen.« Er zog sich einen Besucherstuhl vor den Schreibtisch, hinter dem Ute Siller mit einem tief ausgeschnittenen Kleid saß und ihre Oberweite zur Geltung brachte. »Außerdem«, fuhr er fort, »solltest du dich nicht zu solchen Beschimpfungen hinreißen lassen. Wenn das Mädchen zu einem Anwalt rennt, siehst du schlecht aus.«

»Anwalt!«, äffte Ute nach, »das wird sie nicht wagen. Die nicht!«

Meckenbach wollte es dabei bewenden lassen. »Wir sollten ein paar Dinge besprechen«, wechselte er das Thema. »Ich weiß ja nicht, wie weit deine Befugnisse gehen ...«

»So weit wie nötig«, fiel sie ihm kühl ins Wort. »Ich sagte doch, Frau Nullenbruch hat mir alle Vollmachten gegeben.«

»Und ihr Mann? Ich meine, Nulli wird doch wieder auftauchen?«

Sie zuckte mit den Schultern.

»Wenn sich seine Frau keine Gedanken drüber macht, tu ich's schon gar nicht.«

»Keiner weiß, wo er ist?«, fragte Meckenbach zweifelnd.

»Das muss uns nichts angehen«, antwortete Ute sachlich und spielte mit einem Füllfederhalter. Meckenbach beschlich das ungute Gefühl, dass er bei dieser Frau nie ans Ziel kommen würde. Zunehmend spürte er auch gar keinen Drang mehr danach. Sie war wirklich eiskalt.

»Wir müssen spätestens nächste Woche darüber nachdenken, wie es mit der Installation der Maschinen in Košice weitergeht. Eigentlich müsste ich längst wieder runter.«

»Natürlich wird weitergemacht«, entgegnete sie, »nur so lang ich hier das Sagen habe, wird dies erst publik gemacht, wenn wir die Gewerkschafter und Betriebsräte vor vollendete Tatsachen stellen können. Frau Nullenbruch sieht das im Übrigen auch so.«

Meckenbach hatte nichts anderes erwartet.

»Wenn du es für notwendig erachtest, da runterzufliegen, dann tust du das«, fuhr sie fort. Es klang wie auf dem Kasernenhof, dachte er und fühlte sich plötzlich wie ein Schulbub, der vor der Rektorin saß.

»Und seine Sponsoring-Geschichten?«

Ute Siller zuckte wieder mit den Schultern. »Hat das was mit der Firma zu tun?«

Er überlegte. »Ich geh mal davon aus, dass nicht«, formulierte er es vorsichtig.

»Dann geht uns das auch nichts an. Wenn ihm etwas daran gelegen ist, hat er sicher Sorge dafür getragen, dass es keine Komplikationen gibt.« Die Frau drehte den goldenen Füller nervös zwischen den Fingern. Er durfte ihre Geduld nicht überstrapazieren.

»Wenn er noch dafür Sorge tragen konnte«, griff er ihren Satz auf.

»Wie soll ich das verstehen?«

»Hast du noch nicht daran gedacht, dass sein Verschwinden vielleicht gar nicht so freiwillig gewesen sein könnte?«

»Und wenn schon!« Ihre Antwort kam überraschend schnell. »Meinst du, ich heul ihm eine Träne nach?«

31

Häberle hatte seine Frau Susanne getröstet: Die Wettervorhersagen für das kommende Wochenende waren schlecht, sodass sie beide nichts versäumten, wenn er durcharbeitete. Linkohr hingegen spürte zum ersten Mal, wie schmerzlich es sein würde, Juliane allein daheim zu wissen. So etwas wie Eifersucht keimte auf. Denn vermutlich würde sie nicht zu Hause sitzen, während er Spuren und Personen überprüfte. Er war sich zwar ziemlich sicher, dass sie ihn wirklich sehr mochte – aber allein schon seine kurze berufliche Laufbahn hatte ihm gezeigt, wie schnell manchmal Liebesschwüre gebrochen wurden. Schon jetzt fiel es ihm schwer, an das Gute im Menschen zu glauben. Wie würde das erst sein, wenn er so alt war wie Häberle?

Aber die ersten Tage nach der Tat sind entscheidend, das wusste Linkohr noch von seiner Ausbildung her. Wenn mal eine Woche vergangen war, wurden die Aussichten auf eine Klärung des Falles immer geringer.

Viel Greifbares hatten sie noch nicht, musste er sich eingestehen, als sie an diesem trüben Vormittag Herrn Striebel aufsuchten. Dass der auch in Aichelberg wohnte, wie die beiden Funkes, die vorletzte Nacht in ihrem Haus verbrannt waren, hatte einen besonderen Reiz, dachte Linkohr. Es konnte natürlich auch Zufall sein. Striebels Haus war ein unscheinbares Gebäude aus den 50er-Jahren, ziemlich schmucklos und am Rande des alten Ortskerns gelegen. Über der weißen Alutür, die wohl das einzige Teil aus jüngster Zeit war, hatte ein verrostetes Blechschild mit Hinweisen auf eine längst verschwundene Mineralölfirma die Jahrzehnte überdauert.

Striebel, Seniorchef einer Ölhandlung, die der Sohn inzwischen nach Nürtingen verlegt hatte, war durch einen Telefonanruf auf den Besuch der Kriminalisten vorbereitet worden. »Die hohen Herrn der Kripo«, begrüßte er die beiden Besucher. Es klang nicht gerade freundlich. Er führte sie durch einen finstren Flur, an dessen Wänden Urkunden hingen, die auf jährliche Verkaufserfolge hinwiesen. Als sie sich gegenübersaßen, kam Häberle gleich zur Sache. »Wir haben uns erlaubt, ein paar Recherchen anzustellen.«

Striebel saß stocksteif und aufrecht in seinem Sessel.

Häberle riskierte einen Frontalangriff: »Sie kennen einen Herrn Nullenbruch?«

Der Angesprochene rang nach Luft. Er schien innerlich zu kämpfen, welche Art von Reaktion angemessen sein würde. Dann nickte er. »Ja, natürlich kenn ich den. Ein ehrenwerter Geschäftsmann, um gleich gar keinen falschen Zungenschlag aufkommen zu lassen, meine Herrn.«

»Sie haben ihn verhältnismäßig oft in der Firma angerufen – und es dann auch während ihres Aufenthalts in der Slowakei auf seinem Handy versucht. Allerdings vergeblich.«

»Sie überwachen mein Telefon«, stellte Striebel zornig fest. »Wer gibt Ihnen das Recht dazu, mich wie einen Verbrecher zu behandeln?«

»Alles rechtmäßig«, beruhigte Häberle, »rechtmäßig und Routine. Ohne Ihnen etwas unterstellen zu wollen.«

»Das möchte ich aber auch hoffen«, wetterte Striebel, »weshalb interessieren Sie sich für meine Telefonate?«

»Nur, weil Sie Kontakt zu Lanski hatten«, versuchte Häberle den Mann zu besänftigen, »solange wir keinen Anhaltspunkt haben, wer ihn erschossen hat, müssen wir sein gesamtes Umfeld überprüfen. Leider auch Sie.« Er lächelte. »Und wenn Sie uns sagen, was es mit diesem Nullenbruch auf sich hat, dann sind wir auch gleich wieder weg.«

»Nubru«, entschied sich Striebel für eine Antwort, »sagt Ihnen ›Nubru‹ was? Metallzeugs für Autos. Drüben im

Gewerbepark Voralb. Er investiert in Košice und hat mir und einigen anderen diese Anlagemöglichkeiten vermittelt. Wie ich Ihnen bereits gesagt hab. Kredite für Betriebe.«

»Auch für Nullenbruch?«, hakte Häberle nach.

»Nein, nur für slowakische Betriebe. Er hat damit nichts zu tun – außer, dass er Kontakte geknüpft hat.« Striebel wischte sich mit der flachen linken Hand Schweiß von der Stirn.

»Und wo ist Nullenbruch jetzt?«

Striebel zuckte mit den Schultern. »Keine Ahnung. Ich hab versucht, ihn anzurufen, aber es war nur die Mailbox dran.«

»Wo hätte er denn sein sollen?«, blieb Häberle hartnäckig.

»Er wollte auch kommen – nach Košice.«

»Wie?« staunte der Chef-Ermittler, »er wollte auch nach Košice kommen? Und warum, wenn ich fragen darf, sind Sie nicht gemeinsam gefahren. Sie, er und Kromer?«

»Spielt das eine Rolle?«

»Naja, es sieht eben so aus, als sei in Košice etwas Unvorhergesehenes passiert. Sie rufen nervös Ihre Freunde an, den Lanski und den Nullenbruch, wie wir wissen, und dann eilt Nullenbruch herbei und Lanski wird womöglich gewaltsam an dieser Absicht gehindert. Von wem auch immer.«

»Falsch kombiniert, Herr Kommissar«, entgegnete er, »Nullenbruch hatte ohnehin kommen wollen. Ich wollte ihn am Telefon nur fragen, wann genau dies sein würde, weil wir gar nicht mehr so lange bleiben wollten. Sie müssen wissen, dass er gerade eine Fabrik dort unten baut.«

»Haben Sie diesen Funke, der bei diesem schrecklichen Feuer mit seiner Frau ums Leben gekommen ist, persönlich gekannt?«

»Hier kennt man sich. Wir hatten aber in letzter Zeit weniger Kontakt. Er ist auch noch deutlich jünger.«

Er überlegte. »Funke ist noch immer im Fußball engagiert, in Geislingen, wo er herkommt, beim Sportclub, wenn Sie diesen Verein kennen.«

Häberle nickte wissend und meinte grinsend: »HSV-Killer.«

»Genau. Den Funke kenne ich, seit er als Jugendlicher Fußball gespielt hat. Damals war ich Schiedsrichter und bin im ganzen Gäu hier rumgekommen.«

»Dann kannten Sie auch den Heimerle?«

»Wer kennt den nicht?«

Linkohr meldete sich zu Wort: »Und Klinsmann?«

Striebel war für den Bruchteil einer Sekunde irritiert. Mit dieser Frage hatte er wohl nicht gerechnet. »Natürlich«, erwiderte er, »Klinsmann hat da doch das Fußballspielen gelernt. Wieso fragen Sie?«

Der Abgeordnete Riegert hätte Eva Campe direkt anrufen und nach diesem Herrn Liebenstein befragen können. Er entschied sich aber an diesem Freitagvormittag für den Dienstweg. Ein Abteilungsleiter bestätigte ihm, dass es einen Herrn Liebenstein gebe, der der Abteilung eines Ministerialdirektors Harald Gangolf zugeordnet sei. Riegert ließ sich mit ihm verbinden und erfuhr, dass Liebenstein momentan tatsächlich in Sachen Fußball unterwegs sei, um in den einzelnen Wahlkreisen die Akzeptanz dieses Großereignisses zu prüfen. Harald Gangolf gab sich betont höflich und bedauerte, dass sie sich in Berlin nie begegnet seien. Das müsse man unbedingt bald nachholen. Riegert überlegte, ob er darauf eingehen sollte. Doch dann verwarf er den Gedanken, denn ab September würde die politische Landschaft ganz anders aussehen. Noch bevor er etwas sagen konnte, hörte er die sanfte Stimme Gangolfs: »Vielleicht sollten Sie als Sportexperte Ihrer Fraktion mal Kontakt mit Herrn Beierlein aufnehmen.«

Beierlein? Riegert erinnerte sich dunkel an ein Gespräch, das er vor einem Jahr in Stuttgart mit diesem Sportfunktionär geführt hatte. ›MV‹ war damals dabei gewesen, Franz Beckenbauer und FIFA-Präsident Joseph S. Blatter.

Der Politiker wurde hellhörig und sah aus dem Fenster seines privaten Büros zu den Bergen der Schwäbischen Alb hinüber. Die Wolkendecke schien sich aufzulockern. »Wieso sollte ich mich mit Beierlein in Verbindung setzen?«, fragte er misstrauisch zurück, während er sorgenvoll auf die Akten schielte, die auf seinem Schreibtisch lagen. Die Partei hatte ihn mit Unterlagen für die bevorstehende Nominierungsversammlung eingedeckt. Jetzt musste alles Schlag auf Schlag gehen. Die Wahl im September ließ keine Zeit mehr.

»Nun, der Herr Beierlein ist mittlerweile stark in die WM-Organisation eingebunden. Außerdem hat er ein Problem.«

»Ein Problem?«

»Ja«, Gangolf atmete schwer, »Sie werden wissen, was sich bei Ihnen da unten in den vergangenen Tagen zugetragen hat. Mord und Totschlag will ich's mal nennen. Ein gewisser Lanski, der so etwas wie Beierleins Geschäftsfreund war, wurde erschossen. Dummerweise hat er sich zuvor unter falschem Namen ein Hotelzimmer reserviert – unter Beierleins Namen.«

Riegert schloss die Augen. Als Kriminalist versuchte er, sich einen Reim drauf zu machen. Doch vorläufig fiel ihm keine logische Erklärung dafür ein.

32

»Die jagen den Matthias Sammer zum Teufel«, stellte Häberle fest, als er mit Linkohr zusammen zur Firma Nubru fuhr. Der Trainer des VfB Stuttgart war in den regionalen Radiosendern schon einige Male erwähnt worden. Linkohr, der auf dem Beifahrersitz saß, interessierte sich nicht sonderlich für Fußball. Seine Gedanken kreisten wieder einmal um Juliane.

Der Kommissar parkte neben einem Porsche. Dann eilten sie zum repräsentativen Haupteingang des Unternehmens, stellten sich bei einer Empfangsdame vor und erfuhren, dass der Chef derzeit nicht zu sprechen sei. Er werde jedoch von einer Frau Siller vertreten, die üblicherweise niemanden ohne vorherige Anmeldung herauflasse.

»Dann richten Sie der gnädigen Frau aus, dass wir sie notfalls eben offiziell vorladen werden«, sagte Häberle ruhig und sah dabei in ein irritiertes Gesicht. Zögernd griff die ergraute Dame zum Telefon, drückte einige Tasten und wartete. Sie drehte sich beiseite und sprach mit gedämpfter Stimme, sodass die Kriminalisten nur Wortfetzen verstanden, die sehr untertänig klangen.

»Sie werden abgeholt«, wandte sie sich dann wieder den Männern zu. Gleich darauf erschien auf der nach oben führenden Treppe ein hellblondes Mädchen. »Frau Siller lässt bitten«, sagte sie mit hartem Akzent, der Häberle sofort an den Südosten Europas erinnerte. Er hatte schon viele Vernehmungen mit Personen gehabt, deren Sprache ähnlich klang.

Frau Siller blieb hinter ihrem Schreibtisch sitzen, als

Anna die beiden Männer hereinführte und gleich wieder verschwand.

Häberle und Linkohr stellten sich vor und durften an einem Besprechungstisch Platz nehmen, während sie von der Finanzmanagerin kühl gemustert wurden.

»Sie tauchen hier auf ohne Anmeldung«, warf sie ihnen vor, »das ist nicht die Art unseres Hauses.«

Häberle verzog keine Miene. Er wusste, dass männlicher Charme bei Frauen dieser Art nicht ankam. »Tut uns leid«, sagte er und hob beschwichtigend die kräftigen Arme, »wir halten Sie auch nicht lange auf.«

»Das will ich hoffen«, schallte es ihm entgegen. Linkohr wagte es nicht mal, seinen Notizblock herauszuziehen. »Geht's um den Herrn Nullenbruch?«, fragte sie.

Häberle nickte erleichtert. Damit waren sie schon bei der Sache. »Wir hätten ihn gerne gesprochen, aber er scheint nicht da zu sein. Wo können wir ihn finden?«

Ute Siller zuckte mit den Schultern und schien ihr aufregendes Dekolleté selbstbewusst hervorheben zu wollen. »Er hat sich nicht abgemeldet.«

»Wie dürfen wir das verstehen?« staunte Häberle, »Sie wissen nicht, wo er ist?«

»Nein«, erwiderte der Eisklotz, »und das geht weder mich noch Sie was an, denke ich. Er ist ein erwachsener Mann und Haupteignerin des Unternehmens ist seine Frau. Und sie hat mich mit der vorübergehenden Leitung beauftragt. Sie können also, wenn es um die Firma geht, mit mir reden.«

»Verstehen Sie mich bitte nicht falsch, aber wir interessieren uns weniger um die Firma, als um ihn. Er scheint sich in der Slowakei aufzuhalten?«

»Das kann gut sein«, kam es zurück, »wir haben dort eine Fabrik aufgebaut.«

»Herr Nullenbruch scheint auch Kontakte zu Sportkreisen zu pflegen ...?«

»Seine Leidenschaft«, entgegnete die Frau emotionslos, »er ist ein Bayern-Fan und gibt Unsummen für den Fußball aus.«

»Unsummen?« echote Häberle.

»Herr Nullenbruch sollte sich auf das Kerngeschäft beschränken. Das meint auch seine Frau«, erklärte Ute Siller und griff zu einem goldenen Füllfederhalter.

»Inwieweit ist er denn in diese … diese Sportkreise involviert?«, zeigte sich Häberle interessiert, während Linkohr stocksteif auf dem ungemütlichen Stuhl saß und sich im Geiste wünschte, dass Juliane niemals zu einer solch autoritären Frau mutieren würde.

»Das geht mich nichts an«, kam die Antwort, »fragen Sie doch seine Frau – oder noch besser: das Flittchen da draußen.« Sie machte eine verächtliche Kopfbewegung in Richtung Tür.

»Flittchen? Sie meinen, Herr Nullenbruch hat die Sekretärin in sein Vertrauen gezogen? Und seine Frau? Ich meine, gibt es da, sagen wir mal, ein Zerwürfnis?« Häberle zeigte sich irritiert.

»Zerwürfnis!«, empörte sich Frau Siller, »ich will mich da nicht einmischen, aber Herr Nullenbruch steht auf diese jungen Dinger.« Es klang verächtlich. »Er hat diese Anna aus der Slowakei mitgebracht. Seine Frau hat längst Lunte gerochen, denk ich, denn sein Versuch, ihr die Mehrheit abzuluchsen, ist gründlich daneben gegangen. Sie müssen wissen, dass der Betrieb von ihr kommt.«

»Glauben Sie denn, dass dieses Mädchen weiß, wo sich Herr Nullenbruch aufhält?«

»Fragen Sie sie doch, aber halten Sie mir die Dame nicht von der Arbeit ab.«

»Das werden wir nicht tun. Dieses Engagement in der Slowakei, diese Firma, die Herr Nullenbruch dort baut – wer kümmert sich um das Projekt jetzt, wenn er nicht da ist?«

»Der Leiter Produktion – Wolfgang Meckenbach. Wenn Sie etwas zu Košice wissen wollen, ist er der richtige Ansprechpartner.«

Häberle bedankte sich, bat noch um die Adresse von Frau Nullenbruch und verließ mit dem schweigenden und nachdenklichen Linkohr das Büro.

Im Vorzimmer schaute die blasse Anna starr auf den Bildschirm. »Wir sollten uns auch unterhalten«, lächelte Häberle dem Mädchen zu, »schreiben Sie uns bitte Ihre private Telefonnummer auf.«

Anna war irritiert, notierte dann aber ihre Handynummer auf einem Notizzettel und reichte ihn Häberle, der sich bedankte um beim Hinausgehen meinte: »Vielleicht können Sie uns mehr helfen, als Sie denken.«

Das Wochenende stand vor der Tür und noch gab es keine greifbaren Erkenntnisse. Dies musste Häberle in einem kurzen Telefonat mit dem Lokaljournalist Georg Sander einräumen, der angesichts der geballten Medienmacht von auswärts nervös geworden war. Drei Morde innerhalb kürzester Zeit – und alle hatten sie offenbar etwas mit Sport oder Fußball zu tun, das war der Stoff, aus dem die Boulevard-Geschichten sind. Zwar hielt sich die ›Bild‹-Zeitung noch zurück und beschränkte ihre Berichterstattung bisher auf den Stuttgarter Teil, doch ließ sie bereits vereinzelt durchblicken, dass die Verbrechen seltsamerweise alle in Klinsmanns früherem Wirkungsbereich verübt worden seien.

Sander hätte zu gerne mit dem Bundestrainer gesprochen, doch scheiterten alle seine Versuche. Niemand wollte ihm Klinsmanns Telefonnummer verraten. Dabei hielt sich der Trainer in diesen Tagen mit Sicherheit nicht an seinem Wohnort in Kalifornien auf, sondern war irgendwo in Deutschland. Schließlich stand am morgigen Samstag das Freundschaftsspiel gegen Nordirland an – und ein weiteres am kommenden Mittwoch gegen Russland. Und dann begann dieser Confederations-Cup, diese Mini-WM, die diesmal in Deutschland stattfand. Klinsmann war zwar finanziell an einem Sportgeschäft in Geislingen beteiligt, das sein ehemaliger Fußballerkollege Werner Gass an einem stark frequentierten Verkehrsknoten an der B 10 betrieb, doch war auch dort niemand bereit, für Sander einen Kontakt zu dem Bundestrainer herzustellen. Klinsmann, so schien es, wollte offiziell zum Ort seiner frühen Fußballerfolge keine Verbindung mehr pflegen. Wenn er es tat, dann nur inkognito und nur zu seinen damaligen Kumpels. Sander bedauerte dies zutiefst, obwohl er Klinsmann nie persönlich getroffen hatte. Aber bei allem, was er im Fernsehen sah, hielt er ihn für äußerst sympathisch – vor allem, weil Klinsmann auch nach all den Jahren in den USA seine schwäbische Herkunft nicht verleugnete und, zumindest schien es so, bescheiden geblieben war.

Sander, der seit Jahren ein vertrauensvolles Verhältnis zu Häberle pflegte, nahm zur Kenntnis, dass die Ermittlungen offenbar stockten und sich auf ätzende Kleinarbeit beschränkten.

Helmut Bruhn, der wortgewaltige und bisweilen cholerische Göppinger Kripochef, hatte eine Auskunftssperre verhängt und dies auch dem Ulmer Oberstaatsanwalt Dr. Ziegler schmackhaft gemacht. »Mich kotzt es an, wie die Pressefritzen mit der Sache umgehen«, wetterte er, als er endlich Häberle an der Strippe hatte, »dass eines klipp und klar ist: Das hat nichts mit irgendwelchen Fußballfunktionären zu tun. Verschonen Sie mich mit irgendwelchen haarsträubenden, schwachsinnigen Ideen.« Bruhn stockte. »Und kommen Sie mir nicht wieder mit so aberwitzigen Theorien daher – und vor allem keine Alleingänge, haben wir uns verstanden?«

Häberle grinste seinen Kollegen Linkohr auf dem Beifahrersitz an. Bruhn hatte sie auf der Fahrt zu Nullenbruchs Villa am Stadtrand von Nürtingen erreicht. Der Chef-Ermittler war ein kurzes Stück von Aichelberg bis Kirchheim-West auf der A 8 gefahren und näherte sich nun über Reudern dem Ziel.

»Nach Aktenlage geht's in dem Fall um eine Beziehungsgeschichte zwischen provinziellen Sportfunktionären. Vielleicht sogar um Weibergeschichten, wie Sie doch immer zu sagen pflegen. Hüten sie sich also davor, in die Sache mehr hineinzuinterpretieren als dahinter steckt.« Bruhns Stimme überschlug sich im Lautsprecher der Freisprechanlage. »Und sagen Sie das auch dem Linkohr. Ich will saubere Ermittlungsarbeit, keine Spekulationen.« Noch bevor die beiden Kriminalisten etwas antworten konnten, hatte Bruhn die Leitung getrennt.

Häberle grinste zu Linkohr hinüber. »Der wär doch mal was für Harald Schmidt – nur so, zum Parodieren«, meinte der Kommissar, als sie am Ortsschild von Nürtingen vorbei kamen, der Heimatstadt des beliebten Entertainers.

Linkohr lotste seinen Chef in das beschauliche Wohngebiet, in dem sich eingeschossige Villen unauffällig zwischen Bäumen und Sträuchern duckten. Auf geschotterten Zufahrten parkten Limousinen der gehobenen Klasse.

Nullenbruchs Haus wirkte äußerlich bescheiden, war von viel Grün umgeben und hatte am seitlich angeordneten Eingang einen wuchtigen Holzüberbau, um den sich Efeu rankte. Die beiden Kriminalisten hatten sich von unterwegs telefonisch angemeldet, sodass sie nun auch gleich eingelassen wurden. Frau Nullenbruch war eine zierliche, braunhaarige Frau, um die 50 und eine Nuance zu aufdringlich geschminkt. Die beiden Männer wurden in ein großes Wohnzimmer geführt, das mit weißen Möbeln eingerichtet war. Eine Spur zu modern, befand der Kommissar, staunte dann aber, welchen Ausblick die riesige Fensterfront trotz der vielen Sträucher bot.

Die Kriminalisten ließen sich auf einer ledernen Eckcouch nieder, während Frau Nullenbruch auf einem dazugehörenden Hocker Platz nahm.

»Sie haben gesagt, Sie kommen wegen meines Mannes«, begann sie. Ihre Stimme klang tief und sachlich. »Ich hab Ihnen am Telefon bereits erklärt, dass ich nicht weiß, wo er sich aufhält. Aber das ist nichts Außergewöhnliches. Mein Mann ist oft spontan auf Geschäftsreise gegangen. Sie müssen wissen, dass wir getrennte Wege gehen.«

Häberle staunte, dass sie bereits Fragen beantwortete, die er noch gar nicht gestellt hatte. Linkohr machte sich Notizen.

»Sie müssen auch wissen, dass die Firma auf mich läuft, obwohl er den Namen mal geändert hat – in ›Nubru‹.

Gegründet hat sie aber mein Vater, damals, gleich nach dem Krieg, unter dem Namen ›Autometall‹. Matthias – also mein Mann – hätte am liebsten alles übernommen. Aber inzwischen weiß ich, dass meine Entscheidung richtig war.«

Häberle zog es vor, keine Frage zu stellen. Der Redefluss interessierte ihn, während er wieder mal beiläufig die Umgebung in sich aufnahm: das große Regal mit einer Vielzahl von Fachbüchern über Wirtschaft und Politik, den breiten Fernsehbildschirm und die Gemälde, die kein Motiv erkennen ließen. Viele hoch gewachsene Zimmerpflanzen und die imposante Schrankwand, hinter deren Glasfront wertvolle Gläser und erlesene Getränke vor verspiegelter Rückwand standen.

»Matthias hat's immer mit jungen Mädchen gehabt«, erzählte die Frau weiter, »und als er diese Anna daher gebracht hat, dieses Luder aus der Slowakei, da war's endgültig vorbei. Jetzt wo diese Fabrik bald fertig ist, kann er meinetwegen dort hinziehen. Ich werf ihm keine Steine in den Weg. Nur muss er eines wissen: Jetzt ist der Ofen aus. Ich hab notariell verfügt, dass die Geschäftsführung mit sofortiger Wirkung auf Frau Siller übergehen soll.«

»Es interessiert Sie nicht, wo sich Ihr Mann aufhält?«

»Wieso sollte mich das interessieren? Er ist am Montagmorgen Hals über Kopf abgehauen und hat sich bisher nicht gemeldet.« Ihr war Zorn und Enttäuschung anzumerken. Auch Verbitterung.

»Hat er denn kein Handy?« warf Linkohr ein.

»Natürlich hat er das. In der Firma haben sie versucht, ihn anzurufen. Nichts. Nur die Mailbox«, antwortete Frau Nullenbruch unruhig.

»Sie wissen, wir sind auf Ihren Mann nur deshalb gestoßen, weil es Telefonate zu ihm gab, die von einem gewissen Herrn Striebel geführt wurden. Von Deutschland aus und innerhalb der Slowakei. Kennen Sie Herrn Striebel?«

Sie überlegte und verzog das Gesicht. »Striebel? Keine Ahnung. Aber das hat nichts zu bedeuten. Seit Matthias diese Sache in der Slowakei angefangen hat, hatte er ganz neue

Geschäftsfreunde. Ich lass gerade die Frau Siller abchecken, wohin überall Gelder geflossen sind – und wozu.«

»Sie meinen, da gibt es Unregelmäßigkeiten?«, hakte Häberle nach.

»Ich weiß es nicht«, gestand sich die Frau ein, »aber denkbar ist alles.«

Der Kommissar nickte und verschränkte die Arme. »Eine weitere Frage. Kennen Sie einen Herrn Lanski?«

Sie schüttelte den Kopf. »Das ist der, der erschossen worden ist, oder? Nein, sein Name sagt mir nichts.«

»Und Heimerle und Funke?«, wollte Häberle wissen.

Frau Nullenbruch schüttelte wieder den Kopf. »Auch nicht. Sind das die anderen ... Toten?«

Häberle nickte ernst. »Es sind alles Sportfunktionäre.«

»Ach ... gehn Sie mir weg mit diesem Irrsinn.« Es schien, als sei ein sensibler Nerv getroffen.

»Irrsinn?« Der Kommissar ließ sich seine Neugier nicht anmerken.

»Um es gelinde auszudrücken, Matthias hat einen Vogel«, Frau Nullenbruch stützte sich auf dem Hocker mit beiden Armen hinterm Rücken ab. »Ein Fußballverrückter eben. Ein Fanatiker. Er fährt zu jedem Bayern-Spiel und hat tausend Beziehungen zu irgendwelchen Leuten beim Württembergischen Fußballverband. Rühmt sich damit, diesen ›MV‹ persönlich zu kennen, den Beckenbauer und wie sie alle so heißen. Bis hin, dass er jedem, der's hören will oder auch nicht, lang und breit erklärt, dass er Klinsmann noch von anno-was-weiß-ich-denn her kenne.«

»Ach?« staunte Häberle.

Beierlein hatte am Telefon äußerst zuvorkommend geklungen. Als ihn der Abgeordnete Riegert an diesem Samstagvormittag angerufen hatte, zeigte sich der Sportfunktionär von dem Interesse des Politikers hocherfreut. Natürlich werde er kommen, noch heute, wenn es sein müsse, aber bis zum Freundschaftsspiel gegen Nordirland wolle er wieder daheim sein. Am frühen Nachmittag traf er bei Riegert ein.

»Zunächst mal vielen Dank, dass Sie sich meiner Sache annehmen wollen«, begann Beierlein, als er sich auf die Couch setzte. »Herr Gangolf hat Sie informiert, worum's geht. Mir ist natürlich daran gelegen, dass kein großes Aufsehen entsteht – jetzt vor dem Confederations-Cup und im Vorfeld der WM. Ganz zu schweigen, wenn ›MV‹ etwas von der Sache erfahren würde.«

Riegert nickte. Er kannte den legendären Müller-Vorwieger zur Genüge, seine polternde Art und wie er gerade dieser Tage dem Südwestrundfunk gerichtlich untersagte, weiterhin eine satirische Parodie auszustrahlen.

»Dieser Lanski«, griff Riegert jenes Thema auf, das ihn als gelernter Kriminalist am meisten interessierte, »der hat Ihren Namen benutzt …?«

»Ja – und damit hat er die Polizei auf den Plan gerufen. Wissen Sie, Lanski ist ein Geschäftspartner von mir.« Dann begann Beierlein die Vorgeschichte zu erzählen, schilderte das Treffen am Stuttgarter Bahnhof und dass es nur um Sportartikel gegangen sei.

»Lanski hatte also in Geislingen etwas vor, bei dem er anonym bleiben wollte«, resümierte Riegert. Beierlein sah ihn verwundert und erwartungsvoll an.

»Vielleicht, das könnte doch sein«, machte Riegert weiter und stützte seinen Kopf auf die rechte Hand, »vielleicht war er sich einer Gefahr bewusst und hat absichtlich Ihren Namen benutzt, um im Ernstfall die Polizei in eine bestimmte Richtung zu lenken.«

Beierlein wurde blass. »Sie meinen doch nicht etwa, dass ich ihn …?«

Riegert blieb sachlich. »Nein, das mein ich nicht. Aber vielleicht gab es etwas, was Sie und ihn verbunden hat. Über das rein Geschäftliche hinaus …«

Der Sportfunktionär schluckte. Er wich den Blicken des Politikers aus. »Wie meinen Sie denn das?«

»Es gibt in der Politik – und nur dafür kann ich sprechen – oftmals viele Verbindungen und Kontakte, die im Hintergrund geknüpft werden. Lobbyisten und Korruptionäre oder auch nur ganz dezente Versuche der Einflussnahme. Ich weiß aus meiner Erfahrung als sportpolitischer Sprecher, dass dies im Sport nicht anders ist.«

Beierlein atmete schwer, lehnte sich zurück und versuchte, locker zu wirken. Doch es sah verklemmt aus.

»Sie vertreiben Sportartikel«, stellte Riegert fest, denn er hatte sich über Beierlein informiert und dabei seine Kontakte zu ehemaligen Kollegen der Kripo spielen lassen. »Die WM wird ein gigantisches Geschäft. Nie zuvor war eine WM wirtschaftlich so bedeutsam wie diesmal.«

Der Funktionär nickte langsam und zustimmend.

Riegert fuhr fort: »Und diese anderen Männer, die bei dem Treffen in Stuttgart dabei waren, das waren einerseits, wie Sie sagen, Handelsvertreter und andererseits wichtige Sportler und Sportfunktionäre?«

Beierlein zögerte. »Wie ich sagte.«

Riegert spürte die Unsicherheit seines Gegenübers. »Sonst niemand?«, hakte er bestimmend nach. »Nur Sie und diese Männer aus halb Europa?«

Beierlein schloss für eine Sekunde die Augen und gab sich innerlich einen Stoß. »Okay, Sie sind Politiker, Herr Riegert. Ich weiß nicht, welcher Verschwiegenheitspflicht Sie unterliegen, aber vielleicht sollten wir etwas unter vier Augen bereden …« Seine Stimme wurde leiser.

33

Das Flittchen war tatsächlich eines, dachte Häberle. Vor ihnen stand Anna, blass, blond, schulmädchenhaft, mit kurzem Rock und einem bauchfreien Shirt. Keine Spur mehr von diesem eher biederen Auftreten in Sillers Vorzimmer.

Linkohr hatte Mühe, sich auf das Gesicht des Mädchens zu konzentrieren. Häberle blieb gelassen und ließ sich nicht anmerken, dass ihn ein solcher Anblick durchaus ebenfalls zu faszinieren vermochte.

»Kommen Sie rein«, hauchte Anna. Die Kriminalisten hatten sich telefonisch angemeldet. Sie führte die beiden Männer durch einen dezent beleuchteten Flur, dessen rote Tapete jene Atmosphäre verbreitete, die Häberle insgeheim vermutet hatte.

Die Möbel im Wohnzimmer erinnerten ihn an einen Werbeslogan, der sich überwiegend an junge Leute richtete. Wo es Polster gab, waren sie rot. An einer Wand hing ein Poster, das ein nacktes, eng umschlungenes Pärchen zeigte.

»Wollen Sie was trinken?«, fragte Anna und wies den beiden Männern einen Platz auf der zur Liege aufgeklappten Couch zu. Sie selbst setzte sich ihnen gegenüber und stellte ihre nackten Beine artig, aber provozierend eng aneinander. Sie war sich der Wirkung durchaus bewusst. Häberle verneinte die Frage nach einem Getränk und beugte sich nach vorne. Auf dem Tisch stand ein Aschenbecher und kalter Zigarettenqualm hing noch in der Luft.

»Um es kurz zu machen«, begann Häberle, »Sie wissen, dass Herr Nullenbruch verschwunden ist. Wir hätten gerne gewusst, wo er ist.«

Anna legte ihre nackten Arme auf die Seitenlehne des Stuhls und sah von einem der Männer zum anderen. »Mich würde aber interessieren, warum Sie das wissen müssen.« Sie war jetzt wesentlich selbstbewusster als in der Firma.

Der Kommissar hatte mit dieser Frage gerechnet. »Wir sind auf ihn nur gestoßen, weil wir das Umfeld anderer Personen abgecheckt haben. Wegen diesen Verbrechen, von denen Sie sicher gehört haben.« Häberle sah, dass Anna nickte. »Ihr Chef muss also gar nichts damit zu tun haben«, beruhigte er.

»Ich weiß aber wirklich nicht, wo er ist«, entgegnete sie sofort und deshalb eine Spur zu schnell, wie Häberle befand.

»Wissen Sie etwas über seine Geschäftsverbindungen, seine Freunde …?«

Sie begann an ihrem viel zu kurzen Rocksaum zu zupfen. »So gut wie nichts. Ich bin eigentlich der Frau Siller zugeteilt.«

»Aber vielleicht gibt es eher …«, Häberle suchte nach Worten, »… eher private Kontakte.«

»Sie meinen, ob ich ihn hier empfange?« Es klang geschäftlich.

»So könnte man es formulieren«, gab Häberle zurück.

»Wissen Sie, Herr Kommissar, das ist mein Nebenjob«, erwiderte sie kühl und fasste sich an die schlanken Knie, während auf dem Regal das Handy eine Melodie zu spielen begann, »entschuldigen Sie.«

Anna stand auf, drückte einen Knopf, hauchte ein ›Hallo‹ und lauschte. Dann sagte sie: »Okay, Cherie, wie immer, morgen Abend um zehn.« Sie beendete das Gespräch, blätterte in einem Terminkalender und notierte sich einen Namen.

»Ein Kunde«, meinte sie keck und setzte sich wieder. »Wissen Sie«, fuhr sie fort, »ich bin keine von denen, die auf den Strich gehen, wie Sie das nennen mögen. Ich suche mir meine Kundschaft aus. Stammkundschaft.«

»Und Herr Nullenbruch …?« blieb Häberle beharrlich.

»Ich hab ihm viel zu verdanken. Er hat mich hierher geholt, einen Job gegeben, mir eine Wohnung besorgt ...«

»Und dafür sind Sie ihm zu Diensten?«

»Er kriegt, was ihm zusteht.«

»Worüber Ihre Chefin sauer ist, seh ich das richtig?« Häberle hatte dies aus den Bemerkungen Ute Sillers geschlossen.

Anna lächelte gequält. »Sie ist eine alte Hexe«, brach es aus ihr heraus, als habe sie schon lange darauf gewartet, dies jemanden sagen zu können, »eine verdammte, alte Hexe. Sie hat sich Hoffnungen auf Nullenbruch gemacht. Das hat er mir jedenfalls erzählt. Und wie ich dann gekommen bin, hat sie Gift und Galle gespuckt, so sagt man doch, oder?« Anna stützte wieder ihren Kopf ab. Plötzlich kam Farbe in ihr Gesicht. »Sie hat gemerkt, dass Nullenbruch auf Jüngere steht.«

»Wie das denn?«, wollte Häberle wissen.

»Naja ...« Anna wurde verlegen. »Sie hat uns ... ja, sie hat uns erwischt.«

»Sie und ... Nullenbruch?« vergewisserte sich der Kriminalist.

Anna nickte und saß wieder aufrecht, die Beine jetzt übereinander gelegt. »Ich war in seinem Büro, naja, dicht bei ihm – auf dem Schoß – und dann ist Frau Siller reingekommen, ohne anzuklopfen, wie das ihre Art ist.« Die junge Frau rang sich ein Lächeln ab. »Wahrscheinlich hat sie's vermutet.«

»Und seitdem macht sie Ihnen die Hölle heiß?«

»Mobbing«, erwiderte Anna.

»Und warum kündigen Sie nicht?«

Ihr stockte der Atem. Mit dieser Frage hatte sie nicht gerechnet.

»Warum nicht?«, hakte Häberle nach.

»Ich kann nicht und ich darf nicht.« Anna fiel es schwer, darüber zu reden. Sie schien den Tränen nah zu sein, ihr Kinn zitterte, ihr Busen bebte unter dem engen Shirt.

»Sie hat gedroht, es seiner Frau zu sagen und jetzt hat er Angst, dass sie ihn aus der Firma wirft«, erklärte das Mädchen mit Tränen erstickter Stimme. Häberle sagte nichts. Denn was das Mädchen befürchtete, war offenbar bereits eingetreten. Nullenbruch hatte in der Firma nichts mehr zu sagen.

»Außerdem weiß Frau Siller alles über mich. Sie erpresst mich. Sie hat mich in der Hand.« Das Mädchen wurde von einem Weinkrampf geschüttelt. »Ich bin für sie die Sklavin.«

34

Die Fußballwelt war wieder in Ordnung. 4:1 hatte die deutsche Nationalmannschaft am gestrigen Samstagabend gegen Nordirland gewonnen. Bei Harald Gangolf wollte darüber an diesem Sonntagvormittag trotzdem keine große Freude aufkommen. Das hatte auch Eva Campe zu spüren bekommen, die ihm gegenüber saß. Beim Blick aus dem Fenster seiner Dachgeschosswohnung im vornehmen Grunewaldgebiet fühlte er sich so trübe wie das Wetter. Noch immer lag diese verdammte Schafskälte überm Land. Und seit einer Woche gab es nichts als Ärger und nahezu täglich neue Hiobsbotschaften. Alle waren inzwischen nervös geworden. Sogar an diesem Wochenende meldeten sich pausenlos irgendwelche besorgten Anrufer. Selbst ›MV‹ hatte über einen persönlichen Referenten Erkundigungen einziehen lassen, weil ihm etwas zu Ohren gekommen war, das er unter keinen Umständen dulden würde. Am meisten beunruhigte Gangolf jedoch, dass der Kontakt zu Nullenbruch noch immer abgerissen war und dort unten im Süden angeblich keiner etwas über ihn wusste. Keiner. Sein Misstrauen stieg.

Hinzu kam, das hatte der Ministerialdirektor soeben am Telefon gespürt, dass auch noch Michael Rambusch zunehmend kalte Füße bekam. Der Mann, dem sie das Finanzielle anvertraut hatten, hegte ganz offen Zweifel an der Seriosität der Partner.

»Kein Grund zur Panik«, beruhigte Gangolf den Anrufer. »Nullenbruch ist zwar eine wichtige Person – aber eben nicht wirklich die wichtigste.«

»Ihr Wort in Gottes Ohr«, gab Rambusch zurück, »ich jedenfalls will nicht in diese Verbrechen reingezogen werden, von denen die Medien berichten.«

»Wenn Nullenbruch darin verstrickt ist, ist das seine Angelegenheit. Wir haben damit nichts zu tun.« Die Frau auf der Couch machte einen Schmollmund.

»Und dieser verdammte Lanski?«, zweifelte Rambusch, »der hat doch ein linkes Ding gedreht, wenn Sie mich fragen. Weshalb reist der in dieses Kaff und gibt sich mit Beierleins Namen aus? Der wollte uns alle doch reinreiten – oder seh ich das falsch?«

»Was ich so mitgekriegt habe … aus gut unterrichteten Kreisen …« Gangolf räusperte sich und lächelte seine Partnerin an. »Wie wir so wissen, hat Lanski tatsächlich Kontakt zu Nullenbruch gesucht. Und offenbar zu den anderen beiden Männern, die umgebracht wurden.«

»Und vorher hockt er noch mit uns zusammen«, stellte Rambusch sorgenvoll fest. »Was hört man aus Kreisen der Polizei?«

»Wenig. Sie haben zwar einen ziemlich erfahrenen Kriminalisten damit beauftragt, aber ich glaub, der geht die Sache einigermaßen provinziell an.«

»Und Ihr Riegert?«

Gangolf lehnte sich in seinem Sessel zurück. »Er schnüffelt rum, wie das ein Polizist halt tut. Aber ich glaub, Beierlein hat ihn gestern noch dezent und soweit es ungefährlich ist, in unser Anliegen eingeweiht.«

»Und was ist mit den Akten von Lanski?«

»Keine Ahnung, aber wir sind dran. Es gibt da so einen Verdacht …«

»Und?«

»Sehen Sie es mir nach, dass ich darüber jetzt nicht reden will.« Seine Partnerin Eva Campe nickte ihm aufmunternd zu.

»Entschuldigen Sie, wenn ich Ihnen auf die Nerven falle, aber wird Nullenbruch von der Polizei nicht als vermisst gesucht?«

»Hm«, machte Gangolf, »im Normalfall wär das wohl so. Aber sein persönliches Umfeld macht sich keine allzu großen Sorgen, um es mal so zu formulieren. Es sieht sogar danach aus, als seien alle froh, dass er sich abgesetzt hat.«

»Abgesetzt? Sie meinen, er ist untergetaucht?« Rambusch zögerte erneut, »... meinen Sie, er hat Lanski ...?«

»Woher soll ich das wissen?« unterbrach ihn der Ministerialdirektor, »ich weiß nur eines, Herr Rambusch, Nullenbruch hat Probleme. Geschäftliche und private. Und vielleicht ist es besser, wenn er von der Bildfläche verschwunden ist.«

Eigentlich hatte der Abgeordnete Klaus Riegert in diesen unsicheren politischen Zeiten anderes zu tun, als Detektiv zu spielen. Er war nach dem Frühstück in sein kleines Büro gegangen, um über die Folgen des gestrigen Gesprächs mit Stefan Beierlein nachzudenken. Der Mann hatte offen mit ihm geredet – und überzeugend argumentiert. Natürlich gab es Lobbyisten und Interessengruppen, die sich von der Fußballweltmeisterschaft enorme Gewinne versprachen. Deshalb war es weder ihnen, noch dem Wirtschaftsministerium zu verdenken, eine solide Basis dafür zu schaffen. Dass es eine Sponsoring-Gesellschaft gab, hatte Riegert bereits gewusst. Jetzt waren ihm auch die Namen einiger Personen geläufig, die sich dafür stark machten. Während der Abgeordnete auf die Nebel verhangenen Berge der Schwäbischen Alb hinüberblickte, fiel ihm ein, dass der neue baden-württembergische Ministerpräsident Oettinger gerade das ehrenamtliche Engagement von Unternehmern besonders zu schätzen pflegte. Insoweit handelten die Männer der Wirtschaft mit ihrer Unterstützung des Fußballs zweifellos vorbildlich. Da gab es nichts zu beanstanden.

Und trotzdem, das spürte er, musste etwas geschehen sein, was drei Männern das Leben gekostet hat. Er dachte an Heimerle und Funke, die umgebracht wurden, noch ehe es zu dem geheimnisvollen Gespräch hatte kommen können. Riegert fühlte sich schlecht. Erst jetzt wurde ihm in vollem Umfang bewusst, dass er eigentlich mitten in der Sache steckte. Nur wie? Um welches Geheimnis handelte es sich, das diese beiden Männer ihm anvertrauen wollten? Dass Lanski, wie Riegert von Beierlein erfahren hatte, ins Geschäft mit Wettbüros eingestiegen war, könnte ein Ansatzpunkt sein, schließlich liefen, soweit er wusste, seit Monaten Ermittlungen und Verfahren gegen solche Einrichtungen. Von einer Wettmafia war die Rede gewesen – irgendwo aus dem früheren Ostblock.

Ausgerechnet dort aber, so ließ Riegert das gestrige Gespräch mit Beierlein in Gedanken Revue passieren, ausgerechnet in der Slowakei baute dieser Nullenbruch einen Betrieb auf. Nein, das musste nichts bedeuten, denn jeder Unternehmer, der steuerflüchtig war oder billige Arbeitskräfte suchte, verlagerte in diesen Zeiten seinen Betrieb ostwärts.

Riegerts Blick hing an der trostlos grauen Albkante, während er mit sich kämpfte, ob er seine früheren Kollegen der Göppinger Kripo aufsuchen oder lieber selbst recherchieren sollte. Er entschied, eigene Nachforschungen anzustellen, sozusagen getarnt als Politiker. Vielleicht wurde ihm auf diese Weise weniger Skepsis entgegengebracht, als wenn ein Kommissar aufträte. Jetzt musste er sich aber zuerst um die Parteibasis kümmern.

»Unglaublich, was die Welt bewegt«, stellte Kommissar Häberle am Montagvormittag in den Räumen der Sonderkommission fest. »Seitenweise Kuranji«, deutete er auf den Sportteil der Tageszeitung. »Der VfB soll ihn doch ziehen lassen.« Die jüngeren Kollegen schwiegen und brachten damit zum Ausdruck, dass sie ganz anderer Ansicht waren als Häberle, dessen Interesse an Bundesliga-Fußball, das wusste man, sich in engen Grenzen hielt. Er lehnte sich an den Türrahmen und dozierte weiter: »Die denken nur an die Knete. Kein Einziger identifiziert sich noch mit dem Verein. Heute VfB, morgen Schalke, übermorgen Inter Mailand. Lokalpatriotismus haben nur die Fans, die treu und brav ihren Eintritt bezahlen.«

Ein älterer Kollege pflichtete ihm bei. »Ich kenn derzeit im Fußball nur einen Einzigen, der voll Überzeugung hinter seiner Arbeit steht und sein gestecktes Ziel beharrlich verfolgt.« Der Kriminalist machte eine Pause und wartete auf Zustimmung. Tatsächlich meldete sich Linkohr zu Wort. Der junge Kollege, der als absoluter Fußballbanause galt und nur noch von seiner Freundin Juliane schwärmte, wusste, wer gemeint war: »Klinsmann.«

»So seh ich's auch«, brummte Häberle und fügte grinsend hinzu: »Und wir – wir verfolgen doch auch seit einer Woche beharrlich unser Ziel. Auch wenn uns der große Durchbruch noch nicht gelungen ist.« Er blickte zu der großen Schiefertafel, auf der mit weißer Kreide Namen und Telefonnummern vermerkt waren. Ein gutes Dutzend Kriminalisten lehnte an den Wänden und lauschte gespannt seinen Ausführungen. »Wir kennen inzwischen eine ganze Menge Namen«, stellte Häberle fest, »doch, wie das alles zusammenpasst, ist mir vorläufig noch ein Rätsel. Wir haben aber zumindest einen konkreten Ansatzpunkt – und zwar diese Frauenstimme, die sich an Lanskis verschwundenem Handy gemeldet hat. Dieser …« Er wandte sich an Linkohr, der irritiert aufblickte, weil er dem Gespräch nicht gefolgt war. »Wie heißt dieser Mensch, der von der Slowakei aus Lanski anrufen wollte?«

Linkohr stutzte, doch dann fiel ihm der Name ein: »Striebel, dieser Ölhändler aus Aichelberg.«

»Genau«, bestätigte Häberle, »Striebel. Der hat angerufen und dann hat sich eine Frauenstimme gemeldet – und diese Frau war mit dem Handy des toten Lanski zu diesem Zeitpunkt am südwestlichen Göppinger Stadtrand. Das ist sicher. Wir suchen dort also eine Frau, die Lanskis Handy hatte.« Häberle nahm eine Rad- und Wanderkarte des Landkreises Göppingen zur Hand. Er deutete auf das in Frage kommende Areal. »Dort«, machte er weiter, »dort wohnen oder arbeiten einige der Personen, die wir bereits kennen. Hier … « Er deutete auf das Gewerbegebiet ›Voralb‹, »hier ist die Firma von diesem Nullenbruch.« Die Kollegen kamen jetzt an den Tisch, um sich selbst die Situation vor Augen zu führen. »Und irgendwo in diesem Bereich zwischen Alb und der Stadt Göppingen hat sich das Handy von Lanski eingeloggt.«

Linkohr, der sich von dem Computer abgewandt hatte und ebenfalls näher gekommen war, hakte ein: »Dort kennen wir inzwischen einige Frauen, die wir näher unter die Lupe nehmen sollten.«

»Genau«, griff Häberle den Hinweis auf, »wir kennen diese, diese Frau Siller …«

»Ute«, ergänzte Linkohr.

»Genau«, zeigte er sich dankbar, »außerdem dieses arme Mädchen, das in ihrem Vorzimmer sitzt und ihr hilflos ausgeliefert ist, weil diese Siller ihr Vorleben kennt und sie rausschmeißen könnte.« Er blickte in die Runde seiner Kollegen, die längst den Bericht Linkohrs über ihren Besuch dort gelesen hatten. »Nicht zu vergessen natürlich die Frau von diesem Ölhändler Striebel und die Frau Funke, von deren Existenz wir bedauerlicherweise erst erfahren haben, nachdem sie mit ihrem Mann zusammen verbrannt ist.«

»Nicht zu vergessen die Frau Kromer – die Frau von Striebels Freund«, warf ein weiterer Kollege ein, »die Kromers wohnen in Dürnau, das ist auch diese Ecke da draußen.«

Einer der Männer deutete auf der Karte auf den Stadtrandbereich von Göppingen: »Aber rein theoretisch können tausende Frauen in Frage kommen, die hier irgendwo wohnen. Oder vielleicht ist die Täterin, falls es sich um eine solche handelt, die wir suchen, auch nur hier durchgefahren, als dieser Striebel angerufen hat.«

Häberle nickte zustimmend. »Denkbar ist natürlich alles, Kollegen«, räumte er ein, »vergessen wir auch nicht die Frau Nullenbruch, die keinen allzu glücklichen Eindruck macht. Ihr wisst ja: Wo man wenig hat, klammert man sich an alles. Mir scheint aber, dass wir einige Mosaiksteinchen gefunden haben.«

Ein weiterer Kriminalist meldete sich zu Wort. »Dieses Mädchen, das im Vorzimmer dieser Siller sitzt – wir haben ihr Vorleben gecheckt.« Der Mann, der zwei Knöpfe seines Hemdkragens geöffnet hatte, eilte zu einem anderen Tisch und griff dort zielsicher nach einem Schnellhefter. »Sie ist bei uns nicht registriert, aber hat wohl trotz ihres jungen Alters in der Slowakei schon einiges auf dem Kerbholz.« Er blätterte in der Akte, während seine Kollegen und insbesondere Häberle gespannt auf weitere Angaben warteten. »In Bratislava zu einem Jahr Knast verurteilt, weil sie mit einer Bande junger Männer Diebstähle verübt hat und einmal sogar eine Waffe dabei hatte.«

Häberle war erstaunt. Das hatte er diesem Unschuldsengel nicht zugetraut. Sollte ihn seine Menschenkenntnis derart getrogen haben?

»Sechs Monate hat sie abgesessen und wurde dann auf Bewährung entlassen. Seit einem halben Jahr ist sie in Deutschland, wohnt in einem dieser Blocks in Ursenwang, am Stadtrand von Göppingen«, erklärte der Beamte weiter. »Sie geht auf den Strich, ist so etwas wie eine Edelnutte. Macht es offenbar daheim, nach Feierabend.«

Häberle nickte und blickte grinsend und wissend zu Linkohr hinüber. »In diesem Milieu müssen wir weitermachen«, entschied er. »Da muss es Verbindungen geben, die wir noch nicht kennen. Denkt immer an die Kontakte in die Slowakei, Kollegen«, gab er zu bedenken. »In Südosteuropa herrschen vielfach mafiose Strukturen – was Prostitution anbelangt, aber auch innerhalb der Wirtschaft.«

»Stichwort Mafia«, schallte es ihm von einem ergrauten Kollegen entgegen. »Die Kollegen der Technik in Stuttgart haben die Waffe untersucht – oder besser gesagt, das, was nach dem Feuer bei den Funkes von ihr übrig geblieben ist.« Auch dieser Kriminalist griff zu einem Schnellhefter. »Das Ding war tatsächlich eine abgesägte, zweiläufige Schrotflinte, ein Ding, wie's in Mafiakreisen häufig benutzt wird, ›Luparo‹ genannt, ihr wisst das. Alles deutet darauf hin, dass es sich um unsere Tatwaffe handelt, die bei Lanski und Heimerle benutzt wurde. Auch wenn natürlich bei Bleikügelchen keine exakte Zuordnung möglich ist.«

Betretenes Schweigen. »Die Frage ist nur«, brach Häberle die plötzliche Stille, »wieso liegt das Ding dort. Will uns da jemand auf eine falsche Fährte locken? Oder ist Funke Lanskis Mörder? Wohl kaum«, gab sich der Kommissar selbst die Antwort. »Ein Mörder würde die Tatwaffe nicht an die Wand des eigenen Hauses lehnen.«

»Naja«, gab einer aus der Runde zu bedenken, »an der Wand schon, aber hinterm Haus, Richtung Waldrand haben wir sie gefunden. Durchaus versteckt, wenn man so will.«

Linkohr ergänzte: »Wahrscheinlicher ist schon, dass sie der Täter, der alle drei Verbrechen verübt hat, also an Lanski, Heimerle und Funke, hier einfach beseitigen wollte.«

»Entsorgen, sagt man heutzutage«, kommentierte eine Männerstimme.

Häberle räusperte sich und trat einen Schritt von dem Tisch zurück, um die Kollegenrunde besser überblicken zu können. »Okay«, begann er, »wenn wir davon ausgehen, dass die Fäden in irgendeiner Weise in der Slowakei zusammenlaufen, dann sollten wir uns diesen Aspekt einmal genauer ansehen. Am besten über die Firma Nullenbruch, die dort unten gerade baut. Da gibt es doch einen Menschen, der für dieses Projekt verantwortlich ist …« Häberle wandte sich Hilfe suchend an Linkohr, der sofort erkannte, welcher Name seinem Chef gerade nicht einfiel. »Meckenbach, glaub ich, heißt er«, sagte der junge Kriminalist.

»Noch was, Chef«, machte er sich bemerkbar, »ein Anruf aus Berlin.«

Häberle drehte sich auf dem Flur um und sah seinen jungen Kollegen erstaunt an. »Ja, aus Berlin. Ich hab Ihnen die Nummer auf den Schreibtisch gelegt. Irgendso ein Ministerialfuzzi, glaub ich. Aus dem Wirtschaftsministerium. Er will Sie dringend sprechen.«

35

Anna war an diesem unwirtlichen Juninachmittag von ihrer Vorgesetzten Ute Siller wieder mal heftig drangsaliert worden. Zwei Dutzend Briefe hatte sie zum wiederholten Mal abtippen und ausdrucken müssen, nachdem sie ihr zerknüllt vor den Schreibtisch geworfen worden waren. Anna spürte, wie sich in ihr von Tag zu Tag mehr Hass gegen diese autoritäre Frau aufstaute, die offenbar glaubte, sie mit ihrem Wissen über ihre Vergangenheit in der Hand zu haben. Eigentlich aber hatte sie es gar nicht mehr nötig, bei Nullenbruch zu arbeiten. Schon gar nicht unter diesen Bedingungen, dachte Anna, als sie durchs Treppenhaus zu ihrer Zweizimmerwohnung im vierten Obergeschoss hinaufstieg. Allerdings musste sie vorsichtig sein, denn wenn sich in diesem Gebäudekomplex herumsprechen sollte, dass sie regen Männerbesuch hatte, könnte es Probleme geben. Da sie aber nur gut situierte Herren empfing, war ihre lukrative Nebenbeschäftigung noch niemandem aufgefallen.

Sie musste sich beeilen, denn für 18 Uhr hatte sich bereits der erste Kunde angekündigt. Wieder einer aus Nullenbruchs persönlichem Umfeld. Dies bedeutete, dass der Chef bezahlte. Sie war sozusagen das individuelle Geschenk für Geschäftspartner, die für gute Aufträge bei ›Nubru‹ sorgten. Anna war sich dieser Aufgabe voll bewusst, schließlich konnte sie auf diese Weise davon ausgehen, dass ihr Nebenverdienst weiterhin sprudelte und sie nicht mit niveaulosen Sexabenteurern konfrontiert wurde.

Sie schloss die Wohnungstür auf, stellte ihre Handtasche in dem rot getünchten Flur auf ein Sideboard und warf die Post, die sie am Haupteingang aus dem Briefkasten genommen hatte, auf die Küchentheke. Dann ein prüfender Blick zur Couch. Alles ordentlich. Die Spuren der vergangenen Nacht hatte sie noch vor der Arbeit beseitigt. Sie legte allergrößten Wert auf ein gepflegtes Ambiente. Nebenan in ihrem kleinen Schlafzimmer zog sie sich aus, stieg dann in die winzige Duschkabine und genoss das heiße Wasser, das über ihre weiße Haut rann.

Ein paar Minuten später trocknete sie sich ab und besah sich dabei im Spiegel des Badeschränkchens. Sie fühlte sich gut und war mit ihrem Körper zufrieden. Mit ihm konnte sie mehr verdienen, als mit der Schinderei in Ute Sillers Vorzimmer. Wenn jedoch Nullenbruch etwas zugestoßen war, so hämmerten ihre Gedanken, dann würde es mit dieser Art des Geldverdienens bald vorbei sein. Nicht im Ernst konnte sie darauf hoffen, dass ihr ihre Chefin derartige Kundschaft zuführen würde.

Anna cremte sich ein, umgab sich mit einer Wolke herben Parfüms und eilte ins Schlafzimmer zurück. Dort schlüpfte sie in ihre Arbeitskleidung, wie sie insgeheim ihre kurzen Röcke und die tief ausgeschnittenen Tops bezeichnete. Dazu gehörten natürlich hochhakige Schuhe, von denen sie ein halbes Dutzend besaß.

Sie besah sich im Spiegel des Kleiderschranks von allen Seiten und war zufrieden. Der schwarze Faltenrock kontrastierte zu der weißen Haut ihrer Schenkel. Und das enge Oberteil brachte die weiblichen Formen aufreizend zur Geltung. Der Kunde würde begeistert sein.

Aus einem Küchenoberschrank holte sie zwei Sektgläser, stellte sie auf den gläsernen Wohnzimmertisch und prüfte, ob im Kühlschrank ein Sekt kalt gestellt war. Dann ließ sie den Rollladen über die Hälfte herab, entzündete ein Räucherstäbchen und legte eine CD mit Instrumentaltiteln der Bee Gees auf.

Es war zehn vor sechs, als sie erneut in ihr Schlafzimmer ging, um aus dem Kleiderschrank ein Notizbuch zu nehmen, das zwischen der Bettwäsche versteckt war. Darin hatte sie fein säuberlich und alphabetisch aufgelistet, die

Namen ihrer Kunden notiert, ihre Vorlieben festgehalten und sogar markante Aussehensmerkmale aufgeschrieben. Sie versuchte, sich diesen Pfisterer vorzustellen, der erst zweimal da gewesen war. Zuletzt vor über zwei Monaten, stellte sie fest. ›Älter, weiße Haare‹, hatte sie notiert, dazu den Vornamen: ›Edgar‹. Unter ›Besonderheiten‹ stand zu lesen: ›Mag's zärtlich, trinkt viel Sekt, redet viel‹.

Anna hatte auf einmal das Gesicht wieder vor sich. Wohnt irgendwo im Remstal, fiel ihr ein. Sie steckte das Notizbuch in die Bettwäsche zurück. Es blieb ihr sogar noch Zeit, die Post durchzuschauen. Ein Werbeprospekt eines Göppinger Möbelhauses war darunter, die Rechnung der Telekom und ein handschriftlich an sie adressierter Brief ohne Absender. Sie riss ihn hastig auf und zerfledderte dabei das Kuvert. Es enthielt ein zusammengefaltetes kariertes DIN-A-4-Blatt, das hastig von einem Block gerissen schien. Anna stutzte, als sie die krakeligen Druckbuchstaben sah:

»Pass auf du kleine Nutte. Aktenkoffer Lanski. Letzte Warnung: Inhalt Samstag, 11. Juni, Autobahnparkplatz Urweltfunde A 8 Aichelberg Richtung Stuttgart in Papierkorb nah WC-Haus stecken. 23 Uhr. Sofort verschwinden. Sonst tot.«

Anna spürte, wie ihr Blut aus allen Gliedern wich. Sie las den Text ein zweites Mal und begann zu zittern. Beinahe hätte sie den Gong an der Wohnungstür überhört. Sie war jetzt überhaupt nicht mehr in Stimmung.

Der Abgeordnete Riegert, der seine Rückkehr nach Berlin vorläufig verschoben hatte, war von dem gestrigen Fußballspiel gegen Russland begeistert gewesen, obwohl letztlich nur ein 2:2-Unentschieden dabei herausgekommen war. Doch so richtig drauf konzentrieren hatte er sich nicht können. Ihm gingen Heimerle und Funke nicht mehr aus dem Kopf. Die beiden waren mit Sicherheit seinetwegen umgebracht worden. Bisher hatte er weder mit seiner Frau, noch mit jemand anders über diesen Verdacht geredet. Je länger er aber darüber nachdachte, desto klarer wurde ihm, dass der Schlüssel zu allem eben diese beiden Männer waren – und Lanski.

Woher aber konnte ein möglicher Mörder so sicher sein, dass Heimerle und Funke etwas wussten, das irgendjemandem gefährlich sein würde?

Riegert zermarterte sich das Gehirn, als er nach einer geradezu winterlichen Nacht, die ein Minimum von 2,2 Grad beschert hatte, durch den kühlen Schlater Wald wanderte, der an seinen Wohnort angrenzte. Die Luft war feucht, es roch modrig. Von der Straße her drangen Fahrzeuggeräusche auf den schmalen Pfad herüber. Riegert spürte die Hektik der vergangenen Tage. Dort in Berlin die Anspannung vor der Vertrauensfrage, die Bundeskanzler Schröder für den 1. Juli angekündigt hatte, hier im Wahlkreis diese schrecklichen Morde. Er versuchte, sich auf das Wesentliche zu konzentrieren – und dies war die bohrende Frage, ob er hätte vielleicht das Verbrechen an Heimerle und Funke verhindern können. Natürlich war es möglich, dass die beiden Männer noch weitere Personen in ihr Vertrauen gezogen hatten. Andererseits aber war dies eher unwahrscheinlich, hatten sie doch allein schon bei dem Telefongespräch mit ihm allerhöchste Vorsicht walten lassen. Es musste also eine andere undichte Stelle geben. Wurden Telefone abgehört? Dies war, das wusste er, heutzutage zwar fast problemloser möglich, als noch zu seinen Zeiten als aktiver Polizist. Ein einzelner Täter jedoch verfügte wohl kaum über das nötige Knowhow und die Technik, um sich heimlich einklinken zu können. Wenn, dann konnte nur eine ganze Organisation oder Bande dahinter stecken.

Noch einmal ließ er die vergangenen Tage seit dem Anruf von Heimerle Revue passieren. Was war seither geschehen? Er ging jetzt schneller. Denn diese Frische tat ihm gut.

Als er fast den ganzen Wald durchquert hatte und auf einen Fußballplatz traf, fiel es ihm wie Schuppen von den Augen. Klar. Eva. Eva Campe. Die Frau aus dem Wirtschaftsministerium, die seit geraumer Zeit ein seltsames Interesse für seine Arbeit und am Sport bekundet hatte. Wie war das nochmal beim letzten mittäglichen Treffen gewesen? Riegert verlangsamte seinen Schritt wieder, nahm aber den Sportplatz und die Straße, die jetzt links von ihm verlief, überhaupt nicht wahr. Viel zu sehr waren seine Gedanken damit beschäftigt, die Worte dieser Blondine in Erinnerung zu rufen. Vor allem aber, was er selbst gesagt hatte. Sie war richtig zudringlich geworden, dachte er und machte sich auf den Rückweg. Sie hatte doch tatsächlich unbedingt wissen wollen, weshalb er früher nach Hause fliegen musste. Nur – hatte er da gesagt, warum? Riegert hätte sich in diesem Moment selbst ohrfeigen können. Wie man sich doch einwickeln ließ als Mann! Natürlich, jetzt erinnerte er sich ganz deutlich. Diese Eva Campe war der einzige Mensch, dem er sogar die Namen der beiden Gesprächspartner genannt hatte. Zwar nur beiläufig – aber immerhin.

Seine Schritte wurden immer langsamer. Wenn dies alles in einem Zusammenhang mit dem Tod der beiden Männer stand, würde er sich das nie mehr verzeihen können. Und wenn das tatsächlich so war, dann lief im Hintergrund ein großes Ding. Was dies bedeutete, wurde ihm als Kriminalisten klar: So was konnte äußerst gefährlich werden. Schon gar, wenn politische Kräfte dahinter standen.

36

Über Geschmack lässt sich streiten. Journalist Georg Sander blätterte die Zeitungen durch. Den ›Goleo-Löwen‹ hatten sie gestern irgendwo vorgestellt – das Maskottchen der Fußballweltmeisterschaft. Sander wollte sich der Sinn eines Löwen nicht so recht erschließen. In ihm wurden lediglich Erinnerungen an die legendäre WM von 1966 in England wach, als Deutschland im Endspiel so unglücklich durch ein Tor verloren hatte, das keines gewesen sein sollte. Damals hatte das Maskottchen ›World-Cup-Willi‹ geheißen und war auch so etwas wie ein Löwe. Aber wer wusste das heute schon noch? »Mir gefällt nicht, wie dürftig die Pressemitteilungen der Polizei werden«, meinte er und sah über die aneinander gestellten und mit Papierstapeln beladenen Schreibtische zum Redaktionsleiter hinüber. Der war gerade in ein Manuskript eines freien Mitarbeiters vertieft und murmelte, ohne aufzublicken, etwas Zustimmendes. Fast gleichzeitig hörte er von jenseits der raumtrennenden Aktenschränke die Stimme seiner Kollegin Tina Winter: »Mich würd allmählich interessieren, was für eine Rolle die Frauen spielen. Du schreibst immer nur von den Männern.«

Das klang richtig vorwurfsvoll. Sander drehte sich mit dem Stuhl, um an einem Schrank vorbei mit der Kollegin Blickkontakt aufzunehmen. »Ach so, die Frauenbeauftragte will auch in den Krimis mehr Gleichberechtigung«, frotzelte er, »aber glaub mir, ich hab wirklich nichts gegen Frauen.« Sander befürchtete, dass Tina jetzt zu ihrem riesigen Sparschwein greifen und gleich vor ihm auftauchen würde, um ihn zu einer Geldbuße zu verdonnern. ›Macho-Geschwätz‹ war nämlich verpönt und mit einer Zwangsspende in die

›Macho-Sau‹ verbunden. Diesmal aber beließ es Tina bei einer bissigen Bemerkung, weshalb sich Sander wieder dem Redaktionsleiter zuwandte und entschied: »Ich versuch mal, den Häberle an die Strippe zu kriegen.«

»Hab schon gedacht, Sie gibt's gar nicht mehr«, hörte er wenig später die sonore Stimme des Chef-Ermittlers mit ironischem Unterton. »Drei Tage ohne Sander.«

»Sie haben mir auch nichts zu bieten«, gab der Journalist vorwurfsvoll zurück. »Die Kripo tappt im Dunkeln – oder so.« Er wusste, dass kein Kriminalist so etwas gerne hörte.

»Kleinkram – nichts als Kleinkram«, entgegnete Häberle. »Ich hab mir von Ihren Artikeln versprochen, dass wir Hinweise kriegen – auf irgendetwas, das uns die Zusammenhänge verständlicher macht.«

»Zusammenhänge?« gab sich Sander bewusst irritiert, »Zusammenhänge womit?«

»Naja, all die Herrschaften, deren Ableben wir beklagt haben, müssen einen gemeinsamen Dreh- und Angelpunkt haben. Sonst ergibt es keinen Sinn«, erklärte der Kriminalist geduldig, »wir wissen aber nicht mal, ob eine reine Beziehungstat dahinter steckt oder ob es ganz andere Verbindungen gibt, wie Ihre Kollegen von der ›Bild‹-Zeitung spekulieren.«

Sander hatte es auch gelesen. Die Tatsache, dass Klinsmanns fußballerische Wurzeln in Geislingen liegen, hatte bereits für einige Schlagzeilen gesorgt. Auch Sander war in einigen Artikeln darauf eingestiegen und hatte in einem Hintergrundsbericht den Lebenslauf des Bundestrainers geschildert, wobei dessen Zeit im Raum Göppingen-Geislingen einen breiten Raum einnahm. Als Lokaljournalist der seriösen Heimatzeitung vermied er es jedoch, tief in Klinsmanns Jugend einzusteigen oder gar über sein angebliches, finanzielles Engagement an diversen örtlichen Immobilien zu spekulieren.

»Die Jungs von ›Bild‹ «, knüpfte er an Häberles Bemerkung an, »die sorgen sich ja bereits um Klinsmann. ›Ist er der Nächste?‹, hat gestern eine Schlagzeile gelautet.«

Der Kriminalist schwieg, was Sander vorsichtig nachhaken ließ: »Das ist doch Schwachsinn, oder?«

»Wenn Sie mich hier und heute fragen, sag ich Ihnen klipp und klar, dass es Schwachsinn ist. Aber glauben Sie mir, Herr Sander, ich hab schon Pferde kotzen sehn vor der Apotheke.«

Sander, der gelangweilt Muster auf einen Zeitungsrand gemalt hatte, wurde hellwach. »Sie halten es also für denkbar, dass Klinsmann mit in der Sache drinsteckt?«

»Um Gottes willen«, kam es zurück, »bloß keine Schlagzeile. Fangen Sie jetzt bloß nicht auch noch damit an. Mir reicht's, wenn der Bruhn langsam Amok läuft.«

Häberle hatte das Gespräch mit Sander schnell beendet und eine angebliche Besprechung vorgeschoben. In Wirklichkeit aber wollte der Kriminalist in aller Ruhe die Notizen durchgehen, die er sich bei dem Telefonat mit diesem Ministerialdirektor gemacht hatte. Seit ihm klar geworden war, dass sich sogar höchste politische Stellen für die drei Verbrechen in der Provinz zu interessieren begannen, versuchte er, sich die Hintergründe auszumalen. Doch es wollte sich kein schlüssiges Bild ergeben. Dieser Harald Gangolf hatte sich als Vorsitzender irgendeiner Sponsorgesellschaft ausgegeben, deren Anliegen es sei, ein positives Umfeld für die Fußballweltmeisterschaft zu schaffen. Häberle las einige wörtliche Zitate, die er hastig auf einen Block geschmiert hatte: ›Rücksicht auf Belange der Sponsoren‹ – oder ›Aufsehen vermeiden‹. Er lehnte sich an seinem Schreibtisch zurück und entschied, diese Formulierungen in den Computer zu tippen. Häberle wurde den Eindruck nicht mehr los, dass ihm dieser Ministerialdirektor eher indirekt etwas hatte sagen wollen. Einen dieser Sätze, die so doppeldeutig klangen, schrieb der Kriminalist zuerst auf die leere Dokumentvorlage des Bildschirms: ›Was man auch immer erfährt, man sollte Augenmaß bewahren‹. Und noch eine Formulierung hatte Häberle wortwörtlich notiert: ›Manchmal sieht etwas kriminell aus, obwohl es der Allgemeinheit dient‹. Politiker-Geschwätz oder eine versteckte Warnung? Häberle war lange genug in diesem Geschäft, um die vielen Versuche der Einflussnahme auf seine Arbeit zu kennen. Je höher die Interessengruppen angesiedelt waren, desto verklausulierter wurde ihm zu verstehen gegeben, von manchen Dingen die Finger wegzulassen. Gangolf hatte abschließend sogar eher beiläufig erwähnt, dass Bundesinnenminister Schily als oberster Sportpolitiker in der Republik alles dazu beitragen werde, sämtliche Störungsversuche der Weltmeisterschaft im Keim zu ersticken. Was wollte ihm das sagen? Galt er, Häberle, auch bereits als Störenfried? Oder machte er sich einfach viel zu viel Gedanken? Der Stress der vergangenen Tage nagte an seinen Nerven. Wann hatte er zuletzt einen Fall mit gleich vier Toten gehabt? Die Stimmen der Kollegen der Sonderkommission drangen dumpf aus dem Nebenraum herüber. Inzwischen hatten die Männer unzählige Personen vernommen, waren bei den Vereinen im Eybacher Tal draußen gewesen, hatten den Freundes- und Bekanntenkreis aller Opfer durchleuchtet und die privaten Unterlagen von Heimerle und Lanski ausgewertet, ohne dass es konkrete Spuren gegeben hätte. Häberle war tief in Gedanken versunken, als mit einem Ruck die Tür in das kleine Büro aufgerissen wurde und Bruhn hereinstürmte. »Ich muss sagen, wie die Sache hier läuft, das gefällt mir nicht«, knurrte er, während er sich setzte und ein Bein übers andere legte. Sein Gesichtsausdruck war wie immer energisch. Häberle blieb gelassen und erwiderte nichts. »Wir haben vier Tote, viel Aufsehen – und können keinerlei Erfolg vermelden«, stellte der Chef aus Göppingen fest. »Der Staatsanwalt fragt dauernd nach, diese Medienheinis von überall her sowieso – und auch das Innenministerium wird nervös. Und dann dieser Schmonzens, den die Käsblätter verzapfen! Klinsmann in Gefahr, was weiß ich – womöglich der Confed-Cup oder wie das Zeug da heißt. Schon wird der Niedergang des deutschen Fußballs herbeigeredet.«

Aha, dachte Häberle, daher weht der Wind. Der Chef fühlte sich von allen Seiten unter Beschuss. Das konnte

Bruhn erfahrungsgemäß überhaupt nicht ertragen. Er lebte in der permanenten Angst, angreifbar zu sein. Vor allem, wenn die Gegner in den Reihen der Politiker lauerten. Oder wenn die Medien etwas berichteten, was ihm zuwiderlief – wozu es nicht sehr vieler Artikel bedurfte. Häberle hatte noch immer nichts gesagt. Bruhn würde seinen Frust abladen wollen und irgendwann ohnehin aufstehen und wortlos gehen. Häberle rätselte jedoch, weshalb er so unangekündigt aufgetaucht war. Ungefragt gab Bruhn die Antwort selbst. »Jetzt kann ich beim Ziegler antanzen, um mich zum Kasper machen zu lassen – bloß, weil sich diese Sonderkommission seit Tagen im Kreis dreht. Manchmal hab ich den Eindruck, hier werden nur tausend Protokolle verfasst«, bruddelte Bruhn weiter, »wenn Sie mich fragen, da geht's um dubiose Geschäftemachereien mit irgendwelchen Abzockern in der Slowakei. Und jetzt wollten ein paar ihr Geld zurück, dann ist der Schwindel aufgeflogen – und, zack-bumm, weg sind sie.« Bruhn redete sich wieder in Rage. »Ich kenn Sie zur Genüge, Herr Häberle«, es klang drohend, »ich warne nur davor, wieder an politische Zusammenhänge zu glauben, an globale Banden und so'n Zeug. Schon einmal sind Sie einem Trugschluss aufgesessen – und haben sich eine Dienstaufsichtsbeschwerde eingehandelt, zu der ich tausend Stellungnahmen schreiben muss.« Der oberste Kripochef im Kreis Göppingen wandte sich zum Fenster. »Und jetzt geht der Affenzirkus schon wieder los. Das Innenministerium will wissen, was sich in diesem Provinznest hier tut, denn angeblich hat der Schily in Berlin bereits kalte Füße.« Bruhn drehte sich ruckartig wieder um: »Demnächst scheuchen Sie noch den Schröder auf – oder was weiß ich!«

Häberle riskierte ein Lächeln. »Keine Sorge, der hat sowieso bald nichts mehr zu sagen.«

Bruhn schnaubte und ballte die Fäuste. Er erinnerte Häberle an einen Löwen, der im Käfig saß. »Ersparen Sie sich diese Bemerkungen«, zischte Bruhn, »und unterlassen Sie alles, ich wiederhole: alles, was uns Ärger mit denen da oben bereitet. Tun Sie hier, ich betone: hier in diesem Nest, alles, was geboten ist, aber spielen Sie sich nicht bei jedem Käs als der große Weltverbesserer auf.« Das saß. Bruhn drehte sich um, riss die Tür auf und verschwand auf dem Flur, ohne die Kollegen, die er dort traf, auch nur eines Blickes zu würdigen. Sie wichen ihm respektvoll aus, um nicht überrannt zu werden. Linkohr hatte bemerkt, in welcher Laune der glänzende Glatzkopf davon gestürmt war.

»Was ist'n jetzt los?«, fragte der junge Kriminalist, als er vorsichtig in Häberles Büro blickte.

»Cholerischer Anfall«, erwiderte Häberle grinsend. »Der Ziegler hat ihn herzitiert und Druck von oben gibt's auch.«

»Von oben?« staunte Linkohr.

»Innenministerium in Stuttgart und der Herr Bundesinnenminister Schily.«

»Schily?«

»Angeblich, ja. Bruhn macht in die Hose. Aber ich sag Ihnen eins: wir nicht.« Häberles Stimme wirkte fest und zu allem entschlossen. »Wenn da jemandem in Berlin das Hemd flattert, dann sind wir auf der richtigen Spur, glauben Sie mir.«

Linkohr überlegte. »Wenn ich mir das so überlege ... wir haben doch in Berlin, was den Sport betrifft, einen kompetenten Mann sitzen.«

Häberle verstand nicht.

»Naja«, erklärte Linkohr, »unseren Bundestagsabgeordneten Klaus Riegert – ein ehemaliger Kollege von Ihnen.«

Häberle hob den rechten Daumen. »Super, Kollege. Versuchen Sie, ihn zu kriegen.«

37

Harry Obermayer kratzte sich an der Stirnglatze. Er war zur Freude seiner Frau nach mehrtägiger Geschäftsreise rechtzeitig zum Wochenende heimgekommen und hatte erst mal ausgeschlafen. An diesem Samstagmorgen blätterte er in seinem kleinen Büro die lokalen und regionalen Zeitungen der vergangenen Tage durch. Insbesondere interessierten ihn die zahlreichen Artikel, die über Lanski, Heimerle und Funke erschienen waren. Während sich das Lokalblatt offenbar an die reinen Fakten hielt und sich nicht an den Spekulationen beteiligte, übertrafen sich die überregionalen Medien mit vielerlei Mutmaßungen. Der SC Geislingen wurde überall mit Klinsmann in Verbindung gebracht – und vielfach auch das legendäre Spiel gegen den HSV in Erinnerung gerufen. Je mehr Obermayer darüber nachdachte, desto unguter fühlte er sich. Er hatte einen guten Namen zu verlieren, hatte nur seine Dienste als Berater und Kontaktmann zur Verfügung gestellt, aber jetzt schien die Sache immer weitere Kreise zu ziehen. Und seit die politische Lage in Berlin von Tag zu Tag instabiler wurde, war die Zukunft des Vorhabens ohnehin fraglicher geworden. Alle Zeichen standen auf Veränderung. Die Republik schien sich auf einen Befreiungsschlag vorzubereiten. Dass allein schon die Ankündigung von Bundeskanzler Schröder, er werde in zwei Wochen die Vertrauensfrage stellen, mit Erleichterung aufgenommen wurde, bewies der Aufschwung an der Börse. Obermayer, ein politisch korrekter Mann, kannte die sensiblen Zeichen. Und sein Gespür dafür hatte ihn nie getrogen, selbst damals nicht, als er die Wiederwahl zum Oberbürgermeister verloren hatte. Jetzt, da sich bundesweit ein neues Linksbündnis mit Oskar

Lafontaine und Gregor Gysi bildete, war überhaupt nicht abzuschätzen, wie die politische Landschaft nach der Neuwahl aussehen würde, die im September stattfinden sollte – sofern dies Schröder vollends so hintricksen konnte.

Obermayers Entscheidung stand fest: Ihm wurde der Boden zu heiß. Er wollte aussteigen, ehe er noch tiefer in die Angelegenheit hineingezogen würde. Irgendjemand, da war er sich ganz sicher, hatte eine abwärts gerichtete Spirale in Gang gesetzt, von der man nur mitgerissen werden konnte. Rette sich, wer kann, dachte Obermayer und suchte Gangolfs Telefonnummer heraus.

Fußballbundestrainer Jürgen Klinsmann war heimgeflogen. Heim – das bedeutete für ihn seit Jahren bereits Kalifornien. Allerdings nahmen ihm die Boulevardblätter diese Reise übel, zumal das 2:2 seiner millionenschweren Jungs im Freundschaftsspiel gegen Russland nicht gerade zu großem Jubel Anlass gegeben hatte. Mitte kommender Woche bereits begann der so genannte Confederations-Cup, der stets im Austragungsland der folgenden Weltmeisterschaft stattfand. Deutschland hatte sich als deren Gastgeber glücklicherweise nicht dafür qualifizieren müssen. Nach dem vorjährigen Debakel bei der Europameisterschaft, als Rudi Völler das Handtuch geworfen hatte, hatte niemand mehr an die deutschen Kicker geglaubt. Dann jedoch war Klinsmann als neuer Trainer hervorgezaubert worden. Ein Wunderknabe, ein Strahlemann, der seine Mannschaft in Schutz nahm, wie kein anderer jemals zuvor. Selbst nach einem schlechten Spiel strahlte er auf dem Bildschirm ungebrochenen Optimismus aus. Sein Lieblingssatz schien zu lauten: ›Wir haben heute viel gelernt‹.

Häberle musste daran denken, als er die lange Nummer in sein Telefon eintastete. Es war nicht einfach gewesen, sie ausfindig zu machen. Klinsmanns Geislinger Geschäftspartner Gass hütete sie wie seinen Augapfel und auch die Funktionäre des Deutschen Fußballbundes waren nur mithilfe des Landeskriminalamts davon zu überzeugen gewesen, dass es sich um eine wichtige Angelegenheit handelte. Häberle hatte seine Kontakte spielen lassen, wohl darauf bedacht, nicht wieder zurückgepfiffen zu werden. Er war an diesem trostlosen Samstagnachmittag in die Göppinger Dienststelle gefahren, um die Zeitdifferenz zur amerikanischen Westküste zu berücksichtigen. Wenn er jetzt anrief, war's in Kalifornien Vormittag. Er wollte den wichtigsten Mann des deutschen Fußballs schließlich nicht aus dem wohlverdienten Schlaf reißen.

Das amerikanische Freizeichen drang vier-, fünfmal an sein Ohr. Dann meldete sich eine Frauenstimme mit einem Namen, der sich wie ›Klinsmann‹ anhörte. Häberle lehnte sich zurück und versuchte, sich zu entspannen und seine ganzen Englischkenntnisse zusammen zu nehmen. »Excuse me, my name is Häberle, I'm a criminal officer from Germany, from Göppingen.« Er machte eine Pause, doch die Dame in Amerika sagte nichts. Ob es wohl Debbie war, seine attraktive Frau?, fragte sich der Chef-Ermittler. Irgendwo hatte er gelesen, dass Klinsmanns Hochzeitstag am nächsten Samstag sein würde, wenn im Confed-Cup das Spiel gegen Tunesien anstand.

»Can I speak to Mr. Klinsmann please?«, fragte Häberle und glaubte etwas Zustimmendes verstanden zu haben. Jedenfalls wurde der Hörer kurz beiseite gelegt oder irgendwo hin getragen. Der Kriminalist spürte gewisse innere Aufregung. Obwohl routiniert im Umgang mit Prominenten, kam es schließlich nicht alle Tage vor, dass er mit einer weltberühmten Persönlichkeit reden musste.

»Ja, bitte?«, hörte er plötzlich eine Männerstimme.

»Herr Klinsmann?«, fragte Häberle vorsichtig nach.

»Am Apparat, ja«, kam es mit der üblichen Verzögerung zurück, wenn ein Telefongespräch über Satelliten lief.

Häberle stellte sich vor, bat um Entschuldigung für die Störung und erläuterte in knappen Worten, worum es ihm ging. Klinsmann schien interessiert zuzuhören und zeigte sich erschüttert vom Tod dieser drei Männer, die ihm allesamt geläufig waren. »Das ist ja schrecklich, was Sie da sagen«, meinte er mit deutlich vernehmbarem schwäbischen Akzent.

Häberle sah über die Dächer der umliegenden Gebäude hinweg. »Mir geht's nun nur darum«, fasste er zusammen, »ob Ihnen in irgendeiner Weise etwas zu Ohren gekommen ist, was auf höchster Fußballebene mit diesen Verbrechen in Verbindung stehen könnte.«

Die Pause in der Leitung dauerte länger, als sie die mit Lichtgeschwindigkeit über Satelliten flitzenden Funkwellen verursachen konnten. »Nee«, kam Klinsmanns Stimme endlich zurück, »ich hatte zu den dreien schon lange keinen Kontakt mehr. Eher noch zu Lanski. Er war so was wie ein alter Kumpel – aus meiner Geislinger Zeit«, er lachte, »aber das ist ewig her.«

»Darf ich Sie fragen, ob Sie noch Kontakte nach Geislingen oder Göppingen haben – über Ihre geschäftlichen Beziehungen hinaus, mein ich.«

»Nur wenige«, erwiderte der Nationaltrainer, »meine Eltern wohnen in Botnang bei Stuttgart, das ist bekannt. Dort komm ich hin, das ist klar. Sie wissen vielleicht, dass vor wenigen Wochen mein Vater gestorben ist – da war ich natürlich auch dort. Aber Geislingen …« Er schien nachzudenken, »… das ist sicher über ein Jahr her.«

»Gibt es über Ihren Geschäftspartner hinaus noch Kontakte?«

»Darf ich jetzt mal fragen, was dies alles mit Ihrem Fall zu tun hat?« Klinsmann wurde misstrauisch. »Entschuldigen Sie, aber wer gibt mir die Gewähr, dass Sie tatsächlich von der Polizei sind?«

Da hatte er Recht, dachte Häberle. Er schlug ihm vor, ihn einfach über die Zentrale der Polizeidirektion Göppingen zurückzurufen, was Klinsmann akzeptierte. Der Bundestrainer ließ sich die Nummer nicht geben, sondern erklärte, er werde sie selbst aus dem Göppinger Telefonbuch heraussuchen, das er vorliegen habe. Ganz schön vorsichtig, staunte der Kriminalist, während er auf den Rückruf wartete und dabei zum trüben Himmel hinaufschaute.

Knapp fünf Minuten später war Klinsmann wieder in der Leitung. »Tut mir leid, aber ich muss vorsichtig sein«, erklärte er, »wissen Sie, ich halt meine Freunde und meine Familie soweit wie möglich aus der Öffentlichkeit raus.« Das war Häberle bereits geläufig gewesen. Niemals hatte man in irgendwelchen Klatschblättern etwas über Klinsmanns Privatleben gelesen. Er war der absolute Saubermann.

»Versteh ich«, sagte der Kriminalist, »trotzdem nun also die Frage nach den Kontakten zu Göppingen und Geislingen.«

»Natürlich hab ich ein paar alte Freunde – aus den Fußballzeiten beim SC«, erzählte Klinsmann im Plauderton, »wenn ich sie besuche, dann natürlich ganz inkognito. Keine Presse, nichts. Ich will keinen Wirbel um meine Person. Ich versuch, mich immer im Hintergrund zu halten. Meist klappt es. Vielleicht wird das jetzt anders ...«

»Jetzt anders ...?«

»Ich war nicht mehr da, seit ich diesen Job hab.«

»Nicht mehr da – in Ihren Stammlokalen?«, hakte Häberle nach.

Klinsmann lachte. »Auch die haben sich im Laufe der Zeit verändert.«

»Das ›Clochard‹?« Häberle hatte diesen Namen in den Akten nachgeschlagen und ihn auf einem Stück Papier notiert. Das Lokal war in der Vernehmung jenes Taxifahrers aufgetaucht, der Lanski ins Eybacher Tal gefahren hatte.

»Clochard ...« kam es aus den USA zurück, »lang ist's her, ja.«

»Dort waren Sie auch mit Lanski?«

»Ja, auch mit Lanski, klar.«

»Dass er sich jetzt mit Wettbüros befasst hat, war Ihnen das bekannt?«

»Nee«, antwortete Klinsmann spontan, »wie gesagt, die Kontakte sind spärlicher geworden. Wie das halt so ist, wenn man weg ist. Jeder verfolgt seine eigenen Ziele und widmet sich neuen Herausforderungen. Es ist zwar schade, wenn Freundschaften auf der Strecke bleiben – aber so ist das Leben. Ein ständiger Wandel.«

»Eine letzte Frage, dann lass ich Ihnen auch schon wieder die wohlverdiente Wochenendruhe«, machte Häberle weiter, »hatten Sie in letzter Zeit den Eindruck, dass es Kräfte oder Bestrebungen gibt, die Sie in Ihrer Arbeit behindern … oder die darauf Einfluss nehmen wollen?«

»Ich verstehe Ihre Frage nicht ganz.«

»Nun …« Häberle räusperte sich, »rein theoretisch nur. Gehen wir mal davon aus, dass die drei Männer vielleicht etwas wussten, was in der Fußballszene läuft – was weiß ich, vielleicht irgendwelche wirtschaftlichen Interessen und Verflechtungen, dann könnte es doch sein, dass so etwas auch bis zu Ihnen dringt.«

Die Pause dauerte länger als üblich. »Einflussnahmen … Was soll ich dazu sagen? Ich hab mir von Anfang an so etwas ausgebeten. Sie kennen selbst die Herren beim Fußballbund und wenn Sie's jedem Recht machen wollen, sind Sie zum Scheitern verurteilt. Sie müssen Ihre eigene Linie vertreten, sich durchsetzen. Ich kann Ihnen sagen, ich hätt dieses Ding nie übernommen, wenn nicht von vornherein klare Verhältnisse geschaffen worden wären.«

Ehrliche Worte, konstatierte Häberle, hakte aber trotzdem nach: »Also nichts, was Sie in jüngster Zeit verwundert hätte?«

»Nee«, antwortete Klinsmann, »nichts. Sie haben vielleicht die Freundschaftsspiele gesehen. Wir sind ein gutes Team.«

»Da hab ich keinen Zweifel«, gab Häberle zurück und atmete tief durch, »Männer wie Sie braucht dieses Land.«

»Danke, ich werd tun, was ich kann«, versprach Klinsmann. »Und was im Hintergrund läuft, wer welche Intrigen spinnt, das ist mir egal. Ich tu meinen Job und meine Pflicht – und wenn man mich eines Tages nicht mehr will, dann tret ich ab.«

Häberle bedankte sich für das Gespräch und wollte es beenden, da fiel ihm noch eine Frage ein: »Ganz zum Schluss – kommen Sie denn mal wieder nach Geislingen?«

Klinsmann überlegte. »Vielleicht sollte ich nach diesen schrecklichen Ereignissen meine alten Freunde demnächst mal besuchen. Nach dem Confed-Cup – vielleicht.«

»Es wär schön, wenn wir uns dann zu einem Schwätzle treffen könnten«, sagte Häberle, »ich bin nämlich auch Trainer … nicht im Fußball, sondern im Judo.«

»Dann sind wir ja sozusagen Kollegen«, witzelte Klinsmann.

38

Georg Sander hatte für die Montagausgabe eine Zusammenfassung der bisherigen Ermittlungsarbeit der Polizei geschrieben – zumindest soweit sie ihm bekannt war. Zwischen den Zeilen klang durch, dass es offenbar nach zwei Wochen noch keinerlei konkrete Ansatzpunkte gab. Allerdings musste er einräumen, dass die Ermittler eine ungewöhnliche Verschwiegenheit an den Tag legten und man wohl vermuten müsse, dass die Verbrechen in einen größeren Hintergrund eingebunden sein könnten.

Martin Striebel und Rainer Kromer hatten jeden einzelnen Artikel der vergangenen Tage in sich aufgesogen. Verwundert waren sie, dass bis heute vom Verschwinden Nullenbruchs kein Ton an die Öffentlichkeit gedrungen war. Entweder maß die Kriminalpolizei diesem Umstand keine große Bedeutung bei, oder er wurde bewusst verschwiegen.

Die beiden Männer jedenfalls waren zunehmend verunsichert. Seit ihrem abendlichen Erlebnis in Košice vermuteten sie hinter jedem Südosteuropäer, der ihnen auf der Straße begegnete, einen potenziellen Erpresser oder Entführer. Bisher hatten sie mit niemandem darüber geredet. Doch je mehr Zeit verging, desto mehr reifte in ihnen der Entschluss, der Kripo die wahren Zusammenhänge mitzuteilen. Nach allem, was da dieser Sander in der Zeitung geschrieben hatte, traten die Ermittler auf der Stelle. Und dies wiederum konnte nicht im Interesse des verschwundenen Nullenbruchs sein. Mehrfach hatten Striebel und Kromer in den vergangenen Tagen miteinander telefoniert und sich Sorgen um den Unternehmer gemacht. Wenn man bei ›Nubru‹ anrief, das hatten sie beide bereits festgestellt, dann wurde man mit der lapidaren Bemerkung abgespeist, der Chef sei auf Geschäftsreise. Und Jano in Košice behauptete, keine Ahnung zu haben, wo sich Nullenbruch aufhalte.

Striebel und Kromer waren vor einigen Tagen noch einmal von einigen Kriminalisten vernommen worden, doch hatten sie sich weiterhin an ihre abgesprochene Version gehalten, ihre Reise in die Slowakei habe lediglich dem Zwecke gedient, nach dem angelegten Geld zu sehen und um zufrieden festzustellen, dass alles bestens laufe.

Striebels Bluthochdruck nahm jedes Mal gefährliche Formen an, wenn er auf Košice angesprochen wurde. »Weißt«, hatte er mit seinem unverkennbar bayrischen Dialekt zu seinem Freund Kromer gesagt, »jetzt könnt's mich dann alle am Arsch lecken, wenn d'verstehst, was i mein. Mir gehn zur Polizei.« Er war nicht mehr länger bereit, sich einschüchtern zu lassen, zumal es andererseits auch um sehr viel Geld ging.

Striebel hatte deshalb die Initiative ergriffen und bei Häberle kurzfristig um einen Termin gebeten. Der Kriminalist war davon überrascht. Wichtiger wäre ihm zwar ein Treffen mit dem Bundestagsabgeordneten gewesen, doch war der, wie seine Frau erklärte, wieder unterwegs und würde am Mittwoch in Frankfurt dem Eröffnungsspiel des Confed-Cups gegen Australien beiwohnen. Er werde deshalb erst wieder zum nächsten Wochenende zurück sein.

Häberle empfing Striebel und Kromer an diesem Dienstagnachmittag, an dem sich zum ersten Mal nach langer Schafskälte wieder die Sonne für mehrere Stunden zeigte.

»Sie wollten mit mir sprechen«, begann Häberle lächelnd und setzte sich zu ihnen. Striebels Gesichtsfarbe war erschreckend rot, beinahe schon ins Violette reichend.

»Wir wollen reinen Tisch machen«, begann er und spielte nervös mit den Fingern, »wir haben bisher nicht ganz die Wahrheit gesagt – aber nicht, weil wir Sie bewusst anlügen wollten, sondern weil wir bedroht worden sind.« Er schilderte den abendlichen Vorfall in Košice mit den beiden Slowaken. »Mit denen ist nicht zu spaßen«, ergänzte Kromer,

»deshalb haben wir aus Sorge um unsere Familien, aber auch aus persönlicher Angst bisher nicht alles gesagt.«

Häberle nickte verständnisvoll. »Sie brauchen sich nicht zu entschuldigen«, beruhigte er die beiden Männer, »Sie helfen uns auch jetzt noch weiter.«

Striebel holte tief Luft. Die Adern an seiner Stirn blähten sich immer weiter. »Dass wir in Košice waren, um nach unserem Geld zu schaun, das stimmt schon. Nur, dass alles in Ordnung ist, das war gelogen.« Kromer nickte.

Häberle holte sich einen Notizblock und einen Kugelschreiber, während Striebel zur Sache kam: »Unsere Partner in Košice haben Geld unterschlagen. Einige hunderttausend Euro. Alles weg. Das war der Grund unserer Reise. Dass wir jetzt zu Ihnen gekommen sind, hat mit diesem Nullenbruch zu tun. Wir haben Angst, dass sie ihn umgebracht haben.«

Häberle versuchte, den Gedankengängen zu folgen. Es fiel ihm schwer. Kromer bemerkte dies und schaltete sich ein: »Man muss wissen, dass Nullenbruch in der Slowakei jede Menge Leute kennt. Nicht erst, seit er seinen Betrieb dorthin verlagern will. Gleich nach der politischen Wende gab es Kontakte – zu einem gewissen Jano, der dank seiner Hilfe eine Baustoffhandlung aufgebaut hat und jetzt den großen Zampano spielt. Nullenbruch hat viel Geld reingesteckt und satte Dividenden ausgeschüttet bekommen.«

Häberle nickte und sah nacheinander in die Gesichter der beiden Männer. Kromer schien froh zu sein, dass Striebel die Gesprächsführung übernommen hatte. »Nullenbruch hat über Jano weitere Kontakte geknüpft und Kreditgeschäfte vermittelt. Die Wirtschaft in der Slowakei hat Geld gebraucht, doch das war bei den Banken teuer. Zwanzig Prozent und mehr. Also hat man Anlegern aus Deutschland zehn Prozent bezahlt. Aber ich glaub, das hab ich Ihnen schon mal erklärt.«

Häberle nickte wieder. »Wir haben jahrelang davon profitiert. Rainer und ich und viele andere. Auch Lanski, müssen Sie wissen. Hunderttausende sind geflossen – unterm Strich wahrscheinlich Millionen, verstehn's?«

Kromer stützte sich mit beiden Unterarmen auf dem Schreibtisch ab. »Es war so eine Art Geheimtipp. Jeder hat weitere geworben. Und jeder konnte nicht schnell genug dem Jano Geld bringen.«

»Cash natürlich«, stellte Häberle fest und erntete keinen Widerspruch. Ihm war klar, dass diese Art von Geldanlage möglichst keine Spuren hinterlassen durfte.

»Und jetzt ...« Striebels Blutdruck schoss noch ein paar Einheiten nach oben, seine Stimme wurde lauter, »... jetzt sind die Zinszahlungen ausgeblieben. Schlagartig. Hat man angerufen, war Jano nicht zu sprechen. Alle sind nervös geworden. Und wir war'n die Deppen, weil wir dafür geworben haben.«

»Und Nullenbruch?«, wollte Häberle wissen.

»Der schien fein heraus zu sein«, dröhnte Striebels Stimme, »der ist Mitgesellschafter an Janos Firma. Für ihn ist die Situation eine andere. Aber jetzt hat er wohl auch kalte Füße gekriegt. Anders können's doch net erklär'n, warum der Hals über Kopf in den nächstbesten Flieger steigt und gleich da runter fliegt, bloß weil wir ihn angruf'n hamm und gesagt hamm, mit Jano sei was faul. Oberfaul, sag ich Ihnen.« Striebel verfiel regelmäßig ins Bayrische, wenn ihm etwas gegen den Strich ging.

»Nur eine Zwischenfrage«, unterbrach der Kommissar den Redefluss, »Lanski ist also auch einer der ... sagen wir mal Geschädigten. Wie ist er zu diesen Kreditgeschäften gekommen?«

»Über den Sport«, erklärte Kromer, »Fußball. Nullenbruch hatte vor Jahren enge Beziehungen zum SC Geislingen, hat sehr viel gesponsert. Ich geh einfach mal davon aus, dass er den Lanski auch auf diese phänomenale Anlageform hingewiesen hat.«

Häberle fiel etwas ein. »Halten Sie es denn für denkbar, dass Nullenbruch noch weitere Personen aus der Sportszene dafür angeworben hat?«

Die beiden zuckten mit den Schultern. »Denkbar ist alles«, meinte Striebel. »Inzwischen halt ich nichts mehr für unmöglich.«

»Es könnte also theoretisch sein, dass auch gut verdienende Kicker ihr Geld auf diese Weise vermehren wollten – schwarz, mein ich, damals noch außerhalb der EU?«, überlegte der Kommissar.

»Natürlich«, pflichtete ihm Striebel bei, »ich geh sogar hundertprozentig davon aus, dass es so war.«

»Dann könnte auch Klinsmann ein Kreditgeber sein?« Häberle wollte die Frage einfach mal so in den Raum stellen. Striebel zuckte wieder mit den Schultern.

»Und jetzt ... jetzt ist etwas schief gelaufen?«, wollte Häberle zur Sache kommen.

»Das Geld ist weg. Da taucht so ein Verwandter von diesem Jano aus Amerika auf, ein gewisser Pit, und erzählt uns die große Story von der Mafia, die den Jano erpresse, weshalb man sehr viel Geld gebraucht habe.«

»Ich denke, das Geld wurde anderen Firmen als Kredit gegeben«, warf Häberle ein.

»Haben wir auch gedacht«, meinte Kromer resignierend. »Nun sieht's danach aus, als sei alles in ganz andere Kanäle gewandert und die Zinszahlung woanders hergekommen.«

Striebel klammerte sich mit beiden Händen an der Tischkante fest. »Spätestens seit uns die beiden Slowaken dort von der Fußgängerzone weg entführt hab'n, stellen Sie sich das vor, auf offener Straße mit dem Messer bedroht! Spätestens jetzt ist mir klar, dass dort eine riesengroße Sauerei abläuft.«

»Und Nullenbruch ist dort unten verschwunden?«, bohrte Häberle weiter.

»Ja. Er hat gesagt, als wir ihn angruf'n hamm, dass er kommen werde. Getroffen hab'n wir ihn nicht – und jetzt fehlt von ihm seit über zwei Wochen jede Spur.«

»Immerhin hat er da unten doch eine neue Firma ...«, wandte der Kommissar ein.

»Hat er«, bestätigte Striebel mit raumfüllender Stimme, »aber die ist erst noch im Aufbau. Außerdem hat er dafür einen kompetenten Mitarbeiter, der dieses Projekt für ihn leitet. Heißt Meckenbach.«

Meckenbach, ja, dachte Häberle. Die Kollegen der Sonderkommission hatten ihn vor einigen Tagen aufgesucht, doch nur wenig erfahren. Nullenbruch sei auf Geschäftsreise, erinnerte sich der Kommissar, und man wisse nicht, wann er wieder zurück sei. Es gebe nur eine Handynummer, auf der er sich aber, wenn überhaupt, lediglich sporadisch melde. Häberle machte sich einige Notizen und fragte nebenbei: »Wie schätzen Sie Nullenbruchs Bedeutung in der Sportszene ein? Sie sagen, er hat den SC Geislingen gesponsert. Außerdem soll er ein verrückter Bayern-Fan sein. Wissen Sie dazu noch mehr?«

»Nein«, antwortete Striebel, »nur dass er sich wohl seit geraumer Zeit auch als Sponsor für einen Förderverein für die Fußballweltmeisterschaft hervor tut. Aber fragen Sie mich nicht, welche Funktion er dabei hat.«

Häberle ließ sich die Adresse und Telefonnummer von Janos Firma in Košice geben und bedankte sich für das Vertrauen. Für Striebel war das Gespräch aber noch nicht beendet. »Ich hab mal was von so einem Zeugenschutzprogramm gehört …«

Der Kommissar verstand. »Ich werd mich dafür einsetzen, dass Sie, falls es gegen irgendjemand zu einer Gerichtsverhandlung kommen sollte, nicht öffentlich auszusagen brauchen.«

»Glauben Sie mir«, dröhnte Striebels Stimme, »mit diesen Leuten ist wirklich nicht zu spaßen. Ich bin davon überzeugt, die sind auch hier vertreten, die sind mitten unter uns. Ich hab, um ehrlich zu sein, gewaltig Schiss.« Solche Worte klangen aus dem Mund eines gstand'nen Mannsbilds überzeugend, dachte Häberle.

»Wenn rauskommt, dass wir bei Ihnen waren, knallen die uns ab«, ergänzte Kromer mit dünner Stimme, »uns und unsere Familien. Denken Sie an Heimerle und Funke.«

39

Der Abgeordnete Riegert hatte den verlängerten Aufenthalt im heimischen Baden-Württemberg auch dazu nutzen wollen, einige Termine wahrzunehmen, weshalb er nicht jeden Abend nach Hause kam. Der Einfachheit halber nächtigte er in Hotels oder Gasthöfen, die er bereits kannte. Seine Frau hatte ihn davon informiert, dass ihn seine ehemaligen Kollegen von der Polizei gerne gesprochen hätten. Riegert ahnte, worum es ging. Er entschied jedoch, dies sofort nach seiner Rückkehr persönlich zu tun. Er wollte zunächst noch selbst einige Fragen klären. Vielleicht würde er den Kriminalisten sogar ein Stück weiterhelfen können.

An diesem Dienstagnachmittag steuerte er das Remstal an. Er war heute schon aus Karlsruhe gekommen und würde am Abend noch an den Bodensee fahren müssen, wo ihn ein Kreisverband seiner Partei zu Fragen der Sportförderung eingeladen hatte. Ursprünglich hatte er diesen Termin aus Zeitgründen abgesagt, jetzt aber, da er ohnehin im Süden war, doch kurzfristig sein Kommen angekündigt.

Die Adresse, die er jetzt im Remstal suchte, befand sich in einem vornehmen Wohngebiet oberhalb von Grunbach. Er war vor Jahren schon einmal dort gewesen. Denn Edgar Pfisterer galt nicht nur als engagierter Anhänger der Konservativen, sondern war auch zugänglich, wenn für das eine oder andere Projekt ein paar Euros gebraucht wurden. Riegert hatte sich telefonisch angemeldet und sofort einen Termin bekommen. Pfisterer zeigte sich erfreut über den Besuch, führte den Abgeordneten in sein Wohnzimmer und bot ihm in einem der wuchtigen Sessel einen Platz an. Frau Pfisterer setzte sich zu den beiden Männern und sagte: »Schön, dass Sie mal wieder bei uns vorbeischauen.«

»Die Freude ist ganz meinerseits. Ich geb natürlich zu, dass ich nicht einfach so mit der Tür ins Haus gefallen wäre, wenn's nicht etwas Wichtiges zu besprechen gebe. Ich hab's Ihrem Mann bereits am Telefon angedeutet.«

Pfisterer nickte und ließ seine Arme über die Lehnen baumeln. »Sie wissen, ich hab für Sie immer ein offenes Ohr.«

»Ja, das ist sehr freundlich von Ihnen«, entgegnete Riegert. »Ich brauch einfach Ihre Hilfe. Herr Beierlein hat mich an Sie verwiesen. Das heißt, er hat mir von Ihrer Sponsoring-Gesellschaft erzählt und dabei auch Ihr Engagement erwähnt.«

»Herr Beierlein hat mir natürlich von Ihrem Interesse berichtet. Wir sind beide hocherfreut, dass Sie uns ebenfalls unterstützen wollen.«

Riegert zögerte. »Nun«, sagte er vorsichtig, »um ehrlich zu sein, bis vor kurzem hab ich von Ihren Bemühungen gar nichts gewusst. Deshalb war ich …« Er suchte nach einer diplomatischen Formulierung, »… ja, deshalb war ich von diesen Aktivitäten überrascht.«

Pfisterers Ehefrau verfolgte das Gespräch gespannt.

»Sie werden verstehen, dass wir die Sache nicht an die große Glocke hängen wollten«, erklärte Pfisterer gelassen. »Nennen Sie's Bescheidenheit. Wir wollen die hohe Politik nur dort in Anspruch nehmen, wo's dringlich erscheint.«

»Ich kann mir natürlich denken, dass einiger Aufwand damit verbunden ist, so eine WM richtig zu vermarkten.«

»Natürlich. Man darf nichts dem Zufall überlassen. Das war 1974 noch ganz anders. Heutzutage muss man in die Offensive gehen und überall, wo's nur geht, den Fußball positiv hervorheben.«

»Sie haben einige Unternehmer in den Reihen«, versuchte Riegert das Gespräch in die gewünschte Richtung zu bringen, »auch bei uns im Lande.«

»Natürlich, da sind wir ganz besonders stolz. Immerhin wurde hier bei uns im Remstal das Automobil erfunden. Das wird oftmals vergessen.«

»Auch in meinem Wahlkreis sind Sponsoren ansässig?« Es klang wie eine Feststellung, sollte aber eine Frage sein.

»Naja, Herr Riegert, ich bitt Sie«, entgegnete der Unternehmer loyal, »das ist doch Ehrensache, oder? In Klinsis Heimat sozusagen.«

»Der Herr Nullenbruch ist einer der Sponsoren.« Wieder war es eine Feststellung, die Riegert in den Raum stellte, während ihn Frau Pfisterer jetzt ein bisschen misstrauisch zu beäugen begann. »Natürlich, Nullenbruch. Er war schon immer ein Fußballfanatiker. Doch jetzt sieht auch er die einmalige Chance, daraus für uns alle Kapital zu schlagen. Den Aufschwung, müssen Sie wissen, Herr Riegert. Den Aufschwung, den hoffentlich Ihre Partei und die Frau Merkel bald kräftig einläuten.«

»Schade nur, dass dies alles von diesen Verbrechen überschattet wird – bei uns im Kreis Göppingen.«

Die Blicke der Eheleute Pfisterer trafen sich für einen Moment. Doch der Unternehmer ließ sich nicht anmerken, dass ihn Riegerts Hinweis auf die Todesfälle irritiert hatte. »Ich kann mir nicht vorstellen, dass dies in einem Zusammenhang mit Nullenbruch steht«, meinte er knapp und unterkühlt.

»Auch nicht, nachdem er seit Tagen verschwunden ist?«

»Verschwunden?« staunte Pfisterer, »ich bitt Sie. Er ist auf Geschäftsreise in der Slowakei. Manchmal gönnt er sich bei dieser Gelegenheit eine kleine Auszeit.«

»Hielten Sie es für denkbar, dass es ... ja, dass es, äh, Versuche gibt, Ihre Bemühungen zu torpedieren?« Riegert wagte diesen Vorstoß, was bei Frau Pfisterer sichtliches Unbehagen auslöste. Ihr Gatte hingegen schien gelassen zu bleiben.

»Torpedieren«, wiederholte Pfisterer, »Sie sind lange genug im politischen Geschäft, dass Sie selbst genau wissen, dass es immer Feinde gibt. Natürlich werden Sie Stimmen hören, die der Wirtschaft vorwerfen, dieses Geld lieber ins soziale Netz zu investieren – gerade jetzt, wo das Wehklagen über die hohen Lohnnebenkosten zur Senkung der Arbeitgeberanteile führen soll. Aber solche Kritik ist viel zu kurzfristig gedacht. Wir müssen investieren – in die Zukunft. Und das tun wir, wenn wir den Fußball fördern, glauben Sie mir.«

»Ähnliche Worte hab ich schon mal gehört«, stellte Riegert fest, »von einem Herrn namens Liebenstein, der im Auftrag des Wirtschaftsministeriums unterwegs ist. Ich sehe, Sie haben die Politik doch bereits hinzugezogen.« Es klang wie ein Vorwurf.

»Liebenstein ist halboffiziell unterwegs, um die Stimmung im Lande zu prüfen, was Fußball anbelangt.«

»Und dieser Ministerialdirektor Gangolf oder so ähnlich, der hält in Berlin die Fäden zusammen«, konstatierte Riegert, »seh ich das richtig?«

Pfisterer nickte und sah zu seiner bedenklich dreinblickenden Frau hinüber. »Ja, er ist im Prinzip der Koordinator, wenn man so will.«

»Und wie seid ihr hier im Süden an ihn geraten – ich meine, wie haben sich die Strukturen gebildet?«

»Es gibt unsere Gesellschaft nicht nur im Süden«, erwiderte Pfisterer, »sondern bundesweit. Es hat sich nur eher so aus Zufall ergeben, dass sich im Süden eine starke Gruppe befindet … naja, Sie wissen ja selbst, dass der Süden der wirtschaftliche Motor ist.«

»Und wie hat sich das ergeben?« blieb Riegert hartnäckig. Es machte ihm Spaß, seine Vernehmungstaktik mal wieder anwenden zu können.

»Das wissen Sie nicht?«, staunte Pfisterer, »über die Frau Siller ist das gelaufen, die Finanz-Chefin bei Nullenbruch. Reiner Zufall.«

Riegert gelang es, seine Verwunderung geschickt zu verbergen. »Ich kenn keine Frau Siller, tut mir leid. Welche Funktion hat sie übernommen?«

»Alte Geschichte«, wiegelte Pfisterer ab, »private Sache. Hat gar nichts damit zu tun. Nur so viel, dass halt auf diese Weise die Kontakte zustande gekommen sind.«

»Sie wollen nicht drüber sprechen?«

»Wissen Sie, Herr Riegert, es gibt Dinge, die sollte man ruhen lassen.«

Da gab es also etwas, über das Pfisterer nicht reden wollte, dachte Riegert. Überhaupt, so schien es ihm, machte diese ganze Fußball-Clique den Eindruck, als wolle sie ihn zwar gerne als Verbündeten, ihm aber dennoch keinen reinen Wein einschenken. Er hatte Edgar Pfisterer die volle Unterstützung zugesichert, wie man dies in diplomatischen Kreisen so zu sagen pflegte, und war gegangen. Jetzt musste er sich auf seinen Termin in Meersburg konzentrieren, wo ihn ein großer Sportverein in seiner Eigenschaft als sportpolitischer Sprecher zur Frage der künftigen Bewertung von Übungsleitern eingeladen hatte. Für einen kurzen Moment überlegte Riegert, ob er noch zu Hause vorbeischauen sollte, doch dann entschied er sich, mit seiner Frau über die Freisprechanlage zu telefonieren und ihr zu sagen, dass er vom Remstal aus über die Querverbindung nach Stuttgart fahren und dann über Plochingen und Wendlingen die A 8 Richtung Ulm ansteuern werde. Er sei ohnehin bereits viel zu spät dran. Im Radio kamen die 18-Uhr-Nachrichten, als er hinter Ulm auf die Schnellstraße in Richtung Friedrichshafen abbog. Den schwarzen BMW, der ihm seit geraumer Zeit folgte, bemerkte er nicht. Die Sonne, die sich endlich mal wieder zwischen dicken Regenwolken zeigte, blendete ihn.

40

Häberle hatte an diesem späten Nachmittag tatsächlich noch einen Termin mit Meckenbach erhalten. Dies war nicht einfach gewesen, denn der Produktionsmanager von Nullenbruch hatte mehrfach darauf bestanden, doch schon alles zu Protokoll gegeben zu haben. Häberle jedoch gelang es mit Engelszungen, ihn zu einem weiteren Gespräch zu bewegen – mit sanftem Druck. Zusammen mit Linkohr war er kurz vor 17 Uhr ins Gewerbegebiet ›Voralb‹ gefahren. Die beiden Kriminalisten wurden dort von der kreidebleichen Anna an der Empfangstheke abgeholt und in die Chef-Etage gebeten. Das Mädchen, dessen wadenlanger Rock alles andere als die Figur betonte, wie Linkohr insgeheim feststellte, führte sie in einen großen Besprechungsraum am Ende des hellen Flurs. Die Wände waren mit großformatigen gerahmten Farbfotografien geschmückt, die offenbar ein Bauprojekt in verschiedenen Phasen zeigten. Anna bot den Männern Platz in gepolsterten Chromstühlen an, die um einen ovalen weißen Tisch standen. Dann entfernte sie sich schüchtern und erklärte, Herr Meckenbach wisse Bescheid und werde gleich kommen. Im selben Moment bellte eine schrille Frauenstimme von irgendwoher durch den Flur: »Anna! Verdammt noch mal, wo treibst du dich schon wieder rum.« Das Mädchen war sichtlich erschrocken und eilte im Laufschritt davon. »Du sollst auf deinem verdammten Arsch hocken bleiben und die Briefe schreiben«, keifte die Frauenstimme weiter.

»Entschuldigen Sie«, stammelte Anna, sodass es die irritierten Kriminalisten gerade noch hören konnten, »wir haben Besuch.«

Die Frau schwieg und schien näher zu kommen. Hochhakige Schuhe klackerten schnell und nervös auf dem marmornen Boden. Häberle und Linkohr ahnten, wer da gleich aufkreuzen würde. Es war Ute Siller, die ein knielanges, blaues Kleid trug und energisch dreinblickte. Die Männer erhoben sich.

»Ach, Sie sind es«, gab sich die Frau gemäßigt und schüttelte den Kriminalisten die Hände, »bleiben Sie sitzen.« Sie rang sich ein Lächeln ab und ließ sich an der Tischoberkante nieder. »Verzeihen Sie meinen etwas rauen Ton, aber die jungen Leute heutzutage verstehen nur eine klare Sprache. Pennt im Büro und tobt sich nachts aus«, fuhr die Frau verächtlich fort. »Sie kennen ja diese Südosteuropäerinnen. Hängen nur am Handy und machen Termine aus – neuerdings hat das Flittchen sogar zwei.«

Der Chef-Ermittler zuckte mit einer Augenbraue. »Zwei?«

»Ja – zwei«, wiederholte Frau Siller bissig, »das Geschäft scheint zu boomen. Nur hier faulenzt sie rum.«

Häberle kniff die Lippen zusammen. Wahrscheinlich war's tatsächlich so, ja, dachte er und kam zur Sache: »Wir hatten uns bei Herrn Meckenbach angemeldet.«

»Er kommt sofort«, erwiderte die Frau eiskalt mit versteinertem Gesicht. »Sie werden gestatten, dass ich bei dem Gespräch zugegen sein werde.«

Häberle überlegte. »Aber bitte, es dauert sicher nicht lange.«

Auf dem Flur waren wieder Schritte zu hören. Es war Meckenbach, der sich auf dem Titelblatt jeder Wellness-Broschüre gut machen würde, dachte sich Häberle. Sein Gesicht braun gebrannt, die Figur sportlich. Er schloss die Tür hinter sich und begrüßte die Kriminalisten mit Handschlag. Dann nahm er neben Ute Siller Platz und ermunterte die Besucher: »Sie wollten mich sprechen. Schießen Sie los.«

»Wir machen uns Sorgen um Ihren verehrten Herrn Chef«, begann Häberle und fügte hinzu: »Sie offenbar weitaus weniger als wir. Denn wir haben Grund zu der Annahme, dass ihm in der Slowakei etwas zugestoßen sein könnte.«

Frau Siller verzog keine Miene. Meckenbach schob den Chromstuhl nach hinten, um die Beine vor dem Tisch lässig übereinander schlagen zu können. »Wer sollte ihm denn dort etwas angetan haben – Ihrer Ansicht nach?«

Linkohr holte aus einer der vielen Taschen seiner Outdoor-Hose einen kleinen Notizblock hervor und zückte einen Kugelschreiber.

Häberle gefiel diese legere Art des Produktionsmanagers nicht. »Ich geh mal davon aus, dass Sie die Situation in der Slowakei besser kennen als wir«, konterte er. »Bei allem, was ich so gehört habe, sind die Manieren der Menschen dort nicht immer vom Feinsten.«

Frau Siller sah ihn mit blitzenden Augen an. »Die Mentalität der Menschen ist überall eine andere.«

Der Kommissar ließ sich nicht beeindrucken. »Es ist also richtig, dass Sie seit über zwei Wochen keinen Kontakt mehr zu Herrn Nullenbruch hatten.«

»Richtig«, bestätigte Meckenbach aalglatt. »Dafür hat Frau Siller alle Kompetenzen zugesprochen bekommen.«

»Auch die für dieses Fußball-Sponsoring?«

Ute Sillers linker Mundwinkel zuckte. »Die Geschäfte laufen über mich, aber das hab ich Ihnen doch schon dargelegt. Welche Summen er wie und wohin geschoben hat, weiß ich nicht.«

»Und Sie?« Häberle deutete mit einer Kopfbewegung auf Meckenbach. Der Produktionsmanager lümmelte weiterhin gelangweilt auf seinem Stuhl. »Sorry«, sagte er, »aber das interessiert mich nicht.«

»Aber über Herrn Nullenbruchs Geschäfte in der Slowakei sind Sie informiert?«

»Nur am Rande. Ich hab für ihn dieses Werk in Košice aufgebaut, das heißt – ich bin noch dabei. Aber welcher Art seine Geschäfte ansonsten sind, das dürfen Sie mich nicht fragen.«

»Dass er noch andere … Geschäfte gemacht haben könnte?«, hakte Häberle nach.

Frau Siller fuhr dazwischen: »Herr Nullenbruch ist Geschäftsmann. Er nimmt mit, was mitzunehmen ist.«

»Ist Ihnen etwas darüber bekannt?«

»Natürlich nicht«, kam es eiskalt zurück, »ich halte es nur für möglich.«

»Was würden Sie davon halten, wenn wir beide nach Košice fliegen?«, fragte der Kommissar nun Meckenbach direkt. Der Angesprochene war sprachlos. Und Ute Siller sichtlich irritiert.

Jetzt hatte er ihn bemerkt – den schwarzen BMW. Hinter Ravensburg wurde Klaus Riegert beim Blick in den Rückspiegel stutzig. Tatsächlich, dieser große Wagen war schon seit geraumer Zeit hinter ihm. Mal direkt, dann wieder ein paar Autos entfernt. Jetzt, da die schwarze Limousine wieder dicht aufgeschlossen war, konnte er über den Rückspiegel zwei Männer auf den Vordersitzen erkennen. Jüngere offenbar, kantige Gesichter. Er versuchte das Kennzeichen abzulesen. ›HH‹ für Hamburg, stellte er fest, ohne den Kopf gereckt zu haben, um die Verfolger nicht merken zu lassen, dass er sie entdeckt hatte. Aber das konnte ein Mietwagen sein, schoss es ihm durch den Kopf. Riegert fuhr unauffällig weiter, überlegte kurz, was die Verfolger, wenn's denn wirklich welche sein sollten, mit ihrem Vorhaben bezwecken wollten. Ihn umbringen? Das hätten sie leichter bewerkstelligen können, beruhigte er sich. Sie würden dann wohl kaum hinter ihm her an den Bodensee fahren. Ihn einschüchtern? Dafür sprach, dass sie hemmungslos dicht hinter ihm herfuhren.

Einen kurzen Moment überlegte der Abgeordnete, ob er im nächsten Ort anhalten und jemanden nach dem Weg zum Polizeirevier fragen sollte. Dann aber entschied er sich für den Notruf. Er drückte am Handy, das in der Freisprecheinrichtung steckte, die Nummernfolge 110. Der BMW behielt den Abstand bei und weitere Fahrzeuge waren nicht in Sicht. Noch bevor sich eine Stimme im Lautsprecher melden konnte, musste Riegert auf die Bremse treten. Die Ampel an der Abzweigung Richtung Ostrach war auf »Rot« gesprungen. Riegert konzentrierte sich auf das Freizeichen des Handys. In diesem Augenblick geschah alles gleichzeitig. Eine Stimme krächzte ›Polizeinotruf Ravensburg‹, doch bevor Riegert etwas sagen konnte, wurden die beiden vorderen Türen aufgerissen und zwei Männer hielten ihm kleine Schusswaffen vor. »Schnauze«, zischte jener an der Fahrertür mit unverkennbar slawischem Akzent. »Hallo, hallo, melden Sie sich«, schepperte es aus dem Lautsprecher. Der zweite Mann, der sich sofort auf den Beifahrersitz gesetzt und die Tür zugeworfen hatte, brachte das Handy mit einem Druck auf die Aus-Taste zum Schweigen.

»Los, weiterfahren«, drohte der Angreifer auf der linken Seite, ließ die kleine Waffe in einer Freizeitjacke verschwinden, drückte die Tür kräftig ins Schloss und eilte zum BMW zurück. Noch immer stand die Ampel auf Rot. Der Mann lächelte den nachfolgenden Fahrern zu und machte eine Geste, die andeuten sollte, dass der Vordermann offenbar ein technisches Problem gehabt habe. Niemand hatte eine Waffe sehen oder bemerken können, dass in diesem Augenblick eine Entführung begann.

In der Polizeileitstelle Ravensburg las der Beamte die Handynummer des seltsamen Anrufers vom Display ab. Irgendetwas stimmte nicht. Denn im Hintergrund hatte er jemanden ›Schnauze‹ sagen hören. Der Beamte ließ sich die Aufzeichnung des Gesprächs nochmal vorspielen und verständigte vorsorglich den Polizeiführer vom Dienst.

»Der Bruhn springt im Viereck«, kommentierte Linkohr das Ansinnen seines Chefs, dienstlich in die Slowakei reisen zu wollen. »Der hat Ihren letzten Ausflug noch nicht verdaut.« Vor einiger Zeit hätte Linkohr sich noch anders ausgedrückt. Damals verwendete er in solchen Fällen den Satz: ›Da haut's dir's Blech weg‹. Seit seine Freundin Juliane ihm aber gestanden hatte, dass sie das störte, unterließ er das meistens.

Häberle fuhr aus dem Gewerbegebiet hinaus. Er entschied, jetzt Feierabend zu machen, wollte aber zuvor Linkohr nach Geislingen zurückbringen.

»Das letzte Mal war's mein Urlaub«, stellte er grinsend fest, »diesmal wird's offiziell. Und er wird's mir nicht ablehnen können. Es kommt immer auf die Begründung an«, meinte er und steuerte den Wagen auf die Berge der Schwäbischen Alb zu, deren Hänge in das sanfte Grün gehüllt waren, das sich von den Streuobstwiesen abhob.

»Sie wollen allein da runterfliegen?«, fragte Linkohr und hegte die Hoffnung, den Chef begleiten zu dürfen. »Sie werden keinen Menschen verstehen.«

Der aber schien bereits andere Überlegungen angestellt zu haben. »Meckenbach fliegt mit – wetten, dass …?«

»Sie sind davon überzeugt, dass der Schlüssel zu allem da unten zu suchen ist?«

»Eindeutig«, erklärte Häberle, »alles deutet darauf hin. Der Nullenbruch hat da unten ein Ding eingefädelt, das ihm über den Kopf gewachsen ist.« Die Straße stieg jetzt an und näherte sich dem Örtchen Schlat, aus dem sich ein cleverer Gastwirt mit der französischen Champagner-Lobby angelegt hatte, weil er aus einer uralten, schwäbischen Champagner-Bratbirne einen köstlichen Schaumwein produziert und dabei auch den Namen ›Champagner‹ benutzt hatte. Häberle hatte von dem Streit und den Gerichtsverhandlungen in der Zeitung gelesen.

»Wahrscheinlich haben Sie Recht«, meinte Linkohr, »bei allem, was Striebel und Kromer berichten, sieht es tatsächlich so aus.«

»Und unsere ›Vorzimmerdame‹ ist auch ein Kind der Slowakei. Ist Ihnen was aufgefallen?«

»Aufgefallen?«

»Ja, die Siller sagte, sie habe zwei Handys – haben Sie's nicht gehört?«

Linkohr fiel plötzlich ein: Ein zweites Handy! War's das

von Lanski? War sie die Frauenstimme, als Striebel angerufen hatte?

»Die Sache stinkt, Herr Kollege«, resümierte Häberle, als sie das Steilstück zum Gairenbuckel erklommen.

41

Riegert zitterte. Der junge Mann, der an der Ampel blitzartig eingestiegen war, grinste. »Keine Sorge«, sagte er mit slowakischem Akzent, »Ihnen geschieht nichts. Fahren Sie ruhig weiter. Ich möchte mich nur mit Ihnen unterhalten.« Er hatte die Waffe wieder in sein helles Freizeitjackett gesteckt. Wenn er sich leicht bückte, konnte er im rechten Außenspiegel den schwarzen BMW sehen, der ihnen folgte. Die Straße führte über freie Landschaft, kein Ort in Sicht.

»Was wollen Sie von mir?«, fragte der Abgeordnete verärgert und sah sich den Mann auf dem Beifahrersitz von der Seite an. Er versuchte, sich das Gesicht einzuprägen. Helle Haut, die Augen schienen grau oder blau zu sein. Das Alter schätzte Riegert auf 25 bis 30 Jahre. Er würde später mithilfe eines Phantombild-Zeichners ein Bild entwerfen können.

Das Handy am Armaturenbrett klingelte. Vermutlich rief die Polizei-Notrufzentrale zurück, dachte Riegert. Der Mann auf dem Beifahrersitz nahm das Gerät aus der Halterung und schaltete es ganz ab. Erst jetzt, als er es auf die Ablage warf, bemerkte Riegert, dass der Fremde Aidshandschuhe trug. Er grinste den verängstigten Fahrer an. »Wir wollen nichts weiter, als Sie von Dummheiten abhalten«, erklärte der Unbekannte. »Sie sollten aufhören zu schnüffeln, um es unmissverständlich zu sagen. Begreifen Sie das?« Riegert konnte sich nur noch schwer auf die Straße konzentrieren. »Ich versteh nicht …«

»Sie verstehen sehr gut«, zischte der Beifahrer und sein Akzent klang hart, »Sie mischen sich in Dinge ein, die nichts mit Politik zu tun haben. Gar nichts.« Er lehnte sich mit der rechten Schulter lässig gegen die Beifahrertür. »Es hat schon einigen Schnüfflern nicht gut getan, ihre dreckige Fresse in Dinge zu stecken, die sie einen verdammten Dreck angehen.«

Riegert zuckte zusammen. Er wurde langsamer.

»Los, penn nicht ein«, trieb ihn der Mann an. Der Politiker drückte das Gaspedal fester. Tausend Gedanken jagten durch seinen Kopf.

»Also«, machte der ungebetene Fahrgast weiter und grinste, »wenn Ihnen an Familie und Politik viel gelegen ist, dann vergessen Sie alles.« Deutlich lauter fügte er hinzu: »Haben Sie das kapiert?«

»Ich verstehe nicht, wo ich Ihnen gefährlich werden könnte.«

»Das ist scheißegal«, meinte der Unbekannte selbstgefällig, »scheißegal. Sie halten sich aus der Sache mit Nullenbruch raus – und fertig. Wenn nicht, dann geht's Ihnen wie den anderen. Und vergessen Sie nicht: Wir sind überall.«

Riegert schluckte.

Es vergingen endlose Minuten, während derer die beiden Männer schweigend nebeneinander saßen und der Audi endlich wieder eine Ortschaft erreichte – Bavendorf.

»Lassen Sie mich da vorne raus«, knurrte der Fremde und deutete auf eine Bushaltebucht, an der sich keine Personen aufhielten. Riegert nahm es erleichtert zur Kenntnis, setzte den Blinker und hielt an. Der nachfolgende BMW tat es auch.

»Und vergessen Sie nicht, was ich Ihnen gesagt habe. Schnauze halten und alles vergessen«, wiederholte der Mann, während er die Tür öffnete. »Sonst sehen wir uns schneller wieder, als Ihnen lieb ist.«

42

Der Sommer kehrte allmählich zurück. Anna nahm's mit Freude zur Kenntnis, denn ihre Kundschaft liebte an ihr luftige Kleidung. An diesem Mittwochabend, als die Fußballfans vor dem Bildschirm saßen, um das Eröffnungsspiel des Confederations-Cups, Deutschland-Australien, zu sehen, hatte sie nämlich einen Außentermin, wie sie es zu formulieren pflegte. Nullenbruch hatte ihr für solche Zwecke seine Jagdhütte zur Verfügung gestellt, die sich idyllisch am bewaldeten Abhang der Schwäbischen Alb befand und nur über einen verwachsenen Forstweg zu erreichen war, der von einem kleinen Asphaltsträßchen abbog. Die Kunden, die diese Umgebung vorzogen, ließen ihre Fahrzeuge auf einem Wanderparkplatz zurück und wurden von Anna mitgenommen, weil sie als Nullenbruchs Beauftragte die lediglich für Anlieger freie Zufahrt benutzen durfte.

Die wenigen Männer, die dieses Ambiente liebten und dafür tiefer in die Tasche greifen mussten, hatten gute Gründe, nicht in ihre kleine Wohnung in dem Mietsblock zu kommen. Sie wollten nicht gesehen werden.

Hier oben in der Jagdhütte, bei Kerzen- und Petroleumlicht, bei Musik aus einem Akku betriebenen CD-Spieler und sündhaft teurem Sekt, der im Keller herrlich kühl blieb, da ließen sich die Herren ungestört verwöhnen. Seit Nullenbruch verschwunden war, hatte Anna den Kunden bereits am Telefon dezent klar gemacht, dass die Entlohnung derzeit bar zu erfolgen habe. Ob sie nämlich jemals wieder für ihre nächtlichen Dienste an Nullenbruchs Geschäftsfreunden aus der Firmenkasse bezahlt werden würde, erschien ihr immer fragwürdiger. Sie musste sich langsam selbstständig machen.

Als sie jetzt einigermaßen ausgelaugt durch die sternenklare Sommernacht bei zunehmendem Halbmond heimfuhr, kamen auf SWR 3 die Mitternachts-Nachrichten. Deutschland hatte das Spiel 4:3 gewonnen. Aber das interessierte sie überhaupt nicht. Überhaupt hasste sie Fußball. Ein brutaler Sport – in jeder Beziehung.

Sie parkte ihr Auto in der Tiefgarage, dessen Rollgittertor sich ferngesteuert öffnen und wieder schließen ließ. Leuchtstoffröhren flammten auf, als ihr Wagen an gut zwei Dutzend anderen vorbei in die vorgesehene Nische rollte.

Anna nahm ihre große Sporttasche, in der sie die leere Sektflasche und einige Utensilien verstaut hatte, die den Vorlieben des Kunden entsprachen, und ging mit wippendem Röckchen zu der Stahltür, die ins Treppenhaus führte. Mit dem Aufzug erreichte sie den langen, unpersönlichen Flur, von dem ihre Wohnung abzweigte.

Anna war müde. Sie wollte sich noch schnell unter die Dusche stellen und dann schlafen. Seit ihre nächtliche Tätigkeit immer größere Ausmaße annahm, weil die Männer offenbar nicht genug von ihr kriegen konnten, spürte sie zunehmend, wie ihre Kräfte nachließen. Andererseits musste sie im Geschäft vor Ute Siller die volle Leistung bringen. Denn vorläufig konnte sie es sich nicht leisten, dass diese herrschsüchtige Frau ihr alles vermasselte. Also musste sie es hinnehmen, tagsüber wie eine Sklavin behandelt zu werden. Dafür war sie die Königin der Nacht, stellte sie insgeheim zufrieden und selbstbewusst fest. Doch dann traf es sie wie ein Donnerschlag: Bereits beim Näher kommen erkannte sie, dass die Wohnungstür einen Spalt weit offen stand. Anna erstarrte, blieb stehen und stellte mit weichen Knien die Sporttasche ab. Sie lauschte. Doch es drang kein Laut zu ihr her. Sie behielt den nachtschwarzen Spalt im Auge, der sich zwischen Tür und Rahmen auftat. Nur ein paar Zentimeter. Aber dahinter konnte sich Schreckliches verbergen – oder jemand auf sie lauern. Sollte sie die Wohnungsnachbarn aus dem Schlaf klingeln? Die Polizei rufen? Schreien? Nach panischen Sekunden fasste Anna einen mutigen Entschluss. Sie beugte sich zu ihrer Sporttasche, ließ so leise es ging den Reißverschluss aufgleiten und griff zum Hals der Sektflasche. Dann näherte sich die junge Frau der Tür, lauschte erneut, umklammerte die Flasche, wild entschlossen, sie jedem Angreifer sofort über den Schädel zu schlagen. Anna trat leicht gegen die Tür, stieß sie nach innen und griff mit der linken Hand zum Lichtschalter, sodass im Flur die rötliche Beleuchtung anging.

Das Chaos machte sich breit. Ein erster Blick reichte, um das Ausmaß der Zerstörung zu erkennen: Die Schubladen der kleinen Kieferkommode, die neben der Garderobe stand, lagen ausgeleert auf dem gefliesten Boden. Der war übersät mit Parfümerie-Artikeln, Schreibzeug, Kämmen und Bürsten. Fläschchen waren zersplittert, ihr Inhalt, sofern er flüssig war, bildete kleine Pfützen.

Anna blieb fassungslos stehen, blickte sich um, sah die offen stehenden Türen zum Bad und zum Schlafzimmer und wagte es schließlich, sich bemerkbar zu machen. »Hallo, ist da jemand?« Ihre Stimme klang ängstlich, verstört, schwach. Sie hielt den Flaschenhals fest und war bereit, notfalls sofort zuzuschlagen. Doch da war niemand mehr.

Sie stieg über die Trümmer und das Chaos und knipste in allen Zimmern die Lichter an. Wohin sie sah – überall ein Bild der Verwüstung. Nichts hatte der Eindringling verschont. Sogar im Bad waren alle Behältnisse herausgerissen worden, teilweise mit Gewalt, sodass zerbrochenes Plastik und Glasteile herumlagen. Im Schlafzimmer hatte der Unbekannte sogar die Bettdecke und die Kissen aufgeschlitzt. Man hatte etwas gesucht und ihr war klar, was es war.

»Erstaunlich, was der Klinsmann hingekriegt hat«, meinte Häberle, als er an diesem sommerlichen Donnerstagvormittag die versammelte Soko-Mannschaft begrüßte. »Jetzt sind wir mal gespannt, wie's am Samstag gegen Tunesien läuft.«

»Der hat ein ›Wir‹-Gefühl aufgebaut«, kommentierte ein junger Kollege, »nur so läuft's.«

»Sag ich schon lang«, erwiderte der Chef und lehnte sich

an den Türrahmen, »nur machen sie's in der Wirtschaft gerade anders rum: Mit dümmlichen Unternehmensberatern, die wie die Axt im Walde rangehen, einen Scherbenhaufen anrichten, weil sie natürlich Entlassungen vorschlagen müssen – und dann nur eines tun, nämlich selbst kräftig abzocken.«

Kein Widerspruch, weshalb Häberle resigniert fortfuhr: »Aber was in der freien Wirtschaft gilt, ist bei der Polizei nicht anders.«

Die Kollegen schauten gespannt auf.

»Obwohl wir uns alle, wie wir hier stehen, doch absolut sicher sind, dass dieser Nullenbruch und sein Geschäft in der Slowakei Dreck am Stecken haben, sperrt sich Bruhn gegen eine Dienstreise.« Häberle winkte verständnislos ab. Einige Kriminalisten machten Bemerkungen. Sie hatten eigentlich mit keiner anderen Reaktion gerechnet.

Linkohr sah den Chef fragend an: »Und womit begründet er dies?«

»Die Kosten. Natürlich die Kosten!« Häberles optimistischer Gesichtsausdruck hatte sich verfinstert. »Völlig egal, dass wir's mit einer international agierenden Bande zu tun haben – Hauptsache, wir sparen dem Staat Kosten! Die da oben ...« Er machte eine entsprechende Kopfbewegung, »... die haben doch noch gar nicht realisiert, dass unsere Gegenseite mit ganz anderen Mitteln schafft. Und was von den Politikern zu halten ist, die zwar immer schöne Sonntagsreden über die Sicherheitslage vom Stapel lassen, dann aber tausend Bedenken wegen Datenschutz und Kosten haben, Leute, das ist uns hinlänglich bekannt.« Der Chef sah ernst in die Runde. »Aber fragt mich bloß nicht, wen wir im September wählen sollen.«

»Und jetzt?«, wollte Linkohr wissen.

»Wir sollen über Interpol gehen«, erklärte Häberle, der sich so fühlte, als habe man ihm soeben die Hände gebunden, »und versuchen, Kollegen in Košice anzurufen.« Er überlegte. »Aber erstens beherrscht hier wohl kaum jemand Slowakisch – und zum anderen werden die Kollegen da unten hocherfreut sein, am Telefon Auskunft zu geben.«

Linkohr war ein Gedanke gekommen: »Und dass Nullenbruch vielleicht in Lebensgefahr ist, interessiert Bruhn auch nicht?«

Der Chef-Ermittler wischte sich Schweiß von der Stirn. »Dafür gebe es keine Beweise. Weil sich selbst die Ehefrau nicht um ihn sorge.«

»Merkt denn keiner, dass wir uns hier im Kreis drehen?« kam eine Stimme aus den Reihen der Kollegen, die um die Akten beladenen Tische herum standen. »Die Spuren führen in die Slowakei. Sollen die doch unsere Protokolle mal lesen.«

»Bruhn sieht das anders«, meinte Häberle, »außerdem faselt er schon wieder was von Stuttgart. Seit die ›Bild‹-Zeitung immer wieder Klinsmann mit unserer Geschichte in Verbindung bringt, hat wohl irgendjemand Schiss, dieser Confederations-Cup könnte in ein schlechtes Licht gerückt werden – oder gar die WM. Wir können drauf warten, bis der ›MV‹ hier noch auf der Matte steht. Oder der Franz Beckenbauer höchstpersönlich.«

Der Abgeordnete Riegert hatte während seiner Reise durch einige Städte am Bodensee und bei seinem Abstecher nach Frankfurt mehrmals täglich mit seiner Frau telefoniert, ohne ihr aber zu sagen, dass er sich Sorgen um sie mache. Er wollte nur ihre Stimme hören. Das beruhigte ihn.

Obwohl ihm die Termine bei Sportvereinen, Kreisverbänden und Sportartikel-Firmen, die er als Abgeordneter besuchte, kaum Zeit zum Nachdenken ließen, kamen immer wieder bohrende Fragen auf. Den Beamten der Notrufzentrale Ravensburg, die ihn noch einmal auf seinem Handy angerufen hatten, um sich nach dem Grund seines abgebrochenen Gesprächs zu erkundigen, hatte er glaubhaft versichert, er habe nur die falsche Taste gedrückt. Riegert wollte unter keinen Umständen seine Frau in Gefahr bringen. Vermutlich hätten die Streifen am Dienstagabend den schwarzen BMW noch ausfindig machen können – aber dann? Riegert dachte an Heimerle und Funke, die möglicherweise seinetwegen ermordet worden waren. Mittlerweile bestand für ihn kein Zweifel mehr, dass er in eine internationale Bande hineingeraten war. Er wusste nur noch nicht, worum es dabei ging. Aber bei allem, was er selbst erfahren hatte, schien es lebensgefährlich zu sein, sich mit ihr anzulegen. Das Vorgehen musste wohlüberlegt sein. Deshalb wollte er in Ruhe mit dem Chef-Ermittler selbst reden – mit Häberle, den er noch aus früheren Zeiten her kannte, als sie Kollegen waren.

Er hatte ihn an diesem Freitagvormittag angerufen und um einen Gesprächstermin gebeten. Der wurde ihm auch sofort erteilt, sodass er um die Mittagszeit in Häberles kleinem Büro saß.

»Herzlich willkommen, Kollege«, begrüßte ihn der Kommissar und übertrieb grinsend die Höflichkeit, »es ist mir eine Ehre, einen Abgeordneten begrüßen zu dürfen.«

»Machen Sie halb lang«, lächelte Riegert, während sie sich an den kleinen Besprechungstisch setzten. »Ich möcht Sie auch nicht allzu lange aufhalten. Aber dieser Fall mit den drei Toten geht mir sehr nahe. Denn möglicherweise haben Heimerle und Funke meinetwegen sterben müssen.«

Häberles Miene versteinerte sich.

Dann begann Riegert von Heimerles Anruf zu berichten und dass sie sich hätten treffen wollen, weil Lanski offenbar etwas Geheimes und Unglaubliches erzählt habe. »Ich Idiot hab das beiläufig in Berlin einer Frau erzählt, mit der so ein Ministerialdirektor ein Techtelmechtel hat. Gangolf vom Wirtschaftsministerium …« Riegert schilderte die Zusammenhänge, während Häberle sich nun auf einem Blatt Papier Notizen machte. »Dieser Gangolf«, erklärte der Abgeordnete schließlich, »der scheint auf seltsame Weise Kontakte zu Nullenbruchs Firma zu haben. Das hat mir dieser Unternehmer Pfisterer aus Grunbach angedeutet, ohne aber genauer darauf eingehen zu wollen.« Riegert schilderte auch, dass es wohl eine große Sponsoring-Gesellschaft gebe, deren Fäden bei Nullenbruch zusammenlaufen müssten. Und er erwähnte Liebenstein, der offenbar derzeit in Baden-Württemberg unterwegs sei, um angeblich die Akzeptanz der Fußballweltmeisterschaft zu überprüfen.

Häberle hörte sich alles in Ruhe an. Ein guter Zeuge, dachte er, als Riegert auf den Mann zu sprechen kam, der zu ihm ins Auto gestiegen war und ihn bedroht hatte. Mit diesen Angaben würde sich ein Phantombild anfertigen lassen.

»Der BMW«, so beendete Riegert seine Aussage, »ist übrigens auf Europcar zugelassen. Das hat mir ein Kollege vom LKA bereits abgecheckt. Ich nehm aber an, dass die Täter den Wagen kaum unter ihrem richtigen Namen gemietet haben.«

»Kollege«, lächelte Häberle, als sei ihm ein großer Stein vom Herzen genommen worden, »ich glaube, Sie haben uns ganz entscheidend weitergeholfen.« Der Kommissar verschränkte die Arme vor dem wieder mal viel zu engen Hemd. »Schade nur, dass Sie erst jetzt kommen.«

»Manchmal macht es einen Unterschied, ob man Polizist ist oder als Betroffener mitten in so einer Sache drinsteckt.« Der Abgeordnete holte tief Luft. Auf seiner Stirn hatte sich Schweiß gebildet. »Ich bin mir noch immer nicht im Klaren, ob es richtig ist, was ich jetzt getan habe. Den Slowaken ist alles zuzutrauen, glauben Sie mir das. Ich möcht auf gar keinen Fall, dass etwas von dem, was ich Ihnen gesagt habe, an die Öffentlichkeit dringt.« Er sah Häberle fest in die Augen. »Ich hab Angst. Ja, ich hab wirklich Angst. Um meine Frau und um mich.«

Häberle schwieg für einen Augenblick, wollte dann aber noch eine Frage nachschieben: »Sie sind selbst Kriminalist, Herr Riegert. Was ist Ihr Eindruck – was steht hinter all dem?«

»Das überleg ich mir schon dauernd hin und her. Es muss ein großes Ding sein. Und es hat mit Sport zu tun – vermutlich mit Fußball.«

»Auch mit Klinsmann?«, fragte Häberle ruhig.

Riegert zuckte mit den Schultern. »Ich hoffe nicht.«

43

Liebenstein wohnte noch immer im Hotel ›Hohenstaufen‹. Gangolf hatte darauf gedrängt, dass er weiterhin vor Ort blieb. Oberste Aufgabe war es, Lanskis Aktenkoffer zu finden. Je mehr Zeit verstrich – und nun lag der Mord fast drei Wochen schon zurück –, desto nervöser wurde der Ministerialdirektor. Doch bisher waren sämtliche Versuche Liebensteins, das Umfeld Lanskis und seiner Freunde unter die Lupe zu nehmen, kläglich gescheitert. Es schien so, als hätten sich alle abgeschottet. Inwieweit sich dieser Abgeordnete inzwischen eingemischt hatte, war ihm auch noch ein Rätsel. Liebensteins einzige Beruhigung war, dass er zumindest in einem Punkt den offiziellen Ermittlern ein Stück voraus war. Er wusste nämlich um die Kontakte, die es zwischen Nullenbruch und der Organisationsebene in Berlin gab.

Er ließ sich in den Sessel seines Hotelzimmers fallen und tippte die Nummer Beierleins in sein Handy ein. Wenig später meldete sich der Stuttgarter Sportfunktionär. »Endlich«, hörte er seine Stimme, »die Zeit verstreicht und alle werden nervös. Hast du Neuigkeiten?«

»Leider nein. Nullenbruch ist weg – aber es scheint keinen wirklich zu stören.«

»Der Koffer«, kam es aufgeregt zurück, »vergiss Nullenbruch. Der Koffer ist uns wichtig. Ich sag dir, wenn da etwas auftaucht … ja, auftaucht an der falschen Stelle, dann sind wir erledigt.«

Liebenstein sagte nichts.

»Was ist mit diesem Riegert. Ich hab versucht, ihn zu beschwichtigen, hab aber keine Ahnung, ob er's akzeptiert hat, oder ob er weiter rumschnüffelt.«

»Er ist noch hier – so viel ist sicher. Er wird aber auch bleiben, schätz ich«, erklärte Liebenstein, »er hat am Montag seinen Kreisparteitag oder wie das heißt. Nominierungsversammlung für seine Kandidatur im September.«

Beierlein schien dies wenig zu interessieren. »Und wenn wir völlig auf dem falschen Dampfer sind?«, fragte er unerwartet, »wenn Nullenbruch abgehauen ist?« Nach kurzer Pause fügte er hinzu: »Mit Lanskis Koffer?«

»Du meinst, er könnte Lanski …?«

»Man muss jede Möglichkeit in Betracht ziehen, jede, verstehst du?«

Kurzes Schweigen. Dann wurde Beierleins Stimme leiser und bedrohlicher: »Wenn nicht bald etwas geschieht, dann bricht alles auseinander. Die ersten Sponsoren sind bereits abgesprungen. Und was das Schlimmste ist – sogar die Zeitungen haben schon drüber berichtet.«

»Sie haben geschrieben, es gäbe Querelen zwischen diesem Rogowski und dem Porsche-Chef.«

»Gott sei Dank hat man's noch auf die persönliche Schiene beschränkt«, meinte Beierlein erleichtert. Dieser Rogowski, einst Industriepräsident gewesen, hatte angeblich in einem Interview den schwäbischen Unternehmer beleidigt, worauf dieser seine Zusage für eine Millionenspende zurückgenommen hatte. Glücklicherweise wussten beide nichts von der Organisation, die in Berlin darauf hoffte, an solcher Freigiebigkeit zu konzipieren. »Es war von Anfang an sinnvoll, die ganz großen Herren herauszuhalten«, beruhigte sich Beierlein offensichtlich selbst, um sofort aber seine Sorgen loszuwerden. »Weißt du, Tobias, wenn es nicht gelingt, den Nullenbruch ausfindig zu machen, werden wir uns ernsthafte Gedanken machen müssen.« Mehr wollte er dazu nicht sagen. »Inzwischen scheinen nämlich einige Herren bei uns das Unwesen zu treiben, die mir ganz und gar nicht gefallen.«

Liebenstein schluckte. Sein Blick war starr und auf das gegenüberliegende Haus gerichtet. »Einige Herren?«, wiederholte er ungläubig.

»Es gibt offenbar Erkenntnisse, dass Slowaken hier aufgetaucht sind.«

»Wer sagt das?«

»Gut unterrichtete Quellen, glaub' mir. Und deshalb ist Vorsicht geboten. Äußerste Vorsicht. Wenn es nämlich so sein sollte, wie ich befürchte, dann ist mit dem Schlimmsten zu rechnen.«

Noch vor dem Wochenende konnte Linkohr seinem Chef ein Erfolgserlebnis präsentieren. Sie hatten gestern den zuständigen Amtsrichter Reinhard Schwenger davon überzeugt, dass es notwendig sein würde, diese Anna etwas genauer zu überprüfen. Häberle hatte ein direktes Vorgehen vermeiden wollen, um keine schlafenden Hunde zu wecken. Stattdessen war es ihm gelungen, die Gesprächsverbindungen ihres Handys und ihres Festnetzanschlusses ermitteln zu lassen.

Nachforschungen bei den Netzanbietern ergaben, dass offenbar kein weiteres Handy auf Anna angemeldet war. Aber dies hatte natürlich nichts zu bedeuten, wusste Häberle aus Erfahrung. In derlei Kreisen bediente man sich auch der Handys von Freunden oder Zuhältern, um keine eigenen Spuren zu hinterlassen.

»Wir haben's«, stellte Linkohr stolz fest, als er an diesem Freitagabend zu Häberle ins Büro kam. Er hielt mehrere Ausdrucke in der Hand. »Annas Telefonverbindungen. Das sind alles Nummern in der Slowakei.« Er deutete auf einige markierte Nummern, »... das ist die Firma dieses Janos.

Es gab aber auch Gespräche nach Berlin. Und jetzt dürfen Sie raten, wer sich dahinter verbirgt.«

Häberle zuckte mit den Schultern. Er war gespannt. Wenn Linkohr so fragte, war mit allem zu rechnen.

»Wirtschaftsministerium«, kam die Antwort, »das Büro des Ministerialdirektors Gangolf.«

44

Deutschland war auf Erfolgskurs. 3:0 hatte die Nationalmannschaft Tunesien geschlagen. Und das Wetter war an diesem Wochenende, an dem die Sonne ihrem jährlichen Höchststand entgegen strebte, wieder sommerlich geworden. Vergessen die Schafskälte. Schon stöhnte die Nation wieder unter der drückenden Hitze. Häberle konnte sich über die banalen Kommentare der Rundfunkmoderatoren regelmäßig amüsieren. »Jetzt tun die wieder, als ob 28 Grad um diese Jahreszeit etwas ganz Außergewöhnliches wären«, stellte er bei der Frühbesprechung an diesem Montagmorgen fest. Linkohr machte einen verschlafenen Eindruck, pflichtete aber in der Kollegenrunde seinem Chef bei: »Haarsträubend, was manchmal geschwätzt und geschrieben wird. Seit fast einer Woche geht der Zirkus mit Michael Jackson ab – ich kann's nicht mehr hören.«

Die Kriminalisten stimmten ihm mit entsprechenden Kommentaren zu. »Typisch Amerika«, meinte ein älterer Kollege, »eine Riesenshow um die Gerichtsverhandlung – und dann machen die Geschworenen in die Hose, bloß weil es ein Prominenter ist. Wetten, dass es so war?«

»Der hat doch nicht alle Tassen im Schrank«, kam eine andere Stimme aus dem Hintergrund, »ich hab den mal vor Jahren bei Gottschalk in ›Wetten, dass‹ gesehn. Wie eine lebende Leiche ist der rumgelaufen, mit Mundschutz. Ein Verrückter, sag ich euch. Und so einem Idol rennt unsere Jugend hinterher.« Ein anderer Kollege bekräftigte ihn: »Wenn das die Vorbilder sind, brauchen wir uns nicht zu wundern, dass die jungen Leute die wahren Werte nicht mehr erkennen.«

Häberle gefielen diese Worte. Er freute sich, eine Mannschaft beieinander zu haben, die bodenständig war und sich nicht von jedem angeblichen Trend beirren ließ.

Die Kollegen, die am Wochenende Dienst hatten, waren mit den Telefonverbindungen dieser Anna vollauf beschäftigt gewesen. »Wie es aussieht«, konstatierte ein Beamter aus der Runde, »sind hier etliche Sportfunktionäre drunter, aber auch Wirtschaftsbosse. Lauter angesehene Persönlichkeiten. Die Anna scheint eine exklusive Kundschaft zu haben.«

»Namen?«, fragte Häberle in den Raum und setzte sich leger auf einen Schreibtisch.

»Beierlein, Pfisterer«, zählte ein schnauzbärtiger Beamter auf, der die Ärmel hinaufgekrempelt hatte, »ein Rambusch ist dabei – und auch welche aus der Landesregierung …« Er lächelte süffisant. »Wenn diese Liste an die Presse geht …«

»Das wird sie natürlich nicht«, stellte Häberle fest, ohne es gleich wie eine Dienstanweisung klingen zu lassen.

»Und Lanski? Taucht auch Lanski auf?«, hakte er nach.

Die Kollegen schüttelten die Köpfe. »Leider nein«, antwortete einer, »dieser Kontakt scheint nicht bestanden zu haben.« Häberle überlegte einige Sekunden, dann entschied er: »Wenn es eine eindeutige Schlüsselperson gibt, dann ist es diese Anna. Was wissen wir über sie?«

Zwei Beamte, die sich bisher zurückgehalten hatten, schlugen Akten auf. »Nichts Neues eigentlich«, ergriff einer von beiden das Wort. »sie ist in der Slowakei heftig vorbestraft, war im Knast, hat zwei Brüder, die in Österreich leben. Ihre Eltern wohnen wohl in Košice. In Deutschland bisher unauffällig.«

»Aber begehrt«, fügte Häberle ironisch hinzu, um eine Spur lauter festzustellen: »Ich muss da runter. Ich will wissen, was in diesem Sumpf abgeht. Habt Ihr Kontakte über Interpol zu den Kollegen dort?«

Linkohr, der vor dem offenen Fenster am Sims lehnte, hatte entsprechend recherchiert. »Sehr bürokratisch – trotz EU«, meinte er.

»Was heißt das?« höhnte Häberle. »Gerade deswegen ist's doch bürokratisch.«

»Es gibt einige Kollegen in Košice, die sprechen etwas Englisch«, berichtete er, »ich hab ihnen eine E-Mail geschickt, aber bisher keine Antwort erhalten.«

»Und über Interpol, offiziell?« Häberle ließ nicht locker.

»Sie haben Akten angefordert und wir sollen detailliert darstellen, worum es uns geht.«

»Oh, heiliger Sankt Bürokratius«, stöhnte der Chef. »Eines Tages sitzen wir nur noch dusselig hier rum und verfassen Schriftsätze.«

Ein Murmeln der Kollegen gab ihm Recht.

Dann fasste Häberle einen Entschluss: »Wir durchsuchen die Wohnung dieser Anna. Ich will jetzt wissen, was Sache ist.«

»Sie glauben, wir kriegen das genehmigt?«, zweifelte Linkohr.

»Rufen Sie den Ziegler an«, bat Häberle und meinte damit den Leitenden Oberstaatsanwalt in Ulm. »Wir müssen den Schwenger überzeugen.« Insgeheim war er sich sicher, dass der Amtsrichter die Notwendigkeit erkennen würde. Schließlich war auch Schwenger ein altgedienter Jurist, der die Ermittlungsarbeit kannte und fundiertes Vorgehen schätzte.

Häberles morgendlicher Elan beflügelte die Kollegen. Und er selbst war jetzt entschlossen, Bruhn von der Dienstreise nach Košice zu überzeugen. Notfalls, das hatte er sich vorgenommen, würde er die nächsthöhere Ebene bemühen. Denn jetzt ging's um alles oder nichts. Da war kein Platz mehr für cholerische Anfälle, die den Betrieb nur lähmten, anstatt die Kollegen zu engagiertem Handeln anzuspornen.

45

Amtsrichter Schwenger war tatsächlich von Häberles Anliegen überzeugt gewesen und hatte den Durchsuchungsbefehl ausgestellt.

Während sich ein Dutzend Kriminalisten auf die Aktion in der kleinen Wohnung vorbereiteten, war Linkohr die undankbare Aufgabe zugefallen, Anna an ihrem Arbeitsplatz davon zu unterrichten und abzuholen. Dass er sich damit den geballten Zorn ihrer Chefin zuziehen würde, war ihm klar gewesen. Doch dass Ute Siller derart ausfällig werden konnte, empfand er mehr als peinlich. »Ersparen Sie sich Ihre Erklärungen«, fauchte die Frau, die unter ihrer Bürotür stand, »hab's doch immer gewusst, dass sie eine Kriminelle ist.«

Anna blieb eingeschüchtert hinter ihrem Schreibtisch stehen, während Linkohr zu erklären versuchte, dass die junge Dame für zwei Stunden zu einer Vernehmung mitkommen müsse. Er verschwieg den wahren Grund.

»Sie wird das nacharbeiten«, zeterte Ute Siller. Ihre Stimme überschlug sich und hallte bis in den Flur hinaus. »Und zwar in einer Nachtschicht.« Das klang wie eine Drohung – und sollte es auch sein. Denn wenn sie darauf bestand, dann konnte Anna ihre Kundschaft abbestellen, dachte Linkohr und bedeutete dem Mädchen mit einer Kopfbewegung an, mitzukommen.

»Was wollen Sie von mir?«, fragte Anna im Auto.

»Wir möchten uns ein Bild von Ihren Lebensumständen machen«, erklärte Linkohr.

»Was heißt das?«, fragte das Mädchen kühl. Die Schüchternheit war wie weggeblasen.

»Wir durchsuchen Ihre Wohnung«, erklärte Linkohr direkt.

»Sie wollen …?« Offenbar hatte sie mit allem gerechnet, nur nicht damit.

»Reine Routine. Sie sind nicht die Einzige. Wir machen uns Sorgen um Ihren Chef.«

»Sie glauben, ich hätte etwas mit seinem Verschwinden zu tun, nur weil ich für ihn auf den Strich gehe?« Als sie nach wenigen Kilometern vor dem Wohnblock in Ursenwang ankamen, waren bereits mehrere weiße zivile Kombis vorgefahren. »Wenn Sie uns helfen, ist alles schnell vorbei«, erklärte der Jungkriminalist. »Wir möchten Ihnen keine Unannehmlichkeiten bereiten.« Er parkte neben den Kombis. Aus der Gruppe wartender Männer löste sich Häberle und öffnete dem Mädchen galant die Beifahrertür.

»Danke, dass Sie bereit sind, uns zu helfen.« Sie erwiderte nichts, sondern stöckelte die Treppe hinauf.

Droben angekommen, schloss sie die Wohnungstür auf, knipste das Rotlicht an und wollte voraus in den Flur gehen. Linkohr hielt sie am linken Oberarm zurück. »Bitte nicht«, sagte er. »Sie müssen bei mir bleiben.« Sie drehte sich ärgerlich um, während die anderen Kriminalisten an ihr vorbeidrängten. Sie hatten mit derlei Durchsuchungen Routine. »Darf ich fragen, wonach ihr sucht?«, wollte Anna wissen. »Irgendetwas, was auf Nullenbruchs Aufenthalt hindeuten könnte«, erklärte Linkohr.

»Da werden Sie aber enttäuscht sein. Glauben Sie mir, ich wüsste genau so gerne wie Sie, wo er geblieben ist. Er ist mein Chef, wissen Sie!«

»Er ist angenehmer als Frau Siller?«, wollte Linkohr wissen.

»Frau Siller ist eine Sau«, erwiderte das Mädchen, »aber sie hat gute Kontakte zu Frau Nullenbruch – und jetzt ist sie die Chefin. Ich hoffe, nur vorübergehend.«

Die Durchsuchung lief nahezu lautlos ab. Dann aber tauchte Häberle aus einem der Räume auf. Sein Gesicht wirkte im roten Licht der Flurlampe seltsam entstellt. Er schaute dem Mädchen in die Augen. »Eine Frage, gnädige Frau, wir haben im Schlafzimmerschrank aufgeschlitzte Bettwäsche gefunden. Was hat das zu bedeuten?«

Anna erschrak. Sie wich den Blicken des Kommissars aus.

»Und im Badezimmer finden sich Reste von Scherben«, fuhr er fort. »Ist hier in jüngster Zeit etwas geschehen, das wir wissen sollten?«

Annas Gesicht wirkte trotz des roten Lichts seltsam fahl. Ihr Blick ging ins Leere.

»Was soll geschehen sein?«

»Naja«, versuchte es Häberle auf die väterliche Art, »es könnte doch sein, dass es jemand – sagen wir mal – nicht sonderlich gut mit Ihnen meint.«

»Wie kommen Sie denn da drauf?« Ihre Frage klang merkwürdig abwesend.

»Sie werden bedroht«, stellte Häberle ruhig fest, »es war irgendjemand hier und hat Ihre Wohnung durchsucht. Hab ich Recht?«

Die junge Frau kämpfte mit den Tränen, schloss die Augen und nickte.

»Chef«, meldete sich einer der Kriminalisten, »schau'n Sie mal, was wir gefunden haben.« Er hielt ein Buch in die Höhe: »Über Jagdwaffen. Eine Beschreibung von Jagdwaffen.«

Drei Wochen vergangen – und nur Merkwürdigkeiten, dachte Häberle, als er am Tag des Sommeranfangs wieder Richtung Geislingen fuhr, der Sonne entgegen. Sie stand bereits hoch über den Bergen der Schwäbischen Alb. Zunehmend beschlich den Kommissar das ungute Gefühl, zwar inzwischen viele Details zu kennen, aber nicht das Bild, das sich daraus ergeben musste. Nur eines war klar: Sie hatten es mit einer dubiosen Gruppierung zu tun, in die Nullenbruch verwickelt war. Denn inzwischen hatten die Kollegen der Sonderkommission zusammen mit dem Abgeordneten Riegert ein Phantombild jenes Südosteuropäers anfertigen lassen, der unweit von Ravensburg in das Auto des Politikers gestiegen war. Dass Striebel und Kromer, denen das Bild gezeigt wurde, darauf einen ihrer beiden Entführer von Košice erkannten, bestätigte Häberles Verdacht in Richtung Slowakei.

Er parkte beim Backstein-Gebäude der Geislinger Kriminalpolizei. Im Lehrsaal des angrenzenden Reviergebäudes herrschte wegen Bruhn wieder mal helle Aufregung. Linkohr kam noch im Flur auf den Kommissar zu: »Bruhn will sofort einen schriftlichen Bericht über den Stand der Ermittlungen.«

»Wieso das denn? Hat er wieder von irgendwo her Druck gekriegt?«

»Keine Ahnung«, zuckte Linkohr mit den Schultern, »er war jedenfalls ziemlich aufgebracht. Sie sollen ihn sofort anrufen.«

Häberle pustete die Backen auf und steuerte sein Büro an. »Kommen Sie mit«, sagte er schließlich und bot dem jungen Kollegen den üblichen Platz am Besprechungstisch an. »Die Kleine hat Schiss«, stellte er fest, um noch einmal die Vernehmung Annas vom Vorabend Revue passieren zu lassen. »Sie tut mir leid.«

»Aber ganz so harmlos, wie sie tut, ist die nicht«, konstatierte Linkohr. »Die ist eine brillante Schauspielerin.«

»Muss sie auch sein – bei dieser Kundschaft.« Er grinste. »Jeder will's anders. Nicht umsonst kommen die Herrschaften zuhauf daher.«

»Ich bin mir ziemlich sicher, dass sie das dumme Mädchen bei der Siller nur mimt«, meinte Linkohr. »Wer lässt sich schon diese Schikane gefallen – heutzutage?«

»Sie sagt, sie habe wirklich Angst vor ihr. Weil sie von ihren Vorstrafen wisse und vom Techtelmechtel mit Nullenbruch.« Häberle verschränkte die Arme. »Je länger aber Nullenbruch verschollen bleibt, desto mehr verlagern sich die Gewichte. Die Kleine kann, das hat sie ja in der Vernehmung eingeräumt, nicht mehr damit rechnen, dass ihre Dienste an Nullenbruchs Geschäftsfreunden aus der Firmenkasse bezahlt werden. Die Loyalität zu ihm wird von Tag zu Tag geringer – so jedenfalls hab ich das herausgehört.«

Linkohr fühlte sich in seiner Einschätzung bestätigt. »Sie wird ziemlich schnell den Laden verlassen und freiberuflich auf den Strich gehen.«

»Wenn's denn so einfach wär«, gab Häberle zu bedenken, »ich könnte mir denken, dass sie so frei nicht ist, wie sie uns vormacht. Da gibt es mit Sicherheit ein paar Herrschaften, die ein gewichtiges Wort mitzureden haben.«

»Sie denken an unsere slowakischen Freunde?« Linkohr hatte begriffen. »Zuhälter.«

»Was glauben Sie, was seit der Wende in dieser Beziehung abgeht! Kollege, da sind wir Waisenknaben dagegen«, grinste Häberle und wurde gleich wieder ernst. »Das ist teilweise Sklavenhandel in Vollendung.«

»Der Einbruch bei ihr lässt auf Hintermänner schließen«.

»Bett aufgeschlitzt und gehaust wie die Vandalen«, entgegnete der Kommissar, »nur will sie uns partout nicht sagen, was die Unbekannten gesucht haben könnten. Ich bin mir ziemlich sicher, dass sie uns etwas verschweigt.«

Linkohr äußerte seine Vermutung: »Notizbücher, Adressen von Kunden – Material genug für Erpressungen jeder Art. Gefunden haben wir ja in diese Richtung überhaupt nichts. Es ist doch ziemlich unwahrscheinlich, dass eine professionelle Nutte keine Kundenkartei führt – mit all den Sonderwünschen. Sie hat ja nicht mal einen Computer. Kaum anzunehmen, dass sie ihre Buchführung im Geschäft erledigt.«

»Dass sie ziemlich durchtrieben und nicht gerade die Unschuld vom Lande ist, beweist ja allein schon ihr Vorleben. Ein halbes Jahr im slowakischen Knast wird auch nicht gerade ein Mädchenpensionat gewesen sein.«

»Und denken Sie an dieses Buch über Jagdwaffen«, erinnerte Linkohr, »Lanski wurde mit etwas Ähnlichem umgebracht.«

»Okay, ja, aber sie sagt, es stamme von Nullenbruch, der begeisterter Jäger sei, und er habe ihr das Buch ausgeliehen, weil sie sich mal über die Jägerei unterhalten hätten. Kann wahr sein, kann auch gelogen sein.«

Linkohr fiel etwas ein: »Mir hat das zu denken gegeben. Deshalb hab ich heut früh Frau Nullenbruch angerufen und gefragt, ob die Jagdwaffen ihres Mannes alle vollständig da seien. Sie meint ja.«

»Aber er selbst hat sich noch immer nicht gemeldet?«

»Nein – aber das scheint ihr weiterhin egal zu sein.«

Häberle erhob sich und vergrub die Hände in den Hosentaschen. »Was mich ein bisschen stutzig macht, ist die Erklärung des Kontaktes zu diesem Gangolf. Anna hat doch gesagt, es sei ein Bekannter von Nullenbruch und sie habe nur deswegen immer in Berlin angerufen, um zu fragen, ob es eine Nachricht von ihrem Chef gebe. Ist das nicht ein bisschen seltsam, dass so eine kleine slowakische Sekretärin Kontakte bis in die höchsten Ebenen der deutschen Politik pflegt?« Linkohr nickte. Auch dies war ihm heute Nacht durch den Kopf gegangen. »Wir haben eines übersehen«, stellte er nun fest, »wir haben vergessen sie zu fragen, wie Gangolfs Kontakte zu Nullenbruch entstanden sind. Erinnern Sie sich? Riegert hat von einer Bemerkung gesprochen, die dieser Pfisterer gemacht haben soll. Es ging um Ute Siller.«

»Richtig«, bestätigte Häberle, »das ist uns entgangen. Wissen Sie was? Ganz einfach. Sie rufen diesen Ministerialmenschen mal an und fragen ihn.«

»Ich hatte mit Ihrem Chef bereits gesprochen«, bemerkte Gangolf trocken am Telefon, »ich dachte, die Angelegenheit hätte sich für mich erledigt.« Linkohr verstand, was gemeint war: Leute vom Kaliber eines Ministerialdirektors geben sich normalerweise nicht mit unteren Diensträngen ab.

»Tut mir leid«, gab sich der junge Kriminalist selbstbewusst, »aber es haben sich einige Fragen ergeben, die wir routinemäßig klären müssen.«

»Und?«

»Es gibt bei der Firma Nullenbruch eine Sekretärin, sie wird Anna genannt, und sie hat Kontakte zu Ihnen …«

»Kontakte«, wiederholte Gangolf vorwurfsvoll, »ich muss doch sehr bitten, Herr Linkohr. Ja, dieses Mädchen ruft hier an und will wissen, was mit ihrem Chef sei. Woher soll ich das denn wissen?« Seine Stimme klang verärgert.

»Das wundert mich auch«, räumte Linkohr ein, »wieso tut sie das?«

»Keine Ahnung. Das junge Ding mischt sich in viel zu viele Dinge ein. Sie sollten Ihre wertvolle Zeit nicht damit vergeuden – und vor allem nicht mich damit belästigen.« Pause. »Hat Ihnen das Ihr Chef nicht gesagt?«

Linkohr ging nicht darauf ein, sondern wechselte das Thema: »Noch eine ganz andere Frage, wenn Sie gestatten – was uns nicht ganz klar ist, sind die Beziehungen zwischen der Firma Nullenbruch und Ihnen. Wie sind sie denn zustande gekommen?«

»Ich wüsste nicht, was dies in Ihrer Angelegenheit für eine Rolle spielt.«

»Vielleicht doch – reine Routine«, erwiderte Linkohr und begann, Kringel auf ein Schmierpapier zu malen.

»Und ich sage Ihnen: Reine Privatsache.« Er überlegte. »Privatsphäre, sagt man dazu. Und diese sollte bei unbescholtenen Bürgern auch von der Polizei respektiert werden.«

Linkohr zögerte. »Sie wollen mir also nicht sagen, wie …«

»Nein«, unterbrach ihn Gangolf, »weil das nichts mit Ihrer Sache zu tun hat. Darf ich damit das Gespräch für beendet betrachten? Und sagen Sie dem Herrn Bruhn einen schönen Gruß von mir. Ich bin überzeugt, er wird den weiteren Gang der Dinge in die richtige Richtung lenken.«

Die Vernehmungsprotokolle und Ergebnisse der Spurensicherung füllten mittlerweile zwei Dutzend Ordner. Ganz abgesehen davon, dass auch im Computer jede Menge Erkenntnisse gespeichert waren. Vielleicht hätte die Beweislast ausgereicht, gegen Anna einen Haftbefehl zu erwirken, dachte Häberle an diesem Mittwochmorgen – nach dem 2:2-Unentschieden der Deutschen gegen Argentinien. Die fußballbegeisterten Kollegen der Sonderkommission sahen die Klinsmann-Elf bereits im Endspiel des Confederations-Cups, doch dazu müsste am Samstag Brasilien geschlagen werden. Über die Chancen wurden bereits intern Wetten abgeschlossen – aber die standen mehrheitlich gegen die Deutschen.

Häberle hatte einen weiteren schriftlichen Anlauf genommen, um Bruhn doch noch von einer Dienstreise nach Košice zu überzeugen. Er hatte inzwischen mehrfach mit einem Kapitán der Kriminalpolizei dieser slowakischen Stadt telefoniert, aber kaum mehr als ihm das Versprechen abgerungen, sich mal um das Vorleben dieses Jano zu kümmern. Allerdings hatte der Kapitán, was einem Kommissar entsprach, in freundschaftlichem Ton und auf Englisch erklärt, dass er jederzeit dem deutschen Kollegen, falls er die lange Reise in Kauf nehmen wolle, bei seinem Besuch hilfreich zur Seite stehen würde.

Häberle überlegte, ob er sein Anliegen an nächsthöherer Stelle, also bei der Landespolizeidirektion in Stuttgart anbringen sollte, verwarf aber den Gedanken wieder. »Entschuldigung, Chef«, machte sich Linkohr bemerkbar. »Aber mir ist so ein Gedanke gekommen.«

»Schießen Sie los.«

»Ich weiß, es klingt vermessen – aber ich denke, wir sollten uns nicht nur in Košice umsehen, sondern auch in Berlin.«

Oh, dachte Häberle, ganz schön kühn der junge Kollege. Er grinste und bot ihm einen Platz an.

»Sie nach Berlin, ich nach Košice, was? Die Göppinger Kripo auf Tour.« Häberle verschränkte die Arme.

»Die Fäden unseres Falls laufen nicht hier in der Provinz zusammen, sondern anderweitig«, begründete Linkohr seinen Vorstoß. Er hatte seinem Chef bereits ausführlich von dem seltsamen Verhalten des Ministerialdirektors Gangolf berichtet. »Jetzt weiß ich nämlich, um welch geheimnisvolle Verbindung es sich zwischen Nullenbruch und dem Wirtschaftsministerium handelt.«

»Sie haben was Neues rausgefunden?«

»Exakt. Wenn mich schon jemand wie einen dummen Jungen behandelt, wie dieser Gangolf es getan hat, dann muss er auch damit rechnen, genauer unter die Lupe genommen zu werden.«

»Und das haben Sie getan?«, fragte Häberle, nichts Gutes ahnend. Er musste auch an sein Gespräch mit dem Ministerialdirektor denken, der zwischen den Zeilen allerlei Drohungen versteckt zu haben schien.

»Nur ein bisschen im Privatleben forschen lassen«, lächelte Linkohr, »und was glauben Sie, was er uns hartnäckig verschwiegen hat?«

Häberle zuckte mit den Schultern. »Sie werden's mir gleich verraten.«

»Dieser Gangolf ist der Ex-Mann von Ute Siller.«

46

Eigentlich hatte Häberle gehofft, zum Wochenende nach Košice fliegen zu können. Doch Bruhn blockte weiterhin. Sogar noch eine Spur energischer, als bisher – zumindest hatte der Kommissar diesen Eindruck. »Sie neigen in letzter Zeit dazu, globale Banden am Werk zu sehen«, bäffte er ins Telefon, als er zum wiederholten Male weitere Details wissen wollte. »Ich kenn das … diese Akte mit der Dienstaufsichtsbeschwerde … ach, was.« Er brach ab und wechselte das Thema: »Was wollen Sie denn als einziger deutscher Polizist in der Slowakei?«

»Wenn ich eines sagen darf«, versuchte es Häberle auf die sanfte Tour, obwohl ihm angesichts des alles lähmenden Bürokratismus und der ewigen Sparerei beinahe der Kragen geplatzt wäre, »… wir drehen uns inzwischen hier im Kreis, während sich unsere Gegner ins Fäustchen lachen, wie schwerfällig unser Polizeiapparat ist.«

»Was heißt da schwerfällig«, brauste Bruhn los, »wollen Sie damit sagen, wir seien nicht imstande, lagebezogen zu reagieren?« Die Stimme ließ das Telefon vibrieren.

»Das würde ich mir niemals erlauben«, grinste der Kommissar und malte sich insgeheim aus, was jetzt geschehen würde, könnte Bruhn sein Gesicht sehen. »Aber wenn ich die Verflechtungen sehe, die wir inzwischen aufgezeigt haben, dann sollten wir handeln. Lieber heute als morgen.«

Bruhn schnaubte. »Das müssen Sie mir überlassen. Ich melde mich wieder.« Er legte auf.

Häberle hatte sich vorgenommen, den dienstlichen Ärger zu vergessen und endlich mal wieder ein Wochenende zu genießen. Immerhin war es das erste Sommerwochenende – und außerdem spielte Deutschland gegen Brasilien. In solchen Fällen trug er einen kleinen Fernseher ins Freie, zog ein Antennenkabel durchs Schlafzimmerfenster im Erdgeschoss und machte sich's mit seiner Frau Susanne auf den gepolsterten Gartenstühlen gemütlich. Zuvor hatte es Schnitzel vom Blech gegeben, dazu köstlichen Kartoffelsalat und ein Weizenbier.

Susanne freute sich, ihren August nach fast vier angespannten Wochen in gelöster Stimmung zu erleben. Er hatte ihr beim Abendessen noch einmal die Situation geschildert und sich seinen Frust über Bruhns Verhalten von der Seele geredet, doch jetzt wollten sie sich ganz dem Fußballspiel hingeben, das die ganze Nation mit Begeisterung verfolgen würde. Auch Susanne, eigentlich kein Fußballfan, ließ sich von dieser Euphorie anstecken – schließlich hatten ja die deutschen Fußballfrauen am vorherigen Wochenende den Europameister-Titel geholt. Alles deutete darauf hin, als ob's mit Fußballdeutschland aufwärts ginge.

Als ein strahlender Jürgen Klinsmann ins Bild kam, meinte Häberle: »Ich möchte bloß wissen, wie der das geschafft hat. Innerhalb von weniger als einem Jahr hat er unsere Jungs auf Vordermann gebracht. Das ist mir ein Rätsel. Und falls die heute gegen Brasilien gewinnen, muss mir ein Mensch erklären, was da passiert ist.«

»Willst du damit sagen, da geht etwas nicht mit rechten Dingen zu?«

Häberle grinste und konzentrierte sich auf den Anpfiff.

Auch Martin Striebel hatte es sich in seinem Lieblingssessel bequem gemacht. Auf dem sündhaft teuren Monitor, der gestochen scharfe Bilder lieferte, stürmten die Deutschen erfreulich stark gegen die Brasilianer an. Striebel griff gerade nach seinem Rotweinglas, als der grüne Rasen jäh in einem Inferno aus grau-schwarzem Flimmern und monotonem

Rauschen unterging. Für einen Augenblick nur blieb der Mann ruhig sitzen, dann schoss es aus ihm heraus: »Was zum Teufel ist denn jetzt los?«

Seine Frau blieb gelassen. »Störung«, sagte sie, als ob die Zeiten, da Fußballübertragungen auf diese Weise abrupt unterbrochen wurden, nicht längst vorbei seien.

»Red doch net daher«, entfuhr es ihrem Mann, dessen Adern an den Schläfen schlagartig zu pochen begannen. Er fingerte nervös nach der Fernbedienung, drückte unkontrolliert auf mehrere Tasten – doch auf dem flimmernden Bildschirm tauchten nur in einer Ecke die gelben Zahlen der gewählten Kanäle auf, ohne dass wieder ein Bild erschienen oder ein Ton zu hören gewesen wäre.

»Scheißdreck«, entfuhr es ihm. Er warf die Fernbedienung auf den Glastisch zurück, sprang ruckartig auf, ging die paar Schritte zum Fernsehgerät und schlug mit der Faust dagegen.

»He, he«, versuchte ihn seine Frau zu besänftigen, »was kann der Apparat dafür?«

Striebel geriet außer sich vor Zorn. Erneut begann er, an der Fernbedienung zu fingern – vergeblich. Weil er die Lautstärke-Taste gedrückt hielt, schwoll das Rauschen an und füllte das Wohnzimmer. Beinahe hätten die Striebels den Türgong nicht gehört.

»Auch das noch«, wetterte der Mann, warf die Fernbedienung, ohne die Lautstärke zu reduzieren, wütend auf den Sessel und verließ das Wohnzimmer, um im Flur den Hörer von der Türsprechanlage zu nehmen. »Ja?« Er lauschte. Doch von draußen drang keine Stimme an sein Ohr. »Ja?« schrie er, sodass seine sonore Stimme das ganze Erdgeschoss erfüllte. Aber da war niemand.

»Welcher Idiot spielt an unserer Klingel rum?«, tobte er, steckte den Hörer in die Verankerung zurück, riss die Wohnungstür auf und eilte durch das kurze Foyer zur Eingangstür, die er ebenfalls mit einem Ruck öffnete. Die abendliche Sommerhelle schlug ihm entgegen, es roch nach Heu, die Luft war lau. Am Ortsrand von Aichelberg hatten Landwirte das trockene Wetter genutzt und die Wiesen gemäht. Striebel schaute verärgert über den schmalen Vorgarten zur Straße, bis sein Blick den Zettel traf, der vor ihm auf dem Boden lag, beschwert mit einigen Kieselsteinen. Für einen Augenblick stutzte er, dann bückte er sich irritiert und zog das Stück Papier unter den Steinen weg. Mit schwarzem Filzstift stand da in ungelenkiger Schrift zu lesen: ›Hast Warnung nix kapiert! Heute Kabel tot – morgen du‹.

Striebel blieb wie elektrisiert stehen. Wie in Trance nur hörte er plötzlich die Stimme seiner Frau: »Martin – was ist denn?«

Er nahm sie nicht zur Kenntnis. Sich vorsichtig umblickend, ging er auf dem mit Steinplatten ausgelegten Weg ums Haus, vorbei an den Stauden blühender Sommerblumen, bis zur Rückseite. Kabel tot, hämmerte es ihm durch den Kopf. Dann hatte er die Gewissheit: Dort, wo das Breitbandkabel fürs Fernsehen aus dem Erdreich kam und nur einen halben Meter weit freiliegend in einen Kellerlichtschacht geführt wurde, hatte es jemand abgezwickt. Die beiden Enden der Schnittstelle waren nur ein paar Zentimeter seitlich verschoben.

Ihn überkam ein eiskalter Schauer, obwohl in seinem Kopf das Blut bedrohlich pochte.

Zwei zu drei. Keine Schande, befand Fußball-Deutschland. Gegen Brasilien zu verlieren, dazu noch denkbar knapp, und ein Jahr, nachdem niemand mehr mit der deutschen Nationalelf gerechnet hätte, war das sogar eher eine beachtliche Leistung, die immerhin die Teilnahme am Spiel um den dritten Platz gesichert hatte – und zwar gegen Mexiko. Auch der Abgeordnete Klaus Riegert war dieser Meinung. Er konnte überhaupt mit dieser Woche zufrieden sein. Am Montag hatten ihn seine Parteifreunde im Wahlkreis mit hundert Prozent der Stimmen wieder zum Kandidaten für die Bundestagswahl im September gekürt, sofern sie denn stattfand, denn zuvor musste Kanzler Schröder die angekündigte Vertrauensfrage verlieren. Dieses Vorgehen, für nächsten Freitag geplant, schien aber nur eine Formsache zu sein – ein abgekartetes Spiel, das letztlich dann auch noch das Bundesverfassungsgericht absegnen musste. Trotz all dieser Hürden hatten sich aber die Parteien bereits auf den Wahlkampf vorbereitet. Die Zeit drängte, denn schließlich lagen die Sommerferien dazwischen.

Riegert war inzwischen viel länger, als ursprünglich geplant, auf Heimaturlaub geblieben. In den nächsten Tagen aber würde er nach Berlin zurückfliegen, um rechtzeitig vor der Vertrauensfrage die Stimmung in der Hauptstadt aufnehmen zu können.

Er konnte sich auch nicht mehr länger mit den Verbrechen befassen, so gerne er dies als gelernter Kriminalist getan hätte. Aber seit er alles, was er wusste, was ihn bedrückte und ihm zu bedenken gab, dem Kommissar Häberle berichtet hatte, fühlte er sich aus der Verantwortung genommen. Er konnte unmöglich weiterhin eigene Recherchen anstellen. Zum einen fehlte ihm jetzt die Zeit dafür und zum anderen würde er sich und seine Familie in große Gefahr bringen, wie die Begegnung mit den beiden Südosteuropäern bei Ravensburg gezeigt hatte.

Riegert verdrängte den Gedanken, er könnte sich mit seiner Aussage den Zorn dieser Männer zugezogen haben. Woher sollten sie auch wissen, dass er sich nicht hatte einschüchtern lassen? Außerdem, so dachte er, wäre es ziemlich kühn, einen Abgeordneten dieser Republik zu attackieren. Das würde immerhin weite politische Kreise ziehen und wäre nicht so ohne weiteres unter den Teppich zu kehren.

An diesem Sonntagabend genoss er die herrlich laue Sommerluft, als er in leichter Jogging-Kleidung seine Lieblingsroute absolvierte – von seinem Wohnort Süßen hinauf zum Schlater Wald und auf dem gleichen Weg zurück, vor sich dann die drei Kaiserberge, den Hohenstaufen, den Rechberg und den Stuifen. Zwar bot auch Berlin mit dem Grunewald und dem Tiergarten, den ausgedehnten Grünflächen entlang der Spree und dem Wannsee herrliche Möglichkeiten, die Natur zu genießen, doch die heimische Schwäbische Alb hatte für Riegert ihren ganz besonderen Reiz.

Er trabte an den Wanderparkplätzen vorbei, die noch nahezu ganz belegt waren – mit Autos aus dem gesamten Großraum Stuttgart. Vorhin, auf dem großen Parkplatz inmitten des riesigen Waldgebiets, war ihm sogar ein schwarzer Golf mit Hamburger Nummer aufgefallen. Dieses Kennzeichen hatte in ihm eine unangenehme Erinnerung geweckt. Und er fragte sich, was ein Hamburger hier inmitten des Schwabenlandes auf einem Parkplatz zu suchen hatte. Oder war es wieder ein gemieteter Wagen von Europcar? Für einen Moment stutzte er, doch waren die aufkommenden Ängste sofort verdrängt, als er in den Waldweg einbog, der ihn an einer Schutzhütte vorbeiführen würde.

Als er allein dahin joggte und die Schweißperlen von der Stirn rinnen spürte, überlegte er, wo die Menschen wohl sein würden, die mit den hier geparkten Autos gekommen waren. Vermutlich hatten sie ausgedehnte Wanderungen unternommen, waren zum beliebten Wasserberghaus des Schwäbischen Albvereins hinaufgestiegen oder auf dem Weg zu dem großen Teich, der sich inmitten des Waldgebiets zu einem Paradies für Amphibien entwickelt hatte.

Riegert erkannte im Schatten des Hochwalds bereits von Weitem die Schutzhütte. Hier war ihm fast jeder Baum, zumindest aber jede Weggabelung vertraut. Oft genug hatte er in diesem Wald seine Runden gedreht, die ihm die Kraft gaben für die stressigen Sitzungswochen in Berlin, wenn es an Bewegung mangelte und ein üppiges Arbeitsessen das andere jagte.

Das Zwitschern von Vögeln lag in der Luft, irgendwo krähte ein vorwitziger Rabe. Als sich der Mann diesem verwitterten Blockhaus näherte, das als Schutzhütte an einer Wegkreuzung stand, glaubte er, in diesem schwarzen Innern eine Bewegung wahrgenommen zu haben. Ein Liebespaar, dachte er. Ideal zum Kuscheln. Aber vielleicht zu dieser abendlichen Zeit noch ein bisschen zu früh.

Er trabte auf die Hütte zu, worauf sich die Konturen im Innern langsam abzuzeichnen begannen. Tatsächlich, da war eine Person. Dunkle Hose, helles T-Shirt. Aber keine zweite. Ein Mann, aber kein Mädchen. Vermutlich auch ein Jogger, der sich ausruhte. Der Abgeordnete folgte dem Weg auf die Hütte zu, um dann, wie gewohnt, links abzubiegen. Er hatte gerade vier, fünf Schritte getan, als eine Stimme die Waldstille zerriss. »Riegert«, schallte es hart und mit südosteuropäischem Akzent aus der Hütte heraus, »stehen bleiben. Sofort.«

47

Anna hatte sich für den Gast ganz besonders fein gemacht. Immer, wenn er sie zu sehen wünschte, was meist am Sonntagabend war, wie sie ihren Aufzeichnungen entnahm, musste die Jagdhütte am Rande der Schwäbischen Alb besonders stilvoll und gepflegt sein. Sie parkte ihren Wagen hinter der hohen Buchenhecke, stieg aus und war mit wenigen Schritten ihrer hochhakigen Stiefel an der Tür, schloss sie auf und ließ den Mann ein. Der hatte während der Fahrt hierher stets darauf geachtet, dass er sein Gesicht vor den wenigen Wanderern verbarg, denen sie unterwegs begegneten. Als Anna die Eingangstür hinter ihnen ins Schloss zog und im Dämmerlicht, das durch die Fensterläden fiel, eine Kerze entzündete, atmete der Mann auf. Jetzt waren sie unter sich. Jetzt brauchte er keine Angst mehr zu haben, erkannt oder entdeckt zu werden. Er sah im Gesicht der jungen Frau dieses verführerische Lächeln, das ihn vom ersten Tag an fasziniert hatte. »Du bist absolut scharf«, sagte der Mann heiser, der im flackernden Kerzenlicht nur schemenhaft zu erkennen war. »Du bist irre. »

»Und du erst …«, sagte sie mit ihrem harten Akzent.

»Also, auf unser Wiedersehen, hier und heute«, hörte sie seine Stimme. Sie stießen an und nahmen einen Schluck.

Der Mann räusperte sich, stellte sein Glas auf den Tisch und rückte seinen Stuhl näher an Anna heran. Er streichelte ihr mit einer Hand über das Haar und berührte mit der anderen ihre schlanken nackten Schenkel, die das Kleidchen großzügig freigab.

»Du bist die aufregendste Frau, die ich je kennen gelernt habe«, sagte er mit tiefer Stimme. »Weißt du, was ich mir wünsche?«

»Dass du sofort mit mir schlafen darfst«, antwortete sie keck.

»Falsch«, entgegnete er, »ich würde mir wünschen, dass du eines Tages nur für mich da sein könntest.«

Sie zog ihre Beine zu sich her und drückte die Knie aneinander. Seine Hand blieb zwischen ihren warmen Schenkeln.

Sie schwieg.

»Was glaubst du«, fuhr er fort, »wie ein Leben mit uns aufregend sein könnte. Wir beide – immer zusammen.« Er kam ihr noch näher und drückte ihr einen Kuss auf den Mund.

»Vielleicht schaffen wir es, wenn alles vorbei ist«, erwiderte sie.

»Alles vorbei?«, fragte er vorsichtig und streichelte ihre Schenkel.

»Du weißt genau, wie schwierig im Moment alles ist.«

Er zog ihren Kopf zärtlich ganz dicht an seinen heran und roch ihr herbes Parfüm, das ihm längst vertraut war. »Womöglich kommt der Augenblick und es muss alles schnell gehen.«

»Schnell gehen?« Sie wirkte kühl. Viel zu kühl, wie er befand.

»Ich meine, dass wir verschwinden müssen … und dann nehm ich dich mit. Wenn du willst.«

Sie sagte wieder nichts. Er war enttäuscht.

48

Riegert blieb augenblicklich stehen und starrte in das Schwarz der Schutzhütte, wo sich jetzt ein hünenhafter Mann abzuzeichnen begann. Der Unbekannte stand zwei, drei Schritte hinterm Eingang, sodass sein Gesicht im Halbdunkel blieb.

»Hab doch gesagt, sollst Schnauze halten«, zischte seine Stimme gefährlich scharf – und dies gerade so laut, dass Riegert die Worte verstehen konnte. »Dies ist kein Spaß.«

Der Abgeordnete vermochte nichts zu sagen, denn dieser Fremde dort hielt etwas in der rechten Hand, einen kleinen Gegenstand. Eine Waffe? durchzuckte es Riegert. Er konnte aber nicht erkennen, was es tatsächlich war. Für einen Augenblick überlegte er, einfach davonzurennen. Vielleicht waren ja noch irgendwo Menschen – Spaziergänger, Wanderer. Wo, verdammt nochmal, waren sie denn alle? Tausend Gedanken. Angst. Panik. Er wollte etwas sagen, doch irgendetwas schnürte ihm die trocken gewordene Kehle zu. Der Fremde schien regungslos in seiner Hütte zu verharren. Den Arm mit dem Gegenstand in der Hand ließ er locker nach unten baumeln. Dann endlich wieder seine Stimme: »Ich empfehle dir – verpiss dich. Und komm mir nie mehr in die Quere. Nie mehr und nirgendwo. Sonst bist du die längste Zeit im Bundestag gewesen.« Der Unbekannte lachte schallend. »Und denk bei allem, was du tust, auch an deine Frau.«

Der Mann ging einige Schritte in die Blockhütte zurück und war damit in dem dunklen Innern unsichtbar geworden. Riegert wagte zum ersten Mal wieder ein paar Schritte. Ohne die Hütte aus den Augen zu lassen, entfernte er sich auf dem eingeschlagenen Weg, wurde schneller und schneller, richtete den Blick nach vorne und begann zu rennen. Nach hundert Metern drehte er sich im Spurt um und stellte erleichtert fest, dass ihm niemand folgte. Er rannte weiter, geriet jetzt außer Atem und spürte, wie ihn die Kräfte verließen. Doch er wollte jetzt nicht anhalten, nicht jetzt, nicht hier. Erst als er zwei Radfahrer entgegenkommen sah, verlangsamte er seinen Spurt. Endlich wieder andere Menschen. Endlich Hilfe. Aber Riegert ließ sich nichts anmerken. Er grüßte die Radler und trabte weiter – hinaus aus dem Wald. Erst nach und nach löste sich die Spannung und es gelang ihm wieder, einen klaren Gedanken zu fassen. Er musste an Heimerle und Funke denken. Es musste eine gut organisierte Bande dahinter stecken, die offenbar überall hin ihre Kontakte hatte. Riegert überlegte, ob er die Kollegen der Polizei informieren wollte. Sie würden das riesige Waldgebiet abriegeln, Hubschrauber einsetzen, Hundestaffeln und ganze Hundertschaften der Bereitschaftspolizei. Mindestens eine halbe Stunde würde aber bis dahin vergehen. Dann war die Chance, den Unbekannten aufzuspüren, nicht mehr groß, dachte er. Und nur eines wäre damit augenscheinlich geworden: dass er wieder die Drohung missachtet und die Polizei verständigt hätte. Nein, dieses Risiko wollte er nicht eingehen.

Mehr als vier Wochen nach dem Mord an Lanski sah sich der Leitende Oberstaatsanwalt Dr. Wolfgang Ziegler unter dem Druck der Medienanfragen genötigt, eine Pressekonferenz einzuberufen. Die fand diesmal in Ulm statt, am Sitz der zuständigen Staatsanwaltschaft. Offenbar war Ziegler von einem großen Andrang auswärtiger Journalisten ausgegangen, weshalb er nicht in die Provinz eingeladen hatte.

Vertreter von Staatsanwaltschaft und Polizei hatten bereits Platz genommen: Ziegler in der Mitte, links von ihm sein jüngerer Stellvertreter und rechts Hauptkommissar August Häberle, der eigentlich nur widerwillig nach Ulm gefahren war. Die Alternative wäre Kripochef Bruhn gewesen, der angesichts der Kameras und Mikrofone mit Handkuss angereist wäre. Denn so sehr er die örtlichen Medienvertreter auch hasste, so gerne sonnte er sich vor laufenden Fernsehkameras. Häberle hatte sich schließlich vom Chef der Staatsanwaltschaft überzeugen lassen, dass es besser wäre, als profunder Kenner dieses heiklen Falles selbst das Statement für die Kripo abzugeben. Er blickte in die Runde der Journalisten und erkannte den Geislinger Lokaljournalisten Sander, zwei Reihen weiter hinten den Lokalchef der Ulmer Südwest-Presse.

»Meine Damen und Herren«, begann Ziegler mit sympathischem Lächeln, »wir bedanken uns für das überaus große Interesse. Es zeigt uns, dass Bedürfnis besteht, etwas über den Ermittlungsstand dieser Verbrechen zu erfahren, die vor rund vier Wochen den Raum Geislingen-Göppingen erschüttert haben. Es geht um vier Tote«, dozierte er und sortierte mehrere Klarsichthüllen, »… wie Sie wissen, handelt es sich um Personen aus der Sport-, respektive der Fußballszene. Deshalb hat es in einigen Medien in den vergangenen Wochen teilweise wilde Gerüchte und Spekulationen gegeben, die manchmal – und diese Bemerkung sei hier erlaubt – seltsame Blüten getrieben haben.« Ziegler kam auf einen Artikel eines Boulevard-Blattes zu sprechen, in dem Klinsmann mit den Geschehnissen in Verbindung gebracht worden war. »Ich kann Ihnen sagen, dass derlei Vermutungen und Spekulationen jeder Grundlage entbehren. Weder der Confederations-Cup, der für Deutschland heute Abend mit dem Spiel um den dritten Platz meiner Ansicht nach sehr erfolgreich zu Ende geht, hat etwas damit zu tun, noch der Bundestrainer selbst.« Ziegler legte ein Blatt beiseite. Ihm war wohl sehr viel daran gelegen gewesen, diese Feststellung an die Medien möglichst wörtlich weiterzugeben. Die Journalisten, das stellte er mit Verwunderung fest, schien diese Aussage überhaupt nicht zu interessieren. Kein Einziger hatte mitgeschrieben. Deshalb fuhr er einigermaßen irritiert fort: »Über den Stand der Ermittlungen informiert Sie der Erste Kriminalhauptkommissar August Häberle.«

»Meine Damen und Herren, ich geh mal davon aus, dass

Sie alle die Vorgeschichte kennen. Wir haben die bisher veröffentlichten Pressemitteilungen in einer Mappe zusammengefasst, die Sie am Ausgang mitnehmen können.« Häberle schaute sich ruhig um. »Es mag den Anschein erweckt haben, dass sich in den vergangenen Wochen wenig getan hat. Aber die Sonderkommission, bestehend aus 19 Beamten, hat insgesamt 497 Spuren verfolgt. Das sind natürlich sehr viele kleine Hinweise, auch anonyme, und es sind kriminaltechnische Details, von denen uns jedes einzelne helfen kann, ein Mosaik zusammenzusetzen. Was Sie viel mehr interessiert – ich weiß das …« Häberle verzog sein Gesicht zu einem dezenten Grinsen, »… das sind die berühmten heißen Spuren. Nun …« Er räusperte sich, »… die wirklich heiße Spur ist leider ausgeblieben. Es hat deshalb auch keine Verhaftungen gegeben. Wir sind aber dabei, einige Personen aus dem Umfeld der getöteten Personen einer genaueren Überprüfung zu unterziehen.« Er nannte keine Einzelheiten, sondern umschrieb die Ermittlungsarbeit elegant. Nach einer Viertelstunde war er fertig, worauf der Staatsanwalt die Gelegenheit wahrnahm, allen bisherigen vernommenen Beteiligten für deren kooperative Mitarbeit zu danken. Eine Feststellung, die keinen der Journalisten interessierte.

Als er um Fragen bat, tat sich sofort ein hellblondes Mädchen mit Mikrofon hervor: »Bis wann rechnen Sie mit der Festnahme des Täters?«

Ziegler blieb vornehm zurückhaltend: »Darüber zum jetzigen Zeitpunkt eine Prognose abzugeben, wäre vermessen. Ich sage nur: So bald wie möglich.«

Ein älterer Journalist hob die Hand und stellte sofort seine Frage: »Wie unsere Recherchen ergaben, soll eine renommierte Firma aus dem Raum Göppingen in die Angelegenheit verwickelt sein. Können Sie dazu was sagen?«

Ziegler schüttelte den Kopf. »Zum jetzigen Zeitpunkt nicht. Es handelt sich um Routine-Überprüfungen. Mehr nicht.«

»Dann sagen Sie uns wenigstens, in welche Richtung Sie bei dieser Firma ermitteln.« Der Journalist war hartnäckig.

Aber das hatte Dr. Ziegler befürchtet. Er kannte ihn. Es war ein Vertreter der ›Bild‹-Zeitung.

»Tut mir leid«, erwiderte er ruhig, »das würde die Persönlichkeitsrechte verletzen. Die Ermittlungsansätze sind dort nicht anders, wie bei anderen Personen.«

Sander überlegte, ob er eine Frage stellen sollte, oder ob er damit im Kreise dieser vielen Kollegen etwas von seinem Wissen preisgab, das ihm möglicherweise exklusive zugespielt worden war. Dann, nachdem sich vier, fünf weitere Kollegen mit dilettantischen Fragen zur Polizeiarbeit blamiert hatten, hob er seine Hand und Ziegler erteilte ihm das Wort: »Stimmt es denn, dass der örtliche Bundestagsabgeordnete der Konservativen großes Interesse an dem Fall bekundet hat?«

Ziegler sah Hilfe suchend zu Häberle, der sofort in die Bresche sprang: »Sie hören mal wieder das Gras wachsen, Herr Sander. Dass sich der Abgeordnete, den Sie meinen, für den Fall interessiert, ist nichts Ungewöhnliches. Sie wissen genau so gut wie ich, dass er sportpolitischer Sprecher seiner Fraktion ist. Wenn sich dann ein Verbrechen, das offenkundig in die Sportszene hineinspielt – wie auch immer – in seinem Wahlkreis ereignet, dann wird er sich zwangsläufig dafür interessieren.« Häberle grinste und fügte hinzu: »Außerdem ist er ein Kollege von uns.« Die Journalisten der überregionalen Medien schien dies nicht zu beeindrucken. Es folgten noch weitere Fragen und dann die mehrfach geäußerte Bitte nach Einzelinterviews für die Radios und die Fernsehstationen. Zum Leidwesen Zieglers war insbesondere Häberle als Ansprechpartner gefragt.

Als sämtliche Medienvertreter zufrieden gestellt und wieder verschwunden waren, schüttelten Ziegler und dessen schweigender Stellvertreter dem Kommissar die Hand. »Sie machen das routiniert«, lobte der Staatsanwalt den Chef-Ermittler. »Ich kann Ihnen noch etwas Wichtiges mitteilen«, sagte Ziegler lächelnd, »... ich hab's vorhin erst erfahren. Man hat Ihre Dienstreise in dieses slowakische Nest genehmigt. Nach Aktenlage ...«, fuhr der Leiter der Ermittlungsbehörde fort, »nach Aktenlage besteht wohl kein Zweifel, dass wir's mit einer international agierenden Bande zu tun haben. Passen Sie aber bloß auf sich auf. Auch wenn das jetzt EU ist, dort unten wird nicht lange gefackelt.«

Es war ein wahrer Fußballkrimi gewesen. 4:3 gegen Mexiko – nach Elfmeterschießen. Deutschland Dritter beim Confederations-Cup. Häberle bedauerte es, dieses Spiel nur mit einem halben Auge verfolgen zu können. Seine Susanne bemerkte dies an seinen Reaktionen, die bei weitem nicht so emotional waren, wie dies ansonsten der Fall gewesen wäre. Häberles Gedanken kreisten um die bevorstehende Dienstreise. Er hatte nach der Rückkehr aus Ulm sofort den Kapitán angerufen und sich bei einem Reisebüro um einen Flug bemüht. Am liebsten wäre er gleich am morgigen Donnerstag geflogen, doch gab es erst für Freitag noch freie Plätze in einer Maschine der Austrian Airline. Damit blieb ihm noch ein Tag Zeit, um die Vorbereitungen zu treffen – und um diesen Meckenbach zum Mitreisen zu bewegen. Noch vor dem Fußballspiel hatte er ihn angerufen und um ein Gespräch gebeten. Meckenbach war darüber nicht sonderlich begeistert gewesen, hatte dann aber eingewilligt, den Kommissar noch heute zu empfangen – gegen 23 Uhr, nach der Fußballübertragung. Morgen im Büro sei es ungeschickt, hatte Meckenbach argumentiert. Er wolle vermeiden, dass die Firma Nullenbruch noch stärker als es ohnehin schon der Fall war, mit diesen Verbrechen in Verbindung gebracht würde.

Häberles Ehefrau Susanne war es längst gewohnt, dass ihr Mann noch zu später Stunde auf Ermittlung ging. Meckenbach wohnte, wie er es sich hatte schildern lassen, droben auf der Albhochfläche in Merklingen. Häberle brauchte über die Autobahn eine halbe Stunde. Um diese Zeit herrschte auch auf der Straße von Göppingen zur Anschlussstelle Aichelberg nur mäßiger Verkehr, sodass er pünktlich vor dem Einfamilienhaus eintraf. Das Garagentor stand offen und Häberle sah im Licht der Straßenlampe ein Mercedes-

Cabrio mit offenem Verdeck stehen. Er grinste in sich hinein. Besitzer solcher Fahrzeuge zeigten sehr gerne, was sie hatten. Deshalb also das offene Tor, dachte er.

Der Kriminalist parkte eine Wagenlänge danach, stieg aus und ging an der Garage vorbei, die ziemlich geräumig erschien, wie er im fahlen Licht der davor stehenden Straßenlampe erkannte. Auf Regalen waren diverse Kanister und Öldosen aufgereiht, was zweifelsohne auf einen Autonarr schließen ließ, konstatierte der Kriminalist und hatte mit wenigen Schritten die überdachte Haustür erreicht. Er klingelte und Sekunden später stand der braungebrannte Meckenbach vor ihm, die Ärmel des Freizeithemdes hochgekrempelt, die Beine in verwaschenen Jeans. Ein Junggeselle, kombinierte Häberle. Meckenbach führte seinen Gast durch eine rustikale Diele in ein großes Wohnzimmer, das von einer geschwungenen, orange-farbenen Couch dominiert wurde.

»Sie wollen mit mir nach Košice«, begann Meckenbach ohne Umschweife.

»Es wäre mir sehr recht, wenn sich dies einrichten ließe. Sie wären mir sicher eine große Hilfe. Und außerdem …«, Häberle sah dem Produktionsmanager von ›Nubru‹ fest in die Augen, »… außerdem dürfte auch Ihnen daran gelegen sein, Ihren Chef aufzufinden.«

Meckenbach kniff die Augen zusammen. »Dazu möchte ich nichts sagen. Aber ich hab mir's überlegt. Ich flieg mit. Wann?«

»Es gibt erst übermorgen noch Flüge«, erklärte Häberle, der mit einer Zustimmung gerechnet hatte. Er war nicht gekommen, um sich eine Absage einzuhandeln. Viel mehr wollte er einige Details geklärt wissen. Wo man übernachten konnte, wie man mit den örtlichen Behörden umzugehen pflegte, wie es um die Gastfreundschaft der Bevölkerung bestellt war.

Meckenbach schlug als Übernachtungsmöglichkeit das Hotel ›Slovan‹ vor und erklärte, dass der Umgang mit den Behörden im Wesentlichen inzwischen westlichen Gepflogenheiten entspreche, wenngleich noch immer die Korruption ein gewisses Problem darstelle. Wolle man dieses Mittel anwenden, um etwas durchzusetzen, empfehle sich jedoch äußerste Vorsicht, schon gar als Ausländer. »Die Strukturen sind in mancher Hinsicht noch undurchsichtig und ... man kann es so sagen, ja ... in einigen Bereichen auch mafiös. Die breite Masse der Bevölkerung«, fuhr Meckenbach fort, »ist sehr gastfreundschaftlich. Man darf sich nicht von ein paar wenigen Ganoven irritieren lassen. Kriminelle gibt's überall, Herr Häberle«, sagte der Manager, um sogleich festzustellen: »Aber wem sag ich das?«

»Ich hätt natürlich gern einige Gespräche geführt«, erklärte der Chef-Ermittler, »und zwar mit Nullenbruchs Kontaktpersonen – wohl mit einem gewissen Jano, der uns inzwischen ein Begriff ist, und mit einem Amerikaner namens Pit. Außerdem möchte ich die neue Firma sehen und mit der Kriminalpolizei sprechen.« Er lehnte sich zurück. »Wir sollten vielleicht einen Dolmetscher haben.«

Meckenbach nickte. »Das lässt sich einrichten. Sie sollten sich aber nicht allzu viel versprechen, Herr Häberle. Auch wenn Ihnen vielleicht vieles zugetragen worden ist – über allerlei Kanäle. Ich bin davon überzeugt, dass Sie dort unten nur Zeit vergeuden.«

»Ich nicht«, entgegnete der knapp und irritierte damit sein Gegenüber.

»Ich mein nur«, machte Meckenbach zögernd weiter, »es kann in solchen Ländern auch heute noch ... noch gefährlich sein, sich in allzu viele Dinge einzumischen.«

»Ich weiß mich zu wehren«, stellte Häberle gelassen fest.

»Davon bin ich überzeugt. Aber ich hätt nur eine Bitte.«

»Und die wäre?«

»Bei allem, was Sie da unten tun werden ...« Meckenbach wurde unsicher, »... halten Sie bitte mich heraus. Sie wissen, ich muss die Firma aufbauen und bin auf viele wichtige Persönlichkeiten dort angewiesen.«

»Okay«, zeigte sich Häberle verständnisvoll, »aber jetzt hätt ich noch eine Frage: Wie ist Ihr Verhältnis zu Frau Siller?«

»Verhältnis?« entfuhr es Meckenbach, als ob ihn allein schon dieses Wort störte.

»Beruflich, privat – wie auch immer«, ergänzte Häberle.

»Wir sind Kollegen. Frau Nullenbruch hat sie zur Chefin gemacht. Ich muss tun, was sie sagt.«

»Und sonst – was wissen Sie sonst von ihr?«

Er zuckte mit den Schultern. »Eigentlich sehr wenig. Außerhalb des Geschäfts sehen wir uns praktisch nie.« Dass er dies bedauerte, ließ er nicht durchblicken. »Und wenn sie Urlaub macht, zieht sie sich in ihr Ferienhaus zurück – irgendwo in Südfrankreich.«

49

Häberle war nie zuvor in der Slowakei gewesen. Obwohl die Zeit der politischen Wende nun schon über 15 Jahre zurücklag, beschlich ihn beim Gedanken an die Staaten des ehemaligen Warschauer Pakts noch immer ein ungutes Gefühl. Er musste sich jedes Mal einreden, dass auch dort inzwischen demokratische Strukturen herrschten, dass man keine Angst zu haben brauchte, wenn man sich politisch äußerte, und dass der Kapitalismus mit all seinen Vor- und Nachteilen längst Einzug gehalten hatte.

Als die kleine Maschine deutlich an Höhe verlor, zog unten das modernisierte und von Amerikanern übernommene Stahlwerk vorbei, das sich an der Stadtgrenze von Košice befand. Der kleine Flughafen machte ebenfalls den Eindruck, den Bedürfnissen des heutigen Luftverkehrs angepasst worden zu sein. Meckenbach, der sich hier auskannte, eilte mit seinem handlichen Reisekoffer voraus, Häberle folgte ihm durch einige Absperrungen, vorbei an Polizeikontrollen. Draußen auf den Parkplätzen brannte die Nachmittagssonne auf den Asphalt, Fahnen aller europäischen Staaten flatterten im sanften Sommerwind. Meckenbach winkte ein Taxi herbei und erklärte dem Fahrer auf Englisch, dass sie zum Hotel ›Slovan‹ wollten.

»Sie glauben nicht, was sich hier innerhalb kürzester Zeit getan hat«, erklärte Meckenbach im Auto und schon bald tauchten beidseits der Straße die Bau- und Supermärkte auf, die dieses Košice offenbar durch nichts von westlichen Städten mehr unterschied. Bereits im Flugzeug und bei der Zwischenlandung in Wien hatten sie sich ausgiebig über die rasante wirtschaftliche Entwicklung in der Slowakei unterhalten. Zwar ging manches nicht so schnell voran wie einstens in der ehemaligen DDR, doch dafür hatte dieses Land auch keinen Sponsor, der ihm innerhalb kürzester Zeit blühende Landschaften versprochen hätte. Meckenbach sprudelte beinahe über vor Begeisterung, wusste von der Freude der meisten Menschen, aber auch von den deutlich gestiegenen Preisen zu berichten. Damals, Mitte der 90er Jahre, als er zum ersten Mal nach Košice gekommen sei, da habe die Halbe Bier umgerechnet noch kaum eine D-Mark gekostet. Inzwischen seien die Lebenshaltungskosten zwar nach oben geklettert, doch lägen sie natürlich noch immer unter jenen von Deutschland. Häberle nahm derlei Informationen gerne entgegen und hatte unterwegs im Flugzeug fragend festgestellt: »Und trotzdem lohnt es sich noch immer, hier einen neuen Betrieb aufzubauen?«

»Ja, natürlich. Das Lohnkostenniveau ist niedrig, die Lohnnebenkosten sowieso.« Der Manager war sich seiner Sache sicher. »Und wenn's hier in sieben, acht Jahren mal zu einer Angleichung an deutsche Verhältnisse kommen sollte, dann ist das Tor Richtung Osten weiter aufgestoßen.«

»Dann zieht die Karawane weiter«, hatte Häberle daraus geschlossen.

Košice jedenfalls, das stellte er jetzt angesichts der Betriebe und Geschäfte, der modernisierten Plattenbauten und der großzügig angelegten Straßen fest, war bereits stark westlich orientiert. Würde er nicht wissen, wohin er geflogen war, hätte er nicht auf Anhieb sagen können, dass er sich in einem ehemaligen Ostblockland befinden würde. Nur die Aufschriften auf den unzähligen Reklametafeln wirkten fremd und für westliche Zungen geradezu unaussprechbar. Das Taxi rollte leicht abwärts der Innenstadt entgegen. Wenig später erreichten sie einen verkehrsreichen Platz, von dem aus die Fußgängerzone abzweigte, deren Mitte eine große Kirche markierte. Häberle staunte über die vielen Menschen, die sich an diesem Freitagnachmittag in der Innenstadt tummelten. Er hatte ein Nest irgendwo am Ende der Welt erwartet – und nun pulsierte hier das Leben wie auf der Königsstraße in Stuttgart.

»Wir sind da«, erklärte Meckenbach und deutete auf ein mehrstöckiges Gebäude, dessen architektonischer Stil noch den vermeintlichen Fortschritt aus sozialistischen Zeiten repräsentierte. Das Taxi hielt vor der Tür. Meckenbach steckte dem Fahrer die geforderten Kronen mit reichlich Trinkgeld zu, dann stiegen die beiden Fahrgäste aus, während der Chauffeur ihre handlichen Gepäckstücke aus dem Kofferraum holte. Sie bahnten sich einen Weg durch die nach allen Seiten flutende Menschenmenge und ließen sich von der gediegenen und klimatisierten Atmosphäre des Hotelfoyers aufnehmen. Nur durch eine Balustrade abgetrennt, schloss sich an den großen Eingangsbereich die Bestuhlung der weiträumigen Bar an, wo bereits an mehreren Tischen Personen saßen und eher an Geschäftsleute erinnerten, als an Touristen, die sich amüsieren wollten. Dem Kommissar stach allerdings sofort auch die junge, hellblonde Bedienung ins Auge, deren kurzes Röckchen dazu angetan war, die Blicke der männlichen Kundschaft magisch anzuziehen.

Häberle versuchte sich auszumalen, welcher Bedeutung dieser Bar wohl in den Abendstunden zukam. Dann wandte er sich mit Meckenbach der Rezeption zu, wo zwei vergleichsweise konservativ gekleidete Damen die Personalien entgegennahmen und die Schlüssel reichten. »Vierter Stock«, sagte eine von ihnen in akzentfreiem Deutsch.

Meckenbach deutete zum Ende der Empfangstheke. »Dort ist der Aufzug.«

Sie lehnten die Hilfe eines Hotelboys dankend ab, trugen ihr leichtes Gepäck selbst in den Lift und fuhren allein hinauf. Der Etagenflur war stickig und mit einem dicken Teppich ausgelegt. Die beiden Männer, deren Zimmer aneinander grenzten, wollten sich zunächst frisch machen. Unterdessen sollte Meckenbach telefonisch Kontakt mit Jano oder Pit aufnehmen. Beiden hatte er noch gestern Abend die Reise angekündigt und dabei auch gleich um einen Gesprächstermin für heute gebeten. Zwar war nur Pit erreichbar gewesen, wie seit Tagen schon, doch hatte ihm Meckenbach unmissverständlich zu verstehen gegeben, dass sie darauf bestünden, auch Jano sehen zu wollen.

Häberle hatte hingegen seinen Kollegen von der Kriminalpolizei, den Kapitán Jozef Spišiak, auf den Besuch vorbereitet, und versuchte nun, ihn telefonisch von seiner Ankunft zu unterrichten. Der Kommissar stellte den Koffer in eine Ecke, warf das Jackett aufs Bett und ließ sich in einen Sessel fallen. Dann studierte er die Gebrauchsanleitung des Telefons, drückte den Knopf für eine freie Leitung und wählte die Nummer des Kapitáns. Es war halb sechs und er hoffte, ihn noch in seiner Dienststelle anzutreffen. Nach dreimaligem Läuten meldete sich Spišiak.

»Hallo, Kollege, this is Häberle. We are in Košice.«

Häberle kramte seine ganzen Englischkenntnisse hervor und bat den Kollegen um ein Treffen am nächsten Vormittag. Das sei zwar Samstag, räumte er ein, aber schließlich handle es sich ja auch zunächst nur um einen freundschaftlichen Austausch von Erfahrungen. Spišiak war freundlich und zeigte sich erfreut darüber, einen deutschen Kommissar begrüßen zu dürfen. Sie verabredeten sich auf zehn Uhr. Der Kapitán wollte Häberle am Hotel abholen, ihm die Dienststelle zeigen und ihn anschließend zum Mittagessen einladen.

Bevor sie das Gespräch beendeten, wurde Spišiaks Stimme jedoch ernst: »We have a little problem. Mr. Blamocci has called …«

»Blamocci?«

»Jano«, kam es von dem slowakischen Kollegen zurück.

»Und?«, fragte Häberle auf Englisch zurück, auf das Schlimmste gefasst. Hatte dieser Jano, dem Beziehungen zur Mafia nachgesagt wurden, bereits seine Kontakte zur Polizei spielen lassen?

»Er hat unserem Chef mitgeteilt, dass ein Kommissar aus Deutschland kommen wird. Und er hat gesagt, dass es zu diplomatischen Verwicklungen führen könnte, wenn wir Ihnen helfen.«

Häberle fehlten die Worte. Er war noch keine Stunde in dieser Stadt und schon schlug ihm die erste Drohung entgegen.

»Sind Sie noch da?«

»Ja«, gab Häberle zurück, um sich sogleich wieder gewohnt selbstbewusst zu zeigen, »aber das wird unserem Treffen nicht entgegenstehen.«

»Nein«, versprach der Kapitán.

Eva Campe zog wieder einmal die Blicke aller Männer auf sich. Gangolf fühlte sich in solchen Momenten um zwanzig Jahre verjüngt. »Ich versprech dir, das werden ein paar heiße Tage«, flüsterte er der Frau ins Ohr, »wir werden in einem First-Class-Hotel wohnen.« Vor Wochen schon hatte er ihr die Reise nach Süddeutschland schmackhaft gemacht. Sie war noch nie dort gewesen und freute sich darauf, auch wenn vielleicht die Gefahr bestand, dass sie Ute Siller treffen könnten, seine Ex-Frau. Der Ministerialdirektor prostete seiner Begleiterin mit einem Sektglas zu. »Auf uns«, grinste er zufrieden. Das Klingen der Gläser ging in der lauten, progressiven Musik unter. Zigarettenqualm hing in der Luft, doch das störte Gangolf und Eva ebenso wenig wie die drangvolle Enge, die an diesem Freitagabend um sie herum herrschte.

»Was mich ein bisschen beunruhigt, ist das Mädchen«, erklärte er mit gedämpfter Stimme. »Du hast gesagt, der Kontakt sei abgerissen.«

»Seit Nullenbruch verschwunden ist, hat sie sich nur noch einmal bei uns gemeldet«, flüsterte sie und fügte hinzu: »Bärchen, wenn du mich fragst, es ist auf diese ganze Bande kein Verlass. Ich hab das Gefühl, einiges ist außer Kontrolle geraten. Vielleicht war es keine so gute Idee, sich darauf einzulassen.«

Gangolf nahm noch einen Schluck Sekt und holte tief Luft. »Wir brauchen keinen Nullenbruch und schon gar keine Nutte«, entschied er kalt, doch war diese Feststellung eher eine Selbstbestätigung, um von den eigenen Bedenken abzulenken. »Die Organisation steht.«

»Aber was Liebenstein so berichtet, das klingt nicht unbedingt gut«, hauchte Eva Campe, kam noch näher und umarmte ihren Liebhaber, als müsse sie ihn trösten.

»Ich weiß, die andern werden nervös. Sehr sogar.« Er umfasste zärtlich ihre schlanke Hüfte und genoss die Nähe dieser jungen Frau. »Schuld an allem ist dieser verdammte Lanski. Ohne diesen Idioten wäre überhaupt nichts passiert. Was weiß der Kuckuck, mit wem der sich eingelassen hat.«

Sie schaute ihn verwundert an. »Bärchen«, flüsterte sie entrüstet, »ich denke, du weißt das?!«

»Wie kommst du denn da drauf? Seit fast fünf Wochen zerbrech ich mir den Kopf.«

Eva sah ihm tief in die Augen. »Das weißt du wirklich nicht?«

»Nein, ganz bestimmt nicht. Ehrlich«, versicherte er, »mich hat das genau so geschockt wie unsere Freunde.«

Der Barkeeper beugte sich über die Theke und fragte, ob er Sekt nachschenken sollte. Gangolf stimmte mit einer entsprechenden Handbewegung zu.

»Aber die beiden andern – diese Männer da, der eine erschossen, der andere mit seiner Frau verbrannt – das hängt doch auch mit dieser Sache zusammen ...?«

»Evchen«, hauchte er ihr ins Ohr, »es sind Dinge geschehen, die wir nicht vorhersehen konnten. Schuld an allem ist dieser verdammte Lanski. Wir können es nicht zulassen, dass seinetwegen alles verpatzt wird.«

Eva sah ihn ernst an. »Aber es wird nicht verpatzt, oder hast du Zweifel?«, fragte sie vorsichtig.

»Nein, so weit wird und darf es nicht kommen«, entgegnete er entschlossen.

»Die Organisation ist auch ohne Nullenbruch funktionsfähig?«

»Selbstverständlich. Auf uns«, prostete er seiner Geliebten zu.

»Es gibt aber nur noch ein Problem ...« sagte er zögernd.

»Das wäre?«

»Dieser Kommissar ... dieser Häberle. Er ist nach Košice geflogen.«

Ihre Gesichtszüge versteinerten sich. »Und warum hast du das nicht verhindert?«

50

Pit war ein Amerikaner wie aus dem Bilderbuch. Schlank, sportlich, braungebrannt. Er wirkte agil, besonnen und entschlossen. Auf den ersten Blick eigentlich sympathisch, dachte Häberle, der nichts von den fein geschniegelten Typen hielt, die auf Distanz bedacht waren und dies mit Nadelstreifen und Krawatte zum Ausdruck brachten.

Der Kommissar und Meckenbach waren in der untergehenden Sonne mit dem Taxi zu dem eher unscheinbaren Firmengebäude gefahren, nur ein paar hundert Meter vom ›Slovan‹ entfernt. Pit hatte ihnen die gläserne Tür geöffnet, deren Metallteile schon kräftig verrostet waren. Im Obergeschoss führte er sie zu dem geräumigen Büro, in dem, wie Meckenbach wusste, bis vor kurzem noch Jano ziemlich feudal residiert hatte. Nachdem die Männer auf der Polstergruppe Platz genommen hatten, flüchtete sich Pit, freundlich lächelnd, zunächst in einige Floskeln. Er freue sich, einen leibhaftigen deutschen Kommissar begrüßen zu dürfen, entschuldigte Jano, der geschäftlich unabkömmlich sei und vermutlich nach Bratislava reisen müsse, und schlug seinem Nebensitzer Meckenbach kumpelhaft auf die Schulter: »Nice, to see you, Wolfgang.« Dann aber wurde er übergangslos ernst und versuchte sich auf Deutsch: »Alles, was Sie wissen wollen, kann auch ich Ihnen beantworten. Sie sind gekommen, weil Herr Nullenbruch verschwunden ist?«

Häberle, der die stickige Luft in diesem Büro als unangenehm empfand, nickte. »Danke, dass Sie mir Gelegenheit geben, mir ein Bild vom persönlichen Umfeld des Herrn Nullenbruch zu verschaffen. Er stand wohl in geschäftlichen Beziehungen zu …« Er überlegte kurz, »… zu Ihrem Schwager, wenn ich das richtig sehe?«

»Yes«, entgegnete der Amerikaner und schlug die Beine lässig übereinander, »Herr Nullenbruch hat vor zehn Jahren ungefähr geholfen, mit Geld, dass Jano diesen Betrieb hier aufbauen konnte. Eine schöne Geste – das sagt man doch so?«

Häberle nickte, während sich Meckenbach zurückhielt.

»Nun ist Herr Nullenbruch ganz plötzlich hierher gereist, über Nacht sozusagen, weil ihn zwei Freunde über gewisse Unregelmäßigkeiten in der Geschäftsführung informiert haben«, brachte der Kommissar das Gespräch langsam auf den Punkt.

»Striebel und Kromer, yes«, erwiderte Pit, »die haben aber mit Janos Firma nicht direkt etwas zu tun. Aber ich verstehe, was Sie meinen, Herr Häberle«, zeigte sich der Amerikaner kooperativ, wobei er sich beim Aussprechen des Namens hörbar schwer tat. »Herr Nullenbruch war hier – genau am …« Pit blätterte in einigen Unterlagen, die er sich auf dem Tisch bereit gelegt hatte, »… genau am Abend des 30. Mai, einem Montag. Das ist vier Wochen her.«

»Richtig«, bestätigte Häberle und war froh, dass dieser Pit Deutsch verstand, »wann genau haben Sie ihn zum letzten Mal gesehen?«

»Gesehen überhaupt nicht«, erklärte Pit, »nur gehört. Er ist am Dienstnachmittag hier aufgetaucht und gleich hierher in Janos Büro gegangen. Die beiden haben ein längeres Gespräch gehabt, long time, yes, business, you know, und dann ist Herr Nullenbruch wieder gegangen – gegen halb sieben vielleicht.« Der Amerikaner legte die Arme über die Rückenlehne der Couch.

»Sie waren aber bei dem Gespräch nicht dabei?«, hakte Häberle nach.

»No, nicht dabei. Ich war drüben in meinem Büro«, antwortete Pit.

»Woher wussten Sie dann, dass Herr Nullenbruch da war?«

»Jano hat es mir hinterher berichtet. Hat gesagt, Mattääs – so heißt Herr Nullenbruch – habe Einblick in die Geschäfte gewollt.«

»Und? Hat er das gekriegt?« Häberles Stimme wurde ungeduldig, was äußerst selten vorkam. Doch er hatte nun den Eindruck, sein Gegenüber würde etwas verschweigen.

»Natürlich, yes«, antwortete der Amerikaner und es klang beinahe vorwurfsvoll, »Herr Nullenbruch ist Mehrheitsgesellschafter, yes, so sagt man auf Deutsch? Es geschieht nichts, was er nicht weiß.«

Häberle entschied, die Sache von einer anderen Seite anzugehen. »Und welche Rolle kommt Ihnen zu, Mr...« Dem Kommissar wurde erst jetzt bewusst, dass er den Nachnamen des Amerikaners gar nicht kannte.

»Netherland«, ergänzte der Angesprochene, »aber nennen Sie mich ruhig Pit, das tun alle. Ich bin gekommen«, fuhr Pit fort, »um meinem Schwager zu helfen. Nicht in der Firma hier, sondern bei neuen Projekten – aber das hat nichts mit Herrn Nullenbruch zu tun.«

»Darf ich wissen, welcher Art diese neuen Projekte sind?«

»Wir wollen in das Immobiliengeschäft einsteigen. In der Hohen Tatra, da draußen in den mountains …« Pit machte eine entsprechende Kopfbewegung, »… da haben wir große Grundstücke günstig aufgekauft, auch alte Häuser, verlassene Bauernhöfe. Wir wollen bauen oder renovieren und an zahlungskräftige … sagt man so? … reiche Leute aus dem Ausland verkaufen.« Pit lächelte. »Business, Mr. Häberle. Wir können bei den Löhnen in der Slowakei ganz billig bauen, aber die Ausländer aus Westeuropa bezahlen gute Preise für Häuser. 200 bis 300 Prozent Gewinn für uns.«

Häberle verstand. Geschäftemacher am Werk, dachte er. Dann wagte er einen seiner gefürchteten Frontalvorstöße: »Und was hat das alles mit Sport zu tun?«

Pit schluckte und schien für einen Moment völlig irritiert zu sein, fing sich aber sofort wieder. »Sport?«, fragte er. Es klang Englisch.

»Ja, Sport«, bestätigte Häberle rasch und eine Spur schärfer und beobachtete im Augenwinkel auch Meckenbach, dessen Miene sich versteinerte, »Sport, Fußball zum Beispiel.«

Pit verzog das Gesicht, als sei er völlig ratlos. »No idea, keine Ahnung«, presste er hervor. »Wie kommen Sie darauf?«

»War nur so eine Idee. Entschuldigen Sie. Was mich noch interessieren würde, Mr. Netherland, wie sind denn die Beziehungen Ihres Herrn Schwagers zum hiesigen Chef der Polizei?«

Der Amerikaner wurde nervös. »Jano hatte nie ernsthaft mit der Polizei zu tun, falls Sie das meinen.«

»Das mein ich nicht. Ich meine, ob Jano Beziehungen irgendwelcher Art zum Chef der Polizei hat.«

»Wissen Sie, Mr. Häberle, Jano ist ein sehr erfolgreicher Geschäftsmann. Da brauchen Sie Beziehungen überall hin.«

Der neuerliche Versuch, Jano auf dem Handy zu erreichen, schlug fehl. Die Häuser warfen bereits lange Schatten, als Häberle und Meckenbach wieder im Taxi saßen, um sich an den östlichen Stadtrand bringen zu lassen, wo in den vergangenen Jahren ein riesiges Gewerbegebiet aus dem Boden gestampft worden war.

»Haben Sie bemerkt, wie Pit unsicher geworden ist?«, brach der Kommissar das Schweigen, während der schlecht rasierte Fahrer seinen gewiss zehn Jahre alten Mercedes nach Rallye-Art durch den lebhaften Verkehr jagte. Häberle entschied, gleich gar nicht durch die Windschutzscheibe nach vorne zu schauen.

Meckenbach sah auf den Gehweg hinaus, der in rasantem Tempo an ihnen vorbeischoss. »Natürlich sind das Geschäftemacher«, erwiderte er tonlos, »nach amerikanischer Art eben.«

»Sie trauen den beiden zu, dass sie das Geld der Kapitalanleger nicht als Darlehen irgendwelchen anderen Firmen zufließen haben lassen?«, bohrte Häberle und hielt sich instinktiv an einem seitlichen Griff oberhalb der Scheibe fest. Der Kaugummi kauende Kerl da vorne fuhr wirklich wie der Teufel.

Meckenbach wirkte blass. »So lange mein Projekt da draußen läuft, ist mir das relativ egal und mit dem, was wir da machen, haben weder Jano noch Pit etwas zu tun. Das ist Nullenbruchs Privatvergnügen.«

»Aber Nullenbruch kann es nicht egal sein, was mit seiner Beteiligung an dieser slowakischen Firma geschieht. Wenn dort krumme Dinger gedreht werden sollten, hängt er nämlich mit drin. Schließlich ist er doch Mehrheitseigner ...«, warf Häberle ein.

»... Mehrheitseigner mit dem Geld seiner Frau, um es mal korrekt auszudrücken«, gab Meckenbach zu bedenken. »Und seit er sich abgesetzt hat – oder was weiß ich, was da geschehen ist –, seither dürfte es ohnehin aus sein. Haben Sie seine Frau kennengelernt?«

Der Manager schaute den Kommissar von der Seite an. Häberle nickte, sagte aber nichts.

»Wenn's um Geld geht, kennt die kein Pardon. Deshalb hat sie auch die Ute Siller zur Pro-forma-Chefin ernannt. Die greift durch nach ihrem Geschmack.«

Häberle konnte sich dies lebhaft vorstellen.

Das Taxi bog in das Gewerbegebiet ein, preschte über mehrere Kreuzungen, an denen der Fahrer die Rechts-vor-Links-Regelung glatt ignorierte, und blieb schließlich mit einer abrupten Bremsung vor einem neuen Firmenkomplex stehen, den ein mannshohes Eisengittertor umgab. Dahinter erhob sich ein zweistöckiges Gebäude, dessen Glas und Aluminium modernen Baustil repräsentierte, stellte Häberle fest. Die weite, gepflasterte Freifläche war leer.

»Das kann sich sehen lassen«, befand Häberle beim Anblick des nagelneuen Firmenkomplexes. Die Anlage schien nur darauf zu warten, endlich in Betrieb genommen zu werden.

Meckenbach zeigte sich stolz, schließlich hatte er das Projekt von Anfang an betreut. »Es sieht nur außen so fertig aus. Die Produktionsaufnahme ist erst im nächsten Frühjahr geplant – und die Verlagerung des gesamten Betriebs dürfte dann noch weitere neun Monate dauern, erklärte er, als er mit einem Schlüssel die Automatik des Tores aktivierte und es zur Seite gleiten ließ.

Sie schritten über die Freifläche auf den Haupteingang zu. »Und wer ist derzeit hier tätig?«

»Innenausbau«, erwiderte Meckenbach und blickte sich prüfend um, »ist ziemlich aufwendig, weil an unsere Fertigung allergrößte Ansprüche gestellt werden. Allergrößte.« Er öffnete die breite gläserne Eingangstür, betrat mit Häberle das Marmor spiegelnde Foyer und verriegelte hinter sich das Schloss wieder.

Meckenbach drückte einige Schalter und durchflutete damit den luxuriös wirkenden Raum mit Halogenlicht. »Vom Feinsten«, staunte Häberle, dessen sonore Stimme in dem Raum seltsam hallte. »Und wer schaut hier nach dem Rechten – wenn Sie nicht da sind?«

Meckenbach ging ein paar Schritte voraus zu der geschwungenen Treppe, blieb stehen und drehte sich um: »Ein Security-Dienst schaut vorbei und geht einmal täglich durch die Anlage.«

»Auch innen?«, wurde Häberle hellhörig.

»Ja, natürlich. Der Wachdienst hat einen Schlüssel.« Meckenbach sagte dies, als sei es das Selbstverständlichste auf der Welt und stieg die Wendeltreppe hoch. Häberle folgte schweigend.

»Ich zeig Ihnen das Büro, das als einziges fertig gestellt ist – von dort aus hat auch Herr Nullenbruch seine Geschäfte getätigt, so lange er hier war«, erklärte Meckenbach beim Weitergehen.

Häberle ließ seinen Blick durch das weitläufige Foyer streifen, von dem aus mehrere Türen in die angrenzenden Produktionshallen zu führen schienen. Meckenbach hatte bereits das Obergeschoss erreicht, knipste auch dort die Lichter an und entschwand auf dem langen Flur aus Häberles Blickfeld. Der Kommissar war gerade noch drei, vier Stufen vom Ende der Treppe entfernt, als ihm auf dem hellen Marmorboden des vor ihm auf Augenhöhe auftauchenden Flurs ein rostroter Fleck ins Auge sprang, kaum größer, als der Nagel des kleinen Fingers. Der Kommissar verharrte, stieg noch einige Stufen höher und bückte sich langsam. Auf dem Flur vor ihm verhallten Meckenbachs Schritte.

Häberle tippte vorsichtig mit dem rechten Zeigefinger auf den Fleck. Er war angetrocknet. Der Chef-Ermittler konnte jedoch nicht feststellen, worum es sich handelte, doch seine langjährige Erfahrung im Umgang mit Gewaltverbrechen ließ ihn das Schlimmste vermuten. Blut. Er ging in die Hocke, um diesen seltsamen Klecks auf dem ansonsten blitzblanken Fliesenboden noch näher vor Augen zu haben.

»Herr Häberle«, schallte es durch den Flur. Meckenbach wurde offenbar ungeduldig.

Der Kommissar reagierte sofort und erhob sich, um seinen Begleiter nicht auf den Fund aufmerksam zu machen: »Ich komme – wollte nur das Foyer nochmal sehen.«

Doch der Manager war bereits wieder so weit zurückgekommen, dass er Häberles gebückte Haltung gerade noch erkennen konnte. »Ist was?«

»Der Schuhbändel«, erwiderte der Kriminalist schlagfertig, »der Schuhbändel ist aufgegangen.«

Er grinste.

In Nullenbruchs hell eingerichtetem Büro hatte nichts darauf hingedeutet, dass er jüngst da gewesen wäre. Keine Notizen, keine sonstigen Spuren, die einen Besuch hätten vermuten lassen. In den Regalen standen einige wenige Ordner, Telefon gab es nicht. Häberle hatte auch unauffällig nach weiteren, rostroten Flecken gesucht, jedoch keine entdeckt. Er ließ sich die anderen Räume zeigen, die allesamt leer standen, warf einen Blick in die riesigen Produktionshallen, in denen meist nur die Sockel für irgendwelche Maschinen vorhanden waren, und staunte über die enorme Elektroinstallation.

Dann rief Meckenbach ein Taxi. »Zum Hotel«, entschied Häberle und Meckenbach schien froh darüber zu sein. »Dieser Security-Dienst, von dem Sie gesprochen haben ...«, knüpfte der Kommissar an das Gespräch in dem Firmenneubau an, »haben Sie eine Adresse oder eine Telefonnummer?«

Während das Taxi wieder stadteinwärts raste und, vorbei am hell beleuchteten Bahnhof, mit quietschenden Reifen rechts abbog, war Meckenbach über diese Frage verwundert. »Sie denken doch nicht, dass die ...?« Er schüttelte verständnislos den Kopf, »nein, das dürfen Sie nicht denken. Aber ich kann Ihnen die Telefonnummer nachher aus dem Telefonbuch raussuchen. ›Košice-Security‹ nennen die sich.«

An der Rezeption ließen sich die beiden Deutschen von einer jungen Dame dann das Telefonbuch geben, aus dem sich Häberle die gesuchte Nummer notierte. Im Flur der vierten Etage verabredeten sich die beiden Männer für den morgigen Nachmittag. Häberle wollte den Kollegen der Kriminalpolizei allein treffen. »Ich ruf Sie an, wenn ich fertig bin«, erklärte er und zog sich in sein Zimmer zurück.

Dort rief er über das Kabeltelefon seine Frau Susanne an, die wieder einmal ein schönes Sommerwochenende allein würde verbringen müssen. Von ihr erfuhr er, dass Kanzler Schröder im Bundestag die Vertrauensfrage wie geplant verloren hatte, es also aller Voraussicht nach die für September bereits vorgesehenen Neuwahlen geben würde. Jetzt müsse aber noch der Bundespräsident prüfen, ob alles mit rechten Dingen zugegangen sei. »Käsperles-Theater«, kommentierte Häberle missmutig, »nichts als Show.« Er beschloss, die Disco aufzusuchen, duschte und schlüpfte in eine weiße Cordhose und ein weißes Hemd und verließ kurz vor halb elf das Zimmer. Insgeheim hoffte er, dass nicht auch Meckenbach auf diese Idee gekommen war.

Er fuhr mit dem Lift zunächst ins Erdgeschoss, wo sich an der Rezeption die Dame von vorhin mit einem Computer abmühte. »Ich wollte hier einen Freund treffen, aber möglicherweise habe ich den falschen Termin aufgeschrieben. Können Sie feststellen, ob er die letzten Tage hier war?«, fragte er liebenswürdig.

»Wie heißt er denn?«

»Nullenbruch. Matthias Nullenbruch.« Nachdem sie einige Zeilen gelesen hatte, murmelte sie: »Ach, ich sehe … Herr Nullenbruch war gebucht«, dann wandte sie sich Häberle zu, »für die Nacht vom 31. Mai auf 1. Juni.«

Häberle verzog theatralisch das Gesicht, als sei er darüber sehr verwundert. »Er war gebucht?«, hakte er nach, »war er denn auch da?«

Die Frau blickte angestrengt auf ihren Bildschirm. »Nein, er ist nicht gekommen – hat sich auch nicht abgemeldet.«

»Ach …«, machte Häberle. Er griff in die Hosentasche, wo er für solche Gefälligkeiten Kleingeld bereithielt, und legte ihr ein paar Kronen auf den Tresen. Dann entfernte er sich lächelnd zum Aufzug und fuhr ins Untergeschoss. Beim Verlassen des Lifts schlug ihm dröhnende Musik entgegen. Die Nachtbar war verraucht und dunkel, Laserlicht zuckte, bunte Strahler flackerten. Häberle blieb an der breiten offenen Glastür stehen, um Augen und Ohren an dieses Inferno aus Lärm und optischen Reizen zu gewöhnen. Auf der Tanzfläche herrschte drangvolle Enge, die Polstergruppen drumrum schienen alle belegt zu sein. Der Kriminalist erspähte an der langen Theke einige freie Barhocker und steuerte auf sie zu. Mit Erleichterung stellte er fest, dass sich hier nicht nur jugendliches Publikum aufhielt, sondern offenbar auch ältere Semester, die in der Einsamkeit des Hotels ein bisschen Abwechslung suchten. Er ließ sich am äußersten Ende der Theke nieder, lächelte dem Barkeeper zu und bestellte ein Bier. Dann drehte er sich seitlich, sodass er mit dem breiten Rücken gegen die Thekenkante lehnen und das Geschehen auf der Tanzfläche verfolgen konnte. Seine Gedanken drehten sich um Nullenbruch. Wenn er sich recht entsann, dann war der 1. Juni ein Mittwoch gewesen. Am Vortag hatten sie frühmorgens Lanski tot am Bahndamm aufgefunden. Das war auch jener Tag gewesen, an dem diese beiden Kapitalanleger, der Striebel und der Kromer, in Košice gewesen waren und Nullenbruch zu seiner plötzlichen Reise in die Slowakei veranlasst hatten. Und der hatte in der Nacht zum 1. Juni ein

Hotelzimmer gebucht, es aber nicht benutzt. Weil er bereits tot war?, hämmerte es in Häberles Gehirn. Ermordet in seiner eigenen Firma? Ein Tippen auf die Schulter riss ihn aus den Gedanken. Es war der Barkeeper, der ihm ein Glas Bier hinstellte. Häberle drehte sich um, lächelte und nahm einen kräftigen Schluck. Diese Erfrischung tat gut. Während er seinen Blick erneut über die tanzenden Paare schweifen ließ, kam ihm eine Idee. Wenn dieses ›Slovan‹, wie sowohl Striebel und Kromer, als auch Meckenbach bestätigt hatten, seit Jahren Treffpunkt der meisten Geschäftsleute war, die in der Slowakei investieren wollten, dann musste auch der Barkeeper einiges davon mitgekriegt haben.

Häberle sprang von seinem Hocker, schob ihn zurück und setzte sich jetzt mit dem Gesicht zu der langen Spiegelwand, wo vier Reihen unterschiedlichste Getränkeflaschen standen. Der Barkeeper, ein Mann mittleren Alters, korrekt mit schwarzem Jackett und schwarzer Hose bekleidet, beherrschte offenbar seinen Job. Die Handbewegungen waren flink, er zog Korken aus Flaschen, mixte Cocktails und ließ sich von einem jungen Mädchen assistieren, das auch die Gäste an den Sitzplätzen bediente.

Häberle wartete eine günstige Gelegenheit ab und gab ihm dann mit einem kurzen Wink zu verstehen, dass er mit ihm reden wolle.

»Sprechen Sie Deutsch?«, fragte der Kommissar. »Bisschen«, antwortete der Slowake freundlich. »Ich suche einen Freund«, log der Kommissar wieder, nahm einen kräftigen Schluck Bier und wischte sich den Schaum mit dem Handrücken vom Mund. »Jano Blamocci. Blamocci – verstehen Sie?«

»Blamocci«, wiederholte der Barkeeper mit gewisser Verwunderung. Für einen Moment schaute er dem Kommissar in die Augen. »Sie sind ein Freund von ihm?«

»Ja, ein sehr guter Freund. Wir wollten uns hier treffen. Er war wohl öfters hier«, erwiderte Häberle und kam mit seinem hünenhaften Oberkörper so weit es ging über den Tresen, um nicht allzu laut sprechen zu müssen.

»Blamocci«, sagte der Barkeeper nochmal, »sind Sie ein … Geschäftsfreund?«

Häberle nickte heftig und sah den Mann treuherzig an. Der wusste etwas, da war er sich ganz sicher. Vielleicht sollte er ihm ein Scheinchen zustecken? Er griff in die Hosentasche und legte eine zerknitterte Banknote neben sein Bierglas, als wolle er die Zeche bezahlen. Der Barkeeper zögerte, dann huschte ein Lächeln über sein Gesicht und er nahm den Schein. Er ließ ihn unauffällig in eine Jackentasche gleiten.

»Weiß nicht, wo er ist«, fuhr er fort und ließ den Kommissar nicht aus den Augen.

»Was heißt das … ist er … verschwunden?« Noch einmal griff der Ermittler schweigend in seine Hosentasche und fingerte einen weiteren Geldschein heraus. Der Barkeeper bekam leuchtende Augen, sah sich nach allen Seiten um, doch keiner der anderen Gäste, auch das Mädchen nicht, nahm sein Gespräch mit dem Deutschen zur Kenntnis.

»Ich schreib Ihnen eine Adresse auf. Treffen dort Freunde von ihm.« Der Mann griff zu einem Kugelschreiber und notierte auf einem Bierdeckel Straße und Hausnummer. »Aber erst Montagabend, verstehn Sie? Montagabend, 20 Uhr.«

Häberle steckte den Bierdeckel in die rechte Hosentasche. Montagabend. Das gefiel ihm nicht. Heute war schließlich erst Freitag. »Wer sind diese Leute?«, wollte er wissen.

Das Gesicht des Barkeepers versteinerte sich. »Keine Name, nix«, sagte er gerade noch so laut, dass die Discomusik übertönt wurde. »Gebe Ihnen einen Rat«, er kam ganz dicht an Häberles rechtes Ohr heran: »Vorsichtig sein. Sehr vorsichtig sein. Und nicht sagen, woher Adresse. Leute gefährlich. Sehr gefährlich.«

Häberle nickte freundlich.

51

Das Wetter war bereits wieder kühler geworden. Der Himmel über Göppingen wirkte trist, die Wolken hingen tief. Liebenstein wäre am liebsten längst nach Berlin zurückgeflogen, doch Gangolf bestand darauf, dass er so lange in Süddeutschland blieb, bis »diese Affäre«, wie es der Ministerialdirektor auszudrücken pflegte, beigelegt war. »Ich will, dass endlich Ruhe einkehrt, verdammt noch mal«, hatte er sich am Telefon ungehalten gezeigt. Liebenstein musste den Kontakt zu den Mitgliedern der Organisation halten, hatte in vielen Gesprächen inzwischen versucht, sie alle zu beruhigen, was aber nicht einfach war, seit einige ganz Große abgesprungen waren.

Alle zwei Tage bestand Gangolf auf einen Lagebericht, auch an den Wochenenden. Von seinem Zimmer im Hotel ›Hohenstaufen‹ aus wählte Liebenstein die Berliner Nummer. Sein Chef gab sich einsilbig.

»Leider nichts Neues«, gestand Liebenstein.

»Mann, wie stellen Sie sich das vor«, hörte er die ungeduldige Stimme im Hörer, »ist Ihnen klar, dass die Sache seit fünf Wochen gärt? Fünf Wochen! Und jetzt erfahr ich, dass dieser Kommissar, dieser … Sie wissen schon, wie der heißt … dass es dem tatsächlich gelungen ist, in Košice rumzuschnüffeln.«

Liebenstein holte tief Luft, schloss die Augen und nickte. »Ich hatte gehofft, Sie würden …«

»Gehofft!«, schepperte Gangolfs Stimme im Hörer, »hätte ich den Schily anrufen sollen und sagen, he, Otto, pfeif mir diesen karrieresüchtigen Kommissar zurück?«

Liebenstein staunte. So hatte er seinen Chef noch nie erlebt.

»Wenn wir nicht bald diesen Koffer finden«, machte Gangolf weiter, »dann müssen wir uns was anderes überlegen.« Sein Schweigen deutete jetzt jedoch eher darauf hin, dass er auch nicht wusste, was. Es schien so, als hoffte er auf einen Vorschlag. »Ich hab große Sorge, Herr Liebenstein, ganz große Sorge, dass uns die Sache entgleitet.«

»Wie darf ich das verstehen?«

»Hören Sie denn keine Nachrichten?« kam es vorwurfsvoll zurück, »die Sache in Chile?«

Liebenstein war mit einem Mal wieder voll konzentriert. »Nein, wieso?«

»Ein Mord, ein kaltblütiger Mord. Sie haben dort einen Schiedsrichter umgebracht.«

Der Kapitán der Kriminalpolizei von Košice war ein großer, schlanker, aber kräftiger Mann um die 40 und ein Typ, der es mit jedem US-Sheriff hätte aufnehmen können, dachte Häberle, als er vor dem Hotel ›Slovan‹ den Hünen musterte. Sie begrüßten sich mit einem ›Hallo‹, drückten sich die Hände und kamen überein, in der Vormittagssonne zum Dienstgebäude zu fahren.

Kapitán Jozef Spišiak steuerte seinen privaten Skoda gemächlich durch einige Seitenstraßen und versuchte sich unterwegs als Stadtführer – allerdings auf Englisch, weshalb Häberle so gut wie nichts verstand. Er befürchtete bereits, dass es ihm beim anschließenden, dienstlichen Gespräch ähnlich ergehen könnte.

An diesem Samstagvormittag herrschte in den Geschäftsstraßen starker Verkehr. Häberle erkannte im Vorbeifahren die Filialen nahezu aller westlichen Handelsketten – den bekannten Kaffeeröster ebenso wie den Sportartikelhersteller aus dem Schwäbischen.

Das Büro des Kapitáns war eher spärlich eingerichtet, dafür aber erweckten die Computer den Eindruck, neueste Modelle zu sein. Spišiak bot seinem Gast einen Platz an einem kleinen Besprechungstisch an und besorgte aus einem Automaten zwei Tassen Kaffee. Unterdessen ließ Häberle seinen Blick über die Aktenschränke streichen, die auch in deutschen Büros hätten stehen können. Auf zwei großen Fahndungsplakaten prangten mehrere Porträtfotos. Auch wenn der Text für ihn unlesbar war, so ließ alles darauf schließen, dass es sich wohl um gesuchte Terroristen handelte.

Häberle nahm erfreut zur Kenntnis, dass der Kapitán nun doch ein verständliches Englisch sprach. Vorhin im Auto hatte er wohl viel zu schnell geredet und außerdem bei seinen Erklärungen zu den einzelnen Gebäuden und Plätzen vermutlich jede Menge Eigennamen benutzt.

Nachdem sie sich mit freundlichen Worten und Erzählungen über die polizeiliche Arbeit in ihren jeweiligen Ländern beschnuppert hatten, schien das Eis gebrochen. Der Kapitán hatte seine langen Beine inzwischen ausgestreckt und sich auf dem unbequemen Stuhl zurück gelehnt, als er darlegte, dass ihre Zusammenarbeit halboffizieller Natur sei. Wenn der Kommissar es richtig verstand, dann war wohl der oberste Polizei-Chef Košices von einer direkten Unterstützung des Deutschen nicht sehr angetan gewesen und hatte darauf gedrängt, nur ein offizielles Ersuchen zu bearbeiten. Letztlich jedoch habe man sich durchgerungen, den Kollegen aus Deutschland auf unterster Ebene zu empfangen. Allerdings dürfe Häberle auf slowakischem Staatsgebiet nicht polizeirechtlich auftreten. Dies aber war für den erfahrenen Ermittler keine Überraschung. »Danke«, entgegnete Häberle und begann, so gut er es auf Englisch vermochte, den Grund seiner Reise und die Vorgeschichte zu erzählen. »Mich würde interessieren«, kam er schließlich zur Sache, »erstens, wo ist Jano Blamocci und welche Rolle spielt er in dieser Stadt? Zweitens, gibt es Erkenntnisse über den Aufenthalt des Herrn Matthias Nullenbruch? Drittens, ist Ihnen etwas von Anlagebetrügereien bekannt? Und viertens, gab es in letzter Zeit Betrügereien im Zusammenhang mit dem Sport?«

Spišiak kratzte sich im vollen, blonden Haar. »A lot of questions«, stellte er fest – eine ganze Menge Fragen. Er werde aber versuchen, sie zu beantworten, zumal er ja bereits telefonisch über das Interesse der deutschen Kollegen an Blamocci informiert worden sei.

»Blamocci«, begann er, »er ist in dieser Stadt sehr bekannt.« Spišiak richtete sich wieder auf und verschränkte die Arme. »Er hat Beziehungen in Wirtschaft, Kultur und in den Behörden. Rudolf Schuster, der bis letztes Jahr Staatspräsident war, geboren in Košice und hier auch schon Bürgermeister gewesen, soll ein guter Freund von ihm sein. Blamocci hat diese Baustofffirma gleich nach der politischen Wende eröffnet – mit deutscher Hilfe, wie man sagt«, berichtete Spišiak weiter. »Seither hat er ein ganzes Geflecht von anderen Firmen aufgebaut – im ganzen Land. Doch er ist auch am Fernsehsender beteiligt. Es gibt kaum etwas in der Slowakei, wo Blamocci nicht die Finger im Spiel hätte.« Weil Spišiak langsam sprach und jedes Wort betonte, konnte Häberle den Erläuterungen problemlos folgen.

»Was ich Ihnen jetzt sage, ist ganz inoffiziell. Datenschutz, verstehen Sie?« Er machte eine Pause und wartete auf Häberles zustimmendes Nicken. »Blamocci hatte schon viele Verfahren wegen Betrugs oder Unterschlagung am Hals, doch es ist ihm immer wieder gelungen, freigesprochen zu werden. Jetzt allerdings, so sagt man …« Der Kapitán senkte seine Stimme, als könne jemand zuhören, dabei war die gesamte Etage an diesem Samstagvormittag menschenleer, »… jetzt soll er in eine Sache verwickelt sein, die eine Nummer zu groß ist.«

Häberle war gespannt. Doch der Kollege zuckte mit den Schultern. »Es sind Gerüchte, ohne konkrete Anhaltspunkte.«

»Zum Beispiel?«, wollte Häberle wissen.

»Wir wissen es nicht – nur so viel, dass Blamocci vermutlich untergetaucht ist. Aber offenbar vermisst ihn niemand.«

Genau, wie bei Nullenbruch, dachte Häberle und überlegte, ob er den Kollegen auf den mutmaßlichen Blutfleck hinweisen sollte. Noch nicht, entschied er und bohrte weiter: »Es gibt da einen Amerikaner namens Pit.«

»Ja«, bestätigte der Kapitán, »sein Schwager. Der ist vor ungefähr zwei Monaten aus den USA zurückgekehrt. Wir wissen nichts über ihn. Nur, dass er derzeit die Geschäfte führt.«

Häberle wechselte das Thema. »Hat Blamocci eine Familie?«

Spišiak schüttelte mit dem Kopf. »Nicht mehr. Er ist geschieden.«

»Man sagt ihm Kontakte zur Mafia nach«, versuchte Häberle einen weiteren Vorstoß.

Spišiaks lächelte gequält. »Mafia«, wiederholte er, »Kollege, es wird Ihnen allein nicht gelingen, diese Strukturen aufzubrechen, die sich überall im Osten gebildet haben.« Er überlegte. »Und Sie sollten sich hüten, ganz allein in diese Richtung zu ermitteln.« Der Kapitán atmete schwer und resignierend. »Glauben Sie mir, das kann sehr gefährlich werden.«

Spišiak sah den Augenblick für gekommen, auf die zweite Frage einzugehen: »Ihr Interesse gilt auch diesem Deutschen – Nullenbruch. Wir haben nachgeforscht, aber zu ihm gibt es keine Erkenntnisse.«

»Sie haben auch keine …« Häberle riskierte die Frage »… keine unbekannte Leiche?«

»Nein, keine, die in Frage kommen könnte.«

»Okay«, zeigte sich Häberle enttäuscht.

»Dann wollten Sie wissen, ob es Anlagebetrug gibt. Sie sollten bedenken, Kollege, in diesen Zeiten, in denen alle nach dem Geld drängen, von überall her und mit allen Mitteln, da sind Polizei und Justiz oft nicht mehr in der Lage, jedem Hinweis nachzugehen. Wir haben auch nicht das Wissen und das Personal, den raffiniert angelegten Betrügern auf die Spur zu kommen. Und wenn es über das Internet geht, schon gar nicht.«

Das klang einleuchtend, dachte der deutsche Ermittler, zumal die Flut der Schwindeleien und die Tricks der Täter auch ihn schon vor schier unlösbare Rätsel gestellt hatte. Für einen Augenblick zuckte ihm das Wort ›Phishing‹ durch den

Kopf, bei dem neuerdings mit den hinterhältigsten Methoden versucht wurde, an Geheim- und TAN-Nummern von Internet-Bankkunden zu gelangen. Mit dem Hinweis auf angebliche Sicherheitslücken im Homebanking-System wurden Bankkunden aufgefordert, mehrere ungebrauchte TAN-Nummern in ein Formular einzutragen und es per E-Mail wegzuschicken. Was so offiziell und täuschend ähnlich wie die Internet-Seite der Hausbank aussah, war ein groß angelegter Schwindel, um illegal Geld von fremden Konten abheben zu können. Häberle erinnerte sich an einen Fall, als sogar ein Journalist auf diesen Trick hereingefallen war, obwohl dessen Kollegen bereits mehrfach über diese Methode berichtet hatten.

»Und dann fragten Sie mich nach dem Sport. Wir haben davon gehört, dass es in Deutschland eine Art Wettmafia geben soll, die ihren Sitz in der Ukraine hat.« Er überlegte und suchte nach den passenden, englischen Formulierungen. »Aber wir haben keinerlei Erkenntnisse, dass so etwas auch bei uns geschieht.«

»Auch nicht, dass diese Personen von der Slowakei aus tätig sind?«, fragte Häberle vorsichtshalber nach.

Der Kapitán schüttelte den Kopf. »Mir ist nie etwas Derartiges bekannt geworden.«

Häberle resignierte, wollte dann aber noch eine letzte Frage loswerden: »Blamocci – jeder weiß, dass er Beziehungen in die höchsten Ebenen hat, auch in der Politik. Hat er auch … Einfluss in die höchsten Ebenen der Polizei?«

Spišiak dachte nach und antwortete schließlich sichtlich gequält: »Ein Mann wie Blamocci hat überall hin Beziehungen.«

Die beiden Männer schwiegen sich für einen Moment an. Häberle kniff nachdenklich die Lippen zusammen, dann wechselte er das Thema. »Es gibt hier einen Security-Dienst, einen Wachdienst. Košice-Security oder so ähnlich. Wie zuverlässig ist diese Firma?«

Spišiaks Gesicht blieb unverändert. »Well«, sagte er nach Art eines Amerikaners, »eine Firma ist so gut, wie die Menschen, die bei ihr arbeiten. Und …« Er räusperte sich, »… alle Firmen, die neu entstanden sind, müssen auf die Menschen vertrauen, die hier schon immer gelebt haben. Und diese sind in einem anderen System aufgewachsen und wollen nun alle vom Wohlstand profitieren.«

Häberle verstand. Er wollte nichts mehr dazu sagen.

52

Brasilien hatte es am Samstagabend geschafft. 4:1 gegen Argentinien. In Deutschland war die Fernsehübertragung zwar verfolgt worden, aber natürlich nicht mehr mit der Begeisterung, wie wenn die eigene Nationalelf mitgespielt hätte. Auch Häberle und Meckenbach waren im ›Slovan‹ vor dem Fernseher gesessen. Allerdings hatte sich der Kommissar nicht auf das Spiel konzentrieren können, weil an ihm der Erfolgsdruck nagte. Er war in die Slowakei gereist, um die Hintergründe eines Verbrechens aufzudecken. Doch so, wie es aussah, würde ihm dies nicht gelingen. Der Kapitán war zwar kooperativ, doch schien die Vyšetrovatel, wie hier die Kriminalpolizei hieß, kein allzu großes Interesse daran haben, sich in eine Sache einzuschalten, die sie eigentlich gar nichts anging. Die Polizisten waren viel zu sehr mit eigenen Fällen befasst. Spišiak sicherte jedoch zu, dass er die Spurensicherung in Nullenbruchs neues Fabrikationsgebäude schicken werde, um den rostroten Fleck analysieren zu lassen. Häberle hatte Meckenbach gebeten, sich deswegen mit dem Kapitán in Verbindung zu setzen. Diese Bitte jedoch war bei dem Produktionsmanager auf wenig Begeisterung gestoßen. »Sie glauben doch nicht im Ernst, dass ihn jemand dort umgebracht hat?« hatte er sich empört, dann aber doch eingesehen, dass es keinen Sinn machen würde, sich den Anweisungen zu widersetzen. Die Frage, ob es sich um Menschenblut handelte, würde die chemische Analyse bis morgen ergeben. Allzu lange konnte Häberle auch nicht mehr in der Slowakei bleiben. Ihren Rückflug hatten sie für Mittwoch gebucht.

Häberle war froh, dass Meckenbach keinen Wert darauf legte, ständig beieinander zu sein. Dem Kommissar schien es so, als ob der Manager sehr gerne die Gelegenheit wahrnahm, bestehende Kontakte zu pflegen, insbesondere wohl, wenn es sich dabei um Personen des weiblichen Geschlechts handelte. Dass es mehr als genug davon gab, die einer Beziehung zu Männern aus dem Westen nicht abhold waren, hatte Häberle in den vergangenen Tagen festgestellt.

Es war für ihn kein Problem gewesen, sich an diesem Montagabend abzuseilen, um allein zu jener Adresse in der Gasse namens Zámoènicka ulica zu gehen, die ihm der Barkeeper auf einen Bierdeckel geschrieben hatte. Dass es nicht gerade die feinste Gegend der Stadt war, obwohl nur ein kurzes Stück von der belebten Fußgängerzone entfernt, stellte der Kommissar sofort fest. Die Straßenlampen waren windschief an die sanierungsbedürftigen Wände geschraubt, ihre Zuleitungen verliefen ungeordnet an den Häusern entlang. Kein Mensch mehr, so schien es, verirrte sich in diese Seitengasse, in der viele Läden leer standen und vermoderte Haustüren in nachtschwarze Gänge führten. Die Nummer, die er suchte, gab es nicht, doch erkannte Häberle nach kurzem Zögern, welches Gebäude es nur sein konnte. Den Eingang hatte es nicht zur Gasse hin, sondern in einem schmalen Gang, der den Zwischenraum zum angrenzenden Haus darstellte. Dort brannte nur eine einzige Glühbirne.

Der Kommissar blickte sich um, hörte von irgendwo her einen Fernseher laufen, entdeckte aber keinen einzigen Menschen. Am Rande der schmalen Gasse parkten Autos, meist ältere Modelle, die Fenster waren schwarz. Nur durch die enge Öffnung der Häuserzeile zur Fußgängerzone fiel heller Lichtschein herüber.

Häberle blieb stehen, blickte sich nach allen Seiten um und entschied, durch den spärlich beleuchteten Zwischenraum zu dem Hauseingang zu gehen. Unter seinen Schritten spürte er unebene Pflastersteine, es roch nach Abwasser. Beim Näher kommen erkannte er, dass die Tür einen Spalt weit offen stand und innen eine schwache Lichtquelle brannte. Er räusperte sich, um nicht den Eindruck zu erwecken, sich heranschleichen zu wollen. Dann klopfte er gegen die angelehnte hölzerne Tür, die dadurch nach innen quietschend aufschwenkte. »Hallo«, rief der Ermittler, »entschuldigen Sie – hallo!« Sein Blick fiel auf einen dunklen Flur, in dem sich Kisten und Kartons stapelten, dazwischen auch Elektrogeräte. Augenblicke später schälte sich aus dem Halbdunkel im Hintergrund eine große Gestalt, die mit energischen Schritten näher kam. »Mr. Kapitán«, schallte es Häberle mit jenem harten Akzent entgegen, der ihm fast schon vertraut war. Er war einerseits darüber erschrocken, dass man ihn als Kriminalist entlarvt hatte, andererseits aber auch erleichtert, dass offenbar bereits klare Verhältnisse bestanden – von wem auch immer im Hintergrund geschaffen. Der Fremde überragte den Kommissar um einige Zentimeter und wirkte vor ihm wie ein Kleiderschrank, der nahezu den ganzen Flur ausfüllte.

»Guten Abend – sprechen Sie Deutsch?«

»Wir können uns auf Deutsch unterhalten«, erwiderte der Mann kühl und kam gleich zur Sache: »Sie kommen, um Mr. Blamocci zu suchen?« Die Stimme klang unsympathisch und irgendwie drohend. Häberle kannte diese Situationen. Einem Fremden gegenüberzustehen, in finstrer Umgebung, und nicht zu wissen, wie feindselig dieser sein würde, das zählte zu den schwierigsten Situationen. Dann galt es, die Atmosphäre zu entkrampfen. »Danke, dass Sie sich Zeit für mich nehmen«, sagte er, »man hat mich an Sie verwiesen.«

»Wir können gerne miteinander reden«, entgegnete sein Gegenüber, dessen Gesicht er nur schemenhaft erkennen konnte.

»Ich wäre Ihnen sehr dankbar, wenn Sie mir weiterhelfen könnten«, fuhr Häberle noch einmal betont freundlich fort.

»Ich werde es versuchen«, kam es tonlos zurück, »aber die Bedingungen stelle ich. Und denken Sie daran, Mr. Kapitán, Sie mischen sich in einem fremden Land in eine Sache hinein, die Sie Ihren Job kosten könnte ...« Er lachte kurz auf, »... wenn nicht sogar noch mehr. Kommen Sie rein. Mr.

Kapitán«, fuhr der Slowake fort, »wir gehören zwar zur EU – aber vergessen Sie nicht, dass hier manches anders ist, als in Deutschland. Es ist deshalb in Ihrem Interesse, sich anzupassen. Haben wir uns da verstanden?«

Die Luft rauchgeschwängert, die Musik laut und am Tresen dichtes Gedränge. Die Geislinger Szenekneipe ›Clochard‹ war auch an diesem Montagabend gut besucht. Besonders belagert war ein Tisch, der etwas abseits in einer der dunklen Ecken stand. An ihn hatten gut ein Dutzend Männer, meist jüngeren bis mittleren Alters, ihre Stühle hergeschoben, andere begnügten sich mit einem Stehplatz und lehnten sich an die blinkenden Spielautomaten. Sie prosteten sich mit ihren Weizenbier- oder Pilsgläsern zu und stießen auf die alten Zeiten an.

»Mensch, Jürgen«, sagte einer aus der Runde und sah den Blonden an, der sich mit dem Rücken zum Innenraum gesetzt hatte, »ich find des einfach toll, dass du mal wieder vorbeigschaut hascht.«

Ein anderer wischte sich den Bierschaum vom Mund und ergänzte: »Dass du uns net vergesse hasch, isch super.«

»Danke, dass ihr komme seid. I denk oft an die Zeit hier z'rück. Glaubt mir, nach diesem Trubel isch es unheimlich entspannend, mal wieder hier zu sitze.« Sein Nebensitzer legte ihm freundschaftlich den Arm auf die Schulter und meinte: »Egal, was passiert, mir stehet zu dir.«

»Danke, liebe Freunde«, lächelte Jürgen nahezu gerührt, »deshalb war ich g'schockt, als ich das von Leo g'hört hab.« Er wurde ernst. »Von Leo und von den beiden andern.« Er erklärte, dass er auch wegen dieser schrecklichen Verbrechen nach Geislingen gekommen sei. Er zeigte sich an den Hintergründen interessiert, doch konnten ihm seine Freunde nicht mehr berichten, als was in den letzten Wochen in der ›Geislinger Zeitung‹ gestanden war. Ein Mann, der mit verschränkten Armen hinter den Sitzenden stand, ergänzte: »Es sieht ganz danach aus, als hätt die Kripo keine Spur. Jedenfalls lasset Se nix durchsickra.«

Jürgen bestellte eine weitere Runde, für sich jedoch eine Cola, was er mit dem Hinweis begründete, noch fahren zu müssen. Dann lauschte er den vielen Gerüchten, die über die Verbrechen kursierten, und war entsetzt über die Spekulationen, die einige überregionale Zeitungen angestellt hatten, wonach auch er in irgendeiner Weise in die Angelegenheit verwickelt sein könnte. Nachdem sie mit den gefüllten Gläsern noch einmal angestoßen hatten, meinte er: »Wenn ihr's niemandem weitererzählt, sag ich euch, dass mich dieser Kommissar – i glaub, der heißt ›Häberle‹ – daheim in Kalifornien angrufa hat.« Seine Zuhörer staunten.

Wenig später drehten sich die Gespräche wieder um längst vergangene gemeinsame Zeiten und um den Wunsch, sich künftig regelmäßig irgendwo zu treffen. Es war kurz vor Mitternacht, als Jürgen beim Wirt höchstpersönlich die Zeche bezahlte und von seinen Freunden herzlich verabschiedet wurde. Auch viele der anderen Gäste schüttelten ihm die Hand und wünschten ihm viel Erfolg. »Wir können dich allein fahren lassen?«, fragte der Wirt und schlug ihm freundschaftlich auf die Schulter.

»Klar doch«, erwiderte Jürgen, »in einer Stund bin i bei meiner Mutter in Stuttgart – kein Problem.« Noch einmal strahlte er in die Runde, hob beide Arme zum Abschiedsgruß, und trat in die Sommernacht hinaus. Wie sehr genoss er die Stille dieser Kleinstadt, diese Beschaulichkeit, diese Frische! Oft schon hatte er, wenn er in kalifornischer Sonne am Strand des Pazifiks lag, an die vernebelte Albkante gedacht, an das raue Klima auf den Hochflächen oder an die Fußballjugend im Eybacher Tal. Wann immer er hierher kam, zu den Freunden von damals, heimlich und ohne den fürchterlichen Medienrummel, dann hatte er das Gefühl, daheim zu sein. Hier kannte er jede Gasse, jedes Örtchen – schließlich war er nur knapp sieben Kilometer von Geislingen entfernt aufgewachsen, in Gingen, wo sein erst kürzlich verstorbener Vater eine Bäckerei besessen hatte, ehe die Familie in den Stuttgarter Vorort Botnang umgezogen war.

Der blonde Mann mit dem strahlenden Lächeln verließ das

Lokal durch jenen Ausgang, der in die engen Seitengässchen der Geislinger Altstadt führt, wo um diese Zeit kein Mensch mehr unterwegs war. Motorengeräusch drang an sein Ohr, er glaubte auch Schritte zu hören. Seltsam, dachte er, so eine ruhige Innenstadt hatte er seit Monaten nicht mehr erlebt. Er genoss dieses Gefühl, sich ganz unbehelligt und ohne von Journalisten verfolgt zu werden, frei bewegen zu können. Er hasste ohnehin den ganzen Rummel und den Personenkult, der allerorten veranstaltet wurde. Hier in Geislingen, seiner früheren Wirkungsstätte, war alles noch so, wie damals in den 70-er Jahren. Und zur örtlichen Tageszeitung scheute er eh den Kontakt.

Der Mann bog um die nächste Ecke nach rechts, um zur Fußgängerzone zu gelangen, über die er das Parkdeck erreichen würde, auf dem er seinen Audi A 4 abgestellt hatte. Er brauchte keine Angst zu haben, von einer Schar wildgewordener Fans behelligt zu werden. Jetzt, gegen Mitternacht, war nichts los. In den meisten Schaufenstern der kleinen Einzelhandelsgeschäfte brannte kein Licht mehr, auch die Kandelaber auf der gepflasterten Straße schienen auf Sparflamme geschaltet zu sein. Er eilte durch die schnurgerade Fußgängerzone, sah links die hübsche, verspielte Fassade des Alten Rathauses, rechts ein mit Baugerüst umgebenes Haus und ein Stück weiter vorne den majestätisch aufragenden Fachwerkbau des Alten Zolls. Noch hundert Meter entfernt, direkt vor ihm, erhob sich der Querbau des Sonne-Centers, dessen blaugelbe Lichtreklame ihm entgegen strahlte. Gerade, als er am Elefantenbrunnen vorbeikam, an dem das Wasser seit Stunden abgestellt war, bemerkte er plötzlich die dunklen Gestalten, die auf den Eingangstreppen des TUI-Reise-Centers und einer Buchhandlung saßen. Für einen Moment zögerte er, doch dann ging er entschlossenen Schritts weiter. Es waren fünf junge Männer, die auf den Stufen lungerten, Zigaretten rauchten und mehrere Bierflaschen neben sich stehen hatten. Als er an ihnen vorbei kam, hörte er ihre Stimmen. Er verstand aber nicht, was sie sagten. Es war wohl Türkisch, vermutete er.

Der Passant richtete seinen Blick geradeaus auf die Lichtreklame, versuchte aber trotzdem, sich mit den Augenwinkeln auf diese jungen Männer zu konzentrieren, die mit den Schatten verschmolzen zu sein schienen.

Sekunden später hatte er sie hinter sich gelassen, kam an einigen noch hell erleuchteten Modegeschäften vorbei und erreichte die Schaufenster-Passage der ›Geislinger Zeitung‹. Sie weckte in ihm Erinnerungen an einen früheren Redaktionsleiter, der gleichzeitig Vorsitzender des Sportclubs gewesen war.

Der Mann ging an dem Gebäude entlang, nahm aus einer Bierkneipe von gegenüber jenes Lied wahr, in dem gerade musikalisch die Frage gestellt wurde: »Lebt denn der alte Holzmichl noch?«, und strebte nun dem freien Platz zu, der die Fußgängerzone begrenzte.

Das Auto schoss von links heran. So schnell und blitzartig, dass der Passant erschrocken zurück wich.

Es war eine schwarze Limousine, die von der Rosenstraße einbog, ruckartig abbremste und ihm mit der Breitseite den Weg versperrte. Ihn überkam eine Mischung aus Irritation und Empörung über dieses rücksichtslose Verhalten inmitten der Fußgängerzone. Doch bevor er gestikulieren oder seinen Zorn in Worte hätte kleiden können, wurden die beiden rechten Türen aufgerissen und zwei kräftige Männer sprangen heraus, packten ihn an den Armen und nahmen ihn in den Würgegriff. Er versuchte zu schreien, doch seine Kehle war trocken und wie zugeschnürt. Die beiden Unbekannten stießen und drückten ihn auf den Hintersitz des Fahrzeugs, wo sich einer der Männer neben ihn zwängte, ein dritter ihn an den Haaren packte und ein Messer aufblitzen ließ. In der Klinge spiegelte sich das Licht der Kandelaber. »Schnauze halten«, zischte einer der Unbekannten, während ein anderer sich auf den Vordersitz warf, die Türen ins Schloss fielen und der Wagen extrem beschleunigte – hinaus aus der Fußgängerzone, vorbei an den dunklen Gebäuden einer ehemaligen Brauerei.

53

»Mr. Kapitán«, grinste der hünenhafte Slowake. Er saß dem deutschen Kommissar in dem schlecht beleuchteten Werkstatt-Raum gegenüber. Ein zweiter Mann, der sich abseits in einem alten Sessel niedergelassen hatte, war still und schien nur der Aufpasser zu sein. Häberle schlug auf dem unbequemen Holzstuhl gelassen die Beine übereinander und umfasste das oberste Knie mit gefalteten Händen. »Wenn wir Ihnen einen Rat geben können«, fuhr der Mann genüsslich fort, »dann diesen: Verschwinden Sie von hier. Mr. Blamocci ist geschäftlich unterwegs.« Er fügte überheblich hinzu: »Und Ihr Mr. Nullenbruch befindet sich in guten Händen.«

Häberle sah in gefährlich funkelnde Augen. Dieser Mann, daran bestand gar kein Zweifel, war bestens informiert und schien zu allem entschlossen zu sein.

»Ich bin gerne bereit, mich mit Ihrem Vorschlag auseinander zu setzen«, gab er zurück, »aber vielleicht können Sie mich dahingehend beruhigen, dass Sie mir sagen, was mit Nullenbruch geschehen ist«, erwiderte Häberle und behielt auch den zweiten Mann im Auge, der Kaugummi kauend das Geschehen verfolgte. Ein Fiesling, dachte Häberle.

»Sie werden sich mit unserem Vorschlag auseinander setzen müssen«, grinste der Wortführer, »oder soll ich Ihnen sagen, dass Sie es hier mit einer Organisation zu tun haben, die für Sie fünf Nummern zu groß ist.« Er legte eine theatralische Pause ein. »Oder sagen wir zehn Nummern zu groß.«

Der Ermittler ließ sich davon nicht beirren. »Ich gebe gerne zu, dass dies meine Kompetenzen überschreiten könnte. Mir geht es allein um Herrn Nullenbruch.«

»Nullenbruch«, äffte der Slowake nach, »ich sagte doch: Er ist in guten Händen. Er ist rein geschäftlich hier – und er hat einiges zu erledigen.« Er grinste wieder. »Was interessiert Sie das denn? Nicht mal seine Frau macht sich Sorgen.«

Häberle wagte einen Vorstoß. »Es hat im Zusammenhang mit Herrn Nullenbruchs Verschwinden eine Reihe von Ereignissen gegeben, die mich beunruhigen.«

Der Aufpasser im Hintergrund spuckte seinen Kaugummi in eine unausgeleuchtete Ecke. »Es hat Ereignisse gegeben?«, fragte sein Komplize. Es klang, als wolle er Häberle veräppeln. »Ereignisse? Und der Herr Kapitán sorgt sich also. Jetzt passen Sie mal auf«, er wurde laut und gefährlich: »Sie verschwinden aus dieser Stadt – und zwar so schnell wie möglich. Sie vergessen alles, was Sie hier gesehen und gehört haben. Denn diese Ereignisse …« Der Slowake setzte ein fieses Lächeln auf, »… diese Ereignisse könnten schneller, als Ihnen lieb ist, auch über Sie und Ihre Frau kommen. Haben wir uns verstanden?«

Häberle verschränkte seine Arme und nahm die Beine voneinander. Er spürte innere Unruhe. Mit diesem Mann war nicht zu spaßen. Vor allem aber durfte er ihn nicht reizen.

»Mir wäre sehr daran gelegen, mit Herrn Nullenbruch reden zu können – oder mit Herrn Blamocci«, sagte er vorsichtig und ruhig, doch er bemerkte selbst, dass seiner Stimme die Entschlossenheit fehlte.

»Kapieren Sie nicht?« zischte ihn sein Gegenüber an. »Verschwinden Sie.« Wieder dieses zynische Lächeln. »Ich bin übrigens davon überzeugt, dass es zu Hause für Sie genügend Arbeit gibt.«

54

Linkohr war die ganzen Tage über ziemlich beunruhigt gewesen. Zwar hatte er mehrfach mit Häberle telefoniert, doch hörte sich manches, was er dabei erfuhr, ziemlich merkwürdig an. Heute am frühen Vormittag war der Chef-Ermittler sogar richtig aufgewühlt gewesen. Er sei indirekt bedroht und aufgefordert worden, das Land zu verlassen. Die Hilfe des Kollegen Spišiak sei auch eher spärlich gewesen. Allerdings erwarte er, dass im Laufe des Tages die Analyse-Ergebnisse zu einem rostbraunen Fleck in Nullenbruchs Firma vorlägen. Ansonsten aber, so schilderte Häberle seine Eindrücke, stoße er eher auf eine Mauer des Schweigens. Er habe mehr und mehr das Gefühl, dass nur ein offizielles Amtshilfeersuchen über Interpol den Ermittlungen in der Slowakei den nötigen Nachdruck verleihen könne. Seine Erkenntnisse jedoch könnten ausreichen, dieses bürokratische Verfahren in Gang zu setzen, zeigte er sich zuversichtlich. Er würde sein Wissen nicht nur für Interpol niederschreiben müssen, sondern auch für Bruhn, der sich von Häberles mehrtägiger Dienstreise konkrete Ergebnisse versprochen hatte.

Der Chef-Ermittler erklärte, er werde mit Meckenbach zusammen die Nachmittagsmaschine von Košice aus nehmen und am späten Abend wieder in Stuttgart sein.

Linkohr gab Häberles neueste Schilderungen den Kollegen der Sonderkommission bei der Frühbesprechung bekannt. Er spürte, wie sich zunehmend gewisse Resignation breit machte. Wenn der Schlüssel des Falls im Ausland lag, dann waren ihnen vorläufig die Hände gebunden.

Inzwischen füllten die Protokolle und Ergebnisse der Spurensicherung mehrere Dutzend Aktenordner. Dennoch gab es immer noch Hinweise, denen die Beamten nachgehen mussten. Vereinzelt meldeten sich Personen, die entweder in der Nacht, als Lanski am Bahndamm erschossen wurde, oder vor den Häusern der ermordeten Heimerle und Funke Verdächtiges beobachtet haben wollten.

»Da steckt also eine internationale Bande dahinter«, konstatierte einer der Beamten, nachdem Linkohr Häberles Erlebnisse der vergangenen Nacht geschildert hatte.

»Und der oder die Täter sind längst über alle Berge«, meinte ein anderer enttäuscht, »wir stochern im Nebel rum – und haben keine Chance.«

Der elektronische Ton eines Telefons ließ die Kriminalisten aufhorchen. Linkohr stand dem Apparat am nächsten und nahm den Hörer. Er lauschte konzentriert und fragte mit einer Mischung aus Verwunderung und Entsetzen nach: »Was? Sagen Sie das nochmal.« Er war so laut geworden, dass die Gespräche im Raum verstummten und die Kollegen gespannt Linkohrs Gespräch verfolgen.

Er war kreideweiß und legte den Hörer wie in Trance auf.

»Kollege, was ist?« drängte einer der Männer.

»Ihr werdet's nicht glauben – aber Klinsmannn ist verschwunden.« Stille. »Hier in Geislingen. Bei uns.«

Bruhn raste mit Pressesprecher Uli Stock von Göppingen das Filstal aufwärts nach Geislingen. Auf dem Dach des zivilen, weißen Mercedes hatten sie ein magnetisch haltbares Blaulicht befestigt. »Was glauben Sie, was jetzt abgeht«, stellte der oberste Kripochef des Landkreises fest. Er war selbst hinter das Steuer gesessen, weil er in dieser Situation niemandem zugetraut hätte, so schnell an den Tatort brausen zu können. Die Autofahrer vor ihm machten ihm respektvoll Platz, hielten rechts an oder ließen eine Mittelgasse für ihn frei. Für Stocks Begriffe schoss Bruhn viel zu schnell in die Kreuzungen hinein. Der Pressesprecher hielt sich mit der rechten Hand am Haltegriff fest und beäugte ängstlich, wie der Mercedes einen Beinahezusammenstoß nach dem anderen provozierte. Bruhn schien jedem zeigen zu wollen, wer jetzt Herr auf der Straße war.

»Wenn die Medien Wind davon kriegen, rennen die Ihnen die Bude ein«, meinte er und schaute kurz zu seinem Nebenmann hinüber.

Stock seufzte in sich hinein. Ja, das würde einen Wirbel geben, keine Frage. Warum hatte sich dieser Klinsmann auch nächtens in Geislingen herumgetrieben, ohne Personenschutz, ohne Begleitung. »Was hat Linkohr gesagt? Wer hat ihn als vermisst gemeldet?«, fragte er vorsichtig, während der Kripo-Dienstwagen im Slalom durch das vormittags verstopfte Eislingen raste. Bruhn wechselte die Fahrspuren, schoss links an Verkehrsinseln vorbei, scheuchte einen Vordermann notfalls zusätzlich mit der Lichthupe beiseite und stieß nie von ihm gehörte Flüche aus.

»Seine Mutter hat in Stuttgart die Polizei angerufen. Klinsmann wollte in der Nacht in Botnang sein. Weil er sich nicht gemeldet hat, auch auf dem Handy nicht, macht sie sich Sorgen«, erklärte Bruhn knapp, wie immer.

»Vielleicht hat er in Geislingen eine ›Ex‹ getroffen«, wandte Stock ein.

»Quatsch«, empörte sich Bruhn über eine derlei banale Erklärung und beschleunigte den Mercedes auf 100 aus Eislingen hinaus.

»Und Häberle hockt in diesem verdammten Nest da rum«, brummelte der Kripochef, der gerade Anstalten machte, über die Grünfläche zu rasen. »Schaun Sie sich diese Idioten an«, schimpfte er und deutete auf die Autos vor ihnen. »Am liebsten würd ich denen den Pappendeckel abnehmen.«

»Sie haben Häberle schon erreicht?«, fragte Stock zaghaft nach.

»Klar. Der muss sofort her. Jetzt haben wir nämlich die Scheiße«, wetterte er weiter, »jetzt ist eingetreten, was diese Käsblätter seit Wochen verzapfen. Klinsmann steckt in diesem Sumpf mitten drin.«

Stock sagte nichts mehr.

55

Bruhn stürmte in das Geislinger Polizeirevier und wurde innen von der verriegelten Glastür gestoppt. Er rüttelte und drückte, schrie: »Aufmachen, los« und trommelte mit den Fäusten dagegen. Als endlich ein Uniformierter aus der Wache kam und öffnete, rannte er wortlos an ihm vorbei und die Treppen in die Obergeschosse hinauf. Stock begrüßte den völlig verdutzten Hauptmeister und folgte dem Kripochef nach oben. Er hatte Mühe, ihn noch vor dem Lehrsaal einzuholen, wo inzwischen ein heilloses Durcheinander ausgebrochen zu sein schien. Als Bruhn auftauchte, verstummten die Gespräche. Keine Begrüßung, keine Erklärung. Stock blieb an der Tür zurück.

»Meine Herrn«, begann Bruhn, auf dessen Glatzkopf Schweißperlen standen, »es ist eine Lage eingetreten, die äußerste Disziplin und Sorgfalt verlangt. Sobald etwas in die Öffentlichkeit dringt, was wir nicht verhindern können, stehen wir im Rampenlicht. Ich erwarte deshalb, dass Medienauskünfte ausschließlich über mich oder Herrn Stock laufen.« Er blickte streng von einem Beamten zum anderen. »Häberle wird heute Abend wieder hier sein«, fuhr er fort und es klang so, als sei er darüber froh, »aber bis dahin übernehm ich hier die Leitung.« Dann wandte er sich an Linkohr: »Sie haben den Anruf entgegengenommen. Was ist seither geschehen?«

Linkohr war verunsichert. Er ging zum Schreibtisch und griff nach einem Schnellhefter. »Frau Klinsmann, also die Mutter von ihm, hat die Kollegen in Stuttgart verständigt«, las er aus seinen handschriftlichen Notizen, »ja, er habe eigentlich gegen 1 Uhr, spätestens um 2 Uhr daheim sein wollen.«

»Er war tatsächlich in Geislingen?«, hakte Bruhn noch immer ungläubig nach.

»Das ist unstrittig. Er war im ›Clochard‹ bis ungefähr gegen Mitternacht. Mit Freunden. Ich hab mit dem Wirt bereits telefoniert. Wir haben auch die Namen der meisten Gäste von heut Nacht – und bereits mit einigen gesprochen.«

Bruhn musterte ihn kritisch von der Seite. »Und?« bäffte er.

»Sie bestätigen, dass Klinsmann das Lokal allein verlassen hat. Er habe nach Stuttgart fahren wollen – mit seinem eigenen Auto.«

»Habt ihr nach seinem Auto fahnden lassen?«, fragte der Chef zackig.

»Selbstverständlich«, erwiderte Linkohr und spielte seinen Trumpf aus: »Und bereits gefunden.«

Bruhns Kopf fuhr herum.

»Auf dem Parkdeck Sonne-Center, ein Audi A 4, unversehrt, verschlossen.«

»Dann können wir tatsächlich schon mal davon ausgehen, dass Klinsmann hier in dieser Stadt verschwunden ist«, konstatierte Bruhn und erntete zustimmendes Gemurmel. »Und, weiter!«, forderte er ungeduldig.

Linkohr war insgeheim enttäuscht, kein Lob geerntet zu haben. Schließlich hatten sie innerhalb ganz kurzer Zeit schon einiges erledigt. »Das ist der Stand der Dinge«, erwiderte er knapp und trat wieder einen Schritt zurück.

Von der Tür her meldete sich Pressesprecher Stock zu Wort: »Weiß man, ob er hier in der Stadt Bezugspunkte hat? Weitere Bekannte, Freunde, Frauen?«

Bruhn schien über diese Frage erfreut zu sein. »Herr Stock hat Recht. Bevor wir in ganz Deutschland die Gäule scheu machen, muss geklärt werden, ob Klinsmann Grund hatte, die Nacht hier … na, sagen wir mal, anderweitig zu verbringen.« Er wandte sich an die Schar der herumstehenden Kriminalisten: »Es muss jeder ausfindig gemacht werden, der in dieser Kneipe war, jeder und vor allem jede. Fragen Sie seine Mutter, ob es noch Freundschaften hier in der Stadt oder der Umgebung gibt. Und stellen Sie fest, wo sich seine Frau aufhält.«

Stock blickte besonnen in die Runde: »Mein Vorschlag wär, dass wir erst am frühen Nachmittag an die Öffentlichkeit gehen – dann reicht's den Printmedien noch.«

Bruhn fuhr dazwischen: »So wird's gemacht, auch wenn die Journalisten bald davon Wind kriegen. Die Gäste von dieser Kneipe werden ihren Mund kaum halten können.« Dann wurde er wieder sachlich: »Die Soko wird aufgestockt. Ab sofort hat dieser Fall absolute Priorität. Ich schick Beamte von Göppingen rauf. Es wird eine ›besondere Aufbauorganisation‹ eingerichtet. Sie wissen, was dies bedeutet. Geleitet wird sie von mir und sämtliche Kontakte nach außen laufen über den ›Ö‹.« Stock, der für die Öffentlichkeitsarbeit zuständig war, malte sich im Geiste aus, was dies bedeuten würde: Interviews, Gespräche, vor allem aber jede Menge Journalisten, die bar jeder Ahnung von Polizeiarbeit sein würden.

56

Es hatte sich wie ein Lauffeuer herumgesprochen. Georg Sander war dabei, seine Mails zu lesen, als einer seiner treuesten Informanten anrief, der für gewöhnlich das Gras wachsen hörte. »Nur ein Tipp, Herr Sander«, sagte die Stimme mit dem Unterton höchster Geheimhaltung, »heut Nacht haben sie den Klinsmann in Geislingen gekidnappt.« Sander fiel beinahe der Hörer aus der Hand. »Wie bitte?« entfuhr es ihm, sodass der Redaktionsleiter, der ihm an der Schreibtischgruppe gegenübersaß, interessiert von einem Beschwerdebrief aufblickte, den er gelesen hatte.

Der Informant, der Beziehungen zu Gott und die Welt pflegte und schon mehrfach, wie auch immer, bei allerlei Fernseh-Unterhaltungssendungen mitgemischt hatte, bestand darauf, dass es kein Gerücht war: »Bei der Kripo ist der Teufel los«, flüsterte er, als könne jemand mithören.

Sander bedankte sich für den Hinweis und legte auf. »Ich glaub, bei uns läuft eine riesige Sache ab«, stellte er fest, worauf sein Gegenüber gespannt auf eine Erklärung wartete.

»Klinsmann sei in Geislingen entführt worden«, sagte er knapp und nannte den Namen des Informanten, während die Sekretärin die Ohren spitzte.

Über das Gesicht des Lokalchefs huschte ein kritisches Lächeln. »Bei uns?«, fragte er ungläubig, »Klinsmann bei uns?« Das schien ihm absurd zu sein. »Glauben Sie doch das nicht!« Er sah seinen Kollegen zweifelnd an. »Der war doch am Samstag sicher noch in Frankfurt bei diesem Endspiel.«

Sander zuckte mit den Schultern. »Ich ruf mal beim Revier an.«

Kaum hatte er dies gesagt, klingelte das Telefon. Sander meldete sich und hörte sofort eine aufgeregte Frauenstimme. Es war eine Kollegin der ›Bild‹-Zeitung in Stuttgart. »Kollege, können Sie uns schon helfen«, begann sie entnervt und schrill, »wo ist das mit Klinsmann passiert? Haben Sie Fotos?«

Sander atmete tief durch. Jetzt würde etwas abgehen …

Die interne Fahndung lief auf Hochtouren – bundesweit und im angrenzenden Ausland. Doch mehr, als dass der Fußball-Bundestrainer spurlos verschwunden war, den eigentlich jedes Kind kannte, konnten die Kriminalisten an ihre Kollegen in ganz Deutschland nicht weitermelden. Auch bis zur Mittagszeit hatten sich kein Anhaltspunkt und kein Zeuge gefunden, der hätte sagen können, was geschehen war, nachdem Klinsmann das ›Clochard‹verlassen hatte.

Im Lehrsaal des Geislinger Polizeireviers herrschte drangvolle Enge. Inzwischen war eine gesamte Etage des Gebäudes von der Sonderkommission in Beschlag genommen worden. Pressesprecher Stock hatte sich in einem winzigen Raum niedergelassen, wo er abwechselnd das Festnetz-Telefon, sein Handy oder den Computer bediente. Obwohl er offiziell noch keine einzige Zeile verlautbart hatte, war Klinsmanns Verschwinden über die Republik verbreitet worden. Schon hatten sich die ersten Kamerateams angekündigt, wurden Wünsche nach Interviews für die Mittagsnachrichten vorgebracht. Sander war der Erste gewesen, der auf der Matte stand und der sich noch verhältnismäßig leicht auf eine nachmittägliche Pressekonferenz vertrösten ließ, die der Leitende Oberstaatsanwalt im so genannten Kapellmühlsaal des städtischen Büro- und Kulturhauses in der MAG geben wollte. Man hatte sich für eine große Räumlichkeit entschieden, weil mit einem nie zuvor da gewesene Ansturm von Medienvertretern zu rechnen war.

Sander wollte bis dahin nicht untätig bleiben, sondern begann heftig zu recherchieren. Er sprach mit dem »Clochard«-Wirt, bekam von ihm die Namen einiger seiner Gäste und war sich ziemlich sicher, dass Klinsmann auf dem Weg vom Lokal zum Parkdeck irgendwo in den engen Gassen oder auf der Fußgängerzone gekidnappt worden sein musste. Immer bohrender stellte sich ihm die Frage, ob Klinsmann wohl noch irgendwo in Geislingen war? Festgehalten in einem Altstadthaus? Womöglich ganz in der Nähe des Verlagsgebäudes? Die Redaktion entschied, dem Thema mindestens eine Sonderseite zu widmen und dabei insbesondere Klinsmanns Geislinger Vergangenheit darzustellen. Auch die Kollegen der Südwest-Presse in Ulm bekundeten Interesse.

Während Sander telefonierte, musste die Sekretärin Dutzende Anrufe auf anderen Apparaten entgegennehmen. Es waren Journalisten aus ganz Deutschland, inzwischen sogar aus Österreich und der Schweiz, die nähere Einzelheiten erbaten oder Klinsmann-Fotos von seiner Zeit als Jugendfußballer in Geislingen wollten. Auf Sanders Schreibtisch stapelten sich mittlerweile unzählige, handschriftliche Notizzettel, auf denen die Sekretärin Telefonnummern mit dem Wunsch auf Rückruf notiert hatte.

Unterdessen ließ Bruhn die bisherigen Akten der drei Verbrechen auf Zusammenhänge mit Klinsmann auswerten. Es ärgerte ihn, dass diese verdammten Medien, die seit Wochen darüber spekuliert hatten, Recht behalten würden. Er hatte alle Fragen dazu weit von sich gewiesen – und nun würde er wohl von diesen Dummschwätzern, wie er Journalisten oftmals zu nennen pflegte, ins Visier genommen.

Linkohr erschien an der Tür, klopfte gegen den Rahmen, um auf sich aufmerksam zu machen, und erntete nichts weiter als ein mürrisches Knurren. »Die Kollegen und ich sind der Meinung, man sollte diese Firma ›Nubru‹ in Göppingen genauer überprüfen«, erklärte er selbstbewusst.

Bruhn blickte auf und sah Linkohr mit versteinerter Miene an. »Seh ich auch so«, knurrte er missmutig, »und außerdem alle diese Personen, die in den Akten genannt werden. Auch dieses Mädchen, von dem schon einige Mal die Rede war – knüpft sie euch vor. Und ich werd mir diesen Ministerialfritzen zur Brust nehmen. Verdammt noch mal, es muss doch irgendeinen Hinweis geben.« Bruhn war wieder laut geworden, als ob Linkohr an Klinsmanns Verschwinden schuld wäre. Unterdessen schaute Stock über die Schulter Linkohrs: »Übrigens – ein Riesenrummel ist zu erwarten. Es haben sich bereits 127 Journalisten angemeldet für heut Nachmittag.«

Der Kripochef sank in sich zusammen.

»Und noch was«, schob Stock vorsichtig nach, »beim Präsidenten melden sich schon die ›Oberen‹.«

Bruhns Miene verfinsterte sich. »Was heißt das?«

»Naja«, erklärte der Pressesprecher sachlich, »Beckenbauer, ›MV‹ und Präsident Blatter vom Internationalen Fußballbund.«

»Gott bewahre mich vor ›MV‹ «, entfuhr es Bruhn, der im Geiste nachzurechnen begann, wie lange es noch bis zu seiner Pensionierung dauern würde. Zum Glück nicht mehr allzu lange. Es sah so aus, als wüsste er nicht, ob er einen cholerischen Anfall kriegen oder in eine Ohnmacht versinken sollte. Und dieser Häberle trieb sich in der Slowakei rum, schoss es ihm zornig durch den Kopf.

Die Drähte liefen heiß. Liebenstein hatte die Nachricht bereits erhalten. Ministerialdirektor Gangolf war höchst erregt, zumal auch schon Beierlein informiert war. Jeder schien jeden anzurufen – und letztlich stellte sich allen die Frage, wer Interesse daran haben konnte, Klinsmann aus dem Verkehr zu ziehen, jetzt, nicht mal ein Jahr vor der Fußballweltmeisterschaft. Liebenstein war sofort nach dem Anruf mit dem Taxi nach Geislingen gefahren. Er sollte sich unauffällig ein Bild vom Ablauf der Ermittlungen verschaffen. Wie er dies tun konnte, war ihm jedoch ein Rätsel. Da draußen in der äußersten Provinz hatte man als Fremdling keine Chance, längere Zeit herumzuschnüffeln, ohne sich verdächtig zu machen. Aber er würde sich umhören, in Kneipen, vielleicht auch im Vereinsheim des SC Geislingen, wo Klinsmanns Verschwinden mit Sicherheit das Gesprächsthema Nummer eins sein würde.

Noch im Taxi schossen Liebenstein tausend Gedanken durch den Kopf. Zuerst Nullenbruch, dann Klinsmann? Welchen Sinn machte dies? Und weshalb liefen die Fäden ausgerechnet in diesem Nest an der Schwäbischen Alb zusammen? Klar, möglicherweise hatte Klinsmann den Besuch des Confederations-Cup-Endspiels zum Anlass genommen, sozusagen inkognito einen Abstecher zu seinen alten Freunden zu machen. Dass der Tod seines alten Kumpels Leonhard Lanski eine Rolle spielen konnte, lag auf der Hand. Liebenstein sah die Orte an sich vorbeiziehen, ohne sie bewusst zu registrieren. Dann fielen ihm die Akten ein, die noch immer nicht aufgetaucht waren. Hatten sie etwas mit Klinsmanns Verschwinden zu tun? Er verdrängte den Gedanken, der Bundestrainer könnte selbst abgetaucht sein. Das würde nach all den Erfolgen der letzten Wochen und Monate keinen Sinn machen. Klinsmann stand vor dem Höhepunkt seiner Karriere, ein optimistischer Mensch, den bisher nichts hatte erschüttern können. Nein, dachte Liebenstein, so einer wirft nicht einfach das Handtuch und verschwindet. Schon gar nicht, wenn man Familie hat. Liebenstein hatte auf einmal Debbie vor sich, diese attraktive Amerikanerin, mit der Klinsmann verheiratet war.

»Wohin?«, fragte der Taxifahrer, als sie den zähflüssigen Verkehr am Geislinger Ortsrand erreicht hatten. Liebenstein wurde aus den Gedanken gerissen. Er kannte sich hier auch nicht aus. »Ins Zentrum«, entschied er. Der Chauffeur nickte wortlos, während sich bei seinem Fahrgast das Handy meldete. Liebenstein fingerte es aus dem beigen Sommerjackett und meldete sich. Es rauschte und knackte, dann eine harte Stimme: »Liebenstein – sind Sie das?«

»Ja«, erwiderte der Angesprochene.

»Passen Sie auf, Liebenstein«, sprach ein Mann mit eindeutig osteuropäischem Akzent, »wir haben ihn – Klinsmann.«

Liebenstein war mit einem Schlag wieder voll konzentriert. »Bitte – was?« entfuhr es ihm. Er war viel zu überrascht, als dass er mehr hätte sagen können.

»Klinsmann«, kam es zurück, »wir haben ihn. Und zwar so lange, bis Ihr kapiert, dass wir es ernst meinen.« Aus. Die Leitung war tot.

57

So etwas hatte diese Kleinstadt noch nie erlebt. Das Heer der Journalisten war gewaltig. Das Parkhaus, das dem Kapellmühlsaal zugeordnet ist, musste wegen Überfüllung geschlossen werden. Rein vorsorglich hatte der Leiter des Ordnungsamtes, Paul Thierer, einen Teil der Fußgängerzone vor dem Veranstaltungsraum absperren und für die Übertragungsfahrzeuge der Fernsehstationen reservieren lassen. Deren Satelliten-Funkantennen wurden auf einen imaginären Punkt am Himmel ausgerichtet, der sich knapp über den Bergen der Albkante befinden musste. ARD und ZDF wollten die Pressekonferenz zum Verschwinden Klinsmanns live übertragen, ebenso n-tv und N24. RTL und Sat1 schickten Aufnahmeteams und recherchierten bereits eifrig in der Stadt, um die fußballerische Jugend des Bundestrainers zu beleuchten. Ein Heer von Rundfunkreportern hielt Passanten Mikrofone unter die Nase. Fotografen bevölkerten die Innenstadt, dazu viele Dutzend Journalisten von Agenturen und Zeitungen. Die meisten Medienvertreter stellten sich auf einen längeren Aufenthalt ein, weshalb in den Hotels so gut wie kein Zimmer mehr zu kriegen war.

Im Kapellmühlsaal, in dem normalerweise der Gemeinderat tagte oder Kleinkunst-Aufführungen stattfanden, installierten Techniker Mikrofone und Scheinwerfer, brachten Kameras in Stellung und verlegten immer neue Kabel. Der Hausmeister verfolgte mit Sorge, was innerhalb kürzester Zeit aus dem Veranstaltungsraum geworden war.

Ein Rundfunkreporter von SWR 3 stand vor dem Gebäude und sprach aufgeregt in sein Mikrofon und schilderte seinen Hörern die Situation in Geislingen. Inzwischen war das

Büro- und Kulturhaus von gut hundert Schaulustigen belagert. Drinnen im Saal reichten die Sitzplätze nicht aus, sodass mehrere Dutzend Journalisten stehen mussten.

Auf die kleine Bühne war ein Tisch gestellt worden, auf dem Namensschilder die Sitzplätze wiesen: Links der Leitende Oberstaatsanwalt Dr. Wolfgang Ziegler, in der Mitte Kripo-Chef Helmut Bruhn, rechts Pressesprecher Uli Stock. In dieser Reihenfolge betraten die Männer auch den Raum, erklommen über eine seitliche Treppe die Bühne und nahmen Platz. Scheinwerfer wurden eingeschaltet, die Gespräche im Saal verstummten. Kameras waren auf Sendung.

Pressesprecher Stock rückte eines der Mikrofone näher zu sich her, begrüßte die Medienvertreter und kam auf die Ereignisse der vergangenen Stunden zu sprechen. Dann stellte er die beiden anderen Herren vor und erteilte dem Oberstaatsanwalt das Wort. Der wies darauf hin, dass Mutter Klinsmann die Ermittlungen in Gang gesetzt habe, dass ihr Sohn wohl mit Freunden in der früheren Stammkneipe gewesen und danach spurlos verschwunden sei – »irgendwo in dieser Stadt«, erklärte Ziegler, »wir gehen davon aus, dass es auf dem Weg von diesem Lokal zu einem Parkdeck geschehen ist, auf dem wir sein Auto gefunden haben.«

Der Staatsanwalt gab das Wort an Bruhn weiter. »Wir verfolgen eine Vielzahl von Spuren«, begann dieser und verfiel dabei in die üblichen Standardformulierungen, die keinen Journalisten interessierten. »Allerdings fehlen uns bislang jegliche Erkenntnisse, auf welche Weise der Bundestrainer verschwunden ist. Wir gehen aber nach Lage der Dinge davon aus, dass dies gewaltsam geschehen ist.« Er blickte in die Kameras, von denen er vermutete, dass sie sein Statement live in die Republik hinaus übertrugen. »Es hat, das wissen Sie, vor rund fünf Wochen in dieser Region drei schwere Verbrechen gegeben, bei denen insgesamt vier Menschen zu Tode gekommen sind. Ob es Zusammenhänge mit diesem Fall hier gibt, wird derzeit geprüft. Unbestritten ist, dass alle diese Opfer in irgendeiner Weise Kontakte zu Klinsmann gepflegt hatten. Allerdings schon vor langer Zeit.«

Ein Raunen ging durch die Zuhörerschar. Nachdem Bruhn fertig war, wurden die Männer auf der Bühne auch sogleich mit Fragen bombardiert. Insbesondere erschienen den Journalisten die vorausgegangenen Verbrechen von Interesse zu sein. Sander, der irgendwo in der dritten Reihe saß, staunte, wie hektisch die Kollegen zu Werke gingen und versuchten, Bruhn und dem Staatsanwalt Mutmaßungen in den Mund zu legen, für die es wirklich keinerlei Grundlage gab. »Herr Staatsanwalt«, hallte eine Frauenstimme von hinten, »glauben Sie, Klinsmann ist schon tot?«

Ziegler winkte gelassen ab. »Erlauben Sie mir, dass ich mich zu keinen Spekulationen hinreißen lasse.«

»Könnte dies mit der WM zu tun haben – oder mit dem Confederations-Cup?« war eine andere Stimme zu hören, doch die Männer auf dem Podium nahmen die Frage nicht zur Kenntnis. Ein anderer Mann hatte sich seitlich an die Wand gelehnt. »Erlauben Sie eine Frage«, meldete er sich mit leichtem Berliner Akzent zu Wort, »halten sie es für denkbar, dass Herr Klinsmann das Opfer einer international agierenden Bande geworden sein könnte?«

Das Stimmengewirr im Saal wurde leiser. Offenbar wartete man gespannt auf eine Antwort. Ziegler und Stock sahen sich an, doch dann erklärte Bruhn, kurz und knapp: »Möglich ist alles.«

58

Spätestens nach der Tagesschau war Klinsmanns Verschwinden bundesweit das wichtigste Gesprächsthema. Die ARD hatte den Bericht gesendet und auch eine Landkarte eingeblendet, um den Ort des Geschehens geografisch darzustellen.

Es folgten Ausschnitte von der Pressekonferenz und einige Szenen, als Klinsmann bei den Spielen der vergangenen Tage jubiliert hatte. Im Anschluss an die Tagesschau würde es eine 15-minütige Sondersendung geben. Auch die anderen Fernsehstationen hatten ihre Programme geändert, um auf verschiedenste Art und Weise den Bundestrainer zu würdigen und sich mangels konkreter Informationen in wilde Spekulationen zu flüchten. Doch obwohl mehrfach die Telefonnummer der Sonderkommission eingeblendet worden war, meldete sich im Laufe des Abends kein einziger Hinweisgeber. Niemand in der ganzen Republik, so schien es, hatte irgendetwas gehört oder gesehen, was im Zusammenhang mit dem Verschwinden stehen könnte. Kurz vor Mitternacht erschien Kommissar August Häberle, von den Ereignissen der vergangenen Tage sichtlich gezeichnet, in den Räumen der Sonderkommission. Meckenbach hatte ihn vom Stuttgarter Flughafen nach Göppingen gebracht, von wo aus er mit dem Dienstwagen gleich weiter nach Geislingen gefahren war. Häberle fühlte sich matt und schlapp, verschwitzt und gestresst. Er begrüßte die gleichfalls müden Kollegen, unter denen sich auch noch Linkohr befand. Bruhn hingegen war nach der Tagesschau heimgefahren.

Der Chef-Ermittler ließ sich umfassend informieren und berichtete seinerseits, was sich in Košice zugetragen hatte – vor allem aber, wie er bedroht worden war.

»Wir müssen uns auf den Osten konzentrieren«, entschied er, »wir brauchen ein offizielles Hilfe-Ersuchen für die Slowakei, auch für Tschechien und Ungarn. Ich hab das ungute Gefühl, dass Klinsmann dorthin geschafft werden soll.«

Ein Beamter, der sich erschöpft auf einen Stuhl hatte fallen lassen, stimmte zu: »Die Sache mit Nullenbruch stinkt.«

»Wir müssen all unsere Verdächtigen noch mal durch die Mangel drehen«, entschied der Kommissar, »alle – und zwar eine Spur schärfer. Wir werden Nullenbruchs Geschäftsräume durchsuchen.« Er wandte sich an Linkohr: »Sie, Kollege, sollten gleich morgen früh das Nötige veranlassen.« Zwei Dutzend Kriminalisten standen dicht gedrängt in dem neonhellen Lehrsaal. Bruhn hatte das gesamte Personal seiner Dienststelle nach Geislingen beordert und für die Sonderkommission einen Schichtdienst rund um die Uhr eingerichtet. Unter dem riesigen Druck der Öffentlichkeit war es notwendig, möglichst rasch Erfolge aufweisen zu können. Nichts wäre peinlicher, als sich tagelang eingestehen zu müssen, im Dunkeln zu tappen. Sowohl das Baden-württembergische als auch das Berliner Innenministerium erwarteten rasche Ergebnisse. Und Oberstaatsanwalt Dr. Ziegler hatte der Journalisten-Meute eine tägliche Pressekonferenz versprochen.

Häberle schickte die Kollegen, die seit zwölf Stunden auf den Beinen waren, nach Hause. Er selbst fuhr ebenfalls heim und freute sich auf eine heiße Dusche – und auf Susanne. Unterwegs, als er gegen hartnäckiges Gähnen ankämpfte, kam ihm eine Idee. Wenn es neben diesem Nullenbruch noch eine zweite Schlüsselperson gab, dann konnte dies nur Gangolf sein, der Ministerialdirektor im Berliner Wirtschaftsministerium. Häberle erinnerte sich schlagartig an die seltsamen Telefongespräche, die er und Linkohr mit diesem Mann geführt hatten – und dass es sich um den Ex-Mann dieser Ute Siller handelte. Der Chef-Ermittler beschloss, dem Herrn Politiker einen Besuch abzustatten. Wenn möglich schon morgen. Aber dies, so befürchtete Häberle, würde Bruhn nur widerwillig genehmigen. Wenn überhaupt. Gangolf hatte immerhin zwischen den Zeilen erkennen lassen, dass er Beziehungen bis hin zur Göppinger Polizei pflegte. Wohin wohl sonst noch?, fragte er sich.

Die Zeitungen waren an diesem Mittwoch mit riesigen Aufmachern über Klinsmanns Verschwinden erschienen. Allein die ›Geislinger Zeitung‹ widmete zwei Seiten diesem Thema. Sander und drei seiner Kollegen hatten fieberhaft recherchiert, Freunde und Bekannte des Bundestrainers ausfindig gemacht, Interviews im Vereinsheim des SC Geislingen geführt und Fotos aus seiner Fußballjugend-Zeit zusammengetragen.

Die ›Bild-Zeitung‹ titelte: ›Klinsmann entführt – WM in Gefahr?‹

Kripochef Bruhn und der Leiter der Polizeidirektion, selbst ein Kriminalist, hatten sich an die Spitze der Ermittlungen gestellt und zusätzlich zur Sonderkommission die angekündigte Aufbauorganisation zusammengerufen, wie sie in Fällen allergrößter Gefahr üblich ist. Diese Mannschaft musste den Ermittlern zuarbeiten, ihnen alles beschaffen und zur Verfügung stellen, was geboten schien. Nie zuvor hatte es im Landkreis Göppingen so etwas gegeben.

Auf politischer Ebene ließen sich die beiden Oberbürgermeister aus Göppingen und Geislingen sowie die Fraktionsvorsitzenden des Kreistags und die Landes- und Bundestagsabgeordneten über das Geschehen informieren. Landrat Hans Streber hatte diesen Personenkreis zu einer nichtöffentlichen Besprechung in den Sitzungssaal des Kreistags gebeten.

Linkohr war es bereits am frühen Morgen gelungen, die Hausdurchsuchung bei der Firma ›Nubru‹ zu erreichen. Häberle, übernächtigt und schlecht rasiert, hatte zur Unterstützung vorsorglich einige Beamte des Spezialeinsatzkommandos (SEK) und eine Hundertschaft der Bereitschaftspolizei erbeten.

Als die Mannschaftstransportwagen vor dem Firmenkomplex vorfuhren, ging alles Schlag auf Schlag. Niemand im Gebäude sollte die Möglichkeit haben, Unterlagen oder andere Beweismittel verschwinden zu lassen. Uniformierte stürmten, begleitet von Kriminalisten, in das Foyer, ein Teil von ihnen rannte durch die Flure, riss Bürotüren auf und gab den Beschäftigten zu verstehen, dass sie alles liegen lassen und die Geschäftsräume verlassen sollten.

Häberle legte einer Dame hinterm Empfangstresen das richterliche Dokument vor und erklärte, dass er sofort Frau Siller sprechen wolle. Fast gleichzeitig hörte er jedoch bereits deren schrille, hysterische Schreie aus dem Obergeschoss. Sie schien einen ihrer gefürchteten Tobsuchtsanfälle bekommen zu haben. Häberle und Linkohr sahen sich an und eilten über die Treppe nach oben, wo die Frau zwischen mehreren Bereitschaftspolizisten ihren Zorn hinausbrüllte. »Das wird Sie Ihren Job kosten«, fauchte sie die beiden Kriminalisten an. »Was erlauben Sie sich eigentlich?«

»Tut mir leid«, entgegnete Häberle gelassen. »Wir haben Grund zu der Annahme, dass sich hier wichtige Beweismittel befinden.«

»Beweismittel?« brüllte sie.

»Bitte …«, versuchte der Kriminalist die Situation zu entschärfen, »… tun Sie, was meine Kollegen sagen.«

»Einen Dreck werde ich tun. Hier drinnen bestimm immer noch ich, was geschieht.«

»Im Moment leider nicht«, erwiderte Häberle. Er schaute ihr tief in die blitzenden Augen. »Sie sollten tun, was die Kollegen hier sagen. Ich möchte Ihnen den Aufenthalt in einer Zelle ersparen.«

Ute Siller war für einen Moment sprachlos. Entsetzen, Zorn und Wut hatten sie gelähmt. Dann brach es aus ihr heraus: »Wenn hier jemand ins Zuchthaus gehört, dann diese verdammte Nutte. Wann endlich kapieren Sie, dass dieses Flittchen an allem schuld ist?«

Häberle gab den Bereitschaftspolizisten mit einer Kopfbewegung zu verstehen, dass sie auf die Managerin aufpassen sollten.

Dann erspähte der Ermittler seinen Reisekollegen Meckenbach, der gelassen aus einem der hinteren Büros gekommen war. »So schnell sieht man sich wieder«, stellte der bleich gewordene Mann fest. »Das hätten Sie mir auch gestern schon sagen können.«

Häberle lächelte. »Die Ereignisse haben sich überschlagen. Tut mir leid, wenn ich Ihnen Ungemach bereiten muss.« Ein Beamter führte die völlig verstört wirkende Anna aus ihrem Büro in Richtung Treppenhaus.

»Das ist die dümmste Nutte aller Zeiten. Die treibt's mit jedem …«, zeterte die Managerin, »… sie hat die ganzen Banditen eingeschleust, sie ist ein Flittchen der Mafia.«

Häberle hatte das Geschrei mit einem Ohr verfolgt, sich aber nicht ablenken lassen. Er wandte sich an Meckenbach: »Danke, dass Sie Verständnis aufbringen, wir hätten uns mal gerne im Chefbüro umgesehen.«

Der Mann zögerte, blickte sich um und musste erkennen, dass er angesichts der uniformierten Übermacht keine andere Wahl hatte, als den Wünschen der Kriminalisten nachzukommen.

Er ging voraus in Annas Büro und öffnete die Tür zu Nullenbruchs Reich.

»Einige Kollegen werden sich um den Computer kümmern«, stellte Häberle dort fest und deutete auf den Bildschirm. »Falls es Code- oder Passwörter gibt, sollten Sie ihnen behilflich sein.«

Meckenbach zuckte mit den Schultern. »Was Herr Nullenbruch hier gemacht hat, entzieht sich meiner Kenntnis.«

»Gibt's einen Tresor oder so was Ähnliches?«

»Da …« Meckenbach deutete auf den Schrank. Häberle öffnete eine der Türen, hinter der sich ein stabiler Tresor mit Zahlenkombinationsschloss verbarg. »Können Sie ihn öffnen?«, fragte er.

»Muss ich das?« Häberle nickte.

Meckenbach bückte sich und drehte an den silbern glänzenden Rädchen, worauf die Tür aufschwenkte. Obwohl im Innern durchaus zehn Aktenordner unterzubringen gewesen wären, starrten die Männer ins Leere. Am meisten schien dies Meckenbach zu verwundern. Nach einem kurzen Augenblick des Schweigens meinte er: »Das ist ungewöhnlich ...«

»Sie hatten etwas vermutet?«, fragte der Kriminalist ruhig. Meckenbach zuckte mit den Schultern. »Naja«, sagte er, »ich geh doch davon aus, dass Herr Nullenbruch seine wichtigen Geschäftsunterlagen hier aufbewahrt.«

Linkohr hatte sich ganz tief gebückt, um auch bis in die hinterste Ecke des untersten Fachs hineinschauen zu können. Irgendetwas war da noch, stellte er fest. Es sah nach einem schwarzen Mäppchen aus. Er versuchte es greifen.

»So geheim kann das nicht gewesen sein«, konterte Häberle die Bemerkung Meckenbachs. »Sie kennen die Zahlenkombination – darf ich fragen, wer noch?«

Er zuckte mit den Schultern. »Frau Siller mit Sicherheit«, erwiderte er, »vielleicht auch Frau Nullenbruch. Und dann ist da noch dieses Mädchen, von dem keiner so richtig weiß, weshalb er sie in sein Vorzimmer genommen hat.« Richtig, dachte Häberle. Sie hatten sich darüber unterwegs im Flugzeug unterhalten. Diese Anna schien es Nullenbruch angetan zu haben. Man hatte es aber offenbar akzeptiert. »Sie glauben, Anna kann den Tresor öffnen?«

»Fragen Sie sie doch.«

Linkohr hatte eine Gesprächspause abgewartet. Jetzt präsentierte er jenen Gegenstand, den er aus dem Tresor gefischt hatte: Das schwarze Mäppchen, das er in der Hand hoch hob, enthielt ein Handy.

59

Noch immer parkten zwischen der Geislinger Stadtkirche und dem Kultur- und Bürohaus in der MAG Übertragungswagen verschiedener Fernsehsender. Die Satelliten-Schüsseln waren ausgerichtet und dicke Kabel verlegt, mit denen aus dem Verlagsgebäude der ›Geislinger Zeitung‹ Strom bezogen wurde. Kamerateams sprachen mit Passanten – eines von RTL hatte sich einen besonderen Gag erlaubt und das lebensgroße Pappfoto Klinsmanns, mit dem er für Eurocard warb, aus der Kreissparkasse geholt, um es als Kulisse für ein Straßeninterview zu benutzen.

»Aus allem wird heutzutage eine Show gemacht«, schüttelte Häberle den Kopf, als ihm die Kollegen am Nachmittag davon berichteten, was sich in der Stadt abspielte. »Alles, was mit Personen zusammenhängt, wird gnadenlos aufgeblasen.«

»Was glauben Sie, wie's jetzt der armen Frau in Kalifornien ergeht«, gab Linkohr zu bedenken, »deutsche Reporter werden über sie herfallen wie die Heuschrecken.« Der junge Kriminalist hatte sich mit seinem Chef aber über etwas anderes unterhalten wollen. Häberle hatte bereits mit Kapitán Spišiak telefoniert und ihn von der neuesten Entwicklung informiert. Der aber wusste längst Bescheid, weil auch die Medien in der Slowakei inzwischen pausenlos über Klinsmanns Verschwinden berichteten.

»Chef«, begann Linkohr und sein Tonfall ließ Häberle aufhorchen.

»Sie haben eine Überraschung?«

»Vielleicht schon«, erwiderte er stolz, »wir wissen inzwischen, wem das Handy gehört, das wir im Tresor gefunden haben.«

»Sicher nicht Nullenbruch.«

»Richtig. Es gehört Lanski.«

»Ach«, staunte der Kommissar, »… das ist in der Tat hochinteressant. Fingerabdrücke?«

»Die Kollegen sind dran, sagen aber, es sei schwierig, weil das Mäppchen kaum dafür geeignet sei. Sie probieren's aber. Vielleicht findet sich auch DNA.« Eine Hautschuppe oder ein Haar würden reichen, den Täter zu überführen, sofern man eine Vergleichsprobe von ihm hatte.

»Kollege«, stellte Häberle zufrieden fest, »ich glaube, wir kommen voran.« Er verschränkte die Arme. »Hat sich eigentlich die Frau Siller wieder beruhigt?«

Linkohr grinste. »Zwangsläufig. Sie hat derart getobt, dass die Jungs von der Bereitschaftspolizei Angst hatten, sie könnte einen Herzanfall bekommen. Sie haben's dann in den Mannschaftswagen gebracht.«

»Und diese Anna?« Häberle war etwas eingefallen. Eine eher beiläufige Bemerkung, die die Frau Siller einmal gemacht hatte. Oder sollte er sich täuschen?

Die junge Frau war am Telefon nicht sehr erfreut gewesen, als sich Häberle und Linkohr angekündigt hatten. Doch als der Kommissar durchblicken ließ, dass er sie ansonsten von einer Streife abholen lassen würde, hatte sie eingelenkt. Nun saßen sie sich in ihrem Wohnzimmer gegenüber, das jetzt einen wesentlich aufgeräumteren Eindruck machte, als noch vor knapp zweieinhalb Wochen.

»Wir haben Grund zu der Annahme, dass Sie uns etwas verschweigen«, begann Häberle, während Linkohr gespannt war, worauf der Chef hinaus wollte. Auf der Herfahrt hatte er sich dazu in Schweigen gehüllt und nur gesagt: »Warten Sie's ab.« So sehr er sich den Kopf zerbrochen hatte, ihm fiel nicht ein, was Häberle bewogen hatte, die halbstündige Fahrt zu Annas Wohnung auf sich zu nehmen. Die Durchsuchung neulich hatte doch keinerlei Hinweise erbracht. Ein paar Notizen, die zutage getreten waren, hatten mit Annas regen nächtlichen Geschäften zu tun. Es waren Telefonnummern von Kunden und teilweise auch Aufzeichnungen über deren Vorlieben. In der Tat, das hatten Linkohrs Kollegen aus der Sonderkommission herausgefunden, ließen sich einige bekannte Persönlichkeiten mehr oder weniger regelmäßig von Anna verwöhnen. Angesichts dieser zahlreichen Kundschaft drängte sich sogar der Verdacht auf, dass die junge Frau das gar nicht alleine würde bewältigen können. Vermutlich, so hatten die Kollegen gemeint, unterhielt sie eine Vermittlungsagentur, war also selbst eine Zuhälterin. Linkohr ging aber davon aus, dass dies Häberle kaum interessierte. Wenn er diese neuerliche Vernehmung Annas zur Chefsache gemacht hatte, dann musste das auch einen gewichtigen Grund haben.

Anna war blass und wirkte nervös. Auf Häberles Vorwurf sagte sie nichts.

»Wenn Sie schon keine Erklärung dafür haben, wer Ihre Wohnung durchsucht haben könnte, beziehungsweise, wonach gesucht worden ist, dann gibt es vielleicht eine Erklärung für etwas anderes«, begann der Kommissar ruhig. Sie saß trotzig in ihrem Sessel. Trotzig und frech.

»Mich würde interessieren«, fuhr er fort, »ob Ihnen Herr Nullenbruch das Zugangsrecht zu seinem Tresor eingeräumt hat.«

Annas Gesichtszüge versteinerten sich.

»Um es klar zu fragen: Kennen Sie die Zahlenkombination?«

Das Mädchen schluckte. »Natürlich«, kam es selbstbewusst zurück, »Herr Nullenbruch hat mir voll vertraut. Aber egal, was Sie dort gefunden haben …« Anna schien in die Offensive zu gehen, »… es gibt genügend andere Leute, die auch Zugang hatten. Frau Siller, Herr Meckenbach und sogar Frau Nullenbruch.«

»Wir haben aber etwas gefunden, das uns stutzig macht«, erwiderte Häberle, während Linkohr das Mädchen von der Seite betrachtete. Sie war hübsch, keine Frage, aber an Juliane, seine Freundin, reichte sie bei weitem nicht heran, dachte er und spürte ein Gefühl von Traurigkeit, als ihm schlagartig bewusst wurde, wie wenig er sie in den vergangenen vier Wochen gesehen hatte – ausgerechnet im schönsten Sommermonat.

Häberle überlegte für einen Moment, wie er vorgehen sollte. Dann glaubte er, den richtigen Dreh gefunden zu haben: »Wir wissen, dass Sie im Besitz zweier Handys sind. Dürfen wir die mal sehen?«

Klar, durchzuckte es Linkohr. Natürlich! Ute Siller hatte sich bei einem ihrer Wutanfälle darüber empört, dass Anna neuerdings zwei Handys habe, wohl, um der männlichen Kundschaft entsprechenden Service bieten zu können. Deshalb also war Häberle Hals über Kopf hierher gefahren.

»Das zweite Handy?« stieß die junge Frau hervor. Ihre Kehle war trocken. »Tut mir leid … das hat einer Freundin gehört.« Es klang tonlos.

»Einer Freundin?«, wiederholte Häberle hörbar zweifelnd. »Dann können Sie uns sicher auch sagen, wo wir die Freundin finden.«

Sie zuckte mit den schmalen Achseln. »Leider nicht. Sie war bis vor einer Woche hier und ist nun wieder in die Slowakei zurückgereist.«

»Auch da werden wir sie finden«, blieb Häberle hartnäckig, »Name?«

Anna zögerte. »Ich weiß nur, dass sie Maria heißt.«

»Maria«, wiederholte der Kommissar ironisch, »natürlich, Maria. Und wo sie wohnt, wissen Sie natürlich auch nicht.«

Sie schüttelte den Kopf.

Häberle sprang auf. So schnell und plötzlich, dass sogar Linkohr erschrak. »Und jetzt hören Sie mal zu, gnädige Frau«, wetterte er los, »was Sie hier erzählen, ist absoluter Schwachsinn. Wenn Sie uns für dumm verkaufen wollen, dann sitzen Sie heute noch im Knast.« Er machte eine Pause. »Aber wie's im Knast auf und zu geht, dürfte Ihnen hinlänglich bekannt sein – wenngleich Sie hierzulande humanere

Bedingungen vorfinden werden, als damals in Bratislava.« Häberle baute sich vor der jungen Frau auf, die regungslos im Sessel saß. »Sie tischen uns Storys auf, die spotten jeder Beschreibung! Ihre Wohnung wird auf den Kopf gestellt und Sie nehmen das hin. Rufen keine Polizei und haben keine Ahnung, wonach gesucht wird. Sie studieren Bücher über Jagdwaffen – und sind natürlich völlig unschuldig am Tod Lanskis, der just mit einer typischen Wildschwein-Jagdwaffe erschossen wurde. Zufall, natürlich ...« Der Kommissar war jetzt richtig in Fahrt. »Sie pflegen Telefonkontakte bis in die höchsten Ebenen der Politik. Die Kundschaft stammt ja aus den besten Kreisen. Aber Sie kontakten einen Ministerialdirektor, dessen Name mir nicht unbekannt ist – und der, man höre und staune, der Ex-Mann Ihrer herzensguten, neuen Chefin ist.« Häberle hatte in den letzten Satz eine Portion Sarkasmus gesteckt und drehte sich ruckartig um. Anna starrte trotzig vor sich hin. »Sie sind Nullenbruchs Betthase und ziehen sich den Hass der eifersüchtigen Frau Siller zu, die daraufhin Sie und Ihren nimmersatten Chef in der Hand hat.«

Linkohr lauschte, als handle es sich um eine Vorlesung der Polizeihochschule zum Thema ›kombinieren‹. Häberle wäre in einem solchen Studiengang einsame Spitze gewesen. Noch immer zeigte Anna keinerlei Reaktion. Sie hatte die Hände in den Schoß gelegt.

»Und dann sind da, wie praktisch, auch noch Ihre Kontakte zu Ihren Landsleuten. Sie beherrschen die Sprache und waren für Herrn Nullenbruch gleich in doppelter Weise wertvoll: als Betthäschen und als Dolmetscherin. So gesehen, hatten Sie einen super Job hier – bis der Lapsus geschehen ist und Frau Siller dummerweise gemerkt hat, wohin der Hase läuft – im wahrsten Sinne des Wortes also, wohin das Betthäschen läuft. Dort in der Slowakei geht es um mehr, als um Nullenbruchs neue Firma«, dozierte Häberle weiter. »Nullenbruch hat dubiose Kapitalanlagegeschäfte eingefädelt, hat Geldgeber gelockt und ihnen phänomenale Verzinsung versprochen ...« Häberle drehte sich wieder um und ging fast drohend auf Anna zu, »... woher das Geld auch immer kam ... ja, und dann ist etwas schief gegangen. Was auch immer ... aber Ihr Jano, Ihr Freund Jano muss das wissen und Sie auch. Es ist etwas schief gelaufen, weshalb ein dubioser Amerikaner aufgetaucht ist – angeblich der wohltätige Schwager von Jano. Und es muss noch mehr laufen, viel mehr ... etwas, das über Nullenbruch und seine abgezockten Freunde Striebel und Kromer auch zu Lanski spielt ...« Häberle liefen Schweißperlen von der Stirn, »... und damit zu Klinsmann, falls Sie mir folgen können.«

Anna atmete schwer. Sie schloss mehrfach hintereinander für zwei, drei Sekunden die Augen. Häberle war sich absolut sicher, auf der richtigen Fährte zu sein. »Ich sage Ihnen eines, gnädige Frau«, machte er weiter und setzte sich ihr wieder gegenüber, um einen versöhnlichen Eindruck zu hinterlassen, »... wenn Nullenbruch etwas zugestoßen ist oder gar Klinsmann nicht mehr auftauchen sollte, dann gnade Ihnen Gott.« Er lehnte sich selbstgefällig zurück, verschränkte die Arme und warf Linkohr ein kurzes Grinsen zu. »Sie sind so tief in der Scheiße drin, dass Ihnen nur eines noch helfen kann: Mit uns zusammenzuarbeiten. Und noch eines, gnädige Frau: Ich könnte Sie auf der Stelle festnehmen lassen. Verdacht der Beihilfe zu Entführung und Anlagebetrug, vielleicht auch unerlaubte Förderung der Prostitution, möglicherweise Zuhälterei – alles in allem können locker zehn Jahre Knast zusammenkommen.« Häberle stand wieder auf und deutete Linkohr an, es ihm nachzutun. »Ich wird mir's bis morgen früh überlegen«, gab sich der Kommissar wieder freundlich. »... Sie kennen meine Telefonnummer. Ein Geständnis wird sicher kolossalen Eindruck auf Staatsanwaltschaft und Richter machen.« Anna schien weiterhin wie versteinert zu sein.

60

Auch am zweiten Tag nach Klinsmanns Verschwinden beherrschte das Thema die Titelseiten der Zeitungen. Bruhn zeigte gesteigerte Nervosität. In aller Frühe hatte er Häberle angerufen, der schon wieder kurz nach sieben bei der Frühschicht der Sonderkommission eintraf. Er fühlte sich schlecht, hatte abgenommen und die Grenzen der Belastbarkeit erreicht. Zwar hielt die Aufbauorganisation alle Anfragen von außen von der Sonderkommission fern. Doch allein die Gewissheit, bundesweit von den Medien, der Politik und sogar der Wirtschaft kritisch beäugt zu werden, war eine ungeheure Belastung. Häberle war kein Feind der Medien, aber er mied es, so gut es ging, Nachrichten über diesen Fall zu hören oder sie im Fernsehen zu verfolgen. Eigentlich las er nur die Artikel in den beiden Lokalzeitungen des Kreisgebiets und, leider nicht zu vermeiden, im Vorbeifahren an den Kiosken die Schlagzeile der ›Bild‹-Zeitung. Er wusste genau, dass er spätestens nach vier, fünf Tagen der Buhmann sein würde, falls sich von Klinsmann weiterhin keine Spur fand. Das Bundesinnenministerium hatte bereits anfragen lassen, wie sich die weiteren Ermittlungen gestalteten und ob zu befürchten sei, dass die WM gefährdet sei. Offenbar tobte ›MV‹ ebenso wie weite Kreise, die in die Organisation der Fußballweltmeisterschaft bereits Unsummen Geld gesteckt hatten. Laufend wurden Interview-Wünsche an die Polizeidirektion herangetragen, doch Pressesprecher Uli Stock wehrte die Bitten, Häberle vor die Kamera zu holen, mannhaft ab und stellte sich selbst vor die Linsen. Er war im Umgang mit den Medien geübt, vor allem aber in den Formulierungen, mit denen viele Minuten Sendezeit ausgefüllt werden konnten, ohne Substanzielles zu sagen.

Auch in Häberles Leben gab es noch Momente, die dazu angetan waren, ihn zu schockieren. Gerade, als er Linkohr zu einer Wette herausfordern wollte, ob Anna wohl auspacken würde, hatte der schrille elektronische Ton des Telefons das Büro erfüllt. Der Kommissar nahm ab, meldete sich und lauschte. Sein Gesicht verfinsterte sich. »Das darf nicht wahr sein«, flüsterte er, doch es war so laut, dass Linkohr, der am Türrahmen stand, es deutlich hören konnte. Er befürchtete angesichts Häberles Reaktion eine Hiobsbotschaft. Die kam auch, nachdem der Kommissar aufgelegt hatte.

»Kollege«, sagte er tief betroffen, »wir haben einen großen Fehler gemacht.«

So hatte Linkohr seinen Chef noch nie erlebt.

Bruhn schlug mit der Faust auf seinen Schreibtisch. »Zuerst dieses Kaff in der Slowakei und jetzt Berlin«, entfuhr es ihm, obwohl er allein war. Den Schlag auf die Tischplatte hatte niemand gehört, denn die Tür in das Vorzimmer des Kripochefs war wie immer zu. Umso mehr ärgerte es ihn, dass er sich wehgetan hatte. Häberle hatte die Frechheit besessen, einen Dienstreiseantrag nach Berlin zu stellen. Ausgerechnet jetzt, wo in Geislingen der Teufel los war. Bruhn blätterte in den Akten, rief am Computer Dateien auf und schmetterte schließlich einen Schnellhefter im hohen Bogen gegen die gegenüberliegende Wand. Er konnte beim besten Willen nicht erkennen, welchen Sinn Häberles Reise in dieses gottverlassne slowakische Nest gehabt haben sollte. Was erlaubte der sich eigentlich? Er mochte zwar in Stuttgart beim Landeskriminalamt mal erfolgreich gewesen sein, aber jetzt, zurückgekehrt nach Göppingen, unterstand er ihm. Und hier galten, was die Auffassung des Dienstes anbelangte, andere Sitten. Strengere jedenfalls. Mochten die in Stuttgart mit ihren Budgets lockerer umgehen, hier auf dem Land wurde kein Geld sinnlos mit Lustreisen verpulvert, wie er es zu formulieren pflegte. Verärgert warf Bruhn einen Blick auf die Akte, die die Dienstaufsichtsbeschwerde gegen Häberle beinhaltete. Der Kerl war voriges Jahr tatsächlich als Tourist in die Schweiz eingereist und hatte auf eigene Faust ermittelt – und dabei diplomatische Verwicklungen zwischen der Schweiz und Amerika ausgelöst. Und er, Bruhn, stand dazwischen und musste dies jetzt auf bürokratische Weise ausbaden, denn letztlich war Häberle einem gewaltigen Trugschluss unterlegen. Ganz sicher, absolut sicher sogar. Bruhn atmete tief durch, versuchte sich innerlich zu beruhigen und spürte, wie sich seine Gedanken ordneten. Trugschluss, ja, wie leicht konnte man einem Trugschluss unterliegen.

Er blieb ein, zwei Minuten still sitzen und runzelte die Stirn.

Dann fasste er einen Entschluss, den er sogleich in die Tat umsetzen wollte. Er suchte in seinen Unterlagen nach einer Telefonnummer und tippte sie in das Gerät ein. Bereits nach dreimaligem Freizeichen hatte er den gewünschten Gesprächspartner an die Strippe. »Beierlein«, meldete dieser sich.

»Entschuldigen Sie«, begann Bruhn ungewöhnlich vorsichtig und nannte seinen Namen, »Sie hatten sich neulich als … ja, als Berater angeboten.«

»Sehr gerne, Herr Bruhn«, kam es zurück, »sehr gerne. Ich hatte nach Lage der Dinge bereits vermutet, dass Sie sich melden würden. Eine verdammt heiße Sache …«

Der oberste Kripochef des Landkreises war sichtlich froh, dass Beierlein sein Anliegen offenbar auf Anhieb erkannt hatte.

»Es muss natürlich unter uns bleiben«, erwiderte er kühl, »aber nun scheint es klar zu sein, dass wir's mit einem Fall aus der Fußballszene zu tun haben. Sie hatten ja angedeutet, dass Sie in einem solchen Falle behilflich sein würden. Die Brisanz, die sich jetzt ergibt, will ich nicht untern Tisch kehren«, fuhr er fort und spielte damit auf Lanskis Hotelzimmer-Buchung auf Beierleins Namen an. »Ich brauche jetzt aber Ihren Rat.«

»Nichts lieber als das«, hörte er die beruhigende Männerstimme sagen und malte nervös Quadrate auf den Zeitungsrand der örtlichen NWZ.

»Ich frage Sie jetzt ganz direkt, Herr Beierlein«, wurde Bruhn auf gewohnte Weise energisch, »halten Sie es für denkbar, dass der Schlüssel zu unserem Fall in Berlin liegt – genauer gesagt: Im Wirtschaftsministerium?«

Durch den Hörer drang ein Laut der Empörung, der gekünstelten Empörung, wie Bruhn es empfand. Man konnte ihm viel nachsagen, ihn als Choleriker bezeichnen, aber wenn er sich in einen Fall hineinkniete, dann war auch er mit Leib und Seele Kriminalist.

Beierleins Stimme war aufgeregt, doch wurde das Schrille durch den Versuch übertüncht, sachlich und nüchtern zu wirken. »Herr Bruhn, ich kann Ihnen versichern, dass alles Hirngespinste sind, was Sie im Zusammenhang mit Berlin hören. Mein Rat deshalb: Vergeuden Sie weder Zeit noch Ressourcen, um jemanden nach Berlin zu schicken.« Eine kurze Pause trat ein, dann fuhr Beierlein fort: »Und wenn ich Ihnen noch einen Rat geben darf: Versuchen Sie, diesen Häberle zu zügeln. Sie würden sich lächerlich machen. Bei Ihnen in Göppingen – aber das würde niemanden interessieren – und in der politischen Szene, was viel wichtiger ist. Denken Sie dran, dass in zehn Wochen Bundestagswahl ist.«

Bruhn nickte. »Danke. Ich wünsche einen schönen Tag.«

Der oberste Kripochef legte auf und holte aus seiner linken Schreibtisch-Schublade ein Formular, mit dem Dienstreisen beantragt werden mussten. Zwei Dinge hatten ihn dazu bewogen, Häberle nach Berlin reisen zu lassen: Erstens, die fundierte Begründung Häberles selbst. Und zweitens der dezente Hinweis Beierleins, sich nicht lächerlich zu machen. Wenn ein Sportfunktionär großes Interesse daran hatte, dass die Ermittlungen nicht auch noch auf Berlin ausgedehnt wurden, dann musste er dafür gute Gründe haben. Außerdem wäre es zum gegenwärtigen Zeitpunkt töricht, sich nicht nach außen hin zu präsentieren. Er wollte sich nicht des Vorwurfs ausgesetzt sehen, viel zu wenig unternommen zu haben. Seine Entschlussfreudigkeit kannte nun keine Grenzen mehr – jetzt musste etwas geschehen. Er war sich bei genauem Nachdenken ziemlich sicher, dass in diesem Fall niemand im Stuttgarter Präsidium oder Innenministerium nach den Kosten fragen würde. Es sei denn, ihn überkamen für einen Augenblick Zweifel, es sei denn, manchen Herrschaften kamen die Ermittlungen ungelegen.

Häberle war in seinen Schreibtischsessel gesunken, Linkohr saß ihm schweigend gegenüber. Vom Lehrsaal drangen laute Stimmen der Kollegen herüber.

»Furchtbar«, meinte Linkohr mit gedämpfter Stimme.

»Wir hätten's verhindern können«, nickte Häberle betroffen. »Aber wir haben die falsche Betrachtungsweise gehabt. Wir haben sie als Täterin gesehen – und nicht dran gedacht, dass sie Opfer sein könnte.«

Man hatte an diesem Donnerstagmorgen Anna tot in der Tiefgarage ihres Wohnblocks aufgefunden. Erwürgt. Ein Hausbewohner hatte sie entdeckt, als er zu seinem Wagen ging, um zur Arbeit zu fahren. Das Mädchen lag in einer Nische, die von Betonstützen umgeben war. Ersten Erkenntnissen der Spurensicherung zufolge hatte es einen Kampf gegeben. Annas kurzer Rock war zerrissen. Ob ein Sexualdelikt vorlag, würden erst die weiteren Untersuchungen und Analysen ergeben. Häberle und Linkohr standen jetzt für einen Moment wortlos vor der Toten. Die Tiefgarage war in grelles Halogenlicht der Polizeischeinwerfer gehüllt. Experten der Spurensicherung nahmen in ihren weißen Schutzanzügen jeden Zentimeter unter die Lupe.

»Ihre Wohnung ist aufgebrochen worden«, erklärte einer der Kriminalisten, »ein heilloses Chaos. Wir gehen davon aus, dass sie spätnachts heimgekommen ist und hier beim Aussteigen aus dem Auto abgepasst wurde.«

Ein Mann im weißen Schutzanzug näherte sich Häberle und hielt ihm ein kleines, gläsernes Behältnis vor. »Haben wir gefunden«, sagte der Spurensicherer mit gewissem Stolz in der Stimme. »Lag bei der Leiche.«

Häberle nahm das Gläschen und führte es dicht vor die Augen, Linkohr kam ebenfalls näher. »Was ist da drin?«, fragte der Kommissar.

»Eine Linse«, erklärte der Angesprochene, »eine Kontaktlinse.«

»Von ihr?«

»Wir wissen es noch nicht. Das werden erst die in Ulm feststellen können.« Gemeint war die Gerichtsmedizin.

Häberle wandte sich an einen anderen Mitarbeiter: »Wir müssen ihre Wohnung bis ins letzte Detail durchsuchen. Alles, jedes einzelne Stück Papier. Und wir müssen rauskriegen, mit wem sie zuletzt zusammen war. Mit wem und wo.« Es klang gereizt. Häberle erschrak selbst über diesen Unterton, den er bei anderen so sehr hasste.

61

»Die Siller gebärdet sich wie eine Furie«, berichtete ein Kriminalist, als er nachmittags in Häberles Büro kam. »Sie hat rumgebrüllt und getobt, wie ich das selten bei einer Frau erlebt hab.«

Der Kommissar bot dem Kollegen einen Platz an. »War's wenigstens ergiebig?«, fragte er ruhig nach. »Nichts Erkennbares«, erwiderte der Mann, der übernächtigt wirkte, »sie kenne natürlich die Zahlenkombination dieses Tresors, sei aber seit Nullenbruchs plötzlichem Verschwinden nicht dran gewesen.«

Häberle kniff die Augen zusammen. »Und das kann man glauben? Ich denke, da waren wichtige Geschäftspapiere drin?«

»Wichtig schon, sagt sie, aber keine, die beim täglichen Betrieb gebraucht werden«, entgegnete der Kriminalist. »Interessant ist eher, wie sie den Kontakt zu diesem Gangolf schildert, ihrem ›Ex‹. Noch als sie zusammen waren, hat sich zwischen ihrem damaligen Mann und Nullenbruch so etwas wie eine Freundschaft entwickelt. Eine Fußball-Freundschaft offenbar.«

»Ach …?«, wurde Häberle hellhörig, »… das ist interessant.«

»Ja«, der Kriminalist lehnte sich zurück und holte tief Luft, »aber was genau die beiden Männer jetzt noch verbindet, will sie nicht wissen. Für sie sei der Harald – so heißt ihr Ex – gestorben, seit er sich ›ein junges Ding‹, wie sie sagt, ›beschafft‹ habe.«

Häberle kannte solche Beziehungs- und Ehekrisen: »Eine tief verletzte Frau. Das hab ich mir so gedacht. Deshalb der abgrundtiefe Hass gegenüber dem anderen ›jungen Ding‹.«

»Sie denken, dass sie …?«

Häberle zuckte mit den Schultern und schüttelte gleichzeitig den Kopf. »Kollege, in diesem Fall halte ich nichts mehr für unmöglich.«

In diesem Moment erschien Linkohr an der offenen Tür. »Ein erstes Ergebnis der Gerichtsmedizin.«

Häberle blickte auf, sein Gesprächspartner drehte sich um.

»Die Kontaktlinse könnte von unserem Täter stammen«, berichtete der Jungkriminalist triumphierend. »Anna jedenfalls hat keine getragen.«

»Uii«, entfuhr es Häberle, »sehen die Medizinmänner eine Chance, DNA sicherzustellen?«

Linkohr zuckte mit den Schultern. »Sie probieren's.«

Der junge Kriminalist entfernte sich wieder, worauf Häberle sich erneut dem anderen Kollegen zuwandte. »Noch was. Hat schon jemand mit Frau Nullenbruch gesprochen?«

»Wollte ich ihnen gerade berichten«, entgegnete sein Gegenüber, »sie sagt, sie komme so gut wie nie in die Firma – und das wird auch von einigen Mitarbeitern bestätigt. Sie sei mindestens seit Weihnachten nicht mehr hier gewesen.«

»Und ihre Anweisungen – wie werden die übermittelt?«, wollte Häberle wissen, schließlich hatte Frau Nullenbruch erst kürzlich Ute Siller zur Chefin gemacht.

»Sie bestellt die Führungskräfte zu sich nach Hause!«

Seit vier Tagen war Klinsmann verschwunden. Und seit vier Tagen glich die Innenstadt Geislingens einem Medienlager. Auch wenn kaum noch jemand im Ernst daran glaubte, dass der Bundestrainer in dieser Kleinstadt festgehalten wurde, so blieben doch die Journalisten und Aufnahmeteams am Ort des Geschehens. Für den heutigen Freitag hatte sich mal wieder der Chef der Ulmer Staatsanwaltschaft, Dr. Wolfgang Ziegler, angesagt, um noch vor dem Wochenende ein Statement abzugeben.

›Spiegel‹, ›Focus‹, ›Stern‹ und alle überregionalen Zeitungen hatten Korrespondenten entsandt, um ein Stimmungsbild von dieser Stadt zu zeichnen. Oberbürgermeister Hartmut Schönmann hatte die Gelegenheit wahrgenommen, den Medienvertretern die Gegend schmackhaft zu machen und auf die neuen Gewerbegebiete hinzuweisen.

Häberle war mit der ersten Frühmaschine von Stuttgart nach Berlin geflogen. Langsam, das spürte er, kam er an die Grenzen seiner physischen und psychischen Leitungsfähigkeit. Er war im Flugzeug noch vor dem Start sofort eingeschlafen und erst wieder nach einer Dreiviertelstunde erwacht, als die Maschine bereits auf Tegel zuschwebte. Zwei uniformierte Beamte holten ihn, wie vereinbart, am Ausgang ab und brachten ihn mit Martinshorn und Blaulicht zum Wirtschaftsministerium. Gangolf war gestern von Häberles Ankündigung, ein persönliches Gespräch führen zu wollen, nicht sehr erbaut gewesen. Doch angesichts der Tragweite des Falles, um den es ging, hatte auch der Herr Ministerialdirektor es nicht gewagt, dem Kommissar eine Absage zu erteilen. Eine Chance, das wusste Gangolf, hätte er ohnehin nicht gehabt.

Häberle genoss die Fahrt durch die Stadt, wechselte einige freundliche Worte mit den Kollegen, deren ›Berliner Schnauze‹ ihm ausgesprochen gut gefiel, und ließ sich einige Sehenswürdigkeiten erklären. Der Kommissar war seit der Wende bisher nur ein einziges Mal hier gewesen, aber auch das lag schon Jahre zurück. Damals hatten sie gerade am Potsdamer Platz erst zu bauen begonnen und heftig mit dem Grundwasser gekämpft.

Gangolfs hohe Stirn lag in Falten, als er dem Besucher auf einer grauen Ledercouch einen Platz anbot. Das Büro war so groß wie in der Provinz ein Gemeindesaal, dachte Häberle und staunte insgeheim über die feudale Einrichtung. Alles vom Feinsten. »Freut mich, Sie zu sehen«, begann Gangolf, der einen korrekt sitzenden Nadelstreifenanzug trug, »telefonisch hatten wir ja bereits das Vergnügen.« Er lächelte gequält, »wenn Sie jetzt die weite Reise in Kauf nehmen, haben Sie dafür Ihre Gründe, nehm ich an.«

»In der Tat, die gibt es. Ich habe es gern, mir mit eigenen Augen ein Bild zu verschaffen – von den Menschen, ihrer Arbeit und ihrer Umgebung. Und Ihr Name ist inzwischen mehrfach gefallen«, erklärte der Kommissar sachlich. »Seit unser verehrter Bundestrainer verschwunden ist, hat dieser Fall, den Sie gewiss kennen, eine neue Qualität erhalten.«

Der Mann lauschte, ohne eine Miene zu verziehen.

»Diese Umstände erfordern es, auch über Dinge zu reden, die in den Bereich der Privatsphäre gehören«, erläuterte der Kommissar. »Auch Sie muss ich deshalb bitten, uns behilflich zu sein. Dieser ganze Fall legt die Vermutung nahe, dass es irgendetwas gibt, das mit Fußball zu tun hat – und zwar mit dem Profi-Fußball«, lenkte Häberle auf sein Thema ein, »spätestens das Verschwinden Klinsmann hat wohl bestätigt, dass die Medien mit ihren Spekulationen nicht so falsch lagen. Meine Frage deshalb an Sie: Geben Ihre Aktivitäten, die Sie durch Ihren Mitarbeiter Herrn Liebenstein entfalten lassen, in irgendeiner Weise Anlass dazu, dass es Feinde gibt? Feinde, die vor nichts zurückschrecken?«

»Wissen Sie, Herr Häberle, wenn Sie sich für eine große Sache stark machen, haben Sie immer Feinde. Auch Sie haben das. Und in der Politik kommt noch das Anspruchsdenken auf Macht dazu – schon gar in diesen Zeiten. Es gibt Menschen, die schrecken vor nichts zurück.«

Typisch Politiker, dachte Häberle. Auf jede Frage ein langes Statement, aber keine konkrete Antwort. Das war im jetzt schon entbrannten Bundestagswahlkampf keine Spur anders.

»Ich meine«, unterbrach er den Redefluss vorsichtig, »sind Ihre Aktivitäten irgend jemanden ein Dorn im Auge? Oder anders herum gefragt: Herr Lanski war vor fast sechs Wochen bei einer Tagung in Stuttgart und hat dann alte Freunde in Geislingen treffen wollen, denen er offenbar ein

Geheimnis anvertraut hat – könnten Sie sich vorstellen, dass dies etwas mit Ihren Aktivitäten zu tun hatte?«

Über Gangolfs Gesicht huschte ein gekünsteltes Lächeln. »Lanski war bei einem Treffen geschäftlicher Natur unseres Freundes Beierlein. Und wie ich gehört habe, soll er nicht immer saubere Geschäfte getätigt haben und auch schon in diese Wettszene eingestiegen sein. Was soll ich dazu sagen?«

Wieder keine Antwort. Häberle versuchte es anders. »Frau Ute Siller ist Ihre geschiedene Frau.«

Keine Regung.

»Über sie haben Sie Herrn Nullenbruch kennen gelernt. Und der wiederum scheint eine Schlüsselrolle zu spielen«, kombinierte Häberle weiter.

»Schlüsselrolle!«, wiederholte Gangolf abfällig, »wie das schon klingt! Wir haben eine Sponsoring-Gesellschaft gegründet, eine gemeinnützige übrigens, um der WM ein günstiges Klima zu verschaffen. Mehr nicht. Oder wollen Sie etwa nicht, dass wir Weltmeister werden?«

»Das dürfte ohne Klinsmann schwierig werden«, konterte Häberle und glaubte zu erkennen, wie sich Gangolfs Miene verfinsterte.

»Das brauchen Sie mir nicht zu sagen«, zeigte er sich vorwurfsvoll und wandte seinen Blick absichtlich von seinem Gegenüber ab.

»Es fällt auf«, fuhr Häberle gelassen fort, »es fällt auf, dass es Kontakte verschiedenster Art in die Slowakei gibt. Okay, Nullenbruch investiert dort – aber es scheint Beziehungen zu einem gewissen Jano Blamocci zu geben, der seit geraumer Zeit ebenfalls verschwunden oder untergetaucht ist. Sagt Ihnen der Name etwas?«

»Matthias – also Herr Nullenbruch – hat hin und wieder diesen Namen genannt. Ein Geschäftsmann wohl – mehr weiß ich nicht.«

»Und das Mädchen – die Anna?« Häberle ließ sein Gegenüber nicht aus den Augen.

»Sie meinen dieses kleine Luder? Matthias hat sie mal

mitgebracht … als Souvenir, könnte man sagen. Ich sagte ja, sie hat hin und wieder angerufen, nachdem Matthias weg war.«

»Da ruft sie Sie an – sie, das kleine Luder ruft den Politiker in Berlin an?«, staunte Häberle und stieß bei seinem Gesprächspartner auf Empörung.

»Nun ja, wenn man die Telefonnummer bekannt gibt, belästigen sie einen dauernd.«

»Was weiß sie denn von Ihren Kontakten zu Nullenbruch?«

Er zuckte heftig mit den Schultern. Schweiß stand ihm auf der Stirn. »Keine Ahnung. Das ist dem Matthias seine Sache.«

»Und wenn ich Ihnen jetzt sage, dass sie tot ist? Umgebracht. Gestern Nacht«, konterte Häberle.

»Umgebracht?«, wiederholte der Mann ungläubig, »die Anna?«

»Leider, ja und man hat etwas bei ihr gesucht.«

»Gesucht? Und hat man denn gefunden, was man gesucht hat?«

»Keine Ahnung.«

»Und wonach hat man gesucht?«

»Ich kann nur vermuten«, entgegnete Häberle ruhig, »das Einzige, wonach wir von Anfang an eigentlich suchen, ist Lanskis Aktenkoffer. Inzwischen neige ich sogar dazu, zu glauben, dass sie ihn möglicherweise hatte.«

»Das kleine Luder?«, staunte der Politiker, »trauen Sie ihr zu, dass sie den Lanski erschossen hat?«

»Es gibt ein paar Indizien, die darauf hindeuten«, bestätigte Häberle. »Angenommen, sie hat's getan, denn im Umgang mit Waffen war sie nicht ganz ungeübt, dann müsste sie den Koffer gehabt haben. Und wenn sie nun deshalb umgebracht wurde, weil sie diesen Koffer oder eher wohl dessen Inhalt hatte, dann stellt sich natürlich sofort die Frage, um was für brisante Dokumente es sich handelt«

Gangolf hatte aufmerksam zugehört. Dieser Kommissar verstand sein Handwerk, dachte er bei sich und schwieg.

»Wenn es wichtige Dokumente gibt, dann hat sie Lanski von seiner Sitzung aus Stuttgart mitgebracht«, machte Häberle weiter, »und dann stellt sich die Frage – wenn ich das mal so sagen darf – inwieweit auch Herr Beierlein involviert ist.«

»Sie wollen aber nicht im Ernst behaupten, einer von uns habe in irgendeiner Weise etwas mit dieser Sache zu tun?«

»Es ist nur so eine Überlegung, weiter nichts«, blieb Häberle gelassen, »aber dass Dokumente fehlen … das könnte Sie doch auch beunruhigen?«

»Wenn Dokumente abhanden kommen, ist das immer ein Grund zur Beunruhigung, Herr Häberle. Das sollten Sie wissen.«

62

Nur ein paar hundert Meter vom Wirtschaftsministerium entfernt, in dem futuristischen Gebäude des Bundeskanzleramts, hatte ein dickes Kuvert für Aufregung gesorgt. Anonym abgeschickt war es an den Bundeskanzler persönlich adressiert gewesen und innerhalb des Hauses auf dem üblichen Weg geöffnet worden, der bei Sendungen dieser Art aus Sicherheitsgründen vorgeschrieben war.

Der zuständige Mitarbeiter, der die Kanzler-Post sichtete, sortierte und je nach Dringlichkeit weiterleitete, hatte auf den ersten Blick gar nichts damit anfangen können und geglaubt, es sei einer jener vielen Briefe, die tagtäglich aus der ganzen Republik eintrafen, und mit denen allerlei Spinner und Verrückte glaubten, Einfluss auf die Regierung nehmen zu können. Der Mann blätterte die aneinander gehefteten DIN-A-4-Blätter durch, erkannte Tabellen und Namen, Adressen und Telefonnummern überwiegend aus dem Ausland. Erst jetzt fiel ihm ein handgeschriebener Zettel auf, der von einem großen karierten Schreibblock abgerissen worden zu sein schien.

»Herr Bundeskanzler«, stand da in großen Druckbuchstaben zu lesen, »das sind nur Kopien. Originale vor 18. September an Öffentlichkeit, wenn nicht bezahlen fünf Millionen Euro. Sie wissen, wohin.«

Dem Kanzleramts-Mitarbeiter stockte der Atem. Ein Erpresserbrief? 18. September? Das war der Termin für die vorgezogenen Neuwahlen.

Der Beamte, ein älterer, erfahrener Mann, den so schnell nichts erschüttern konnte, hatte pflichtgemäß Schröder verständigen lassen, dem jedoch an diesem Nachmittag andere

Dinge wichtiger waren. Offenbar konnte er mit den aufgelisteten Namen und dem Hinweis auf fünf Millionen Euro nichts anfangen.

Der Brief wurde zuständigkeitshalber an den Sicherheitsdienst weitergeleitet, der den Inhalt analysieren sollte. Einer der Beamten gab einen der aufgelisteten Namen in die Internet-Suchmaschine »Google« ein – und erzielte damit auf Anhieb mehrere Dutzend Treffer. Es handelte sich offenbar um einen bekannten Fußballschiedsrichter in Mexiko. Ein Sportler. Auch der zweite Name erbrachte Ähnliches: Ein Schiedsrichter aus Argentinien – ebenfalls ein Prominenter. Der Beamte tippte nacheinander viele der Namen ein und bekam jedes Mal zahlreiche Treffer – stets mit dem Hinweis, dass es sich um Schiedsrichter handele. Und alle, das stellte er rasch fest, hatten eines gemeinsam: Sie waren für die Fußballweltmeisterschaft im nächsten Jahr nominiert worden. Als der Kanzleramts-Sicherheitsdienstler einen weiteren Namen eingab, verengte er beim Lesen des ersten Treffers die Augenbrauen. Auch dies war ein Schiedsrichter, wohnhaft in Chile – doch in der Nacht zum 28. Juni, so stand da zu lesen, sei der Mann einem Mordanschlag zum Opfer gefallen. Erschossen vor seinem Haus. Das war gerade mal eineinhalb Wochen her.

Der Beamte druckte diese Meldung aus.

Dann unterrichtete er den Kanzleramts-Mitarbeiter von seiner Entdeckung und legte ihm schriftlich vor, was er im Internet gefunden hatte. Der Mann, der hinter einem großen Schreibtisch residierte und die Korrektheit in Person war, nahm die vorgelegten Papiere in die Hand und überflog sie. »Was hat das zu bedeuten?«

»Das zu bewerten, steht mir nicht zu. Es ist Ihre Aufgabe«, stellte der Sicherheitsdienstler fest. Der Mann hinterm Schreibtisch war von den möglichen Folgen dieser Entdeckungen wenig angetan. »Woher kommt das?«, fragte er knapp.

»Postleitzahlenbezirk dreiundsiebzig«, antwortete der andere ebenso kühl, »Postverteilzentrum Salach. Ein Nest in Ba-Wü, südlich von Stuttgart, Kreis Göppingen.« Er fügte erklärend hinzu: »Riesters Wahlkreis.«

»Und … weiter?«, gab sich der Kanzleramts-Mitarbeiter ungeduldig.

»Nichts. Seit es keine Poststempel mehr gibt, lässt sich nichts weiter feststellen.«

Klar, das hätte er sich auch denken können, musste sich der Korrekte hinterm Schreibtisch eingestehen. Der Kanzleramts-Beamte überlegte, welche Maßnahmen jetzt erforderlich sein würden. Auch wenn dies alles ziemlich skurril anmutete, so ließ der aufgelistete Personenkreis doch vermuten, dass irgendein System hinter diesen Namen steckte. Alles Schiedsrichter – und einer davon ermordet. Der Mann führte mehrere Telefonate innerhalb des Kanzleramts, erläuterte stets mit denselben Worten die Situation und stieß jedes Mal nur auf Ratlosigkeit. Erst beim sechsten Anrufer hatte er Erfolg. »Wenn da jemand Bescheid weiß«, so hörte er eine sächselnde Stimme, »dann iss es der Gangolf.«

»Wo sitzt der denn?«

»Im Wirtschaftsministerium.«

»Entschuldigung«, sagte Gangolf, als das Telefon summte. Er erhob sich von seinem Sessel, ging zum Schreibtisch und meldete sich. Dann lauschte er angestrengt in den Hörer, räusperte sich mehrmals gereizt und erklärte schließlich: »Ja, selbstverständlich. Ich komm in einer halben Stunde rüber.« Er legte auf und wandte sich an Häberle: »Entschuldigen Sie, aber ich hab leider einen wichtigen Termin.« Anschließend setzte er sich wieder und täuschte Gelassenheit vor. »Haben Sie sonst noch eine Frage?«

Häberle verneinte, was den Mann sichtlich erleichterte. Er erhob sich sofort wieder und brachte damit zum Ausdruck, dass das Gespräch beendet war. Häberle stand ebenfalls auf, während Gangolf bereits die Tür zum Vorzimmer öffnete, in dem sich gerade keine Sekretärin aufhielt. Der Ministerialdirektor eilte voraus, um seinen Gast vollends auf den Flur hinauszubegleiten. Häberles Blick streifte für einen kurzen

Moment den Computer-Monitor auf dem Schreibtisch der Sekretärin. Ein einziges Wort, groß und fett geschrieben, wie für ein Einladungsschreiben gestaltet, erweckte sein Interesse. ›Staufeneck‹ las er. Tatsächlich – ›Staufeneck‹. Und, kleiner geschrieben, ein Datum. Er beugte sich im Vorübergehen leicht vor, um es entziffern zu können: 23. September 2005.

63

Häberle war hundemüde mit der letzten Maschine nach Stuttgart zurückgeflogen. Zwei Beamte der in Göppingen stationierten Bereitschaftspolizei holten ihn ab und fuhren ihn nach Hause, wo er in der Frühe den Dienstwagen abgestellt hatte. Seiner Frau hatte er seine Ankunft telefonisch angekündigt, weshalb jetzt bereits ein heißes Bad auf ihn wartete. Er genoss diese Entspannung, ließ im Geiste die Ereignisse der vergangenen Tage an sich vorbeiziehen – und schlief ein. Erst als ihn Susanne zärtlich wach küsste, was nach einer dreiviertel Stunde geschah, wurde er aus einem wirren Traum gerissen, an den er sich aber nicht mehr erinnern konnte. Er war überarbeitet, matt und ausgelaugt.

Seine Frau hatte Maultaschen und Kartoffelsalat gezaubert und ihm ein Weizenbier eingeschenkt. Das, so gut kannte sie ihn, würde ihn wieder auf die Beine bringen. Während des Essens erzählte er von Berlin und den dortigen baulichen Veränderungen, die es seit ihrem letzten Besuch gegeben hatte. Er schlug vor, die nächste Wohnmobil-Reise in die Hauptstadt zu unternehmen.

Am meisten interessierten seine Frau jedoch seine Ermittlungsergebnisse. »Nicht sehr ergiebig«, resümierte er, »aber wie so oft, hab ich das Interessanteste vielleicht zufällig gesehen.«

»Und dies war?«, fragte sie und trank einen Schluck Rotwein.

»Irgendetwas ist geplant – ein größeres Treffen offenbar«, erwiderte er sachlich, »dieser Gangolf lässt Einladungen verschicken – in großem Stil. Und jetzt darfst du raten, wohin.« Er genoss einen kräftigen Schluck Weizenbier. Das Glas war beinahe schon leer.

»Keine Ahnung«, entgegnete Susanne.

»Staufeneck«, erklärte Häberle, »Staufeneck, das neue Hotel.«

»Von Berlin nach Salach«, stellte Susanne amüsiert fest, »der Trend geht halt aufs Land.« Sie grinste und fügte hinzu: »Soll ja ganz schön modern sein da oben – auch Wellness und so. Und wer trifft sich da?«

»Null Ahnung«, räumte er ein, »ich weiß nur, wann – am 23. September, ein Freitag. Und dies ist kurz nach der Bundestagswahl.«

»Was hat das zu bedeuten?«

Er zuckte mit den Schultern. »Das frag ich mich auch. Irgendjemand will da Weichen stellen – und zwar gleich nach der Wahl. Wenn Angie Kanzlerin geworden ist und Schröder seine Wunden leckt.«

»Das lag im Briefkasten«, berichtete Manfred Watzlaff, Leiter des Geislinger Polizeireviers. Er hielt eine Videokassette in der mit einem Plastikhandschuh geschützten Hand, als er Häberles Büro betrat. »Ohne Anschrift, ohne Absender – nur auf dem Aufkleber steht was: ›Klinsmann aktuell‹.«

Der uniformierte Hauptkommissar deutete auf die Oberseite der VHS-Kassette. Linkohr hatte im Vorbeigehen mitgekriegt, was Watzlaff der Sonderkommission präsentierte. Der junge Kriminalist war auf die Vorführung gespannt, die im Lehrsaal stattfinden sollte. Einige Kollegen hatten ein Videogerät besorgt und es mit einem Fernsehapparat verkabelt. Wie in solchen Fällen üblich, war beides zunächst nicht kompatibel. Erst nach halbstündigem Werkeln gelang es einigen technisch versierten Beamten, die Kassette abzuspielen.

Rund 20 Beamte versammelten sich in dem Lehrsaal und starrten auf den Bildschirm, wo das Video mit Rauschen und Flimmern begann. Es dauerte eine halbe Minute, bis der Monitor schwarz wurde. Nach weiteren zehn Sekunden flackerte das Bild und es war ein unscharfer Mann zu sehen, der seitlich eines Fensters saß. Wer immer die Szene aufgenommen hatte, er war offenbar mit der Technik der Kamera nicht vertraut gewesen.

Das Zoom raste hin und her, die Entfernungsautomatik schien verrückt zu spielen, sodass mehr als eine Minute verging, bis das Bild ruhig und scharf war. Erst jetzt erkannten die Kriminalisten, wer der Mann war: Bundestrainer Jürgen Klinsmann. Er wirkte erschöpft, war blass und ungekämmt. Trotzdem schien er seinen optimistischen Gesichtsausdruck bewahrt zu haben. Er starrte in die Kamera, räusperte sich und kratzte sich an der Nase. Offenbar hatte er auf ein Zeichen für seinen Auftritt gewartet. Im Lehrsaal wagte niemand zu sprechen. Atemlose Stille. Aus dem Lautsprecher drang kein einziger Ton. Dann endlich: Klinsmann blickte ernst zur Seite, schaute aber gleich darauf wieder direkt in die Kamera. »Liebe Freunde«, begann er selbstbewusst, aber von den Ereignissen der vergangenen Tage sichtlich gezeichnet, »seit vergangenem Montag werde ich von einer Gruppe festgehalten, die ganz bestimmte Ziele verfolgt …« Er stockte und blickte auf den Tisch, an dem er saß. Dort lag offenbar ein Zettel mit vorbereitetem Text. »… die Ziele verfolgt, die all jene kennen müssen, die sich jetzt angesprochen fühlen.« Linkohr versuchte, sich jedes Detail des Films einzuprägen, obwohl er x-mal Gelegenheit haben würde, ihn immer und immer wieder zu sehen. Die Wand hinter Klinsmann war weiß und bot keinerlei Hinweise auf den Ort. Das Fenster links von ihm konnte man nur teilweise erkennen. Der Vorhang war aufgezogen, sodass die Blenden-Automatik der Kamera von der Helle im Freien beeinflusst wurde. Klinsmanns Gesicht erschien deshalb relativ dunkel. Offenbar war durch das Fenster nur Himmel zu sehen, konstatierte Linkohr für sich.

Dann hörte er Klinsmann wieder sagen: »Ich möchte Sie, die Sie mit der Sache zu tun haben, ganz herzlich bitten, auf die Forderungen einzugehen.« Wieder sah der Bundestrainer nach unten und las vor: »Im Interesse des deutschen Fußballs.« Das Bild flackerte, kippte um und verschwand. Wieder Rauschen und Flimmern – aber nur für wenige Augenblicke. Dann war wieder formatfüllend Klinsmann zu sehen. In diesem Augenblick glaubte Linkohr am Himmel hinter der Scheibe etwas zu erkennen. Eine Bewegung, eine schnelle Bewegung quer über den Himmel. Ein Flugzeug? Kaum, dachte Linkohr. Was er gesehen hatte, schien eher ein großer Vogel zu sein. Er würde sich diese Szene nachher noch einmal vorspielen lassen.

»Ich möchte weiterhin für den deutschen Fußball arbeiten – ja« … Klinsmann schaute wieder verlegen auf seine Aufzeichnungen. »Ja, ich möchte uns alle zum Weltmeister machen. Darauf haben Sie mein Wort. Wenn ich aber noch länger hier bleiben muss, werden die Chancen immer geringer. Denken Sie daran!«

Wieder brach das Bild ab. Häberle wurde klar, warum. Die Dilettanten, von denen dieser Videofilm gedreht worden war, hatten nach jedem Thema ausgeschaltet, anstatt die Stopptaste zu benutzen.

»Gestatten Sie mir einen Hinweis an meine Familie«, Klinsmann nahm jetzt einen Zettel zur Hand und sprach auf Englisch, »liebe Debbie, liebe Leila, lieber Jonathan, mir geht es wirklich gut. Habt keine Sorge, ich bin an einem Ort, den ich euch nicht nennen darf, aber ich werde von den Leuten hier gut behandelt.« Auf Deutsch fuhr er mit unverkennbar schwäbischem Akzent fort: »Ich grüße auch meine Nichte Marie und in Amerika den Mark. Wir wollen doch am 12. November zum Spiel gehen.« Nach einer kurzen Pause fügte er hinzu: »Bitte denken Sie alle daran, dass wir am 17. August gegen die Niederlande spielen müssen. Ich wäre dann sehr gerne bei meiner Mannschaft.« Über sein Gesicht huschte das Lächeln, das Deutschland seit Monaten hoffnungsfroh stimmte. Dann schaute er zur Seite und wurde ernst. Augenblicke später brach das Bild ab und auf dem Bildschirm erschien das schwarz-weiße Flimmern. Ein Kriminalist stoppte das Video, worauf sich betretene Stille anschloss.

Häberle sprach als Erster. »Die Kassette und den Umschlag bitte sofort analysieren lassen. Können wir zuvor eine Kopie ziehen? Macht bitte auch eine Abschrift von Klinsmanns Text. Da gibt es diese Passage zum Schluss, die ein bisschen merkwürdig anmutet.« Er sah in zustimmende Gesichter. »Debbie ist seine Frau, das weiß ich – und ich geh davon aus, dass Leila und Jonathan seine Kinder sind.«

»Stimmt, ja«, bestätigten mehrere Kriminalisten.

»Er erwähnt aber noch zwei weitere Personen. Eine Nichte und jemanden in Amerika. Wir müssen rausfinden, um wen es sich handelt. Vielleicht über seine Mutter oder über seine Frau.« Häberle überlegte. »Und dann weist er auf ein Spiel im November hin – was immer damit gemeint ist. Hört euch am besten den Text noch mal an.« Er legte einen Arm auf den Fernseher. »Ziemlich rätselhaft diese Anspielung am Anfang. Er richtet sich an die, die mit der Sache zu tun haben – oder so ähnlich.« Ratlose Gesichter. »Die, die mit der Sache zu tun haben, kennen die Forderungen. Ich glaube ... «, entschied Häberle, »wir sollten diejenigen, die dafür in Frage kommen könnten, einfach mal fragen.« Und er ergänzte, woran er dachte: »Diese ganze Clique um Beierlein und meinem Freund Gangolf.«

Linkohr ergänzte: »Und da ist noch etwas, gleich zu Beginn an diesem Fenster. Da war im Hintergrund irgendeine Bewegung, ziemlich unscharf. Das müssen wir uns auch noch genauer anschauen.«

»Zahlen, natürlich zahlen – sofort«, zischte Gangolf ins Telefon. »Wir haben keine andere Wahl ... zahlen.« Nach allem, was er in den vergangenen Wochen aus der Slowakei erfahren hatte, waren ihm die Modalitäten bekannt. Er hatte deshalb nicht lange zu überlegen brauchen, welche Botschaft sich hinter dem Schreiben ans Bundeskanzleramt verbarg. Michael Rambusch, die Stimme am anderen Ende der Leitung, vermittelte den Eindruck allergrößter Sorge. »Mein Gott ...«, mehr brachte er nicht heraus.

Gangolf blieb energisch: »Uns bleibt keine andere Wahl. Die haben Klinsmann, die haben die Papiere – Michael, wir sind uns alle einig. Da drunten ist nichts mehr zu retten. Jetzt heißt es, unsere Haut zu retten.«

Rambusch seufzte. »Was sagt der Kanzler?«

»Nichts sagt der. Keine Ahnung hat er – Gott sei Dank. Aber wenn dieses Ding auffliegt, wenn die Akten vor der Bundestagswahl an die Öffentlichkeit geraten, sind wir allesamt geliefert.« Gangolf war von seinem Platz aufgesprungen und wanderte mit seinem schnurlosen Telefon durch sein großes Büro. »Ich will kein Risiko eingehen. Niemand will das. Keiner. Wir zahlen – aus, fertig.«

»Und wie stellst du dir das vor? Wer gibt uns die Garantie, dass das kein Fass ohne Boden ist und nicht endlos weitergeht? Wir haben uns erpressbar gemacht. Bei diesen Mafiosi ist mit dem Schlimmsten zu rechnen.«

»Was wär die Alternative?«

»Wir müssen rauskriegen, wer die Drahtzieher sind.«

»Ach – was«, wies der Ministerialdirektor diese Vorschläge zurück, »was soll's auch? Die sitzen am verdammt langen Hebel. Natürlich ist auch mir eines klar ...« Er überlegte, wie er es sagen sollte, »... es muss hier jemand geben, der für diese verdammte Scheiße verantwortlich ist. Ein Verräter ...«

Rambusch seufzte resignierend: »Was glauben Sie, was ›MV‹ mit uns macht, wenn das rauskommt?«

»Es wird nicht rauskommen, wenn wir vernünftig handeln und jetzt nicht den Kopf verlieren«, entschied der Ministerialdirektor.

64

Wieder ein arbeitsreiches Sommerwochenende. Linkohr dachte an Juliane und an die viele freie Zeit, die ihnen in diesem Sommer verloren ging. Einziger Trost, wie er es empfand, war das wechselhafte Wetter, das keine großen Aktivitäten im Freien zuließ. Jetzt aber nahm der Fall, der zuletzt immer weniger Ansatzpunkte geboten hatte, eine völlig neue Dimension an. Die ganze Republik blickte auf diese Provinzstadt. Doch es war Pressesprecher Stock und den Kollegen der Aufbauorganisation in Göppingen gelungen, den Medienrummel von der Sonderkommission fern zu halten. Von dem aufgetauchten Klinsmann-Video durfte vorläufig nichts an die Öffentlichkeit kommen.

Das Original hatte Häberle mit einem Kurier zum Landeskriminalamt bringen lassen, während im Lehrsaal des Geislinger Polizeireviers die Kopie immer und immer wieder vorgespielt wurde. »Anhalten«, sagte Linkohr. Ein Kollege schaltete das Videogerät auf Standbild-Funktion. Der Jungkriminalist ging zum Bildschirm und deutete auf ein Objekt, das in dem hellen Fensterausschnitt neben Klinsmann aufgetaucht war. »Was ist das?«, fragte er in die Runde der um ihn versammelten Kollegen. Sie kamen ebenfalls näher, doch es war schwierig, den dunklen Fleck zu identifizieren, zumal die Kopie des Videos auch nur von mäßiger Qualität war.

»Können wir ein paar Sequenzen zurück?« bat Linkohr und sogleich ruckelte das Bild sechs-, siebenmal rückwärts.

»Es kommt von links geflogen«, kommentierte der Kriminalist und zeigte mit dem Finger darauf, »kein Flugzeug, denn es scheint mit Flügeln zu schlagen. Bitte weiter.« Das Bild ruckelte wieder. »Ich würde tippen, es ist ein großer Vogel, vielleicht sogar zwei oder drei nebeneinander. Noch mal weiter.« Das nächste Bild schien Linkohrs Vermutung zu bestätigen. »Einige sehr große Vögel, wenn man überlegt, dass sie offenbar in einiger Entfernung vorbeigeflogen sind.«

Einer der Kollegen unterbrach ihn: »Bussarde, Fischreiher – Störche?«

»Eher Störche«, mutmaßte Linkohr, »schauen Sie noch mal hin.« Der Mann am Videorekorder ließ das Band erneut zurücklaufen, um die Szene mit dem von links heranfliegenden Objekt in Zeitlupe zu zeigen. »Störche könnten es sein«, wiederholte Linkohr. »Aber wo gibt es das hierzulande?«

Keiner wollte etwas wissen. Weder Beierlein, noch Gangolf. Die Anspielung Klinsmanns auf jemanden, der die Forderungen kennen müsse, schien alle vor ein Rätsel zu stellen.

»Das gibt es nicht«, zweifelte Häberle, als ihm die Kollegen am frühen Samstagabend das Ergebnis ihrer Bemühungen offenbarten. »Es kann doch nicht sein, dass uns eine Botschaft übermittelt wird, die keiner versteht. Das gibt es nicht.«

Linkohr kam blitzartig eine Idee. »Wir haben eine Gruppe noch nicht befragt.«

»Und?«, zeigte Häberle gewisse Ungeduld.

»Erinnert ihr euch an die Liste, die uns Beierlein mit seinem Anwalt vorgelegt hat? Diese Teilnehmer des Stuttgarter Meetings – alles Geschäftsfreunde von Beierlein aus dem In- und Ausland.«

Häberle nickte. »Diese Sportfunktionäre, über die er WM-Artikel verkaufen will«, erinnerte er sich, »natürlich … checkt mal diese Personen, ruft sie an, egal wo.«

Unterdessen stürmte aus dem Nebenraum einer der Kriminalisten herein. »Anruf vom LKA«, verkündete er, worauf sich die Kollegenschar zu ihm umdrehte, »sie glauben Klinsmanns Botschaft zumindest teilweise entschlüsselt zu haben.« Er hielt einen Notizzettel in der Hand. »Nicht, was die Forderung anbelangt«, dämpfte er gleich die hohen Erwartungen, »aber was es wohl mit der Nichte auf sich haben könnte. Fest steht, dass es in Klinsmann Verwandtschaft weder einen Mark noch eine Marie gibt, auch nicht in Amerika. Deshalb waren die Kollegen davon überzeugt, dass er uns einen Hinweis geben wollte.«

Unter den Zuhörern machte sich Spannung breit. »Klinsmann hat von einem Termin im November gesprochen, vom Zwölften. Wenn damit ein Länderspiel der Nationalelf gemeint war, wovon auszugehen ist, dann könnte dies auf die geplante Begegnung mit Frankreich hindeuten. Sie findet am zwölften November statt. « Er blickte auf sein Blatt Papier. »Der Schlüssel für den Aufenthaltsort liege im vorausgegangenen Satz. Da heißt es doch wörtlich: ›Marie und in Amerika den Mark‹.«

Häberle lehnte sich an die Wand und kniff die Augen zusammen, wie immer, wenn er scharf beobachtete oder nachdachte. Niemand wagte jetzt laut zu atmen.

»Aus ›Amerika‹ und ›Mark‹ schließen die Dechiffrier-Experten auf Camargue – Ihr kennt das, herrliche Landschaft im Rhonedelta, ganz unten am Mittelmeer. Traumhaft«, schwärmte der Kriminalist. »Und die Nichte Marie kann nach Meinung der Kollegen nur auf Les Saintes-Maries de la Mer hindeuten, ein Touristenort ganz unten. An einem Wochenende im Mai übrigens Treffpunkt der Zigeuner aus ganz Europa.«

»Super, Volltreffer«, kommentierte Häberle und durchbrach damit die Stille. »Les Saintes-Maries de la Mer – toll. Da kann man übrigens übers Dach der Kirche laufen«, entsann er sich an einen Urlaub, den er dort einmal mit Susanne im Wohnmobil erlebt hatte. Es gab am östlichen Ortsrand einen riesigen, komfortablen Campingplatz.

»Jetzt muss uns nur noch jemand Straße und Hausnummer sagen«, meinte Linkohr leicht ironisch.

»Wir müssen uns sofort um Amtshilfe kümmern«, ordnete der Chef-Ermittler an. »Saintes-Maries ist zwar nicht groß, aber es hat sicher jede Menge Ferienwohnungen zum Untertauchen. Und es ist ideal, um mit Privat-Jachten abzuhauen.«

Und plötzlich fiel es ihm ein: »Dann machen auch unsere Vögel Sinn.« Die Kollegen sahen ihn fragend an. »Flamingos. Kollegen – am Fenster fliegen Flamingos vorbei. Die hat's da unten zuhauf.«

Häberle hatte so gut wie kein Auge zugetan. Ihm waren tausende Gedanken durch den Kopf geschwirrt. Er musste an die Fieslinge in der Slowakei denken, die ihm so unverblümt gedroht hatten, und an die Gespräche mit Meckenbach während des Flugs und dem Aufenthalt in Košice. Sie hatten sich viel Belangloses erzählt, das er sich jetzt in Erinnerung zu rufen versuchte. Noch vor dem Aufstehen beschloss er, seinen Reisebegleiter nochmals aufzusuchen. Kurz vor neun rief er ihn an und nötigte ihn mehr oder weniger, sich auf sein Kommen einzurichten.

Susanne verfolgte mit Sorge, wie sich ihr August seit Wochen keine freie Minute mehr gönnte. Er hatte sich in den Fall regelrecht verbissen. Aber seit Klinsmanns Verschwinden blieb ihm auch gar keine andere Wahl mehr. Die Nachrichtensendungen waren voll davon. Häberle hatte bis spät in die Nacht hinein bei einem Glas Weizenbier am Fernseher hin- und hergezappt, um zu verfolgen, was die Medien darüber berichteten. Insgeheim hoffte er, dass die Kidnapper das Video nicht auch einer Fernsehstation zugespielt hatten. Denn eigentlich hätten sie nur so sicher sein können, dass ihre Forderungen von jenen erhört wurden, die darüber Bescheid wussten. Oder saßen diese Personen in den Reihen der Ermittler?, durchzuckte es Häberle. Oder wurden jene, die es anging, vielleicht doch ungewollt durch die Ermittlungsarbeit darauf hingewiesen?

Knapp eine halbe Stunde hatte der Kommissar gebraucht, um die Wolken verhangene Hochfläche der Alb zu erreichen. Obwohl er kürzlich bei Nacht hier rauf nach Merklingen gefahren war, hatte er das Wohngebiet, in dem Meckenbachs Einfamilienhäuschen stand, noch bestens in Erinnerung. Aus Meckenbachs Gesicht war die Frische eines Playboys, die er so gerne zur Schau trug, gewichen. Der Kommissar vermutete, dass die Nacht anstrengend gewesen war. Ungekämmt und überaus leger gekleidet saß ihm Meckenbach gegenüber und war von dem ungebetenen Besuch so früh am Vormittag nicht gerade angetan. »Ich dachte, wir hätten alles besprochen«, begann er deshalb auch einigermaßen unfreundlich.

Häberle lächelte versöhnlich. Jetzt fiel ihm auf, was ihn bei der Begrüßung irritiert hatte. Meckenbach trug eine randlose Brille – eine von der Sorte, die sicher sündhaft teuer waren. »Entschuldigen Sie, ja – aber seit unserem Ausflug ...« Der Kommissar sah sein Gegenüber aufmunternd an, »... seither haben sich die Ereignisse überschlagen.«

»Falls Sie mich fragen wollen, ob ich weiß, wo Klinsmann ist, dann können wir's abkürzen: Ich weiß es nicht«, entgegnete Meckenbach unwirsch und drückte mit dem Zeigefinger seine verrutschte Brille auf die Nase zurück.

»Das hab ich Sie nicht fragen wollen, aber etwas anderes ist mir durch den Kopf gegangen. Ihre Kollegin, die Frau Siller – ich meine, Sie haben es erwähnt –, zieht sich gerne im Urlaub nach Südfrankreich zurück. Wissen Sie zufällig, wohin?«

»Wie darf ich diese Frage verstehen?«

»Reine Routine, wie immer. Es hat wirklich nichts mit Ihnen zu tun, überhaupt nicht. Ich dachte, dass wir uns nach der gemeinsamen Reise ein bisschen helfen könnten.«

Meckenbach schien wieder Vertrauen gefasst zu haben. »Das mit Südfrankreich hab ich gesagt, ja.«

»Wissen Sie zufällig, wo das ist?«

»Ist das denn für Sie wichtig? Darf ich fragen, warum?«

Häberle sah ihn treuherzig an. »Sie würden mir sehr weiterhelfen ...«

Meckenbach zögerte, stand dann wortlos auf und ging zu der hellen Schrankwand. Er kramte in einem Stapel Unterlagen, fand sofort, was er suchte und reichte Häberle ein Faltblatt, mit dem auf ein Ferienhaus hingewiesen wurde, dass zu vermieten war. »Das ist ihres«, erklärte Meckenbach, »Ute Sillers Haus. Man kann es mieten. Sie hat's mir auch schon angeboten, aber ich war noch nicht unten. Soll aber herrlich sein. Gleich an den Anlegestellen.«

Häberle überflog das kopierte Blatt, auf dem ein schmuckes Häuschen abgebildet war, das ziemlich frei zu stehen schien. Dann fiel sein Blick auf die Adresse: Eine Straße mit Hausnummer in Saintes-Maries de la Mer.

Er bedankte sich für das Gespräch, stand auf und ließ sich von Meckenbach zum Flur begleiten. Dort blickte sich Häberle verlegen um. »Eine Bitte, könnte ich kurz auf die Toilette?«

Meckenbach, der mit etwas ganz anderem gerechnet hatte, obwohl er nicht hätte konkret sagen können, womit, lächelte: »Hier, bitte.« Er deutete auf eine Tür. Häberle verschwand dahinter und befand sich in einem geräumigen, in hellen warmen Farben gehaltenen Bad, in dem sich hinter einem architektonisch raffiniert gelösten Wandvorsprung die Toilettenschüssel versteckte. Die Badewanne schmiegte sich halbrund in eine Ecke, daneben eine große Duschkabine und ein ovales Waschbecken. Häberles Blick streifte in Windeseile über Handtücher, Kunststoffflaschen, Zahnbürsten und Salbentuben, die auf Ablagen und Regalen standen. Er öffnete vorsichtig den Spiegelschrank überm Waschbecken und entdeckte sofort, wonach er suchte: einen elektrischen Rasierapparat. Zufrieden ging er die paar Schritte zur Toilette, riss drei Blätter von der Papierrolle und legte sie auf den Rand des Waschbeckens. Dann nahm er vorsichtig den Rasierapparat aus dem Schränkchen, löste mit einem gekonnten Griff das Scherblatt und schüttelte ihn einige Male über dem Papier, sodass sich feinste Bartreste von dem Messerblock lösten und wie Pulver herausrieselten. Sofort knüllte Häberle das Papier sorgfältig zusammen, steckte es in die Hosentasche, ließ das Scherblatt auf den Apparat rasten und legte ihn in den Schrank zurück – stets darauf bedacht, keine Geräusche zu verursachen. Danach eilte er zur Toilette und drückte die Spülung. Er wartete noch ein paar Sekunden, wusch sich auffällig laut die Hände, kam wieder in den Flur zurück und verabschiedete sich.

65

Häberle war stolz auf sich. »Wir haben die Adresse. Es kann losgehen«, entschied er. »Und keinen Ton zu dieser Siller. Wir halten sie vorläufig raus. Möglicherweise weiß sie ja auch gar nicht, was in ihrem Ferienhaus geschieht.«

Zuvor hatte er Bruhn und das Innenministerium eingeweiht, wo er am Sonntagvormittag nicht gerade auf begeisterte Gesprächspartner gestoßen war. Unterdessen liefen bereits die Drähte nach Südfrankreich heiß. Aus Erfahrung wusste Häberle, dass sich die Kontakte zu den dortigen Kollegen weitaus einfacher gestalteten, als zu jenen der Slowakei. Mithilfe des Innenministeriums und des Landeskriminalamts bereitete Häberle den ›Einsatz Marie‹ vor, wie sie ihn nannten. Schon war die örtliche Polizeistation von Saintes-Maries de la Mer verständigt, die den Auftrag erhalten hatte, das beschriebene Gebäude zu observieren. Spezialeinheiten wurden aus Lyon und Marseille in Marsch gesetzt.

Bereits um die Mittagszeit traf in Geislingen die Nachricht ein, dass besagtes Ferienhaus offenbar bewohnt sei. Man habe mehrere Männer beobachtet und einen Mercedes-Kleinbus mit Hamburger Kennzeichen ausgemacht – ein Mietwagen, wie Linkohr sofort herausgefunden hatte.

Häberle konferierte am Telefon mit einem französischen Kollegen, der sich als Einsatzleiter vorstellte und der nahezu perfekt Deutsch sprach. Sie einigten sich darauf, den Zugriff in der Abenddämmerung vorzunehmen. Ein deutsches Spezialeinsatzkommando, so versicherte der Franzose, sei nicht notwendig, man werde mit einer Anti-Terror-Einheit vorgehen, sodass dem Bundestrainer nach menschlichem Ermessen nichts geschehen werde, zumal sich die Kidnapper in Sicherheit fühlten – vorausgesetzt, so hoffte Häberle inständig, es gab in den eigenen Reihen keinen Spion.

Der Kommissar entschied jedoch, selbst vor Ort zu sein. Er ließ sich beim Innenministerium die Genehmigung geben – eine reine Formsache angesichts der Tragweite des Falles. In einer Air-France-Maschine, die um 13.15 Uhr ab Stuttgart über Paris nach Marseille flog, gab es noch einen Platz. Die französischen Kollegen würden ihn bei seiner Ankunft in Marseille um 17 Uhr vom Flughafen abholen, sodass er spätestens gegen 19 Uhr am Einsatzort sein konnte. Noch rechtzeitig, um dem Zugriff beiwohnen und hoffentlich anschließend sofort mit Klinsmann sprechen zu können.

Häberle ließ sich von einer Polizeistreife nach Hause bringen, wo ihm Susanne, die er telefonisch informiert hatte, an der Tür einen Kuss auf die Wange drückte, ihm einen kleinen Koffer reichte und ihm viel Glück wünschte. Mit Martinshorn und Blaulicht ging's weiter zum Stuttgarter Flughafen.

Bereits beim Aussteigen aus dem Flugzeug hatte Kommissar Häberle diesen südfranzösischen Sommer in sich aufgesogen. Mit einem Mal fühlte er sich in den Urlaub versetzt – und für einen Augenblick spürte er, wie schön es jetzt wäre, hier mit Susanne ein paar Tage auszuspannen. Die Sonne brannte von einem strahlend blauen Himmel, es hatte sicher mehr als 25 Grad. Häberle eilte an den Fluggästen vorbei und mied das Koffer-Transportband, weil sein kleines Gepäckstück in der Kabine Platz gefunden hatte. Vor dem Gebäude erspähte er sofort einen Streifenwagen der französischen Kollegen. Er winkte ihnen zu, begrüßte sie mit den wenigen französischen Worten, derer er mächtig war, und nahm auf dem Rücksitz Platz.

Der Beamte auf dem Beifahrersitz sprach glücklicherweise relativ gut Deutsch. Ihm und seinem Kollegen sei es eine große Ehre, so erklärte er, zur Rettung des deutschen Fußballbundestrainers beitragen zu dürfen – auch wenn dies nur darin bestehe, einen deutschen Kommissar rechtzeitig an den Einsatzort zu bringen.

Der Fahrer schaltete Blaulicht und Sirene ein und jagte den Wagen wie ein Besessener aus dem dichten Verkehr des Flughafenbereichs hinaus zur Autobahn. Unter Missachtung aller Geschwindigkeitsbegrenzungen, mal im Slalom an stehenden Autos vorbei, dann entgegen der Fahrspuren oder über den Gehweg hinweg, verschaffte sich der Chauffeur Platz und Respekt. Häberle klammerte sich an der Polsterkante seines Sitzes fest.

Vorbei an Arles, schoss der Streifenwagen nach knapp einer Stunde über eine schier endlos gerade und schmale Straße in die Ebene hinaus. Langsam neigte sich die Sonne zum westlichen Horizont hin. »Camargue«, kommentierte der Beifahrer, während sein Kollege das Blaulicht abschaltete; die Sirene hatten sie ohnehin nur noch innerhalb der Ortschaften benutzt. Jetzt aber wollten sie keinerlei Risiko eingehen und beim Näher kommen nicht unnötig auf sich aufmerksam machen. Wenig später stoppte der Wagen an einem einsamen Gehöft. Dort wartete ein beiger Zivilwagen der Marke Renault Megane, aus dem zwei zivil gekleidete Männer stiegen. Sie salutierten, reichten Häberle die Hand und baten ihn auf den Rücksitz. Gleichzeitig verabschiedete er sich von den anderen, die wieder Richtung Marseille zurückfuhren.

Häberles jetzige Begleiter sprachen zu seiner Erleichterung ebenfalls gut Deutsch. Der Renault, dessen Form aus einer Mischung von Kanten und Rundungen nicht gerade seinem Geschmack entsprach, rollte jetzt wie das Auto dreier Ausflügler in die weite Ebene hinaus, in der sich die frühabendliche Sommersonne in den Flächen der bewässerten Reisfelder spiegelte. Auf einigen Koppeln grasten die legendären weißen Pferde der Camargue. Am Himmel über ihnen zog majestätisch eine Schar Flamingos vorüber. Häberle musste sofort an Linkohrs Entdeckung auf dem Video denken. Eine Stille und Zufriedenheit lag überm Land, die er daheim oftmals so sehr vermisste.

In der Ferne tauchte der charakteristische Kirchturm des Örtleins auf. Er bestand aus einem überm Kirchenschiff aufragenden Giebel, in dessen Aussparungen die Glocken hingen. Die Straße führte jetzt in einem Bogen auf die ersten Häuser zu, hinter denen regungslos Pferde standen. Der Duft von Mist hing in der feucht-warmen Mittelmeerluft. »Hier Treffpunkt«, erklärte der Mann auf dem Beifahrersitz und deutete zur breiten Einfahrt eines Gestüts auf der linken Seite. Dort parkten bereits mehrere Fahrzeuge, darunter auch drei Kleinbusse mit geschwärzten Scheiben. Vermutlich, so dachte Häberle, waren die Jungs der Spezialeinheit damit hergebracht worden.

Sein Fahrer hielt ebenfalls an, worauf sie ausstiegen und von einem schwarzhaarigen Mann begrüßt wurden. Allein sein Händedruck ließ spüren, dass man mit ihm am besten keinen Streit anfing.

»Bon soir, guten Abend. Mein Name ist Maurice Valabreque, ich bin der Einsatzleiter.« Auch er sprach Deutsch, wenngleich mit deutlich hörbarem französischen Akzent.

Häberle stellte sich vor und ließ sich zu einem Kombi bringen, in dem ein Klapptisch aufgebaut war, an dem sie gegenüber Platz nahmen. Aus einem Funkgerät krächzten aufgeregte Stimmen, die Häberle allerdings nicht verstand. Der Franzose faltete einen Stadtplan auseinander, während draußen in respektablem Abstand zum Ortsrand zwei Hubschrauber vorbeiflogen.

»Hier ist das Zielobjekt«, erklärte Valabreque und deutete mit dem Zeigefinger auf ein Grundstück am westlichen Stadtrand, unweit der Anlegestellen am Hafen.

»Es gibt zwei Zufahrten – von hinten über die Wirtschaftswege und von vorne, hier …« Er fuhr mit einem Kugelschreiber die Straße am Hafen entlang, »… eine vornehme Gegend. Egal, was passiert, die Personen werden nicht entkommen. Eine unserer Einheiten hat bereits diese Zufahrten abgeriegelt. Ganz unauffällig, als Touristen getarnt. Und draußen auf dem Meer sind Boote der Küstenwache aufgefahren. Wir haben da Erfahrung.«

Er schob den Plan beiseite und faltete einen zweiten auseinander. Es war eine Grundrissskizze des Hauses. »Die Kommunalverwaltung hat uns dies zur Verfügung gestellt«, erklärte der Franzose weiter. »Es ist ein Haus ohne Keller, es hat vier Zimmer im Erdgeschoss und zwei im Dachgeschoss.« Die Stimmen im Funkgerät wurden lauter. Nebenan rangierte ein Kleinbus, während noch immer landeinwärts die beiden Hubschrauber kreisten. »Wir haben in den vergangenen Stunden festgestellt, dass sich vermutlich fünf Männer dort aufhalten«, fuhr Valabreque sachlich fort. »Sie benehmen sich wie Touristen und halten sich wechselweise auf der Terrasse auf.« Er deutete auf die entsprechende Stelle auf dem Grundrissplan. »Unsere Observation hat ergeben, dass die Männer von der Terrasse aus in dieses hintere Zimmer gehen – eigentlich das Schlafzimmer.« Er tippte mit dem Kugelschreiber drauf. »Das einzige Fenster geht nach hinten raus. Meine Männer werden gleichzeitig vorgehen und das Überraschungsmoment ausnutzen. Wir können nämlich davon ausgehen, dass die Zielpersonen mit keinem Angriff rechnen. Ihr Verhalten deutet nicht darauf hin.« Häberle war zufrieden. Valabreque schaute auf die Armbanduhr. Sie wollten noch bis zum Einbruch der Dämmerung warten.

Sie hatten diesen späten Zeitpunkt aus zweierlei Gründen gewählt. Zum einen war auf diese Weise sichergestellt, dass sich an diesem Teil des Ortsrands so gut wie keine Touristen mehr aufhielten und zum anderen würden die Kidnapper in der abendlichen Stille kaum eine Attacke vermuten.

Häberle trank mit den leitenden Einsatzkräften in einem der klimatisierten Kleinbusse Kaffee und ließ sich das Vorgehen detailliert schildern.

Gegen 20.30 Uhr wurde das Stimmengewirr im Funk heftiger. Ein erster Kleinbus setzte sich in Bewegung. »Wir fahren auf den Parkplatz beim Hafen«, erklärte Valabreque und gab dem Fahrer ein Zeichen. Der Kombi rollte aus der Hofeinfahrt des Gestüts hinaus auf die Landstraße, die nun geradeaus in die Stadt hineinführte. Die Gehwege wurden immer belebter, links zweigte die Zufahrt zum

Campingplatz ab, die Häberle noch vertraut war. Durch einen Kreisverkehr erreichten sie den Rand der Altstadt, wo sich ein Lokal an das andere reihte. Die Plätze im Freien waren nahezu alle besetzt, drüben auf der Uferpromenade pilgerten die abendlichen Spaziergänger entlang der massiven Befestigungen, die gegen Flutwellen schützen sollten. Der unauffällige, weiße Kleinbus mit den Kriminalisten bog rechts ab, vorbei an einem kleinen Stadion, das unpassenderweise an dieser Stelle errichtet worden war, und rollte an den Anlegestellen entlang. Häberle staunte über die Jachten und Motorboote, die in der Mole sanft schaukelten. Der Ort hatte sich in den vergangenen Jahren, seit er mit Susanne da gewesen war, erheblich verändert. Aus dem damaligen verträumten Fischerdörfchen war ein Touristenstädtchen geworden, das von dem Flair vergangener Zeiten wohl nur noch in abgeschiedenen Winkeln etwas bewahrt haben dürfte.

Rechts reihten sich Lokale und feine Wohnhäuser aneinander. Die Straße mündete am Ende in einen Parkplatz, der wohl den Bootsbesitzern vorbehalten war. Der Chauffeur drehte um und rangierte den Kombi rückwärts bis nah an große Begrenzungssteine heran. Häberle und Valabreque, die sich noch immer am Tischchen gegenübersaßen, hatten somit durch das linke Fenster des Fahrgastraumes die letzten Häuser des Stadtrandes im Blick.

»Das ist es«, erklärte der Einsatzleiter und deutete auf das Einfamilienhaus ganz links drüben. Die Terrassentür war inzwischen verschlossen, zwei Liegestühle standen davor. »Sieht aus, wie bei Touristen«, fühlte sich der Franzose bestätigt und holte ein Mikrofon aus der Halterung hinter ihm. Er sagte etwas auf Französisch. Es klang nach einer Bestätigung und nach einem Befehl.

»Alle sind schon da«, stellte Valabreque stolz fest. Doch von den Einheiten, die hier aufgezogen sein mussten, war überhaupt nichts zu sehen. Häberle vermutete, dass die wenigen Passanten, die auf dem Gehweg schlenderten, allesamt Angehörige der Spezialeinheiten waren. Noch war es hell genug, um Einzelheiten erkennen zu können. Über dem Zielobjekt flogen gut zwei Dutzend Flamingos im Formationsflug vorbei.

Valabreque schaute auf seine große Armbanduhr. »Noch dreißig Minuten«, stellte er sachlich fest. Die Operation konnte beginnen. Häberle spürte, wie seine Hände feucht wurden. Wenn jetzt etwas schief ging, wenn jetzt nicht alles mit der Präzision eines Uhrwerks ablief, dann würde in spätestens einer Stunde ganz Deutschland vor Entsetzen gelähmt sein.

66

Meckenbach war von dem frühen, sonntäglichen Besuch noch immer wie gelähmt. Er saß in seinem Wohnzimmer, hatte keinen Appetit und fühlte sich schlecht. Noch hatte er auch die Strapazen der Košice-Reise nicht überwunden, obwohl sie schon eineinhalb Wochen zurücklag. Eigentlich brauchte er dringend Urlaub, müsste ausspannen, über alles in Ruhe nachdenken – über das Projekt in der Slowakei, die Situation im Betrieb nach Nullenbruchs Abtauchen und vor allem das egoistische Machtstreben von Ute, seit sie das Sagen hatte. Je länger er darüber nachdachte, und das tat er jetzt schon den ganzen Tag, desto mehr tobte in ihm ein Kampf widersprüchlicher Zweifel. Warum hatte sich Häberle so sehr für Ute und ihr Ferienhaus interessiert? Welche seltsamen Zusammenhänge gab es da? Schon mehrfach hatte er zum Telefon greifen wollen, um sie einfach anzurufen und zu fragen. Oder würde er damit in die Ermittlungen eingreifen? Andererseits hatte ihm Häberle nicht verboten, mit irgendjemanden Kontakt aufzunehmen. Konnte er diese Frau am Sonntagabend stören, diese Frau, die ihn immer hat abblitzen lassen und die sich in den vergangenen Wochen stets weiter von ihm entfernt hatte. Sie war inzwischen seine Chefin.

Meckenbach trank das zweite Glas Rotwein, stand am Fenster seines Wohnzimmers und blickte über die Dächer der Nachbarhäuser hinweg. Der Himmel war grau, wie so oft in diesem Sommer. Es hatte zu dämmern begonnen.

Sein Herz pochte, als er sich nun endgültig entschied, Ute anzurufen. Wann sonst, wenn nicht jetzt. Morgen im Büro wäre alles wieder sachlich und nüchtern und sie würde ihre üblichen Tobsuchtsanfälle ausleben. Ihm war eine Idee gekommen. Er drückte am Mobilteil seines Telefons die Nummer und lauschte auf das Freizeichen, während er auf einen imaginären Punkt in den grauen Wolken starrte.

»Ja?«, schallte Utes Stimme kühl an sein Ohr.

»Ich bin's, Wolfgang«, sagte er vorsichtig, »entschuldige – ich hoffe, ich stör dich nicht.«

»Nur zu ...«, erwiderte sie emotionslos, als ginge es um einen geschäftlichen Auftrag.

»Ich sitz gerade über meinen Urlaubsplänen«, log er und versuchte seine innere Unruhe zu verbergen. »Du hast mir mal dieses Faltblatt gegeben ... von deinem Ferienhaus.«

»Ja, und?« kam es knapp zurück.

»Du vermietest es doch noch? Oder hat sich das Angebot erledigt?« Er drehte sich um und ließ sich auf seine Couch sinken, die er fast den ganzen Sonntag über nicht verlassen hatte.

»Das Angebot besteht weiterhin«, erwiderte sie.

»Kann man es auch kurzfristig in Anspruch nehmen?«

»Was heißt kurzfristig? Im Moment ist es belegt, wart mal ...« Sie hatte den Hörer abgelegt und sich entfernt. Eine halbe Minute später war sie wieder da. »Noch ziemlich lange ist es belegt. Bis zunächst mal zum Einunddreißigsten, aber mit einer Option für weitere drei Wochen. Ob die in Anspruch genommen wird, erfahr ich spätestens am Fünfzehnten, das ist der kommende Freitag.« Sie überlegte und wurde geschäftlich: »Aber du hast doch gar keinen Urlaub angemeldet, wenn ich mich nicht irre.«

Meckenbach stutzte. Er hatte immer noch geglaubt, es gäbe zwischen ihnen auch noch so etwas wie eine kollegiale Freundschaft. Jetzt aber musste sie schon wieder zeigen, wer die Macht im Hause hatte. Sie genoss es sichtlich, dies auszuspielen – vielleicht gerade, weil er ein Mann war.

»Nein, natürlich nicht – noch keinen angemeldet«, erwiderte er und ärgerte sich, dass es wie das Stammeln eines Lehrbuben klang. Er wagte nicht mehr jene Frage zu stellen, die ihm am meisten unter den Nägeln brannte – nämlich, wer die derzeitigen Mieter denn seien. Er entschuldigte sich für die Störung, legte auf und leerte sein Weinglas in einem Zug.

Männer in Kampfanzügen und Schutzmasken stürmten von allen Seiten heran – überstiegen Zäune, schlugen Fensterscheiben ein und hechteten in die Innenräume des Gebäudes. Häberle, der dies durch die geschwärzte Scheibe des Kombis beobachtete und von Valabreque ein Fernglas erhalten hatte, war beeindruckt. Urplötzlich tauchten an den Grundstücksgrenzen Scharfschützen auf, gingen hinter Sträuchern in Position, zwei sogar auf dem Dach des Nachbarhauses. Im Gebäude explodierten Blendgranaten, Qualm stieg auf. Es krachte und schepperte, Männerstimmen schallten herüber, im Kombi krächzten Stimmen. Ein Hubschrauber brauste im Tiefflug heran, blieb knapp überm Kamin mit ohrenbetäubendem Lärm in der Luft stehen und hatte wohl nur die Aufgabe, den Tätern allein durch seine Anwesenheit einen psychischen Schock zu versetzen. Sand wirbelte auf, Bäume und Büsche wurden wie bei einem Orkan hin und her gerissen. Der schmetternde Rotor übertönte alle Geräusche und Häberle spürte innere Unruhe, hob das Fernglas vor die Augen und versuchte, durch die Terrassentür etwas zu erkennen. Doch da war nur Qualm. Dann – endlich – tauchte eine erste Person auf, ein braungebrannter Mann in Badehose, die Arme zum Rücken gedreht, geführt von zwei Uniformierten in Kampfanzügen. Sie zerrten ihn über die leichte Böschung der Terrasse zur Straße vor, wo er sofort von weiteren Einsatzkräften in Empfang genommen wurde. Sie legten ihm Handschellen an und brachen seinen Widerstand mit einigen Kampfsport-Griffen. Der Mann stürzte zu Boden, worauf ihm die Uniformierten an den Fußgelenken eine Kette anbrachten, die ihm nur noch kleine Schritte erlaubte.

Ein zweiter und gleich drauf ein dritter Mann, der eine nur mit Shorts, der andere zusätzlich mit schwarzem T-Shirt bekleidet, wurden nacheinander durch die Terrassentür gezerrt oder geschubst, von gut einem Dutzend Uniformierten in schmerzhafte Klammergriffe genommen, und ebenfalls zur Straße geschleppt, wo weitere Sicherheitskräfte parat standen, um ihnen Hand- und Fußfesseln anzulegen. Der erste Täter war bereits ziemlich unsanft in einen heranfahrenden Kombi gestoßen und dort angekettet worden. Häberle zollte den Kollegen insgeheim allergrößte Hochachtung, wenngleich ihm die Behandlung der Täter durchaus etwas rüde erschien. Nicht, dass er Mitleid mit ihnen verspürt hätte, aber in Deutschland würde manches davon vermutlich wieder eine Dienstaufsichtsbeschwerde nach sich ziehen. Derlei Bedenken schienen seinem Kollegen Valabreque zu keinem Zeitpunkt gekommen zu sein. Der Franzose zeigte sich voll und ganz zufrieden und sprach auf Französisch etwas in sein Mikrofon. Sein deutscher Kollege mochte die Freude und Zufriedenheit nicht teilen. Für ihn war nur eines von Interesse – nämlich die Frage, ob Klinsmann in diesem Gebäude war und wenn ja, wie er den Einsatz überstanden hatte. Beklemmende Sekunden. Valabreque lauschte auf den Funkverkehr, kniff die Augen zusammen und antwortete wieder. Häberle versuchte, aus seinen Gesichtszügen etwas zu lesen. Doch es gelang ihm nicht.

Inzwischen wurde ein vierter Mann, mit Jeans und nacktem Oberkörper, von der Hinterseite des Gebäudes nach vorne geschleppt. Obwohl von drei Uniformierten an den Armen umklammert, versuchte er sich heftig zu wehren – aber nur einmal. Dann verpasste ihm einer der Polizisten einen kräftigen Faustschlag in den Unterleib. Der Festgenommene stieß einen markerschütternden Schrei aus und klappte wie ein Taschenmesser zusammen, worauf er an den Armen vollends zur Straße gezerrt wurde. Häberle holte tief Luft. Wer sich dieser Spezialeinheit in den Weg stellte, hatte nicht die geringste Chance, dachte er. Hier ging es um einiges ruppiger zu als beim deutschen Spezialeinsatzkommando.

Mittlerweile war der Hubschrauber weggeflogen und der Lärm abgeebbt. Valabreque lauschte auf die Stimme im Funkgerät, bestätigte und wandte sich an seinen deutschen Kollegen. »Sie haben Klinsmann gefunden.«

Häberle zuckte zusammen. Gefunden, hatte Valabreque gesagt. Gefunden.

Bei der Geislinger Sonderkommission konnte kaum jemand einen klaren Gedanken fassen. Man wartete fieberhaft auf eine Nachricht von Häberle. Auch das Innenministerium war in Aufregung versetzt, ebenso das Landeskriminalamt. Bruhn, mittlerweile im Lehrsaal der Sonderkommission eingetroffen, hatte sich an Häberles Schreibtisch gesetzt und eigentlich seit einer Stunde nichts getan, als lustlos in den Akten geblättert und sinnloserweise Schreibfehler angestrichen. Das Warten nervte ihn. Und zwar gewaltig. Weil die Beamten um ihn herum seine explosive Stimmung förmlich spürten, machten sie einen weiten Bogen um die geschlossene Bürotür. Er bemerkte deshalb auch nicht, dass der Abgeordnete Klaus Riegert gekommen war. Linkohr hatte ihn auf dem Flur in Empfang genommen, in den Lehrsaal geführt und den Kollegen vorgestellt. Riegert kannte noch einige von ihnen aus seiner Zeit, als er Kriminaloberkommissar bei der Spurensicherung gewesen war. Sie zeigten sich über sein Kommen höchst erfreut, auch wenn ihnen eine positive Nachricht aus Südfrankreich lieber gewesen wäre.

»Ich hab vom Innenministerium erfahren, dass ihr Klinsmanns Versteck gefunden habt«, erklärte er anerkennend, während sich um ihn herum die Kollegen versammelten, »hat man schon was gehört?«

»Nein«, erklärte Linkohr, »wir warten minütlich drauf.«

»Weiß man denn, wer die Kidnapper sind?«

»Nichts, überhaupt nichts«, musste der Jungkriminalist eingestehen und war sich unschlüssig, ob er dem Abgeordneten die jüngsten Details nennen durfte, von denen bisher keine an die Öffentlichkeit gedrungen waren.

Doch Riegert selbst erwähnte sie. »Man hört, dass es Drohbriefe gegeben hat.« Er war offenbar auf der politischen Schiene informiert worden, dachte Linkohr – woher auch sonst? Riegert schien deutlich machen zu wollen, dass er eingeweiht war, denn er fügte hinzu: »Auch ein Video.«

Linkohr nickte. »Es ist von Forderungen die Rede, die erfüllt werden müssten und von denen jene, die es angehe, schon Bescheid wüssten«, erklärte er und fügte hinzu: »Eine ziemlich dubiose Formulierung, die uns Rätsel aufgibt.«

»Und diese Millionenforderung?«, hakte Riegert nach.

»Um die geht's ganz sicher«, meinte Linkohr, was die umherstehenden Kollegen mit einigen Bemerkungen bekräftigten, »und es scheint mit Schiedsrichtern zu tun zu haben.«

Riegert nickte. »So seh ich's auch. Und mittlerweile …« Er wurde jäh unterbrochen, denn eine Männerstimme donnerte durch die ganze Etage: »Was is'n hier los – wer hält denn hier eine Kundgebung, Himmelkreuzdonnerwetternochmal.« Es war Bruhn. Die Beamten drehten sich erschrocken und peinlich berührt um. Riegert war irritiert. »Keine Sau kann mir sagen, was mit Häberle los ist«, tobte Bruhn weiter, denn er hatte den Politiker zwischen den Kollegen nicht gesehen, »und hier wird rumgestanden und geschwätzt.« Dann erst fiel sein Blick auf Riegert und es schien ihm die Sprache verschlagen zu haben. Sein Glatzkopf lief rot an. Er starrte auf den unerwarteten Besucher, holte tief Luft und glaubte die Schadenfreude um sich herum zu spüren. Doch Augenblicke später hatte er sich gefasst. »Herr Riegert, ich begrüße Sie«, sagte er energisch und schritt auf den Politiker zu, worauf die Beamten respektvoll zur Seite wichen und eine Gasse freiließen. Bruhn schüttelte ihm die Hand. »Manchmal muss man ein paar deutliche Worte sprechen – was in der Politik viel zu selten getan wird, stimmt's?«

Gefunden. Sie hatten ihn gefunden. Valabreques Gesicht entspannte sich. Häberle spürte sein Herz bis zum Hals schlagen. »Was heißt gefunden?«, wagte er schließlich nachzufragen. Dem Aussehen nach waren die Täter Südosteuropäer, urteilte der Kommissar, der insgeheim noch immer über die zeitweise gnadenlose Vorgehensweise der französischen Kollegen staunte. Würden Straftäter, und seien sie noch so gefährlich, in Deutschland derart angepackt, ginge ein Aufschrei der Empörung durch die Republik, dachte Häberle, der die liberale Haltung gegenüber Schwerstkriminellen immer weniger verstand. Selbst in den USA, das für gewöhnlich als das freiheitlichste Land der Welt gepriesen wurde, gingen die Sicherheitskräfte gegen Straftäter weitaus energischer vor, als man dies in Deutschland tun durfte. Er erinnerte sich an einen Wohnmobil-Urlaub im Wilden Westen, als man ihm geraten hatte, den Sheriffs allergrößten Respekt entgegenzubringen. Ähnliches galt für die Ranger, die in den Naturparks für Ordnung sorgten. In Deutschland hingegen, das kam Häberle gerade jetzt in den Sinn, als er die Einsatzkräfte abziehen sah, war in den vergangenen Jahren der Respekt vor Polizisten gegen null gesunken. Eine Entwicklung, der nur politisch entgegenzuwirken sein würde.

Gefunden. Sie hatten Klinsmann gefunden, ja. Valabreque schlug seinem Kollegen Häberle freundschaftlich auf die Schulter. »Wir haben's geschafft, wir haben ihn.« Von Häberle fiel eine tonnenschwere Last. »Er kommt gleich raus«, jubilierte der Franzose, »stellen Sie sich vor. Wir haben den bekanntesten und beliebtesten Mann Deutschlands gerettet. Hier, hier bei uns.« Draußen erhellten inzwischen Halogenscheinwerfer das Grundstück und das schmucke Häuschen.

In Häberles Gesicht kehrte wieder Farbe zurück, als Valabreque ihn aufforderte: »Kommen Sie, kommen Sie raus, wir nehmen ihn in Empfang.«

Der deutsche Kommissar sprang aus dem Kombi und spürte, wie verkrampft er war. Er folgte Valabreque hinüber zu dem niederen Zaun, der das Grundstück umgab. Obwohl die Dämmerung jetzt bereits weit fortgeschritten war, hatten sich auf der Uferstraße Schaulustige eingefunden, die jedoch auf Distanz gehalten wurden. Die Kombis mit den festgenommenen Männern bahnten sich einen Weg in die Stadt.

Häberle und Valabreque sowie einige stramm stehende Männer des Einsatzkommandos erinnerten an ein Empfangskomitee, das ungeduldig darauf wartete, bis endlich die erhoffte Person im Scheinwerferlicht auftauchte. Augenblicke später näherte sich aus dem dunklen Innern des Gebäudes ein Blondschopf. Er war es tatsächlich. Er trug einen blauen Jogginganzug, als käme er gerade von einem Spiel der deutschen Nationalmannschaft. Begleitet von zwei Uniformierten trat Klinsmann blass, aber wie gewohnt strahlend, in das halogene Scheinwerferlicht und ging rasch über den Rasen des Vorgartens zur Straße hinab. »Monsieur Klinsmann«, entfuhr es Valabreque geradezu euphorisch. Er kam ihm ein paar Schritte entgegen und schüttelte ihm die Hand. Er stellte sich als der Einsatzleiter vor und zeigte gleich auf Häberle: »Mein Kollege aus Deutschland. Häberle.«

Der Kommissar lächelte und drückte dem prominenten Trainer fest die Hand. »Wir haben vor vier Wochen miteinander telefoniert.« Häberle bemühte sich um Distanz und Sachlichkeit, obwohl er Klinsmann am liebsten herzlich umarmt hätte – aus Freude darüber, dass er unversehrt aus den Händen seiner Kidnapper befreit worden war, aber auch aus Sympathie für diesen unglaublich positiv gestimmten Trainer.

»Danke, ich kann nur sagen: Danke.« Klinsmann wirkte erschöpft, aber auch unendlich erleichtert.

Valabreque strahlte. »Wir haben für Sie ein Zimmer im besten Hotel reservieren lassen«, sagte er triumphierend, »es war uns klar, dass wir Sie heute da rausholen.«

»Es war eine Spitzenleistung«, lobte Klinsmann, »ich bin zwar zu Tode erschrocken, aber Ihre Leute haben das phänomenal hingekriegt.«

Häberle wagte es, dem Prominenten auf die Schulter zu klopfen. »Aber Sie auch. Ohne Ihre verschlüsselte Botschaft wären wir niemals auf diesen Ort hier gekommen.«

Der Bundestrainer holte tief Luft und schaute Häberle an. »Es war genauso eine Leistung für Ihre Leute, diese Botschaft zu verstehen. Das muss in Rekordzeit passiert sein.«

»Wir hätten es nicht verantworten können, Sie noch länger in der Gewalt dieser Burschen zu lassen. Der deutsche Fußball braucht Sie.«

Klinsmann schüttelte Häberle noch einmal kräftig die Hand. »Dafür besorg ich Ihnen eine Karte fürs Endspiel – und auch Ihren französischen Kollegen und den Jungs, die mich rausgeholt haben«, versprach er.

»Abgemacht. Wir sind uns doch im Klaren, wer eine der beiden Mannschaften im Endspiel sein wird, oder?«

Klinsmann zwinkerte mit den Augen: »Wir natürlich.«

67

Die Nachricht über die Befreiung Klinsmanns ging innerhalb weniger Minuten um die Welt. Für einige Zeitungen kam sie allerdings zu spät, um noch in der Montagsausgabe berücksichtigt werden zu können. Kaum hatten die Göppinger Polizeidirektion und die Ulmer Staatsanwaltschaft die Befreiung in wenigen Zeilen über den Medienverteiler versendet, waren die Telefonleitungen belegt. Pressesprecher Uli Stock, der wegen des abendlichen Einsatzes in Südfrankreich ins Büro beordert worden war, hatte diesen Rummel bereits kommen sehen. Ein Aufnahmewagen des Südwestrundfunks wurde angekündigt, weil die ARD in den Spätnachrichten ein Live-Statement von ihm wollte.

Dabei konnte er eigentlich nicht viel mehr sagen, als dass Klinsmann unversehrt aus der Hand von vermutlich fünf Kidnappern befreit worden war. Er kannte nicht mal deren Namen und wusste nur, dass sie möglicherweise aus dem südosteuropäischen Raum stammten. Und die Frage nach der Adresse in Saintes-Maries de la Mer würde er ohnehin nicht beantworten, so lange nicht feststand, ob der oder die Hausbesitzer in irgendeiner Weise in die Angelegenheit verwickelt waren.

Über die Hintergründe würde Stock vermutlich erst in der Nacht erfahren, nachdem Häberle mit Klinsmann gesprochen hatte.

Der Bundestrainer ließ sich gemeinsam mit Häberle und Valabreque in einem Kleinbus zu einem der Touristenhotels bringen, die sich in die kleingliedrige Bebauung des Städtchens einfügten. Die Männer standen noch deutlich unter dem Eindruck des Geschehens. Mehrfach hatte sich Klinsmann bei ihnen bedankt. Unterwegs reichte ihm Häberle ein Handy, damit er seine Ehefrau in Kalifornien anrufen konnte.

Dann bat der Ermittler um Verständnis dafür, dass er einige dringende Fragen stellen müsse. An der Rezeption des Hotels, wo einige Touristen den blonden Deutschen leicht irritiert musterten, wies sich Valabreque gegenüber den Empfangsdamen aus und bekam ein kleines Besprechungszimmer zugewiesen. Die drei Männer nahmen um einen ovalen Holztisch Platz. Im Neonlicht wirkte Klinsmann blass und erschöpft, obwohl ihn der optimistische Gesichtsausdruck auch in dieser Situation nicht verließ. Er schilderte, was sich vor fast einer Woche zugetragen hatte, als er in Geislingen auf dem Weg zu seinem Auto gewesen war. Er sei in Höhe des Verlagsgebäudes der ›Geislinger Zeitung‹ von mehreren Personen südosteuropäischer Herkunft in eine Limousine gezerrt und noch in der Nacht nach Frankreich gebracht worden. Sie seien am Dienstag irgendwann um die Mittagszeit in Saintes-Maries angekommen und dort seither geblieben. Auf seine Fragen, worum es gehe und was sie von ihm wollten, habe er nie eine Antwort erhalten. Und er wisse noch immer nicht, was die Kidnapper hatten bezwecken wollen.

»Aber Sie haben auf dem Video selbst von Forderungen gesprochen ...«, wandte Häberle ein, während Valabreque nur ein aufmerksamer Zuhörer zu sein schien.

»Es war ein Text, den die mir gegeben haben«, erklärte der Trainer, »ich musste exakt diesen Text vorlesen.«

»Und Ihre verschlüsselte Botschaft?«, wollte Häberle wissen.

»Nachdem ich erfahren hab, dass ich ein Video besprechen soll, hab ich mir hin und her überlegt, wie ich das hinkrieg. Dann ist mir das Wortspiel mit ›Camargue‹, ›Amerika‹ und ›Mark‹ eingefallen.« Er lachte kurz auf. »Ich hatte natürlich panische Angst, dass sie es merken würden. Aber ich muss sagen, sie haben mich sehr zuvorkommend behandelt und mir diesen Wunsch nach einer Grußbotschaft ohne weiteres erlaubt.«

»Dass Sie das Opfer irgendwelcher Machenschaften geworden sind, die im Hintergrund laufen – dieser Gedanke liegt nahe«, resümierte der Kommissar und machte vorsichtig weiter, »... aber wissen tun Sie darüber nichts?«

»Wiss'n Sie«, erwiderte er leicht schwäbelnd, »für mich steht der Fußball im Vordergrund. Was die Herren Funktionäre beschließen und welche Strippen da gezogen werden, ist mir egal und das geht mich auch nichts an. Ich will schlichtweg davon nichts wissen. Die WM soll ein wunderschönes Fußballfest werden – und ich verspreche, meinen Teil dazu beizutragen. Auf faire und freundschaftliche Weise.« Häberle gefiel Klinsmanns Einstellung. Ein grundehrlicher, solider Mensch, dachte er, einer, der wusste, was er wollte, kein großspuriger Schwätzer, sondern einer, der sich ein Ziel vorgenommen hatte und dies beharrlich, aber anständig verfolgte – ein Schwabe eben. Nichts würde Häberle diesem Mann mehr wünschen, als einen WM-Erfolg. Damit wären weithin Zeichen gesetzt: Schaut her, wir solide Schwaben bringen's zu was.

Der Ermittler, der für einen kurzen Moment abwesend gewirkt hatte, bedankte sich für das Gespräch und ließ sich von seinem Kollegen Valabreque bestätigen, dass zu Klinsmanns Schutz zwei Beamte abgestellt wurden. Der prominente Gast wollte die Nacht in dem Hotel verbringen und ließ sich für den morgigen Mittag einen Flug nach Stuttgart buchen. Häberle fasste spontan den Entschluss, im selben Hotel zu übernachten und ebenfalls morgen zu fliegen – mit Klinsmann. Eine bessere Einstimmung auf die WM konnte es gar nicht geben.

Der Heimflug mit Klinsmann war tatsächlich äußerst interessant gewesen. Häberle hatte nicht nur weitere Einzelheiten der fast einwöchigen Gefangenschaft erfahren, sondern auch Einblick in die Arbeit eines Bundestrainers erhalten. Der Kriminalist hätte sich gewünscht, der Flug würde mehrere Stunden dauern.

Am Stuttgarter Flughafen Echterdingen trennten sich ihre Wege. Klinsmann, der die wenigen Kleider, die ihm die Kidnapper in Saintes-Maries besorgt hatten, zurückgelassen hatte, war ohne Gepäck gereist und entschwand schnellen Schritts, verfolgt von den Blicken unzähliger Menschen, mit dem nächsten Taxi in Richtung Botnang zum elterlichen Haus.

Häberle hatte noch vor dem Abflug die Kollegen telefonisch gebeten, ihn abzuholen. Er konnte sich lebhaft vorstellen, was am gestrigen Abend in Geislingen nach Bekanntwerden der erfolgreichen Befreiungsaktion los gewesen war. Jetzt aber würden sich vermutlich ganze Horden von Journalisten in Richtung Südfrankreich bewegen, um den Tatort von allen Seiten zu fotografieren oder zu filmen.

In Geislingen angekommen, wurde Häberle von den Kollegen im Lehrsaal freudig begrüßt. In Kurzfassung musste er schildern, wie die französische Sondereinheit vorgegangen war und welchen Eindruck Klinsmann auf ihn hinterlassen hatte. Nach einer halben Stunde jedoch, während der deutlich geworden war, wie sehr den Chef-Ermittler die vergangenen beiden Tage gestresst hatten, machte sich wieder die Realität breit. Linkohr brach als Erster die eingetretene Stille. »Wir haben das Schlimmste verhindert, Kollegen, das ist spitze. Andererseits sind wir hier mit unserem Fall nicht viel weitergekommen.« Kaum hatte er es gesagt, bedauerte er es auch schon. Er fühlte sich als Miesmacher.

Häberle beugte sich nach vorne und stützte seine Arme mit den Ellbogen auf der Schreibtischplatte ab. »Ganz so pessimistisch seh ich das nicht.«

Das Gemurmel der Kollegen verstummte schlagartig. »Wir werden zwar keinen schnellen Erfolg verbuchen, aber ich bin sicher, dass wir ihn nach der Bundestagswahl haben werden.« Keiner im Saal verstand, was gemeint war. Und Häberle hüllte sich in Schweigen. »Abwarten«, empfahl er, »bis dahin müssen wir nur zwei Dinge tun: Klinsmann muss Personenschutz kriegen, was Sache der Jungs vom LKA ist – denn ich will unter allen Umständen vermeiden, dass ihm noch mal was zustößt, und wir werden einige weitere Personen im Augen behalten müssen.«

Häberle war froh gewesen, dass die Pressekonferenz, die Oberstaatsanwalt Dr. Ziegler auf den gestrigen Vormittag einberufen hatte, an ihm vorbeigegangen war. Der Andrang, so erfuhr der Chef-Ermittler, sei geradezu chaotisch gewesen. Im Übrigen habe sich kaum jemand für die vorausgegangenen Verbrechen interessiert. Die meisten Fragen hätten sich um die Befreiungsaktion und um die Hintergründe gedreht. Doch da hatten Ziegler und Bruhn gleichermaßen guten Gewissens abwinken können. Zur Frage, welche Ziele die Kidnapper verfolgt hätten, erklärten sie ebenfalls, dass es keinerlei Hinweise darauf gebe. Noch durfte nicht an die Öffentlichkeit dringen, dass ein Videoband aufgetaucht war. Deshalb antworteten sie auch nicht auf die Frage, wie man auf das Versteck in Südfrankreich gestoßen sei.

Häberle, der sich an diesem Dienstagvormittag ein paar Stunden Schlaf mehr gegönnt hatte, ließ sich nach seiner Ankunft bei der Sonderkommission von Linkohr die Erkenntnisse der vergangenen Tage detailliert erläutern. Das Einzige, was von Interesse sein konnte, war ein Schlüssel, der vom Schlüsselbund der ermordeten Anna stammte und für den es offenbar nirgendwo ein passendes Schloss gab. Bis jetzt war es auch nicht gelungen, Angehörige von Anna ausfindig zu machen. Die Daten, die sich in Nullenbruchs Personalakten fanden, schienen allesamt gefälscht zu sein – was Ute Siller nicht wunderte, wie sie gegenüber den Kriminalisten überdeutlich zum Ausdruck gebracht hatte.

»Habt ihr die Frau Nullenbruch wegen des Schlüssels schon gefragt?«, wollte Häberle wissen und erntete Kopfschütteln. Linkohr versprach, sich dieser Sache anzunehmen. Inzwischen waren per E-Mail auch die Fotos der fünf Kidnapper eingetroffen, deren Identität nach Angaben der französischen Behörden bislang nicht geklärt werden konnte. Die Männer, so teilte Valabreque mit, verweigerten die Aussage. Eine Rückfrage bei dem Hamburger Autovermieter ergab, dass der Kombi in einer Stuttgarter Filiale von einem Mann namens Frantisek Toth angemietet worden war. Die Adresse ließ Häberle aufhorchen: Košice, in der Gasse namens Zámoènicka ulica. Das klang zwar fremd, war ihm aber irgendwie vertraut. Klar – ihm fiel es wie Schuppen von den Augen: dort hatte er zweifelhafte Bekanntschaften gemacht …

68

Der Blutdruck des Mannes schien Schwindel erregende Höhen erreicht zu haben. Martin Striebel besah sich die Fotos, die ihm Linkohr vorgelegt hatte. Es waren Porträts von fünf Männern mit kantigen Gesichtszügen und grimmigen Mienen. Striebel sprang aus seinem Sessel, als wolle er die Bilder mit einigem Abstand betrachten. Linkohr, der zu Striebel gekommen war, um ihn zu befragen, ob er einige der Personen kenne, blieb teilnahmslos sitzen. »Die zwei …«, die sonore Stimme des Senior-Ölhändlers dröhnte durch den Raum, während er auf zwei Bilder deutete. »Das sind die Ganoven, eindeutig. Die haben uns in Košice bedroht und entführt. Ich kenn die fiesen Fratzen.« Linkohr merkte sich die Nummern der entsprechenden Fotos, schob die Computerausdrucke übereinander und steckte sie wieder in ein mitgebrachtes Kuvert. »Danke«, sagte er, »das wird uns weiterhelfen.«

Linkohr machte sich wieder auf den Weg und legte die Fotos auch noch Striebels Geschäftsfreund Kromer vor, der zumindest eine der Personen hundertprozentig sicher identifizieren konnte. Dann besuchte er in Geislingen den Abgeordneten Riegert, in dessen Büro er sich telefonisch angekündigt hatte. Der Politiker, der nach seinem schockierenden Erlebnis bei Ravensburg ein Phantombild von dem damaligen Täter hatte anfertigen lassen, war sich auch ziemlich sicher, dass einer der beiden Männer, die Striebel identifiziert hatte, zu ihm ins Auto gestiegen war.

Linkohr war zufrieden.

»Damit hat sich bestätigt, worüber wir uns seit Langem im Klaren sind«, konstatierte Häberle, als der junge Kriminalist wieder vor ihm saß. »Aber solange wir hier bei uns auf eine Mauer des Schweigens treffen, haben wir keine Chance, das Nest da unten auszuheben.« Resignation schwang in seiner Stimme mit. »Wir müssen unter allen Umständen vermeiden, dass es weitere Opfer gibt – jetzt, wo die Fußballsaison wieder anläuft.« Der Kommissar deutete auf einen Stapel ausgedruckter Mails. »Hier – alles Anfragen zum Thema Fußball. Die ganze Republik hat Schiss. Das Bundesinnenministerium will wissen, wie wir die Lage einschätzen. Sie befürchten, dass die Hooligans aufgestachelt werden könnten. Auch die ganzen Käsblätter stürzen sich wieder auf unsere alten Fälle. Hier ...« Er hob eine Seite aus der ›Bild-Zeitung‹: »Tödliches Geheimnis um Klinsmann?«, stand da in fetten Lettern zu lesen. »Als ob die Republik derzeit keine anderen Probleme hätte!«

»Den Politikern kann es doch nur Recht sein, wenn es genügend Nebenkriegsschauplätze gibt«, kommentierte Linkohr.

»Da haben Sie aber hundertprozentig Recht«, entgegnete der Kommissar, »mit der Klinsmann-Entführung ist völlig untergegangen, welche Sauereien sich in diesem Land tagtäglich ereignen – mit zunehmender Tendenz. Denken Sie an diesen ›Hartz‹! Diesen Guru, der mit seinen Ideen die Arbeitslosen in endlose Armut gestürzt hat! Macht ihnen vor, dass man mit 345 Euro monatlich leben kann – und die Politiker in ihrer Elendseinfalt halten ihn für den Messias. Und was tut er selbst?« Häberle winkte ab. »Als Personalmanager von Volkswagen dreht er die übelsten Dinger – und jetzt haut er ab, geht in Ruhestand. Kollege Linkohr ...« Das Gesicht des Kommissars verfinsterte sich, wie immer, wenn er sich in die Politik hineinsteigerte, »... das sind die Typen, mit deren Villen die Ufer des Lago Maggiore bebaut sind. Abzocken, den schnellen Euro machen, das Volk verdummen – zack, und selbst in Saus und Braus leben.«

»Und ich wollt mir einen Volkswagen kaufen ...«

»Wenn Sie Ihre Kaufentscheidungen danach treffen, brauchen Sie gleich gar nichts zu kaufen. Wir haben längst amerikanische Verhältnisse: Was zählt, ist Knete, das große Geschäftemachen, glauben Sie mir. Wer Geld hat, hat die Macht.«

Ute Siller war von der Mitteilung empört gewesen, dass Klinsmann in ihrem Ferienhaus festgehalten worden war. Sie hatte überzeugend dargelegt, ihr Haus vor Monaten schon durch Nullenbruchs Vermittlung an angebliche Geschäftsfreunde aus der Slowakei vermietet zu haben. Der Preis dafür sei im Voraus bezahlt worden und man habe vereinbart, dass eine Verlängerung möglich sei. Wer die wirklichen Mieter waren, wusste sie nicht.

Häberle nahm dies zur Kenntnis, ohne es gegenüber seinen Kollegen zu kommentieren. Zwar lag der Verdacht nahe, dass diese Frau nicht ehrlich war, aber inzwischen formte sich in seinem Kopf ein ganz anderes Bild der Geschichte – auch wenn Bruhn für ein schnelles Zugreifen war, wie er telefonisch zu verstehen gab. »Sperren Sie dieses Biest ein«, bäffte er unter dem Druck der Öffentlichkeit, »wir kriegen locker einen Haftbefehl. Wenn es jemand gibt, der hier die Fäden zieht, dann diese Furie.« Bruhn sprach so, als habe er diese Frau schon selbst erlebt. In Wirklichkeit kannte er sie nur vom Hörensagen. Häberle malte sich in Gedanken aus, was wohl geschähe, würden diese beiden Choleriker aufeinander treffen.

Bruhn wurde immer nervöser, obwohl in diesen regnerischen Sommerwochen das Interesse an der weiterhin ungeklärten Frage allmählich abebbte, wieso eine Hand voll Südosteuropäer Klinsmann in ihre Gewalt gebracht hatte. Die meisten Medien gaben sich mit der Vermutung zufrieden, der Zugriff der Polizei sei erfolgt, noch ehe überhaupt die Täter eine Forderung hätten stellen können. Doch es bestand jederzeit die Gefahr, dass alles wieder hochgekocht wurde, auch wenn das politische Sommertheater in Berlin mehr und mehr Gestalt annahm und die Parteien langsam begannen, sich gegenseitig zu zerfleischen – und dabei dem Irrtum unterlagen, auf diese Weise Wählerstimmen zu gewinnen.

»Man will langsam wissen, wie sich die Sache entwickelt«, wetterte Bruhn ins Telefon, nachdem die Sonderkommission personell urlaubsbedingt reduziert worden war. Häberle musste einräumen, dass man auf der Stelle trat. Auch die Kontakte in die Slowakei hatten bisher nicht die gewünschten Erfolge erzielt. Kapitán Jozef Spišiak war zwar jederzeit Ansprechpartner gewesen, doch alle seine Ermittlungen liefen ins Leere. So gab es natürlich auch in der Gasse namens Zámoènicka ulica keinen Frantisek Toth. Und selbst die gemailten Fotos der Klinsmann-Kidnapper führten laut Spišiak zu keinerlei Hinweisen. Die Männer seien in Košice völlig unbekannt – und außerdem gebe es bis zum heutigen Tag keine Erkenntnisse zum Schicksal von Blamocci und Nullenbruch. Das jüngst aufgetauchte Gerücht, wonach Blamocci drüben in der Ukraine erschossen worden sei, halte sich zwar hartnäckig, doch gebe es keinerlei Bestätigung dafür, zumal sich die dortigen Behörden wenig kooperativ zeigten. Nur eine einzige Nachricht von Spišiak ließ Häberle aufhorchen: Der dunkelrote Fleck auf der Treppe in Nullenbruchs neuem Firmenkomplex war tatsächlich Menschenblut.

»Ich sag Ihnen eins, Herr Häberle«, drohte Bruhn, »wenn es noch einen Toten gibt, sehen Sie alt aus. Wer gibt Ihnen denn die Gewähr, dass nicht schon bald wieder jemand umgebracht wird? Sie wissen selbst, wie verworren die Verflechtungen sind.« Bruhn legte eine Pause ein, während der Häberle nichts zu sagen wagte. »Dieser Gangolf … auch nicht gerade einer von der sympathischen Sorte, um es mal vornehm auszudrücken … oder diese Wirtschaftsbosse – das brauch ich Ihnen nicht vorzubeten.« Der Kripochef, so glaubte Häberle zu spüren, schien wieder neuen Druck gekriegt zu haben. »Was wir brauchen, Mensch, begreifen Sie das doch, Himmelherrgottdonnerwetternochmal, alles, was wir brauchen, ist eine Festnahme. Oder wollen Sie noch eine halbe Ewigkeit an der Sache rummachen?«

Häberle lehnte sich gelassen in seinen Schreibtischstuhl zurück. »Tut mir leid, aber da muss ich Ihnen widersprechen.« Er zögerte absichtlich, weil er die Wirkung dieses Satzes auf Bruhn ganz bewusst genießen wollte. Dies hatte der oberste Kripochef nämlich längst aus seinem Wortschatz gestrichen, insbesondere, wenn es aus dem Munde von Mitarbeitern kam.

Und tatsächlich. Nach einer Sekunde der Sprachlosigkeit dröhnte es im Hörer: »Was heißt da Widerspruch? Wer hat hier das Sagen – Sie oder ich? Wer hat das alles zu verantworten – diese sinnlosen Ermittlungen? Reise nach Košice, Reise nach Berlin – und Ihre ebenso sinnlose Anwesenheit beim Zugriff dort unten?«

Häberle hob den Hörer einige Zentimeter vom Ohr weg.

»Sind Sie noch da?« donnerte Bruhns Stimme durch die Leitung.

»Natürlich – ich höre«, bestätigte Häberle knapp.

»Wir können nicht bis zum Sankt Nimmerleinstag alle Kräfte an diesen Fall binden. Ziehen Sie diese Hexe aus dem Verkehr!«, forderte Bruhn und meinte Ute Siller.

»Wenn Sie eine Bemerkung gestatten«, wandte Häberle ein, als sein Chef Luft holen musste, »ich erbitte Aufschub bis zum 23. September.«

»Bis zum …« Bruhn schnaubte, »… 23. September. Das sind … das sind …« Er schien rasch im Kalender zu blättern, »… das sind rund acht Wochen.«

»Richtig«, bestätigte Häberle, »ich versprech Ihnen, wenn es uns gelingt, so lange stillzuhalten – wirklich stillzuhalten, dann präsentier ich Ihnen eine Lösung, an die weder Sie noch die Weltöffentlichkeit gedacht hätte.«

Bruhn atmete schwer. »Die Weltöffentlichkeit?«, wiederholte er ungläubig.

»Ja«, bestätigte Häberle, »es sei denn, die Weltöffentlichkeit soll es gar nicht erfahren.«

Bruhn erwiderte nichts mehr.

69

Der Schlüssel passte. Frau Nullenbruch hatte mit ihrer Befürchtung Recht gehabt. Anna schien die Jagdhütte an der Albkante als ein exklusives Liebesnest für ebenso exklusive Kunden benutzt zu haben. Linkohr hatte den Kripo-Mercedes über einen regennassen Forstweg gesteuert, während Häberle von den idyllisch gelegenen Grundstücken hier angetan war. Kein Wanderpfad führte vorbei, stellte er fest und blickte weit auf die bewaldeten Hänge des Voralbgebiets hinaus, sah in der Ferne den Hohenstaufen und die beiden anderen so genannten Kaiserberge Rechberg und Stuifen.

Die Jagdhütte war eigentlich ein Blockhaus, das von allen Seiten dicht mit Hecken und Stauden verdeckt wurde. Linkohr parkte den Wagen in der Zufahrt. Äste hingen unter der Wasserlast des Regens weit herab, sodass die beiden Männer in geduckter Haltung zur Haustür eilten. Linkohr drehte den Schlüssel im Schloss und stieß die Tür nach innen auf. Feuchtwarme Luft schlug ihnen entgegen, gemischt mit kaltem Zigarettenqualm. Weil die Fensterläden geschlossen waren, fiel das Tageslicht nur durch die Tür herein. Linkohr schwenkte sie deshalb ganz auf und brachte sie in eine stabile Position. Die beiden Kriminalisten betraten den mit Teppichen ausgelegten Raum, der von einer großen, offenbar auseinander geklappten roten Couch beherrscht wurde, auf der ziemlich ungeordnet Kissen und Decken lagen. An der Giebelseite stand, umgeben von einer Eckbank, ein wuchtiger Tisch, über dem eine Öllampe hing. Die gegenüberliegende Seite füllte ein großer Holzofen aus.

»Ganz schön gemütlich hier«, meinte der Chef-Ermittler. Im spärlichen Tageslicht streifte sein Blick Regale mit

Gläsern und Büchern. Linkohr öffnete eine Tür, die in den Nebenraum führte. Obwohl auch hier keine Helligkeit eindringen konnte, erkannte er sofort, dass es eine kleine Küche war – mit Gasherd, diversen Schränken und einem Waschbecken. Für einen Moment dachte der junge Kriminalist darüber nach, wie dies wohl hier oben mit der Wasserversorgung funktionierte. Als er wieder in den Wohn- und Schlafraum zurückkehrte, von dem aus eine weitere Tür abzweigte, hinter der sich die Toilette verbarg, hielt Häberle triumphierend einen aufgeklappten leeren Aktenkoffer in der Hand. »Wo haben Sie denn den her?« staunte Linkohr.

»Hier«, der Kommissar deutete auf einen Spalt, der sich zwischen Eckbank und Wand auftat, »… und so, wie er uns beschrieben wurde, gehörte er Lanski.«

Die Sonderkommission war auf sieben Personen reduziert worden. Das Interesse der Medien sank spätestens mit dem Beginn der Sommerferien in Baden-Württemberg auf den Nullpunkt. Wenn überhaupt noch ein Journalist kritische Fragen stellte, dann Georg Sander von der ›Geislinger Zeitung‹. Nachdem auch Polizei-Pressesprecher Uli Stock längst die Nase voll hatte, was diesen Fall anbelangte, hatten sich Häberle und Sander bereits einige Mal zum Mittagessen verabredet, um ihre Erkenntnisse auszutauschen – ohne dass davon natürlich etwas in der Zeitung stand. Sander hatte gehofft, im Rahmen des Falles wenigstens einmal mit Klinsmann zusammenzutreffen. Der aber wurde von seinen ehemaligen Kumpels und seinem Geschäftspartner aus einem gemeinsamen Sportgeschäft strenger abgeschottet, als es der Papst demnächst beim Kölner Weltjugendtag sein würde.

Häberle bat den Lokaljournalisten, die mysteriösen Mordfälle von Ende Mai nicht wieder aufzukochen, sondern stillzuhalten. »Ich sag Ihnen«, versprach der Kommissar bei einem Weizenbier auf der Terrasse des Gasthauses ›Zur Stadt‹, »Sie werden noch sehr viel zu berichten kriegen. Wenn das auffliegt, was ich vermute, Herr Sander, dann ist das eine größere Sensation als es Klinsmanns Entführung war.«

Sander schluckte und sah Häberle fragend an. Der aber blieb hart: »Ich kann Ihnen bei aller Freundschaft jetzt noch nichts sagen.«

»Und wann glauben Sie, wird es soweit sein?«

»Nach der Bundestagswahl – sofern sie denn stattfinden darf.« Zwar hatte inzwischen Bundespräsident Horst Köhler Schröders verlorene Vertrauensfrage akzeptiert, doch war nun das Bundesverfassungsgericht gefragt. Zwei Bundestagsabgeordnete hatten dieses Gericht angerufen, weil sie der Meinung waren, die Vertrauensfrage sei nicht echt, sondern fingiert gewesen, um Neuwahlen zu ermöglichen.

Der Sommer, der keiner war, lag tageweise wie ein November überm Land. Kurze sonnige Abschnitte wechselten in rasantem Tempo mit Stürmen und ergiebigen Niederschlägen. Häberle sehnte sich nach dem Tessin, nach Lugano oder dem Lago Maggiore. Er war maßlos traurig, dass der Urlaub verschoben werden musste. Susanne und er hatten wieder mal ein Wohnmobil mieten und in den Süden fahren wollen. Doch angesichts des Falles, der sich erst nach der Bundestagswahl zuspitzen würde, konnte er es sich nicht leisten, zwei, drei Wochen abwesend zu sein. Sie beschlossen deshalb, Ende September wenigstens noch nach Südtirol zu fahren. Bei Bozen, genauer gesagt: Südlich davon in Leifers, gab es einen Campingplatz, auf dem oftmals zwar unangenehme Enge herrschte, dafür aber war das Klima dort um diese Jahreszeit noch sommerlich. Und außerdem gab es auf dem an die Weingärten angrenzenden Campingplatz sowohl ein Freibad als auch ein überdachtes Schwimmbecken und, was er als äußerst erfreulich empfand, ein Restaurant, in dem vorzügliche Bratkartoffeln serviert wurden.

Mitte August, als Häberles Lieblingsfußballtrainer Klinsmann mit seiner Mannschaft gegen die Niederlande 2:2 spielte, entschied Bruhn, die Sonderkommission in Geislingen aufzulösen. Die verbliebenen Kollegen zeigten sich darüber verwundert, ließen sich aber von Häberle beruhigen. »Was wir tun müssen, können wir auch von Göppingen aus erledigen.«

Linkohr, der der Geislinger Kriminalaußenstelle zugeteilt war, bedauerte diese Anordnung des obersten Chefs zutiefst. Er hatte die Zusammenarbeit mit Häberle als äußerst angenehm empfunden. Und obwohl der Fall jetzt zweieinhalb Monate intensivste Arbeit bedeutet und ihm kaum freie Zeit gelassen hatte, geschweige denn für Juliane, wollte er keinen einzigen Tag missen.

»Dieser dreiundzwanzigste September«, vergewisserte er sich, als Häberle seine Akten zusammenpackte, »davon versprechen Sie sich viel.«

»Alles«, erwiderte der Kommissar spontan, »wir werden rechtzeitig eine Lagebesprechung machen. Und Sie sind dabei«, fügte er hinzu.

»Noch eine Frage«, wagte Linkohr an diesem kühlen August-Vormittag einen weiteren Vorstoß, »wir haben bisher nicht über die DNA-Analysen gesprochen … diese Kontaktlinse bei Anna. Und diese eine Probe, die Sie noch nachgereicht haben …«

Häberle hielt beim Verpacken einiger Schnellhefter inne. Dann verzog er das Gericht zu einem Grinsen. »Nicht gesprochen?«, wiederholte er ungläubig, »Sie haben doch den Bericht gelesen. Man hat verwertbares Material sichergestellt – das haben die Kollegen geschrieben.«

»Und dieses andere Material, das Sie zur Analyse nachgereicht haben? Bei den Akten findet sich kein Ergebnis.«

Häberle hielt wieder inne. Er grinste. »Kein Ergebnis?«, fragte er mit gespielter Empörung. »Das wäre aber ein böser Lapsus.«

70

Seit Häberle mit Klinsmann zusammengetroffen war, verfolgte er jedes Spiel der Nationalmannschaft. Er war inzwischen felsenfest davon überzeugt, dass Deutschland den Titel holen würde. »Wenn es mit jemandem zu schaffen ist, dann mit Klinsi«, pflegte der Kommissar bei jeder Gelegenheit zu sagen. Es war ihm sogar gelungen, selbst Bruhn von dieser These zu überzeugen. Überhaupt hielten sich die Attacken des Kripochefs in diesen Tagen in Grenzen – wenn man davon absah, dass ihm Häberles Stillhaltetaktik regelmäßig sauer aufstieß.

»Und Sie sind sich absolut sicher, dass dies der richtige Weg ist?«, fragte Bruhn energisch, aber an sich selbst zweifelnd, mindestens zum zwanzigsten Mal. Es schien so, als wolle er mit der stets gleich lautenden Antwort Häberles sein eigenes Gewissen beruhigen.

»Wir haben zwei Möglichkeiten, wie ich Ihnen schon sagte«, blieb Häberle auch jetzt wieder gelassen, »entweder wir nehmen eine Person fest, von der wir ziemlich sicher sind, dass sie vermutlich vier Menschen auf dem Gewissen hat, nämlich Anna, Heimerle, Funke und dessen Frau – oder wir haben Geduld und heben eine ganze Bande aus. Bei der ersten Variante hätten wir einen schnellen Erfolg vorzuweisen gehabt, aber alle Hintermänner aufgeschreckt und sie in ihren Löchern verschwinden lassen. Auf Nimmerwiedersehen. Die zweite Variante eröffnet uns ungeahnte Möglichkeiten. Dazu aber müssen wir den Anschein erwecken, resigniert zu haben. Dann wiegen sie sich in Sicherheit und wir schlagen zu.« Den letzten Satz hatte Häberle besonders laut und mit dem nötigen Nachdruck ausgesprochen. Dann fügte er wieder gelassener hinzu: »Am Dreiundzwanzigsten haben wir sie vermutlich alle beieinander – im Hotel Staufeneck, da bin ich mir absolut sicher. Und das klappt nur, wenn wir uns zurückhalten.«

Bruhn bot seinem Gegenüber plötzlich einen Platz am Besprechungstisch an. Das hatte es seit Jahren nicht mehr gegeben.

»Was ich mir überlegt hab …« Seine Stimme war ungewöhnlich sanft, sein Blick weniger gefährlich, als noch vor zwei Minuten, »… wenn es so ist, wie Sie meinen, dann sollten wir sensibel vorgehen.«

Aha, dachte Häberle. Gangolf ließ grüßen. Oder ›MV‹. Oder wer auch immer. In wenigen Tagen war Bundestagswahl. Bruhn zog den Schwanz ein – oder täuschte er sich da?

»Sensibel bedeutet … ein Bauernopfer«, erkannte der Chef-Ermittler die Lage, was Bruhns Gesicht wieder verfinstern ließ, »… also doch jetzt zuschlagen, Erfolg feiern – und fertig. Und was, wenn später dann doch jemand auspackt? Wenn jemand hinausbrüllt, dass alles ganz anders war?«

Bruhn sank auf seinem Bürosessel zusammen. »Sie wissen, mir ist nicht wohl dabei … verdammt noch mal, wir sind die Deppen der Nation, wenn's nochmal einen Toten gibt.«

Häberle nickte langsam. »Den kann's aber auch geben, wenn wir jetzt den Schwanz einziehen. Die werden so lange weitermachen, bis der letzte Mitwisser eliminiert ist. Die größte Chance, dass sie vorläufig nichts unternehmen, haben wir meiner Ansicht nach, wenn es keine erkennbaren Ermittlungen mehr gibt.«

»Sie sind sich aber bewusst«, fuhr Bruhn fort und versuchte einen neuerlichen, dezenten Vorstoß, »dass Sie im ungünstigsten Fall … im ganz ungünstigsten Fall … die WM erheblich trüben könnten, was manche Kreise …« Er rang nach Worten, »… ja, was manche Kreise ziemlich erzürnen würde.«

Häberle horchte auf. »Und …«, auch er formulierte vorsichtig und langsam, »… und solche Kreise haben ihre Erzürnung bereits angekündigt?«

»Ach – was …« Bruhn winkte ab. »Tun Sie, was Sie verantworten können.« Er griff demonstrativ zu der rot-weißkarierten Akte, die Häberle zur Genüge kannte. Die Dienstaufsichtsbeschwerde, Zufall oder versteckte Drohung?

Auf diesen Sonntag im September hatte das politische Deutschland einen Sommer lang hingefiebert. Von Tag zu Tag war der Abstand zwischen den zunächst haushoch favorisierten Konservativen und den Roten geschrumpft. Gangolf verfolgte mit versteinerter Miene die Hochrechnungen der ARD, die alles andere als klare Verhältnisse zu erwarten ließen. Eva Campe hatte Sekt nachgeschenkt, obwohl es eigentlich gar keinen Grund zum Feiern gab. Sie saß in einem Sessel und drehte mit den Fingern nervös das halbvolle Glas. Soeben war Bundeskanzler Schröder interviewt worden.

»Hast du das gehört?« schüttelte Gangolf ungläubig den Kopf. »Der hat noch gar nichts begriffen. Seine Zeit ist vorbei … Aus … Der Schuss ist nach hinten losgegangen!«

»Aber er kann doch froh sein, dass seine Partei noch so dicht an die Konservativen rangekommen ist«, wagte Eva einzuwenden.

Gangolf löste den Blick vom Bildschirm und sah zu ihr hinüber. »Mir ist ein Rätsel, ob er allen Ernstes geglaubt hat, nach der Vertrauensfrage als Sieger aus dieser Wahl hervorzugehen.«

»Zumindest tut er doch so, als sei er der Gewinner.«

»Eva, so sind die großen Politiker«, seufzte Gangolf und besah sich die Grafik einer neuen Hochrechnung. Konservative und Rote waren nahezu gleich stark. »Die drehen jeden Sachverhalt so hin, wie's ihnen passt. Schröder war darin schon immer ein Meister.«

»Aber dass er heute nicht der Gewinner ist, wie er es darzustellen versucht, merkt man doch wohl im letzten Nest, oder?«

Der Mann nickte bedächtig. »Nur – so richtige Schadenfreude mag bei mir nicht aufkommen. Nicht wirklich«, meinte er und fügte resignierend hinzu: »Dieses Wahlergebnis kennzeichnet den Zustand der Republik – nichts Halbes, nichts Ganzes. Du wirst sehen: Jetzt dümpelt wieder alles nur vor sich hin. Das läuft garantiert auf eine große Koalition hinaus – da könnt ich jetzt schon wetten.« Er stellte mit der Fernbedienung den Ton leiser und gab zu bedenken: »Oder die richten einen nie gekannten Scherbenhaufen an.«

»Und was bedeutet das für uns?« In Evas Stimme schwang Unsicherheit mit.

Gangolf sah sie von der Seite an und zuckte mit den Schultern. »Geh mal davon aus, dass es keine allzu große Wende geben wird. Ob Schröder oder Merkel, das spielt für unsere Arbeit ohnehin keine Rolle. Die ganz Großen sind rausgehalten worden.«

»Du meinst ...« Eva zog einen Schmollmund, »... du meinst, ich muss nicht auf die ›Ändschi‹ eifersüchtig werden, falls du's jetzt mit ihr zu tun kriegst?«

Gangolf grinste.

71

Es war alles bestens vorbereitet. Sie hatten gleich nach den Sommerferien Unterricht genommen, dabei aber auf höchste Geheimhaltung geachtet. Erfreulicherweise hatte die Leitung der Landesberufsschule für das Hotel- und Gaststättengewerbe in Bad Überkingen großes Verständnis für ihr Anliegen gezeigt. So konnten die zwölf Beamten des Spezialeinsatzkommandos (SEK) sowie drei Angehörige der Sonderkommission, darunter Mike Linkohr, außerhalb der üblichen Unterrichtszeiten den Umgang mit Gästen ebenso lernen, wie das Servieren der Speisen und das Abtragen des Geschirrs. Sie waren gelehrige und äußerst motivierte Schüler, wie es hieß. Sie kredenzten Weine, öffneten Sektflaschen, bekamen beigebracht, wie das Malheur eines umgefallenen Rotweinglases dezent zu beseitigen war, und sie lernten Begriffe aus der Nobelküche.

Häberle war voll des Lobes über den Inhaber des erst kürzlich erbauten Hotels, dessen Architektur sich in die historische Umgebung von ›Staufeneck‹ einfügte. Wer auf dieser markanten Anhöhe, zwischen Göppingen und Geislingen gelegen, durch ein Rundbogentor in den großflächigen Burghof eintrat, war umgeben von herrschaftlichen Fassaden eines früheren Gutshofes, den der mittelalterliche Turm der ehemaligen Burg überragte. Das Hotel auf der rechten Seite fügte sich derart harmonisch in dieses Ensemble ein, dass man meinen konnte, es hätte schon immer hier gestanden. Schräg gegenüber erhob sich das Geburtshaus von Anselm Schott, der im 19. Jahrhundert das heute noch bekannte katholische Volksmessbuch verfasst hat, das seinen Namen trägt.

Vor drei Wochen, als Häberle den Hotelier in das Vorhaben eingeweiht hatte, waren sie in einem geschmackvoll eingerichteten Veranstaltungsraum gesessen, der einen grandiosen Ausblick auf das Filstal bot, das in der Ferne von den sommerblau schimmernden, bewaldeten Hängen der aufragenden Schwäbischen Alb begrenzt wurde.

Zuvor hatte sich Häberle davon überzeugt, dass der Hotelier ein tadelloser, unbescholtener Mann war. Er genoss in seiner Branche sogar den Ruf, einer der Gourmet-Spitzenköche zu sein, ohne dabei aber die Haftung zur gutbürgerlichen und bezahlbaren Küche verloren zu haben. Der Kommissar jedenfalls hatte keinerlei Zweifel, dass sein Plan geheim bleiben würde. Allerdings bedurfte es noch einigen Geschicks, das angestammte Personal davon zu überzeugen, am morgigen Freitag von anderen Kollegen ersetzt zu werden. Häberle bestand darauf, dass ihnen der wahre Grund nicht gesagt werden durfte. Er wollte jegliches Risiko auf eine undichte Stelle vermeiden.

So einigte man sich auf eine gemeinsame Version, wonach es sich bei der Veranstaltung am dreiundzwanzigsten September um das Treffen hochrangiger, internationaler Politiker handele, die aus Sicherheitsgründen stets ihr eigenes Bedienungspersonal mitbrächten. Der Hotelier bezweifelte zwar, ob seine routinierten und berufserfahrenen Kellner und Bedienungen dies glauben würden. Aber die Aussicht auf einen bezahlten freien Tag dürfte sie nicht allzu sehr ins Grübeln kommen lassen.

Mit der Lügengeschichte eines Politikertreffens lag man nicht mal so daneben. Immerhin hatten die Organisatoren ihr Treffen als ›Tagung zur Aufarbeitung des Wahlergebnisses‹ tituliert. Angemeldet waren 28 Personen, überwiegend Männer, wie Häberle der Gästeliste entnahm, die das Wirtschaftsministerium in Berlin gefaxt hatte. Als Ansprechpartnerin war Eva Campe genannt. Die Anreise der Gäste würde bereits ab zwölf Uhr erfolgen. Um 19 Uhr sollte die Veranstaltung mit einem Abendessen beginnen.

An diesem Donnerstag, dem Zweiundzwanzigsten, ließen sich alle Beteiligten zum wiederholten Male vor Ort in die Arbeitsabläufe einweisen. Ein Lehrer der Landesberufsschule hatte sich bereit erklärt, ihnen in der Originalumgebung noch letzte Instruktionen zu geben. Linkohr war bereits in den schwarzen Frack geschlüpft, wie ihn er und die anderen morgen tragen mussten.

Sie saßen in dem kleinen, festlich ausgelegten Veranstaltungsraum, vor dessen Fensterfront feine Vorhänge den Blick nach draußen auf ein Rehgehege freigaben. Drunten im Tal warf die Abendsonne bereits lange Schatten. Die Rotoren der Windkraftanlagen auf der Albhochfläche blitzten bei jeder Umdrehung. Vereinzelt hoben sich bereits verfärbte Bäume aus den Wäldern ab. Jetzt waren die Nächte wieder länger als der helle Tag. Linkohr dachte für einen kurzen Moment an den arbeitsreichen Sommer, der ihm viel zu wenig Zeit für Juliane gelassen hatte. Sie waren sich aber einig, den verschobenen Urlaub in der Adventszeit auf den Kanaren nachzuholen.

Auch Bruhn war an diesem frühen Abend auf ›Staufeneck‹ gekommen und hatte neben Häberle Platz genommen. Ihnen gegenüber saß der Hotelier und Gastronom, der hier oben schon viele Prominente hatte begrüßen dürfen. Die Mannschaft des weithin bekannten Hallenhandballclubs ›Frisch Auf Göppingen‹ bereitete sich in dieser entspannenden Umgebung ebenso gelegentlich auf das große Spiel vor wie der ›VfB Stuttgart‹.

Häberle erhob sich und blickte auf die jungen Kollegen, die an zwei Tischreihen vor ihm Platz genommen hatten. Einige Bedienungen servierten Kaffee.

Der Kommissar bedankte sich bei den Beamten für deren außergewöhnliches Engagement. »Ohne Sie«, fuhr er fort, »wären wir nicht in der Lage, diesen Fall so abzuschließen, wie es nach Lage der Dinge möglich ist. Wir lassen die Veranstaltung so lange wie möglich laufen. Die Kollegen der Technik …«, er nickte ihnen im Hintergrund zu, »sie haben aus diesem Raum ein Wunderwerk der Überwachungstechnologie gemacht. James Bond lässt grüßen.« Er staunte selbst jedes Mal aufs Neue, wie winzig Mikrofone, Kameras und Sender mittlerweile geworden waren.

Bruhn nahm einen Schluck Kaffee. Er hatte kein gutes Gefühl, aber der Hotelier hörte gespannt zu.

»Zentraler Anlaufpunkt ist der Personalraum. Dort stehen Lautsprecher und Monitore. Und dort werde ich mich aufhalten. Sie werden mir nachsehen, dass ich nicht in Erscheinung treten kann. Manche der Herrschaften kennen mich. Nur Kollege Linkohr wird sich noch eine gewisse Maskerade zulegen, aber das dürfte ihm gelingen.«

»Und das Zeichen zum Zugriff geben Sie?«, fragte eine Stimme aus der Mitte des Raumes.

Häberle nickte. »Bis dahin haben sich weitere Kollegen draußen postiert. Ich gehe nicht davon aus, dass die Herrschaften großen Widerstand leisten – auch nicht, dass sie bewaffnet sind. Einzelne vielleicht – aber ich denke, dass allein der Überraschungseffekt sie lähmen wird.«

»Und wie wird das Zeichen aussehen?«, wollte ein anderer wissen.

Häberle grinste: »Per Funk, 60 Sekunden vorher. Bei null Sekunden werden Sie und Ihre Kollegen vom SEK hereinstürmen. Keiner im Saal darf sich dann mehr von der Stelle rühren.«

Der Hotelier hob die Hand, als wolle er sich zu Wort melden, wartete aber nicht, bis es ihm gewährt wurde. »Ich kann aber davon ausgehen, dass es zu keiner Schießerei kommt?«, fragte er zögernd und blickte Hilfe suchend nacheinander zu Häberle und Bruhn.

»Ein Wellness-Weekend ist das nicht«, warf Bruhn ein, »natürlich kann's knallen. Jederzeit kann's knallen. Zackbumm. Wir spielen hier nicht Räuber und Gendarm, Himmelherrgottnochmal.«

Häberle war Bruhns Ausbruch sichtlich peinlich. Augenblicklich herrschte betretenes Schweigen, denn auch die SEK-Beamten wollten nicht in die Schusslinie geraten. Dem Hotelier hatten Bruhns deutliche Worte die Blässe ins Gesicht getrieben.

Häberle versuchte, die Situation zu entkrampfen. »Dass wir es mit einer gefährlichen Gesellschaft zu tun haben, dürfte unstrittig sein, zumal wir mit einigen Überraschungsgästen zu rechnen haben.«

Bruhn bäffte sofort wieder los. »Was heißt das? Sagen Sie doch den Kollegen, womit sie zu rechnen haben.«

Häberle blieb gelassen. »Ich bin davon überzeugt, dass die Kollegen hier in der Lage sind, auf jede noch so schwierige Situation angemessen zu reagieren.«

Vom Stuttgarter Flughafen rollten die Taxen an. Scheinbar unbeteiligt beobachteten einige Männer, die sich im Innenhof von ›Staufeneck‹ mit einer landwirtschaftlichen Maschine abmühten, wie die Hotelgäste aus den Fahrzeugen stiegen. Diese junge Blondine, die in Begleitung eines stocksteifen Bürokraten dem Eingang zustrebte, hatte das Interesse der jungen Männer geweckt. Sie schien die einzige weibliche Teilnehmerin dieser Konferenz zu sein. Zumindest war bisher keine weitere Frau eingetroffen, stellten sie mit gewissem Bedauern fest.

Die Gäste meldeten sich an der Rezeption und genossen dabei diesen atemberaubenden Blick durch die gläserne Gebäuderückseite hinauf zur Schwäbischen Alb. Die meisten von ihnen wollten sich zunächst in ihre gebuchten Zimmer zurückziehen und hatten das Bedürfnis, sich nach der Anreise frisch zu machen.

Harald Gangolf und seine hübsche Begleiterin Eva Campe hatten ein Doppelzimmer geordert. »Na, was sagst du jetzt?«, fragte er triumphierend, als er die Tür hinter sich geschlossen hatte. »Hab ich dir zu viel versprochen? Ein Wellness-Wochenende auf der Schwäbischen Alb.«

»Du bist super«, hauchte sie und umarmte ihn. »Ich bin so glücklich, dass es geklappt hat… Nach dem ganzen Stress der vergangenen Wochen.«

Er hielt sie fest im Arm. »Evchen«, flüsterte er ihr ins Ohr, »wenn wir uns heute hier alle einig werden, kann uns nichts mehr geschehen. Heute schlagen wir ein neues Kapitel auf. Und ob du's glaubst oder nicht – ich hab's dir noch nicht sagen wollen – aber er kommt auch.«

Sie versuchte, sich aus seiner Umarmung zu lösen – so überrascht war sie. »Er kommt?«

»Ich hatte nie daran gezweifelt«, erwiderte der Ministerialdirektor sachlich und tonlos.

Häberle staunte, welches technische Wunderwerk ihm die Kollegen im Personalraum des Hotels installiert hatten. Auf dem Bildschirm eines Laptops, das mit einer Vielzahl von Geräten und Kästen verkabelt war, wurde ihm der Grundriss des Hotels mit all seinen Sälen und Fremdenzimmern dargestellt. Per Mausklick konnte er sich in die einzelnen Räume einloggen und Gespräche belauschen. Er verglich die Zimmernummern mit einer Liste, die er von der Rezeption erhalten hatte. Inzwischen waren so prominente Namen wie Stefan Beierlein, Michael Rambusch und Edgar Pfisterer aufgetaucht, aber auch dieser Liebenstein.

Häberle klickte nacheinander auf die skizzierten Zimmer. Die Kamera, so mutmaßte Häberle, musste angesichts der übertragenen Perspektive oberhalb der Tür angebracht worden sein. In einem der Zimmer erkannte er Beierlein, der gerade seinen Koffer aufklappte. In einem anderen war ein ihm bisher unbekannter Mann damit beschäftigt, sein Hemd zu wechseln. Ein weiterer Klick und eine nackte Blondine tauchte auf, die offenbar gerade auf dem Weg zum Duschen war. Häberle kniff die Lippen zusammen und bedauerte es für einen Moment, dass die junge Dame hinter der Tür zum Bad verschwand. Dann ein nächster Klick – und es erschien wieder ein Mann, der auf dem Bett sitzend telefonierte, dabei offenbar eine Nummer notierte und diese nach Beendigung des Gesprächs sofort zu drücken schien.

Häberle erwog, ins nächste Zimmer zu klicken. In diesem Moment summte sein Handy.

Er runzelte verärgert die Stirn und überlegte, ob er sich melden sollte.

Sie hatten sich getäuscht. Die Männer, die in einer schattigen Ecke des Burghofs an ihrer landwirtschaftlichen Maschine schraubten, verfolgten aus den Augenwinkeln, wie die Gäste heranrollten. Nun waren doch noch einige rassige Damen gekommen. Groß gewachsene Wasserstoffblondinen. Einer der Herren, der jetzt aus einem Taxi stieg, hatte gleich zwei von ihnen im Schlepptau. Sie stöckelten ihm mit ihren kurzen Röckchen zum Hoteleingang hinterher, während er sich gleich der Rezeption zuwandte. Der Chauffeur übergab die Koffer einem Angestellten.

»Gebucht auf Pfullinger«, murmelte der Mann, worauf die Empfangsdame ihre Computertastatur bearbeitete, zu einem Zimmerschlüssel griff und ihn dem Gast reichte. »Nummer 33.« Der Gast lächelte. »Und dann noch die Damen, Einzelzimmer …« Er beugte sich diskret vor, »… wenn es geht auf derselben Etage.«

»Namen?«, fragte die Frau hinterm Tresen nach und rückte ihre Brille zurecht.

»Maria und Marta.«

Zwei weitere Schlüssel wurden auf den Tresen gelegt.

Der Mann, der sich Pfullinger nannte, braungebrannt, knappe 60, ließ sich von seinen beiden Begleiterinnen zum Aufzug führen. Er blickte sich zufrieden um und war von den Räumlichkeiten angetan. Das Hotel lag wirklich einzigartig auf diesem Bergvorsprung. Zunächst hatte er gezögert, nachdem ihm der Ort des Treffens genannt worden war, denn schließlich konnte diese Gegend hier die Höhle des Löwens sein. Doch angesichts dieses neuen Hotels überwog die Freude an dem Aufenthalt in dieser Wellness-Atmosphäre. Überhaupt, das war bisher die Devise der gesamten Organisation gewesen, konnte man sich in ländlichen Bereichen eher vor unliebsamen Überraschungen schützen als inmitten von Ballungsgebieten.

Der Mann lächelte in der dritten Etage seinen hochgewachsenen, jungen Begleiterinnen zu und verschwand in seinem Zimmer. Er öffnete das Fenster und sog die laue Herbstluft in sich hinein. Mit den Unterarmen am Sims aufgestützt, blickte er in leicht gebückter Haltung hinaus und ließ das Albpanorama auf sich wirken, das an diesem Freitagnachmittag in herrliches Sonnenlicht getaucht war.

Er war so unendlich froh, hier zu sein. Erst das Klopfen an der Tür riss ihn aus seinen Tagträumen. Er richtete sich auf und drehte sich. Wer konnte wissen, dass er schon da war? Zögernd näherte er sich der Tür und rief vorsichtig »Ja, bitte?«

»Ich bin's«, hörte er eine männliche Stimme leicht gedämpft rufen, »Wolfgang.«

Der Mann im Zimmer blieb für eine Sekunde wie gebannt stehen. Wolfgang. Endlich waren sie wieder beisammen.

Es bestand keinerlei Zweifel. Der Mann, der mit Häberle telefonierte, war exakt jener, den die versteckte Kamera im Visier hatte. Gestik und Mundbewegungen passten eindeutig zu dem, was er sagte. Häberle war zunächst irritiert, doch gelang es ihm rasch, seine Aufregung zu verbergen.

»Ihre Kollegen haben mir Ihre Handynummer gegeben«, erklärte der Mann und verließ die Bettkante, auf der er gesessen war. Er ging zum Fenster. Der Blickwinkel der Kamera war jedoch groß genug, um ihn zu erfassen. »Ich möchte Ihnen einen Tipp geben«, flüsterte der Anrufer und stand jetzt mit dem Rücken zur Kamera. »Ich bin gespannt«, sagte der Kriminalist und rückte den Monitor zurecht, um optimale Schärfe und Kontraste herzustellen.

»Es hat schon genug Opfer gegeben«, erklärte der Mann und drehte sich wieder um. »Die Anna … sie war die Ärmste von allen. Zuerst von Nullenbruch gefügig gemacht und missbraucht und das in jeder Beziehung. Dann eiskalt beseitigt, weil sie nicht mehr mitgespielt hat.«

Häberle lauschte und starrte wie gebannt auf den Monitor. »Und ich will nicht weiter hineingezogen werden«, fuhr der Mann fort, »ich werde mich zu gegebener Zeit zu erkennen geben. Ich gebe Ihnen jetzt nur einen Tipp: ›Staufeneck‹. Hotel Staufeneck. Heute Abend finden Sie dort alle, die Sie seit einem Vierteljahr suchen.« Jetzt war's raus. Der Mann atmete schwer, stand mitten im Zimmer und drückte auf den »Aus«-Knopf des Handys. Wenn es noch eines letzten Beweises bedurft hätte, dass er der Anrufer war, dann bekam es Häberle nun bestätigt.

Der Kommissar rief vom Haustelefon aus einen Kollegen an, der sich in einem Nebenraum der Rezeption aufhielt. Häberle nannte die Nummer des Zimmers, das er bespitzelt hatte, und bat um den Namen des Gastes. Knapp eine halbe Minute später erfuhr er ihn: »Rambusch heißt der Gast, Inhaber eines Geschäfts für Elektronikteile in Aalen.«

72

Der Ministerialdirektor, eskortiert von seiner Gefährtin, deren Abendkleidchen mehr freilegte als verdeckte, hatte an einem der vorderen Tische Platz genommen, die V-förmig zu der Oberkante des Raumes ausgerichtet waren. Silberbesteck glitzerte, das Licht der Kerzenhalter flackerte und an der Decke brannten abgedimmte Halogenleuchten. Gangolf hatte das heutige Treffen sofort festgelegt, nachdem der Termin für die vorgezogenen Neuwahlen des Bundestages festgestanden war. Der Vorschlag, das neue Hotel Staufeneck dafür auszuwählen, war von dem Stuttgarter Stefan Beierlein gekommen. Dass sich jedoch in der Zwischenzeit die Ereignisse überschlagen würden, hatten sie damals nicht voraussehen können. Doch nun, da war sich der Ministerialdirektor ziemlich sicher, schien man die Lage wieder im Griff zu haben. Und was die ungeklärten Verbrechen in der Provinz anbelangte, war es nur noch eine Frage der Zeit, bis selbst dieser ehrgeizige Kommissar das Handtuch werfen würde. Vielleicht auch unter dem sanften Druck von oben.

»Meine sehr verehrten Damen und Herren, liebe Freunde«, begann der Berliner, nachdem die Suppe eingenommen war, die mehrere Männer in akkurater Kellner-Kleidung serviert hatten, »gestatten Sie mir ein paar Worte zur Begrüßung. Es freut mich außerordentlich, dass trotz der Ereignisse der vergangenen Wochen alle von Ihnen gekommen sind.« Er blickte zufrieden in die Runde. »Wir sind zusammengekommen, Weichen zu stellen und uns möglicherweise neu auszurichten.« Gangolf senkte die Stimme und ertappte sich dabei, wie sein Blick an Evchens gewagtem Ausschnitt hängen blieb. »Was geschehen ist, darf nicht noch einmal geschehen.«

Linkohr hatte sich ganz professionell einen Vollbart ankleben lassen. Obwohl allein schon der schwarze Kellnerkittel und sein seriöses Auftreten keinerlei Zweifel daran aufkommen ließen, dass er Hotelangestellter sein würde, war es eine Vorsichtsmaßnahme gewesen. Schließlich hatte er den Kommissar bei einigen Vernehmungen begleitet. Routiniert servierten Linkohr und die Kollegen des SEK das Essen, dessen fantasievoller Name allein schon schwer auszusprechen war. Sie entkorkten Weinflaschen, schenkten ein und ließen die hohe Schule des Servierens erkennen.

Linkohr hatte sich von dem Tisch fern gehalten, an dem Beierlein saß, denn mit ihm hatte er im Zuge der Ermittlungen direkten Kontakt gehabt. Dann aber war er erschrocken, als er beim Abtragen des Suppengeschirrs plötzlich einen Mann vor sich stehen sah, der viel zu spät den Versammlungsraum betreten hatte. Eine sportliche Erscheinung, braun gebrannt. Mit jedem hätte er gerechnet, nur nicht mit ihm. Linkohr hatte sofort beiseite geschaut und war mit seinem voll beladenen Tablett aus dem Saal gestürmt. Von einem Nebenraum aus wählte er Häberles hausinterne Nummer. »Haben Sie schon gesehen?« flüsterte er, als ob es jemand hätte hören können, »Meckenbach ist auch da. Er ist zu spät gekommen, sitzt ganz hinten.«

Als das Essen beendet war und Gangolf entschieden hatte, dass das Dessert erst später aufgefahren werden sollte, trat er an das filigrane Rednerpult, um die Gäste zu informieren. Unter ihnen waren die engeren Mitarbeiter der Organisation, aber auch Vertreter aus der Wirtschaft, die als große Sponsoren Wert darauf gelegt hatten, aus erster Hand informiert zu werden. Außerdem waren Sportfunktionäre gekommen, von denen einigen die Angelegenheit inzwischen zu heiß erschien, wie sie Beierlein unverblümt mitgeteilt hatten.

Gangolf hatte für einen kurzen Moment überlegt, ob er sein Statement hinter verschlossenen Türen halten sollte, dann aber war er mit sich einig, dass seine Formulierungen keinen der überaus seriösen und diskreten Kellner in irgendeiner Weise würden hellhörig werden lassen.

»Wir haben Erfreuliches zu berichten«, kam der Ministerialdirektor schließlich zur Sache, »dreiundachtzig Komma fünf Millionen Euro hat unser … ja, unser Förderverein mit Stichtag einunddreißigster August zusammengetrommelt. Ein wahrlich stolzes Ergebnis.« Häberle hörte über versteckte Funkmikrofone mit. »Es lief grandios – und es läuft weiter, meine Damen und Herren, auch wenn wir aufgrund höchst unerfreulicher Umstände, auf die ich nachher noch zu sprechen kommen werde, vier Millionen …« Er rang noch einer Formulierung, »… abzwacken mussten. Dafür aber – und da sind wir sehr glücklich – können wir heute Abend auch wieder unseren Freund und Gönner, unseren Mäzen und Kontaktmann Matthias Nullenbruch unter uns begrüßen.« Der Mann, der sich an der Rezeption mit ›Pfullinger‹ angemeldet hatte, erhob sich und winkte mit der rechten Hand huldvoll in die Menge. Beifall brandete auf. Nullenbruch setzte sich wieder. »Er kann Ihnen nachher, wenn's gewünscht wird, in Einzelgesprächen von seinen Erlebnissen berichten«, fuhr Gangolf fort. »Fest steht – und das will niemand beschönigen –, dass es in der Slowakei nicht so gelaufen ist, wie er und wir es uns vorgestellt haben.« Atemlose Stille. Es schien so, als wagte sich keiner der Zuhörer zu bewegen. Kein Geräusch sollte die Erklärungen des Redners stören. Drei Kellner hantierten an der gegenüberliegenden Stirnseite mit Flaschen und Gläsern.

»Es ist ein altes Gesetz«, holte Gangolf aus, »wo es um viel Kapital geht, tauchen sofort die Bluthunde auf – und dies insbesondere, wenn man sich mit ihnen einlässt. Nur weiß man leider oftmals nicht, wer die Bluthunde sind, weil sie nämlich als Wölfe im Schafspelz auftreten und sie Freundschaften schamlos ausnützen.« Die Stimme des Redners wurde lauter und leidenschaftlich. »Das Böse auf diesem Planeten breitet sich aus. Und ich bin mehr denn je davon überzeugt, dass es in nicht allzu ferner Zukunft diesen Planeten ganz beherrschen wird, wenn sich das Gute nicht wehrt.« Schon hörte es sich wie die Rede eines Politikers an. »Das Böse wird uns mit unseren eigenen Mitteln aushebeln. Liberalität in Ehren, in ganz großen Ehren, aber irgendwann wird die liberale Schmerzgrenze erreicht sein, glauben Sie mir, das ist zu befürchten.«

Häberle, der neben mehreren Lautsprechern saß und die drehenden Spiralen des Bildschirmschoners seines Laptops verfolgte, nickte in sich hinein. Doch Gangolf kam endlich zu jener Sache, die den Kommissar brennend interessierte: »Matthias hat seinem Geschäftsfreund vertraut, über Jahre hinweg – bis es Auffälligkeiten gab, zunächst in ganz anderer Sache. In Kapital, das als kreditgünstiges Darlehen an befreundete Firmen gegeben wurde«, erklärte der Ministerialdirektor, der voll informiert zu sein schien, »doch Matthias' Geschäftsfreund hat es für andere Zwecke missbraucht, ja er hat ihn betrogen, nicht nur ihn, sondern viele Darlehensgeber, denen Matthias gutgläubig empfohlen hatte, ihr Geld auf diese Weise zinsgünstig anzulegen.« Jetzt ging erstmals ein Murmeln durch die Zuhörer. »Als die Zinszahlungen ausblieben, wurden die Anleger sehr schnell nervös.« Gangolf verzog das Gesicht. »Dann werden aus guten Freunden plötzlich Feinde. Wie sagt man doch immer? Bei Geld hört die Freundschaft auf. Als dann zwei enge Freunde von Matthias, ebenfalls Betrogene, Ende Mai hingeflogen sind, um nach dem Rechten zu sehen, war schon nichts mehr zu retten.« Gangolf nahm einen Schluck Mineralwasser. »Aber es sollte noch viel, viel schlimmer kommen.« Jetzt verfinsterten sich die Mienen an den Tischen. »Auch unser Kapital geriet in Gefahr – nicht direkt zwar, nein, das konnte nicht geschehen, weil Matthias Sorge dafür getragen hat. Aber indirekt – und dies war bedrohlich genug, wie die Ereignisse gezeigt haben. Matthias vormaliger Freund, er wird Jano genannt, hat zwar die Kontakte hergestellt, die wir gebraucht haben – für unser … unsere globalen Netze. Aber …« Gangolf wischte sich mit einem Papiertaschentuch Schweiß von der Stirn und lächelte seinem Evchen zu, »... aber er hat sich eben auch mit Gruppierungen eingelassen, die nicht unseren ... unseren Vorstellungen entsprechen.«

Zwei weitere Kellner betraten leise den Raum, um ihren Kollegen an der hinteren Stirnseite behilflich zu sein. »Als unser verehrter Freund Matthias Nullenbruch ...« Der Redner deutete mit einer Hand auf ihn, »... als er Ende Mai dann beinahe Hals über Kopf runtergeflogen ist, geriet er in große Schwierigkeiten. In sehr große sogar ...« Gangolf nickte ihm anerkennend zu. »Wir haben lange Zeit nicht gewusst, was geschehen ist – und waren in großer Sorge. Matthias, du hast mir viele schlaflose Nächte beschert.« Dann wandte er sich wieder an die übrigen Zuhörer: »Aus nahe liegenden Gründen, Sie alle werden das verstehen, konnten wir natürlich keine Polizei einschalten. Wie hätten wir dies auch alles erklären sollen? Und seine verehrte Frau ...« Der Redner lächelte mitleidig zu Nullenbruch hinüber, »... ich hoffe, du nimmst es mir nicht übel, wenn ich es sage ... seine verehrte Frau hat ihm aus, ja, aus familiären Gründen sozusagen keine Träne nachgeweint. Dies zu kritisieren, steht uns aber nicht zu.«

Häberle hatte sich auf dem unbequemen Holzstuhl zurückgelehnt. Er konzentrierte sich mit geschlossenen Augen auf die Stimme. Sie war zwar dumpf, weil das versteckte Mikrofon vermutlich in einem ungünstigen Winkel zu Gangolf angebracht war, aber verständlich waren die Worte allesamt.

»Jedenfalls, meine Damen und Herren, wurden Forderungen erhoben«, hörte Häberle die Stimme weiter. »Es wurden Forderungen erhoben. Ja, Forderungen. Eine Gruppe von Slowaken hat versucht, ihr Wissen in bare Münze umzusetzen.«

»Erpresser«, rief eine Männerstimme dazwischen.

Gangolf schien nicht darauf einzugehen. »Unser Freund Matthias Nullenbruch ist in ihre Fänge geraten, das ist allseits bekannt«, sagte der Ministerialdirektor. Er behielt die

Kellner am Ende des Saales im Auge und überlegte, ob es gut gewesen war, so deutlich zu werden. Doch die Schwarzkittel schienen überhaupt nicht zuzuhören.

»Und auch dieser Jano«, fuhr er deshalb fort, »ist in den Sog seiner Landsleute geraten, sodass ihm schließlich sein Schwager aus Amerika beistehen musste. Tja, und dann kam die Sache mit Klinsmann. Wie aus heiterem Himmel. Sie können mir glauben, meine Damen und Herren, dass mich dies genau so geschockt hat wie Sie alle. Unser ganzes Bemühen – kurzum eben alles, was wir in der letzten Zeit getan haben – schien zunichte gemacht zu werden. Es ist der Cleverness dieses Kommissars zu verdanken, dass Klinsmann nichts passiert ist«, erklärte Gangolf. Häberle am Lautsprecher grinste und spitzte die Ohren. »Ich weiß nicht, wie der Kriminalbeamte heißt, aber er ist clever, sehr clever sogar – und deshalb auch weiterhin am Ball, wenn man dies so sagen kann.«

Drüben im Saal lächelte Gangolf. »Doch noch vor dieser spektakulären Befreiungsaktion, das kann ich hier ruhig sagen, gab es große Aufregung.«

Als ob die verbliebenen Kellner gespürt hätten, dass ihm ihre Gegenwart nicht gefiel, verließen sie den Saal. Gangolf war zufrieden. Jetzt konnte er deutlicher formulieren. »Anfang Juli sind im Kanzleramt Akten von höchster Brisanz aufgetaucht.« Ein Raunen ging durch den Raum. »Akten aus dem Koffer unseres Freundes Lanski. Nur Kopien – allerdings von höchster Brisanz, wie ich sagte. Namen, Adressen und so weiter. Und eine Forderung über vier Millionen.«

Für ein paar Sekunden musste Gangolf unterbrechen, weil ein Stimmengewirr entstand. »Dann muss es noch eine Lücke geben«, rief jemand. Ein anderer bekräftigte enttäuscht: »Die Sache ist tot, vergessen Sie's.«

»Angesichts der Tatsache«, fuhr der Politiker sachlich und unbeirrt fort, »… angesichts der Tatsache, dass unser Freund Matthias seit nahezu eineinhalb Monaten festgehalten wurde, haben wir keine andere Möglichkeit gesehen, als den Forderungen nachzukommen.« Empörte Zwischenrufe. Diskussionen entbrannten. Häberle konnte am Lautsprecher keine einzelnen Gespräche mehr verstehen. Es hörte sich nach tumultartigen Szenen an. Irgendjemand schien mit Gläsern aneinander zu schlagen, um sich wieder Gehör zu verschaffen. Häberle wählte unterdessen am Hausapparat eine Nummer. »Sind Kollegen drin?«, fragte er, denn es gab nur Ton, aber kein Videobild aus dem Saal. »Okay«, sagte er schließlich, »niemand soll vorläufig mehr reingehen.« Plötzlich war im Lautsprecher wieder eine Stimme zu verstehen: »Was hätten wir schon tun sollen?«, fragte Gangolf rhetorisch, »... vier Millionen überwiesen nach Kiew – und unser Freund Matthias wurde freigelassen. Die ›ehrenwerte Gesellschaft‹ ist auch dort sehr korrekt und zuverlässig. Wobei wir aber nicht wissen ...« Er zögerte, es zu sagen. »... ja, wobei wir nicht wissen, woher die Akten ans Kanzleramt gekommen sind.« Wieder brandete Stimmengewirr auf. »Aber ... bitte, meine Damen und Herren«, Gangolf verschaffte sich wieder Ruhe, »... ich denke, es ist uns gelungen, auch dieses Problem in den Griff zu bekommen.«

Häberle stutzte und lauschte. Doch die Stimme im Lautsprecher wollte keine Einzelheiten nennen.

»Ich möchte Ihnen nichts vormachen, meine Damen und Herren – ich bin zwar der Meinung, dass sämtliche Gefahrenquellen ausgeschaltet sind, aber dennoch sollten wir uns heute im Klaren darüber sein, dass ein Restrisiko bleibt.« Wieder gab es empörtes Gemurmel.

»Aufhören, sofort aufhören«, war eine Stimme aus dem Hintergrund zu hören, »Klinsmann ist ein grundehrlicher Mensch. Er darf nicht länger einer Gefahr ausgesetzt werden, von der er nichts weiß.«

»Denkt an den Zorn von ›MV‹ «, schallte ein anderer Zwischenruf durch den Saal.

»Und was ist mit den Morden?« rief eine erregte Männerstimme.

Häberle kam instinktiv mit dem Kopf näher an die Lautsprecher heran. Doch einzelne Stimmen waren aus dem anschwellenden Geschrei nicht mehr auszumachen. Drei, vier Minuten hielt die feurig geführte Debatte an. Dann erst kristallisierte sich Gangolfs Stimme wieder heraus: »Bitte Ruhe, meine Herrschaften. Erwecken Sie bitte nicht den Eindruck, als ob alles schon gestorben wär.«

»Ist es doch schon«, schallte es ihm entgegen. Häberle sah den Augenblick des Eingreifens für gekommen. Er drückte an einem seiner Geräte eine Taste. »In einer Minute Zugriff«, befahl er ruhig, »ab jetzt.«

73

Die Männer im Kellner-Outfit wuselten über den hell erleuchteten Gang. Draußen im menschenleeren Burghof parkten einige Kombis mit schwarz getönten Scheiben. Vor dem Zugangstor hielten sich einige junge Männer auf, die an diesem lauen Herbstabend auch Ausflügler hätten sein können. In der Dunkelheit konnte niemand sehen, dass sie winzige Ohrhörer trugen, von denen ein dünnes Kabel im Hemd verschwand. Sobald das Kommando erteilt wurde, würden sie aus Sicherheitsgründen die Straße sperren. Dann durfte niemand mehr die Burganlage betreten.

Entlang der bergabwärts gewandten und zwei Stockwerke tiefer reichenden Fassade des Hotels waren ebenfalls einige Männer in Position gegangen. Sie hatten sich in die Schatten zurückgezogen, die die Sträucher im gelblichen Licht der Strahler warfen, mit denen das Gebäude von außen beleuchtet wurde.

»Noch 30 Sekunden«, krächzte Häberles Stimme in den winzigen Ohrhörern. Er selbst war nach diesem Kommando aufgesprungen, warf einen Blick durch das Fenster in die nachtschwarze Ferne hinaus und fühlte sich von einer plötzlichen Stille umgeben, die ihn an die sprichwörtliche Ruhe vor dem Sturm erinnerte.

Der Bundestagsabgeordnete Klaus Riegert entspannte sich an diesem Freitagabend zu Hause, gerade mal vier Kilometer entfernt. Die zurückliegenden Wochen des Bundestagswahlkampfes hatten ihm zugesetzt und er war froh, jetzt ein paar Tage für sich und seine Familie zu haben. Seine Frau hatte ein deftiges Vesper serviert, dazu einen Most, den er während der Wahlkampf-Tour von einem Bauern aus dem Voralb-Gebiet geschenkt bekommen hatte. Er war noch einmal in sein kleines Büro gegangen, um die neuesten Mails zu lesen. Darunter befanden sich wieder jede Menge Glückwunschschreiben zur Wiederwahl. Immerhin würde nun schon seine vierte Amtsperiode beginnen. Das Telefon klingelte und er meldete sich. Aus dem Hörer drang eine energische Frauenstimme.

»Herr Riegert – sind Sie das?«

»So ist es – und wer sind Sie?« entgegnete der Abgeordnete. »Hören Sie zu!«, fuhr die Frau fort. »Fahren Sie nach ›Staufeneck‹. Das sollten Sie sich als Politiker unbedingt ansehen.« Sie machte eine Pause, doch Riegert war derart überrascht, dass er sie nicht zu einem Einwand nutzen konnte. »Es wird Sie interessieren«, wiederholte die Frau, »es wird Sie interessieren – als Politiker und als Polizist.«

Riegert war aufgesprungen und schaute durch das Fenster in die Nacht hinaus. Am Himmel waren die Landescheinwerfer eines Flugzeugs zu sehen, das den Stuttgarter Flughafen anflog. »Und wer sind Sie?«

»Das werden Sie sehen. Bis nachher«, kam es zurück, unpersönlich, bestimmend, herrschsüchtig. Dann war die Leitung tot.

Der Politiker hielt den Hörer noch für ein paar Sekunden irritiert in der Hand. Er zögerte einen weiteren Augenblick, doch dann gewann der Polizist in ihm die Oberhand. Riegert stieg in die Wohnung hinab und überzeugte seine Frau davon, dass er sehen wolle, was auf ›Staufeneck‹ geschehe. Sie deutete auf ihre Armbanduhr. »Du, es ist fast elf. Ich find es nicht gut, wenn du allein da rauffährst.«

Er schlüpfte bereits ins Jackett und drückte seiner Frau einen Kuss auf den Mund. »Du hast Recht, ich ruf mal meine ehemaligen Kollegen an.«

Im Auto ließ er das Handy in die Freisprechanlage rasten und wählte die Nummer des Göppinger Polizeireviers. Während er den Wagen auf die Straße rangierte, meldete sich die Stimme des Dienst habenden Beamten. Nachdem Riegert erklärt hatte, worum es ging, wurde er sofort zur Kriminalpolizei weiterverbunden. Er staunte, dass dort offenbar zu dieser späten Stunde jemand saß.

Riegert steuerte über Wohnstraßen aus dem Ort hinaus in Richtung Salach. Unterdessen meldete sich im Lautsprecher eine Männerstimme, die irgendwie gestresst und entnervt klang. Der Politiker erklärte, dass er einen dubiosen Anruf erhalten habe, sofort auf ›Staufeneck‹ zu kommen, und dass er in Sorge sei, dort oben könne etwas nicht mit rechten Dingen zugehen.

Der Kriminalist am anderen Ende der Leitung schwieg einen Moment, schien den Hörer zuzuhalten und etwas mit einem anderen Kollegen zu bereden. Riegerts Auto rollte bereits auf den Ortsrand von Salach zu. Nur wenige Fahrzeuge kamen ihm entgegen.

Dann meldete sich die Stimme wieder: »Sie können hochfahren. Sie werden von Kollegen in Empfang genommen.«

Riegerts Herz begann zu pochen. Also doch. Dann lief bereits eine größere Polizeiaktion. Er trat kräftiger aufs Gaspedal.

»Jetzt«, sagte Häberle kühl ins Mikrofon. Im Saal hatte noch immer ein heilloses Durcheinander getobt. Gangolf war es bislang nicht gelungen, sich wieder Gehör zu verschaffen. Doch dann verstummten die Gespräche augenblicklich.

SEK-Beamte in Kampfkleidung hatten die beiden Eingangstüren mit einem Ruck aufgerissen, Waffen in Anschlag gebracht und sich sofort im Saal verteilt.

»Keine Bewegung, alle bleiben sitzen«, rief einer der Männer, während zwei Dutzend wortlos hereinhuschten und ihre zuvor genau festgelegten Positionen bezogen. Innerhalb weniger Sekunden waren die Besucher der Tagung von den Einsatzkräften und den Kellnern umzingelt. Unterdessen wurden die ersten empörenden Zwischenrufe laut. Gangolf, der wie zur Salzsäule erstarrt am Rednerpult stand, hatte sich am schnellsten wieder gefasst. »Ich bin etwas erstaunt«, sagte er und blickte in die Runde, auf die von allen Seiten drohend

Waffen gerichtet waren, »vielleicht kann mir mal jemand erklärten, was hier vor sich geht.« Seine Stimme klang unsicher und schwach.

»Das kann ich gerne tun«, schallte es ihm von einer der offenen Türen im rückwärtigen Teil entgegen. Es war Häberle, der im Hereinkommen einem Mann in die Augen blickte, mit dem er einige Tage auf Dienstreise gewesen war. Meckenbach drückte mit dem Zeigefinger der rechten Hand seine randlose Brille gegen die Nasenwurzel.

Die Köpfe der Besucher drehten sich zu Häberle, der entlang der Wand nach vorne ging, vorbei an den Kollegen des Spezialeinsatzkommandos. »Entschuldigen Sie die Unterbrechung, Herr Ministerialdirektor«, klang Häberles sonore Stimme durch den Saal. »Aber ich befürchte, das Dessert fällt heute aus.«

Gangolf fehlten offenbar die Worte. »Nachdem die Mehrheit hier im Raum gegen eine Fortsetzung Ihrer ... Ihrer Aktionen zu sein scheint ...«, fuhr Häberle fort. Er hatte jetzt das Rednerpult erreicht und stand neben Gangolf. »... nachdem also alles gründlich in die Hose gegangen ist, wird es Zeit, dem Treiben ein Ende zu setzen. Ein für allemal.« Er verschränkte die Arme, um locker und entspannt zu wirken.

»Es gibt einige Herrschaften hier im Saal, die mehr wissen«, machte der Kommissar weiter, »... es sind Herrschaften, die vor Mord und Totschlag nicht zurückschrecken.« Wieder wurde Empörung laut. Irgendjemand rief: »Ich hab's ja gleich gewusst. Ich hab damit nichts zu tun.« Weitere Stimmen folgten, die Ähnliches bekräftigten.

Häberle hob die Arme, um zu signalisieren, dass er noch mehr zu sagen hatte. Er sah, wie sich Linkohr unauffällig bei Meckenbach postiert hatte und wie nervös Stefan Beierlein mit den Augen blinzelte. Der Mann, der ganz vorne neben Gangolfs aufreizend gekleidetem Betthäschen saß, dürfte Nullenbruch sein, dachte Häberle, der sich auf die Schnelle einen Überblick verschaffen wollte. Er verspürte jetzt auch eine innere Unruhe.

»Sie alle …« Er deutete auf die vor ihm sitzenden Zuhörer an den V-förmig ausgerichteten Tischen, »… Sie alle waren an einem groß angelegten Erpressungsversuch beteiligt – bewusst oder teilweise unbewusst, vielleicht auch im Glauben, eine gute Sache zu unterstützen. Aber …« Er musste wieder gegen Zwischenrufe ankämpfen und hob deshalb die Stimme. »… aber die Herrschaften, die Sie unterstützt haben, haben vor nichts zurückgeschreckt.« Er drehte sich zu Gangolf, der die Hände in den Hosentaschen vergrub, um eine gewisse Lässigkeit vorzutäuschen. Ihm standen Schweißperlen auf der Stirn.

»Dieser Herr«, machte Häberle weiter »der hat in Berlin die Fäden gesponnen und mit dem verehrten Herrn Nullenbruch und dessen Kontakte zur osteuropäischen Wettmafia ein globales Netzwerk aufgebaut, dessen einziges Ziel es sein sollte, durch Korruption und Erpressung, Schiedsrichter und Spieler gegnerischer Fußballmannschaften zu beeinflussen.« Häberle ließ gleich gar keinen Widerspruch aufkommen, sondern redete jetzt immer schneller. Auch er schwitzte. »Schiedsrichter und Gegner, die dafür sorgen konnten, dass Deutschland nächstes Jahr Weltmeister würde. Und was man sich da vorgenommen hatte, war eine gigantische Aktion: Nicht nur im Vorfeld, sondern insbesondere während der WM hätte man mit enormem Aufwand auf die jeweiligen Gegner und Schiedsrichter Einfluss genommen. Und wer nicht gespurt hätte, dem hätte man die Hölle heiß gemacht – oder ihn einfach beseitigt.«

Gangolf schüttelte den Kopf und wandte sich voller Empörung ab.

»Tote hat's bereits genug gegeben. Zumindest ein Schiedsrichter in Südamerika ist vor wenigen Wochen erst unter dubiosen Umständen ums Leben gekommen. Und begonnen hat es mit dem bedauernswerten Herrn Lanski. Sie erinnern sich: Vor dreieinhalb Monaten ist er in Geislingen erschossen worden. Er ist damals gerade von einer Tagung gekommen, die Herr Stefan Beierlein in Stuttgart geleitet hatte …« Häberle deutete auf ihn und lächelte. Beierlein saß wie versteinert. »… angeblich ging's um Sportartikelgeschäfte. Doch in Wirklichkeit hatte man korrupte Schiedsrichter um sich versammelt. Herr Lanski hätte wohl als Sportfunktionär und künftiger Wettbüro-Inhaber mitmischen sollen, doch dann ist ihm die Sache zu heiß geworden. So heiß aber, dass er Angst um sich und seine Familie hatte, weil man in Stuttgart natürlich alle Anwesenden eingeschüchtert hat«, stellte Häberle fest. Die Gäste hingen ihm jetzt förmlich an seinen Lippen. Gangolf verfolgte das Geschehen kopfschüttelnd.

»Lanski hat sich alten Freunden anvertraut, noch am gleichen Abend. Und auch die waren von den Drohungen und Einschüchterungen tief erschüttert. So tief, dass sie es nicht wagten, mit jemandem darüber zu reden. Denn schon damals, das darf angenommen werden, waren brutale Trupps der inzwischen aufgebauten Organisation in Deutschland unterwegs.«

Jetzt wurden wieder Zwischenrufe laut, mit denen sich einzelne Anwesende von all dem distanzieren wollten.

»Doch Lanski, da bin ich inzwischen überzeugt, musste an diesem Abend nicht sterben, weil er ein Geheimnis verraten hatte. Nein, er war in einer anderen Sache unbequem und damit zum Sicherheitsrisiko geworden«, dozierte Häberle, »er gehörte nämlich zu einer Schar von geprellten Darlehensgebern. Herr Nullenbruch hat bei seinem Engagement in der Slowakei nicht nur Tür und Tor zur Wettmafia geöffnet, sondern über seinen dubiosen Freund Jano reichlich Kapital als angeblich hochverzinsliches Darlehen fließen lassen. Als Lanski den Verdacht gehegt hat, dass da etwas nicht mit rechten Dingen zuging, wollte er an diesem Abend seinen alten Freund Nullenbruch zur Rede stellen. Rein vorsorglich hat er sich unter falschem Namen ins Hotel eingemietet – ein cleverer Schachzug, falls ihm etwas zustoßen würde. So wurden wir auf die richtige Spur gelenkt.« Häberle lächelte. »Er hat auch gut daran getan, wie wir wissen. Um nirgendwo gesehen zu werden, verabredete man sich aber nicht im Hotel, sondern am Bahndamm unweit den Sportplätzen im Eybacher Tal.«

Häberle schaute dem Mann, den er für Nullenbruch hielt, fest in die Augen. Der ließ keine Regung erkennen.

»Doch gekommen ist an diesem Abend nicht der Herr Nullenbruch, sondern jemand anders«, stellte der Kommissar fest, während einer der Kellner – es war Linkohr – ihm einen Zettel zusteckte. Häberle überflog den handschriftlichen Text und nickte seinem Kollegen zu. »Sollen hergebracht werden.«

Linkohr hatte das diskrete Verhalten eines Kellners abgelegt und eilte aus dem Raum.

74

Riegert war am Eingang zum Burghof von SEK-Beamten gestoppt worden. Sie hatten jedoch bereits von den Kriminalisten im Göppinger Revier von dessen Kommen erfahren. Ein Beamter salutierte und meldete: »Wir haben die Lage im Griff.« Riegert verstand jedoch überhaupt nicht, worum es ging und erklärte, er sei anonym aufgefordert worden, hier heraufzukommen – genau so, wie er es bereits dem Beamten bei der Kriminalpolizei dargestellt hatte. Offenbar war aber auch dies bereits weitergemeldet worden.

Riegert wurde gebeten, seinen Wagen außerhalb der Burganlage abzustellen. Er kam dieser Aufforderung nach, stieg aus und wurde von einem dienstranghöheren, schnauzbärtigen SEK-Angehörigen begrüßt. »Sie sind nicht der Einzige, der Einlass begehrt.« Er führte ihn in den beleuchteten Innenhof und deutete auf eine Frau, die am Hoteleingang bei drei Uniformierten stand. Riegert versuchte, sie im Licht der Lampen zu erkennen. Doch er war sich ziemlich sicher, dieser Frau noch nie bewusst begegnet zu sein. Sie war groß und trug einen dunklen Hosenanzug. Als er zusammen mit seinem Begleiter die Gruppe erreicht hatte, sagte der Politiker ein knappes ›Hallo‹ und stellte sich ebenso kurz vor.

»Dann sind Sie ja der Richtige«, prasselte sogleich ein energischer Redeschwall dieser Frau auf ihn herab, »ich muss unbedingt da rein. Diese Bande, diese verdammte, hat mir meinen Ruf ruiniert. Ich will sofort zu diesem Kommissar …«

Riegert versuchte, sie zu beruhigen. »Wir werden das geregelt kriegen.« Er sah durch die gläserne Eingangstür einen Mann in Kellnerkleidung herankommen. Beinahe hätte er ihn nicht erkannt, aber es war eindeutig Häberles verkleideter und mit Vollbart versehener Kollege Linkohr. Er nickte in die Runde und erklärte: »Herr Häberle lässt bitten. Aber …« Er wandte sich der Frau zu, »… keine Wutattacken. Sonst gibt's ziemlichen Ärger.« Die selbstbewusste Frau stöckelte in das Foyer und folgte den Männern die Treppe abwärts zum Konferenzraum. Riegert ließ ihr gerne den Vortritt. Er hatte keine Lust, an vorderster Front zu stehen.

»Es ist jemand anderes gekommen«, knüpfte Häberle an das zuvor Gesagte an. »Nicht der Herr Nullenbruch hat die Sache mit Lanski erledigt, um es mal so salopp zu sagen …« Ihre Blicke trafen sich wieder und Nullenbruch schien noch stärker angespannt zu sein, als er es bisher bereits war, »… nein, die Drecksarbeit hat er seiner Sklavin überlassen, ja, so kann man es wohl sagen, der Anna, die er in Bratislava aus der Gosse gezogen hat. Ein in jeder Beziehung williges Mädchen – dazu noch geübt im Umgang mit Waffen.« Nullenbruch schloss die Augen, während um ihn herum sich wieder Empörung breit machte. Gangolf gab sich noch immer ungerührt. Häberle dozierte weiter: »Sie hat den lästigen und wohl auch aufsässigen Darlehensgeber beseitigt. Doch zu retten war zu diesem Zeitpunkt schon nichts mehr, denn auch zwei weitere Betrogene hatten bereits Lunte gerochen. Nur wollten sie die Situation vor Ort selbst klären. In alter Verbundenheit zu Ihnen, Herr Nullenbruch.« Häberle deutete wieder auf ihn, »haben die beiden Sie von den Unregelmäßigkeiten verständigt und Sie sind dann Hals über Kopf auch nach Košice geflogen. Natürlich nicht, um Ihren Freunden das Kapital zu retten, denn wahrscheinlich haben Sie selbst gewusst, dass dieser Jano ein Mafiosi war, nein, es ging Ihnen um das hier – um das, was diese Herrschaften hier mit Ihrer Hilfe und mithilfe einer internationalen Wettmafia anzetteln wollten.« Nullenbruch saß stocksteif. Er glaubte die Blicke zu spüren, die auf ihn gerichtet waren. »Panische Angst hat Sie befallen. Panische Angst, das ganze Gebilde könnte auffliegen. Was also haben Sie getan?« Häberle steckte lässig die rechte Hand in die Hosentasche und gestikulierte mit der linken. »Sie haben vermutlich Tabula rasa machen wollen – und sind denen in die Hände gefallen, die durch Janos Verstrickungen ins Unterwelt- und Prostitutionsmilieu längst wussten, welche Schweinereien von Deutschland aus sozusagen weltweit angelaufen waren.«

»Saupack«, rief jemand von hinten. »Sperren Sie ihn ein«, zeterte ein anderer. Häberle musste wieder beide Arme heben, um für Ruhe zu sorgen. »Das ist noch nicht alles, meine Herrschaften«, fuhr er fort und verschränkte die Arme vor der Brust, »Ihr Herr Nullenbruch wurde festgehalten – sozusagen als Geisel. Doch so richtig traurig war darüber niemand. Ihre Frau …« Er schaute ihn ernst an. »Die haben Sie wegen Ihrer Sklavin ziemlich verärgert. Und weil Sie, verehrter Herr Nullenbruch, ohnehin nur Geschäftsführer und nicht Eigentümer Ihrer Firma waren, hat sie ebendies zum Anlass genommen, Sie zu entmachten.« Nullenbruchs Stirn glänzte. Schweißperlen rannen von den Schläfen. Zum ersten Mal seit Minuten schaute er sich um, als suche er einen Fluchtweg. Doch die SEK-Beamten, die mit ihren Waffen im Abstand von wenigen Metern an den Wänden und zwischen den Fenstern postiert waren, ließen nicht die geringste Chance erkennen.

Riegert, die Frau und die Uniformierten samt Linkohr standen an der hinteren Eingangstür, die einen Spalt weit geöffnet war. Sie hatten Häberles Erläuterungen mit Interesse verfolgt. Doch nun war die Frau nicht mehr zu bändigen. »Jetzt, jetzt«, bettelte sie den Dienstranghöchsten an, »er hat doch gesagt, dass ich reindarf.« Noch ehe sie der Beamte davon abhalten konnte, riss sie die Tür vollends auf und brüllte so laut sie konnte: »Wann sperren Sie denn dieses Dreckschwein endlich ein?« Der Beamte versuchte, sie zurückzuzerren und gleichzeitig die Tür wieder zu schließen. Inzwischen waren alle Köpfe nach hinten gedreht und Häberle verstummt. Noch bevor er etwas sagen konnte, begann die Frau zu toben und sich gegen den Beamten zur Wehr zu setzen, worauf sich an der Tür ein Tumult zu entwickeln drohte, in den nun weitere Kriminalisten eingriffen. »Lasst mich!«, schrie sie, bis Häberle mit seiner sonoren Stimme alle übertönte: »Okay, Kollegen, okay, lasst Frau Siller nach vorne.«

Augenblicklich wurde sie aus dem Klammergriff eines Beamten befreit. Sie holte tief Luft und stöckelte, von allen Augen neugierig und gespannt verfolgt, nach vorne. Doch sie würdigte keinen der Besucher auch nur eines Blickes.

»Das ist Frau Siller«, versuchte Häberle die Situation wieder etwas zu entschärfen, »sie ist die neue Chefin bei der Firma ›Nubru‹.« Noch drei, vier Schritte von Häberle entfernt, riss sie das Wort an sich: »Wer immer Sie alle sind«, wetterte sie los und deutete mit beiden Armen in den Saal, »ich werde jeden Einzelnen von Ihnen juristisch zur Verantwortung ziehen für alles, was geschehen ist.« Nullenbruch schluckte. Gangolf, ihr Ex-Ehemann, schien in den Boden versinken zu wollen. Denn jetzt wandte sie sich ihm zu: »Und der da ...« Ihre Stimme klang gefährlich und drohend, »der hat alles eingefädelt. Er hat mich schamlos für seine Zwecke und Ziele ausgenutzt und über mich den Herrn Nullenbruch kennen gelernt – und damit diese verdammten Mafiosi in der Slowakei, einschließlich einiger junger Flittchen, um sich mit denen austoben zu können und was weiß ich noch alles zu tun ...« Häberle spürte, wie sie sich in einen ihrer gefürchteten Tobsuchtsanfälle hineinsteigerte.

»Und dann besitzt dieser verdammte Schweinehund Jano mit seinem Doppelspiel auch noch die Frechheit, mein Ferienhaus in Südfrankreich an irgendwelche Mafiosi zu vermitteln, damit die dann dort Klinsmann festhalten.«

Häberle signalisierte mit Handbewegungen, dass er an dieser Stelle auch noch etwas sagen wollte. Ute Siller warf ihm einen finstren Blick zu, ließ ihn aber gewähren. Klaus Riegert verfolgte das Geschehen von der geöffneten hinteren Tür aus. Er begann, sich die Zusammenhänge vorzustellen und wie seine eigenen Erlebnisse darin einzuordnen waren. Die Slowaken-Mafia, dachte er mit gewissem Schaudern, hatte ihn wohl bereits ins Visier genommen. Auf einmal wurde er sich der Gefahr bewusst, in der er über Wochen oder gar Monate hinweg geschwebt war. Dieser Gangolf und dessen Eva, mit der er einige Male die Mittagszeit verbracht hatte, waren offenbar zu jedem Zeitpunkt über die Ereignisse in Göppingen und Geislingen informiert gewesen – auch dank seiner unbewussten Mithilfe.

»Diese Lücke im System, um es mal so zu nennen«, griff Häberle wieder den Faden auf, »die hat dazu geführt, dass eine Gangstergruppe versucht hat, Sie alle, wie Sie hier sitzen, zu erpressen.« Er deutete wieder auf die Besucher. »Welche Rolle dem verschwundenen Jano zukommt, wird sich vermutlich nie mehr klären lassen, denn alles deutet darauf hin, dass er in der Slowakei zwischen alle Stühle geraten ist. Und was dies da unten bedeutet ...« Häberle stockte, »... das kann sich jeder von Ihnen ausmalen. Nachdem also Herr Nullenbruchs Verschwinden offenbar keinen großen Eindruck hinterlassen hat ...« Häberle wandte sich an den Mann neben der schwer atmenden Eva, »... tut mir leid, aber Ihre Freunde haben Ihnen keine Tränen nachgeweint, tja, nachdem diese Art der Erpressung nicht geklappt hat, musste der Sache mehr Nachdruck verliehen werden. Vier Millionen Euro waren gefordert. Eigentlich doch vergleichsweise wenig, gemessen an den Beträgen, die Herr Gangolf gebraucht hätte, um Schiedsrichter und Spieler zu bestechen.« Der Ministerialdirektor starrte auf den Boden.

»Man wollte sich aber auf die Erpresser nicht einlassen«, stellte Häberle fest. »Die Gegenseite, im Drohen und Einschüchtern nicht gerade zimperlich, wie ich übrigens selbst erfahren durfte – und auch noch einige andere Herrschaften ...« Er schaute in Richtung Riegert, »ja, da hat die Gegenseite dann ganz groß zugeschlagen. Klinsmann musste es sein. Sie wussten, dass dies der Superschlag sein würde, mit dem man auch einen hartnäckigen Mann wie den Herrn Gangolf in die Knie zwingen konnte. Jetzt war die Öffentlichkeit aufmerksam geworden – und nun musste Schadensbegrenzung betrieben werden. Zahlen mussten Sie aber trotzdem nicht«, stellte Häberle fest und sah langsam einen dieser Männer nach dem anderen an. Die rassigen Südosteuropäerinnen, die er am Nachmittag hatte kommen sehen, waren gar nicht im Saal. »Man musste nicht zahlen, weil Herr Klinsmann nicht nur ein begnadeter Bundestrainer ist, sondern auch obendrein eine solche Situation genial meistert. Ich will nicht näher darauf eingehen, aber es ist uns gelungen, ihn rechtzeitig zu befreien.« Er atmete tief ein. »Weshalb wenig später auch Herr Nullenbruch freigekommen ist, entzieht sich meiner Kenntnis. In diesem Falle gehe ich einfach mal davon aus, dass Sie ein paar Euro-fuffzig Lösegeld bezahlt haben. Aber da können Sie die verantwortlichen Herrschaften selbst fragen.« Und er fügte lächelnd hinzu: »So lange sie sich noch der Freiheit erfreuen.«

Ute Siller hatte sich erstaunlicherweise beruhigt. Ihr gefiel die Art, wie Häberle mit diesen Personen umsprang, vor allem mit Nullenbruch und ihrem Ex-Mann. Sie hatte sich an die Wand gelehnt und die Gesichter studiert. Nur einige wenige kamen ihr bekannt vor.

In der rechten Reihe erhob sich plötzlich ein Mann. »Gestatten Sie, dass ich ein paar Worte sage«, begann er, worauf sich sofort alle Köpfe zu ihm drehten. Häberle erkannte ihn als den Anrufer vom Nachmittag. »Mein Name ist Rambusch. Und ich bin in die Sache hinein geraten, ohne mir der Tragweite bewusst zu sein. Das soll keine Entschuldigung, aber eine Erklärung sein.« Stefan Beierlein vom Nebentisch warf ihm einen giftigen Blick zu. »Aber nach allem, was geschehen ist, kann ich nicht mehr schweigen. Vor allem, nachdem dieses Mädchen sterben musste. Sie hatte jeglichen Halt verloren. Als Herr Nullenbruch verschwunden war, hat sie verzweifelt Hilfe gesucht, schließlich war sie ihm hörig gewesen. Sie wissen das …«

Ute Siller trat energisch zwei Schritte vor, als sei ein Nerv getroffen worden. Sie schrie förmlich los: »Eine dreckige, miese kleine Nutte war sie, ein Puff-Luder.«

Häberle drehte sich um: »Ruhe! Sie sind augenblicklich still oder ich lass Sie rausbringen.« So hatte noch keiner der Besucher diesen Kommissar erlebt. Auch Riegert und Linkohr staunten.

Ute Siller konterte: »Von Ihnen lass ich mir noch lange nicht den Mund verbieten.« Häberle gab ein Zeichen, worauf sich zwei SEK-Beamte von der Wand lösten, ihre umgehängten Maschinenpistolen am Körper baumeln ließen und Sillers Arme auf den Rücken drehte. »Lasst mich los, ihr Drecksäcke«, tobte sie, doch gingen ihre weiteren Worte in einem undefinierbaren Schmerzensschrei unter. Augenblicke später wurde sie durch die vordere Eingangstür nach draußen gebracht. Ihre Schreie hallten noch für ein paar Sekunden herein.

»Entschuldigen Sie die Unterbrechung«, wandte sich Häberle wieder an die offenbar stark beeindruckten Besucher. Sie hatten erkannt, wie konsequent der Kommissar durchgreifen ließ. Nichts anderes hatte er auch demonstrieren wollen.

Rambusch, der den Vorfall stehend verfolgt hatte, fuhr mit hörbar innerer Unruhe fort: »Ich wollte nur an die Akten erinnern, die im Bundeskanzleramt aufgetaucht sind. Lanskis Akten. Es waren die Namen und Adressen jener Schiedsrichter, die für die WM nominiert sind.« Rambusch setzte sich wieder, »das sollten Sie wissen«, sagte er dabei, »und wir alle, wie wir hier sitzen, täten gut daran, heute dieses Kapitel abzuschließen.«

Häberle erfasste die Tragweite sofort. »Diese Akten waren es dann auch wohl, was bei Anna gesucht wurde und weshalb sie sterben musste. Vermutlich hat sie die Unterlagen nach dem Mord an Lanski behalten. Vielleicht ist ihr auch erst hinterher klar geworden, welch brisantes Material ihr dabei in die Hände gefallen ist. Und nach Herrn Nullenbruchs plötzlichem Verschwinden hatte sie offenbar kein Interesse mehr, mit der deutschen Seite zu kooperieren. Denn es ist anzunehmen, dass sie weiterhin gute Kontakte zu Janos mafiosen Zuhälterkreisen gepflegt hat – oder sagen wir besser:

pflegen musste. Sie hat zwangsläufig die Fronten gewechselt und im Auftrag dieser Erpresser die kopierten Akten nach Berlin geschickt. Den leeren Aktenkoffer haben wir bei ihr gefunden.« Wieder rumorte es im Saal. Häberle fuhr fort: »Ja, meine Herrschaften, das alles hat natürlich bei manchem von Ihnen große Irritation ausgelöst. Plötzlich misstraute jeder jedem. Herr Gangolf …« Er wandte sich wieder ihm zu, »… er hat versucht, mit seinem Herrn Liebenstein, aber auch mit seiner charmanten Begleiterin Frau Campe, die verworrene Lage hier im Süden zu sondieren.« Erneut wurden erboste Zwischenrufe laut, doch der Kommissar ließ sich nicht unterbrechen: »Wie groß die Verantwortung jedes Einzelnen von Ihnen war, werden die Abschlussermittlungen ergeben«, stellte Häberle fest, »die juristische Seite wird aufgearbeitet – die moralische ist Ihre, mit der Sie ein Leben lang behaftet sein werden.« In solchen Momenten hörte er sich wie ein Pfarrer an. Er schien jetzt zwar zum Ende seiner Ausführungen zu kommen, doch spürte jeder im Saal, dass noch etwas ungesagt im Raum stand. Wenn Anna zwar Lanski erschossen hatte, dann aber selbst Opfer wurde – dann musste es noch einen weiteren Mörder geben.

75

Ute Siller war in einen der Mannschaftstransportwagen verfrachtet worden. Sie hatte sich verzweifelt gegen die festen Klammergriffe der SEK-Beamten gewehrt, dann aber schließlich ihren Widerstand aufgegeben. Linkohr war ihnen auf den Burghof hinaus gefolgt. Er gab sich im Kastenwagen gegenüber der Frau zu erkennen. Über ihr Gesicht huschte ein Lächeln. Ihre blonden Haare waren zersaust, Wimperntusche hatte sich mit Schweiß vermischt.

Der Jungkriminalist saß ihr an dem Klapptischchen gegenüber, während draußen, vor der geschlossenen Schiebetür des Autos, ein SEK-Beamter postiert blieb.

»Sie sollten sich nicht so aufregen, es ist bald überstanden.«

»Überstanden«, seufzte sie. Noch immer war sie außer Atem. »Es tut mir leid – das gerade eben«, sagte sie erschöpft, »aber mich nimmt das alles mit. Ich bin nervlich am Ende.«

»Sie brauchen sich nicht zu entschuldigen«, entgegnete Linkohr, der den angeklebten Vollbart als äußerst lästig empfand. Er überlegte, ob er ihn einfach abreißen konnte, verwarf dann aber den Gedanken.

»Was ist eigentlich aus dem Umzug der Firma ›Nubru‹ in die Slowakei geworden?« versuchte er das Thema zu wechseln.

Sie zuckte mit den Schultern. »Wir haben enorm viel investiert. Frau Nullenbruch und ich sind weiterhin auch davon überzeugt, dass wir das Unternehmen nur durch die Verlagerung der Produktion in ein Billiglohnland zukunftsfähig machen können. Ob natürlich jetzt ...« Sie seufzte in sich hinein, »... nach allem, was geschehen ist, es noch ratsam erscheint, dort unten in Erscheinung zu treten, wird man erst in Ruhe überlegen müssen. Überhaupt denk ich«, sie tastete ihre Frisur ab, »… dass mancher Unternehmer, der in einer Euphorie dort unten investiert, die Folgen nicht abzuschätzen vermag. Folgen wirtschaftlicher, politischer und sicherheitsrelevanter Art.« Linkohr nickte. »Wenn Sie überlegen«, fuhr sie fort, »dass selbst hierzulande Pizzabäcker mit Schutzgeld-Erpressungen konfrontiert werden – um wie viel höher sind solche Gefahren erst in diesen Ländern – auch wenn sie der EU angehören?!« Auch in dieser Situation, dachte der Kriminalist, wirkte diese Frau kühl und sachlich. »Das sind Folgekosten«, erklärte sie, »denen wir Betriebswirtschaftler bisher nicht die nötige Aufmerksamkeit gewidmet haben – bei allem Ärger über die hohen Steuern und Abgaben bei uns. Und wenn passiert, was jetzt in Košice geschehen ist, dann sehen die Kalkulationen plötzlich ganz anders aus.«

Häberle sah links von sich Gangolf zusammengesunken am Fenster lehnen, vor sich seine kreidebleiche Eva, neben ihr Nullenbruch. Niemand im Saal sagte etwas. Der Kommissar nahm Beierlein ins Visier und beäugte nacheinander die anderen Personen, die wohl entweder großzügige Sponsoren waren, Politiker oder Sportfunktionäre, möglicherweise auch schon gekaufte Schiedsrichter oder Fußballer selbst. Häberle kannte jedoch keinen von ihnen. Demnach spielte sich die ganze Schwindelorganisation nicht auf höchster Ebene ab. Man hatte wohl strikt darauf geachtet, die Großen aus der Schusslinie zu halten.

Häberle war ein paar Schritte hin- und hergegangen. »Damit wären wir beinahe am Ende«, fuhr er fort, »… beinahe! Meine Kollegen werden jetzt Ihre Personalien aufnehmen. Einigen Herrschaften jedoch werden wir möglicherweise die vorläufige Festnahme erklären müssen.«

Noch immer gab es keine Reaktion. Einige Personen räusperten sich, doch niemand wagte einen Zwischenruf. Häberle schien sie mit seinen Worten alle zu lähmen. Die SEK-Beamten an den Wänden hielten ihre automatischen Waffen fest in den Händen und vor sich auf den Boden gerichtet.

»Aber es gibt noch etwas«, sagte Häberle ruhig. »Ihr Fall, meine Herrschaften, ist geklärt – unserer noch nicht ganz. Denn was bleibt, ist doch die Frage, wer hat Anna umgebracht. Außerdem dürfen Sie nicht vergessen, dass wir noch drei weitere Tote haben – nämlich zwei Sportfunktionäre aus Geislingen und eine Ehefrau. Einer erschossen, der andere zusammen mit seiner Frau in seinem brennenden Haus umgekommen.«

Weiterhin lähmende Stille.

»Die beiden Männer mussten sterben, weil sie ein Geheimnis kannten. Sie wollten ihre Sorgen dem örtlichen Bundestagsabgeordneten, dem Herrn Riegert, mitteilen und mit ihm besprechen, was zu tun sein würde. Herr Riegert ist immerhin ein ehemaliger Kollege von uns.« Er schaute zur hinteren Tür, wo der Politiker neben dem jetzt auch in Erscheinung getretenen Bruhn stand und hereinblickte.

»Weil aber Riegerts Wahlkreis, dieser Kreis Göppingen hier, aus verständlichen Gründen ganz besonders dem Interesse des Herrn Gangolf unterlag, machte man sich an Herrn Riegert heran.« Häberle nahm jetzt Eva Campe ins Visier, die an ihrer knappen Bluse zu nesteln begann. »Diese Dame, die hier vorne Platz genommen hat«, er deutete auf sie, »… sie hat ihre, ja, sagen wir's mal so, weiblichen Waffen eingesetzt«, Häberle verkniff sich ein Lächeln, »… und sich plötzlich sehr stark für Fußball und Riegerts Aufgabe als sportpolitischen Sprecher seiner Fraktion interessiert. Sie hat auf diese Weise erfahren, was nach Lanskis Tod in der Provinz geschehen ist – und dass Herr Riegert einen Termin mit zwei Sportfunktionären ausgemacht hatte, die ihm offenbar Interessantes zu erzählen hatten.« Häberle winkte in den hinteren Saalbereich. »Herr Riegert, ich begrüße Sie …«, rief er, als fände gerade eine ganz normale Veranstaltung statt. »Sie brauchen sich keine Vorwürfe zu machen. Die Waffen einer Frau haben nicht zum ersten Mal in der Politik eine Rolle gespielt.« Dann drehte er sich zu Gangolf, von dessen selbstsicherem Auftreten nichts mehr geblieben war. Er war grau im Gesicht.

»Dieser Herr hier«, Häberle deutete auf ihn, »er war zu jedem Zeitpunkt über alles im Bilde – bis zu Herrn Nullenbruchs Verschwinden wohl auch mithilfe von Anna. Wie im Übrigen sicher viele von Ihnen, meine Herren …« Er lächelte süffisant. »Ich weiß ja nicht, wie sehr Sie die Romantik einer Jagdhütte auf der Schwäbischen Alb schätzen …« Über manche Gesichter huschte der Anflug eines Lächelns, andere blieben versteinert.

»Doch Herr Gangolf hat sich als Politiker nicht die Hände schmutzig gemacht«, resümierte Häberle weiter, »nein, das überlässt er anderen. Oder besser gesagt: Einem anderen. Und auch der ist heute unter uns.« Es klang, als sei es die Ansage für den bevorstehenden Auftritt eines Stars. Häberle ließ seine Augen unablässig durch den Saal streifen, jetzt aber konzentrierte er sich auf den hinteren Teil. Linkohr hatte offenbar die nötigen Vorkehrungen getroffen. Es wimmelte von schwarz gekleideten Männern – alles Kriminalisten, die ihre Kellner-Rolle abgelegt hatten. Frische Getränke gab es schon lange keine mehr.

»Schnelles Handeln war gefragt, als die beiden Geislinger Sportfunktionäre ihren Termin mit dem Abgeordneten ausgemacht hatten«, schilderte Häberle seine Sicht der Dinge, »schnelles und zuverlässiges Handeln«, wiederholte er, »… und da kam damals – Anna lebte ja noch – aber nicht das Mädchen in Frage, sondern ein Mann, der kaltblütig genug war, das einzufädeln.« Häberle zögerte und gab den Kollegen Zeit, sich auf eine Reaktion des Betroffenen einzustellen. Dann nannte er den Namen: »Meckenbach. Er hat …« Weiter kam er nicht, denn Meckenbach war aufgesprungen. »Das ist eine ungeheure Lüge«, brüllte er und hob drohend eine Faust in die Höhe, »eine dreckige, hinterhältige Lüge.« Sofort waren vier SEK-Beamte an ihn herangetreten. »Wäre ich sonst mit Ihnen in die Slowakei geflogen? Das lasse ich mir nicht gefallen.« Im Saal hatten sich alle Köpfe zu ihm gedreht. Diskussionen entfachten, erneut empörende Zwischenrufe. Gleichzeitig schien es so, als habe sich die minutenlange Spannung gelöst.

Häberle hob beschwichtigend die Arme. »Ersparen Sie es mir, dass ich jetzt vor diesem Kreis die erdrückenden Beweismittel darlege. Aber ich sage nur eines, Herr Meckenbach: Dass Sie es waren, der Anna umgebracht hat, das kann ich Ihnen auf einfache Weise belegen.«

»Nichts werden Sie, aber auch gar nichts!«

Häberle blieb gelassen. »Dann sagen Sie uns doch bitte, warum Sie seit geraumer Zeit eine Brille tragen. Hat sich Ihr Augenlicht verschlechtert … oder haben Sie vielleicht bisher Kontaktlinsen getragen und Ihnen ist eine davon abhanden gekommen …?«

Es war lange nach Mitternacht, als Häberle, völlig ausgelaugt und hundemüde, in den Sessel eines Nebenraumes sank, um mit Linkohr und Bruhn die Lage zu besprechen. Zwei Dutzend Kriminalisten waren noch immer damit beschäftigt, Personalien aufzunehmen und erste Vernehmungsprotokolle zu fertigen.

Meckenbach, Gangolf und Nullenbruch waren festgenommen worden und bereits auf dem Weg in die U-Haft nach Ulm.

»Kompliment«, sagte Bruhn knapp, »ein tolles Statement.«

Häberle hatte in all den Jahren, seit er wieder in Göppingen tätig war, nie zuvor ein solches Lob aus dem Mund des obersten Kripochefs gehört. Die drei Männer prosteten sich mit ihren Pilsgläsern zu.

»Das Warten hat sich gelohnt«, räumte Bruhn ein, nachdem er das Glas mit einem Zug geleert hatte. »Sie hatten absolut Recht auf diese Veranstaltung zu warten, wenngleich …« Er wurde wieder sachlich,

»… wenngleich wir in Teufels Küche geraten wären, wenn noch etwas passiert wäre.«

Häberle nickte. »Es war ein Risiko.«

Linkohr hielt sich zurück. Zwar war der oberste Chef offenbar in bester Laune, doch konnte man bei ihm nie wissen, welche Bemerkung wieder einen cholerischen Anfall auslösen würde.

»Mit der DNA-Analyse von der Linse und den Bartstoppeln hätten wir ihn längst schnappen können«, stellte Bruhn fest und schenkte sich aus dem Pilsfläschchen den Rest ein.

»Vergessen Sie nicht«, gab Häberle zu bedenken, »wenn wir früher zugegriffen hätten, hätten wir zwar Meckenbach als Mörder von Anna überführt, aber den Hintermännern nichts nachweisen können. Dafür haben wir deren heutigen Auftritt gebraucht.«

Auch Häberle trank sein Glas leer. Er wischte sich mit dem Handrücken den Schaum vom Mund und holte tief Luft. »Und wir hatten das Glück, es mit einigen sehr intelligenten Menschen zu tun zu haben – den Klinsmann mit seiner versteckten Botschaft. Und den Herrn Lanski selbst, dessen falscher Name bei der Zimmerbuchung in Geislingen nur einen Sinn gehabt haben kann – nämlich für den Fall, dass ihm etwas zustößt, uns auf die Spur eines Mannes zu locken, diesen Stefan Beierlein, der eine ganz zentrale Rolle in diesem schweinischen Spiel gespielt hat.«

»Und Sie sind sicher«, wollte Bruhn wissen, »dass dieser Meckenbach auch Heimerle und das Ehepaar Funke auf dem Gewissen hat.«

»Absolut«, entgegnete Häberle, »… erinnern Sie sich an den Brandbeschleuniger, der das Haus der Funkes abgefackelt hat? Aral war's, die teure Marke. Schaun Sie sich morgen in der Garage von Meckenbach um! Aralöl und Aralkanister so weit das Auge reicht. Ein Autobastler. Okay, man kann sagen, das sei Zufall. Aber die Ermittlungen werden ergeben, dass ich Recht hab.« Häberle wirkte zuversichtlich. Er dozierte weiter: »Heimerle wurde zuvor in seinem Carport niedergeschossen – vermutlich mit der selben Waffe, mit der Lanski ermordet worden ist. Und eine solche Waffe wiederum ist an der Außenfassade von Funkes Haus verbrannt – sozusagen entsorgt worden.«

»Ich denke aber doch, dass Lanski von diesem Mädchen erschossen wurde?«, warf Bruhn zweifelnd ein.

»Richtig. Sie dürfen aber nicht vergessen, dass dieses Mädchen zu diesem Zeitpunkt noch alles getan hat, was Nullenbruch von ihr verlangt hat – und damit dürfte auch Meckenbach informiert gewesen sein, was da gelaufen ist. Sicher hat er demnach auch gewusst, dass man Lanski eliminiert hatte. Wir können davon ausgehen, dass Anna die Waffe von Nullenbruch gekriegt hat. Wie wir wissen, handelt es sich um eine Jagdwaffe und Nullenbruch besaß zumindest eine Jagdhütte …« Häberle nahm wieder einen Schluck Bier. »Sie hat also die Waffe wieder dort abgelegt, wo sie hingehörte – vielleicht in den Tresor, wo wir Lanskis Handy noch gefunden haben, oder sonst wo. Jedenfalls hatte Meckenbach Zugriff dazu und absichtlich dann diese Waffe benutzt. Vielleicht war es auch die einzige, die zur Verfügung stand, um die Spur auf Anna zu lenken.«

»Und Anna musste sterben, weil sie nach Nullenbruchs Verschwinden die Fronten gewechselt hat?« vergewisserte sich Bruhn eher rhetorisch. Denn er hatte mit Häberle die Zusammenhänge mehrfach durchgesprochen.

»Ja, wie ich doch immer gesagt hab. Sie entstammt, wie wir wissen, dem Dunstkreis des Prostituierten-Milieus, dem dieser abgetauchte Jano zuzurechnen ist«, erwiderte der Kommissar deshalb leicht ungeduldig. »Sie hat dafür gesorgt, dass die heiß begehrten Akten in die Hände der Gegenseite gerieten und im Kanzleramt landeten. Sie sollten der Erpressung den nötigen Nachdruck verleihen.« Häberle überlegte. »Meckenbach war natürlich von Anfang an klar, dass nur Anna diesen Aktenkoffer haben konnte. Und wahrscheinlich hat sie trotz Mahnungen und vielleicht Drohungen die Akten nicht rausgerückt. Sie wurde ein Sicherheitsrisiko ersten Ranges. Meckenbach hat zunächst ihre Wohnung auf den Kopf gestellt, hat ihr später in der Tiefgarage aufgelauert und sie dort erwürgt. Doch die Akten waren zu diesem Zeitpunkt schon gar nicht mehr da.«

Häberle zeigte ein gezwungenes Grinsen. »Sie haben den Herrn Bundeskanzler in den Wochen vor der Wahl ganz schön in Verlegenheit gebracht.«

Linkohr wagte einen Einwand: »Vorausgesetzt, der Kanzler hat überhaupt etwas damit anfangen können, was zu bezweifeln ist.«

»Richtig«, bekräftigte Häberle, »ich bin mir ziemlich sicher, dass keiner der oberen Herrschaften etwas von den Machenschaften gewusst hat, die eine Etage tiefer angezettelt worden sind.«

Bruhn nickte. »Und jetzt werden alle abtauchen – und alles daran setzen, dass so wenig wie möglich davon an die Öffentlichkeit dringt.«

»Vertuschen und Schönschwätzen ist des Politikers oberstes Gebot«, erwiderte Häberle leicht resigniert.

»Und Raffgier«, bäffte Bruhn so deutlich, wie es Häberle und Linkohr von ihm nicht erwartet hätten. »Und wir sitzen dazwischen. Deshalb darf sich der Herr Leitende Oberstaatsanwalt ein paar schöne Formulierungen für die Pressekonferenz ausdenken.« Er überlegte einen Moment, ehe er energisch auf Häberle zeigte und im Befehlston entschied: »Und Sie gehen dort hin.«

Der Kommissar verzog das Gesicht, wagte aber jetzt, nach dem Stress der vergangenen Stunden, keinen Widerspruch. Dazu war er einfach zu müde.

Bruhn sprang unversehens auf. »Ach, ja«, sagte er eher beiläufig und lief weg, »das mit der Dienstaufsichtsbeschwerde … vergessen Sie's.«

Häberle und Linkohr blickten dem Kriminaldirektor nach. »Wissen Sie, was ich an solchen Fällen immer schade finde?«, wechselte der Kommissar ruhig das Thema und trank sein Glas leer.

Linkohr schaute ihn fragend an.

»Dass ein paar Drecksäcke ein ganzes Land in Verruf bringen können«, stellte Häberle fest, »eine Hand voll Schweinehunde können das Image versauen.« Er griff hinter sich auf den Boden, wo eine Kiste Pils stand, fingerte zwei Flaschen heraus und stellte sie auf den Tisch. Linkohr schenkte die beiden Gläser voll. »Die Slowakei ist so ein schönes Land, hat so viele nette und freundliche Menschen – und da kommen ein paar so Schweinehunde daher und sorgen für Antipathie. Das ist sehr, sehr schade. Aber sind wir doch ehrlich, umgekehrt ist es genauso …« Er nahm einen kräftigen Schluck, »… es gibt mindestens ebenso viele Deutsche, die im Ausland Sauereien veranstalten.«

Linkohr trank ebenfalls und nickte dabei.

»Um so wichtiger ist es, sympathische Botschafter zu haben«, erklärte der Kommissar entspannt, »einen Botschafter wie Klinsmann. Ich bin überzeugt, er wird bei der WM das Bild des sympathischen Deutschen in die Welt hinaustragen, egal, ob wir den Titel holen oder nicht.«

»Der repräsentiert uns besser als jeder Politiker«, bekräftigte Linkohr, »und das Tollste daran ist: Er ist ein Schwabe und will dies auch nicht verheimlichen.«

»Haben Sie gewusst, dass er sich für Waisenkinder in Osteuropa stark macht?« Häberle war eingefallen, dass er dies kürzlich irgendwo gelesen hatte. »Er hat eine Stiftung gegründet. ›Agapedia‹ heißt sie und er steht ihr vor.«

»Gehört hab ich davon, ja«, erwiderte Linkohr.

»Ich find den Klinsi derart sympathisch«, lächelte Häberle, »ich werd ein paar Euro-fuffzig für seine Stiftung spenden.«

Der junge Kollege nickte zustimmend. »Wenn ich Ihren Lieblingssatz richtig interpretiere, dann ist der Bundestrainer-Job die einzige, wichtige Position in diesem Land, die ausnahmsweise von keinem Schwätzer besetzt ist.«

Häberle lachte und stieß mit seinem Kollegen an. Sie waren sich wieder mal einig.

ENDE

Personenverzeichnis

Anna – junge Sekretärin bei der Firma ›Nubru‹
Beierlein, Stefan – Sportmäzen in Stuttgart
Bruhn, Helmut – oberster Kripo-Chef mit cholerischen Anfällen
Campe, Eva – aus dem Wirtschaftsministerium mit auffälligem Interesse an Fußball
Funke, Dieter – Vorstandsmitglied des Sportclubs Geislingen
Gangolf, Harald – Ministerialdirektor im Wirtschaftsministerium der Bundesrepublik Deutschland
Häberle, August – der ermittelnde Kriminalhauptkommissar
Heimerle, Heini – ehemaliger Funktionär des Sportclubs Geislingen
Jano Blamocci – Geschäftemacher in der Slowakei
Pit – angeblich erfolgreicher Geschäftsmann in den USA und Schwager von Jano
Klinsmann, Jürgen – Bundestrainer
Kromer, Rainer – hat Geld in der Slowakei investiert
Kromer, Frau – Gattin von Rainer Kromer
Lanski, Leonhard – der Mann aus der Praxis, der nach einem wichtigen Termin in Stuttgart seine alten Sportsfreunde in der Provinz besucht.
Liebenstein, Tobias – im Auftrag von Ministerialdirektor Gangolf unterwegs
Linkohr, Mike – engagierter junger Kollege von Kriminalhauptkommissar Häberle
Meckenbach, Wolfgang – Produktionschef der Firma ›Nubru‹

Nullenbruch, Matthias – Chef der Firma ›Nubru‹
Nullenbruch, Frau – Inhaberin der Firma ›Nubru‹
Obermayer, Harry – hat phänomenale Beziehungen in die große Politik
Pfisterer, Edgar – Wortführer in der Organisation
Rambusch, Michael – mittelständischer Unternehmer in Aalen und in der Organisation fürs Finanzielle zuständig
Riegert, Klaus – Bundestagsabgeordneter und ehemaliger Kriminalbeamter
Siller, Ute – attraktive Mittvierzigerin und autoritäre Finanzchefin in der Firma ›Nubru‹
Striebel, Martin – hat Geld in der Slowakei investiert und kämpft gegen Bluthochdruck
Striebel, Isolde – scharfzüngige Frau von Martin Striebel

Weitere Krimis finden Sie auf den folgenden Seiten und im Internet:
www.gmeiner-verlag.de

KRIMI IM GMEINER-VERLAG

Manfred Bomm
Himmelsfelsen

346 Seiten. 11 x 18 cm. Paperback.
ISBN 3-89977-612-7. € 9,90.

Der Himmelsfelsen hoch über Eybach: Eines Morgens tönt ein grausamer Schrei durch den friedlichen Ort und nichts ist mehr so, wie es einmal war. Ein Mann ist vom Felsen gestürzt. Selbstmord oder Mord? Wer könnte Interesse am Tod des Ulmer Diskothekenbesitzers haben? Seine zwielichtigen Geschäftspartner oder gar eine eifersüchtige Frau? Und weshalb muss der Bruder des Toten, eine stadtbekannte Persönlichkeit, noch mit einem weiteren Todesfall fertig werden? Fragen über Fragen – und ein verzwickter Fall für den sympathischen Hauptkommissar Häberle und sein Team.

Manfred Bomm
Irrflug

422 Seiten. 11 x 18 cm. Paperback.
ISBN 3-89977-621-6. € 9,90.

Ein Sommermorgen auf dem Sportflugplatz Hahnweide bei Kirchheim/Teck. Als die Sekretärin der Motorflugschule zu ihrem Büro fährt, packt sie das Entsetzen: Vor einer Flugzeughalle liegt eine tote Frau, eine zweisitzige Cessna ist im Laufe der Nacht spurlos verschwunden. Die Ermittlungen der Kriminalpolizei führen in die Umgebung des nahen Göppingen, wo einige der Hobby-Piloten wohnen. Dort übernimmt der in kniffligen Fällen erfahrene Kriminalist August Häberle den Fall – ein Praktiker, kein Schwätzer, einer, der Land und Leute und deren Mentalität kennt. Stück für Stück puzzelt er aus einer Vielzahl von Merkwürdigkeiten die wahren Hintergründe des Falles zusammen. Die Spur führt nach Ulm …

Manfred Bomm
Trugschluss

419 Seiten, 11 x 18 cm, Paperback.
ISBN 3-89977-632-1. € 9,90.

Eine verkohlte Leiche kann weder identifiziert werden, noch gibt es Anhaltspunkte, wer sie neben einer militärischen Funkanlage auf der Hochfläche der Schwäbischen Alb abgelegt hat. Für Kommissar August Häberle beginnt ein mysteriöser Fall, der bis in die höchsten Ebenen der Politik hinein reicht. Während er befürchtet, das Verbrechen ungelöst zu den Akten legen zu müssen, spielen sich in Florida und Lugano seltsame Dinge ab. Als dann auch noch in die Wohnung einer Frau eingestiegen wird, die seit Jahren über das Brummton-Phänomen klagt, bekommt der Fall eine neue Wende. Alle Spuren führen nach Ulm, deren Stadtväter sich auf den 125. Geburtstag des dort geborenen Albert Einstein vorbereiten …

Manfred Bomm
Mordloch

373 Seiten, 11 x 18 cm, Paperback.
ISBN 3-89977-646-1. € 9,90.

Ein neuer Fall für Kommissar Häberle: In einem Dorf auf der Schwäbischen Alb gibt es erheblichen Ärger. Ausgerechnet der Ortsvorsteher will einen riesigen Schweinestall bauen und zieht sich damit den Unmut der Einwohnerschaft zu. Massive wirtschaftliche Interessen prallen aufeinander: Bauern bangen um ihre Zukunft, andere streben nach mehr Tourismus und die Betreiber von Windkraftanlagen versprechen sich zudem reichlich Rendite.
Als eines Tages in einer nahen Höhle – dem so genannten »Mordloch« – die Leiche eines Dorfbewohners gefunden wird, muss Kommissar August Häberle erkennen, dass die Welt in der kleinen Gemeinde alles andere als in Ordnung ist …

KRIMI IM GMEINER-VERLAG

Peter Wark
Epizentrum

277 Seiten, 11 x 18 cm, Paperback.
ISBN 3-89977-*665-8*. *€ 9,90.*

Junge Geologen der Universität Tübingen machen im Hohenzollerngraben bei Albstadt einen grausigen Fund: Sie entdecken in einem Plastiksack Teile einer verwesten Leiche, die offenbar schon lange dort gelegen hat. Der einheimische Journalist Jörg Malthaner erfährt durch Zufall davon, doch auf seine Nachfragen zeigt sich die Polizei seltsam zugeknöpft. Malthaner beginnt auf eigene Faust zu recherchieren. Da ereignet sich ein weiterer Todesfall und plötzlich interessiert sich auch das Landeskriminalamt in Stuttgart für den Fall …

Edi Graf
Löwenriss

332 Seiten, 11 x 18 cm, Paperback.
ISBN 3-89977-*645-3*. *€ 9,90.*

Die Leiche im Raubkatzengehege der Stuttgarter Wilhelma und der mysteriöse Todesfall in der Nähe eines Löwenrudels in Kenia haben etwas gemeinsam: Beide Tote waren Mitbesitzer der Luxuslodge »Simba King« in der Masai Mara. Die Tübinger Journalistin Linda Roloff, die in Afrika recherchiert, glaubt nicht an einen Zufall und gerät in einen Strudel aus Ereignissen, die ihren Ursprung in einem ungeklärten Mord vor über 25 Jahren haben. Zusammen mit dem Safariführer Alan Scott entdeckt Linda das Geheimnis der »Simba King«-Lodge und bringt sich dabei selbst in tödliche Gefahr …

KRIMI IM GMEINER-VERLAG

KRIMI IM GMEINER-VERLAG

Ihre Meinung ist gefragt!

Mitmachen und gewinnen

Als der Spezialist für Themen-Krimis mit Lokalkolorit möchten wir Ihnen immer beste Unterhaltung bieten. Sie können uns dabei unterstützen, indem Sie uns Ihre Meinung zu den Gmeiner-Krimis sagen!

Füllen Sie den Fragebogen auf www.gmeiner-verlag.de aus und nehmen Sie automatisch am großen Jahresgewinnspiel teil. Es warten »spannende« Buchpreise aus der Gmeiner-Krimi-Bibliothek auf Sie!

Die Gmeiner-Krimi-Bibliothek

KRIMI IM GMEINER-VERLAG

Alle Gmeiner-Autoren und ihre Krimis auf einen Blick